EL ALBATROS NEGRO

MARÍA ORUÑA

EL ALBATROS NEGRO

PLAZA JANÉS

Penguin
Random House
Grupo Editorial

Primera edición: abril de 2025

© 2025, María Oruña
© 2025, Penguin Random House Grupo Editorial, S. A. U.
Travessera de Gràcia, 47-49. 08021 Barcelona
© 2025, Penguin Random House Grupo Editorial USA, LLC.
8950 SW 74th Court, Suite 2010
Miami, FL 33156
Mapas: Isabel Loureiro

Impreso en Colombia - *Printed in Colombia*

ISBN: 979-8-89098-385-5

25 26 27 28 29   10 9 8 7 6 5 4 3 2 1

Para quien haya soñado alguna vez,
aunque solo fuese por un instante,
con vivir una gran aventura

Y para mi querida ciudad de Vigo

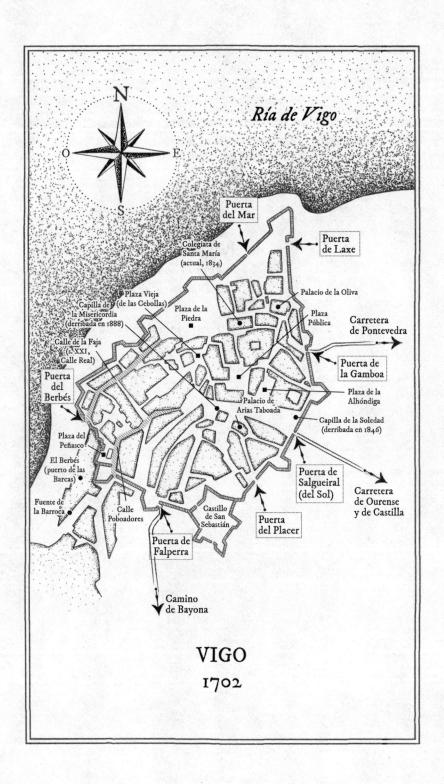

Ría de Vigo

N

O   E

S

Puerta del Mar

Puerta de Laxe

Colegiata de Santa María (actual, 1834)

Plaza Vieja (de las Cebollas)

Capilla de la Misericordia (derribada en 1888)

Plaza de la Piedra

Palacio de la Oliva

Plaza Pública

Carretera de Pontevedra

Calle de la Faja (s. XXI, Calle Real)

Puerta del Berbés

Puerta de la Gamboa

Plaza de la Alhóndiga

Palacio de Arias Taboada

Capilla de la Soledad (derribada en 1846)

Plaza del Peñasco

El Berbés (puerto de las Barcas)

Puerta de Salgueiral (del Sol)

Carretera de Ourense y de Castilla

Fuente de la Barroca

Calle Poboadores

Castillo de San Sebastián

Puerta del Placer

Puerta de Falperra

Camino de Bayona

VIGO

1702

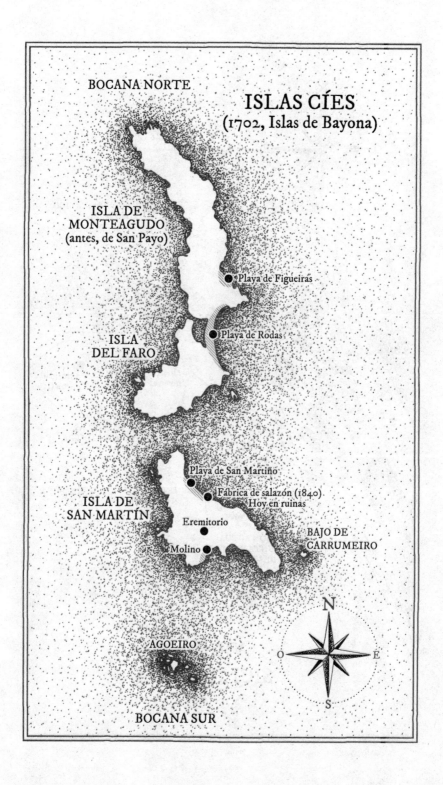

ISLAS CÍES
(1702, Islas de Bayona)

BOCANA NORTE

ISLA DE
MONTEAGUDO
(antes, de San Payo)

Playa de Figueiras

ISLA
DEL FARO

Playa de Rodas

Playa de San Martiño

Fábrica de salazón (1840)
Hoy en ruinas

ISLA DE
SAN MARTÍN

Eremitorio

BAJO DE
CARRUMEIRO

Molino

N

O   E

S

AGOEIRO

BOCANA SUR

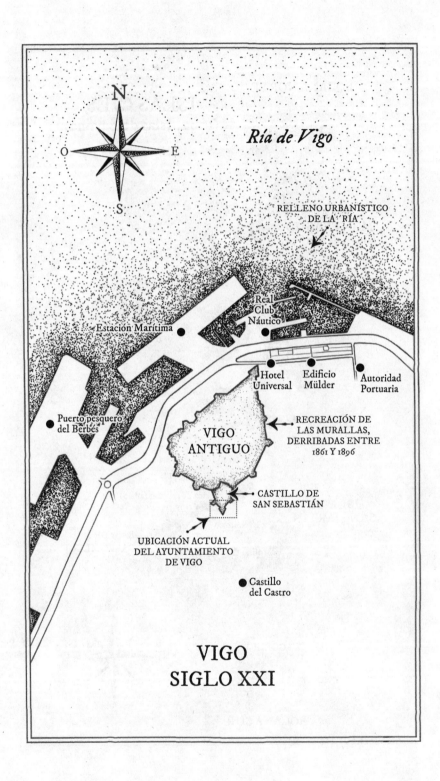

Ría de Vigo

RELLENO URBANÍSTICO
DE LA RÍA

Real
Club
Náutico

Estación Marítima

Hotel
Universal

Edificio
Mülder

Autoridad
Portuaria

Puerto pesquero
del Berbés

VIGO
ANTIGUO

RECREACIÓN DE
LAS MURALLAS,
DERRIBADAS ENTRE
1861 Y 1896

CASTILLO DE
SAN SEBASTIÁN

UBICACIÓN ACTUAL
DEL AYUNTAMIENTO
DE VIGO

Castillo
del Castro

VIGO
SIGLO XXI

Océano
Atlántico

PONTEVEDRA

Río
Verdugo

ENSENADA
DE SAN SIMÓN

Isla
de San
Simón

PENÍNSULA DE
EL MORRAZO

Corbeyro

Redondela

MUSEO
DE
MEIRANDE

Rande

Ría de Vigo

VIGO

ISLAS
CÍES

A CALZOA
(Coruxo)

CABO
ESTAY

RÍA DE VIGO
SIGLO XXI

BAYONA

N

O   E

S

El comienzo

Si nunca ha ido en busca de un tesoro enterrado, nunca, y puede demostrarse, nunca habrá sido niño.

ROBERT LOUIS STEVENSON,
Una humilde reconvención

El velo de las olas es tan inmenso y alberga espacios tan incógnitos y profundos, que algunos investigadores consideran que en el fondo de los océanos todavía se ocultan las más bellas historias del mundo. Se dice, también, que lo peor que le puede pasar a un marinero es perder la estrella que lo guía, y posiblemente sea cierto. Sin embargo, hay viejos hombres de mar que creen que uno de los más graves problemas a bordo de un barco surge cuando la tripulación intuye la existencia de un tesoro. La codicia es, al fin y al cabo, poderosa: doblones de oro y secretos escondidos bajo toneladas de agua y dentro de armazones de madera tallados hace siglos. ¿Quién podría renunciar a la aventura, a la posibilidad de descubrir antiguas y formidables riquezas?

Muchos hombres y mujeres se han vuelto audaces cuando se ha tratado de encontrar un tesoro. Al menos así había sucedido con Marco y Lucía, que con tal fin habían dedicado gran parte de sus vidas a bucear en archivos de toda Europa y parte de Latinoamérica; tal vez no aspirasen realmente a encontrar una fortuna, pero sí habían ambicionado el conocimiento. La curiosidad había resultado ser un motor incombustible durante más de cincuenta años.

El tiempo los había traspasado devorando lo que habían sido, pero no lo que habían soñado ser. Investigadores, viajeros del tiempo. Lo habían logrado. Ella, historiadora naval, y él, doctor en Estudios Antiguos y especialista en Arqueología Subacuática.

El viejo Marco había sido la viva imagen del espíritu aventurero y la determinación, y Lucía había compensado el desenfreno de la ilusión con método y disciplina.

—Tenemos que ir a las Seychelles —le había dicho él un día, eufórico—. Allí podremos resolver el criptograma. Habrá señales, marcas por alguna parte.

—Sabes que solo han encontrado esqueletos.

—¡Pero con pendientes de oro!

Lucía había sonreído y tomado aire de forma muy profunda, como si necesitase unos segundos para responder con las palabras adecuadas. En aquellos tiempos Marco ya estaba muy enfermo, pero seguía soñando con tesoros. Por aquel entonces, en concreto, con el del filibustero francés Olivier Levasseur, que se había curtido en la guerra de sucesión española y que, justo antes de ser ejecutado en 1730, se había arrancado su collar para mostrar algo escondido en su interior: un criptograma de diecisiete líneas. «¡Que encuentre mi tesoro quien pueda entenderlo!», decían que había exclamado antes de morir en la horca. El famoso acertijo, que parecía dibujar símbolos masónicos, nunca había llegado a ser descifrado al completo, y solo una mujer había logrado, a comienzos del siglo XX, hallar restos humanos y joyas excavando en la playa de Mahé, en las Seychelles.

—Yo creo que el tesoro podría estar en una de las cuevas de Bel Ombre —había insistido Marco, mostrándole un mapa de las islas a Lucía.

—Y yo creo que el Gavilán —había replicado ella, aludiendo al apodo del francés— se gastó todo su oro antes de morir. ¿Olvidas que era un pirata?

Marco, a pesar del peso de los años y la enfermedad —el cáncer, esa implacable bestia—, se había levantado del sillón, había tomado a su mujer por la cintura y la había inclinado mientras la sostenía, como si acabasen de terminar un paso de baile.

—«Miles de años y naufragios más tarde, allí se anuncia un inmenso botín» —comenzó a declamar, mirándola a los ojos—. «Encontraremos oro por todas partes, en ese caos maravilloso y sin fin».

Ella se había reído y había abrazado a Marco para terminar aquel baile imaginario dentro de su pequeña y acogedora casita de piedra junto al mar, en Vigo. El poema que acababa de recitar su marido, de Oscar de Poli, era de mediados del siglo XIX y estaba presente en sus vidas desde hacía muchos años. Buscar tesoros, cápsulas del tiempo que reconstruyesen la historia. Aquel había sido su objetivo vital, y habían alcanzado algunos logros relevantes. Sin embargo, los años los habían engullido, y él ya solo era una estela en el agua de la memoria.

Cuando Marco murió, Lucía se recogió sobre sí misma y canceló colaboraciones, conferencias y viajes. A pesar de que vivía en una sencilla casita a pie de la playa de A Calzoa, no se la volvió a ver disfrutando del sol estival ni de la alegría del verano. Solo paseaba por el arenal las mañanas y tardes de otoño solitarias, mientras las gaviotas danzaban sobre las olas y, desconfiadas, se posaban en las rocas más alejadas. Ya anciana, Lucía oteaba el horizonte verde y azul que le ofrecía la ría, y siempre terminaba por posar su mirada en el punto más lejano, donde el mar abierto se abría paso tras las islas Cíes; aquel pequeño pero imponente archipiélago frenaba desde hacía miles de años el ímpetu del agua y convertía la ría en un océano domesticado y tranquilo, en un singular refugio.

Decían, de hecho, que aquel atípico paraíso había surgido cuando un dios había posado su mano sobre la Tierra, dejando la huella de sus dedos en la costa y creando así las famosas Rías Baixas del sur de Galicia. Había, sin embargo, quien aseguraba que las bellas rías gallegas no eran más que valles fluviales invadidos por el mar, pero los rincones del mundo suelen ser más interesantes cuando la brisa que los acompaña cuenta buenas historias. Y, desde luego, Lucía sabía que le habían quedado muchas y muy buenas historias por descubrir. Ahora que sus recuerdos se desdibujaban y que era consciente de cómo le fallaba la memoria, aceptaba con resignación que se le había agotado el tiempo. Pero algo había cambiado las cosas. Unas semanas atrás había descubierto unos hechos absolutamente reveladores e increíbles. Se trataba de una información tan inesperada y extraordinaria, de un hallazgo tan asombroso, que sabía que serían muchos los que querrían arrebatarle aquel tesoro de las manos. Hacía tiempo que tenía la sensación de que la seguían, pero el neurólogo ya le había prevenido de las complicaciones que podría conllevar el deterioro de su mente, y aquello incluía las paranoias y los trastornos delirantes.

Sin embargo, lo que acababa de sucederle había sido muy real y ahora ya no había nada que hacer. Su gran descubrimiento ¿en qué manos quedaría? Era el final del viaje, y la violencia había envuelto esos últimos minutos. Ahora, el frío lo había congelado todo y la cabaña de A Calzoa, con varias ventanas y una puerta abiertas, se había inundado de un aire blanco y glacial. La planta inferior, que solo disponía de un baño, una cocina y un gran salón con despacho, era una estampa revuelta y desordenada. Papeles, mapas y esculturas tumbados o tirados por el suelo. Aquella foto de Marco y Lucía en Cartagena, con el marco roto; la impresionante maqueta del galeón del siglo xvi, caída sobre la alfombra. Los cajones de la vieja cocina, abiertos. ¿Y Lucía?

Lucía yacía en el suelo, en posición fetal. Su cabello blanco estaba suelto y dibujaba con sus puntas una breve y desvaída línea sobre la madera. Desnuda, delgada y pálida, se encontraba encogida sobre sí misma y notaba cómo el frío la envolvía en círculos. Al principio había sentido miedo, pero aquel aire de hielo que tanto la hería se había transformado de forma muy lenta y dolorosa en un extraño y agradable calor. Como cuando alguien toca la nieve con las manos y se quema, pero de forma menos brusca.

Lucía cerró los ojos y, de pronto, se vio a sí misma bajo el mar. La claridad era absoluta, y ni el fango ni la oscuridad de las profundidades podían privarla del impresionante espectáculo que se le mostraba. Un enorme galeón se alzaba ante ella tumbado sobre un costado y desarbolado pero magnífico. ¿Cuántos siglos llevaría bajo el agua? Bancos de peces y una enorme raya nadaban entre sus restos de manera natural, como si aquel espectro de gruesa y robusta madera formase desde siempre parte del paisaje. Le pareció que alguien estaba a junto a ella, y no le sorprendió ver a Marco, como si nunca se hubiese marchado de su lado. ¿Acaso las personas que amamos, cuando no están, dejan de existir? Lucía tuvo la sensación de que, después de mucho tiempo, por fin, estaba donde debía, y ni siquiera le extrañó el hecho de poder respirar en un mundo sumergido. ¿Sería así la muerte, como adentrarse en un sueño? Ya no sentía su cuerpo y, a la vez, comenzó a sentirlo todo. La mano de Marco sosteniendo la suya propia, seduciéndola con la mirada, como cuando todavía eran jóvenes. No necesitó palabras para comprender y se dejó llevar por su marido hacia el galeón. Desconocía si habría o no algún tesoro en las entrañas de aquel gigante marino, pero fue consciente, de forma muy nítida, de que ambos acababan de adentrarse en el caos maravilloso y sin fin que siempre habían perseguido.

Entre tanto, en un rincón de Galicia amanecía en la costa y la fuerza del sol era incapaz de derretir el frío. Las gaviotas chillaban sus lamentos mientras surcaban el cielo de la playa de A Calzoa y una anciana yacía muerta, encogida, en un salón lleno de recuerdos. A pesar del ruido de las aves, el silencio habitaba el aire como si el propio arenal fuese un sepulcro. El mar, imperturbable, continuaba con su interminable vaivén en la orilla. Subía la marea y las ondas se acercaban a la vieja casita de Marco y Lucía, como si el agua supiese que dentro de la cabaña descansaba un ser que había amado el mundo submarino. Sin embargo, el océano no rescató el cuerpo de la mujer, ni se la llevó para darle sepultura en sus entrañas líquidas y heladas. Lo prosaico tomó forma, y un joven que paseaba a su perro fue el que terminó por asomarse, extrañado, a una de las ventanas abiertas de la pequeña vivienda. Cuando minutos más tarde se escucharon las sirenas de la policía, el océano ya mecía el alma de Lucía y, de forma suave y delicada, comenzaba a bajar la marea.

1

Las sombras no están en los crímenes, sino en los entendimientos. Apenas hay crimen sin rastros claros y elocuentes.

EMILIA PARDO BAZÁN,
La gota de sangre

En el interior de la ría de Vigo, desparramados en acantilados y recovecos submarinos, se conservan restos de batallas navales, naufragios y vidas piratas, como si la ría fuese, en realidad, una serpiente marina que ha engullido parte de la historia. Si nos deslizásemos por el suave dibujo del agua hacia el sur, veríamos como el río Lagares da fin a las dunas de Samil —uno de los arenales más célebres de la ciudad— y crea marismas en sus últimas curvas, ofreciendo el paso a playas más discretas. Allí, justo allí, es donde toma forma la playa de A Calzoa, y en ese lugar puede distinguirse todavía el hálito de un viejo pueblo marinero que comienza a ser engullido, poco a poco, por grandes chalets y urbanizaciones. Un gran y alargado aparcamiento se encaja en el litoral sobre la zona más rocosa, a unos diez metros sobre el nivel del mar. El subinspector de policía Pietro Rivas miraba ahora el océano desde aquel punto elevado mientras esperaba que el oficial terminase una llamada telefónica y saliese de su coche.

Pietro Rivas era un hombre joven, de no más de treinta y cinco años; con el cabello moreno cortado al cepillo, aspecto cuidado y complexión atlética, parecía estar en forma. Llevaba solo siete meses en Vigo, pero —aunque su madre era italiana y él estaba acostumbrado al Mediterráneo, mucho más calmado— se había criado en el norte de España y conocía bien el baile de las olas. Mientras estudiaba el paisaje, se arrebujó dentro de su chaquetón azul marino y se subió el cuello para protegerse del frío. A lo lejos, podía ver claramente algunos de los enormes barcos de carga que salían desde los muelles de la ciudad, repletos de coches, rumbo a Francia, Reino Unido o Alemania. También se distinguían en la lontananza algunos buques de pesca rodeados de gaviotas, señal de la que la jornada se había dado bien. Más cerca, próximo a la ciudad, un enorme velero blanco de lujo rompía la línea del horizonte con sus mástiles, y un yate con puente volante o *flybridge* se dirigía muy rápido a alguna parte. El interior de la ría solía balancearse en calma, pero una fuerza inusual fluía ahora dentro del agua. No era el viento el que revolvía la superficie, y el policía tampoco pudo apreciar crestas de espuma cuando su mirada las buscó en mar abierto. Una extraña energía agitaba la masa de agua, y le dio la sensación de estar contemplando desde el cielo el baile indescifrable de un bosque azul, que se movía según las indicaciones de un patrón secreto.

—Nada, que no viene el juez —dijo alguien a su espalda.

Pietro se volvió y vio cómo Nico Somoza, el oficial de su grupo de la UDEV —Unidad de Delincuencia Especializada y Violenta— de la Brigada Local de la Policía Judicial de Vigo, cerraba la puerta del coche y se acercaba, todavía con el teléfono en la mano. Iba vestido de paisano, al igual que él mismo, pues solo utilizaban el uniforme en ocasiones especiales. El subinspector había llegado en su propio vehículo, pero Nico había ido en uno de camuflaje.

—Joder, qué frío, ¿no? —se quejó el oficial, encogiéndose.

—Sí. Será la humedad —replicó Pietro, que ya había comenzado a caminar hacia la cuesta que los dirigía a la playa—. ¿Qué es eso de que no viene el juez? ¿No decías que había indicios de violencia?

Nico se encogió de hombros. Era muy delgado y más bajo que el subinspector, apenas superaría el metro setenta de estatura, y ahora su piel se mostraba más pálida que de costumbre. El hecho de que su tez fuese tan clara y algo pecosa, añadido a su fino cabello rubio y casi pelirrojo, le había valido el apodo de Irlandés, por mucho que sus antepasados fuesen de Ourense.

—Dice la forense que no, que está todo revuelto, pero que podría tratarse del síndrome del zorro, o algo por el estilo.

—El síndrome del zorro —repitió Pietro despacio, escéptico—. ¿No será el de Diógenes?

—Hum. No. Era algo de una guarida, no me acuerdo.

Pietro miró con sus oscuros ojos grises al oficial, evidenciando su desconfianza.

—¿Y qué más sabemos?

—De momento poco más, patrón.

—No me llames patrón —se quejó Pietro. Ya le había dicho
en muchas ocasiones a Nico que todos los policías del grupo de
Homicidios de la comisaría formaban un equipo, que lo tratase
como a un igual, y que ya tenían al inspector Meneiro para
coordinar las investigaciones y gestionar los asuntos desde otro
punto de vista más jerárquico. Sin embargo, en la práctica, el
oficial seguía tratándolo de forma deferente y parecía consus-
tancial a su personalidad apodar a todo el mundo. ¿No lo llamaban también a él, acaso, el Irlandés? Hasta su novia Elísabet,
con la que vivía en un diminuto apartamento, se refería a él de
aquella forma, a pesar de que jamás ninguno de los dos había
estado en Irlanda. Nico, por otra parte, era algo más joven que
el subinspector, y la diferencia de edad, añadida al hecho de
que Pietro Rivas se encontrase en una escala ejecutiva superior,
y él, en una básica, terminaba por marcar las diferencias. Aunque
el trato fuese igualitario, correcto y cordial, las jerarquías no
desaparecían. Sin embargo, Nico procuró evitar el término «patrón» y atendió el requerimiento informativo del subinspector
lo mejor que supo.

—Una señora de casi noventa años que vivía sola. Lucía Pascal, creo que me han dicho. La encontró un chaval que paseaba
a su perro y al que con el frío que hacía le extrañó ver la puerta
y las ventanas abiertas de par en par. Pensaba que habían entrado
a robar. Ya sabes, las típicas casas de verano que desvalijan en
invierno.

—Ya.

—En fin, lo que te contaba el otro día… En Vigo, en los últimos años, no hacemos más que encontrarnos gente mayor que
se muere sola.

Pietro no dijo nada y se limitó a hacer un gesto resignado ante aquella evidencia. Dirigió de nuevo la atención hacia su objetivo y comprobó que a solo unas decenas de metros ya se acercaba hasta ellos uno de los patrulleros de Seguridad Ciudadana, que sin duda habrían sido los primeros en personarse en el lugar. Sus uniformes y vehículos, a pesar de que todavía era media mañana, ya habrían puesto sobre aviso al vecindario. De hecho, Pietro comprobó con un rápido vistazo que el entorno se llenaba de curiosos. Los dos policías saludaron al patrullero brevemente y este les explicó que, según un vecino, tiempo atrás la fallecida había sido una historiadora muy prestigiosa y que ahora, viuda y sin hijos, llevaba viviendo sola bastantes años. Al parecer, no tenía familia conocida, ni hermanos ni sobrinos, y solo le constaba que se escribiese con una prima residente en Suiza.

Siguieron al policía de la patrulla por un estrecho camino de tierra y arena pisada, cuya anchura dejaba el paso justo para un vehículo y que ahora veía restringido su acceso por cintas policiales. A la izquierda del sendero se descendía ya hacia las dunas de la playa, donde todavía se conservaban antiguas gamelas de pesca, que eran las únicas que disponían de permiso municipal para reposar sobre el arenal. A la derecha iban dejando a su paso, en línea recta, pequeñas casas de planta baja o de dos alturas; algunas eran muy antiguas y superponían estilos y materiales, y otras se remataban con una factura más moderna, aunque sin lujos. Habían caminado apenas ciento cincuenta metros cuando vieron la encantadora casita de Marco y Lucía. Aparentaba ser la más antigua de todas, y solo un breve zaguán descubierto separaba la vivienda del camino y, por extensión, de la playa. Una sencilla barandilla de piedra definía las lindes de la propiedad. En una esquina del pequeño atrio se alzaba un gran árbol platanero que parecía ser tan antiguo como la casa, tal vez de comienzos del siglo XX. Pietro observó que, aunque el frente del inmueble era de tamaño discreto, en realidad la finca crecía en su patio trasero, donde se adivinaba la existencia de un pequeño jardín.

—Ya están aquí —se limitó a decir una mujer, sin saludarlos, al tiempo que salía por la puerta principal de la casa. Llevaba puestos unos guantes y, según les hablaba, se retiraba una mascarilla y mostraba un rostro cuidado y bien maquillado. Debía de tener entre cincuenta y sesenta años, pero su aspecto era juvenil y su cabello, aunque con mechas, daba la sensación de ser rubio natural. Se dirigió a Pietro—. Nos presentaron el otro día, ¿se acuerda?

—Cómo no. Raquel Sanger, jefa de Patología Forense del IMELGA de Vigo —contestó él, haciendo alusión al Instituto de Medicina Legal de Galicia, que en la ciudad estaba en el sótano de un antiguo hospital, ahora reformado como Ciudad de la Justicia y sede, también, de los Juzgados.

Ella enarcó las cejas, y con la expresión de su semblante mostró su agrado y sorpresa ante el reconocimiento del subinspector. Pietro le devolvió el gesto risueño con un suave mohín, sin desvelarle a la forense que él, en realidad, lo recordaba siempre todo. Absolutamente todo. Cuando terminase la jornada, podría rememorar incluso hasta cómo se habían posado las hojas caídas del platanero sobre el suelo del breve zaguán al que acababa de entrar. Sin esfuerzo alguno, también aseguraría la fecha en que le habían presentado a Raquel Sanger, de origen estadounidense, exactamente treinta y siete días atrás: la había conocido de forma fugaz en su despacho cuando había acudido a visitarla, junto con el inspector Meneiro, para verificar los daños de una víctima tras un atraco.

A aquellas alturas, de hecho, ya sabía que a Raquel Sanger y a su marido, que también era forense, los llamaban los Beckham, en evocación al famoso jugador de fútbol y su mujer, dada su cuidada estética y su imagen siempre impoluta. En realidad, quien los había bautizado de aquella forma era Nico, siguiendo así su costumbre de identificar a cada cual según sus impresiones.

—¿Podemos pasar? —preguntó Pietro, que deseaba escapar del ambiente gélido del exterior.

—Claro —confirmó Sanger, volviendo sobre sus pasos para que la siguiesen—. Los de Científica ya han tomado algunas muestras y ahora están en el piso de arriba. El pasillo de tránsito está marcado aquí y ahí, ¿ven? Por cierto, finalmente..., ¿saben si vendrá el juez de guardia?

—Acabo de hablar con el juzgado —respondió Nico sin apartar la vista del suelo, atento a donde pisaba—, y andan con un jaleo de mil demonios. Salvo que tengamos indicios de criminalidad, no creo que venga —concluyó.

En principio, todos sabían que para levantar un cadáver debía personarse la comisión judicial al completo: juez, secretario y forense, pero en la práctica el volumen de trabajo hacía aquel trámite inviable.

La forense suspiró.

—Yo también hablé antes con el juzgado, pero lo cierto es que este caso es poco común. Creo que estamos ante una desafortunada muerte natural, o al menos sin una etiología sospechosa de criminalidad, pero desde luego no es habitual encontrarse escenarios como este —reflexionó, y tras el comentario se dio la vuelta para entrar en la casa, mientras el subinspector y el oficial, llenos de curiosidad, se preparaban para adentrarse en el último refugio de la anciana que amaba el mar.

Los dos policías de Homicidios y la forense, seguidos por dos agentes de la Seguridad Ciudadana, accedieron a la vivienda a través de una sencilla pero robusta puerta de madera, que tras de sí guardaba un espacio tan encantador como podría imaginar cualquier niño. Mapas antiguos colgados de las paredes, un telescopio, cartas náuticas, el casco de una vieja escafandra y un sinfín de libros y objetos variados en vitrinas y estanterías. Nada más entrar, se apreciaba el buen ambiente que debía de haber fluido en un lugar así, que parecía un diario de aventuras, aunque ahora destilaba cierto aire de nostálgica tristeza. Además, se apreciaba un desorden reciente: el mobiliario parecía limpio y saneado, pero casi todos los cajones de los aparadores y de la mesa de un pequeño despacho que presidía una esquina de la estancia estaban abiertos; había papeles, objetos y maquetas por el suelo, como si por el interior de la pequeña casita de la playa hubiese pasado un vendaval. Aunque ahora las ventanas estaban cerradas, el aire conservaba un aliento helado y húmedo.

La forense caminó unos pasos dentro de la vivienda, se agachó al lado de un antiguo sofá tapizado con cuadros escoceses ya muy desvaídos y, antes de alzar del suelo una especie de sábana plástica, miró a Pietro con una expresión de advertencia, como si necesitase confirmar si el joven policía disponía de agallas suficientes para contemplar algo sobrecogedor. Con un suave asentimiento de cabeza, él dio conformidad para que Sanger destapase el cuerpo.

—Miren.

Nico acertó solo a decir un exabrupto, pero Pietro se quedó callado, muy serio, observando el cuerpo de Lucía. Todavía se encontraba en posición fetal en mitad de la habitación, completamente desnuda, y su cuerpo delgado y pálido parecía más el de una niña que el de una mujer. El cadáver estaba rodeado de triángulos amarillos numerados con sus correspondientes testigos métricos, señal de que la Policía Científica ya había hecho allí gran parte de su trabajo. El subinspector sabía que los cadáveres eran casi siempre cáscaras sin expresión, pero hubiera jurado que el rostro de aquella mujer reflejaba la paz y el reposo absolutos. Como si lo más natural en su vida hubiese sido terminar el juego de la forma en la que había comenzado, desnuda y convertida en un abrazo sobre sí misma.

Pietro se agachó al lado de Lucía, y Nico hizo lo propio, aunque a más distancia. No le agradaba la cercanía de la muerte. El subinspector cruzó su mirada con la de la forense.

—A primera vista no se aprecian golpes ni hematomas, ¿no?

—De entrada, no. Aún tengo que examinarla con calma, claro.

—¿Cuánto tiempo cree que lleva aquí?

La forense hizo una mueca y dejó escapar un sonoro suspiro.

—Cuando llegamos a la casa, esto era una nevera, aunque por otra parte los cuerpos en posición fetal retienen mejor el calor… La temperatura que hemos tomado al cadáver, en consecuencia, no resulta de momento determinante; tampoco el *rigor mortis*, porque depende de la masa muscular, el peso, lo que estuviese haciendo esta mujer antes de morir…

—¿Lo que estuviese haciendo? —interrumpió Nico, sorprendido.

Raquel Sanger tomó aire, como si precisase unos segundos para hacer acopio de paciencia.

—Quiero decir que, si la fallecida, por ejemplo, se hubiese estado bañando o hubiese tenido fiebre antes de morir, el *rigor mortis* aparecería antes, igual que si hubiera estado haciendo deporte, ¿entiende?

—Por el ácido láctico que se libera al hacer ejercicio —completó Pietro—; eso hace que el *rigor mortis* aparezca antes.

De pronto, y al comprobar la expresión de sorpresa de Sanger y del propio Nico, el subinspector pareció darse cuenta de lo pretencioso que podía haber parecido su comentario y se esforzó por rebajar la apariencia de sus conocimientos.

—Es que tuvimos un caso en Santander en el que el forense nos explicó lo del ejercicio —se justificó, aludiendo a su ciudad de procedencia y omitiendo de forma deliberada que, aunque aquello era cierto, en realidad todas las explicaciones de los patólogos se grababan en su memoria como si él mismo hubiese estudiado Medicina. Procuró cambiar de tema y se dirigió de nuevo a la forense—: De todos modos, seguramente ya tendrá una estimación aproximada de la hora del deceso, ¿no?

Sanger se tomó un rato para contestar. Al tiempo, observó sin disimulo a Pietro, como si lo estuviese reevaluando desde un nuevo ángulo.

—Creo que murió esta misma noche. Y creo, además, que falleció aquí mismo. Las lividideces cadavéricas solo aparecen en los puntos de apoyo del cuerpo sobre el suelo, de modo que el cadáver en principio no se ha movido de ahí, aunque tendremos que estudiarlo al hacer la autopsia; es demasiado pronto para confirmar nada.

El subinspector asintió, concentrado mientras repasaba de nuevo y de forma visual el cuerpo de Lucía.

—¿Y cree usted que la han…?

—No lo parece —negó ella, ante la evidente duda sobre una posible agresión sexual.

—¿Entonces?

—Hipotermia. ¿Puede ver esa decoloración marrón, casi rosa? Sí, ahí —señaló, cerca de las articulaciones, rodillas y codos—. Son signos claros de hipotermia, aunque todavía tenemos que hacerle un examen interno para determinar exactament...

—Disculpe —la interrumpió Pietro, con el ceño fruncido. En su expresión se dibujaba un creciente asombro—. Tenemos a una anciana completamente desnuda, hecha un ovillo, en el salón de su casa; resulta evidente que ha entrado alguien, porque está todo revuelto y, cuando la encontraron, estaban la puerta y las ventanas abiertas... ¿Y usted me dice que murió por hipotermia, sin más?

La forense endureció el gesto.

—En patología forense nuestra función es determinar el origen y la causa de la muerte, no la secuencia de hechos vitales que llevan al fallecido al desenlace. Creo que esa parte les corresponde a ustedes —añadió, con tono severo.

Al subinspector le pareció que los ojos azules de la forense habían brillado como afiladas hojas de cuchillo.

—En efecto —replicó él, imperturbable—, pero comprenderá que resulte poco sólido, de entrada, considerar que estamos ante «una desafortunada muerte natural, o al menos sin una etiología sospechosa de criminalidad» —remarcó, repitiendo exactamente lo que Sanger había dicho hacía solo unos minutos y sorprendiéndola de nuevo, esta vez por su literalidad.

La forense, sin apartarle la mirada, se levantó, y él hizo lo propio.

—Comprendo su confusión, pero para empezar debe valorar lo que ve a su alrededor. Aquí hay muchos objetos valiosos, piezas de anticuario, y no parece que hayan sustraído nada, sino que solo se han revuelto los enseres. En consecuencia, nada indica que estemos ante un robo.

—Ya había notado el detalle —replicó él, sin atisbo de ironía—, pero aún no sabemos si falta o no algo de valor, porque todavía no hemos hablado con nadie que...

—Si no le importa —lo interrumpió Sanger—, no he terminado. Debe saber —continuó mientras Pietro guardaba obligado silencio— que las personas vulnerables, tanto bebés como ancianos, pueden morir más fácilmente de hipotermia que usted o yo. De hecho, podría suceder dentro de una vivienda con diez o doce grados de temperatura, o más, si hay corrientes de aire o sopla viento helado.

El subinspector asintió. Sí, hacía mucho frío. Estaban en febrero y lo cierto era que el clima estaba cambiando. Las lluvias torrenciales y los vientos huracanados, el frío polar. Los cambios sucedían de un día para otro, y tan pronto se podía pasear bajo el agradable sol invernal como tan necesario resultaba resguardarse de una brutal tormenta.

—La sigo —confirmó Pietro a la forense, conciliador—, pero cuando tenemos frío no abrimos las ventanas ni nos ponemos en pelotas en el salón, ¿no cree?

Raquel Sanger sonrió. Aquel jovencísimo subinspector, tan guapo y prometedor, con ese brillo de inteligencia en la mirada, ¿pensaba que ella, con más de treinta y cinco años de oficio, era una novata?

—A lo mejor es que no me ha dado tiempo usted a explicarme.

—Tiene usted razón, perdone —se disculpó Pietro, sin disimular ahora su escepticismo.

La forense comenzó a hablar:

—Creo que este es un caso claro del síndrome de la madriguera.

Pietro se volvió hacia Nico. No le dijo nada, aunque por su expresión dejaba claro que habría apreciado la información correcta desde el principio, y no aquel imaginario «síndrome del zorro» que le había comunicado antes de entrar en la casa. El oficial se encogió de hombros.

—Zorros, conejos, madrigueras… Todo está conectado, patrón.

El subinspector se mordió el labio inferior y, con el gesto, invitó a la forense a continuar sus explicaciones.

—Cuando una persona vulnerable siente mucho frío, busca cómo cobijarse. No debemos olvidar que el frío extremo afecta al cerebro, al hipotálamo, que es el que controla la temperatura, y que no todo lo que hacen estas personas tiene por qué obedecer a una lógica normal. Creo que esta mujer se refugió aquí, en este salón, porque lo sentía como un sitio seguro. De hecho, considero muy posible que intentase incluso guarecerse bajo esa pequeña mesa que ven ahí —señaló, indicando una especie de mesa camilla—, pero por su tamaño no debió de resultarle útil. Por eso este síndrome se llama de la madriguera, porque el afectado busca un refugio.

—Pero —intervino Nico—, si quería protegerse del frío, ¿por qué no puso la calefacción o cerró las ventanas?

—Posiblemente ya estaría desorientada. Hemos visto medicación para la pérdida de memoria en la cocina, además.

Pietro frunció el ceño.

—Que quisiese guarecerse, bien. Que se pusiese nerviosa o perdiese el juicio en cierto modo, de acuerdo. Pero ¿por qué iba a desnudarse? ¿Y por qué iba a estar todo revuelto?

—Existe un deseo irracional de quitarse la ropa por parte de quienes están soportando mucho frío, subinspector. Es lo que se conoce como desnudez paradójica y, de hecho, sucede en aproximadamente el veinticinco por ciento de las víctimas de hipotermia. ¿Nunca han visto en las noticias los casos de los montañeros que aparecen muertos y completamente desnudos?

Pietro y Nico se miraron, y por sus gestos fue fácil deducir que no, que nunca habían oído hablar de aquel tipo de paradoja. La forense sonrió, satisfecha por poner en su sitio a aquel nuevo policía de Homicidios tan resabiado. Ah, ¡el ímpetu de los jóvenes! Concluyó su exposición resolviendo la última duda que había quedado flotando en el aire:

—Cuando el individuo que sufre el síndrome de la madriguera está buscando dónde esconderse, puede llegar a volcar mobiliario y hasta vaciar sobre sí mismo el contenido de cajones, de estantes a su altura o de todo lo que se cruce por su camino, y eso explicaría el desastre que tenemos aquí liado —explicó, haciendo un barrido visual por aquel salón, donde tantos recuerdos yacían desparramados.

—¿Y por eso abrió las ventanas? —dudó Nico, incrédulo todavía ante la posibilidad de que aquella diminuta e indefensa mujer llamada Lucía hubiese sido capaz de montar un desbarajuste tan tremendo antes de morir.

—No lo sé —reconoció la forense—, pero es posible que su confusión mental la llevase por caminos que, evidentemente, no podemos explorar desde el punto de vista de la lógica. Desde luego, es un caso extraño pero muy interesante.

—Y tanto que es interesante —escucharon decir a una voz femenina que acababa de aparecer a sus espaldas, procedente del piso superior. Todos se volvieron y comprobaron cómo se dirigía al grupo una mujer menuda y muy delgada, vestida con vaqueros, un grueso jersey de lana y un chaleco azul que rezaba: POLICÍA NACIONAL. Era Lara Domínguez, la subinspectora de la Policía Científica de la comisaría de Vigo. En su rostro destacaban una nariz aguileña y unos marcados pómulos, y sus pequeños ojos oscuros, casi de roedor, parecían rápidos e inteligentes. De su cuello colgaban unos cascos de música de grandes orejeras, y el volumen debía de estar bastante alto, porque desde los cascos se escuchaba la canción de «Knocking on Heaven's Door», de Guns N' Roses—. Hemos tomado fotografías y vídeos de todo, y arriba también estaban revueltos bastantes cajones. Encontramos esto —añadió, tendiendo hacia el grupo lo que parecía un informe médico—. Le habían diagnosticado demencia con cuerpos de Lewy —explicó, ahorrándoles la lectura—, y de hecho hemos encontrado donepezilo y rivastigmina en la mesilla.

—También había pastillas de donepezilo en la cocina —asintió Sanger, que se volvió hacia el subinspector y el oficial.

—Son medicamentos para la demencia, inhibidores de la colinesterasa.

La agente de la Científica confirmó la información:

—Por lo que he visto en el prospecto, es la típica medicación que se utiliza para enfermedades neurodegenerativas. Así que el tema, aunque raro, parece bastante claro… Pobre mujer. —Miró el cadáver de Lucía—. En fin, nosotros ya casi hemos terminado; cuando tengamos resultados de la necrorreseña y las huellas, os contamos.

Pietro asintió con cierto fastidio. Parecía que los datos eran demoledores. Ni robo, ni asalto, ni homicidio. Raquel Sanger le había dado una lección, demostrándole el peso de los años y la experiencia en el oficio. Sin embargo, el subinspector no estaba tranquilo. Había algo en su interior que lo arañaba y lo mantenía en alerta; ¿qué sería? No acertada a identificar el motivo, pero lo cierto era que flotaba un halo de misterio en aquel lugar, en la atmósfera, que lo desconcertaba y que lo llamaba a desconfiar de la apariencia de las cosas en la singular cabaña de A Calzoa. Se quedó un rato pensativo y con la mirada perdida en lo que parecía la maqueta de un barco vikingo de casi medio metro, cuyo detalle y trabajo de ebanistería era excepcional. Se acercó y, sin tocarlo, leyó:

BARCO DE OSEBERG, SIGLO IX.
REPRODUCCIÓN DE EMBARCACIÓN FUNERARIA DESENTERRADA
EN EL SIGLO XX TRAS IDENTIFICACIÓN Y RESTAURACIÓN,
DURANTE VEINTIÚN AÑOS, DE TODAS SUS PIEZAS.

A Pietro le sorprendió la sola idea de que aquel navío funerario pudiese existir en la vida real y le impresionó su vínculo con la muerte, que también acababa de visitar aquella encantadora cabaña. El policía recorrió con los ojos el camino del bauprés de la embarcación, que se estiraba como el tronco de un árbol hacia el cielo y terminaba con la forma enroscada de una concha de caracol. Era como si aquella nave estuviese lista para navegar, aunque desde el principio, sin embargo, hubiese sido pensada como una tumba. Aquel objeto y todos los demás de la estancia suscitaron en Pietro una profunda curiosidad por Lucía. ¿Quién sería, en realidad, la mujer que había muerto en aquel pequeño salón?

El subinspector y el oficial charlaron un poco más con Sanger y Lara, teorizando sobre lo que habría podido suceder exactamente y razonando sobre la tristeza de los ancianos que morían en soledad. Por fin, cada cual continuó con su trabajo y ellos decidieron echar un vistazo pormenorizado antes de irse, porque todavía tendrían que verificar con posibles parientes o conocidos si alguien habría robado algo o no en aquella adorable casita de la playa; tal vez hubiese habido alguna sustracción, incluso pasado cierto tiempo tras la muerte de la anciana, ya que la mujer había dejado aquello abierto de par en par. Estudiaron puertas y ventanas, tanto las que habían sido encontradas entornadas y abiertas como las que no. Ninguna mostraba signos visibles de haber sido forzada. Revisaron el piso superior, donde había un baño, un gran dormitorio y otro más modesto y pequeño, tal vez para posibles invitados. Todos los cajones y armarios estaban abiertos y revueltos, incluido un pequeño mueble zapatero que había en el descansillo de la escalera, cuya puerta estaba entornada sin posibilidad de cerrarse, por culpa de varios zapatos caídos.

—¿Tú crees que aquí también buscaba hacerse una madriguera en este zapatero? —cuestionó el subinspector a su compañero, suspicaz.

Volvieron a bajar a la planta inferior y se detuvieron en el pequeño despacho abierto al salón. Se encontraba atestado de libros, documentos y fotografías, y tal vez fuese el espacio más revuelto de la casa. Una breve colección de minerales se hacía hueco en una estantería, aunque parecían más bien piedras de colores, simples recuerdos de antiguos viajes. Pirita, cuarzo, calcita... Un recipiente con alguna piedra azul diminuta y poco más. ¿Tenía sentido aquel elegante vaso de cristal para solo unas piedras azules? Tal vez fueran muy valiosas. Si fuese así, y si hubiera entrado un ladrón, ¿no se las habría llevado? Lo cierto era que daba la sensación de que hubiese pasado por aquel punto un vendaval, pues todo en la estantería parecía haber sido revuelto. Pietro dio dos pasos hacia una de las imágenes que estaba colgada en la pared.

—¿Será ella? —se preguntó en voz alta, mirando una fotografía en blanco y negro en la que Lucía, muy joven y en bañador, reía y tomaba de la cintura a Marco, que sostenía un pulpo gigantesco con una mano.

Nico se quedó también contemplando la imagen, y sin apartar la mirada hizo una observación que no tenía nada que ver con la fotografía.

—A pesar de lo de la demencia vamos a preguntar a los vecinos si han visto algo raro, ¿no?

—Por supuesto —confirmó Pietro, sin despegar tampoco su atención de la imagen de Lucía—. Empezaremos por el que ya habló con la Policía Local y seguiremos con el chaval que encontró el cuerpo. Si paseó al perro esta mañana, posiblemente lo haga todos los días y sabrá lo que es normal aquí y lo que no.

—Entonces, ¿no te crees lo del síndrome de la madriguera?

Pietro sonrió.

—Como vosotros decís, ni creo dejo ni dejo de creer —respondió, aludiendo a la típica ambigüedad de los gallegos al hablar—, pero no cuesta nada hacer un par de preguntas al personal.

Nico devolvió la sonrisa al subinspector. A veces lo sorprendía. Hacía poco tiempo que estaba en la Unidad, y con frecuencia le extrañaba la cantidad de conocimientos que tenía sobre las temáticas más insospechadas. Le llamaba la atención, de hecho, que con sus recursos no hubiese accedido ya a una escala más alta, pero Pietro Rivas no contaba nunca demasiado de sí mismo y resultaba difícil descifrarlo. Tampoco tenía muy claro cuándo Rivas hablaba o no en serio, pues aun cuando gastaba bromas era capaz de mantener el semblante prácticamente inexpresivo. El oficial echó un último vistazo a su alrededor y se detuvo en una especie de yelmo en tonos plata y oro que reposaba en el suelo.

—Si es que esto parece el salón de Indiana Jones.

Pietro iba a responderle cuando sonó su teléfono móvil.

—Es Meneiro.

—El Largo.

Nico denominaba de aquella forma al inspector por lo altísimo y delgado que era. Con más de cincuenta años, el responsable de la UDEV de la Brigada de la Policía Judicial de Vigo era un hombre por lo general tranquilo y razonable. El inspector llevaba casi veinte años casado con un hombre, uno de los primeros matrimonios gais que se habían celebrado en España, y era el tipo de persona que daba la sensación de haber librado ya muchas batallas y para quien cualquier imprevisto profesional se presentaba como un juego de niños fácil de resolver. Sin embargo, en

37

aquel instante iban a comprobar que su habitual ánimo estoico y sereno no era siempre imperturbable.

—Dime, Meneiro —contestó Pietro, conectando el manos libres.

—¿Estáis todavía por Coruxo, donde la anciana de la casa de la playa?

—Sí.

—Perfecto, ¿hay indicios de criminalidad por alguna parte, de muerte violenta?

Pietro dudó.

—En principio no. Según parece, la fallecida tenía demencia y revolvió todo antes de morir de hipotermia.

—¿De hipotermia?

—Sí, algo muy raro, el síndrome de la madriguera, ya te explicaremos lo que la forense ha dicho de…

—No me expliques nada. Concentraos y contestad: ¿veis algo raro ahí o no? —los apremió el inspector, con tono sereno pero incisivo.

—Hay algo raro, sí, pero, la verdad…, no sé qué es —confesó Pietro, extrañado ante la insistencia de Meneiro.

El inspector dejó pasar unos segundos antes de volver a hablar, como si estuviese analizando el verdadero significado y alcance de aquel «no sé qué es». Resopló al otro lado del teléfono.

—Como si no tuviésemos bastante con los tres atracos y el desaparecido de Teis… —rezongó, dando por sentado que habría que dedicar un poco más de tiempo a aquel caso de la anciana de A Calzoa—. A ver, atentos. ¿Me escucháis?

—Sí, inspector —replicaron ambos, casi al unísono.

—Ha llegado a comisaría una pandilla rarísima reclamando hablar con los «agentes que llevan el caso de Lucía Pascal», y ya tengo a Castro, Muñoz y Souto con los atracos —añadió, haciendo referencia a las dos compañeras y un policía que trabajaban con ellos en Homicidios.

—No entiendo… —se extrañó Pietro—. ¿Cómo que una pandilla?

—Sí, parecen los putos Goonies.

—¿Los qué? —preguntó Nico, que creía haber escuchado mal.

—Los Goonies, ha dicho —murmuró Pietro, que ante el semblante de incomprensión de su compañero entornó los ojos—. ¿No has tenido infancia? ¡La película!

—¿Qué peli?

—La de los críos que buscaban un tesoro pirata.

Menciro, ajeno a lo que mascullaban sus hombres al otro lado del teléfono, continuó hablando:

—Tengo aquí a tres personas que llevan casi media hora conversando del siglo XVII, del XVIII y de galeones hundidos, de tesoros y de mapas con Muñoz, y la pobre ya no puede más. Una es una historiadora del CSIC, otro, un contable, y el más chalado de todos es un arqueólogo viejísimo que no para de hablar.

Pietro y Nico, asombrados, parecían dudar sobre si reír o si preocuparse seriamente.

—Pero ¿qué hacen ahí? ¿Qué quieren?

—Ahí está la gracia del asunto, muchachos. Han sabido por un vecino que Lucía Pascal ha muerto y han ido hasta A Calzoa sin que los de la Local los dejasen pasar, pero ya se han enterado de que la casa estaba toda revuelta, no sé cómo. Total, que se han venido directos para denunciarlo.

—El qué, ¿el robo?

—No… El asesinato.

Fue entonces cuando Pietro Rivas y Nico Somoza volvieron a cruzar sus miradas, como si estuviesen ante una revelación muy evidente, pero que todavía no eran capaces de interpretar. Se despidieron del inspector y, después, de la forense y los compañeros que quedaban en la casita de A Calzoa. Cuando salieron a toda velocidad hacia la comisaría de la Policía Nacional de Vigo, en el centro de la ciudad, una enorme garza alzó el vuelo desde la orilla y los cubrió al deslizarse por el aire, como si ambos policías fuesen una de esas presas a las que, antes de devorar, debía cubrir con su sombra.

MIRANDA

Dicen que el siglo XVII fue el siglo maldito, y es posible que sea cierto. La Tierra sufrió las temperaturas más frías registradas en el milenio y falleció un tercio de la población mundial. Fue una época de hambrunas y de climatología extrema, en la que solo sobrevivieron los más fuertes. Los que nacieron a finales de la centuria eran algo más bajos que los que habían visto la luz a su comienzo, pero la solidez de su carácter y su físico recordaban la fortaleza de los que saben que, contra todo pronóstico, han sobrevivido.

Miranda vino al mundo en 1681, y lo hizo sobre un remolino. Era verano y, aunque no hacía mucho calor, su madre quiso descansar sus pies en el agua fresca del río Alvedosa, en Redondela. El alivio fue inmediato, pero, tras recoger el vestido hasta los límites de la decencia para introducirse en el río, de muy poco calado, una de sus criadas le advirtió de lo que ya llegaba:

—Mi señora, ¡las aguas!

—¿Las aguas?

Una contracción muy fuerte resolvió el asombro de Elizabeth. No eran las aguas del caudal del río a las que aludía su criada, sino las que ella llevaba dentro, pues las acababa de romper. Tomó aire para darse fuerzas e hizo ademán de salir del río para regresar de inmediato al pazo, pero solo le dio tiempo a sentarse sobre el borde de la orilla. El parto duró apenas quince minutos, y allí mismo esperaron al galeno, pues, aunque una hermosa niña había brotado sobre el agua, la placenta se resistía a salir. Una criada más vieja decidió atar un extremo del cordón umbilical al muslo de su señora, incapaz de tirar de aquel cordel salido de las entrañas. Sabía que habría problemas si rompía el envoltorio de la criatura y a doña Elizabeth se le quedaba algo de aquel despojo dentro.

La ayuda tardó en llegar casi una hora. Junto con el galeno, se presentó el muy respetado señor de Quiroga, dueño de gran parte de los molinos que discurrían por aquel río y del pazo de Reboreda, a tan solo un cuarto de legua de distancia. Marido y recién estrenado padre, abrazaba y reprendía con cariño a su mujer al mismo tiempo.

—¿Cómo se te ocurre? De paseo y dentro del río, ¡en tu estado!

—La ocurrencia fue de mis pies, no mía. ¿Y no es Dios el que guía nuestros pasos? Mira —añadió, atajando la discusión y señalando a la criatura—, ¿has visto qué bonita es?

Modesto de Quiroga sonrió, feliz por ver a su mujer tan entera y repuesta y a su primera hija tan sana y de tan buen color. Sin embargo, en una época en la que solo uno de cada tres nacidos sobrevivía a los dos primeros años de vida, procuró medir sus emociones. El galeno tardó algún rato en resolver el problema de la placenta, y fueron más bien el tiempo y la naturaleza los que solventaron la tarea, aunque las expresiones y los gestos del médico se esforzasen por mostrar lo contrario. En el camino de regreso al pazo, al abrazar a su esposa en la carreta y con la pequeña en su regazo, el señor De Quiroga no pudo evitar admirar los rasgos suaves y armoniosos de la pequeña criatura, y sintió un inmediato instinto de protección. En el aire revoloteaban algunas mariposas. Muchos las consideraban simples insectos que, como los demás de su condición, no eran más que seres inmundos; sin embargo, su colorido flotaba sobre los campos y sobre la niña con la ligereza de los días felices y la solemnidad rotunda de los presagios.

El nombre de la niña fue elección de Elizabeth, que era inglesa. En su juventud más temprana había visto en Londres la obra *La tempestad*, de Shakespeare, y se había quedado fascinada con la hija del protagonista, Miranda. Una joven que siempre mostraba ánimo de saber más, que no tenía miedo a la verdad. Aunque no era un nombre usual en Galicia, había convencido al señor De Quiroga con zalamerías y argumentos bien traídos.

—¿No será bueno bautizarla con un nombre que resalte sus cualidades y atributos? Miranda se dice de las que son bellas y dignas de admiración, y su nombre viene del latín, que es la lengua de la Iglesia.

—Pero no está en el santoral.

—Bauticémosla María Miranda, pues, y ya tendrás a la más santa de todas.

Modesto de Quiroga había negado con el gesto, aunque su rostro no había disimulado el esbozo de una sonrisa.

—Sea, entonces. Miranda.

Giraron las agujas del tiempo y los negocios de vino y cacao del hidalgo lo llevaron al Nuevo Mundo, a donde se hizo acompañar de su mujer y su hija. El viaje duró casi tres años en los que, además de probar los sinsabores de la larga travesía marítima a través del Atlántico, conocieron Costa Rica, Cartagena de Indias y Surinam, donde las plantaciones de cacao resultaron de provechoso interés. La pequeña Miranda, que ya tenía trece años, había serenado su belleza: dibujaba una extraña mezcla entre lo virginal y lo salvaje, y su tez clara contrastaba con un cabello muy oscuro; de todo su semblante solo destacaban dos enormes ojos verdes, que parecían tener dentro el baile de las hojas de los árboles bajo el viento. La niña, en sus paseos, se sentía fascinada por la naturaleza y la exuberancia que se le mostraba y que era tan distinta a la que recordaba de Galicia, donde hasta el color de las piedras le resultaba diferente.

Modesto y Elizabeth observaban a su hija con cierta fascinación, pues, al contrario que otras jóvenes de su edad, Miranda se adentraba en la espesura sin ánimo medroso y ansiaba tocar, conocer y entender a los animalillos que se cruzaban en su camino. Con frecuencia la criada que la escoltaba solía escandalizarse ante la curiosidad de la niña, que quería saberlo todo sobre el origen de las pequeñas bestias y las plantas. Procuraron instruir el despierto cerebro de la muchacha con un profesor que le enseñaba matemáticas, ciencias, historia y los entresijos de la gramática, mientras una sirvienta hacía lo propio en cuanto a las labores domésticas. Miranda, sin embargo, carecía de interés y quizá de talento para la mayoría de las materias, en las que ofrecía un resultado justo. No así con las ciencias naturales, materia en la que brillaba de forma resuelta y en la que desarrolló una marcada inclinación por el dibujo y la reproducción de la flora y la fauna, que realizaba al carboncillo primero y con colores después.

—¿Progresa mi pequeña Miranda? —había preguntado Modesto una mañana al maestro de la muchacha.

—Sí, señor. Vive Dios que nunca he visto talento semejante para el dibujo.

—No. Me refiero a las materias serias. ¿El francés?

—Vamos poco a poco, siguiendo el camino de la inercia. El mucho estudio pesa tanto que, al final, termina llegando al conocimiento.

Modesto había fruncido el ceño.

—No progresa, en resumen.

—Señor, son otras sus habilidades. Doña Miranda dispone de prendas inestimables en su sexo, como son la hermosura y la docilidad, y un don natural para las artes del dibujo y la pintura, y también para el trato con los animales.

—Siendo así —sonrió Modesto, aunque en su semblante se adivinaba algo de disgusto—, salvo que en la corte requieran una pintora para sus majestades o una sirvienta para las bestias de sus cuadras, mucha dote tendré que ofrecer para compensar las carencias.

El maestro de la pequeña lo había mirado con extrañeza.

—Tal vez no me expresado con el debido rigor, señor. Es menester aclararlo, pues debemos juzgar a la dama desde su potencial y no desde sus carencias. Dios la ha dotado de un agudísimo ingenio, y en su pensamiento se adivina una notable penetración en materia de ciencias.

Modesto había suspirado con cierta resignación.

—Que Dios quiera que esa perspicacia le valga para un buen matrimonio. Continuad instruyéndola en todas las artes y materias, y dadle forma a su inglés, que solo lo ha aprendido por boca de su madre y aún lo maneja con torpeza.

Y con aquello se había retirado el señor De Quiroga, preocupado y absorto en sus pensamientos. Su dulce Elizabeth parecía haber contraído la fiebre cuartana, y el hidalgo había decidido regresar a Galicia con el ánimo de que se repusiese allí, lejos de la selva, de los calores húmedos y las lluvias torrenciales. Sin embargo, tan solo tres meses después de regresar e instalarse en su impresionante pazo, rodeado de viñedos y de los verdes y densos bosques gallegos, vio cómo su amada Elizabeth sucumbía a la malaria bajo la sombra de uno de los gigantescos magnolios que habitaban en los jardines del pazo de Reboreda.

Como suele suceder, muchos hombres solo comprenden lo extraordinario de la historia que han vivido cuando esta ha terminado, y Modesto de Quiroga se recluyó largo tiempo en su dolor. La pequeña Miranda, que nunca habría querido abandonar Surinam, se vio de pronto en un lugar que ahora le resultaba ajeno y ante una naturaleza menos exuberante que en gran medida la decepcionó. Con docilidad, no obstante, acató todas las peticiones y órdenes de su padre, y aprendió las artes domésticas y las de sociedad, sin abandonar nunca sus clases de dibujo, a las que dedicaba todo su tiempo libre. A veces paseaba hasta el río y saludaba a lavanderas y sirvientes que trabajaban en los molinos. Solía detenerse en la zona donde una de las criadas le aseguraba que había nacido, y allí se imaginaba que permanecía la esencia de su madre, que hablaba con el murmullo de la corriente y brillaba bajo el sol, como si también formase parte del agua.

Las agujas del tiempo siguieron cardando las horas, los días y los años, y el señor De Quiroga volvió a contraer nupcias con una joven viuda que lo convirtió en padre de dos gemelos varones. Sus nuevos hijos, en el año del Señor de 1700, tenían algo más de dos años y lo habían llenado de regocijo, pero los nuevos tiempos trajeron también algunas malas cosechas, que unidas al clima adverso de los años anteriores hicieron que los negocios y las bodegas del gran señor del pazo de Reboreda comenzasen a perder rentabilidad y precisasen apoyos.

Por aquel entonces Miranda tenía diecinueve años. Su belleza era discreta y tibia, como si en su ánimo estuviese el pasar desapercibida. Su largo y abundante cabello negro lo llevaba recogido siempre de la forma más sencilla y no usaba polvos de maquillaje de ningún tipo, a pesar de las modas que llegaban de Europa. Su madrastra insistía en que evitase el sol y mantuviese los cuidados propios de su clase en rostro y manos, pero la joven acudía al campo a diario y estudiaba aves, insectos y hasta reptiles que después dibujaba en sus cuadernos. Sus ojos verdes todavía parecían reflejar los tonos brillantes y cautivadores de la selva de Surinam, y todo el que por primera vez cruzaba la mirada con ella se detenía ante aquel destello inefable.

Había un pretendiente poderoso para Miranda en Vigo, a tan solo tres leguas de allí, que, aunque era un hidalgo de aquellos que llamaban «de gotera» —o sobrevenido— y no de relumbrón, como el propio Modesto de Quiroga se autodenominaba, sí podía ofrecer un matrimonio de interés, pues era un gran exportador de vinos al Nuevo Mundo y residía en un pazo noble en lo alto de la villa. Se llamaba Enrique de Mañufe, también era viudo y tenía una hija de corta edad, por lo que Miranda no solo sería su esposa, sino la madrastra de aquella criatura.

—Padre, ¿es necesario? Ese hombre me dobla en edad.

—Algún día habías de casarte, y he concertado un buen matrimonio. Es un hidalgo amable, de alma racional y bondadosa, y nos conviene su vigor y entendimiento para reforzar nuestra posición en el Nuevo Mundo.

—Prefiero ir al convento, padre. Aquí mismo en Redondela, o en Vigo si es menester, pero por Dios… ¡Os lo suplico! Todavía soy joven, no me hagáis casar con un hombre que me desagrada —rogó, recordando la imagen del pretendiente, al que solo había visto en tres ocasiones. Aunque su semblante no era desagradable y alguna dama podría considerarlo apuesto, sospechaba que, tras retirarse la peluca, el pretendiente mostraría una amplia calva o un cabello desvaído y que ya habría comenzado a ralear.

Modesto, con semblante cansado y rendido, se había acercado a su hija.

—Ya está acordado. Celebraremos la boda en verano y, dos días después, iremos todos a Vigo, donde haréis nuevos votos en la colegiata.

—Será como celebrar dos bodas.

—Solo atenderemos una sencilla petición cristiana; la madre de tu esposo, con el peso de los años, no puede viajar. ¿Acaso no te he dado ya oportunísimas explicaciones y argumentos, Miranda? Serás agasajada y vivirás en un pazo de renombre... Quejarse por tal suerte sería propio de un alma ingrata y no de la tuya, hija mía.

Miranda, con impotencia y tristeza contenidas, pero con la humildad propia con la que había sido educada, asintió sin atreverse a más réplicas y se retiró a su alcoba, donde lloró hasta caer dormida.

Cuando se celebró la boda, su pensamiento flotó hacia la selva de Surinam y hacia el rostro de su madre, y no quiso ser la mujer que habitaba aquel cuerpo. El vestido que llevaba, elegante y con una bata a la francesa, elaborado en algodón indio y seda gris, favorecía su delgada figura y, por una vez, no disimulaba su generoso pecho, del que su inminente marido no apartaba la mirada. Él, con una elegante casaca y un elaborado chaleco en tonos pastel, también se encontraba favorecido por las hechuras que su sastre le había procurado, y la celebración de las nupcias transcurrió en el pazo de Reboreda como la gran celebración de la comarca en aquel año.

Cuando llegó la noche de bodas, Miranda sintió cierto alivio al ver cómo su ya esposo se retiraba la peluca blanca, con su elaborada coleta y lazo de seda, y bajo aquel adorno todavía disponía de cabello propio y vigoroso, de color oscuro. Le pareció de nuevo un extraño cuyas facciones tendría que aprender a memorizar, y respiró profundo ante el suplicio que intuía que iba a tener que padecer. Enrique la había mirado con deseo y, al principio, la había desnudado con delicadeza y ternura; pero el hidalgo había percibido con sensible claridad el desagrado de ella y, de forma progresiva, la actitud de la joven había desatado la cólera en su corazón. Ah, Miranda. ¿Acaso no le pertenecían ya su cuerpo y su mente ante los ojos de Dios? ¿Por qué se dirigía a él con apatía, si ahora era la persona en la tierra a quien más devoción debía procesar? Terminó de quitarle la ropa casi con violencia y al verla desnuda se sintió complacido, porque el cuerpo de la joven rebosaba delicadeza y juventud. Sus formas y caderas eran estrechas, algo poco conveniente para ser madre, pero sus pechos le parecieron tan hermosos, grandes y firmes que olvidó al instante cualquier apreciación práctica y devoró con la boca los senos de Miranda, con una lujuria que hasta a él mismo le sorprendió, pues nunca había hecho tal cosa con su difunta mujer.

Prosiguió el camino de sus besos desesperados hacia su sexo femenino, ya que ella esquivaba el rostro, y, en un instante en que levantó la mirada, Enrique se sintió satisfecho por la expresión de estupor y sorpresa de la joven, que parecía no entender que aquel lascivo envite formase parte del vínculo nupcial entre un hombre y una mujer. Cuando por fin la penetró, victorioso y jadeante, ella gimió de dolor y él, de pronto, creyó necesario recuperar la delicadeza y sin parar de moverse la animó a tranquilizarse, ya que era normal el dolor la primera vez que una hembra era tomada por un varón. Ella asintió y le ofreció una forzadísima sonrisa, mientras él acababa su tarea y alternaba lamerle los pechos, que apretaba muy fuerte entre las manos, con el intento de besarla en la boca, algo que ella esquivaba en la medida de lo posible. Al terminar, Enrique comprobó que Miranda miraba hacia la pared y consideró que lo haría por el pudor propio de su exquisita educación. Ya le enseñaría él a tenerle respeto y a cumplir sus deberes de esposa, pero, ¡ah!, ¡cómo le excitaba que la voluntad de la joven no fuera mansa!

Miranda, asqueada y sorprendida, tuvo la sensación de haber vivido la cópula de los cerdos o los caballos de las cuadras, aunque de una forma más grosera, con una malicia que nunca había visto en los animales. Lo que había sucedido había sido desagradable, aunque hubiera preferido otra embestida a tener que dormir soportando el abrazo empalagoso de aquel hombre, que para ella era todavía un desconocido. Intentó que su mente viajase por los recuerdos de las selvas de Costa Rica, sus flores, plantas, árboles y mariposas, pero fue incapaz y, en cuanto su marido se durmió, la joven se deshizo en un llanto silencioso.

Dos días después, gran parte de la comitiva nupcial original partió del muelle de Redondela hacia el de Vigo en tres barcos, que llevarían unas sesenta personas. Modesto de Quiroga estaba bastante satisfecho; desde luego, aquellas celebraciones nupciales resultaban extraordinarias y propias de hidalgos de categoría. Pero su ánimo alegre cambió cuando, a mitad de trayecto y en una zona de la ría alejada de la costa, el viento favoreció la llegada de dos naos desconocidas que cortaron el paso a la comitiva. Piratas. Moros procedentes de África que buscaban prisioneros para su venta como esclavos, posiblemente en Argel. Miranda, que tras su matrimonio había apagado la alegría de sus ojos verdes, sintió un miedo nuevo y profundo. Miró a su marido, que con firmes y vigorosas órdenes dirigía ya a los hombres para preparar la defensa de la nave, aunque apenas disponían de algunas espadas y pistolas. A ella le ordenó que reuniese a las mujeres en un extremo alejado de la embarcación, con la clara indicación de que tomasen entre las manos lo que encontrasen útil para defenderse, aunque en el último instante procuró tranquilizarla.

—Es solo por precaución. El capitán ha arriado velas, y con la brisa y la ayuda de Dios, con toda seguridad, llegaremos a la costa antes de que esos herejes puedan darnos alcance.

Miranda no había dicho nada, pero la firmeza de las palabras de Enrique de Mañufe había sido frágil. Su semblante, desde luego, no había reflejado en absoluto el convencimiento de sus afirmaciones. La fuerza del viento parecía beneficiar más a los moros que a ellos, y el enemigo se acercaba a una velocidad más que preocupante. En la distancia Miranda cruzó la mirada con uno de aquellos piratas que estaban a punto de abordarlos, y aun a lo lejos le pareció que sus ojos brillaban con furia, como si contuviesen llamas. Buscó a su alrededor algún barco de pescadores que pudiera dar alarma en tierra, o alguna nave amiga que pudiese prestarles socorro, pero las que alcanzaba a distinguir nunca podrían llegar a tiempo para evitar el asalto. Los gritos y las amenazas que se proferían contra el enemigo eran recibidos con disparos, y resultaba evidente que los bucaneros ya se disponían para el abordaje.

Mientras su marido, su padre y otros hombres se preparaban para defender la embarcación, Miranda escuchó cómo varios de los invitados a su boda comenzaban a rezar por sus propias almas. Sintió el crujido de la madera del barco al ser embestido y, como si la nave fuese una prolongación de sí misma, notó que también algo le restallaba dentro, porque por primera vez fue consciente, de forma palpable, de la posibilidad de morir. Asió un cuchillo, sin saber si sería capaz de utilizarlo. En aquel instante, y como si se tratase de un enjambre de avispas furiosas, los piratas saltaron a bordo, y, sin cruzar discursos ni peticiones, comenzó la lucha.

2

Las grandes profundidades del océano nos son totalmente desconocidas. La sonda no ha podido alcanzarlas. ¿Qué hay en esos lejanos abismos? ¿Qué seres los habitan?

JULIO GABRIEL VERNE,
Veinte mil leguas de viaje submarino

El frío perduraba. Era como una cortina de niebla húmeda y lo traspasaba todo. Un escalofrío helado recorría los cuerpos, como si las personas pudiesen percibir la cercanía de la muerte. Apenas había paseantes ni deportistas en la costa, de modo que Pietro condujo rápido y sin tráfico hasta la comisaría de Policía de Vigo. Era una construcción moderna que, aunque en su exterior se dibujaba con trazos cúbicos y metálicos, moderaba las formas de su arquitectura modernista con parte de su diseño decorativo en madera, tanto en el exterior como en su laberinto interno de pasillos y ascensores. Desde los numerosos ventanales se veían varias zonas ajardinadas con césped, que otorgaban al complejo un ambiente más acogedor.

Mientras caminaba ya por el interior del edificio, Pietro no podía dejar de pensar en Lucía; en la impresionante puesta en escena de su muerte y en toda la increíble vida que debía de haber tenido y de la que quedaban pistas y rastros desperdigados por la casita de A Calzoa. Ensimismado, el subinspector llegó por fin al espacio asignado a la UDEV de la Brigada Local de la Policía Judicial, que allí todos llamaban Brigada de Homicidios, a pesar de que apenas investigaban dos o tres crímenes homicidas al año; en la práctica, el tiempo de aquel departamento lo ocupaban en gran medida robos, atracos y desapariciones. El equipo trabajaba en una gran sala abierta, en la que mesas y ordenadores se ajustaban al espacio en un estudiado rompecabezas. Solo el inspector disponía de un despacho independiente, que estaba al fondo de la sala y acristalado del suelo al techo, por lo que el Irlandés, que tenía gusto por rebautizar absolutamente todo y no solo a las personas, le había explicado a Pietro que a aquel cuarto lo llamaban la Pecera. Ahora, el oficial todavía no había llegado con su coche desde A Calzoa, y, a pesar de que la Brigada de Homicidios parecía sorprendentemente desierta, al subinspector le alcanzó el hilo de una conversación desde aquella *pecera*, cuya única intimidad era otorgada por los muebles y las cajas que había en su interior y por un gran mapa enmarcado del área de Vigo y su ría, que reposaba sobre un archivador. Por las sombras y el espacio visualmente libre que ofrecía el mobiliario, Pietro distinguió a dos hombres y a una mujer sentados frente al escritorio del inspector, cuya silla estaba ahora ocupada por la policía más joven de la Brigada, Kira Muñoz.

—¿Lo duda? ¡Se lo aseguro! —exclamaba una voz rasgada y masculina, desgastada por los años—. Vigo fue uno de los puertos corsarios más importantes de Europa en el siglo XVII… ¿Cómo cree que nos defendíamos de los musulmanes?

—No sé, yo… —dudaba Kira. Su expresión mostraba una mueca de desconcierto e incredulidad, pero ni siquiera su gesto de estupor ensombrecía la belleza natural de la policía, de raza negra y suaves rasgos etíopes.

—¡Usted es joven, pero la historia nos devora siempre, a cualquier edad! ¿No sabe de nuestra lucha contra los sarracenos?

—Señor Carbonell, le ruego que nos centremos en el caso —replicó Kira, con tono desesperado—, porque la verdad es que ni siquiera sé quiénes eran los sarracenos y tampoco creo que…

—¡Musulmanes! ¿Quiénes iban a ser? Los que echó la reina Isabel de la Península, naturalmente. Claro que después los llamaron hornacheros, que son los que estaban en Badajoz y luego se fueron al norte de África… Y más tarde berberiscos, por vivir en Berbería, y luego turcos, pero solo porque los apoyaba el sultán de Turquía, que por otra parte…

—Disculpen —interrumpió Pietro, que tras dar unos pasos había entreabierto la puerta del despacho dando unos toques con los nudillos, como si estuviese pidiendo permiso para entrar—.

Perdonen que los interrumpa —reiteró, estudiando de un vistazo a quienes se encontraban dentro del despacho.

El hombre que hablaba sobre los musulmanes estaba completamente calvo y poseía unas cejas muy pobladas y blancas con forma picuda, como si fueran sendos tejados sobre los ojos; su piel, pálida y arrugada, se dibujaba en el rostro como un viejo y agrietado mapa. Al lado del anciano, un hombre de unos treinta y cinco o cuarenta años, y con el cabello rubio recogido en una descuidada coleta, lo miraba tras unas gafas cuyos cristales eran completamente redondos. A la derecha, una mujer un poco más joven, de rasgos orientales, revisaba de forma nerviosa su reloj y, después, la pantalla de su teléfono móvil. El subinspector inclinó la cabeza en forma de saludo, pero enseguida se dirigió a su compañera:

—Por favor, Kira, ¿puedes venir un minuto?

La policía se levantó y se apuró en salir del despacho, en el que dejó la puerta entornada, casi cerrada por completo. Se alejó unos pasos para dirigirse a Rivas en tono de confidencia, y en aquel instante llegó Nico Somoza, quejándose de lo que le había costado aparcar su coche por culpa de otro vehículo mal estacionado en el garaje de la comisaría. Ni el subinspector ni la policía le hicieron el más mínimo caso, pues Pietro ya concentraba toda su atención en Kira para averiguar quiénes eran y qué querían realmente las personas que estaban en la Pecera, a la que ahora señalaba con la mano.

—Los amigos de Lucía Pascal, imagino.

—Sí… Y menos mal que llegáis, esta gente es pesadísima —se quejó la joven, casi en un susurro.

—Pues parecen mansos —se burló Nico, que miraba de reojo todo lo que podía atisbar a través de la enorme cristalera del despacho del inspector.

Pietro frunció el ceño. Para entender aquel desbarajuste debía ir por partes. Miró a su alrededor.

—¿Se puede saber dónde está todo el mundo?

—Los atracos —replicó Kira, con expresión de agobio—, ha habido otro en el Calvario.

—¿Otro más?

—Sí, y se ha liado una tremenda, porque el comisario dice que estamos quedando ante la prensa como unos incompetentes, que esta banda ya lleva dos años descontrolada y creciendo cada vez más… Souto y Castro han tenido que ir para allá, y yo me he quedado con estos, que se creen que estamos en *Piratas del Caribe*. En fin, ya sabéis… Lo mío no es tratar con la gente.

Pietro sonrió, comprensivo. Kira Muñoz era de pocas palabras, tímida y no demasiado amiga de tomar declaraciones. En realidad, nadie sabía muy bien cómo la joven había llegado a ser policía, porque no aparentaba tener gran vocación y siempre que podía distraía su atención leyendo novelas románticas; precisamente aquellos días tenía una de Elísabet Benavent sobre su mesa. Nico llamaba a Muñoz la pija, y todos pensaban que tenía algún vínculo familiar con el comisario.

—¿Y Meneiro? ¿Cómo es que no está?

—Lo llamó el comisario y tuvo que ir urgentemente a su despacho. Se cuece algo raro por ahí, no sé.

—Será por lo de los atracos.

—Era otra cosa —negó ella, convencida—, pero no me preguntes, porque no tengo ni idea.

Pietro frunció el ceño. No era habitual aquel tipo de requerimiento al inspector, y menos con carácter de urgencia. ¿Qué diablos estaba pasando aquella mañana? Kira les hizo un gesto a él y a Nico, y se dirigió a su propia mesa.

—Yo tengo que ir al Calvario y después al juzgado —les explicó; la joven señaló el interior de la Pecera con la mano—. Ya os quedáis vosotros con estos, ¿no?

—Espera —la frenó Pietro, que la miró como si ella misma fuese un rompecabezas que ordenar. Era cierto que Kira disponía de escasa pericia para tratar a las personas, y, aunque su agilidad para las gestiones burocráticas y judiciales era muy útil, el subinspector todavía la necesitaba—. Llevas con esta gente un buen rato… No sabemos qué te han contado, qué quieren, si te han traído alguna documentación… ¿Por qué creen que han asesinado a Lucía Pascal?

—Porque dicen que ella encontró algo, una información muy valiosa sobre un tesoro... Pero no saben qué es.

—¿No lo saben? —se extrañó Pietro—. ¿Y entonces?

Ella suspiró.

—Entonces me he tenido que tragar una cantidad increíble de posibles tesoros que esa mujer podría haber encontrado en la ría de Vigo —le explicó, cogiendo ya su chaqueta—. El viejo parece una enciclopedia... ¿Sabíais que todo lo que lleve más de cien años en el agua ya es Patrimonio Cultural Subacuático?

—¿Todo? —preguntó extrañado Nico, que con la pregunta había alzado una ceja.

—Bueno, todo lo que no esté en uso y que no sean cables, tuberías y cosas así, me ha dicho... Una convención de la Unesco de 2001, que puso un montón de normas. No sé qué tiene eso que ver con la señora que se ha muerto en Coruxo, pero por lo visto era historiadora naval. Mirad —añadió, mostrándoles una pequeña libreta—, he dejado anotadas un par de cosas aquí, y al principio fue Meneiro el que habló un rato con ellos, por eso estábamos en su despacho.

El subinspector no se mostró satisfecho.

—De esta gente... ¿Habéis revisado sus acreditaciones?

—Por supuesto —se apuró Kira—. Viste a la mujer china, ¿no? Bueno, pues no es china —se respondió a sí misma—, sino de A Coruña, y resulta que trabaja para el Consejo Superior de Investigaciones Científicas y que colabora en no sé cuántos museos; se llama Linda Rosales, y me acuerdo bien porque ni el nombre ni el apellido le pegan nada —razonó, convencida—. Debe de ser adoptada... —reflexionó casi en un susurro, pues ella misma lo era—. Qué raro, siempre les suelen poner algún nombre chino, ¿no?

Pietro se encogió de hombros, porque ni lo sabía ni le interesaba.

—¿Y los demás?

—El rubito, el de pelo largo, es un contable aficionado al buceo a grandes profundidades; solo ha hablado una vez, y ha sido para decir no sé qué de Jacques Cousteau. Tiene un nombre rarísimo, ¿cómo era? —dudó la policía, que cerró los ojos como si así pudiese pensar con mayor claridad—. ¡Ah, sí! Metodio, Metodio Pino. El apellido lo sé seguro porque era el nombre de un árbol —afirmó, satisfecha. Acto seguido terminó detallando lo que consideraba relevante del tercer visitante—. El viejo que no para de hablar es Miguel Carbonell, un arqueólogo submarino retirado, y ya veis que solo le ha faltado pasarme la biografía de Barbanegra. Muy raro todo —concluyó con un suspiro, como si no hubiese nada que hacer ante aquella estrafalaria situación.

Pietro cruzó una rápida mirada con Nico y se dio cuenta de que aquellas tres personas, a solo diez metros de distancia, ya habían dejado de conversar entre ellas, porque ahora los buscaban con la mirada y los observaban con el máximo interés a través de los espacios libres del cristal de la Pecera.

El cuerpo de Lucía Pascal ya había llegado al Instituto de Medicina Legal de la Ciudad de la Justicia de Vigo. Las instalaciones del IMELGA se ubicaban en el sótano de un antiguo rascacielos de los años cincuenta, cuya altura ahora apenas resaltaba en el paisaje, pero que en su día había sido una de las construcciones más altas de Galicia. Pese a que tras la reforma del inmueble los arquitectos no habían rescatado su antigua escalinata, lo cierto era que el edificio, completamente blanco, había recuperado parte de su antiguo y evocador encanto; el hecho de que hubiese funcionado como principal hospital de la ciudad durante más de cincuenta años había supuesto para abogados, procuradores y personal administrativo un sinfín de historias sobre corrientes extrañas, ambientes helados y espíritus traviesos, aunque lo cierto era que el diseño del nuevo recibidor era tan singular y amplio que lo difícil habría sido que el enorme zaguán de los Juzgados de Vigo hubiese sido cálido.

Raquel Sanger avanzó hacia su despacho en el IMELGA sin dejar de preguntarse, como venía haciendo desde hacía meses, cómo era posible que desde el recibidor hasta su zona de trabajo tuviese que caminar cuesta arriba, pues habían diseñado el interior siguiendo la inclinación del terreno, que en Vigo era un vaivén de empinadas cuestas desde la orilla de la ría hasta el pico del monte del Castro.

La jefa de Patología Forense de Vigo accedió al departamento del IMELGA a través de su puerta de cristal y, tras saludar al personal que a su izquierda atendía la recepción y el servicio de la clínica médico-forense para los vivos, penetró por un largo pasillo blanco hasta el Servicio de Patología para los muertos. Su despacho, como el del resto de los médicos, estaba tras una puerta de madera con modernos tiradores verticales, y cuando Raquel llegaba a aquel espacio tenía la sensación de adentrarse en un extraño y desangelado hotel. Cuando entró por fin en su despacho, vio que Álex Manso, su marido, estaba esperándola en el interior.

—Hola, querida. ¿Qué tal ha ido por Coruxo? —le preguntó, levantando la mirada de unos autos judiciales; en realidad, aquella mesa estaba más llena de expedientes del juzgado que de informes de autopsia o de exámenes clínico-forenses, pues gran parte de su labor era declarar en juicios y pruebas periciales.

Ella resopló, se quitó un abrigo muy grueso y una bufanda, y se sentó directamente en una de las sillas que había frente a su propio escritorio.

—Un caso difícil, y más con ese subinspector nuevo, ¿sabes quién te digo?

Su marido, que al igual que ella misma disponía de unos agradables ojos azules cubiertos por una pátina de brillante luz, arrugó la nariz y torció el gesto, como si estuviese pensándolo.

—¿El guaperas que viene de Santander?

—Ese. ¿Has trabajado ya con él?

—Coincidimos en un par de ocasiones. Muy educado, aunque de pocas palabras. Creo que su familia es millonaria o algo así.

—Ah. ¿Y qué pinta aquí? ¿Es un bala perdida?

Álex sonrió.

—Será un rebelde, mujer. Es joven.

—Es un sabelotodo el niñato —rezongó—, que no sé cuántos años tiene, pero vamos… Eso sí, no es tonto el cabrón. ¿Puedes creer que me cuestionaba todo el tiempo? ¡Y sabe de medicina!

Álex Manso sonrió; se mesó su cabello castaño, que ya raleaba y era algo canoso, y se reclinó en la silla. Miró a su mujer con divertido interés.

—Cuéntame, ¿qué ha pasado?

La forense tomó aire y le explicó todo lo que había vivido aquella misma mañana en la casita de A Calzoa. Realmente, si alguien pudiese observar a aquella pareja desde lejos, habría coincidido con el Irlandés en sus apreciaciones: la ropa, la forma de mirarse y de hablar... Raquel Sanger y Álex Manso eran lo más perfecto que, en apariencia, pudiera ser una pareja de su edad. Se comunicaban con una viveza extraordinaria, como si todavía no los hubiese cansado la vida. Cuando Raquel terminó de detallar todos los aspectos médicos y técnicos que consideró de interés, esperó con cierta ansiedad la opinión de su marido. Observó que él se mordía el labio inferior, como siempre que tenía dudas, y se cruzó de brazos, molesta.

—Qué, ¿no crees que sea el síndrome de la madriguera?

Él, ensimismado, se levantó y comenzó a caminar por el pequeño despacho, que estaba al lado de la sala de autopsias. Se giró hacia su mujer, muy serio.

—Todo apunta al síndrome, pero me has dicho que tenía decoloración marrón, casi rosa, en articulaciones, rodillas, muñecas y codos...

—Son signos claros de hipotermia —atajó ella.

—Cierto, por lo que no podemos descartar posibles infiltraciones hemorrágicas y otro gran número de posibilidades.

La forense frunció el ceño.

—¿Insinúas posibles lesiones en vida?

—No lo sé, pero el caso es realmente extremo. Tendríamos que hacer un análisis de histamina.

Raquel Sanger suspiró.

—Ya le dije a ese policía que todavía teníamos que practicarle el examen interno al cadáver —insistió—, aunque ya me fastidiaría darle la razón.

—Y a mí me fastidiaría no invitar a comer a mi maravillosa mujercita.

—En el bar de la esquina, ¿no? —suspiró ella, desganada—. ¡Qué glamour!

Álex se levantó y se puso el abrigo.

—Mujer, nos queda cerca, y cuanto antes terminemos… Reconócelo, tú también estás deseando empezar ya el examen del cuerpo. Aunque seguro que esa pobre mujer murió en su casa, sola y desorientada, por culpa dc cstc maldito frío.

Raquel asintió, en realidad poco convencida. Antes de irse a comer, inquieta, dio instrucciones a su equipo para que preparase la sala de autopsias. No sabía si se habría equivocado en su diagnóstico inicial ni qué iba a contarle el cadáver de Lucía, pero tuvo la sensación de que en el aire de la calle, como en su cabeza, flotaba la fría y afilada escarcha de la duda.

Pietro tomó el asiento del inspector Meneiro, se presentó a sí mismo y al oficial Nico Somoza, que cogió una silla y se acomodó a su lado. Antes de poder empezar a hacer preguntas, fue el anciano señor Carbonell el que se adelantó y comenzó su propio interrogatorio:

—Digan, ¿cómo fue? ¿Le hicieron daño a Lucía? Oh, por supuesto que le hicieron daño —se respondió a sí mismo—, estaba muerta. ¿Saben si sufrió?

Pietro tomó aire.

—Lo lamento, pero las circunstancias del fallecimiento de su amiga Lucía todavía están pendientes de determinar; esta tarde se practicará la autopsia, aunque parece que el motivo del deceso obedece a causas naturales.

—¡Imposible! Un vecino nos ha dicho que se encontraba todo revuelto y que la puerta estaba abierta, ¡con este frío! ¿Cómo iban a ser causas naturales? ¿Nos toma por idiotas?

Pietro negó con un leve movimiento de cabeza.

El anciano arqueólogo avanzaba por el mismo camino que él había transitado, siguiendo el curso de la lógica. De forma previa a explicarles el síndrome de la madriguera, ojeó las notas de Kira.

—Antes de continuar, ¿pueden decirme su relación concreta con la fallecida?

—¿Relación? De amistad, naturalmente. Colegas del gremio, del oficio, ¿me entiende? Yo a quien primero conocí fue a su marido, a Marco. Un arqueólogo y buceador extraordinario, trabajó conmigo aquí en Vigo y en A Coruña durante muchos años, en concreto con un galeón del siglo XVI que descubrimos gracias a un marinero… De pronto era rico, ¿sabe? El pobre idiota había encontrado un lingote de plata pescando al espejo, con un mirafondos… Increíble, ¿no? Y así encontró el resto, claro, pero no supo ser discreto y pronto nos dimos cuenta de que…

—De modo que también era arqueólogo y buceaban juntos —atajó Pietro, que ya sospechaba que, de no frenar la incontinencia verbal del señor Carbonell, podrían pasar toda la jornada escuchando viejas historias.

—¿Bucear, yo? —se sorprendió Carbonell, que se rio, miró a sus compañeros y negó con una mano—. ¡No he buceado en mi vida! ¿Para qué cree que contrataba a Marco? Yo dirigía, él prospectaba.

Pietro cruzó, de nuevo, una mirada significativa con Nico. Un arqueólogo submarino que no buceaba y que iba a la comisaría a denunciar un asesinato que no había visto y que, de momento, era imaginario. Aquello iba para largo.

—Así que conocía usted a Lucía desde hacía mucho tiempo, entiendo.

—Sí, señor. Unos treinta años, diría. Una grandísima historiadora naval, que participó en la preparación del Plan de Protección del Patrimonio Subacuático de España, tremendamente metódica y disciplinada, se lo aseguro… Marco no, él era diferente; más de hablar con marineros, más de indagar aquí y allá; otro método muy válido, naturalmente, pero menos profesional.

Pietro tomó aire y se dirigió a Linda Rosales y a Metodio Pino.

—¿Y ustedes? ¿Pueden decirnos de qué conocían a la fallecida?

Linda Rosales miró al contable y, tras un gesto afirmativo de este, que al parecer daba conformidad para que ella pudiese funcionar como portavoz de ambos, comenzó a hablar:

—Metodio y yo conocimos a Lucía en el Museo de Meirande.

—¿El de Rande? —preguntó Nico, sorprendido.

Ella asintió, y el oficial se inclinó hacia Pietro para hacerle una aclaración, ya que él, por lógica y llevando tan pocos meses en la ciudad, lo más probable era que no conociese ni ubicase aquel pequeño museo.

—A las afueras de Vigo, ya en Redondela… ¿Sabes dónde está el puente? Pues ahí —añadió, dirigiéndose después a la mujer—. Es el museo de los barcos hundidos en la batalla de Rande, ¿no?

—Sí, señor, la batalla de 1702 —confirmó ella, muy seria—. De hecho, Lucía fue una de las personas que más colaboró a la hora de aportar información histórica y contexto a toda la exposición del museo. Aunque yo trabajo principalmente para el CSIC en Madrid, para sus laboratorios de arqueobiología, también he participado en varios proyectos del Centro Oceanográfico de Vigo y del Instituto de Investigaciones Marinas… Ahora colaboro con el Museo de Pontevedra de forma estable —añadió, completando su impresionante currículum—, pero hace dos años la Xunta de Galicia me requirió para estudiar la viabilidad de un proyecto directamente vinculado a Meirande —concluyó, dando la sensación de que ya no tenía nada más que decir.

Pietro tuvo la sensación de que las últimas palabras de la investigadora del CSIC se habían tambaleado un poco, inseguras. Tal vez hubiese algo más que contar. Decidió darle un empujón.

—Ha muerto una mujer, señora Rosales, y ustedes han venido aquí sugiriendo la posibilidad de un asesinato. Lo que nos cuente será confidencial, pero necesitamos que nos facilite toda la información de la que disponga.

La mujer suspiró y, tras unos segundos retorciendo una mano contra otra, continuó hablando:

—Una empresa que se llama Deep Blue Treasures solicitó hacer un estudio detallado sobre los pecios que quedaban en Rande tras la batalla, así como sobre la posibilidad de extraer varias docenas de cañones de hierro que se prevé que podrían estar en el fondo… Pero esto no es tan sencillo, porque remover esos lodos puede provocar una toxicidad en la ría que estropearía el marisqueo de la zona... —explicó, en un tono suave y tímido—. Aunque nos cueste reconocerlo, la arqueología constituye, de por sí, una actividad destructiva.

—¿Destructiva?

La mujer asintió, y a Pietro le pareció que las líneas orientales de su rostro eran limpias y armoniosas, aunque en su tibia sonrisa se dibujase un enigma. Tuvo la sensación de que estaba ante una persona que sabía mucho más de lo que contaba.

—Al excavar y remover los fondos destruimos un envoltorio que hasta entonces ha estado protegiendo un resto histórico; no se puede levantar un estrato sin destruirlo... Es lo que llamamos el efecto Pompeya.

Pietro alzó las cejas, interesado y sorprendido, y con el gesto animó a la investigadora a que se explicase.

—Es lo que hace el mar con lo que se engulle, ¿entiende? Primero se traga el navío, pero después también lo conserva; lo cuida en cierto modo, si lo vemos desde un punto de vista poético.

—Bah —intervino Carbonell, dirigiéndose a Pietro y gesticulando de forma exagerada para restar importancia al concepto pompeyano—. Es argot arqueológico, nada más... El fondo del océano puede llegar a ofrecer condiciones de temperatura, luz y estabilidad ambiental que, unidas a los lodos y los mantos de arena que cubren los pecios, favorecen su conservación, naturalmente... Pero eso es todo.

Interesado, el subinspector siguió dirigiéndose a la investigadora del CSIC.

—¿Quiere decir que, sea lo que sea que haya en Rande, podría haberse conservado perfectamente gracias a las condiciones subacuáticas?

—Es muy posible, dado el tipo de lodos y la temperatura del agua de la zona, pero la Convención de la Unesco de 2001 sobre Protección del Patrimonio Cultural Subacuático establece que, precisamente por ese efecto Pompeya —recalcó, mirando de reojo al arqueólogo—, lo preferente siempre es conservar in situ los restos arqueológicos.

—Entonces deduzco que Deep Blue Treasures nunca consiguió ese permiso.

—Todavía lo estamos valorando, únicamente por razones de trascendencia histórica, pero conservar objetos fuera del agua resulta difícil y costoso... En fin, es complejo —añadió, en un tono ya más académico—. En todo caso, al estudiar el yacimiento subacuático fue cuando conocí a Lucía, porque ella, su marido y el señor Carbonell —explicó, mirando de nuevo al anciano— habían hecho ya un estudio pormenorizado de la zona arqueológica hace bastantes años.

—¿Y qué más? —insistió el subinspector, que notaba una indefinible pero marcada reticencia de la investigadora para hablar. La mujer suspiró, intranquila.

—El caso es que... En fin, desde que esa empresa solicitó el permiso, Lucía se puso a investigar en archivos y en otras fuentes documentales que al parecer antes no había tocado; incluso habló con un marinero jubilado que es maquetista naval y que ha trabajado para el Museo de Meirande y al que, por cierto, hemos llamado ya hace un par de días y no podemos localizar.

—¿No les coge el teléfono, quiere decir?

—Sí, está ilocalizable.

—¿Y solían poder hablar con él normalmente?

—Por lo general sí. Aunque ahora, precisamente por esas últimas investigaciones de Lucía, lo necesitábamos para una nueva exposición, porque ella había identificado algunos errores en maquetas anteriores que había que subsanar.

—¿Errores?

La investigadora pareció restar importancia con un gesto de la mano.

—Detalles que en realidad se le escapan al gran público, como la inclusión de ruedas de timón en algunas de las naves hundidas en Rande, cuando solo se inventaron y se empezaron a usar de forma progresiva, más o menos, desde la fecha de la batalla.

—1702.

—Exacto. Pero es que Lucía era así, muy puntillosa. Es cierto que muchos barcos eran ya antiguos y que, al hundirse, tendrían caña de timón y no rueda, pero tampoco podemos constatarlo.

—Así que Lucía y el maquetista tenían buena relación.

—Hablaban con frecuencia, sí, pero imagino que ella le aportaría información para sus trabajos. Antonio se toma muy en serio cada maqueta, reconozco que es un verdadero artista.

—¿Han intentado ir a verlo en persona, o tienen el contacto de algún familiar o amigo?

—La verdad es que no —reconoció la investigadora, como si ahora, de pronto, le diese algo de apuro haber dicho que el maquetista estaba ilocalizable cuando no habían hecho más que algunas llamadas a su teléfono. Sin embargo, el subinspector pareció tomarse en serio el asunto.

—¿Tiene su nombre y apellido, dirección y datos de contacto a mano?

—Ah, pues… Se llama Antonio Costas, vive en Bouzas; pero a lo mejor no nos coge el teléfono porque está de viaje, ¿no? Se prejubiló joven, con cincuenta y pico años. O puede ser por cualquier otro motivo sin importancia, no sé yo si…

—Descuide, una simple comprobación no hará daño a nadie, y además nos vendrá bien hablar con él para saber en qué trabajaba con Lucía Pascal.

Linda Rosales asintió, al parecer algo aliviada por el hecho de que el señor Costas pudiese ser interrogado como testigo o simple informador de algo y no porque ella hubiese sido demasiado alarmista. Le facilitó a Pietro los datos del maquetista que tenía en el teléfono móvil, donde guardaba la factura por su último trabajo, y el subinspector se disculpó, se alejó unos instantes e hizo una llamada. En menos de un minuto ya había regresado y continuaba con sus preguntas a la investigadora del CSIC.

—Dígame, ¿Lucía no le contó nada más de esas fuentes documentales o de las personas con las que había hablado?

—No —negó Linda, ahora con firme seguridad—, era muy hermética para sus investigaciones, y además en las últimas semanas, no sé…, estaba rara. Decía que la seguían, que había encontrado algo y que de momento no podía contarnos nada por nuestra propia seguridad. Como era ya un poco mayor, en fin... Tenía muchos despistes y a veces se le iba un poco la cabeza. Yo no lo había tomado en serio, la verdad.

—Ni yo —reconoció Carbonell, cabizbajo—. Le pedí que fuera al médico, le dije que yo mismo la acompañaría, y se enfadó terriblemente. ¡Los últimos meses tenía tantos despistes! —lamentó, ahogando un suspiro—. Preguntaba cosas extrañas... Saltaba del siglo XVIII en España al Imperio bizantino en el primer tercio del Medievo para después no querer responder nuestras preguntas y asegurar que la seguía alguien.

—Y ahora está muerta —intervino el contable, cuya voz denotaba tristeza.

Pietro centró en él su atención.

—¿También colaboraba usted con el Museo de Meirande?

—Sí, señor, pero solo en calidad de aficionado. No soy arqueólogo ni nada parecido... —se excusó, tímido y sin apenas mirar a los ojos a Pietro—. Pero he estudiado los naufragios de la ría y he ayudado con mi equipo de buceo a localizar restos arqueológicos varias veces, por eso conocía a Lucía.

El subinspector apoyó los brazos sobre la mesa y se aproximó a sus interlocutores.

—¿Lucía les contó algo más en relación con esos seguimientos que le hacían? Quiero decir... ¿Les dio algún nombre, tienen alguna sospecha?

—No —respondió Linda—; cuando le preguntaba, cambiaba de tema.

—¿Y le consta si esa empresa, Deep Blue Treasures, contactó con ella de alguna forma?

La investigadora negó con un gesto.

—No... De hecho, esa compañía, que yo sepa, está ahora ya en otro proyecto a la entrada de la ría para recuperar cobre y zinc de un carguero que naufragó allí hace más de cuarenta años.

Pietro sopesó la información durante unos segundos y tomó una decisión. Aquel pequeño grupo de personas, en principio, era lo más parecido a una familia que tenía Lucía, de modo que no haría daño a nadie si, para tranquilizarlos, les facilitaba un poco de información.

—Creo que deben saber algo importante… Su amiga Lucía, por desgracia, sufría un tipo de enfermedad que recibe el nombre de demencia de los cuerpos de Lewy, y este problema neurodegenerativo podía provocarle paranoias y, al parecer, hasta visiones. Siento que se enteren de esta forma, pero no creo que encontrase ningún tesoro y que mucho menos la siguiese nadie.

Todos guardaron un sobrecogedor silencio, y el anciano señor Carbonell no pudo disimular una expresión de gran pesar y desconcierto. Resultaba evidente que Lucía no había compartido aquel diagnóstico con nadie. Pietro, con mucha delicadeza, procedió a explicarles los detalles del síndrome de la madriguera y procuró ofrecerles algunas palabras de consuelo sobre aquella extraña y triste pérdida. Después se levantó y se dirigió hacia la puerta de la Pecera, dispuesto ya a despedir a aquellos singulares investigadores. Sin embargo, cuando iba a salir del despacho del inspector, fue este el que apareció en el umbral. Y no venía solo.

Al alto y desgarbado inspector Meneiro lo acompañaban un hombre de grueso bigote y cabello revuelto, que lo flanqueaba a la izquierda, y una impresionante mujer rubia, vestida como una ejecutiva de traje, chaleco y chaqueta con corbata, que le seguía el paso a la derecha. Iba peinada con una tirante cola de caballo y su elegante atuendo era de gruesa lana marrón, con un toque vintage que la hacía parecer una extraña y modernísima mujer en pantalones salida de los comienzos del siglo xx. El inspector no se molestó en saludar.

—Ah, ¡maravilloso! Sí —dijo, mirando a la mujer rubia—, todavía están aquí.

Pietro Rivas, sorprendido, señaló vagamente con la mano al arqueólogo y sus amigos.

—Hemos terminado de tomarles declaración y… Bueno, ya se iban.

—Quieto todo el mundo —ordenó Meneiro, que con su altura de casi dos metros imponía autoridad con su mera presencia. No daba la impresión de poder permitirse perder el tiempo con rodeos ni subterfugios—. Por favor, regresen todos a mi despacho.

El subinspector y el oficial no entendían nada, y mucho menos el arqueólogo, el contable submarinista ni la investigadora del CSIC, pero volvieron al interior de la Pecera sin oponer ninguna resistencia. Al entrar, Meneiro les presentó a quienes lo acompañaban.

—He venido con don Óscar Pereiro, fiscal coordinador jefe de Vigo especializado en patrimonio histórico, y con la inspectora de la Brigada de Patrimonio de la Policía, Nagore Freire, que acaba de llegar desde Madrid.

Pietro miró de reojo a Nico, que había vuelto a levantar una ceja, dejando claro con el gesto que, al igual que él, era la primera vez que veía a alguien de la brigada dedicada de forma específica al patrimonio. El subinspector no dijo nada y esperó a que Meneiro explicase qué estaba sucediendo.

—Lucía Pascal —comenzó a decir el inspector, despacio y tomándose su tiempo para escoger las palabras adecuadas—, a pesar de que parece haber fallecido por unas lamentables causas de origen natural, sí podría estar implicada en un tema de honda gravedad e importancia, porque puede que tengamos aquí, en la ría de Vigo, algún…, digamos… —dudó—, algún tesoro muy valioso.

—¿En Rande? —se atrevió a preguntar el señor Carbonell, con la voz más agrietada que nunca, aunque al momento se respondió a sí mismo, casi en un susurro—. Pero si lo que queda ahí apenas debe de dar para tres vitrinas de museo…

—En algo que tiene que ver con Rande —respondió la inspectora de la Brigada de Patrimonio, con una voz limpia, clara y glacial—, pero que está en otra zona de la ría.

Pietro resopló. Más ambigüedades, más ánimo de añadir misterio legendario a asuntos prosaicos. No debería decir nada ante su inspector y mucho menos ante una inspectora de Patrimonio que acababa de conocer, pero no pudo evitar dirigirse a ella con impaciencia contenida.

—Sin duda un conflicto de hace más de trescientos años como el de Rande debe de ser muy relevante para los vigueses, pero le agradecería concreción en todo lo que competa al caso de Lucía Pascal del siglo XXI.

Nagore Freire miró a Pietro y, aunque su semblante permaneció sereno e imperturbable, le habló con dureza:

—La batalla de Rande, señor Rivas, no fue un conflicto sin más, y desde luego no afectó solo a los vigueses. Estamos hablando de un acontecimiento bélico a nivel internacional que supuso un punto de inflexión en la guerra de sucesión española. Entre otros países, Inglaterra y Holanda llegaron a la ría de Vigo para pelear con franceses y españoles, y llevarse el cargamento más rico e imponente que jamás había transportado la Flota de Indias. Murieron miles de personas, y, cuando acabó la guerra, el Imperio español comenzó a desmembrarse. Para que lo entienda —añadió, con fría condescendencia—, toda Europa se disputaba en aquella guerra el equilibrio de poderes y la jerarquía comercial y política del continente americano.

Pietro mantuvo la mirada a Nagore, molesto ante su insultante indulgencia. Qué policía tan extraña, con aquella indumentaria a camino entre un atuendo masculino y una moda salida de otra época. Su tirante peinado era impecable y su maquillaje se perfilaba de forma suave y femenina, aunque la energía de esa mujer, que debía de tener más o menos su edad, parecía la de un ejército.

Entre tanto, los amigos de Lucía, indiferentes al duelo entre Pietro y la inspectora, hacían sus propias cábalas.

—Pero si estamos hablando de otra zona de la ría que no sea Rande... —comenzó a emocionarse el contable, que abrió mucho los ojos y al instante buscó la mirada de Carbonell—. ¿Y si lo que están buscando es...?

El anciano arqueólogo se puso en pie, y en su semblante se dibujó la expresión de aquellos que de repente tienen una gran revelación.

—¡No puede ser! ¿Lo han encontrado?

Pietro, Nico y hasta la investigadora del CSIC miraron al anciano con asombrado interés. El señor Carbonell se acercó a Nagore Freire, que también lo observaba a él, inalterable ante el estupor que había generado en el anciano. Fue Pietro el que, todavía desconcertado, preguntó por aquel tesoro.

—Pero ¿qué...? ¿Qué cree que es lo que han encontrado?

Al anciano le brillaron los ojos.

—¡El galeón, subinspector! Dios mío, ¿será posible? —se preguntó, llevándose las manos al rostro. En sus ojos diminutos se había encendido un nuevo brillo, como si alguien hubiese prendido una hoguera dentro. Dio dos pasos más hacia la inspectora y, de forma solemne, la tomó del brazo.

—Díganos, es el navío perdido, el galeón fantasma, ¿verdad?

Ella asintió.

—Creemos, en efecto, que se trata de una nave de considerables dimensiones que podría contener un tesoro patrimonial incalculable de la Flota de Indias, si bien todavía tenemos que localizarla de forma fidedigna y estudiar a fondo toda la documentación y el contexto que...

—Dios mío, ese navío lo investigaron Lucía y Marco hace más de cuarenta años, pero jamás pudieron encontrarlo... ¡Llegamos a creer que era una leyenda! —murmuró él, interrumpiéndola e incapaz de contener su emoción. De pronto pareció darse cuenta de algo; se dirigió a Pietro y le pidió que bajase el mapa de la ría de Vigo que estaba apoyado sobre el archivador—. ¿Tienen una pizarra? —preguntó, eufórico. Después volvió a acercarse a la inspectora y, sin mediar palabra, la tomó de las manos—. Cuéntennos lo que saben, y nosotros, naturalmente, los ayudaremos a encontrar esa maravilla.

MIRANDA

Se llamaba Rodrigo, y su mirada oscura dibujaba dos puntos brillantes sobre el rostro, moreno y marcado por el sol y el salitre. El cabello, largo y revuelto, hacía juego con una gruesa barba que llevaba semanas sin recibir cuidado de ninguna clase. Con aquel aspecto su edad resultaba indefinible, pero su complexión y fortaleza dejaban intuir que no debía de tener más de veinticinco o treinta años. Las tormentas y los vientos de comienzos del verano del año 1700 no habían sido favorables, y le había llevado casi tres meses llegar a la ría de Vigo desde el Nuevo Mundo. Todavía no había visto el cortejo nupcial en el que navegaba Miranda, y se concentraba ahora en atender a los responsables del Gremio de Mareantes que habían acudido en lancha a recibirlo. La representación del Gremio se había adentrado algo más de media legua en las aguas para frenarlo en su travesía.

—¿De dónde vienen? —le preguntó un hombre muy alto y fuerte que a él le pareció un gigante.

—De Veracruz —había respondido, tras identificarse como el capitán de la nao, que por sus hechuras asemejaba más bien una fragata, muy maltrecha tras el largo viaje. Apenas había una docena y media de tripulantes y siete u ocho pasajeros que, como él, parecían necesitar un buen baño, comida fresca y descanso—. Tengan la merced de dejarnos paso, pues ya no disponemos de agua que no sea salobre o no esté corrupta, y ni las ratas podrían sobrevivir una semana más a bordo.

—¿No han hecho escala en las Azores?

—No pudo ser. Las tormentas fueron muchas, y el viento ya nos trajo a esta costa.

—El Señor guarda su misericordia para todos, no caiga en la desesperación —le replicó el hombre desde la lancha.

Se presentó como Pedro Roca, y no solo era el más alto y fuerte de todos: por su forma de hablar, y de moverse, dejaba claro que era quien mandaba. Con un gesto, dio orden para que uno de sus marineros, sin tocarlos, les acercase un pequeño barril con agua. Después, levantó del fondo de su embarcación dos largas cañas, de al menos doce o catorce varas de largo, y le pidió a Rodrigo la documentación para asirla con aquella distancia y sin acercarse más de lo necesario.

—No estamos enfermos, señores —se quejó Rodrigo, con cierto hastío.

—Dios así lo quiera, capitán. No tome como ofensa el procedimiento —le recomendó Pedro—, pues se llevan haciendo las entradas de la mar de esta forma desde hace más de veinticinco años y, además de otros males, hemos evitado la llegada de la muerte negra, y la roja, a nuestra noble villa —le explicó, sin ocultar su orgullo y refiriéndose a la peste y a la viruela, al tiempo que cogía con las cañas la documentación y la metía en una vasija con vinagre—. Le advierto que, en tierra, toda la tripulación pasará los controles pertinentes, y, como alguno de los mareantes esté contagiado de cualesquiera de los males del Nuevo Mundo, no saldrán de esta nao en cuarenta días, ¿estamos?

—Estamos.

Rodrigo, armándose de paciencia, confió en que su maltrecha documentación pudiese sobrevivir al humo y a la llamarada que, dentro de la lancha, se había prendido en una pequeña vasija llena de paja y romero, que ahora ahumaba sus papeles como si fueran sardinas. Cuando terminó el proceso, Pedro se mojó la nariz y las manos con vinagre y procedió a leer la documentación. Sin embargo, en la espera, fue Sebastián, un jovencísimo grumete de Rodrigo, el que dio la señal de alerta.

—Mi capitán, ¡allí! ¿Ve aquellas tres naves? Sí, ¡allí! —insistió, llevando a Rodrigo un catalejo que parecía tan sucio y ruinoso como el resto de la tripulación—. ¿No son moros los que las abordan?

—Por la Virgen del Carmen que lo son, chico... Dos barcos moros —confirmó Rodrigo, muy serio y con la mirada forzada sobre el catalejo. Frunció el ceño y se digirió a Pedro Roca—: ¿No tienen ejército ni corsarios que protejan estas costas?

Pedro, que era bastante mayor que Rodrigo, también frunció el ceño.

—Pero ¿cuánto tiempo lleváis fuera, capitán? No guarda mi memoria el haber visto nunca a los ejércitos de su majestad en Galicia, salvo para levantar los muros y castillos de esta villa, y eso solo cuando era yo niño —señaló, dirigiendo la mirada hacia Vigo, cuyos baluartes y murallas se habían alzado hacía más de treinta años—. Aquí nuestra defensa son más las milicias que los tercios, y vive Dios que el corso fue prohibido hace más de un año, aunque bien es sabido que algunos, aún sin licencia, siguen ejerciendo.

El semblante de Rodrigo, a pesar de la densa barba y de los cabellos desmadejados, que a ratos ocultaban parte del rostro, dibujó una evidente decepción. Él sabía que, en la práctica, las milicias solo las componían de forma obligada labradores, ganaderos y vecinos con pocos recursos, por lo que las defensas de la ciudad —tal y como ya se había informado antes de llegar— debían de ser muy pocas.

—Devolvedme la documentación, don Pedro. Pronto, que he de acudir a socorrer a esos desgraciados.

—¿Vos? Son dos naves e irán artilladas. Dejadme avisar en puerto.

—No hay tiempo. Id, pero yo parto hacia allá. ¿No veis el viento favorable?

La tripulación de Rodrigo mostró cierto revuelo y decepción, pues agotados de la travesía nada deseaban más que llegar a tierra firme, pero evitar un abordaje de infieles parecía una obligación ineludible. Pedro, antes de devolverle los papeles a Rodrigo, ordenó al marinero que les había pasado el agua que hiciese lo propio con un pequeño cesto de manzanas. Cuando la nave —con toda su tripulación devorando las frutas— partió hacia el cortejo naval ya abordado de Miranda, Pedro Roca negó con el gesto y se rascó el cogote, todavía sorprendido. Miró a los marineros.

—Rápido, a puerto. Vamos a solicitar refuerzo para esos valientes. Vive Dios que hoy ha sucedido un milagro.

—Don Pedro, ¿un milagro? —replicó un marinero—. Esa nao estaba a falta de calafateo y de cuidados… Como no los ayuden la Virgen del Carmen y todos los santos, la terminarán de hundir los moros.

—Tal vez no, pues ese capitán no era cualquiera. Si he leído bien su nombre, y si es quien la tinta cuenta, por Dios os digo que ha venido de entre los muertos.

Rodrigo forzó las velas y se preparó para el encuentro con los moros. Tal vez su fragata no fuese de guerra, pero sí iban armados y disponían de arcabuces, trabucos de chispa, lanzas, hachas, alguna espada y muchos cuchillos. Todo el mundo sabía que los marineros no eran grandes tiradores, pero sí manejaban bien las armas blancas. Según se acercaban, comprobaron que bajo aquella bandera asaltante no había norma alguna que no fuese la del libre albedrío de los piratas, pues el apresamiento a las tres embarcaciones cristianas estaba siendo realizado *a toda ropa*, con violencia, y dañando el casco de una de las presas sin necesidad, ya que el patache en que viajaba Miranda había sido embestido.

—Por Dios bendito —dijo asombrado José, el contramaestre, que miraba las embarcaciones que procedían de Redondela—, ¿habéis visto los adornos de los pataches y la ropa de esas gentes? ¡O son hidalgos muy ilustres o diríase que van a una boda!

—¡Esa! —exclamó Sebastián, el grumete—, ¡esa debe de ser la novia, la dama del vestido gris!

En la distancia todos vieron cómo varias mujeres se retiraban a la zona de popa de una de las embarcaciones y, frente a ellas, una joven alzaba con tímido atrevimiento un cuchillo cuyo tamaño resultaba ridículo. Rodrigo apenas reparó en ella, pues estaba concentrado en el enemigo, que ya lo encaraba. Se aproxi-

75

mó todo lo que la prudencia le permitió y, parapetado tras las jarcias, reclamó a gritos la atención del capitán del navío de los musulmanes. Al principio la comunicación parecía imposible, pues no hablaban el mismo idioma, pero uno de los moros sí comprendió cómo el español los amenazaba con la horca y con todos los males y castigos bíblicos imaginables si no soltaban su presa. Como respuesta, recibieron varios disparos y una de las naves de los bárbaros, la más pequeña, partió a su encuentro mientras la grande custodiaba a los apresados.

—Virad —ordenó Rodrigo al piloto.

—Pues cómo —replicó el piloto, extrañado—, ¿huimos?

—Huimos. Pero solo hasta que el buen juicio nos lo ordene —añadió, guiñándole un ojo mientras él mismo ayudaba a hacer la maniobra.

Permitieron que la nave mora los siguiese y se acercase. Cuando Rodrigo consideró que ya estaban lo bastante alejados del barco musulmán más grande y mejor pertrechado, volvió a ordenar un viraje rápido, de ciento ochenta grados, y los moros comprendieron que ahora era él quien iba a abordarlos. La tripulación de Rodrigo estaba cansada, hambrienta y con pocas ganas de pelea, pero lo cierto era que el aspecto maltrecho de sus atuendos y el propio olor que destilaban era tan fuerte que hasta los bárbaros se sintieron impresionados ante el arrojo y valor de aquellos hombres que ahora saltaban sobre la cubierta de su barco.

Comenzó una lucha a espadazos y cuchilladas muy breve, ya que pronto apareció a estribor, a lo lejos, el navío de refuerzo que llegaba desde Vigo. Era completamente negro y había forzado sus velas para llegar lo antes posible. Al ver cómo se aproximaba, los piratas de la nave mora asaltada por Rodrigo se rindieron de inmediato, mientras la otra abandonaba su presa y huía, dirigiendo sus velas hacia la bocana sur de las islas de Bayona, que siglos más tarde serían conocidas como las islas Cíes.

Comenzaron los vítores y gritos de alegría, tanto en la nao de Rodrigo como en las de la comitiva nupcial, aunque allí el júbilo parecía más comedido y oscuro. Tras atar con sogas y cabos a los moros apresados, Rodrigo dejó a cuatro de sus hombres en el barco musulmán, custodiando a los presos, y con el suyo se dirigió de nuevo hacia los patches del señor De Quiroga. Según se acercaba, y al observar los arreglados atuendos de los pasajeros, pareció darse cuenta por primera vez en muchas semanas del deplorable estado que él mismo debía de ofrecer. Sin embargo, la curiosidad por averiguar quiénes habían sido los liberados era superior a la vergüenza de presentarse como un pordiosero salido de las entrañas del océano.

El propio Modesto de Quiroga lo recibió en una de las naves; se mostraba sudoroso, colorado y con la chaqueta y las medias rotas, evidenciando que había participado en una pelea, aunque de forma casi milagrosa la peluca blanca que llevaba no se había movido de su sitio. Nada más ver a Rodrigo, se dirigió hacia él para estrecharle la mano.

—Le debemos la vida, señor. Dígame su nombre, que se lo trasladaré al príncipe de Barbanzón, capitán general de Galicia, para que lo reciba con honores.

—No preciso honores ni lisonjas, señor. En la mar debemos socorrernos sin esperar nada más que el restablecimiento del orden y la justicia —replicó, evitando de forma deliberada decir su nombre y mirando ya a su alrededor para comprobar los daños que hubiesen dejado los bárbaros a su paso—. ¿Hay algún herido?

—Hemos sufrido las pérdidas más irremediables —se lamentó Modesto, con expresión desolada—. Tres hombres han muerto protegiendo el honor de las damas, y uno de ellos supone para mí el agravio más triste, pues acababa de convertirse en hijo mío, por gracia de Dios —se lamentó e instó a Rodrigo y sus hombres a que lo acompañasen a popa, donde varias mujeres todavía formaban una especie de círculo protector mientras a sus pies yacían los cuerpos de tres varones, a cada cual más engalanado. Alguna mujer y otros invitados al cortejo se habían agachado al lado de los fallecidos, como si con su cercanía evitasen que los muertos pudiesen sentirse solos. Enrique de Mañufe yacía boca arriba, con los ojos abiertos y sin su peluca, sobre una lámina de sangre que a pesar del sol del mediodía todavía no había comenzado a secarse. Dos disparos en su pecho habían resuelto los días del hidalgo, y fue el mismo señor De Quiroga quien se adelantó a cerrarle los ojos.

—Ha muerto como un héroe, protegiendo el honor de mi hija, su esposa… —masculló, aunque a pesar de haber hablado en un mínimo susurro todos pudieron escucharlo y ver, después, cómo dirigía la mirada hacia Miranda.

La joven todavía tenía entre sus manos el minúsculo cuchillo, que a todas luces aparentaba haber tomado de algún aparejo del propio barco, y su rostro carecía de color, pues estaba completamente pálida. Su cabello, siempre recogido, resbalaba ahora como una cascada en su margen derecho, manteniendo la compostura en el izquierdo, y una de las mangas de su exquisito vestido estaba rasgada de arriba abajo.

Rodrigo la observó con atención. Llevaba muchas semanas sin ver a una mujer, pero aquella, desde luego, no era semejante a ninguna de las que hubiese conocido. No la juzgó especialmente hermosa, ni exótica ni interesante. Sin embargo, algo había en aquella joven que lo sustraía de cualquier otro elemento de interés en aquel barco. ¿Qué sería? Acababa de perder a su marido, pero de ella no salían ni quejas, ni suspiros ni lágrimas. Una sirvienta parecía ahora pretender sostenerla y darle ánimo, aunque a él no le daba la sensación de que lo necesitase. El señor De Quiroga se aproximó a la muchacha y le susurró palabras de consuelo para después dirigirse a Rodrigo con semblante preocupado.

—Está impresionada, es menester que reaccione. Traed agua, pronto —ordenó a un sirviente, al tiempo que obligaba a Miranda a tomar asiento, y ella, de nuevo, observaba a su marido muerto como si fuera la primera vez que lo veía, pues su fisonomía le parecía distinta. Lo vio tan insignificante, desvalido e inerte que pensó que a lo mejor la muerte hacía su propia justicia y nos mostraba ante los demás tal y como siempre habíamos sido.

Mientras esto sucedía, abarloaba ya al barco De Quiroga aquella nave negra que había acudido al rescate desde la villa de Vigo, y de ella saltó a cubierta, seguido de Pedro Roca, un hombre que vestía por completo de negro y que peinaba su cabello natural, rubio, en una cuidada coleta. Llevaba un sombrero similar al de los soldados de los tercios, pero de mejores y más nobles materiales y con algunas plumas a un costado. El hombre, todavía joven y fuerte, tras hacer una breve consulta al responsable del Gremio de Mareantes y echar un rápido vistazo, se acercó a Rodrigo.

—Parece que sois vos el héroe de este cuento, don Rodrigo.

—Si las causas son justas, no hay heroicidad alguna en hacer lo que ordena la conciencia, señor.

—Vuestra humildad os honra todavía más. He visto cómo maniobrabais con los bárbaros... Habéis resuelto con la táctica del zorro y no con la del león, y es mi deber el felicitaros.

—Con los bárbaros cualquier remedio parece lícito, aunque tenga engaño —replicó Rodrigo, eludiendo cualquier halago. En realidad, más que conversar sobre su propia treta náutica, le interesaba averiguar quién era el hombre de negro—. Y vos ¿sois de las milicias?

—¡Las milicias! —se rio el otro, que miró a Pedro Roca como si Rodrigo hubiese ingeniado una chanza muy divertida—. No, no —negó, moviendo las manos en señal de rechazo—, Dios proteja a esos pobres diablos. Mi nombre es Gonzalo de la Serna, para serviros —se presentó, alargándole la mano para que se la estrechase y mirándolo con fijeza a los ojos mientras los suyos propios, que bailaban entre destellos azules, sonreían. Bajó un poco el tono, adoptando uno de confidencia—. He sabido de su apellido de relumbre, señor, y le doy la bienvenida a la noble villa de Vigo.

El semblante de Rodrigo se tornó serio y precavido.

—Siendo así, le ruego discreción en ese punto.

—El deslenguado no prospera en esta tierra ni en ninguna —le aseguró el otro—, de modo que por mi parte perded cuidado, aunque, si ese apellido vuela desde otro nido que no sea el mío —añadió Gonzalo, haciendo una suave inclinación hacia el responsable del Gremio de Mareantes—, nada podré hacer.

Tras afirmar tal cosa, se dirigió hacia el señor De Quiroga, que atendía a su hija mientras, a sus pies, yacían muertos aquellos dos hombres y su recién estrenado yerno. Se presentó de nuevo y, apesadumbrado ante la presencia de la muerte, se agachó frente a Enrique de Mañufe, ante el que exhibió un gesto de sombrío respeto para, después, mascullar una breve oración en latín.

—Qué desgracia morir sin haber recibido siquiera los santos sacramentos. Descanse en paz nuestro querido Enrique —concluyó en alto, poniéndose ya en pie.

Modesto de Quiroga se mostró sorprendido.

—Pues cómo, ¿lo conocíais?

—Sí, señor. Y a vos, por su intermediación. Bajo mi cuidado se encuentran gran parte de las mercancías de esta costa, en la que hago navegación de cabotaje protegiendo las cargas de sus bodegas y otros negocios, y sabía de su llegada. Tan cierto es el asunto que iba a estar presente en la ceremonia de la colegiata, aunque me temo que ahora lo más penoso será comunicarle a la madre del difunto esta terrible pérdida —lamentó.

—Pero, don Gonzalo, no llego a comprender... —comenzó Modesto de Quiroga, extrañado—. ¿Sois, acaso, responsable de las milicias del mar o caballero de alguna orden que yo no...?

—¿Caballero? —Gonzalo se rio con serena calma y con el semblante algo triste—. No, señor. Fui corsario y, de tal oficio, hoy prohibido, manejé mis habilidades para proteger las empresas de muchos en la mar, entre ellas las suyas propias por mediación de este bendito —explicó, señalando el cadáver de Enrique.

Modesto no daba crédito.

—¡Un corsario! ¿De dónde procede, que habla el latín y se conduce como un caballero?

—Del monasterio, señor. Durante muchos años fui monje.

—Oh, pero... ¿No será...? —se preguntó para después abrir mucho los ojos, como si hubiese tenido una revelación—. ¡Fray de la Serna, el famoso monje corsario!

—Así me llaman algunos, sí —replicó con una sonrisa e inclinando el sombrero. Después, dirigió su atención a Miranda.

—Sin duda, sois Miranda de Quiroga, la hermosa novia de la que me hablaba Enrique. Lamento vuestra pérdida.

Miranda se puso en pie, y tampoco le pasó desapercibida a Gonzalo la falta del sentimiento ante la pérdida de su esposo, aunque ella dispuso de entereza para agradecer el pésame:

—Os lo agradezco, don Gonzalo. Dios guarde en su gloria a mi difunto esposo —se limitó a decir, dejando tras sus palabras un incómodo silencio. Fue Modesto de Quiroga quien socorrió la situación.

—Ha sido una experiencia terrible, mi pobre hija está tan impresionada que apenas puede hablar. Esos bárbaros pretendían no solo robar las naves y llevarnos presos, sino ultrajar el honor de las mujeres. Mi yerno ha perdido la vida como un héroe —insistió—. Hoy es un día castigado por la desgracia.

Miranda, mientras su padre hablaba, asimilaba lo que decía y fijaba la mirada en la villa de Vigo, que únicamente había visitado en tres ocasiones en su vida, tan solo para adquirir telas o acompañando a su padre si este se lo permitía, por ocasión de alguno de sus negocios de exportación o si precisaba comprar barricas de calidad. Las murallas de la ciudad, que se adentraban en las aguas del océano con uno de sus baluartes, parecían invitarla a saltar dentro, a acceder a un nuevo mundo. Porque ¿qué iba a hacer ahora? Llevaba solo dos días casada y ya era viuda. ¿Tendría que regresar al pazo de Reboreda o debería hacer honor a su nuevo cargo y vivir en aquella villa desconocida para cuidar de la hija de su difunto esposo? Había visto a la niña en una única ocasión, y creía recordar que tenía unos cuatro o cinco años. ¿Qué sería ahora de ella?

La joven se sintió observada y comprobó que Gonzalo de la Serna la estudiaba con fijeza. Era un hombre extraordinariamente apuesto que se movía con determinación y seguridad, y daba la impresión de que detrás de su atuendo negro se guardasen todas las respuestas. Tras él se mantenía firme y erguido aquel hombre sucio, de cabello enmarañado y revuelto, que tenía la ropa hecha casi jirones y que también la observaba. Su atención era distinta, como si el velo de la discreción fuese más fuerte que el de la curiosidad, y cuando cruzaron sus miradas Miranda tuvo una extraña sensación de cercanía, como si ya conociese a aquel vagabundo errante de los mares. Rodrigo, sin embargo, mantuvo el pensamiento de que era la mujer más extraña que había visto nunca. Aquellos ojos verdes gigantescos, como si fueran esmeraldas. Se intuían la armonía y belleza de sus hechuras femeninas bajo el vestido, de corte francés, pero la frialdad ante el cadáver de su esposo y su comportamiento no eran, desde luego, propios de la delicadeza de su sexo. Miranda. Aquel era su nombre. Rodrigo no sabía cuál era el motivo, pero se sentía incapaz de apartar la mirada. ¿Qué tendría aquella joven? ¿Sería la forma de mirar, que parecía guardar un mundo escondido tras aquellos ojos del color de los bosques? Rodrigo pensó, algo turbado, que tal vez la belleza de Miranda no se encontrase en lo obvio, sino lo indescifrable.

3

De cuantos dolorosos desastres de que la historia de Galicia conserva la memoria, apenas hay uno que tenga la importancia que la escuadra inglesa y holandesa sostuvo contra la francoespañola en el memorable combate denominado de Rande, a la vista de Vigo.

MANUEL MURGUÍA,
publicación en el *Faro de Vigo*

Dicen que una de las primeras víctimas de la guerra es la verdad, y tal vez sea cierto. Cada cronista cuenta la historia como le conviene o la recuerda, y el veterano arqueólogo Miguel Carbonell no se limitaba a relatar los hechos que conocía, sin más, sino que los adornaba con todo aquello que consideraba conveniente. El subinspector Pietro Rivas le había preguntado directamente qué era aquello del «galeón fantasma», que al parecer solo él y Nico Somoza desconocían, pues a aquellas alturas hasta el inspector Meneiro aparentaba tener conocimientos que a ellos se les escapaban. Sin duda, cuando el inspector había sido requerido con urgencia por el comisario tenía que haber sido para, además de presentarle a la inspectora de Patrimonio, explicarle qué estaban buscando y por qué. Desde luego, habría obtenido información pragmática y concisa, pero ellos no iban a tener tanta suerte. Miguel Carbonell se había empeñado en explicarles el contexto histórico de aquel galeón perdido, y, aunque ahora a Pietro sus pormenorizadas explicaciones le parecían una pérdida de tiempo, tal vez descubriese que en el futuro inmediato los datos aportados por el proyecto arqueólogo pudiesen ser absolutamente imprescindibles. En aquellos instantes, Carbonell ya había logrado que dispusiesen de forma cómoda el mapa de la ría de Vigo en la mesa del inspector, sobre el que unos bolígrafos hacían las funciones de navíos.

—Estábamos en la época de Carlos II, ¿se sitúan?

—Carlos II… —repitió Pietro, pensativo—. El Hechizado, ¿no?

—¡No tan Hechizado, subinspector! No cabe duda de que los enlaces consanguíneos estropearon el linaje —razonó—, pero, para estar pasmado, si le digo la verdad no lo hizo nada mal. A lo que íbamos —se concentró, señalando los bolígrafos sobre el mapa—. Cada dos años, aproximadamente, salía una flota desde Andalucía hasta el Nuevo Mundo para llevar mercancía y traer riquezas; normalmente lo hacían en la primera quincena de mayo, pero la que nos interesa es la Flota de la Nueva España que partió de Cádiz en julio de 1699...

—Como lo de Rande sucedió en 1702 —objetó Pietro, interrumpiéndolo—, si no le parece mal, tal vez deberíamos centrarnos en lo imprescindible.

—No corra, joven. Todo a su tiempo —le rogó el anciano, solicitándole calma con la mano y moviendo un bolígrafo hacia el oeste, con lo que hizo que dejase atrás la ría y las islas Cíes, como si se fuese a América—. En apenas tres meses, la flota llegó a México capitaneada por el general Manuel de Velasco y Tejada, caballero de la Orden de Santiago; pero, al llegar, su navío tuvo que ser reparado, y además descubrieron que varios barcos que ya estaban allí aún tenían mercancías pendientes de vender en sus bodegas, de modo que entre eso y la reparación de las naves se estiró el tiempo, ¿me siguen?

—Le seguimos —resopló Pietro—, pero no veo adónde nos lleva esto.

—Ahora lo verán —aseguró Carbonell, que añadió un tono apurado a sus explicaciones—. El caso es que, estando allí esta flota, murió el rey español sin descendencia y con el testamento cambiado a favor de Felipe de Anjou, que era nieto del rey de Francia, Luis XIV... Para resumir, ese nuevo heredero se convirtió en Felipe V de España, el primero de los Borbones, que aún hoy perduran en el trono. Como podrán imaginar, un rey español vinculado a los franceses no podía hacer ninguna gracia al resto de los reinos europeos, porque así se unían dos de las más grandísimas potencias del momento, de modo que ingleses y holandeses, entre otros, se opusieron a este testamento y comenzó la Guerra de Sucesión...

—Que no terminó hasta 1713 con la Paz de Utrecht —completó Linda Rosales, que seguía las explicaciones como si estuviese en una clase magistral, aunque también daba la sensación de haber hecho el apunte para ir apurando datos—, con la que perdimos Gibraltar y otro montón de posiciones estratégicas, pero nos quedamos con los Borbones.

—Exacto —agradeció el arqueólogo—, aunque todo esto se encuentra muy resumido, naturalmente. Lo cierto es que el capitán Velasco, viendo la que ya estaba liada en Europa, retrasó el retorno, en uno de los errores tácticos más graves de la historia. ¿Por qué les cuento esto? —preguntó, dirigiéndose a Pietro—. Porque al final regresó en 1702, y posiblemente la Flota de Indias jamás estuvo tan cargada como en aquel viaje, que había recogido fortunas y mercancías por más tiempo de lo habitual.

—De modo que lo que nos quiere decir es que todos esos barcos —dedujo Pietro, conteniendo su impaciencia— venían más llenos de tesoros de lo normal, ¿no?

—¡Eso es! —exclamó Carbonell, con los ojos brillantes como chispas—. Y, precisamente por ese motivo, el ya nuevo rey Felipe V le pidió buques de guerra a su abuelo francés, que fueron hasta América para volver con la flota y escoltarla… A fin de cuentas, los galeones eran navíos de carga, y, aunque llevasen cañones y armamento, no disponían de la velocidad ni maniobrabilidad de los navíos de guerra que comandaba el teniente general francés, el marqués de Château-Renault.

—¿Puede ir concretando, por favor? —preguntó el inspector Meneiro, que a aquellas alturas también había comenzado a impacientarse; después, se acercó a Pietro y se dirigió a él en tono de confidencia—: Presta atención, porque vas a tener que encargarte tú de esto, ¿estamos? En cinco minutos saldré para el Calvario por lo de los atracos, que cada vez se pone peor, y tenemos a los vecinos revolucionados y concentrados para manifestarse.

—Disculpe, señor Meneiro… —lo interpeló Carbonell, molesto por la interrupción y ajeno a lo que el inspector le había trasladado a Pietro en voz baja—. La historia siempre es algo inacabado, pero luego me agradecerán los matices —añadió, frunciendo el ceño y logrando con el gesto que sus cejas se arqueasen de forma exagerada. El arqueólogo, con un bolígrafo en la mano, hizo en el aire otro gesto imaginario conforme la Flota de Indias regresaba a Europa—. En julio de 1702, cincuenta y cuatro embarcaciones salieron de La Habana, pero a finales de agosto un banco de niebla hizo que se dispersase el grupo, y algunas se fueron ya para Francia; en cuanto al resto, su objetivo natural era llegar a Cádiz, donde todas las mercancías de los navíos debían pagar los impuestos correspondientes, pero se enteraron de que la flota angloholandesa, bajo el mando del almirante Rooke, estaba esperándolos justo allí, a la entrada de Cádiz. Tras muchas cábalas y discusiones en las que por la premura del asunto no vamos a entrar —remarcó, con cierto deje de fastidio—, se decidió que la flota viniese a Vigo, pues en su ría podría tener un buen refugio —añadió para después depositar el bolígrafo sobre el mapa y simular que navegaba hasta el fondo de la ría, finalizando su viaje en la ensenada de San Simón.

Pietro estudió el mapa con interés y miró al anciano; luego depositó su atención en el fiscal, que hasta el momento solo había movido su gran bigote de un lado a otro a cada nuevo apunte de información que daba el arqueólogo, y finalmente se fijó en Nagore Freire, que permanecía atenta a la narración, pero imperturbable, como si cada dato que aportaba Carbonell fuese algo de conocimiento popular. Ella le devolvió la mirada, y a Pietro le pareció que lo traspasaba por completo. Qué policía tan inusual, con aquella indumentaria moderna pero anacrónica. La corbata, el impecable estilismo de aquel traje marrón, difícil de definir. El conjunto imitaba el corte masculino, pero sus hechuras se ajustaban a las femeninas con elegante precisión. La disposición de la inspectora, con el rubísimo cabello recogido en una alta coleta, era seria y concentrada. En la mano llevaba una carpeta con un logo curioso: era redondo y de bordes azules; en el centro, la familiar imagen de don Quijote y Sancho Panza sobre sus monturas, con algún molino al fondo, destacaba sobre unas letras que seguían desde arriba la forma del círculo y que rezaban BRIGADA DE PATRIMONIO HISTÓRICO, mientras en la parte inferior aparecían las siglas CGPJ de la Comisaría General de la Policía Judicial. Pietro no lo sabía, pero el logo de la Brigada de Patrimonio había sido diseñado por Mingote, el famoso dibujante. El subinspector se reconvino a sí mismo por perderse en aquellos detalles y volvió a prestar atención al mapa.

—No sé si ustedes están viendo lo que yo —dijo, señalando el plano y el fondo de la ría—, pero esto no parece precisamente el mejor refugio.

—No, señor Rivas, claro que no —le confirmó el arqueólogo—. La vía de escape fue, en realidad, una ratonera. Si las defensas flaqueaban, no tenían escapatoria. Pero el caso es que la flota llegó aquí a finales de septiembre, con la tripulación debilitada, sin víveres y con varios brotes de fiebre amarilla. Justo un mes después llegaron los angloholandeses, y ahí ya sabrán que hubo una batalla en la que perdimos los españoles, que, por cierto...

—Pero, si llevaban un mes en tierra —objetó Pietro, interrumpiéndolo de nuevo—, ya habrían descargado las mercancías, ¿no?

—En efecto —reconoció el anciano, satisfecho de las deducciones obvias y rápidas de su interlocutor—, se dice que más de quinientos carros de bueyes circularon por Galicia con destino al alcázar de Segovia con casi catorce mil millones de pesos en plata y más de doscientos millones de reales, en la suma más grande jamás obtenida por un rey español, con el añadido de que parte de la fortuna era inglesa y holandesa —matizó, sonriendo con malicia.

Nagore Freire, al ver la expresión de extrañeza en el rostro de Pietro, salió por fin de su actitud contemplativa y le hizo una aclaración en tono neutro, sin atisbo alguno de ironía ni condescendencia.

—Solo España podía tener relaciones comerciales con América, ostentaba el monopolio, ¿entiende? Pero otros países europeos utilizaban testaferros y así comerciaban igualmente.

—Quien hace la ley hace la trampa —observó Nico, que hasta el momento había guardado silencio, atónito ante todo lo que se estaba narrando en la Pecera.

—Eso es —reconoció ella—, y la paradoja del asunto es que, al atacar a los españoles, los angloholandeses perdieron parte de su dinero, que fue confiscado. De hecho, cuando Isaac Newton hizo el informe sobre el botín, lo que contabilizó fueron solo dos mil kilos de plata y unos tres de oro... Además de los barcos apresados, claro. Eso fue todo.

—Cuando dice Newton —se interesó Nico, con el ceño fruncido—, ¿quiere decir el mismo al que le cayó la manzana en la cabeza y que después inventó la ley de la gravedad?

La inspectora parpadeó y, antes de contestar, estudió la expresión de Nico, quizá buscando si en su semblante había o no algún destello de chanza. Sin embargo, al verlo tan serio e interesado, procuró contestar con amabilidad:

—Lo de la manzana creo que es un invento, pero sí, se trata del mismo Newton que formuló la ley de la gravitación universal... Por aquel entonces era director del Banco de Inglaterra.

Pietro Rivas resopló.

—Todo esto que nos cuentan es muy épico y me parece perfecto, pero, si gran parte de la fortuna fue desembarcada, no veo por ninguna parte ni el galeón fantasma ni el tesoro que haya podido ser tan relevante como para que, según ustedes, alguien pudiese asesinar o intentar hacer daño a Lucía Pascal.

Al decir el nombre de la historiadora, el rostro de Carbonell se ensombreció, como si de pronto hubiese recordado que no estaba impartiendo una clase universitaria, sino que se encontraba en una comisaría de Policía. El arqueólogo recolocó su bolígrafo en el estrecho de Rande, donde, en la actualidad, un gran puente atirantado de kilómetro y medio de largo unía las costas de Redondela —al lado de Vigo— y la del Morrazo.

—Es cierto —reconoció— que la mayor parte del cargamento fue bajado a tierra; además, tras perder la batalla, y antes de ver apresado lo que quedaba y todo lo que valía tanto como el oro, que era la grana, o el cacao, el capitán Velasco mandó quemar bastantes naves, que se hundieron en Rande y que fueron expoliadas lo máximo posible durante siglos.

—Insisto, entonces —volvió a intervenir Pietro, muy serio y con signos evidentes de haber agotado ya su paciencia—. ¿De qué tesoro nos están hablando?

Para su sorpresa, fue el inspector Meneiro el que contestó:

—Del de uno de los galeones que fue apresado por los ingleses. Por eso están aquí el fiscal y la inspectora de Patrimonio —aclaró, mirando a Nagore Freire e invitándola a que se explicase.

La policía dio un par de pasos al frente y se acercó al mapa de la ría de Vigo. Señaló el archipiélago de Cíes y centró su atención, por fin, en el tesoro que los había reunido a todos en la Pecera aquella mañana de invierno.

La inspectora puso su dedo índice sobre la isla del mapa que estaba más al sur, la de San Martín.

—El 6 de noviembre de 1702, cuando tras su victoria ya regresaban a Inglaterra, los ingleses se llevaron como presa un galeón. Algunos creen que era el Maracaibo, pero los estudios históricos apuntan al buque que estaba más cargado de riquezas, que era Nuestra Señora de los Remedios y San Francisco Javier. Y justo aquí —marcó el mapa, en una zona señalada con bajos y pequeños islotes— sucedió lo que lleva siglos ocurriendo, que es que a los barcos no los hunde tanto la mar, sino la costa. O eso es al menos lo que nos ha llegado de las crónicas de la época.

—¿Se les hundió el galeón ahí, al sur de las islas Cíes?

—Exacto. Parece que la nave chocó contra un bajo, aunque las versiones que tenemos de ello son escasas, contradictorias y, si me apura, extrañas.

Pietro tomó aire. Estuvo a punto de preguntar sobre aquellas misteriosas versiones del hundimiento del galeón fantasma, pero sospechaba que las explicaciones serían largas y no definitivas, de modo que intentó agilizar esa historia interminable.

—El caso es que se les hundió la presa a los ingleses, ¿no? Y ese naufragio ¿lo tienen localizado?

—No. Al menos no con certeza. Es una zona difícil de prospectar, con una profundidad de casi cien metros, no de veinte o treinta como en el estrecho de Rande; y, con todos los naufragios que ha habido en la zona, identificar de forma inequívoca el pecio no es tan fácil, subinspector.

Pietro inclinó un poco la cabeza y miró a la policía a los ojos. Su expresión era abiertamente escéptica.

—Muy bien. Entonces tenemos un galeón que se hundió hace más de trescientos años al sur de las islas Cíes, que nadie ha encontrado y que, por lo que cuentan, ya habría descargado la mayor parte de sus mercancías… No parece un tesoro muy increíble, la verdad, y menos para perseguir ni matar a nadie. Y recuerdo a todos los presentes que el fallecimiento de Lucía Pascal obedece a causas naturales.

—Ya —reconoció la inspectora, aunque por su expresión imperturbable Pietro pudo intuir que la policía todavía guardaba información clave.

En efecto, Nagore Freire sacó su teléfono móvil de un bolsillo escondido en su americana vintage y, tras presionar un par de teclas, les mostró a todos la imagen de un viejo libro que parecía bastante deteriorado.

—Aquí tienen la prueba de que ese galeón fantasma se hundió con parte de su mercancía y de que es muy posible que lo hiciese con gran parte de ella oculta y sin declarar.

—¿Sin declarar? —preguntó Nico, que tenía la boca abierta, asombrado.

—De contrabando, oficial —aclaró ella. Después, miró al fiscal—. Por eso estamos aquí el señor Pereiro y yo, y por eso —ahora se dirigió a Carbonell y sus amigos— necesitaremos toda la información de la que dispongan sobre el galeón.

Pietro Rivas seguía sin comprender nada. ¿Cómo enlazaba aquello con lo que a él le competía, que era Lucía Pascal? Ahora, todos miraban la pantalla del teléfono móvil con fijeza e intentando entender qué era y qué significaba aquel maltrecho libro de la imagen. Carbonell incluso se había puesto sus gafas e intentaba leer y descifrar alguna frase o, al menos, el idioma del texto. Metodio Pino, por su parte, le contaba emocionado a la inspectora que, no mucho tiempo atrás, él mismo había participado en una operación para localizar el pecio que ya ahora todos llamaban el galeón fantasma; no habían obtenido datos concluyentes, pero él creía saber por qué zona podría estar. Nagore se mostró interesada, pero el subinspector, antes de que ella pudiese decir nada, apuró por fin la pregunta que cruzaba la mente de la mayoría.

—Disculpe, pero ¿qué se supone que es ese libro que nos ha enseñado?

Ella sonrió y también perdió la mirada en la imagen que mostraba la pantalla.

—La Biblia Malévola, señor Rivas. Un librito bastante curioso que, aunque parezca increíble, llevaba tres siglos bajo el mar.

Raquel Sanger se consideraba completamente inmunizada ante la muerte. Los individuos que reposaban sobre la mesa de autopsias no le producían ninguna clase de sentimiento y por lo general tampoco le inspiraban rabia, inquietud ni ternura. Podía llegar a sentir pena por la historia que hubiese tras algún fallecimiento concreto, pero el cuerpo era el cuerpo: solo carne, huesos y órganos, nada más. De hecho, prefería incluso realizar la autopsia a niños y a individuos jóvenes, porque las personas mayores tenían muchas más patologías y casi siempre le complicaban el trabajo. Sin embargo, el anciano cadáver de Lucía Pascal parecía bastante aceptable, y en su cuerpo no había ni siquiera la cicatriz de una vulgar apendicitis. Ahora, la forense y su marido terminaban de realizar el estudio externo del cadáver mientras otra joven médica tomaba notas y fotografías. Álex Manso, en concreto, revisaba con una lupa las uñas de Lucía mientras Raquel hacía lo propio con las decoloraciones en la piel que había detectado aquella mañana en la casita de A Calzoa.

—Le habéis hecho el test de PCR al cuerpo, ¿no? —preguntó Álex a la joven forense, como si de pronto se hubiese acordado de algo muy importante.

—Sí, sí, por supuesto —aseguró aquella, que ya se había acostumbrado a seguir esa directriz con todos los cadáveres desde que en el año 2020 había sucedido la gran pandemia del covid.

Transcurrieron después unos minutos en silencio, durante los cuales cada cual continuó con su trabajo.

—¿Tienes algo? —preguntó Raquel a su marido, sin apartar la mirada del cuerpo.

Álex, concentrado y sin retirar tampoco la atención de su propia lupa, negó con un tibio movimiento de barbilla.

—De entrada, no. Nada destacable, tampoco heridas de defensa ni uñas rotas. ¿Y tú?

—No lo sé, Álex. Creo que tenías razón y que estas decoloraciones podrían disimular hematomas, están en zonas que son puntos de agarre, ¿ves? Y yo diría que estas marcas de aquí podrían ser incluso las huellas de los dedos del agresor —señaló, marcando las muñecas—. Además, serían lesiones producidas en vida, porque hay signos hemorrágicos… Son muy pequeños, pero tal vez muestren una lesión traumática.

—No olvides que aún tenemos que hacerle las analíticas y la prueba de histamina.

Raquel asintió. Sabía que, si la cantidad de histamina de la zona herida era al menos un punto y medio superior a la de una zona sin lesiones, aquello significaría que quienquiera que fuese la persona que había agarrado a Lucía lo había hecho estando ella todavía viva. Le mostró a Álex las muñecas del cadáver y la diferencia con las rodillas y los tobillos, donde también había notorios cambios de color, pero con tonos diferentes, menos intensos. Ambos forenses sabían, por experiencia, que era muy difícil disponer de un patrón fiable en cuanto al color de los hematomas. Por lo general, según las horas transcurridas, pasaban del violeta al amarillo, después al verde y finalmente al marrón, pero había tantos posibles condicionantes que aquellas marcas entre rosado y violeta del cuerpo de Lucía eran difíciles de definir de una manera que resultase inequívoca.

—La agarraron fuerte por las muñecas —afirmó Álex, pensativo. Su semblante mostraba que su cabeza era, en aquellos instantes, un hervidero de ideas.

Raquel apretó los labios, contrariada.

—Creo que podría ser, pero… ¿qué sentido tendría? Si realmente murió por el síndrome, sin olvidar su demencia, ¿por qué iba nadie a, no sé, a agarrarla de esa forma? Y, si hubiera sucedido tal cosa, ¿por qué ese hecho tendría nada que ver con su muerte?

—No tengo ni idea, querida. Si revisamos la medicación de esa mujer seguro que contiene sintrom o cualquier medicamento típico para evitar hematomas subcutáneos, pero tenemos que hacer más pruebas.

Raquel negó y se mordió el labio inferior.

—Haremos todo lo que haya que hacer, pero está claro que a esta mujer la zarandearon de alguna forma, y creo de hecho que tuvieron que hacerle bastante daño al dejarle esas marcas… ¡No sé cómo no lo detecté desde el principio! Lo que no entiendo —dudó, muy concentrada— es qué pudo tener eso que ver con su forma de morir.

—Las lividices indican que nadie movió el cuerpo del sitio.

—Las lividices no son determinantes, cuando la encontramos no llevaba muerta más de diez horas y tan pronto no sirven de referencia para…

—En eso estamos de acuerdo —atajó él—, pero falleció por hipotermia y los signos del síndrome de la madriguera son evidentes, ¿no?

—Eso lo tengo claro, sí.

Álex, pensativo, movió el aire dentro de la boca, haciendo que viajase de un carrillo a otro. Después, miró a su mujer a los ojos.

—Creo que, si alguien asustó a esta mujer, pudo provocar que entrase en pánico, ¿entiendes? De ahí habría pasado a un estado de estrés postraumático, de desorientación, que añadido a su enfermedad neurodegenerativa habría terminado por desestabilizarla por completo.

Raquel desvió la mirada hacia los potentes focos de luz del techo, como si en ellos pudiese encontrar la respuesta que buscaba.

—Ni *animus necandi*, ni *animus laedendi*, entonces.

—No, querida. Que no hubiese intención de matar ni de lesionar no quiere decir que la etiología de la muerte sea natural, ni accidental ni inocente. Y lo sabes.

Ella tomó aire de forma muy profunda y asintió.

—Terminemos la autopsia, y luego llamaré a ese subinspector tocapelotas.

—¿Qué vas a decirle?

—¿Y tú qué crees? —replicó ella, con fastidio—. Que la muerte de Lucía Pascal, aunque me pese, es sospechosa de criminalidad. Que no sabemos cómo ni por qué, pero que es posible que alguien asustase tanto a esta mujer como para que el miedo y el frío se la llevasen a la tumba.

¿Una Biblia Malévola? ¿Qué podría ser algo así? Pietro no llevaba mucho tiempo siendo policía, pero desde luego el trabajo policial, hasta la fecha, había sido mucho más prosaico y rutinario. En realidad, tras licenciarse en Económicas y superar un Máster en Comercio, Transportes y Comunicaciones Internacionales, había trabajado la mayor parte de su vida adulta y profesional en la empresa siderúrgica familiar, que facturaba millones de euros al año. Tras el fallecimiento de su madre por causa de un cáncer, dos años atrás, sus motivaciones para quedarse en Santander habían ido menguando. Sus reflexiones sobre la vida y la muerte y sobre la posibilidad de aprovechar al máximo su tiempo de vida se le habían instalado en la cabeza y lo rondaban con familiar rutina.

Un día, tras una de las muchas discusiones con su padre, había decidido abandonar su puesto, que detestaba, y hacer algo que le interesase de verdad, con lo que realmente hubiese soñado desde niño. Con su prodigiosa memoria, había estudiado las oposiciones para subinspector de policía en un tiempo récord, y de forma deliberada había buscado, también, un destino lejos de Santander. Al principio había pasado una temporada en Madrid, y ahora llevaba algo más de medio año en Vigo; solo por probar, por cambiar de rumbo una temporada. Por demostrarle a su padre, quizá, que él podía ser alguien sin seguir más órdenes que las propias, sin tener que comerciar con el acero ni con nada que tuviese que ver con la siderurgia. En ningún momento había considerado que su nuevo trabajo pudiera ser tan emocionante como en las películas, ni mucho menos, de modo que ni en sus mejores expectativas habría barajado la posibilidad de estar viviendo una jornada tan rocambolesca como la que le había tocado aquella mañana de invierno.

Ahora, la inspectora Nagore Freire procuraba explicarse mostrando de nuevo la pantalla de su teléfono móvil, donde se leía de forma nítida el logotipo de la Interpol y donde se sucedían un montón de imágenes de objetos antiguos.

—La Brigada de Patrimonio pertenece a la Unidad Central de Delincuencia Especializada y Violenta —comenzó a explicar, dirigiéndose principalmente a Carbonell y sus amigos—. Colaboramos con la Interpol, que ha creado una base de datos denominada ID-Art, donde se publican imágenes de bienes confiscados, robados… Es muy importante, porque hemos detectado un alarmante aumento del tráfico de objetos culturales falsos desde las áreas del mundo donde hay conflictos bélicos activos —detalló, muy concentrada.

A Pietro, cada vez que ella hablaba, le parecía percibir el aroma de un suave perfume a flores silvestres. ¿Cuál sería la historia de una policía como aquella, que iba vestida de forma tan rara? El traje marrón, unido a la corbata y a la actitud circunspecta de la inspectora, le recordaba el esbozo del personaje de Sherlock Holmes de un libro ilustrado que había leído cuando era adolescente.

Ella se dio cuenta de cómo la miraba y se dirigió al subinspector de forma directa:

—¿Hay algo que no entienda?

—¿Quién?, ¿yo? No —negó, sin evitar ponerse algo colorado—, ¿por?

—Me pareció que estaba algo perdido.

—En Homicidios procuramos no perdernos nunca —replicó, molesto. Después, tras un suave carraspeo, siguió hablando—:

Decía usted algo de una base de datos sobre bienes culturales robados, ¿no?

—Exacto —respondió ella, sin perder la sonrisa y con una expresión que a Pietro le resultó exasperante, pues era inescrutable—. Todos los meses de junio y diciembre destacamos en esa base de datos las obras de arte más buscadas mediante un póster y un grupo de imágenes y descripciones que compartimos con los casi ciento cuarenta países miembros, y en la actualidad tenemos algo más de cincuenta mil objetos de arte en esa plataforma, que puede ser utilizada no solo por la policía, sino también por funcionarios de aduanas, coleccionistas privados, marchantes de arte y el público en general.

—Perdone —la interrumpió Nico—. ¿Nos está diciendo que ahí puede acceder cualquiera?

—Eso es. No hay más que identificarse para hacer consultas y ver todos esos objetos, pero solo las entidades autorizadas pueden introducir información en la base de datos. Ahora mismo, de hecho, la colaboración ciudadana está resultando fundamental para luchar contra el contrabando de objetos de arte provenientes de Afganistán... El pasado mes de junio, una usuaria en concreto alertó sobre uno de los objetos que se mostraba en la ID-Art y que había sido confiscado en una subasta de arte privada e ilegal.

Pietro frunció el ceño.

—¿Una usuaria? ¿No sería...?

—Lucía Pascal, en efecto.

Pietro asintió. Por fin empezaban a entrelazarse los datos, porque hasta ahora todo le había parecido un puzle desperdigado y sin sentido. Nagore Freire continuó explicándose:

—Teníamos colgada la imagen de esta Biblia Malévola de 1639 —volvió a poner la imagen del libro en la pantalla de su teléfono—, pero desconocíamos su procedencia, hasta que ella nos aclaró que el último lugar donde había estado era el navío de Nuestra Señora de los Remedios y San Francisco Javier.

Un murmullo creciente se abrió paso en la Pecera, y Miguel Carbonell, con gesto ceñudo, no pudo evitar hacer una observación:

—Disculpe, inspectora… No sé de dónde sacaría Lucía esa información, pero le aseguro que la mayoría de lo que llevaban los barcos fue bajado a tierra, y estoy convencido de que hay más tesoros escondidos en los montes de Redondela que en el fondo del mar; ya sabrá que los propios aldeanos se quedaron muchas cosas y las escondieron hasta en tumbas de los cementerios, no creo que…

—Somos conocedores del expolio que existió sobre la mercancía de los navíos cuando se supo que llegaba el enemigo, señor Carbonell, pero este libro ha pasado todos los análisis de laboratorio, y le aseguro que ha estado sumergido en el mar durante más de trescientos años. De hecho, de momento es necesario guardarlo en una caja especial llena de agua marina, porque al contacto con el aire se desintegra. Ahora, habrá que restaurarlo usando la táctica del secado de papel por congelación.

—A ver, disculpe —interrumpió Pietro, alzando las manos—. Para irnos centrando, si no les importa… ¿Qué tenía ese libro de particular y por qué les contactó Lucía?

La inspectora respiró hondo, como si tuviese que armarse de paciencia para explicarle algo muy obvio a un niño pequeño.

—La Biblia Malévola, en principio, podría no parecer tan extraordinaria; pero se trata de una biblia inglesa de 1639 que contiene una errata: en el mandamiento que dice «No cometerás actos impuros» se comieron el «no», de modo que, en realidad, invitaba a los cristianos a cometer adulterio. Ahora puede parecernos algo gracioso o sin importancia —observó, ante la risita mal disimulada de Nico—, pero a los impresores se les retiró la licencia y les impusieron severas multas durante años. De hecho, se cree que, tras destruirse la gran mayoría de los ejemplares, solo quedan unos veinte en circulación en todo el mundo, y son muy valiosos. Sin embargo, lo que nos resultó más llamativo…

—Perdone —interrumpió Pietro—, pero, si quedaban unos veinte, ¿cómo sabemos que este era el que iba a bordo del barco?

—Porque esta biblia estaba envuelta en un grueso forro de cuero que no solo logró que no se desintegrase, sino que tenía grabado el nombre de su propietario, que manifestó por escrito que el último lugar donde la había visto era en el galeón que nos ocupa —respondió algo exasperada, como si aquella aclaración estuviese fuera de lugar—. Fue Lucía la que nos facilitó toda la documentación, en la que el propietario reconocía, por carta privada a un familiar, que había entregado la biblia a alguien de la tripulación para llevarla oculta, pues estaba prohibida... Después se la mostraré, si me deja terminar.

—Por supuesto.

—Bien —resolvió la inspectora, con una mirada llena de dureza—. Lucía resultó crucial, porque no solo identificó al propietario, sino que también nos llevó ante quien estaba detrás de una de las sociedades pantalla que promovían su subasta... ¿Les suena la empresa Golden Dreams?

La audiencia guardó silencio. Algunos negaron con el gesto. Nagore, que no había esperado respuesta, continuó con su exposición:

—Esta empresa tiene en su órgano de administración otras empresas, y estas, a su vez, lo mismo y con domicilio en el extranjero... Pero en una de las ramas dimos con una de las sociedades asociadas, Deep Blue Treasures...

—¡Dios mío! —exclamó Linda Rosales, llevándose las manos a la boca, como si así pudiese contener de alguna forma su sorpresa.

—Por eso estoy aquí —intervino por fin Óscar Pereiro, el fiscal coordinador jefe de Vigo.

Su voz era aguda y nasal, muy chillona, y Nico se mordió los labios para frenar la risa al escucharlo. El propio Pietro, de ánimo estoico y sereno, contuvo una sonrisa ante el nuevo personaje de aquel extraño sainete. ¿Es que aquella mañana no iban a dar con nadie normal?

El fiscal, indiferente a las posibles reacciones que hubiese podido generar su forma de expresarse, procedió a ofrecer la explicación que ya todos estaban esperando:

—Deep Blue Treasures solicitó permiso de prospección en Rande, y le fue denegado, de modo que en la actualidad trabaja en la recuperación de cobre y zinc de un carguero, un naufragio reciente que...

—Lo sabemos —atajó Pietro, señalando a Linda Rosales, que ya los había puesto al día sobre aquel punto y que todavía mostraba un semblante lleno de asombro ante la nueva información.

El fiscal, en consecuencia, fue directo al corazón del asunto:

—La Guardia Civil nos pasó hace casi once meses un informe según el cual el buque de la empresa se había alejado hasta en tres ocasiones de las coordenadas permitidas, acercándose a otras que estaban próximas a la zona sur de las islas Cíes. Abrimos diligencias para obtener información, como siempre, pero al visitar el buque de Deep Blue Treasures no se encontró nada, aunque la maquinaria de la que disponía era extraordinariamente sofisticada, y sus equipos de radar, muy modernos y potentes, se lo aseguro —afirmó con semblante serio, si bien su voz era tan aguda que parecía una caricatura de un sonido normal—. Por tanto, de momento no tenemos nada más que una falta administrativa por su parte y una posible multa, pero pensamos que podría tratarse de un cazatesoros encubierto, porque tirando del hilo de las empresas asociadas hemos descubierto que detrás de todo el tinglado está Eloy Miraflores, que algunos conocen como el Chulapo, y que ya ha estado en la cárcel por estafa, contrabando de piezas robadas y blanqueo de capitales.

—Y no solo eso —añadió la inspectora, que ahora buscaba en su teléfono otra imagen—, sino que también hemos detectado dos contactos por radio, muy breves, del buque de Deep Blue Treasures con el White Heron, que lleva dos meses en la ría de Vigo.

—¿El velerazo ese de lujo? —preguntó Nico, casi en una exclamación.

La inspectora asintió y les mostró a todos la imagen en su teléfono, aunque a esas alturas cualquiera que hubiese paseado por Vigo habría visto ya aquel gigantesco velero modernista en la ría. Pietro se asomó a la fotografía y reconoció enseguida el impresionante barco blanco, de casi ciento cincuenta metros de eslora y veinticinco de manga, con mástiles de fibra de carbono infinitos y cristales tintados; parecía más una inexpugnable fortaleza del futuro que un barco.

—Por si no están al tanto —explicó la inspectora—, este velero está fondeado en la ría desde hace varias semanas por causa de unas supuestas averías, y su dueño, el multimillonario inglés James Grosvenor, es un apasionado de las obras de arte y dispone de una colección única en el mundo de mobiliario y útiles provenientes de naufragios, entre otras muchas curiosidades y aficiones. ¿Ven por dónde van los tiros?

—Lo vemos —confirmó Pietro—, pero, si sugieren que unos cazatesoros hicieron daño a Lucía Pascal por su denuncia con ese libro del diablo, qué quieren que les diga... El asunto se sustenta por los pelos y de momento todo son especulaciones que...

Bip, bip, bip.

Llamada de teléfono. La Seguridad Ciudadana. Pietro se disculpó y salió unos instantes de la Pecera.

—¿Rivas? ¿Me escucha o no?

—Le escucho.

Era Couso, un agente de la Seguridad Ciudadana a quien Rivas había enviado a hacer una gestión concreta apenas una hora antes.

—¿Sabe el tipo que nos dijo que viniésemos a buscar a Bouzas, el de las maquetas?

—Antonio Costas, sí. ¿Habéis hablado con él?

—No, señor. Nos ha abierto la casa un vecino, y el tipo estaba muerto sobre el sofá. Debe de llevar así varios días.

Pietro, atónito, guardó silencio unos segundos. Desde que había llegado a Vigo, el desempeño de su oficio había sido rutinario, casi aburrido; y ahora, de pronto, parecía que todos los sucesos extraños y potencialmente criminales se habían puesto de acuerdo para suceder el mismo día.

—Pero, a ver... ¿Cómo que está muerto? Así, ¿sin más? ¿No hay herida de arma blanca o de fuego, lesiones?

—Pues... No sabría decirle, Rivas. El hombre está como amoratado, pero no sé si eso es por la descomposición o por qué, ¿me entiende? Aquí no se ve sangre, ni tampoco heridas visibles.

—Y... No sé, a ver, ¿un suicidio? ¿Hay alguna nota por ahí?

—No, aquí no hay nada. Y no tiene pinta de suicidio, la verdad. A lo mejor le dio un infarto, ¿no? Eso sí, el hombre tenía esto un poco revuelto, sobre todo abajo, en el taller... La puerta estaba cerrada, pero abajo lo tenía abierto.

—¿Entradas independientes?

—Sí.

—¿Y el piso donde lo habéis encontrado estaba cerrado con llave?

—Eeeh... ¿Por dentro, quiere decir?

—Sí.

—No, eso no. Para abrir hacía falta llave, claro, pero no hubo que dar doble vuelta a la cerradura, ni la puerta estaba bloqueada por dentro con cerrojo ni cadena ni nada, si eso es lo que desea saber. Ah, cuando entramos, había un par de luces encendidas...

Pietro tomó aire y, muy atento, escuchó los pormenores del hallazgo. Mientras lo hacía, desvió la vista hacia el interior de la Pecera. El inspector, con ademán ya de marcharse al asunto de los atracos, le devolvió la mirada y comprendió, al instante, que el viaje hacia los secretos del misterioso galeón fantasma no había hecho más que comenzar.

Miranda

Los funerales por Enrique de Mañufe y los dos caballeros que habían fallecido en la contienda contra los moros fueron solemnes y sobrios. Se celebraron tres días después del triste incidente marítimo en la colegiata de Santa María, en el centro de la villa de Vigo y dentro del recinto amurallado. El templo había sido construido en los primeros años del siglo xv y su exterior, de estilo gótico, era austero. Solo destacaban una torre cuadrada, coronada con cinco campanas, y un tímpano colorido que representaba la Anunciación y la Epifanía. En el interior, sin embargo, Miranda descubrió una colegiata cálida y acogedora, pues sus apenas treinta y cinco varas de largo y veinte de ancho favorecían el recogimiento. Habían acudido a la ceremonia el propio Gonzalo de la Serna y hasta una docena de los casi treinta hidalgos que residían en la villa, pues apenas había nobles con título en Vigo, salvo el marqués de Valladares en el palacio de la Oliva.

Las autoridades municipales y grandes personalidades habían encontrado sitio en los asientos de la capilla mayor, y tras terminar las exequias les dieron el pésame a la ancianísima madre de don Enrique y a Miranda. Por su parte, Gonzalo se inclinaba ligeramente hacia la joven y le ofrecía indicaciones:

—Ese era don Marcial, de la Cofradía de San Sebastián, la de los carpinteros; aquel, don Eulogio, el mejor sastre a cien leguas a la redonda, de la Cofradía de Santa Catalina; y el último, el que llevaba en la mano el sombrero, era don Antonio, de la Cofradía de Santa Lucía, que son los que aquí labran las tierras.

—Gracias, don Gonzalo.

—Ah, ¿y ve a aquel, el que mira a los pies de todo el mundo? —preguntó en un tono de confidencia—. Ese es don Petronio, de la Cofradía de los Zapateros, y Dios guarde su avaricia, pues, aún en estas circunstancias y en el templo del Señor, anda el muy tunante buscando clientes.

Miranda se sorprendió ante el comentario, que en otro lugar y circunstancia le habría provocado risa, y consideró buena la actitud de Gonzalo, que solo parecía querer hacerle llevar mejor aquel trance. En realidad, el apuesto y antiguo monje había percibido de inmediato el desapego de la viuda por el difunto y había procurado asistirla de la forma más discreta posible. La élite de la villa pasó también a darle el pésame a la joven, y, a pesar del calor que hacía en el interior del templo, Miranda mantuvo la compostura cuando le ofrecieron sus palabras de condolencia los escribanos, los procuradores, el juez y hasta los seis regidores de Vigo.

Al lado de la muchacha, una niña de tan solo cinco años era apenas capaz de mantenerse quieta y a ratos lloraba mientras una sirvienta se encargaba de su cuidado. La madre de Enrique, por su parte, ya ni era el recuerdo de una mujer y pareciera que solo un armazón de huesos sostenía su piel anciana y curtida por la pena: su tristeza era tan profunda que apenas podía siquiera soltar el dolor a sollozos, pues daba la sensación de que se hubiese secado por dentro. A su lado estaba Modesto de Quiroga, que le procuraba consuelo, y otro hijo de la señora, Fermín, que había venido desde Ribadavia para la boda de su hermano y se había quedado, a cambio, para su triste entierro.

Cuando ya había terminado la ceremonia y el gentío se dispersaba, Gonzalo advirtió cómo Miranda perdía la mirada en el techo de la colegiata, construido con arcadas ojivales de piedra y rematado entre arcos con un bello artesonado de madera.

—Señora, ¿qué os distrae?

—Los barcos —susurró ella.

Gonzalo siguió su mirada y comprobó que Miranda se refería a la enorme cantidad de pequeños galeones y bajeles que colgaban a lo largo de todo el techo del templo y que parecían navegar en el aire hacia el altar. Daba la sensación de estar bajo un escuadrón náutico fantasmagórico y ecléctico, pues se mezclaban navíos muy antiguos con otros más modernos, y sus tamaños variaban desde los que apenas alcanzaban dos pies de eslora hasta algunos pocos que superaban una vara de largo.

—Ah, esos son los exvotos, Miranda. Cada barco es una ofrenda por un milagro en la mar. ¿Nunca los habíais visto en los templos de Redondela?

—No… No recuerdo haber visto nunca nada parecido; aunque para las misas siempre vamos a la capilla de Reboreda, que atiende más a gentes de campo que a marineros.

—Pues que os salvaseis de los piratas bárbaros, aun con la pena de la pérdida de vuestro esposo, sería también un hecho digno de recordar y de incluir en el libro de los prodigios de esta parroquia. Por fortuna, las incursiones de los moros ya no son tantas como antes, y con mi barco puedo dar protección a esta costa.

—Sois muy generoso, don Gonzalo.

—Oh, no, señora, no confundáis mi espíritu corsario con el de un alma pura y bondadosa. Mi protección alcanza solo a los comerciantes que la pagan.

—Sin embargo, también vinisteis a socorrernos.

Él mostró una mueca que, en realidad, parecía esconder una sonrisa.

—Si un bárbaro prospera en nuestra costa, hará que vengan más a prosperar. No hice más que defender mis intereses.

Miranda se sorprendió ante una franqueza tan poco cristiana y caritativa, pero no dijo nada al respecto. Sí se interesó en cambio por una imagen que veía reflejada en algunos exvotos.

—Don Gonzalo, ¿y qué es ese pájaro que aparece pintado en alguno de los barcos?

Él aguzó la vista y sonrió.

—Es un albatros. Son grandes aves que muy rara vez podréis ver en esta costa, y cuyo simbolismo pagano habrá sido permitido, sin duda, por la indulgencia del padre Moisés —le explicó, en alusión al párroco de la colegiata.

—¿Símbolos paganos?

—Sí, Miranda. Los marineros, Dios los guarde, son supersticiosos. Muchos creen que, si mueren en la mar, sus almas perduran en el vuelo de los albatros, que son gigantescas aves blancas.

Miranda imaginó una elegante y poderosa silueta nívea sobrevolando el cielo marino, y guardó silencio mientras todos los asistentes, que todavía comentaban la forma trágica en que había fallecido su esposo, comenzaban a salir del templo.

Unos minutos más tarde, y ya a las puertas de la colegiata, Miranda se dio cuenta de cómo las mujeres observaban a don Gonzalo, que realmente era un hombre de tan buenas hechuras y modales que llamaba la atención. Ella había ayudado a su suegra a caminar hasta la puerta, y la mujer la había mirado sin ver, como si ya todo le resultase indiferente. Para que pudiese descansar, algunas viudas y familiares la acompañaron a ella y a la pequeña hija de Enrique, a paso lento, hasta el palacio de Arias Taboada, residencia del difunto; todo el mundo lo seguía llamando así a pesar de que los Mañufe se lo hubiesen comprado a la familia de aquel otro apellido cinco años atrás. Miranda —de la que no se separaba en ningún momento Ledicia, la jovencísima sirvienta de su difunto esposo— permaneció todavía un rato en la pequeña plaza de la Iglesia, donde destacaba un hermoso olivo delimitado por un pretil de madera.

Entre tanto, don Gonzalo, siempre cerca, hablaba con distintas personalidades mientras su padre y su cuñado, Fermín de Mañufe, terminaban de aceptar condolencias y saludos. Fermín era un hidalgo bastante mayor que su hermano difunto, y tanto su prominente barriga como los indelebles coloretes de su nariz y mejillas dejaban entrever una vida llena de excesos. Había examinado a Miranda con recelo, quizá porque ella había sido la causa, de forma indirecta, del deceso de su hermano. Ella sabía que se trataba de un hidalgo relevante en el mundo del comercio de la sal, las telas y sobre todo los vinos, y su mirada severa no supo si asociarla al natural luto por su hermano o al enojo por conocerla.

Miranda observó todo aquello con la modestia y el recato que se esperaban en ella, y en aquel segundo plano estaba más a gusto, porque así tenía la sensación de ver sin ser vista y de cumplir con su condición de viuda de luto riguroso. Con disimulo, entretenía su mirada en las avecillas que sobrevolaban la plaza de la Iglesia y, con mucho más interés, en alguna polilla y en las diminutas mariposas que se posaban sobre las ramas del olivo a la puerta de la colegiata.

De pronto, y subiendo desde otra plaza que llamaban la de la Piedra, ya que por entonces disponía de una enorme roca en mitad de la explanada con imponentes vistas a la ría, apareció un hombre alto, delgado y de cabello oscuro recogido en una coleta; no llevaba peluca ni sombrero, aunque su calzado, medias y chaqueta eran de corte tan exquisito que pareciera un noble. Tenía una alargada y marcada cicatriz en la mejilla izquierda, como si alguien, alguna vez, hubiese querido matarlo acuchillándole el rostro. La profunda marca en su semblante no impedía que fuese un hombre apuesto: su imponente y mera presencia, de inmediato, suscitaba a su alrededor interés y curiosidad. Miranda advirtió que se dirigía hacia su padre y ella se inclinó hacia Gonzalo, inquiriendo con la mirada quién podía ser aquel caballero. El antiguo corsario estrechó la mirada y, después, sonrió como si acabase de darse cuenta de algo muy revelador.

—¿Recordáis el extraño aventurero venido del Nuevo Mundo que os rescató hace tres días? Sin la barba y los harapos tal vez os cueste reconocerlo, pero ahí lo tenéis.

Miranda, incrédula, observó ya sin disimulo alguno al recién llegado, pues le resultaba imposible reconocerlo. Al tiempo, mantenía el tono de confidencia con Gonzalo y le ofrecía sus impresiones:

—Diríase que es otra persona, ¿estáis seguro de que es el mismo hombre?

—Completamente, señora.

—Quisiera agradecerle su valentía... Las exequias de mi esposo han consumido nuestro tiempo, aunque mi padre procuró saber su apellido y la fonda donde se hospedaba, sin lograrlo. Tras llegar a puerto… desapareció.

Gonzalo se mostró pensativo.

—Por culpa de su hazaña, me temo, el caballero no ha podido atracar en la villa con la discreción que requería, y compruebo que ha dejado ya su disfraz.

—¿Su disfraz?

—Sí, señora. Tenéis ante vos a uno de los hidalgos más notables de la villa, aunque él escapase hace años de rentas y honores y se convirtiese en sobresaliente.

—No os comprendo, Gonzalo. ¿Cómo en sobresaliente? Yo… Desconozco tal oficio —se disculpó, casi ruborizada por su ignorancia.

—No se apure, pues ni yo conozco todos los términos de las ocupaciones domésticas femeninas, ni el vulgo espera que las mujeres sepan las de la Armada. Los sobresalientes son hidalgos que acceden a los ejércitos del mar sin graduación ni sueldo, aunque con privilegios, y se forman a bordo según su capacidad. El que ahora veis hablando con vuestro padre llegó a ser oficial, pero durante más de dos años nada se supo de él, dándolo por muerto, hasta que regresó en ese destartalado navío a nuestra costa, hace tres días.

—Pero ¿y su familia? ¡Habría sabido de él por cuenta de la Armada!

Gonzalo mostró una mueca algo melancólica.

—Tal vez de su familia era de quien huía don Rodrigo. ¿Por qué creéis que en su ánimo estaba tan firme discreción a su llegada?

Miranda no disimuló su sorpresa ante una historia tan extraña. Si aquel hombre era un oficial de la Armada, ¿qué hacía de capitán de un barco mercante de tan poco relumbre? Aunque no deseaba mostrarse más que como una viuda discreta, callada y pesarosa, en su ánimo estaba el deseo de hacer muchas más preguntas, pero fue el propio Rodrigo el que se acercó a ella para ofrecerle también el saludo y el pésame. Gonzalo, encantado por el encuentro, hizo una vez más de cicerone y le estrechó con efusión la mano al joven.

—Doña Miranda de Quiroga preguntaba por vos, pues no había tenido tiempo ni forma de agradeceros vuestra proeza en la mar —le explicó al recién llegado, que en efecto lucía casi irreconocible, aseado y sin la barba que ocultaba su profunda cicatriz—. Aquí lo tenéis, señora, don Rodrigo Rivera.

Y Rodrigo, inclinándose, ofreció su pésame mientras se unían al grupo el padre de Miranda, el párroco que había oficiado la misa y un enigmático monje vestido de negro que, desde el comienzo de los honores fúnebres, no había apartado la mirada de aquella viuda que no era capaz de llorar.

El grupo abandonó la plaza de la Iglesia y, por iniciativa de Fermín de Mañufe, acudieron todos al palacio de Arias Taboada, pues era sabido que ante trances tan tristes y desagradables las penas se llevaban mejor mientras fuera posible sacarlas del pecho. Fermín había acudido a Vigo con su mujer, también entrada en carnes y excesiva en el hablar y en el vestir; no lucía de luto riguroso, pues cuando había partido de Ribadavia lo había hecho para acudir a una boda, y no a un entierro, y había arreglado la contingencia acudiendo a la misa con la ropa de viaje, más discreta y oscura. Decían que el matrimonio no era muy bien avenido y que Fermín disponía de los suficientes hijos bastardos como para formar un tercio militar, pero no era decente ni piadoso hacer caso de las habladurías.

Miranda había comenzado a acostumbrarse a la idea de que, en Vigo, si quería ir a alguna parte, por lo general debía hacerlo subiendo o bajando, pero nunca en llano. Así, aunque la pendiente era muy suave, caminaron con solemne dignidad hacia el pequeño palacio de su difunto marido. Ella, que siempre estaba observando insectos, tuvo la sensación de que aquel grupo era como un conjunto de organizadas hormigas de camino a su refugio y de que, en aquel paseo, al igual que esos diminutos animalillos, ella misma y todos aquellos hombres formaban una nueva y singular comunidad. Atravesaron la plaza Pública, que muchos años más tarde sería conocida como la de la Constitución: era la más grande de toda la villa, rectangular y porticada en piedra; dejaron a su derecha la capilla de la Misericordia, que era a donde solían ir a rezar los marineros; después, tomaron una breve pero ya empinada cuesta hacia el palacio, que había sido construido con robusta piedra gris hacía décadas y que, en la segunda de sus dos alturas, disponía de un par de balcones con privilegiadas vistas sobre parte de la ría y sobre la pequeña plaza para venta de granos y cereales de la Alhóndiga, que también perdería su nombre con los siglos para pasar a llamarse plaza de la Princesa.

Durante el camino, el padre Moisés —párroco de la colegiata— le daba conversación a Miranda:

—Sois todavía muy joven, señora —razonaba, juntando las manos en forma de rezo al hablar; estaba muy delgado, y parecía haber sido consumido por sus propios nervios, pues era difícil verlo completamente quieto o callado—. No permitáis que esta desgracia quiebre vuestro espíritu. Mi deber, señora, está en ofreceros consuelo.

—Os lo agradezco, padre.

—Dirigíos a mí con toda confianza, hija, y no olvidéis vuestra obligación de confesión, pues desde vuestra llegada he observado que no la habéis practicado.

—Sí, padre.

—Y, si esos bárbaros desalmados os ofendieron con alguna conducta impropia que menoscabase vuestro honor, ¡no sufráis! Fui capellán en la Flota de Indias, y bien sabe Dios las malas confesiones y bestialidades que habrán escuchado estos oídos, por no hablar de quienes hayan comulgado de la más sacrílega de las formas, por lo grave y pecaminoso que guardaban sus conciencias, y hasta a aquellos he absuelto dándoles la correspondiente penitencia. El Señor todo lo ve y comprende, todo lo perdona.

Gonzalo, que caminaba cerca junto a Rodrigo y lo escuchaba, no dudó en intervenir:

—Padre, esta joven señora apenas habrá tenido tiempo para pecar, dejadle que se recupere de este trance antes de pedirle confesión.

—Los giróvagos no deberían opinar del cuidado de las almas —objetó entonces el monje que iba al lado del párroco y que hasta entonces había estado en silencio. Su semblante era serio y duro, y resultaba evidente que se dirigía a Gonzalo con claro rechazo.

—¿Giróvago, decís? —se rio el aludido, al que nada parecía perturbar—. Habéis de saber que ya no soy monje, pero lo confieso, solo sirvo a mis propias voluntades. Aunque vos, que tan orgulloso vestís hábito negro y tonsura, para imponer rectitud deberíais ser un buen cenobita y cuidaros bajo las órdenes de un buen abad en algún convento.

El otro se calentó todavía más, y el ardor en sus mejillas no ocultó su enfado.

—Vuestra impertinencia os define, pero sabed que no preciso de dirección espiritual para combatir ni los vicios de la carne ni los del pensamiento.

—¿Pues qué hacéis aquí, si no sois un sarabaíta fiel al espíritu mundano o incluso un giróvago, tal y como me acusáis, errando por las villas y sin atender las obligaciones de oración y trabajo en la casa de Dios?

—¡Don Gonzalo! ¡Hermano Tobías! —los cortó el padre Moisés, escandalizado—. ¿Cómo es que rivalizan en obediencia al orden y a las voluntades propias y ajenas ante esta joven viuda? Conténganse y dominen sus impulsos.

—Tenéis razón —reconoció el hermano Tobías, que debía de rondar apenas los treinta y cinco años—. En mucha charla, para mi vergüenza, no falta el pecado —añadió, aludiendo a las reglas de san Benito. Después, se dirigió a Miranda—: Señora, lamento las gravosas circunstancias por las que atraviesa. Es menester que cuide su alma para que las tristezas del mundo no la oscurezcan. Acuda siempre al padre Moisés, que animará su espíritu, o a mí mismo mientras me encuentre en esta villa.

Al ver el gesto de sorpresa de Miranda, fue el párroco el que aclaró la propuesta:

—El hermano Tobías, mi señora, es mi ahijado. Viene del monasterio de San Esteban de Ribas de Sil, en Ourense, donde en sus bosques, y en los del San Pedro de Rocas, practicó ya la vida eremita. Ahora, y hasta que termine de ayudar con sus conocimientos de botica a los hermanos franciscanos del convento del Berbés, pasará conmigo algún tiempo hasta su nuevo destino.

—¿Y cuál será tan santo lugar, si procede el decirlo? —preguntó Gonzalo, con un tono lleno de malicia.

—Las islas de Bayona.

Gonzalo, sorprendido, se interesó de verdad ante aquella idea:

—¿Pues cómo escogéis tal destino? El monasterio de los hermanos benedictinos lleva años en estado de ruina, y, cuando en mi cabotaje me detengo a hacer aguada, tan solo espanto a gaviotas y piratas. Tened por seguro que, salvo aguas cristalinas, en esas islas deshabitadas únicamente os toparéis con vegetación vastísima y con toda clase de insectos y bichos.

—En la isla de la zona sur queda en pie un eremitorio —le aclaró el monje, que todavía se dirigía a Gonzalo de mala gana— y funciona un molino, además. También hubo allí, hace años, un pequeño convento.

Gonzalo asintió. A pesar de que había renunciado a sus votos monásticos, todavía respetaba a quienes seguían la fe con un ardor semejante.

—Si es tal el caso, permitid que redima mis impertinencias. Yo mismo os llevaré a vuestro destino, hermano Tobías, y os procuraré las comodidades necesarias.

—Contad también con mi asistencia —intervino Rodrigo, que, a pesar de haber sido parte del grupo desde el inicio del recorrido desde la plaza de la Iglesia, hasta aquel instante había guardado silencio.

Gonzalo aprovechó para dirigirse al oficial y realizar averiguaciones, pues Rodrigo era para él, y para todos los presentes, un misterio.

El antiguo monje, ya a punto de llegar al palacio de los Mañufe, ofreció a Rodrigo la más amigable de las sonrisas.

—¿Pues cómo, don Rodrigo? ¿Ha venido para quedarse?

—He venido para resolver algunos asuntos familiares y para, además, atender el requerimiento del príncipe de Barbanzón, que como sabrá tomó su cargo de capitán general de Galicia en el mes de febrero.

Ante tal revelación, hasta los religiosos aguzaron los oídos, pues en efecto dicho cargo había sido jurado por el príncipe en febrero de aquel año del Señor de 1700. Miranda también se sintió sorprendida, porque su padre se había ofrecido a hablar de Rodrigo a aquel capitán general, cuando al parecer el oficial ya lo conocía de sobra. Por su parte, don Gonzalo procuró indagar más:

—Desconozco si seguís o no sirviendo a la Armada, don Rodrigo...

—A la Armada y a Dios, no lo dudéis. Barbanzón supo de mi conocimiento de los caminos y montes de la comarca, y en su pretensión de mejorar las defensas me solicitó una misión tal vez imposible, que es la de formar mejores y más fuertes milicias, algo que nada más llegar ya he comprobado harto necesario.

Gonzalo se mostró escéptico:

—Convertir milicias en tercios será tarea de gigantes.

—Ya os avancé cuánto de imposible se me antoja la tarea, aunque también deberé visitar las islas de Bayona con regularidad, pues resulta inconcebible que a la entrada de esta ría no dispongamos de defensa militar ni de fortín ni baluarte alguno. Las murallas de la villa, además, disponen de un mantenimiento lamentable.

—¿Y vuestro barco, Rodrigo? —se interesó Gonzalo—. ¿Pensáis repararlo para tales labores de prospección?

El oficial negó con una sutil mueca.

—Para nada valía ya, y ni un buen calafateado habría remediado la podredumbre de las maderas, por lo que lo he mandado desguazar. Si os conviene, sería para mí de gran valor el poder contratar vuestro barco para mis informes.

—Ah, será menester sentarnos ante un buen vino para cerrar condiciones, pero ¡contad con ello, Rodrigo! Es cierto que vuestro navío hacía ya aguas... Fuisteis muy atrevido al venir desde Veracruz en esa nave.

—No había otra que viniese a Galicia, ni podía esperar por las Flotas de Indias a su retorno, por lo que me hice con la tripulación que pude y compré ese despojo.

—¿Tanto os urgía la vuelta?

—Me urgía mi madre, que supe que había quedado viuda.

Gonzalo asintió y mostró un semblante de respetuosa solidaridad.

—He escuchado de su delicada salud.

—Habéis escuchado bien, pero ya la cuidan mis hermanos.

—Vuestros medio hermanos —musitó el otro, para volver a hablar enseguida en tono audible—: Bien está que la cuiden. Entonces ¿no residís en vuestro pazo de San Roque?

Rodrigo tomó aire antes de responder, y a Miranda le dio la sensación de que aquel tema lo incomodaba.

—No es mío el pazo, pues vendí mi parte de la herencia hace muchos años. He alquilado vivienda en la plaza Pública… Aunque —añadió, con una sonrisa— cualquiera diría que me han apresado los ingleses y que esto es un interrogatorio.

—Vive Dios que lo es —se rio el otro, con una sonora carcajada—, pero resulta duro roeros información.

Gonzalo se inclinó hacia el oído del oficial y le sugirió, con amigable compañerismo, que algún día sería magnífico que le contase qué diabluras había hecho «los años que había pasado sin dar fe de vida en el Nuevo Mundo». Después, y ya llegados al interior del palacio, la conversación comenzó a discurrir por los caminos de la política, cuando Miranda, que llevaba un rato pensativa, los sorprendió a todos con una sencilla pregunta:

—¿Creen ustedes que podrían llevarme a esas islas en alguna de sus visitas?

Gonzalo fue el primero en reaccionar:

—Disculpe, Miranda, hemos conversado los hombres y nos hemos olvidado de atenderla con la cortesía debida. ¿Visitar las islas de Bayona, habéis dicho?

—Sí, don Gonzalo.

—Tras este trance con vuestro esposo, ¿pensáis quedaros, entonces, en la villa de Vigo?

—Sí —volvió a afirmar ella, con semblante serio y con un ligerísimo brillo desafiante en los ojos, como si ya hubiese tenido que discutir de forma previa aquel punto, algo que seguramente habría sucedido con su padre—. ¿Por qué no debería hacerlo?

—Ah, pues… En consideración a vuestra juventud y delicadeza de ánimo, tal vez prefirieseis regresar a Redondela con vuestro padre, mientras don Fermín gestiona las bodegas y los negocios de don Enrique, que en paz descanse.

—Mi padre me entregó al señor de Mañufe sin que en tal ocasión mi ánimo tuviese nada que reseñar. Ahora me debo al cuidado de mi hijastra y de la hacienda de mi esposo, así como al cuidado de mi suegra, cuya salud se encuentra gravemente quebrada. En efecto, mi cuñado seguirá acometiendo las empresas necesarias en los negocios de mi esposo y vendrá a visitarnos con frecuencia, pero un capataz y yo misma nos encargaremos de los menesteres diarios con la ayuda de Dios.

—¿Vos?

—En la medida de mis capacidades. He crecido entre viñedos, don Gonzalo. Desconozco muchas de las cuentas y gestiones a realizar, pero sí sé de vinos y he vivido en los países del Nuevo Mundo a donde mi padre más exportaba, y me manejo en el habla del francés y del inglés de forma fluida para tratar con comerciantes, de modo que tal vez pueda hacer alguna cosa de provecho.

Se abrió un silencio incómodo, pues nadie esperaba que la modesta viuda interviniese y, mucho menos, que lo hiciese en aquellos términos. Sin embargo, el padre Moisés le dio la razón.

—Contad con mi socorro si lo precisáis, doña Miranda, pues sí es cierto que en Galicia las viudas de los hidalgos se encargan de las haciendas. Vuestra juventud tal vez no sea impedimento, sino aliciente para aprender los oficios de las empresas en las que os adentráis.

Rodrigo observaba a Miranda con la misma sorpresa que los demás, e incluso la sirvienta de la joven tenía los ojos abiertos de par en par, atónita ante las intenciones de la nueva señora de la casa. Sin embargo, el joven oficial se dirigió a Miranda para preguntarle por otro asunto:

—Disculpad mi intriga, pero antes dijisteis que os gustaría visitar las islas de Bayona, y vive Dios que es la primera vez que escucho a una dama interesada en tal cosa, pues por lo que sé no encontraréis allí más que bosques descuidados, bichos y alimañas. ¿Qué puede interesaros de un lugar así, lleno de animales salvajes?

Ante aquella cuestión, por fin, y tras toda una jornada sin hacerlo, Miranda mostró una sonrisa resplandeciente que devolvió algo de brillo a su mirada.

—Eso es precisamente lo que busco, don Rodrigo. Bichos, alimañas e insectos.

4

Con el fin de no excitar más la codicia de los corsarios, el Gobierno español de entonces había ocultado que su flota de América le traería aquel año un botín cuatro veces mayor que el que habitualmente recogía en las costas de las Indias occidentales.

GASTON LEROUX,
La batalla invisible

El frío era como una lluvia de delgados y afiladísimos cuchillos que traspasaba los músculos sin piedad. Algunos decían que aquel invierno podría nevar en Vigo, aunque el océano regulaba en gran medida las temperaturas y las nevadas solo se daban en aquella latitud cada treinta o cuarenta años, de modo que no eran más que una emocionante excepción.

Nico había aparcado en una gran explanada frente a la pequeña Alameda de Bouzas, que era uno de los barrios más antiguos de toda la costa y que, en realidad, no había pasado a formar parte de Vigo hasta el año 1904. El oficial, la inspectora de Patrimonio y Pietro Rivas habían comprobado, al bajar del coche, que cada una de sus palabras se convertía en un velo blanco desdibujado en el aire, donde el frío lo cortaba todo. Dejaron el vehículo —que tanto Nico como sus compañeros denominaban Ka, por ser «de camuflaje»— y caminaron sin ceremonias hacia la vivienda de Antonio Costas, el maquetista que había sido una de las últimas personas en hablar con Lucía Pascal y que ahora también estaba muerto. Cuando Pietro le había comunicado la novedad al inspector, este se había quedado lívido y había tardado solo cinco minutos en despedir al fiscal y a la que él mismo había bautizado como pandilla de los Goonies, cuyos miembros se mostraron desesperados por obtener más información. Habían acordado que se verían al día siguiente para terminar de verificar todos los datos de los que disponía cada parte, en una colaboración que resultaba inesperada para todos.

De camino a casa de Antonio Costas, Pietro había procurado manejar en su cabeza todas las estadísticas del azar posibles para poder explicar la cercanía de las muertes de la historiadora naval y del maquetista de navíos, pero justo en aquel instante había recibido una llamada de Raquel Sanger sobre la autopsia de Lucía Pascal: aunque no había informe oficial ni definitivo, resultaba obvio que la muerte de la anciana había sido ocasionada por algo más que por su enfermedad neurodegenerativa. ¿Qué la habría llevado a perder el control de aquella forma, a huir de manera tan desesperada de la realidad? Ambas muertes tenían en común, además, el hecho de que las viviendas de los dos fallecidos hubiesen sido encontradas con los enseres revueltos. ¿Qué le habría pasado al maquetista? La gente no se moría así como así. ¿Se habían puesto de acuerdo todos los fanáticos de la historia naval para dejar de respirar al mismo tiempo?

—Es ahí —señaló Nico a sus compañeros mientras terminaba de masticar una empanadilla.

Las horas habían ido pasando, y lo cierto era que no habían tenido tiempo para comer. La inspectora y Pietro habían preferido esperar para tomar cualquier vianda, quizá por prudencia y porque no sabían qué tendrían que ver dentro de esa casa de Bouzas. El ambiente ya se adivinaba intenso: la cantidad de personas que ahora rodeaban la cinta policial provocaba, de forma inevitable, que todas las miradas de conductores y paseantes se centrasen en la vivienda.

A pesar de que aquella zona de Bouzas era la más antigua de todo el casco histórico y de que las edificaciones tenían a lo sumo dos o tres alturas, la casita del maquetista resultaba realmente singular. Disponía solo de dos pisos, pero el inferior parecía haber sido construido para personas de poca altura. La antigua y gastada piedra gris, encalada en toda la planta inferior salvo en los marcos de las ventanas, otorgaba a la fachada un aire ancestral. Dos balcones sencillos se abrían hacia la carretera principal y la Alameda, cerca de donde habían aparcado el coche. Para acceder a la vivienda, y tras pasar el cinturón de seguridad preparado por la Seguridad Ciudadana, los policías tuvieron que entrar por un lateral situado en la calle San Miguel, que definitivamente los llevó a una época vetusta y olvidada. Un viejo soportal pétreo de cinco columnas sostenía un pasillo cubierto que, tras subir unas escaleras, conducía a la segunda planta, donde se encontraba la vivienda. Fue el agente Couso, espigado y de gesto adusto, el que los recibió y los guio para entrar al interior.

—Estamos en todas las fiestas, ¿eh, amigo? —preguntó Lara al ver a Pietro Rivas.

La subinspectora de Científica llevaba sus cascos de música colgados al cuello, como de costumbre. Con descaro examinó durante unos segundos a Nagore Freire y a su curiosa y elegante indumentaria, que ahora había sido completada con un grueso abrigo de lana marrón entallado y con una boina inglesa a juego. Lara enarcó las cejas, como si con el gesto debiera ser suficiente para que sus compañeros le explicasen quién era aquella mujer. Fue Nico el encargado de hacer las presentaciones, y Lara no ocultó su sorpresa:

—Creo que es la primera vez que tenemos una inspectora de Patrimonio por aquí.

—Y yo creo que no será la última —replicó Nagore, que con su tirante coleta rubia y su boina semejaba más una modelo salida de una revista de moda de la campiña inglesa que una policía—. Parece que últimamente tienen bastante trabajo en esta demarcación.

—¿Para no ser la capital, quiere decir?

—Para su índice de criminalidad habitual —corrigió Nagore. Lo hizo con una sonrisa, pero su frialdad daba la sensación de advertir a Lara de que no pensaba tolerar ironías.

Tardaron solo unos segundos en llegar hasta donde estaba el cuerpo de Antonio Costas. Se encontraba en un amplio salón techado con un sencillo artesonado de madera blanca, y en el cuarto entraba mucha luz gracias a los balcones que daban a la calle principal; la calefacción no estaba conectada y hacía bastante frío, con una temperatura similar a la que los había encogido en la calle. El cuerpo se hallaba semirrecostado en el sofá, como si se hubiese desmayado allí mismo. Aparentaba ser un hombre más bien bajo, de complexión ligera y sorprendentemente juvenil, a pesar de que su cabello blanco raleaba en la cabeza. El gesto facial era inexpresivo, pero Pietro observó que, tal y como ya le había detallado el agente de la Seguridad Ciudadana, el semblante del cadáver tenía algunas marcas extrañas y parecía anormalmente amoratado, como si hubiese luchado contra la asfixia antes de morir. Sin embargo, sin saber cuántos días llevaba muerto y sin los debidos estudios forenses, cualquier especulación podría resultar errónea, y lo cierto era que no se apreciaban en el cuello marcas de correas ni de presión de ninguna clase. No obstante, había un par de cojines en el suelo, un cajón abierto —lleno de papeles que estaban hechos un revoltijo— y una silla tirada.

—Se medicaba para el corazón —observó Lara mientras todos se situaban cerca del cadáver, en la zona de tránsito autorizada. Con una mano enguantada, la subinspectora alzó en alto un par de cajas de medicación—. Tenía Bisoprolol y Eliquis en la cocina, así que a lo mejor se le paró la máquina, sin más —sugirió.

En realidad, con tan solo entrar en la vivienda, ella ya había percibido que el fallecido estaba medicado; siempre que era así, el olor de los cuerpos era mucho más intenso y desagradable. En cualquier caso, el frío que reinaba en la casa podría haber frenado de alguna forma el proceso de descomposición.

—¿Vivía solo? —preguntó Nagore, que detuvo su atención en el cadáver solo unos segundos para estudiar de inmediato el escenario donde se encontraban.

El mobiliario era sencillo, pero parecía cuidado y limpio. Tal vez aquella silla caída hubiese sido consecuencia de un posible infarto, de un Antonio Costas que buscase algo a lo que sujetarse. Fue Couso el que contestó:

—El vecino que nos abrió la puerta dice que sí, que era viudo y que el hijo reside en Madrid, que solo viene de visita.

—¿Y le dijo si alguien más tiene llave de la casa?

—Además del hijo, un hermano. Vive en Chantada, pero ya está de camino.

—Chantada… —comenzó Pietro, mostrando con su expresión que intentaba recordar una información concreta—. Eso está en Lugo, como a un par de horas, ¿no?

—Tal vez un poco menos —estimó Nico—. Depende del tráfico… Imagino que el tipo, si salió cuando lo avisamos, debe de estar al caer.

—A ver si puede contarnos algo del historial médico de este hombre —razonó Pietro, que, al igual que la inspectora, buscaba ya con la mirada algún detalle en la habitación que le pudiese dar alguna clave de lo que había sucedido—. ¿Ese vecino no sabe nada, si este hombre estaba enfermo o algo?

Couso se encogió de hombros.

—No me dijo gran cosa. Que el fulano hacía deporte, porque se lo había recomendado el médico hacía ya años, que era muy disciplinado e iba a caminar mucho. Que se cuidaba, vamos… Poco más.

—¿Y te confirmó cuándo fue la última vez que lo vio con vida?

—No se acuerda —negó el agente, apático—, cree que hace tres o cuatro días, como máximo. Al parecer el tipo iba a visitar al hermano a Lugo un par de veces al mes, así que, aunque no estuviese por aquí durante unos días, nadie lo echaba en falta. Y el hermano venía en verano, lo ayudaba con las maquetas.

—Entonces deberíamos hablar con ese vecino, a ver —dijo Pietro, con cierta desconfianza.

—Por lo que me ha contado de cómo estaba la puerta cuando lo encontraron —observó Nagore, dirigiéndose a Pietro—, cualquiera podría haber estado aquí de visita y, sencillamente, cerrar al marcharse y dejar a este hombre, ya muerto, sobre el sofá.

—O dejarlo vivo. Pudo darle un infarto, sin más, estando solo en la casa.

—Por supuesto. Aunque no debemos olvidar a ese vecino, que sí tenía llaves de la vivienda —razonó ella.

—Pues el vecino está abajo, con los otros compañeros de Científica —intervino el patrullero—. Acaba de ir para enseñarles el taller.

Justo cuando Nagore iba a decir algo, un joven forense de guardia hizo acto de presencia, seguido de un juez y del secretario judicial. Todos se saludaron de forma breve, y el patólogo —en contraste con Sanger— se limitó a certificar la muerte, sin añadir matices, observaciones ni suposiciones de ninguna clase. Con aquella temperatura era difícil establecer la hora y el día del fallecimiento de Antonio Costas, aunque debía de haber sucedido solo unos días antes, y desde luego «un trabajo serio» requeriría un estudio detallado de los restos. Ante la determinación del forense no hubo mucho más que decir y por supuesto no se abrió ningún debate, tal y como había sucedido aquella mañana con Sanger. El juez también se mostró parco en palabras y posibles actuaciones: de momento, el único criminal allí parecía el infarto de miocardio. Pietro miró a sus compañeros con suspicacia, y tanto la inspectora de Patrimonio como el oficial le devolvieron gestos de sospecha. Ayudados por Lara y Couso, registraron el piso superior de la vivienda, que en efecto estaba algo revuelto, pero sin el desbarajuste exagerado que habían encontrado en la vivienda de Lucía en A Calzoa. Era un apartamento de dos dormitorios entre antiguo y moderno, con partes restauradas con bastante gusto, aunque de forma austera.

—El cristo está montado más bien abajo, subinspector —insistió Couso.

—En el taller, ¿no?

—En el taller. Lo encontraron con la puerta abierta, ya se lo dije.

—Vamos.

Todos bajaron a la planta inferior de la casa, y Pietro se dio cuenta de que, aunque parecía construida para personajes de cuento de poca estatura, en realidad aquel piso a pie de calle había visto cómo el nuevo asfaltado y las aceras de los tiempos modernos habían engullido su altura, pues, al acceder por una de las puertas exteriores bajo los balcones, habían tenido que descender hasta tres escalones para llegar al verdadero suelo de la edificación.

—Joder, ¡qué pasada! —exclamó Nico, asombrado.

Ante sus ojos, un amplio taller de carpintero les ofrecía un mundo marítimo asombroso. Sobre varias mesas descansaban distintos modelos de navíos: desde fragatas, veleros y bergantines hasta un moderno catamarán. En las paredes había amplios paneles de corcho llenos de fotografías, planos navales y dibujos que estaban clavados con chinchetas de todos los colores. Sin embargo, este amable cuadro costumbrista se desbarataba porque algunas de las maquetas estaban en el suelo, como si hubiesen caído sufriendo un gran impacto, y la arboladura de un velero de comienzos del siglo xx se hallaba completamente destrozada. En una mesa al fondo, un bote de pintura rojo yacía con su contenido desparramado sobre la mesa y el suelo, y una estantería llena de material de trabajo había sido arrancada de la pared y ahora colgaba de uno solo de sus agarres, ofreciendo una imagen algo siniestra. En otra pared, varias estanterías que iban del suelo al techo estaban llenas de libros navales y de algunos aparejos de pesca; frente a ellas había un antiguo diván y un par de baúles, que ahora se encontraban abiertos como un libro, mostrando muchas telas que, sin duda, debían de servir para hacer las velas de las maquetas.

En una esquina, acompañado por dos agentes y con semblante compungido, un hombre de unos setenta años apretaba los labios y negaba con suaves movimientos de cabeza. Iba vestido de gris, y su piel se adivinaba cuarteada por el sol tras muchas mareas, pues sin duda había sido marinero. Unas arrugas profundas marcaban su mirada, que brillaba como si estuviese a punto de naufragar: contenida la emoción, apenas quedaba ya un suspiro para que se derramase aquel caudal, que con el desgarro de la pena caminaba hacia las lágrimas.

—Qué pena, o Toño, qué pena. Y aún era joven, ¡bastante más que yo!

Pietro miró a Couso, solo para confirmar visualmente si aquel era el famoso vecino. El gesto del policía fue inequívoco, de modo que, mientras Nagore investigaba los planos y las maquetas, el subinspector se aproximó hasta el hombre, que se identificó como

Avelino Fernández. En aquellos instantes era ya casi incapaz de contener la tristeza que lo embargaba.

—Mira que *lle dixen que pechara a porta do* taller, que *non* se confiara. Pero él *traballaba* así, con todo *aberto*. ¡Para ventilar, *dicía*!

Pietro, a pesar de que no hablaba gallego, lo entendía más o menos bien, y concentró su atención en cada palabra para que no se le escapase ningún matiz. Nico también se acercó.

—¿Qué cree usted que ha pasado entonces? ¿Un robo?

—*Eu qué sei, filliño* —negó el hombre, apesadumbrado—. Parece, ¿no?

—Pero —intervino Nico— ¿echa algo en falta? Mire a su alrededor, ¿sabe si había aquí algo de valor?

Avelino mostró un semblante lleno de sorpresa.

—Pero, hombre, ¡cómo no! Estas maquetas valen *os seus cartos*... O Toño se reunía aquí con los amigos, ¿no? Pero han venido periodistas a ver su trabajo con los barcos. Y dos de sus maquetas las donó a Meirande, al museo. Otras las vendió, claro. Hacía sus trabajos, ¿no? Pero, la verdad, no veo que falte nada. Han roto cosas, eso sí.

Pietro y Nico intercambiaron un cruce de miradas. ¿Sería posible que alguien hubiese entrado en el taller a robar y que Antonio —o Toño, como al parecer era conocido— hubiese detectado al invasor para después, con el disgusto, regresar a su casa y morir de un infarto? Nagore se les unió.

—Ni rastro de un galeón ni de nada vinculado a la Flota de Indias —les dijo, en un tono comedido.

Avelino la escuchó.

—¿Un galeón?

De pronto, la expresión de tristeza del hombre se transformó en otra de revelación.

—¡El astillero!

—¿Qué? ¿El astillero?

Avelino, con paso ágil y agitado, corrió hasta una de las estanterías llenas de libros. Buscó con desesperación, nervioso, uno en concreto.

—¿Y este ahora qué coño hace? —preguntó Nico, frunciendo el ceño.

El oficial ya estaba a punto de acercarse a Avelino para que dejase de desbaratar la estantería y de estropear la toma de huellas de Científica, pero Pietro lo frenó con la mano.

—Espera.

Avelino, por fin, detuvo su búsqueda. Allí estaba. *El libro de los vientos.* Aquel con el que tantos marineros habían sabido cómo interpretar la fuerza del aire. Lo movió hacia delante. Después, dos golpes secos hacia atrás. Cloc. Se abrió una puerta hacia el interior de la pared. Todos los agentes de policía presentes, atónitos, se quedaron durante dos segundos observando aquella puerta sin hacer ni decir nada.

—Ay, la hostia —masculló Nico, asombrado—. Esto ni en las películas.

Avelino, nervioso, entró rápidamente en el cuarto oculto; encendió un interruptor que llenó la estancia de luz y, casi al instante, regresó con un semblante de alivio.

—Nada, *eiquí non* tocaron.

El hombre vio la expresión inquisitiva de Pietro, que ya se aproximaba, y comenzó a explicarse:

—Este era el Astillero, ¿entienden? Él *o chamaba* así. Era donde Toño tenía lo de valor, por si acaso. Que no siempre era para vender, ¿eh? Lo hacía por gusto. Solo los más íntimos podían pasar… Yo hacía semanas que no entraba. Menos mal que esos *fillos* de mil putas *non deron* con *isto.* Pasen, pasen —insistió, apartándose. Cuando vio cómo se acercaba Nagore, le habló con vehemencia—: ¡El galeón! ¿Ve? Mire, ahí lo tiene.

Nico, Nagore y Pietro, seguidos de Couso, accedieron al Astillero. No tenía ventanas, pero la luz natural, aunque tenue, descendía como una bendición desde una claraboya del techo. Apenas serían unos nueve o diez metros cuadrados, pero estaban dispuestos como una elegante exposición. Las piezas más exquisitas y elaboradas del taller, con una policromía extraordinaria y un detalle minimalista muy minucioso, se mostraban con la resolución propia de un reconocido museo. En el centro, en una gran mesa que Pietro supuso sólida pero antiquísima, la maqueta de un enorme galeón llenaba la estancia y atraía las miradas de forma magnética. Treinta cañones de hierro colado a ambas bandas de la nave y una popa con varias galerías, estatuas, guirnaldas y policromías religiosas incitaban a acercarse a investigar. Sobre la mesa había bastante documentación bien ordenada y algunos planos desperdigados, como si aún se estuviera trabajando en ellos. Algunas drizas y cabos todavía parecían pendientes de colocación, aunque ya estaban distribuidos de forma ordenada sobre la mesa. Pietro, con la sensación de estar invadiendo un espacio privado, se acercó a aquel imponente navío, que se antojaba sacado de un cuento y cuya maqueta era casi tan grande como él mismo. La nave era de dos puentes y representaba unos cuarenta y dos metros de eslora por otros diez de manga, siguiendo el perfil típico y orondo de los galeones. Nagore leyó en alto el nombre, que constaba no solo en los planos, sino bien detallado en la popa, donde llamaba poderosamente la atención la imagen de una virgen con un niño Jesús y la de un hombre que alzaba una sencilla cruz cristiana en actitud de prédica.

«Nuestra Señora de los Remedios y San Francisco Javier».

Cuando Nagore pronunció en alto aquellas palabras, para Pietro fue como si se detuviese el tiempo. Aquel era el famoso galeón fantasma. Avelino, satisfecho con el impacto que había generado al revelar aquel cuarto a los policías, se dirigió a la inspectora sin disimular su emoción:

—*A primeira* vez que se entra aquí *sempre* impresiona —reconoció, con una sonrisa algo triste—. En este barco trabajaba desde hace unos meses. ¿*Queren velo* por dentro?

—¿Qué? —preguntó ella, sorprendida. Al igual que Pietro, tampoco entendía el gallego, pero le había parecido comprender que aquel hombre le ofrecía ver el interior del barco—. ¿Puede…? ¿Puede abrirse?

—Claro, señora. Lo de dentro *é o mellor*.

Y Avelino, que solo unos minutos antes les había parecido un hombre triste, perdido y desorientado, les mostró cómo abrir aquella nave. Solo había que mover uno de los cañones y, clic, el navío se desdoblaba en dos a lo largo, siguiendo la línea de la eslora, pero dejando a salvo los mástiles, de modo que solo una parte de la nave quedaba al descubierto para ver sus entrañas.

Por dentro, el galeón semejaba una casa de muñecas y se distribuía en varios pisos en los que se podían distinguir barriles y hamacas en miniatura, bodegas y despensa, aunque resultaba evidente que el trabajo del maquetista todavía estaba pendiente de terminar. La zona que más llamaba la atención era la de popa, que parecía ya más acabada y que era donde se encontraban los camarotes del capitán, el maestre y algunos pasajeros distinguidos. Había, también, un pequeño cuarto con suelos y paredes pintados de rojo, aunque Avelino les pidió que se fijasen, de nuevo, en el camarote del capitán. No era muy grande, pero sus ventanales correspondían a las galerías de popa y se veía relativamente amplio y confortable. Como mobiliario, solo disponía de una especie de estrecha cama nido de madera pegada a una pared, de una estantería y de una mesa bastante grande, con capacidad para al menos cuatro personas.

—*Eiquí*, miren —insistió Avelino, que presionó suavemente una de las paredes de madera del camarote. Se escuchó un nuevo clic y tras la pared había un cuarto pequeño, de unos tres o cuatro metros cuadrados a lo sumo, sin ventanas ni ventilación aparente—. ¿Ven? Me lo enseñó *o* Toño la última vez que estuve en el Astillero, hará un par de meses… Increíble, ¿no? —se preguntó, como si hablase consigo mismo—. ¡Pura artesanía!

—Perdone —le reclamó Pietro, que se había agachado para ver mejor—, pero ¿qué se supone que es esa habitación?

El viejo marinero lo miró y le contestó con cierta sorna:

—¡Pues qué va a ser! ¡El cuarto para *o* contrabando! Toño tenía todo ahí, *neses papeis* —añadió, señalando con la cabeza el montón de documentación que había sobre la mesa.

Pietro desvió su atención, primero, a la documentación. Después, a la inexpugnable Nagore, que por una vez le pareció que esbozaba cierta emoción y sorpresa en su semblante; y finalmente, de nuevo, hacia la imponente nave. En su interior, al igual que en los libros, era donde se desvelaban por fin todos los misterios.

En Galicia, si un viajero desea saber si se encuentra ante una simple casa señorial o ante un pazo —o palacio— de aquellos que nacieron al final del Medievo, no tiene más que acudir a un viejo refrán de la tierra: «Capilla, palomar y ciprés, pazo es». Eloy Miraflores, conocido por la Policía Nacional como el Chulapo, disponía de la versión más legendaria y romántica de lo que era un pazo: era propietario, en Nigrán —a unos veinte kilómetros de Vigo, cerca de la costa—, de una amplísima finca en la que la vivienda principal estaba unida a un torreón almenado que parecía inexpugnable. Dentro del conjunto, además de la capilla privada, se distinguían un palomar sin palomas y varios cipreses, y también se podía caminar a lo largo de un par de centenares de metros por un paseo circundado de setos de boj, que simbolizaban la inmortalidad. Sin embargo —y sin guardar ánimo alguno de discreción sobre su fortuna—, Miraflores se había hecho también con un pazo en el centro neurálgico de la ciudad de Vigo. Había instalado allí su oficina, un almacén y varios apartamentos de lujo, de los que se había reservado el mejor para sí mismo. Aquí no se cumplía ninguna de las normas básicas para considerar al edificio un pazo, pero a cualquier viajero le habría resultado difícil obviar, al acceder a su interior, que estaba ante algo muy parecido a un verdadero palacio. El edificio, que en sus orígenes era más modesto, pero que ahora ya levantaba tres alturas, había sido restaurado de forma reciente, y las maderas nobles y la piedra al aire ofrecían una imagen imponente. Con todo, y aunque el mobiliario del apartamento de Miraflores también era moderno y dejaba intuir la abundancia de dinero, mostraba la escasez de buen gusto en la selección de materiales y colores, por lo que no hacía gran justicia a la esencia noble del lugar.

Eloy Miraflores caminaba ahora muy nervioso por su apartamento, que estaba en la planta superior del inmueble. Se miró al espejo. Nariz ganchuda, labios finos y cabello oscuro engominado y repeinado hacia atrás. Un traje caro, hecho a medida y que parecía apretarle en cada centímetro de su piel, ya que sudaba de forma abundante. Eloy esperaba una llamada, y no sabía si era bueno o terriblemente grave que el teléfono no terminase de sonar. Siguió deambulando por el apartamento del edificio, que era conocido en la ciudad como palacio de la Oliva, ya que allí mismo los templarios, en el siglo XII, habían plantado un olivo del que aún sobrevivía un retoño centenario en el paseo de Alfonso XII y que formaba ya parte indisoluble del escudo de la ciudad.

Bip, bip, bip.

Eloy resopló, tomó aire. El momento había llegado, era inevitable. Se peinó con la mano, pese a que ni uno solo de sus cabellos se había movido del sitio. Se apostó frente a una ventana desde la que se veían la ría y el Real Club Náutico de Vigo, si bien no prestó atención alguna a las vistas, que en realidad no llegó a ver. Descolgó y, al otro lado de la línea, se escuchó una voz masculina, fuerte y tranquila. Quien hablaba lo hacía en castellano, aunque la textura de su voz estaba envuelta en un acento indefinible: no era posible identificarlo, pero desvelaba que no era español.

—Creí que había sido muy claro en mis instrucciones, Miraflores.

—Sí, por supuesto, yo…

—¿Qué pedí, Miraflores? —lo cortó el hombre al otro lado de la línea. Aparentaba cordialidad, pero su tono contenía ira y hielo.

—Resultados… —titubeó—. Pidió resultados.

—¿Y qué tenemos?

Eloy tragó saliva.

—Está siendo más difícil de lo que pensábamos, y ahora está la policía metiendo las narices, de modo que…

—La policía —lo interrumpió la voz al otro lado— no estaría en ninguna parte si no fuese por esa estúpida subasta.

Eloy se tomó unos segundos, se recompuso y procuró imprimir determinación y firmeza a sus argumentos.

—Esa biblia no aparecía en el inventario a recuperar, no formaba parte del trato y estaba en mi derecho, ¿sabe cuántos gastos he de asumir con esta operación?

—Lo sé porque, en definitiva, los pago yo. Y acepto asumir riesgos, pero no estupideces —afirmó su interlocutor, con dureza y evidente enfado—. Por otra parte, ¿puedo saber qué le ha pasado a nuestra encantadora dama?

Eloy volvió a tragar saliva. El corazón le palpitaba tan fuerte que tenía la sensación de que le iba a saltar del pecho.

—Los chicos no le hicieron nada, se lo juro.

—Y, sin embargo, está muerta.

—Le aseguro que solo le hicieron una visita, buscaron información… Pero, cuando se fueron, la señora Pascal estaba viva.

—¿Y el viejo? Su casa de Bouzas está saliendo en todas las noticias. ¿A ese tampoco le hicisteis nada?

—Se lo juro, de verdad. Apenas le tocaron un pelo. A lo mejor a los muchachos se les fue de las manos, pero estoy seguro de que no querían hacer ninguna cosa que…

—A ver si ahora la gente se nos va a morir sin querer, Miraflores. Tus… muchachos —dijo, masticando aquella última palabra— ¿han dejado todo limpio?

—Por supuesto.

—¿Y cómo vamos ahora a estar seguros de que nadie los ha visto, de que no nos va a salpicar ningún rastro de su torpeza?

Eloy no respondió. El tono glacial de su interlocutor dejaba claro que no había argumentación alguna que pudiese salvar la situación. Casi pudo visualizarlo, con su expresión infranqueable y ambigua; la dureza de su gesto, de su voz, le decía que ya había adoptado una decisión.

—Tomaré las medidas que considere oportunas, y cuando terminemos la operación no volverás a contactar conmigo. Esta semana ejecutaremos la fase final.

—¿Cómo? —se sorprendió Eloy, que por un instante olvidó su propia seguridad personal y se centró en la parte técnica de su trabajo—. ¡No puede ser! No estamos preparados, es demasiado pronto.

—No pienso perder un tesoro único en el mundo porque cuatro inútiles no hayan sabido hacer su trabajo. Quiero la maquinaria trabajando día y noche. En tres días volveré a establecer contacto.

Clic.

Se cortó la comunicación y Eloy Miraflores supo que tendría que ir hasta el final y que ni él ni sus muchachos saldrían indemnes de la búsqueda de aquel maldito galeón del diablo.

Pietro, que ahora esperaba a la inspectora a las puertas de su hotel, meditaba sobre lo que había sucedido en aquellas últimas horas; el día anterior, la anciana muerta y el maquetista exánime en su sofá. ¿Había sido un final justo para ellos, a los que se presuponía buenas personas? A veces tenía la sensación de que existía el destino y de que funcionaba como lógico desenlace para la vida que llevase cada cual; sin embargo, en ocasiones sentía que el juego era aleatorio, injusto y voraz. Las muertes de aquellas dos personas ¿podían ser fruto del azar? Todo apuntaba a ello, y el juez ya les había adelantado que denegaría la petición de extracción de datos de sus teléfonos móviles. ¿Para qué, si se trataba de desafortunadas muertes naturales? El hecho de que alguien, en apariencia, hubiese forcejeado con Lucía Pascal tomándola de las muñecas no implicaba asesinato ni mucho menos indicios claros de criminalidad. Y el hecho de que alguien hubiese robado en el taller de Antonio Costas tampoco implicaba que lo hubiesen asesinado, aunque ahí habría que esperar el resultado del informe forense. ¿Y si el robo en el Astillero hubiera sido posterior al fallecimiento? Ni siquiera constaba que se hubiese sustraído nada del obrador, y los pequeños destrozos podían ser cosa de vándalos, de chavales que se hubiesen colado allí dentro al ver la puerta abierta. El juez, a mayor abundamiento, había resaltado que Costas apareció muerto en el sofá de su vivienda, no en el taller, que disponía de entrada independiente.

Sin embargo, allí estaba el subinspector Pietro Rivas. Eran las nueve y media de la mañana y esperaba a Nagore Freire frente a la puerta del hall del hotel Universal, que, aunque ahora pertenecía a una moderna cadena hotelera, había sido construido a finales del siglo XIX en estilo ecléctico y conservaba su pétrea y antigua fachada a solo un par de centenares de metros del Club

Náutico de la ciudad. Una plaza rectangular frente al inmueble recordaba vagamente los espectáculos y las veladas que allí mismo, décadas atrás, habían hecho las delicias de los viajeros más exquisitos y burgueses. Pietro tenía bastante curiosidad por lo que pudiese haber descubierto la inspectora en la documentación que habían encontrado la tarde anterior en el *astillero* particular del maquetista, pues era ella quien había acordado estudiarla mientras él y Nico revisaban el taller y terminaban de interrogar a Avelino y al hermano del fallecido, que había llegado desde Lugo presa de los nervios.

—Hace un frío terrible. Nadie lo juzgará si me espera en el hall —le espetó Nagore al subinspector al tiempo que asomaba su cabeza por la puerta principal del hotel—. Entre, por favor.

Pietro, sorprendido, accedió al vestíbulo y comprobó que la inspectora seguía aquella mañana en su línea vintage, en esta ocasión con falda y chaleco en tonos granates y con unas largas botas negras acordonadas, a juego con el color de su corbata. En aquellos instantes, terminaba de masticar de forma discreta un bollo y se ponía un grueso abrigo negro, que contrastaba con su melena rubia, de nuevo recogida en una tirante coleta. Pietro se la quedó mirando como si toda ella, en conjunto, fuese digna de un estudio antropológico.

—Buenos días… Si quiere puede terminar de desayunar tranquila, he visto que la casa de Carbonell está aquí al lado y tenemos tiempo de sobra para…

—Prefiero que vayamos dando un paseo, si no le importa. Por cierto, ¿y su oficial? —le preguntó mirando por encima de su hombro, como si Pietro pudiese llevar a Nico Somoza escondido por alguna parte.

—Lo he puesto a bucear para encontrar el galeón.

—¿Qué?

Pietro sonrió.

—Se ha ido con una compañera hasta Bouzas para ver el tema del robo. Todavía tenemos que esclarecer si falta algo en la casa y en el taller, y será interesante comprobar lo que hayan visto u oído los vecinos.

—Claro —asintió ella, despacio. Pensativa, se fue ajustando unos guantes de lana negros—. ¿Sabe qué? Anoche, cuando revisé toda esta documentación —comenzó, señalando un maletín oscuro a sus pies—, descubrí que no era tan inusual lo de preparar espacios ocultos en los navíos... No digo que tanto como el superarmario secreto de nuestro galeón fantasma, pero sí huecos un poco más modestos.

—Ya contarían con ello en aduanas, ¿no?

Ella sonrió.

—Es posible, imagino que buscarían puertas ocultas sin sorprenderse demasiado. Los galeones mercantes se fiscalizaban según la capacidad de sus bodegas, así que las hacían más pequeñas y aumentaban el espacio en cubierta... Por eso se inventaban estos cuartos ocultos, que solo conocían los propietarios, claro.

—¿Tantos impuestos pagaban?

—Un veinte por ciento sobre la plata y el oro que llegasen de las Indias, lo llamaban «el quinto real», así que hacían de todo: desde rebajar la aleación de los lingotes que tenían que mostrar hasta cubrir balas de plata maciza con plomo para que no fuesen contabilizadas, o cambiar el lastre obligatorio del barco por cajas llenas de plata... Imagínese, cuando llegaban a destino tenían que comprar lastre normal para poder navegar —le explicó, al tiempo que le hacía una señal conforme ya estaba lista y podían salir al frío de la mañana.

Pietro había visto que el domicilio del arqueólogo era en una calle peatonal llamada Montero Ríos, que seguía de forma paralela una alameda del mismo nombre. Llegar hasta allí supondría una breve caminata por la que bordearían el paseo marítimo, en el que estaban atracados decenas de barcos en distintos pantalanes.

—Por aquí —le indicó a la inspectora, al tiempo que ya salían del hotel—. Nico me ha dicho que la casa de Carbonell es una que los vigueses llaman la del huevo, que nos daremos cuenta al llegar.

—¿Los vigueses? ¿No es usted de aquí?

—No.

Ella esperó unos instantes a que él ampliase la respuesta. Al ver que no lo hacía, lo atravesó con la mirada durante un segundo, y Pietro tuvo la sensación de que Nagore no era de ese tipo de mujeres que, ante la ambigüedad deliberada, fuese a rebuscar la verdad. No, estaba seguro de que ella no volvería a preguntar sobre el asunto. Sin embargo, el subinspector estaba en alerta: aquella policía, tan reservada el día anterior, ahora parecía bastante más locuaz, y no sabía muy bien qué tipo de persona era en realidad Nagore Freire. Procuró retomar la conversación:

—Por lo que cuenta, cualquier investigador histórico podría suponer la existencia de ese cuarto oculto que vimos ayer en la maqueta.

—Podría, sí —confirmó ella, encogiéndose de frío al caminar, aunque lo hacía a buen paso—. Pero no tendría nunca la confirmación de su existencia ni sabría sus dimensiones, que es algo que sí sabía Antonio Costas, y según parece por cortesía de nuestra amiga Lucía Pascal.

—Lo dice por los correos electrónicos que vimos ayer.

—Exacto. He leído toda esa documentación esta noche, y fue ella la que logró dar con la información.

—Eso me preocupa —reflexionó Pietro, pensativo.

—¿El qué? ¿Que fuese una superinvestigadora?

—No, que tuviese ordenador y nosotros no nos hubiésemos enterado. En A Calzoa no vimos nada, y no había cables de carga ni nada parecido. La verdad es que me pareció tan mayor, tan desvalida… No lo pensé, y además no la imaginé ante una pantalla de última generación, la verdad. Y en casa de Antonio Costas tampoco había ordenador… ¿Cómo se mandaban los correos?

—No se los enviaban entre ellos. Solo Lucía disponía de dirección electrónica, que utilizaba para contactar con archivos e instituciones, aunque podía tener instalado el correo en su móvil, no lo olvide.

—Poco probable, ¿no cree? Además, necesitaría un ordenador para preparar sus conferencias y sus historias. O una impresora para sacar en papel todo lo que le dio al maquetista, ¿no?

—Podemos preguntárselo a Carbonell. De todos modos, yo creo que imprimió todo el proceso de investigación del galeón y se lo entregó a Costas en mano para que hiciese la maqueta, sin más. Y tuvimos la suerte de que el hombre no hubiese terminado el trabajo y de que dejase allí encima todos los papeles.

—¿Y cómo descubrió Lucía Pascal lo del cuarto secreto?

—Eso es lo mejor —respondió Nagore, que, aunque mantuvo su habitual semblante estoico, no pudo disimular el brillo en la mirada—. No me consta que su método se le haya ocurrido nunca a ningún otro arqueólogo. Después de consultar el Archivo de Indias de Sevilla, Lucía supo que la nave había sido construida en la fábrica de Vizcaya, que incluía las posibilidades de Zorroza, Abando y Deusto… Por supuesto, debió de fabricarse en el astillero de Zorroza, que había sido fundado por la Corona en 1615 y era donde se construían la casi totalidad de las naves de Indias. Este hecho le facilitaría a Lucía la dirección de sus indagaciones —razonó, pensativa—. Después, consultó el Archivo Histórico Provincial de Vizcaya, el Consulado de Bilbao y hasta el Archivo Histórico de Cádiz, aunque sabía que eso último de poco iba a servirle, y entonces…

—Perdone—interrumpió Pietro, que ya iba revisando los números de los portales para verificar cuánto quedaba para llegar al que se dirigían—, pero ¿por qué no le iba a servir?

—Porque en la fábrica de Vizcaya hacían habitualmente la obra viva, la parte del barco que se sumerge bajo el agua, ¿entiende? La obra muerta, que ya es todo lo que va sobre la línea de flotación, solía hacerse o al menos montarse en Cádiz, o casi siempre en Sevilla, porque de lo contrario trasladar los barcos era muy costoso y botar un barco no era una ninguna broma… Además, lo que quería Lucía era el detalle del contrato del barco, ¿me explico?

—Pues no, la verdad —reconoció Pietro, molesto por no estar entendiendo nada.

Ella suspiró.

—Hasta el siglo XVIII no hubo ingenieros navales; solo existían algunos libros y planos de referencia, y el dueño del barco podía acordar libremente con el armador cualquier particularidad en la construcción, de modo que, si lo hacía, lo normal era reflejarlo en un contrato ante notario… ¿Me explico ahora?

Pietro frunció el ceño, concentrado.

—Pues… O bien Lucía Pascal logró contactar con una notaría de trescientos años de antigüedad, o bien se encontró el documento en el sótano secreto de un castillo, no lo sé; a estas alturas, si le digo la verdad, ya cualquier cosa me parece normal.

Ella esbozó una suave sonrisa. Después, miró a Pietro con cierta curiosidad.

—¿No sabe lo que es el protocolo centenario?

—No —reconoció él, sin disimular su fastidio. ¿Acaso era aquella una información que debiese saber una persona normal, con una cultura general aceptable?

Pietro siguió caminando y señaló a la inspectora el número 22 de Montero Ríos, que tenía una puerta noble, elegante y modernista. Antes de entrar, pudo apreciar en la esquina superior del inmueble una enorme cúpula brillante en tonos cobrizos y con forma de huevo, que explicaba el nombre por el que era conocido el edificio, aunque oficialmente se le denominase edificio Mülder, en honor a su promotor.

—Disculpe —le dijo Nagore con tono franco—, lo cierto es que usted no tenía por qué saber lo del protocolo… Yo sí, por práctica y porque soy licenciada en Historia del Arte e investigo todo lo vinculado al patrimonio cultural —reconoció para continuar explicándose—: Todos los documentos notariales, pasados cien años desde su firma, tienen obligación legal de ser entregados al archivo histórico que corresponda, y a Lucía Pascal se le ocurrió la idea de rascar por ahí.

Pietro asintió, agradecido de que la inspectora hubiera rebajado el tono y no hubiese caído en la arrogancia.

—Entonces fue así como ella supo lo del cuarto secreto.

—Exacto, su construcción, dimensiones y localización habían sido muy detalladas por contrato, y Antonio Costas lo reprodujo en su maqueta muy fielmente, diría yo.

—¿A petición de Lucía?

—Eso parece. Aunque nos falta lo más importante, que ahí ya no sé cómo pudo conseguir ella la información, ni si finalmente logró averiguarlo.

—¿Averiguar el qué...? —preguntó Pietro nuevamente molesto, harto de sentir que su habitual lógica deductiva no le valía gran cosa ante aquella inspectora tan rara.

—El flete, ¡las mercancías! Como es lógico, no iba a constar por escrito lo que llevase el capitán de contrabando, pero creo que, de alguna forma, debió de quedar registrado en alguna parte lo que se ocultaba en el cuarto secreto...

—Bueno, está esa carta que dijo ayer usted y que hablaba de la Biblia Malévola, oculta en el barco por estar prohibida.

—En efecto, pero en esa documentación epistolar solo se referencia un objeto, y el cuarto del galeón daba para mucho más, ¿no cree? Por cierto —opinó Nagore, tras avanzar por el portal y llegar al ascensor—, dudo de nuestra integridad si subimos en ese cacharro. ¿A qué huele?

Pietro arrugó la nariz.

—A viejo y a humedad, supongo.

Tras atravesar el portal enlosado en mármol, llegaron a un ascensor viejísimo y a unas preciosas escaleras de madera con balaustrada de hierro verde, donde bellos zócalos de más de metro y medio de alto, de geometrías árabes y vivos colores, hablaban de tiempos pasados llenos de lujo y distinción. Cuando los dos policías observaron la maquinaria del elevador, sin necesidad de cruzar más que una mirada, decidieron de común acuerdo subir por las escaleras. El piso del reputado arqueólogo era el último, y Pietro, mientras ascendía, alimentó la esperanza de que aquel hombre les explicase qué diablos podía haber sido escondido en un navío fantasma que ahora dormía, inquieto, bajo las heladas aguas del océano.

MIRANDA

La joven viuda era considerada una excéntrica. En un cuarto de la huerta del palacio de Arias Taboada había creado una especie de vivero de larvas e insectos, que estudiaba a todas horas. Los dibujaba, los medía y observaba con paciente interés, e incluso Ledicia, la criada, se había visto obligada a asumir entre sus tareas habituales el acompañar a Miranda por los campos para recoger «nuevos objetos de estudio».

—Señora, estaríamos más seguras intramuros, en la ciudad.

—El campo es saludable.

—Pero, doña Miranda, no lo comprendo. En el pazo limpiamos, matamos arañas y espantamos moscas, que solo atienden a lo corrupto, y vos venís a buscar gusanos y polillas para llevarlos cerca de nuestra despensa.

—Los cuido en un espacio controlado, Ledicia. Y son criaturas inofensivas, más inteligentes de lo que podáis imaginar.

La criada suspiraba, poco convencida, aunque sin atreverse a contradecir a su señora, que en el resto de los asuntos daba señales de gran entendimiento. Miranda llevaba dos meses en Vigo y se había acostumbrado bastante bien a aquella vida urbana, pues, aunque echaba en falta los bosques de Reboreda, también disfrutaba de los verdes paseos que podía dar fuera de aquellas murallas y del ambiente marinero y más cosmopolita de la villa. Su olfato había superado, incluso, el desagradable olor a sargazo que había en varias calles, ya que muchos vecinos utilizaban las algas como abono y las acumulaban en las puertas y laterales de sus casas.

Su idea de colaborar en la gestión de la bodega, a pesar de la aquiescencia inicial, a la hora de la verdad pareció no cuajar con el hermano de su difunto esposo, que aceptaba que ella hubiese heredado el palacio y los bienes de su hermano, pero quizá porque así ella se encargaba de su sobrina y de su madre enferma, y no porque le hiciese gracia deshacerse de aquel patrimonio. Además, a pesar de que nadie se había pronunciado de forma notoria sobre ello, gran parte de la familia Mañufe había conservado la esperanza de que se hubiera quedado encinta; aquella era una posibilidad que, para alivio de la joven, no había sucedido. Siendo así las cosas, Miranda procuraba adaptarse a su nueva vida y comprendía que la gestión de las bodegas, probablemente, jamás pudiese ser una empresa en la que se le permitiese participar, porque incluso su padre apoyaba todo lo que Fermín Mañufe proponía; al fin y al cabo, la transacción realizada con ella misma y su matrimonio, aunque hubiese sido de forma muy distinta a la imaginada, sí había dado los frutos esperados para el señor De Quiroga, pues sus negocios se habían visto reforzados con el apoyo logístico y los contactos de los Mañufe.

—Miranda, no sufráis —le había dicho Fermín antes de partir para Ribadavia—. Es menester disponer de experiencia para estos tratos, de modo que de momento dejadnos al capataz y a mí; Ribadavia y Vigo están a tiro de mosquete y puedo pasar aquí cuatro o cinco jornadas cada par de meses. Ya he convenido con vuestro padre la unión de algunas de nuestras exportaciones, y, si viene algún francés a comprarnos los caldos, ya nos ayudaréis a traducirlo.

—Muy bien, señor —se había rendido ella.

—¡Llamadme hermano, Miranda!

Y la joven, muy a su pesar, lo llamaba hermano e intentaba conocerlo para saber hasta qué punto le permitiría realmente llegar. Había descubierto que Fermín no comía, devoraba. Al igual que ella misma había observado en las cucarachas, el apetito de su cuñado era tan insaciable como el de aquellos insectos, y le sorprendía que no estuviese más gordo. Había observado, además, que era un hombre de interior, que no le gustaba el océano y que, para él, el mar suponía una muralla natural e invencible. Sin embargo, se había convertido en uno de los navieros más importantes de Vigo junto con su difunto hermano Enrique, pues era el vino el que los había llevado al mar. Exportar sus caldos les suponía unos beneficios muy cuantiosos, y su mercado se centraba en los productos de El Condado y O Ribeiro, que debían competir con aquel dichoso caldo de las islas Canarias y las de Madeira, el malvasía, que era demandado no solo en Europa, sino también en el nuevo continente. Miranda lo escuchaba e intentaba aprender, aunque él procurase desviar la atención de su cuñada hacia ocupaciones más femeninas y discretas.

—Querida hermana —le dijo en una ocasión, con un tono tan exageradamente correcto que la inquietó—, disfrutad de vuestros privilegios… ¿No gustabais de dibujar? He visto acuarelas con flores y plantas… Podéis venderlas o dar clases de dibujo a las muchachas de los hidalgos. En esta villa hasta tienen imprenta, ¿lo sabíais?

Y Miranda había asentido desganada, aceptándolo todo.

Por otra parte, el enfado con su padre por aquel matrimonio todavía latía dentro de sí, y aquel era el verdadero motivo por el que no quería regresar a Redondela, y no el cuidar a aquella niña pequeña, que apenas le hablaba, ni a una suegra que daba la sensación de estar muy próxima a reunirse con su difunto hijo. Además, su padre había formado ya una nueva familia, y ella se había fijado en cómo a su madrastra le habían mejorado el humor y el semblante cuando había sabido que Miranda se iría a vivir a la villa de Vigo.

La joven se miró al espejo: a pesar de que iba siempre vestida por completo de color negro y sin adornos de ninguna clase, era consciente de cómo la miraban ya algunos hombres. No era tan inocente como para no saber que su patrimonio heredado la hacía más interesante todavía, pero durante el primer año de luto confiaba en que ningún pretendiente enturbiase aquella nueva libertad e independencia. Además, su experiencia con Enrique había sido tan nefasta y desagradable que la sola idea de que la tocase un hombre le producía náuseas y dolor de cabeza. Miranda, todavía mirándose al espejo y empeñada en olvidar aquella horrible noche de bodas, notó cómo accedía su criada a la alcoba.

—Ay, señora —le dijo la muchacha, nada más entrar—, cuánto le agradezco este gesto de caridad.

Miranda sonrió. Miró a Ledicia, que apenas tendría trece o catorce años; era menuda, morena y de ojos marrones y brillantes. Disponía de pudor y respeto jerárquico, pero se había criado prácticamente en las calles y sus modales eran rudos.

—Perded cuidado, Ledicia. ¿Cómo os iba a negar que visitéis a vuestra madre enferma? Y ya os dije que el paseo me conviene, que he de cumplir el encargo del capataz con los toneleros de Poboadores y me interesa pasar por la imprenta… Si permanezco demasiado tiempo en este palacio, me convertiré en una de esas estatuas —dijo a forma de chanza, y señaló dos figuras de bustos antiguos que su difunto esposo había hecho colocar en el salón más amplio de la casa.

Por el gesto de Ledicia, pareciera que durante unos segundos la criada hubiera creído posible aquella fantástica mutación.

Ambas mujeres salieron del palacio muy temprano y, tras atravesar la gran plaza Pública y llegar a la de la Iglesia, descendieron hacia la izquierda por la calle de la Faja, que era la más antigua de la ciudad y que muchos años más tarde sería conocida como calle Real. Era tan larga que medía más de trescientas varas castellanas y tan estrecha y retorcida que recordaba a una serpiente, sin que alcanzase en varios puntos ni tres varas de ancho.

—¡Qué vergüenza, señora! ¡No, no miréis y apretad el paso! —exclamó Ledicia, tras torcer el gesto hacia el suelo, pero sin dejar de mirar por el rabillo del ojo.

—¿Pues qué es lo que…?

Miranda desvió su atención hacia la pequeña plaza de las Cebollas —que los siglos también volverían a bautizar con el nombre de Almeida— y mucho más allá, a lo lejos, vio cómo don Gonzalo de la Serna salía de una casa con toda discreción a la vez que una dama descorría parte de una cortina en el segundo piso, tan solo para verlo marchar. Al tiempo, Ledicia se parapetó tras una vivienda que semejaba el torreón diminuto de una fortaleza y que era conocido como la Casa Ceta. Miranda miró muy sorprendida a su sirvienta. ¿Por qué tenían que esconderse, si ellas solo caminaban por las calles? Sin embargo, su criada se mostraba tan escandalizada que la vergüenza ajena pareciera haberla convertido en propia.

—¿Lo ha visto, señora? Esa casa era de la viuda de los Peralta, si lo sabré yo. Y la semana pasada lo vieron salir de la taberna del puerto con dos muchachas, ¡con dos! Y eso por no hablar de las meretrices que dicen que enamoró en la villa de Bouzas… No niego que don Gonzalo sea apuesto, que por Dios os confieso que no vieron estos ojos varón más completo, pero ¿no os parece un escándalo, una perversión?

Miranda no supo qué decir. Por un instante había notado un pinchazo de rabia, pues también a ella le gustaría sentir algún tipo de pasión, pero cualquier atisbo de romance o la simple idea de que la tocasen le producía un escalofrío. Sin embargo, le alcanzó la punzada de los celos, que comenzaron a horadar un camino hacia alguna parte desconocida de su interior. Gonzalo acudía a visitarla con frecuencia, de la forma más cortés y respetuosa, tan solo para verificar si precisaba o no algún socorro y ayuda en sus quehaceres. Desde que ella había confesado su interés por las plantas y los insectos aquel día de la misa de su esposo, había percibido cómo había suscitado la extrañeza e interés de Gonzalo, Rodrigo y los religiosos presentes; y no porque como varones hubieran considerado que en su mente femenina hubiese pensamientos de gran penetración y hondura, sino por la sencilla singularidad de sentirse fascinada por lo que otros despreciaban.

—Ledicia, no hagáis caso a habladurías —terminó por reaccionar—. Don Gonzalo es un caballero, y si se enreda o no en las enaguas de viudas y meretrices no es cosa nuestra.

—Pues he llegado a escuchar, Dios me perdone —replicó la criada, santiguándose—, que se le ha visto en orgías llenas de pecado, en las que había hombres y mujeres.

—Quien lo hubiera visto también debía de estar próximo al pecado, ¿no creéis?

La criada dudó, llena de temores.

—Pero ¿y si llegase alguien a pensar que cuando viene al pazo…?

—Nada hay que pensar, Ledicia —la cortó Miranda—. ¿No veis que siempre es recibido en presencia vuestra y del resto de los criados? Su barco presta servicio a las bodegas Mañufe, además, y él trae cuentas de entregas y mercancías mientras yo dibujo mis plantas y animales… Sabéis que solo se queda hasta que hago las mezclas de color y se las muestro sobre el papel. Sois muy joven, pero ya os haréis cargo de comprender que los ardores de los hombres también aprenden hacia dónde dirigirse.

—¡Pero los hay rectos y sin tacha, mi señora! Don Rodrigo Rivera, el oficial, sí que es un hidalgo de intachable honra.

—Eso, que vos sepáis.

—Oh, ¿sabéis lo que sí sé?

Miranda suspiró. Sospechaba que los chismes de la joven criada eran en gran medida inventos y exageraciones, pero solían guardar sólidos posos de verdad. Le hizo un gesto a Ledicia para que siguiese caminando por la calle, que carecía de aceras ni enlosado, algo que no vería aquella zona hasta casi comienzos del siglo XIX. Entre tanto, la muchacha no dejaba de hablar:

—Es menester que estéis informada, señora, pues don Rodrigo también visita nuestra casa.

—Tres veces ha venido, Ledicia. Y en dos ocasiones ha sido solo para traerme tintes granates y pinturas para mis trabajos, bien lo sabéis. Ha sido un amabilísimo regalo por su parte, propio de un buen hidalgo. Y en otra ocasión tan solo se ha interesado en visitar el huerto para observar la metamorfosis de mis larvas.

—El que haya detenido su atención en esos bichos, mi señora, debiera ser una razón de peso para que reconocieseis su vivo interés en vos. Además, he observado que siempre os saluda en misa.

—¿Es pecado la cortesía?

—No, no. Pero ¿sabéis por qué se embarcó y dejó atrás rentas y honores?

—Algo me dijeron de un enfado con su padrastro.

—¡Mucho más grave y espantoso, señora! Ya sabréis que la residencia de la familia está a unas pocas leguas de distancia, en el pazo de San Roque, ¿verdad?

—Verdad.

—Y que murió su padre siendo él niño, de siete u ocho años… Y que casó la madre después con otro hidalgo, y le dio doce hijos, ¡doce! Y que don Rodrigo era bastardeado por el padrastro, eso dicen, y un día hubo disputa tan grande que llegaron a cuchillo, y así le dejó la cara desfigurada el otro, y entonces don Rodrigo vendió su herencia, ¡eso dicen! Y dijo que se iba a la mar y después ya dejó de mandar cartas, y todos pensaban que el Nuevo Mundo se lo había tragado y había muerto, hasta que regresó el mismo día trágico que vos llegasteis por mar a la villa, que ya dijo él que vino porque quedó viuda la madre, ¿no? Pero parece que con los medio hermanos no hay buen trato… Ya sabré más cosas cuando el sábado acuda al mercado, que las criadas del pazo de San Roque también van, y son de mucho hablar y de contar cosas, pues también me dijeron que el viudo de…

—Ledicia, ya me lo referiréis… Ahora es menester que guardéis silencio —la atajó Miranda, pues se sentía entretenida con todos esos cuentos y habladurías, pero en aquellos instantes le interesaba más el negocio que podía hacer en el lugar al que había llegado, que era la imprenta Mascato, a mitad de camino de la calle de la Faja, donde las sombras y estrecheces daban a la piedra de las fachadas cierto ambiente de recogimiento y misterio, como cuando alguien camina por un bosque muy espeso.

Miranda accedió a un pequeño recibidor en el que la penumbra todavía no había sido vencida por la claridad y para su sorpresa se encontró allí al padre Moisés y a su ahijado, el hermano Tobías, que con su oscuro hábito parecía formar parte de aquel ambiente de sombras. La saludaron muy amablemente y el párroco le explicó que habían ido a recoger unos pasquines que había ordenado imprimir el arzobispo de Santiago, que era a quien le correspondía el señorío de Vigo.

—Señora, no quisiera mancillar vuestros oídos con estas vulgaridades —le había dicho el padre Moisés—, pero lo cierto es que se celebran fiestas de noche, con hombres y mujeres, ya sean casados o solteros, que se escuchan las gaitas en distintos puntos de la villa, y el obispo ha ordenado informar para tales casos de excomunión y multa, pues si ha de realizarse alguna celebración habrá de ser durante el día, como es natural, que es sabido cómo la noche abre un agujero hacia el demonio y los vicios en todas sus formas.

—Y después —había añadido el hermano Tobías, con gesto grave— llegan las pecadoras que han quedado preñadas sin estar casadas y terminan por convertirse en vergonzantes y unirse a los vagabundos y *ostiatim* que hemos de socorrer con limosnas —se lamentó.

—Y no creáis que carecemos de piedad para con esas deshonradas —retomó el padre Moisés—, pues yo mismo soy hijo de una de ellas, que me dejó en el olivo de nuestra colegiata hace ya muchos años, y tal vez socorriendo a estas pecadoras —añadió, mirando a su ahijado, como si solicitase indulgencia— estemos labrando futuros nuevos.

Miranda se había quedado sorprendida, pues pensaba que el párroco debía de ser, como casi todos de su condición, el hijo de algún hidalgo o de algún mercader pudiente. Sin embargo, al observar su estupor, el religioso le explicó que los niños abandonados en Vigo solían ser dejados a las puertas de las casas pudientes o en aquel olivo para que después una nodriza se hiciese cargo y fuesen llevados al Real Hospital de Santiago, donde a él lo había acogido una noble viuda, que lo había criado encaminando sus pasos hacia la Iglesia.

—Pero no naveguemos por estos rudos recuerdos, doña Miranda —había rogado el cura, con gesto amable—. ¿Qué os trae a vos a la imprenta?

—Ah, pues… Mis dibujos de polillas sobre planchas de cobre. El proceso es costoso y el papel, de especial calidad, lo han tenido que mandar traer desde Toledo, de modo que vengo a revisar las pruebas.

El hermano Tobías frunció el ceño. Con su hábito negro y el semblante tan pálido y huraño, el monje parecía mucho más mayor de lo que era en realidad.

—Miranda, no os dije nada cuando nos relatasteis vuestra afición por los insectos, ya que acababais de perder a vuestro esposo, pero, si mantenéis vuestro afán por seguir con tal interés, debéis saber que tanto arañas como polillas y gusanos son criaturas criadas entre desechos que, salvo estudios serios que lo contradigan, sin duda provienen del mismo infierno y se llevan de la mano con el diablo.

—¿Cómo puede ser eso posible —rebatió ella— si al contemplar la simpleza de estos animales puede verse la grandeza divina? ¿No les parece su sabiduría, en ocasiones, superior a la humana? Figúrense si son animales asombrosos que no salen de su capullo hasta que conocen cómo encontrar alimento y saben cuál pueden tomar, pues cada polilla solo come de una planta concreta, y no de las otras, que le darían muerte al primer bocado.

—¿Y cómo estáis segura de tales circunstancias? —cuestionó el monje, asombradísimo.

—Por la observación. Disponía de un cuarto oscuro especial en Reboreda para ello, pero aquí he hecho instalar otro, en el que alimento larvas y polillas, hasta que se transforman.

—¡Dios bendito! —se santiguó el monje, escandalizado—. ¿Desconocéis, acaso, la asentadísima hipótesis de la generación espontánea?

—La conozco, y carece de fundamento.

—¿Desacreditáis a Aristóteles?

—Acredito lo que veo, y ya constaté en el Nuevo Mundo cómo sucedía la metamorfosis, que dispone de sus fases, pues en realidad la mariposa proviene de una oruga primitiva, de la que se transforma del mismo modo que un recién nacido se transforma con el tiempo en un hombre fornido. Nada acredita que de forma espontánea, uniéndose barro, podredumbre y lodo, pueda surgir sin más una bella mariposa.

—¡Mariposas! La belleza de ese insecto esconde, si acerca la mirada, un ser inmundo similar a un demonio. ¡Es inconcebible que pretendáis dibujar sus trazos para imprimirlos y mostrarlos, como si la brutalidad de sus cuerpos fuese algo a ofrecer en pasquines!

Miranda tomó aire.

—Solo los represento vivos y junto con las plantas que los hospedan; y mi intención, hermano, es hacer un libro… Ojalá obtenga la gracia de algún mecenas, pero entre tanto he seguido el consejo de mi nuevo hermano, Fermín, y he comenzado a dar clases de dibujo a las jóvenes de la villa. ¿No podríais concebir la transformación de estos animalillos, más bien, como una metáfora de la resurrección de las almas?

—Tal cosa me resulta imposible, doña Miranda —negó él, conteniendo a duras penas su enfado—, y haríais mejor en dibujar solo flores y plantas, que es algo más propio y delicado para vuestro sexo. Además, ningún aporte de la ciencia ni de un estudio serio podrá reflejarse en tales grabados, señora, pues hasta los más reputados naturistas saben que solo investigando los cuerpos inertes de esas criaturas puede llegarse a alguna conclusión.

Miranda se mostró firme:

—Por adelantado os ruego perdón por mi osadía, pero creo que es menester estudiar vivos a estos seres, pues la ciencia no hace más que observar la naturaleza.

El padre Moisés tomó partido:

—Ahijado, los nuevos tiempos siempre barren los viejos… ¿Qué mal puede hacer doña Miranda por observar a sencillas orugas y mariposas? —preguntó, con una amplia sonrisa conciliadora.

Continuaron charlando un rato de forma menos encendida, y así supo Miranda que el hermano Tobías había retrasado su vida eremita hasta comienzos del verano del año siguiente, ya que los remedios que había aprendido en la botica de San Esteban de Ribas de Sil no solo estaban siendo muy apreciados por los hermanos franciscanos de la villa, sino que también había sido reclamado por aquella orden mendicante para que los visitase en su convento de la diminuta isla de San Simón, cerca del estrecho de Rande y de la propia Redondela.

Cuando por fin se despidieron y Ledicia y Miranda se quedaron solas para ver las pruebas de imprenta de algunas láminas, la joven sirvienta no pudo dejar de maravillarse ante la belleza, el colorido y el realismo de los dibujos.

—Mi señora, ¿era cierto lo que decía el monje? ¿Son hijos del diablo los bichos que tiene en el cuarto al lado del huerto?

Miranda se rio.

—No, no hagáis caso. El mundo de hoy es sensible y las opiniones de los expertos mutan y cambian a cada poco... Aprenderé y seguiré observando estas criaturas —resolvió, convencida—, aunque para ello me vea obligada a alejarme de la sociedad humana.

El señor Victoriano Mascato, dueño de la imprenta, al ver las láminas de Miranda, había intentado convencerla para que hiciese algo más productivo que dibujar flores y horribles lagartijas, orugas y polillas. Además —le insistió, arrugando la nariz—, ¿quién iba a tomarla en serio, si la identificación de flora y fauna y las anotaciones las había hecho en castellano y no en latín? Ni siquiera sabía el nombre científico de los insectos, y hasta él se había dado cuenta de que les había puesto a cada uno de ellos, en realidad, el nombre de la planta que los hospedaba y de la que se nutrían. El impresor sabía algo de latín, de inglés y de francés, y también había viajado en su juventud por gran parte de Europa, de modo que tenía conocimiento de qué tipo de libros y con qué contenido se ofrecían por parte de científicos e investigadores.

—¿Por qué no dibujáis esta villa? Eso sí podría ser útil, señora —reiteró, al tiempo que ponía sus manos regordetas, manchadas de tinta, sobre el estrecho mostrador—. Casi cinco mil pies de muralla, que ya en su día costaron dos mil ducados, ¡dos mil! Diez baluartes y siete puertas, sin contar con el fortín de San Sebastián y el castillo del Castro...

—No estoy interesada en la arquitectura ni en los muros militares.

—Pues vive Dios que, con la gracia de que disponéis para el trazo, bien útiles serían vuestras habilidades para mapas y alzados. Al menos, meditadlo y tomad la idea en consideración, que bien podríamos entrar en guerra, y siempre conviene disponer de buenos planos para orquestar las defensas.

—Pero cómo, señor Mascato… ¿En guerra, decís?

El impresor se encogió de hombros.

—Quién sabe. Dicen que nuestro monarca está muy enfermo y que podría nombrar heredero del trono a Felipe de Anjou, nieto del rey de Francia.

—Pero ¿un francés en el trono de España? ¿Creéis que tal cosa podría provocar un conflicto civil?

—No, doña Miranda. Si tal desgracia sucediese, se provocaría un conflicto en toda Europa. A esta imprenta llegan pasquines con información de toda clase, ¿entiende? Si Felipe de Anjou fuera nuestro nuevo rey, estaría en clara alianza con su abuelo galo, Luis XIV. ¿Creéis que tal cosa sería del gusto del resto de las potencias? Comprendo que como mujer la política exceda vuestras habilidades y no alcancéis a entender el potencial desastre, pero vuestro trabajo con el dibujo sí sería muy útil en el campo militar, con guerra o sin ella.

Miranda meditó lo que le había dicho el impresor durante unos segundos, y en su semblante mostró una honda preocupación.

—Da la sensación de que dispongáis de información privilegiada, señor. Podéis perder cuidado, pues mi delicadeza femenina no me nubla el juicio. Tened compasión y decidme, ¿qué más sabéis?

El impresor negó con el gesto.

—Poco más, señora. Pero Inglaterra, Holanda y otros países, como Austria, ya están sacando sus garras y se cuenta que son muchas y muy contundentes las sugerencias para que algún otro pretendiente se lleve el trono de nuestra majestad. ¿No veis que nuestro imperio, que abarca el Nuevo Mundo, es el más codiciado?

Miranda respiró hondo, reflexiva.

—Tal vez os estéis precipitando, Victoriano. Gracias a Dios, nuestro monarca no ha fallecido todavía y tampoco ha nombrado tal heredero.

—Me temo, señora, que el nombramiento no tardará. Y, si sucede, será Dios quien castigue tan mala decisión con una guerra llena de desdichas. Seguid con vuestros dibujos de plantas e insectos, pero que vuestro hondo entendimiento no olvide la buena aplicación de vuestro oficio con el lápiz para el fin militar y el servicio al reino.

Miranda no lo tenía claro. ¿Serían acertados los aciagos presagios del impresor? Una guerra de tal calibre le parecía impensable. Tras haber tratado en varias ocasiones al señor Mascato, a veces le daba la sensación de que aquel hombre era como una abeja: laboriosidad inquebrantable y practicidad abrumadora. A todo le pretendía sacar rédito y provecho, incluso a una simple muchacha como ella que solo dibujaba plantas, flores, insectos y lagartijas. En todo caso, la idea de una posible guerra la inquietó y prometió considerar el asunto, pero solo como opción para financiar su verdadero objetivo, que era su libro con la metamorfosis de las polillas y las mariposas. Ella y Ledicia salieron de la imprenta y terminaron de bajar la calle de la Faja para, por fin, salir del recinto amurallado a través de la puerta del Berbés.

Al otro lado de la muralla todo era luz y bulliciosa actividad. Frente a la playa podían verse las barcas y los aparejos de pesca, además de hombres y mujeres que recogían el pescado fresco en cajas de madera. Algo más al fondo, sobre la arena y algunas rocas, varios secaderos de pescado y de pulpo hacían brillar las capturas bajo el sol. Avanzaron hacia uno de los soportales, donde vivía la madre de Ledicia y donde había nacido la propia criada. El resto de los hermanos de la muchacha, todos dedicados al mar, vivían muy cerca, en la plaza del Peñasco y la que llamaban plaza de Pescadores, a solo unos metros cuesta arriba en la ladera.

Al paso de Miranda muchos alzaban la mirada y murmuraban. Nadie esperaba ver a una señora vestida con tan buenos paños en el puerto de las barcas, aunque la sencillez de la viuda y la falta de joyas ni bordados en su atuendo facilitaban su paseo con algo más de discreción. Para sorpresa de Miranda y de la propia Ledicia, en la entrada al hogar familiar de la criada se encontraron al oficial don Rodrigo Rivera, que iba acompañado por Sebastián, aquel joven grumete que había avistado el cortejo nupcial de Miranda. Pareciera que el muchacho era una especie de ayudante o criado del hidalgo, que tampoco simuló su asombro al verlas.

—¿Cómo vos por aquí, señora?

—He venido con mi criada, pues su madre está muy enferma. ¿Y vos? Pensaba que los marineros estaban exentos de participar en las milicias.

—Lo están —repuso él, con gesto grave y levantando un brazo para impedirles el paso—. Pero, al revisar estos muros y los baluartes del Berbés y de San Julián, he sabido que la muerte roja había visitado alguna casa, por lo que les ruego que no entren y que, además, se alejen de este punto lo más prontamente que puedan.

—Pero ¡cómo la muerte roja! —exclamó Ledicia, de pronto muy colorada—. ¿La viruela?

Rodrigo asintió y miró a Miranda, por si ella pudiese controlar mejor a la muchacha, que intentaba que el oficial la dejase pasar.

—¡No es la viruela, se equivoca! Esta es mi casa y mi madre está dentro… Es menester que la vea, ¿entendéis? ¡Es mi madre! Solo era una infección en los ojos, si le damos limón y miel que me entregó mi señora…

—No —negó Rodrigo, tajante—. Ya he visto a su madre y le aseguro que le he prestado los cuidados precisos, que continuarán los hermanos franciscanos. Su cuerpo está lleno de erupciones, y si sobrevive aún tendrá que esperar tres semanas para que las costras…

—¡Dejadme pasar, don Rodrigo! Estaréis equivocado, no sois galeno, sino militar, y, si vos no os habéis contagiado, tampoco yo sufriré mal alguno… ¿Y él? —preguntó de pronto, dirigiéndose al grumete—. ¿Por qué él sí ha podido entrar?

Rodrigo tomó a la chiquilla por los hombros, se agachó y la miró a los ojos con mucha seriedad. El brillo indomable de la mirada del oficial y su profunda cicatriz en el rostro parecían revestirlo de sólida autoridad.

—Sebastián no ha entrado, os lo juro —aseguró, y la expresión del chiquillo, que negaba con gestos de las manos cualquier posibilidad de haberse acercado siquiera a los enfermos, parecía confirmar aquella realidad—. Y yo no puedo contagiarme, porque ya pasé la viruela cuando era niño. Le he dado a vuestra madre un remedio que traje del Nuevo Mundo, palo santo, que le mejorará las lesiones de la piel y que, con suerte, la salvará.

Miranda miró muy sorprendida a Rodrigo. Conocía el remedio, aunque más por el otro nombre del árbol, guayaco, y porque sabía que su madera hervida se utilizaba para curar la sífilis. Era cuestionable que sirviese para curar la muerte roja, pero lo cierto era que su utilización tampoco suponía ningún mal y había comenzado a emplearse de forma común como remedio genérico. Se acercó a su joven criada para ofrecerle consuelo y le prometió que ayudarían en lo posible a los enfermos, pero con las medidas de distancia y protección debidas. Le pedirían también ayuda a aquel desabrido monje, el hermano Tobías, ya que parecía ser tan conocedor de remedios y ungüentos de botica.

Cuando se marcharon de regreso a la ciudad intramuros, y mientras continuaba ofreciendo palabras de consuelo a Ledicia, Miranda sintió que su interés por Rodrigo Rivera también se incrementaba, pues nunca había visto en un alma militar el ánimo para sanar ni cuidar a humildes pescadores. Y tuvo la sensación, sin necesidad de girarse, de que según caminaba cada uno de sus pasos era seguido por la mirada fuerte y brillante de aquel extraño oficial.

5

Desgraciadamente, la mayor parte de las cosas tienen siempre explicación vulgar y prosaica, y la vida es un tejido de mallas flojas, mecánico, previsto: nada romancesco lo borda.

EMILIA PARDO BAZÁN,
La gota de sangre

Dicen que el oro tiene el prestigio de lo inaccesible, y lo cierto es que, antiguamente, algunos creían que la plata, el oro y las piedras preciosas nacían de las virtudes de los rayos solares. ¿Qué tendrán los tesoros de otros tiempos, que suscitan de forma tan salvaje nuestra curiosidad? Pietro y Nagore, asombrados, observaban ahora el increíble despliegue que Miguel Carbonell había hecho en su despacho para averiguar qué podía haber sido del galeón fantasma. El espacio de trabajo era amplio: la habitación disponía de techos altos y de elegantes ventanales desde los que, como si fuera un cuadro en movimiento, se veía la ría de Vigo y algún velero haciéndose a la mar. En las estanterías, reliquias y hallazgos submarinos se exponían como en un museo, aunque nadie se atrevió a preguntarle a Carbonell de dónde había sacado aquellas anclas líticas ni algunas bolas de cañón, que por el estado de su superficie evidenciaban haber permanecido sumergidas muchos años bajo el mar.

En una pizarra gigante, además de un mapa de toda la zona, el arqueólogo había pegado varias fotocopias: el corte transversal de un galeón y el detalle de su estructura, varios cuadros de la época y reproducciones de la batalla de Rande, y hasta un mapa cartográfico e hidrodinámico de la ría. En una esquina podía contemplarse la copia de un mapa submarino geofísico de las islas Cíes, cortesía de Emodnet, que era la red pública europea de datos y observación marina.

—Este despliegue es impresionante —reconoció Nagore, llevándose una taza de café muy caliente a los labios.

El piso del arqueólogo destilaba cierto olor a rancio y a humedad, como el resto del edificio, pero la calefacción y el avituallamiento que les había llevado Rosa, la mujer de Carbonell, habían logrado que los dos policías estuviesen bastante a gusto en aquel lugar lleno de libros, mapas y cachivaches.

—Cuando vengan Metodio y Linda, trabajaremos más a fondo —aseguró Carbonell, que ojeaba la documentación que le había entregado Nagore y cuyo contenido ya le había resumido nada más llegar—, pero de momento me parece que tenemos aquí material para ir direccionando el asunto.

—¿Sabe si tardarán mucho?

—No creo, inspectora —negó él, alzando sus espesas cejas blancas—, pero piense que ella tiene trabajo en Pontevedra y que viene desde allí, y que él tiene que pedir permiso en su gestoría para poder perder parte de la mañana.

Pietro escuchaba y se sentía, en cierto modo, en desventaja. Tanto el arqueólogo como la inspectora tenían información de aquel asunto que a él se le escapaba. Procuró centrarse en lo que sí podía controlar, que eran los datos objetivos y, de entrada, lo que habían descubierto el día anterior en el taller de Antonio Costas.

—¿Qué le parecen las fotos que le hemos enseñado? —le preguntó al arqueólogo, refiriéndose a todas las imágenes que habían tomado de la maqueta del galeón en el Astillero.

—Si se refiere al cuarto oculto del barco, no crea que sea nada nuevo lo del estraperlo en alta mar, ¡ni mucho menos! —razonó, llevándose una mano a su calva cabeza, en la que dio pequeños golpecitos con el dedo índice, como si así pudiese pensar mejor—. Se hacían muchísimas trampas, más allá de ocultar mercancías... Desde desembarcos nocturnos hasta colaboración con metedores, que se las apañaban para colar las mercancías saltándose los controles de las murallas. ¡Y eso por no hablar de las falsedades en los registros!

—O de las descargas no autorizadas en la escala en Canarias —completó Nagore, que demostró de nuevo haber estudiado a fondo el asunto.

—Eso es —confirmó el arqueólogo—. Lo extraordinario, lo realmente increíble, es que Lucía pudiese ubicar el punto exacto y las dimensiones del escondite de contrabando en el galeón.

Pietro asintió.

—Su trabajo con los archivos tuvo que ser extraordinario. Pero, y esto es una suposición —aclaró, alzando sus manos como si solicitase indulgencia por adelantado—, si los buscadores tuviesen ahora el ordenador de Lucía, también ellos habrían podido confirmar con sus correos que quizá hubiese algún tesoro más que buscar. Usted —añadió, mirando a Carbonell— ¿vio alguna vez el ordenador? Imagino que era un portátil, pero nos ayudaría saber si tenía algún distintivo concreto o si le consta que lo guardase en algún lugar de forma habitual; a lo mejor se encuentra en A Calzoa y no supimos encontrarlo.

El anciano enarcó las cejas y puso los labios en posición de silbido, pensativo.

—No sé qué decirle, subinspector. Creo recordar que lo vi cuando estuvimos los del Museo de Meirande y yo en su casa, pero me parece que era gris, como todos. Lo tenía sobre la mesa de su despacho y… No sé, a lo mejor llevaba una pegatina, ¿sabe? Pero no tengo idea de dónde lo solía guardar.

—Ya. Pues, si en la muerte de Lucía y de Antonio Costas podemos probar finalmente cualquier indicio de criminalidad, imagino que su causa estará en ese tesoro oculto y no tanto en los restos del barco… Aunque imagino que del casco no debe quedar gran cosa.

—No crea, joven. Esto podrá explicárselo mejor Metodio, pero, si el barco se hundió donde creemos, la temperatura del agua y el fango pueden haber protegido el pecio.

—El efecto Pompeya —recordó Pietro, con una sonrisa.

—Exacto —replicó el hombre, sorprendido de que el subinspector se acordase de aquello, tras la marabunta de datos que habían ido desgranando desde el día anterior.

—Ya tenemos dónde podía estar escondido un tesoro en el barco —intervino Nagore, al tiempo que dejaba su taza de café sobre la mesa—, pero todavía nos queda pendiente averiguar qué podía ser lo que se guardaba en esa habitación. No olvidemos que cazadores de tesoros, como Miraflores, podrían estar detrás del asunto.

—Eso no es difícil de imaginar —declaró Carbonell, que ahogó un bostezo mientras cogía su propia taza de café, todavía humeante—. Perlas, esmeraldas, amatistas, plata en lingotes o en piezas de a ocho... Incluso oro nativo, imagino que en doblones. Todo lo demás, como el índigo, las pieles, el azúcar y el algodón... Todo se habrá perdido, naturalmente.

—Yo estaba pensando en algo más notorio, más identificable.

—Más notorio —repitió él, abstraído—. ¿Como la Cruz de Goa? —preguntó, refiriéndose a una legendaria reliquia de oro y piedras preciosas que, según la leyenda, había sido robada en el siglo XVIII por el pirata Olivier Levasseur a una fragata portuguesa.

La inspectora, con la mirada abstraída en la fotocopia con la imagen transversal del galeón, negó con el gesto.

—No lo sé. ¿Tiene alguna idea de a qué fuentes pudo recurrir Lucía para averiguarlo?

Carbonell apretó los labios, concentrado.

—Ya ha visto —comenzó, señalando la documentación que ella misma había traído— que Lucía visitó muchos archivos, y me consta que, hace tiempo, también fue al de Simancas en Valladolid, aunque no sé si lo haría o no por este caso. Yo creo que debió de buscar documentación epistolar, cartas y confidencias privadas, ¿entiende?

—Esté o no registrado en su ordenador, o en sus correos —reflexionó Nagore—, tuvo que ir a algún sitio más, hablar con alguien... Tuvo que averiguar algo que provocase que haya terminado muerta.

Carbonell volvió a llevarse la mano a la cabeza, apesadumbrado al recordar a su antigua colega. Suspiró profundamente.

—Imagino que la aparición de cualquier nuevo testimonio sobre el hundimiento de la nave o sobre lo que sucedió en ese barco el mes que estuvo en tierra podría ser una pista... Quién sabe si Lucía dio por ahí con la clave. Pero en las últimas semanas se mostraba muy dispersa, ¿saben? Me llegó a preguntar por marineros y vecinos de Vigo de la época de la batalla de Rande, pero todo resultaba inconexo y confuso. Por supuesto, yo no sabía entonces que ella estaba tan enferma.

—Cuéntenos, ¿qué le preguntó?

El arqueólogo restó importancia a la cuestión con una mueca, pero fue a su escritorio a mirar unas notas.

—Me llamó por teléfono y quiso saber si conocía a Gonzalo de la Serna, un monje convertido en corsario que al parecer pasó una temporada en Vigo.

—¿Un monje corsario? ¿En Vigo? —se sorprendió Pietro, que desde luego no esperaba aquel giro de guion.

—Sí, aunque no he logrado averiguar gran cosa. Solo que hizo cabotaje en la costa al servicio de bodegueros y comerciantes locales, más o menos por la época de la batalla de Rande, poco más. Al menos, eso es lo que he podido encontrar en los archivos del Instituto de Estudios Vigueses. Después, su biografía es un misterio.

Nagore, muy seria, anotó el nombre del corsario en su teléfono y se dirigió de nuevo a Carbonell:

—¿Qué más cosas le preguntó Lucía?

—No crea que nada muy revelador. Se interesó por un marino conocido como Pedro Roca, y también requirió información de un hidalgo llamado Rodrigo y de una dama, Miranda... Y me lo preguntó así, ¡sin siquiera darme sus apellidos! Ya les adelanto que, si tales personas existieron, desde luego no me consta que tomasen parte de forma reseñable en la batalla de Rande ni en la historia de Vigo, desde luego. Al ser personas poco relevantes, aunque por entonces viviesen en la villa, será difícil dar con ellos.

—¿Difícil por qué? —se extrañó Nagore, que estaba muy acostumbrada a rastrear archivos de toda clase.

Carbonell se mostró escéptico:

—La gente común siempre terminaba por ser registrada en la Iglesia, ya fuese en el libro de nacimientos, en el de matrimonios o en el de difuntos, pero la colegiata de Vigo fue derruida en 1813, tras una explosión del polvorín de San Sebastián que destrozó gran parte de sus libros y que le ocasionó tantos desperfectos que fue necesario construir una nueva iglesia, que es la que tenemos ahora. Por cierto, deberían conocerla, hay quien dice que por dentro parece un templo romano.

Nagore puso las manos sobre sus propias caderas, en posición de incredulidad y algo molesta.

—Pero ¿no cree que podría ser interesante investigar a esas personas?

—¿Y cómo pretende que lo haga, si solo tengo sus nombres de pila?

—El nombre de Miranda no podía ser nada corriente en la época.

El arqueólogo apartó las notas de su mesa, molesto.

—Ya he echado un vistazo y no he encontrado nada, ni siquiera del tal Pedro Roca. Reconozco —confesó, con expresión de fastidio— que tampoco he ahondado mucho en el asunto, porque Lucía, ya se lo he dicho, se mostraba dispersa. Tan pronto me preguntaba por nombres que parecían escogidos al azar como por libros de insectos o por fórmulas químicas de los griegos, ¿comprende? Cuando le pregunté para qué necesitaba aquellos datos, se mostró esquiva y se cerró en banda, como si protegiese una información muy valiosa. Ya les conté ayer que decía que la seguían, que se sentía observada. No le hice mucho caso, porque era evidente que a veces se le iba ya un poco la cabeza, pero cuando murió... Recurrimos a ustedes. En todo caso, la vinculación de estas personas con el galeón solo nos interesará para determinar su localización, ¿no? Y esto es algo que habrá variado con el paso del tiempo y la fuerza de las corrientes submarinas.

—Pero tiene que haber algo —lo contradijo Nagore—. Testigos, diarios de los barcos... —razonó—. Yo solo dispongo de alguna información sobre el naufragio, y es muy contradictoria. Hay fuentes que dicen que se levantó una gran tormenta y que el galeón, al chocar contra un bajo, se hundió de inmediato. Otras, que tardó al menos ocho horas y que hasta les dio tiempo a los ingleses a abrir las escotillas y romper los sellos.

—¿Qué sellos? —interrumpió Pietro, que comenzaba a estar verdaderamente harto de no enterarse de nada—. Perdón que pregunte, pero...

—Desde luego, no se preocupe. Es más, debe preguntar —lo tranquilizó ella—. Cuando se hacía una presa, se permitía a la tripulación desvalijar la cubierta y la entrecubierta, pero lo demás se sellaba.

—Exacto —confirmó Carbonell—. Nuestro galeón era la presa formal del barco inglés HMS Monmouth, y su capitán confirmó haber roto los sellos para sustraer, antes del hundimiento, desde cofres de cochinilla y rapé hasta seda, platos y cucharas... Por supuesto, y en la línea que confirma la picaresca y el estraperlo del que hablábamos antes, también aseguró haber encontrado cofres de cacao que, en realidad, llevaban dólares... De todos modos —observó, dirigiéndose a Nagore—, es cierto lo que usted dice, porque hay versiones sobre ese hundimiento muy contradictorias.

El arqueólogo se acercó a la mesa de su despacho sin dejar de mover la cabeza en sentido afirmativo y, tras revolver durante unos segundos algunos papeles, sonrió y alzó uno de ellos, mostrándoselo.

—Miren, aquí tengo un extracto del diario del capellán del HMS Monmouth. ¿Se lo leo?

—Por favor.

El arqueólogo carraspeó y, con su voz gastada, leyó el texto con tono casi declamatorio:

—«Abandonamos Vigo, 26 de octubre. Nos acercamos a Bayona para un intercambio de prisioneros. Sir Cloudesley Shovell tenía intención de pasar por el canal del norte, pero el viento le obligó a tomar el del sur. Cuando el galeón apresado por el Monmouth tocó en una roca submarina se hundió inmediatamente. Como tenía a su lado varias fragatas, toda la tripulación salvo dos hombres fue salvada».

—Pero —objetó Pietro— usted ha dicho el 26 de octubre, y ayer dijo que el galeón se hundió el 6 de noviembre.

Carbonell sonrió y alzó las cejas de forma exagerada.

—Por todos los diablos, ¡vaya memoria tiene usted! —se rio—. Es cierto, hay un baile de fechas, pero es por un motivo. A finales del siglo XVI, unos estudios encargados por el papa Gregorio XIII revelaron que el calendario juliano había acumulado un error de diez días a lo largo de los siglos, de modo que lo corrigieron y se hizo un nuevo almanaque, que como ya se imaginarán se llamó gregoriano y que avanzaba esos diez días perdidos... Se empezó a aplicar de inmediato en muchos países europeos, pero los ingleses... ¡Ah, los ingleses!

—Seguían con el calendario juliano, por lo que veo —dedujo Pietro.

—Ya ve, qué cabezonería, ¿verdad? Les duró hasta 1752, pero si no recuerdo mal se han encontrado documentos firmados con el sistema juliano incluso a principios del siglo XIX.

—Entonces el testimonio del capellán es correcto —observó Nagore—. La fecha coincide, y si el barco se hundió rápido... Fuera lo que fuese lo que guardaba escondido, no hubo tiempo para registrar el barco y rescatarlo.

—No, no tan rápido, inspectora —negó el anciano—. El diario de a bordo del Monmouth dice que, tras el naufragio, todos sus hombres volvieron al galeón... Pero, según el capellán, habían muerto dos. Esa es la primera contradicción.

—¿Hay más? —preguntó Pietro, que comenzaba a estar, de nuevo, perdido.

—Sí —confirmó Carbonell, tomando otro documento de su despacho—. Una balandra inglesa llamada Jane confirma el hundimiento en su diario, indicando que «hoy la flota se hizo a la mar y perdimos uno de los galeones»; pero no se van a creer lo que declara el capitán Edward Hopson, del Mary, en su propio diario... No utiliza ni puntos ni comas, algunos escribían así en este tipo de libros... ¡Se lo leo! —exclamó, emocionado, y concentró la mirada en uno de sus papeles—: «Esta mañana levamos anclas a las siete. Al partir uno de los galeones chocó contra una roca y se hundió al mediodía la isla de Bayona rumbo ENE 2 leguas con galerna fresca».

Al terminar, el arqueólogo se dirigió a Nagore:

—Aquí tiene su versión del hundimiento de ocho horas, aunque le aseguro que hay más teorías...

—¿Y la isla de Bayona? —preguntó Pietro, que no recordaba haber escuchado nunca hablar de ella—. ¿Esa cuál es?

—Oh, ¡las Cíes, naturalmente! Han tenido muchos nombres a lo largo de los tiempos, pero en el siglo XVII eran conocidas como islas de Bayona.

Nagore se levantó, exasperada, y se acercó a la ventana.

—Por aquí no vamos a avanzar. Toda la documentación de ese naufragio es un misterio. Y no sé de dónde pudo sacar Lucía más información.

—Tal vez consultó los archivos extranjeros —sugirió Carbonell.

Ella se dio la vuelta y el sol de la mañana la iluminó desde la ventana, provocando que su cabello rubio brillase como un campo de trigo. Pietro descubrió que los ojos oscuros de la inspectora, en tonos marrones, dibujaban en su iris líneas de color vainilla.

—En el extranjero no hay nada, señor Carbonell. Ya sabrá que en Inglaterra les hicieron consejo de guerra al capitán y al piloto del Monmouth, pero, casualidades de la vida —remarcó, con evidente ironía—, las declaraciones de los testigos volaron.

—¿En serio? —se sorprendió Pietro.

—En serio. Solo queda la sentencia con el veredicto final, que los exonera de responsabilidad y que es una copia. Ni rastro del original ni de las testificales.

—Pero ¿quién puede estar interesado en esa documentación? ¿Cazatesoros?

—Posiblemente. Si usted fuese uno y encontrase información interesante en un archivo, sería muy práctico llevársela o destruirla, ¿no le parece? Ya sé que no sería muy ético —atajó, viendo que Pietro iba a decir algo—, pero piense que aquí están en juego millones de euros. De hecho, resulta que nadie sabe cómo, pero los diarios del capitán y del piloto del Monmouth también desaparecieron, y en el Archivo Nacional de Londres solo queda el diario de a bordo, que ya ve que apenas recoge el suceso.

Carbonell arrugó la frente y se acercó a Nagore.

—Quizá sea todo más sencillo, inspectora. Tal vez no haya ningún gran tesoro, y los propios ingleses emborronasen el asunto para justificar que volvían a casa con las manos prácticamente vacías tras una campaña bastante desastrosa. Y en España, con la transición de los Austrias a los Borbones, hubo nuevas normas burocráticas que hicieron muy complejo encontrar documentación, de modo que parte de los informes pudo perderse.

Nagore respiró profundamente y, tras unos segundos, negó con el gesto.

—No, señor Carbonell. Tenemos a Eloy Miraflores, un traficante internacional de arte, en la ría de Vigo. Trabaja muy cerca de donde se supone que se ha hundido el galeón, y el fiscal nos ha confirmado que lo han pillado aproximándose a sus coordenadas. Y tenemos la Biblia Malévola, que ha salido de alguna parte. Y, además —insistió, alzando un poco el tono—, dos personas vinculadas a ese barco acaban de morir. Aquí se mueve algo muy gordo y tenemos que descubrirlo.

En aquel instante entró en el despacho la mujer de Carbonell, de rostro dulce y expresión afable. Traía consigo a Metodio Pino, que en una gran mochila guardaba lo que parecían más planos y documentos. El contable saludó a los presentes y, tras observar durante unos segundos el despliegue de mapas que había hecho el arqueólogo, sonrió de forma tímida a los policías.

—Disculpen, pero tengo algo de prisa. ¿Quieren que les enseñe dónde está el galeón fantasma?

Nico Somoza y Kira Muñoz salieron del Astillero. Resultaba realmente asombroso que Antonio Costas pudiese haber fabricado unas maquetas náuticas tan precisas sin ser ingeniero, delineante ni ebanista. Según pudieron saber, el gusto por hacer maquetas les venía desde muchas generaciones atrás, en que la familia había tenido antepasados carpinteros. El hecho de que Antonio, además, hubiese preparado una habitación secreta para sus proyectos más valiosos añadía un toque literario y evocador a aquel caso; sin embargo, resultaba muy probable que el sorprendente artesano estuviese muerto, precisamente, por culpa de esa afición suya por construir barcos.

—Qué suerte tenéis —rezongó Kira, tras salir del taller—. Nosotros con la banda de atracadores, con papeleos y burocracia, y vosotros con cuartos ocultos tras estanterías. Es que ni en una novela, vamos.

—No te quejes, que nosotros hemos tenido lo nuestro, ¿eh? —replicó Nico, casi riéndose—. Entre los Goonies, el fiscal, la friki y los dos fiambres en el mismo día no se puede decir que estuviésemos precisamente de paseo, ¿sabes?

—¿La friki es la inspectora?

—Claro, ¿no has visto qué pintas? Parece sacada de un tebeo de Tintín.

—A mí su look me gusta —objetó ella, haciendo un mohín—. Al menos tiene personalidad. Y es guapísima, además.

Nico miró a su compañera y esbozó una mueca en la que, con su mano derecha, fingió que se disparaba un tiro en la cabeza.

—¿Estás de coña? Con ese pelo rubio tan tirante parece una institutriz. Y también una estirada.

—No la conoces.

Nico suspiró.

—Pues nada, ahora que sois amiguitas, podrás ayudarla también a ella con el puñetero galeón, que, válgame Dios, lo que nos faltaba. El barco fantasma, la biblia maldita y el tonto ese que se olvidó de escribirle el «no» al séptimo mandamiento.

Ambos policías se echaron a reír, aunque tanto el oficial como Kira sabían que aquellas bromas no tenían más objetivo que domesticar la tensión que también a ellos se les colaba dentro. No era plato de gusto investigar una muerte homicida ni revolver entre los objetos privados de alguien que acababa de morir, pero era la única forma de intentar averiguar quién —y por qué— había eliminado al maquetista de la partida.

El oficial y la policía, justo en la puerta del taller de Antonio Costas, sentían ahora cómo el frío comenzaba a encogerlos. Algunos paseantes y curiosos se acercaban hasta la zona acordonada con mayor o menor disimulo, porque todos sabían lo que había sucedido el día anterior. Sobre sus cabezas, y en el lateral de otro edificio anexo a la casa del maquetista, un enorme mural —posiblemente pintado por el propio Ayuntamiento— recordaba una cantiga del siglo XIII, escrita por el trovador Martín Códax:

> *Ondas do mar de Vigo,*
> *se vistes meu amigo?*
> *E ay Deus, se verrá cedo?*
> *Ondas do mar levado,*
> *se vistes meu amado?*
> *E ay Deus, verrá cedo?*

Casi nadie parecía prestar atención a aquellos versos en los que una mujer, mirando al océano, le preguntaba a las olas si su amor volvería pronto.

—Aquí hasta los poemas hablan del mar —comentó Muñoz, pensativa, al leer aquella composición. De pronto, recordó algo—. Oye, ¿sabes lo que me contaste antes sobre aquello que os dijo la inspectora?

—Nos dijo tantas cosas… —respondió él, entornando un poco los ojos—. ¿Puedes concretar?

—Sobre Eloy Miraflores y el tipo ese millonario, el del velero blanco.

—No me digas que también los tienes en la lista de posibles atracadores del Calvario.

—Muy gracioso. No, pero he hecho memoria. De Miraflores ni idea, pero del milloneti sí que leí algo, no sé si en el *Faro de Vigo*, cuando llegó a la ría hace un par de meses.

—¿Y eso? ¿Dio alguna entrevista?

—No, hombre, no —negó ella, como si aquella posibilidad atentase a toda lógica en el mundo de los multimillonarios—. Con un pedazo de velero como ese en la ría, el periódico hizo un reportaje.

—Ah.

—Si leyeses un poco más, te enterarías.

Nico resopló con cierta indulgencia, con la paciencia propia de un hombre dispuesto a responder las ocurrencias de alguien muy joven.

—Yo pensando que eras la pija de la comisaría y resulta que eras la catedrática. A ver, ¿qué tienes?

Ella le ofreció una mueca, que transformó al instante en una expresión animada, como si fuese a hacer una importante revelación.

—Resulta que el milloneti, el tal James Grosvenor, es una de esas personas con altas capacidades, ¿sabes? Un tío listísimo, vaya, que ha hecho una fortuna de más de ochocientos millones jugando a la bolsa e invirtiendo en fertilizantes. ¡Fertilizantes!, ¿te lo crees?

—Supongo —respondió Nico, encogiéndose de hombros—. ¿Y ya está?

—No. Resulta que tiene no sé cuántos reconocimientos por su labor filantrópica y por sus donativos para museos, y hace años fue condecorado por Isabel II, imagínate. Vamos, que no creo que tenga mucho que ver con el tinglado ese de la Biblia Maléfica ni nada, es como... No sé, como un asunto vulgar para alguien así, ¿no?

—Ah, eso nunca se sabe. ¿Y cómo es ese tío? ¿Muy mayor?

—¡Eso es lo mejor! —exclamó ella, como si por fin llegasen a la parte más emocionante del asunto—. Tendrá unos cincuenta o cincuenta y cinco, ¡pero nadie sabe cómo es!

Nico frunció el ceño y se sopló en las manos, en un intento de hacerlas entrar el calor, pues el frío seguía siendo afilado y él estaba cada vez más pálido, haciendo honor a su sobrenombre del Irlandés.

—Pero vamos a ver, ¿no hay ninguna foto? ¿Ni con la reina?

—Nada, siempre sale de refilón, o con sombrero y gafas. En el *Faro* se veía una imagen desde lejos, solo se le intuía la forma de la mandíbula. Dicen que lo hace para poder después pasear por la calle como una persona normal, para que no lo secuestren ni atraquen, algo así.

Nico suspiró.

—Esa clase de chorradas solo las pueden hacer los millonarios.

—¿Chorrada? ¡No me pareció ninguna excentricidad, la verdad! —se sorprendió ella—. Es un método bastante efectivo para proteger su intimidad.

—O para delinquir —objetó Nico, con una sonrisa ácida.

—Que no, que te digo que no tiene el perfil de un mangante para nada. Y además tiene una historia detrás que no veas, porque según parece se había casado con una tal Lily Shirley, que era su amiga desde la adolescencia y que compartía con él todo este amor por el arte, ¿no? Bueno, pues la pobre se murió de leucemia, y él la estuvo cuidando hasta el final. Desde entonces se obsesionó con continuar la labor que ella había comenzado.

—¿La labor? ¿Qué labor?

—La de coleccionar cosas, supongo. Por lo visto ella era historiadora, o algo así, y tenía predilección por los temas náuticos. De hecho, hicieron varias donaciones al museo que hay en Londres, el de los barcos.

—Hija mía, con los datos eres pura precisión.

Kira entornó los ojos y después mostró una mueca de fastidio, aunque intentaba de forma evidente recordar información.

—¿Cómo se llama el sitio donde está el meridiano?

—¿El meridiano? Eeeh… ¿Greenwich?

—Eso. El Museo Marítimo de Greenwich.

—Bueno, pues… Muy interesante la información. Y muy típico de ricos lo de donar cosas.

—Joder qué frío —se quejó, encogiéndose de nuevo dentro de su abrigo—, pero ¿sale este hombre o no? —preguntó, asomando la cabeza al interior del taller.

Pero no salió quien esperaba, sino Avelino. El hombre que la tarde anterior les había descubierto el Astillero parecía haber dormido poco y, en su rostro, las arrugas se marcaban con la misma determinación que los arados sobre la tierra.

—Miren —les dijo el viejo marinero, con gesto apurado—, el hermano de o Toño está *falando* por teléfono con la médica, la forense, ¿sabe? Quiso informar de los problemas de corazón de Toño, pero yo ya digo que es tontería, porque *non* había *home* más sano y recto que él.

—Comprendo... Nosotros hemos terminado en la casa, ahora vamos a preguntar un poco a los vecinos, a ver si alguien pudo escuchar algo extraño.

—Pero aún no saben cuándo pasó lo de Toño... ¿Cómo le van a preguntar a los vecinos por el momento concreto en que tendrían que escuchar, *non sei*, algo?

Nico asintió. Avelino era un hombre mayor, pero al parecer sus facultades no se habían adormecido.

—Mejor preguntar que quedarse callado, ¿no le parece? —razonó Nico, con cierta sorna—. Además, su hermano nos dijo que hablaban una vez a la semana, aproximadamente, y que la última ocasión fue hace tres días, por la mañana. Coincide bastante bien con el último momento en que usted cree recordar haberlo visto, ¿no?

El hombre frunció el ceño.

—Puede ser. Pero *xa lle* digo que, si pasó algo ahí dentro, con lo gruesas que son esas paredes de piedra, difícil que nadie escuchase nada. ¿No ve que esta casa se *fixo* como *as* de antes? *É do ano* 1639, ¿no lo ven? —insistió—. Figúrense si es vieja que antes llegaba el mar hasta aquí, justo hasta la puerta.

—¿En serio? —preguntó Kira, sinceramente sorprendida.

—*Home*, claro —confirmó el hombre, con una sonrisa desganada—. Como en el Berbés, que también llegaba el mar a los soportales. Lo que pasa es que luego, aquí, echan cemento, rellenan y se lo comen todo. ¡Y lo llaman progreso! —lamentó. Después miró de nuevo a sus espaldas—. Aquí, hace siglos, era donde se controlaba y repartía la sal. Un sitio importante hasta que hubo neveras, claro... —comentó, con cierto aire nostálgico—. *Agora* se *chama* Casa Patín, pero antes era la Casa de Alfolíes, ¿saben? La Casa de la Sal.

—No lo sabía —reconoció Nico, que tampoco estaba muy interesado en aquel aspecto de la historia local—. ¿Nos podría indicar algún lugar al que soliese acudir Antonio con frecuencia? Un bar, una plaza... No sé, o alguien con quien soliese hablar a diario.

—¿A diario? —se sorprendió el hombre—. Tiene al hijo, claro, pero ese nada —negó, con cierto rechazo—, ese viene de

Pascuas a Ramos… Y hablar, poco, ¿sabe? Y mire cómo *é a cousa* que estaba fuera por trabajo y no pudieron localizarlo hasta esta mañana, así que aún viene ahora para *facerse* cargo *do pai*… Menos mal que está este —resopló, señalando con la cabeza el interior del taller, donde el hermano de Antonio Costas, acompañado por un agente de la Seguridad Ciudadana, hablaba todavía por teléfono con la forense. Después, Avelino dio un par de pasos y dirigió su cuerpo entero hacia el camino lateral de la casa—. Miren ahí, a ver, doblando la esquina —les mostró, con gesto desganado—. O Buraquiño. A veces paraba en esa tasca a tomar algo. Pregunten por Pitusa.

Nico y Kira, tras despedirse un rato más tarde del hermano de Antonio Costas y escuchar alguna que otra historia de Avelino sobre el pasado marinero de Bouzas, se adentraron por la calle Alfolíes hacia el bar que el anciano marinero les había indicado. El ambiente era indudablemente genuino, ajeno a modas turísticas. El nombre de O Buraquiño —o «Agujerito», traducido al castellano— resultaba realmente irónico, porque el establecimiento era bastante grande. Nico supuso que allí debían acudir no solo viejos marinos, sino también algunos de los mecánicos y trabajadores de los astilleros de la zona, que estaban bastante próximos.

A aquellas horas todavía no había mucha clientela, que debía de ser numerosa en el servicio de comida, pero los policías confirmaron con los clientes habituales que Antonio Costas se dejaba caer por allí solo de vez en cuando. A lo mejor un par de veces por semana, casi siempre a comer. Y en efecto, tal y como había vaticinado Avelino, nadie había oído ni visto nada extraño aquellos días en la Casa Patín, aunque lo cierto era que ni siquiera se escuchaban las sierras que utilizaba el maquetista en su trabajo, tal era el grosor de las paredes de la vivienda. Todos lamentaban lo que le había sucedido al fallecido porque era buen vecino; les confirmaron que solía ir a caminar cada mañana, pero no les ofrecieron una información muy sustancial, pues el ejercicio lo hacía solo y a ritmo gimnástico, no de jubilado ocioso. Si los forenses no afinaban mucho su trabajo, sería difícil saber el día y la hora aproximada en que había muerto aquel hombre.

Cuando Nico ya pensaba que tendría que hacer todo el paseo habitual de Antonio Costas para verificar la existencia o no de posibles conocidos en su ruta y de cámaras de seguridad en la zona, salió la cocinera de O Buraquiño a la barra. Aquella, sin duda, debía de ser Pitusa, por la que habían preguntado nada más llegar. Su expresión era de compungida tristeza.

—¿Ustedes son los policías?

—Sí, señora.

La mujer miró primero a Nico y después, con cierta desconfianza, detuvo su atención en Kira. Tal vez le llamó la atención que fuese negra, o mujer, o quizá le pareció demasiado joven. Sin embargo, fue a ella a quien se dirigió:

—La última vez que Toño estuvo aquí fue la semana pasada; un amor de hombre —afirmó, llevándose los dedos índice y pulgar a los labios y besándolos—. No hay muchos como él, se lo digo yo. Todos lo queríamos aquí. Dicen que lo mataron, que le entraron a robar en el taller ese de los barcos, ¿es cierto?

Nico mostró el gesto que ya tenía ensayado para aquel tipo de preguntas. Mantuvo una expresión severa y reservada, como si pudiese poner en peligro a alguien si revelaba alguna información.

—Comprenda que todavía estamos investigando el asunto… Pero sí, es cierto lo que dice la prensa. Alguien entró en el taller.

La cocinera se aproximó con gesto decidido.

—Pues hará cuatro días o así vinieron dos chavales a preguntar por la casa de Toño, que si sabíamos dónde estaba. Querían comprarle alguna maqueta, que dijeron que habían visto su trabajo en el Museo de Meirande, ¿saben? Y a lo mejor era verdad, ¿eh? Pero una ya no sabe nunca a quién tiene delante. Al final alguien les daría las señas, supongo. Yo los vi llegar y los escuché, pero estaba a lo mío con la cocina —explicó, señalando con la mano el espacio para los fogones, que era semiabierto y desde el que, en efecto, se podía controlar quién entraba y salía del local—. La verdad es que la Casa Patín, aquí, la conoce todo el mundo.

Nico y Kira se miraron. Aquella información sí podía ser interesante.

—¿Puede describirnos a los chicos?

La mujer asintió. Los invitó a pasar al fondo de O Buraquiño, con la promesa de que iban a probar la mejor tortilla de patatas de su vida y de que les describiría con pelos y señales a aquellos hombres. Los dos policías, observados por los clientes habituales del bar —que no cesaban de contar anécdotas y buenos recuerdos de «o Toño»—, siguieron a Pitusa para obtener el detalle de toda la información. No pudieron percibir cómo, tras su paso, un individuo apostado en la barra se ponía en pie, salía de la tasca marinera y, con gesto grave, llamaba por teléfono.

Eloy Miraflores era un hombre educado. Al menos, en apariencia. «Buenos días», «Buenas tardes», «No, por favor, pase usted primero». Sin embargo, nunca le había temblado el pulso cuando había sido necesario zanjar algún asunto grave. Eliminar algún obstáculo. El único problema que tenía ahora para trabajar, en realidad, era él mismo. Desde que había tenido familia se había vuelto más débil. Por mucho que hubiese incrementado las medidas de seguridad, por mucho que creyese poder blindar tal o cual operación. Su primer error había sido el de enamorarse, porque ¿qué necesidad? El segundo, el de contraer matrimonio y asentarse en el pazo de Nigrán con su mujer y sus dos gemelos, que ya tenían cuatro años. Ellos eran su punto débil, cuando siempre había sido escurridizo gracias a su habilidad para no preocuparse por nadie más que por sí mismo, viajando y viviendo cada poco tiempo en un sitio diferente.

Años atrás, cuando había entrado en la cárcel, había estudiado arte y derecho. Ahora, oficialmente, estaba limpio, se había reformado y disfrutaba de su encantadora familia. Pero no había dejado del todo el negocio, por supuesto. Habría que ser tonto para permitir que se escurriesen miles de euros entre los dedos mientras se los llevaba cualquier otro espabilado sin mayor esfuerzo. Porque si algo había aprendido Miraflores en el penal era que el delito iba a existir siempre y que no había finales felices ni justos, que eran un invento, porque solo los que se sabían mover como una serpiente, como él, podían sobrevivir. Daba igual que fuese con métodos más o menos legales, más o menos éticos. ¿Acaso no se cambiaban constantemente las leyes y las normas de los países al antojo de unos pocos? ¿Por qué tenía él que vivir una vida miserable mientras un puñado de ladrones se repartían los lujos del mundo?

Tras salir de prisión, Miraflores había invertido en ladrillo, en inversiones como la del pazo de la Oliva; tras su restauración, la venta y el alquiler de apartamentos estaban siendo muy rentables. Por supuesto, Deep Blue Treasures también era otro de sus negocios; no implicaba tanto rendimiento a corto plazo, pero, tras la máscara de empresa dedicada a recuperar de forma lícita materiales del fondo del mar, sí facilitaba su acceso a otras fuentes y mercados. Casi todo lo que encontraban —de contenido arqueológico— estaba sin catalogar, perdido en el tiempo y en el espacio, sin herederos que supiesen siquiera y a ciencia cierta de la existencia y conservación de sus bienes bajo el agua. ¿Quién iba a reclamar, por ejemplo, unas ánforas romanas? En el mercado negro del arte no se cotizaban mal, aunque lo que mejor salida tenía era todo lo que estuviese vinculado a historias de piratas y barcos de los siglos XVI, XVII y XVIII.

Miraflores había conocido a James Grosvenor en una de aquellas reuniones privadísimas de coleccionistas de arte. Se había celebrado en Londres, en una casa que parecía un palacio, en el barrio de Marylebone y muy cerca del poco conocido pero extraordinario museo que llamaban The Wallace Collection, y que en definitiva no era más que la exposición pública de los tesoros de un coleccionista de arte privado, que había reunido pinturas, porcelanas y hasta armaduras de todo el mundo y de varios siglos de antigüedad. En aquel tipo de encuentros estaba prohibido tomar fotografías ni llevar consigo el teléfono móvil, que se dejaba en custodia a la entrada. Se exponían objetos de toda clase, y las ofertas económicas eran muy elevadas. En uno de los recesos de la subasta clandestina, Eloy se pasó la mano por el cabello repeinado con gomina, que como siempre estaba impecable y no se había movido un milímetro, y se acercó a la zona de cóctel de la que disponía el palacete.

—A *Tanqueray Tonic, please*.

El camarero se apresuró a preparar la mezcla de ginebra y a ofrecer algo de comer al invitado, que rechazó el ofrecimiento con amabilidad.

—Disculpe, ¿me permite? —le preguntó alguien a sus espaldas. Se giró y vio a un hombre delgado y de mediana estatura, con el cabello claro muy corto, casi rapado, y con unos ojos inteligentes, grises y brillantes. El resto del rostro no pudo verlo, porque llevaba una mascarilla gris a juego con un traje que, sin duda, había sido hecho a medida. Se podía intuir, sin embargo, una mandíbula fuerte y bien marcada y un rostro armonioso. A una docena de metros de distancia, un silencioso guardaespaldas vestido de negro los observaba con correcta discreción. El hombre de la mascarilla hizo una señal hacia el taburete libre que Eloy tenía a su lado.

—Oh, sí. Por supuesto —reaccionó él—, siéntese, por favor. Veo que habla usted español.

—Un poco —respondió el desconocido, que le sonrió con la mirada y se sentó a su lado—. James Grosvenor —se presentó. Después se disculpó por dirigirse a él con la mascarilla, que usaba como precaución tras terminar de recuperarse de una neumonía, aunque Eloy ya sabía, al informarse de los asistentes al encuentro, que aquel multimillonario la utilizaba siempre—. *A glass of cold milk, please* —le pidió al camarero. Luego, se dirigió de nuevo a Miraflores, como si fuese preciso ofrecerle una excusa por haber pedido un sencillo vaso de leche fría en un sitio tan elegante y en unas circunstancias tan exclusivas—. No bebo alcohol —se justificó, de nuevo en castellano y con un acento indefinible, pero que podía dejar intuir su procedencia británica.

Comenzaron a hablar de algunas de las piezas que eran objeto de puja aquella noche, hasta que Grosvenor cambió de tema y se interesó por Deep Blue Treasures, la empresa de Eloy.

—Ha llamado usted Hispaniola al buque de su compañía… Un poco descarado, ¿no cree?

Eloy se rio.

—Hay que darle un poco de sal a la vida.

Al otro lado de su mascarilla se adivinaba una sonrisa de Grosvenor. Que el barco con el que Deep Blue Treasures recuperaba materiales bajo el mar se llamase igual que el buque de la novela de *La isla del tesoro* dejaba, quizá, más que pistas sobre el verdadero objeto social de la empresa.

—Tengo entendido que tiene usted bastante trabajo.

—Sí, es cierto —reconoció Eloy—. Piense que dos tercios de la superficie de la Tierra están cubiertos de agua, hay mucho que rastrear. La Unesco cree que en el mar hay al menos tres millones de embarcaciones hundidas.

—Puede ser —reconoció su interlocutor—, aunque también se dice que el golfo de Cádiz tiene bajo el agua más dinero que el Banco de España, pero no es tan fácil encontrarlo.

—Puedo asegurarle que no —se rio Eloy de nuevo mientras recibía ya su Tanqueray Tonic—. Lo malo de la investigación submarina es que solo encontramos lo accidental, ¿comprende? Los fracasos, los restos de todos los que no fueron capaces de llegar a puerto.

—Vaya —se sorprendió el millonario, que hasta el momento se había mostrado templado e inalterable. Pareció interesarle aquel punto de vista—. ¿De verdad cree eso? Me temo que no comparto su visión en absoluto. ¿Qué hay de fracaso en un barco hundido por una tempestad? ¿O atacado por unos piratas, o caído en combate? Esos restos arqueológicos submarinos pueden ser el testimonio de hazañas épicas y valerosas, cápsulas del tiempo de valor incalculable.

Eloy asintió tras darle un sorbo a su bebida y meditarlo unos instantes, aunque por su expresión quedaba claro que no estaba convencido.

—No digo que haya nada malo ni cobarde en todo eso que se encuentra en el fondo del mar, señor Grosvenor, pero sí sé que los que están ahí abajo son los que perdieron la partida.

—A veces un naufragio es una victoria.

—Solo para el que regresa a puerto, si hablamos de batallas navales.

James Grosvenor sonrió de una forma un tanto enigmática, y el empresario tuvo la sensación de haber pasado una especie de examen.

—Tal vez podamos ser socios en un negocio, señor Miraflores.

—Los negocios son mi especialidad.

—Me consta —replicó el otro, con una mirada fría y firme, como si en aquel momento no le importase ya mostrar sus verdaderas intenciones—. Y, según creo, domina usted el arte de los teléfonos indetectables, los coches no fichados, las técnicas de seguimiento y la utilización de empresas instrumentales para sus fines. ¿Es cierto?

—Puede ser —respondió Eloy muy despacio, atento. Por si todavía quedaba algún resquicio para la duda, ahora ya tenía claro que aquel encuentro no había sido casual.

—Quiero proponerle un trabajo poco común, del que saldrá extraordinariamente beneficiado. Pero antes de detallárselo ha de saber que nunca, jamás, permitiré que ningún cabo suelto pueda llevar a nadie hasta mi persona ni a mi entorno inmediato. Debo estar siempre en la sombra y ser indetectable.

Eloy lo miró muy serio. La determinación y claridad de Grosvenor al hablar le habían provocado un escalofrío. Pero la curiosidad y la codicia ya habían comenzado a germinar en él. Sin embargo, antes de entrar en detalle sobre el negocio, Grosvenor insistió:

—Asumirá usted todas las consecuencias si, por su parte, hay un desliz, un error o una ejecución mal planteada. Deberá seguir todas mis instrucciones y asumir que haré siempre lo que sea necesario para continuar en un discreto anonimato.

Ambos hombres se miraron fijamente durante unos segundos. Eloy sabía que James Grosvenor era un multimillonario muy solvente y no le constaban a sus espaldas delitos violentos ni de sangre. Al contrario, era un verdadero caballero de modales exquisitos. Sin embargo, comprendió que en las palabras del inglés había implícita una amenaza, y un incómodo cosquilleo comenzó a apretarle en el pecho. Consintió a pesar de ello en las condiciones de Grosvenor y escuchó su propuesta con creciente interés, consciente de que estaba ante un hombre fuera de lo común, en el que el brillo afilado de sus ojos y la forma de moverse, y de mirar, descubrían un espíritu implacable.

Raquel Sanger entró en la sala de autopsias con la mente flotando, como si estuviese dentro de un bosque. A veces, aunque hacía muchos años que no iba, le llegaban a su cabeza destellos del bosque de Corning, en Nueva York; su familia era originaria de allí, aunque habían venido a España cuando ella era pequeña. ¿Cómo iba a imaginar que en la Facultad de Medicina de Madrid iba a conocer a un chico llamado Álex, de Burgos, y que con él terminaría pasando la mayor parte de su vida? Las oportunidades de trabajo y los lazos familiares que tanto él como ella tenían en Galicia los habían llevado a asentarse en Vigo, y podría decirse que Raquel estaba bastante satisfecha con su vida. Sin embargo, en ocasiones su mente viajaba a aquellos bosques de Corning, quizá porque a veces la pátina de la infancia nos protege de casi todo. O quizá porque el aroma a tierra húmeda y madera mojada que podía despedir la morgue, ese purgatorio donde los cadáveres solo esperaban a que alguien los transportase a alguna otra parte, la llevaban de vuelta al bosque.

—Querida, ¿estás bien?

—Sí, claro —reaccionó ella, saliendo de su ensoñación y de su paseo imaginario por la espesura.

Su marido Álex ya estaba preparado y había un tercer patólogo en la sala, aunque en la práctica, en el informe, harían caso omiso de su presencia: en el supuesto de ser requeridos por el juzgado para manifestar su opinión profesional, cuantos menos tuviesen que hacer aquella engorrosa tarea, mejor. Lo preceptivo era que estuviesen presentes al menos dos forenses, de modo que con ella y Álex sobre el papel sería suficiente.

El cuerpo de Antonio Costas se encontraba sobre la mesa metálica, desprovisto de expresión alguna que permitiese adivinar su carácter ni su personalidad, aunque tanto Álex como Raquel sabían que podrían averiguar muchas cosas con solo estudiar el exterior del cadáver. Sesenta y dos años y una forma física sorprendentemente buena. ¿Cuánto tiempo llevaría muerto? No siempre era fácil saberlo, y en especial con aquel frío gélido instalado en la ciudad, que podía haber mantenido el cadáver como en una nevera. Tendrían que hacer unas cuantas pruebas para saberlo y contrastarlas, además, con la información que les diese el compañero que había formado la comisión judicial, pues era él quien había anotado las condiciones sobre la temperatura y ventilación del lugar donde había sido encontrado. Sin abrir el cuerpo, ambos forenses podían intuir un ejercicio regular y una vida saludable en aquel individuo. Trabajaba con sus manos, no cabía duda: algunos cortes antiguos y restos desdibujados de pintura entre las uñas. Tal vez fuese carpintero, o albañil. Sin embargo, este caso era muy distinto al de Lucía Pascal: aunque el forense que había acudido a Bouzas no había querido manifestarse de forma alguna con la policía, resultaba evidente que a aquel hombre lo habían sometido a algún tipo de violencia antes de morir.

—Abrasiones en la parte frontal de la nariz, ¿has visto? —preguntó Álex.

—Y alrededor de los labios, aquí y ahí —señaló ella, concentrada—. Los hematomas son recientes —añadió, tocando a través de sus guantes los brazos y las muñecas del cadáver.

—Qué curioso, ¿no? Igual que la señora de ayer.

—Igual no —negó ella, que abrió mucho sus brillantes ojos azules, como para evidenciar que la comparación era poco adecuada—. Lo del caso de ayer era mucho más sutil, casi imperceptible, y aquí está claro que alguien agarró a este hombre para inmovilizarlo y para que no gritase. Y mira las manos, y esta contusión aquí... Pudo haber forcejeo y, a lo mejor, hasta pelea. Aunque las abrasiones alrededor de la boca... ¿Crees que lo amordazaron?

Álex apretó los labios, como si así también pudiese estrujar los razonamientos de su cerebro. Acercó una gran lupa sobre el rostro de Antonio Costas.

—Tomaremos unas muestras, pero yo juraría que le pegaron cinta adhesiva de la gruesa, ¿sabes? Para que no gritase. Quizá por eso tiene la abrasión tan marcada.

Raquel asintió, intrigada.

—Buscaremos restos de adhesivo —dijo mientras seguía estudiando el cuerpo y sus recovecos—. Da la sensación de que hubo sofocación, pero no hay rastros evidentes de una asfixia mecánica homicida, ni de estrangulación —observó.

—Recuerda que cubrir solo la boca también puede matar —matizó Álex, que tras muchos estudios forenses sabía que para estar vivo no solo era necesario respirar, sino que había que respirar lo suficiente. Si hubiese habido combate físico, aunque fuese breve, podría haber aumentado el estrés y, en consecuencia, la necesidad de oxígeno. Se dirigió a su mujer—. Si tenía la boca tapada…

—Ya, Álex. No seas resabido —le espetó ella, que volvió a entornar los ojos—. Antes hablé por teléfono con el hermano de este hombre. Me dijo que tomaba medicación para el corazón… Después quiere venir a hablar con nosotros.

Álex miró a Raquel con cierto reproche, como si fuese imperdonable que no le hubiese trasladado antes aquella información.

—Entonces puede ser una muerte súbita cardiaca ocasionada por un episodio violento. Mecanismo homicida, sea o no accidental.

—Sería el segundo cadáver que nos traen esta semana en que un elemento externo, intencional o no, provoca la muerte por patologías preexistentes.

—Nos han tocado asesinos muy torpes… O con muy buen ojo.

—O víctimas con mala suerte —suspiró ella, algo cansada. Sabía que tendría que esforzarse e intentar hacer bien su trabajo, porque el hermano del difunto lo único que querría saber, como todos los familiares atravesados por el dolor de la pérdida, era la verdad. Raquel miró al tercer patólogo y, después, al ayudante que había estado haciendo fotografías—. ¿Ha terminado? —Ante la respuesta afirmativa, Sanger volvió a tomar aire de forma profunda—. Pues abramos el cuerpo, a ver qué nos cuenta ese corazón.

Miranda

Los tiempos eran difíciles, pero iban a tornar en peores. A pesar de los remedios aplicados por el hermano Tobías, el primer día de noviembre del año del Señor de 1700 falleció la madre de Ledicia en su pequeña casa del Berbés, y en misma fecha procedió también a perder la vida y a visitar al Altísimo el rey Carlos II, aquel que muchos llamaban el Hechizado.

Tal y como había pronosticado el señor Mascato, cuando el 12 de noviembre de 1700 se hizo pública la aceptación de la herencia sucesoria por parte del que sería el futuro Felipe V, comenzó a forjarse el camino para la gran guerra que la historia llamó de Sucesión. El impresor, sin embargo, nunca habría imaginado, ni aun en sus más aciagas previsiones, que los habitantes de Vigo fuesen a participar de forma tan trágica y decisiva en aquel conflicto. La villa disponía de un puerto relevante, pero ni su disposición militar ni su anclaje en los mapas implicaba, en principio, que fuese a ser un objetivo estratégico. De hecho, el número de vecinos era por entonces relativamente escaso: ya en el siglo xv, tras ver extinguida su población por guerras y enfermedades, al rey Juan II de Castilla se le había ocurrido conceder privilegios por el mero hecho de vivir en la villa, y colonos de distintos lugares, en calidad de nuevos pobladores, habían llegado a la ciudad para instalarse en lo alto, con lo que dieron el nombre de Poboadores a una calle entera.

Se habían vivido pestes e invasiones en el siglo xvi, para encontrarse en el xvii con malas cosechas, clima adverso y decadencia pesquera, por lo que ahora —que Vigo comenzaba a ver de nuevo la luz— todavía tenía, según el párroco, solo unos trescientos cincuenta vecinos.

—¿Cómo es posible, padre Moisés? —se había extrañado Miranda, muy sorprendida, ya que en la fiesta que se celebraba aquel día 7 de diciembre de 1700 en la plaza Pública habría jurado que había, por lo menos, mil personas.

—Hija mía, los libros de muertos y los de nacimientos no mienten nunca, pero, cuando digo vecinos, digo casas. Así que multiplicad, como mínimo, cada casa por tres o cinco almas.

Miranda hizo sus cálculos y comprendió que aquella villa que ahora disparaba salvas en pólvora y repicaba las campanas por la celebración del nuevo rey apenas tendría unos mil setecientos habitantes.

—Pero, padre, si el señor Mascato tiene razón y este nuevo rey nos lleva a la guerra, ¿cómo nos defenderemos? Dice el oficial, don Rodrigo, que las murallas de la ciudad son malas y que las milicias carecen de orden, disciplina y medios.

—Dios proveerá, Miranda. Galicia ya ha aceptado a Felipe V, y, si algo sucede, nos socorrerán también los hidalgos de la comarca. Vuestro cuñado, Fermín de Mañufe, dispone de buenos contactos y relaciones con la corte de su majestad, y sin duda contaréis con su protección.

—Pero ¡qué escuchan mis oídos! —exclamó Gonzalo, que llegaba por detrás—. ¿Acaso la mejor artista de la villa se preocupa por asuntos de política? ¡No hagáis caso a mis predicciones! —exclamó, con un cuenco de vino en la mano.

Sus ojos brillaban y, retirado el sombrero, su cabello rubio reflejaba los fuegos encendidos de la plaza. El padre Moisés, que tanto se había esmerado en prohibir las fiestas nocturnas, observaba a Gonzalo con cierta reprobación, pues resultaba obvia su moderada ebriedad, y, en el colmo de los males, él mismo formaba parte de uno de aquellos alborozos, que no había habido más remedio que consentir al ser su causa la de celebrar al nuevo monarca. Gonzalo, indiferente a la censura del religioso, miró al párroco con afecto.

—Moisés, ¿dónde habéis dejado al ahijado? —preguntó, con fingido disgusto al no ver al monje—. ¿Se ha acomodado a la vida en la villa y se nos ha convertido en uno de esos giróvagos que tanto aprecia?

Moisés negó con el gesto, con el mismo semblante con el que se niega ante la travesura de un niño.

—Vuestras chanzas os las perdono, pues el hermano Tobías se entrega a Dios con humildad y negándose placeres, y ahora se encuentra en la isla de San Simón, instruyendo a los frailes franciscanos en remedios y en la formación de una botica sencilla a la que puedan dar uso.

—Ah, cuánta rectitud. Veremos si el hermano Tobías resiste las inclemencias y sinsabores de la soledad de las islas de Bayona.

—Sin duda lo hará —confió el cura—, pues nada hay mejor que someter a duras pruebas a los espíritus para comprobar si realmente pertenecen a Dios. Con la primavera ya os rogaremos asistencia para visitar el eremitorio, por si hubiere que acometer alguna obra de relevancia antes de que mi ahijado se entregue ya de forma definitiva a la reclusión y a la oración.

—No olvidéis —intervino Miranda, dirigiéndose a Gonzalo— mi deseo de acompañaros en esa visita, pues no hago más que soñar con los dibujos que podré hacer de las criaturas tan magníficas de esa isla.

—Solo encontraréis bichos e insectos decepcionantes… Será sin embargo un placer llevaros, aunque, según las obras que hubiere que acometer, considerad que sea muy posible el que haya que hacer noche, y tal vez las incomodidades de una selva semejante no sean para vos, salvo que os acomodéis en mi barco, que es rudo y hecho para marinos.

—Las rudezas no me asustan, don Gonzalo.

—Ah —se rio él—, ¡vuestra constancia para lograr retratar esas horribles criaturas es invencible! Permitid que vuestros pensamientos descansen de tales intenciones con esas alimañas del averno y mirad qué fiesta —añadió, abriendo los brazos y mostrando cómo danzaba la gente al sonido de gaitas, flautas y panderetas bajo la luz de fogatas y luminarias—. ¿No gustáis de danzar?

—Estoy de luto —negó Miranda, que no pudo evitar que sus mejillas se encendiesen con un tibio rubor.

—En tal caso —intervino una voz masculina que los sorprendió por un costado—, permitamos que Gonzalo se divierta mientras el padre Moisés y yo mismo le procuramos compañía, Miranda.

Todos miraron hacia el hombre, que resultó ser Rodrigo. En la noche, y con la cicatriz cruzándole parte del rostro, pareciera que el fulgor de las luminarias quisiera contar la historia del cuchillo que había rasgado aquel semblante. Gonzalo le sonrió, algo ebrio, y con una alegre reverencia dio la bienvenida al recién llegado.

—Entonces ¿realmente vendréis vos también a llevar al fraile a la isla, Rodrigo?

—Habré de ir, que será conveniente saber en qué condiciones podrá ser el monje nuestros ojos y oídos en la isla, y, además… No sobrará protección en ese viaje si acude doña Miranda para sus investigaciones y dibujos —agregó, dando la sensación a la joven de que hablaba completamente en serio, como si ella fuese una naturista o mujer de ciencia a la que respetar.

Gonzalo percibió de inmediato el interés real de Rodrigo por Miranda, y por un instante se ensombreció su sonrisa, que enseguida recuperó su energía cuando llegaron más vecinos a saludar al antiguo corsario, que a todas luces era muy querido y popular. Con una teatral reverencia, Gonzalo se despidió muy respetuosamente del grupo y se fundió en la alegría de la fiesta.

Miranda, al verlo partir, se asombró a sí misma al intentar imaginar a Gonzalo como el monje que había sido, sin conseguirlo, pues no acertaba a visualizar de aquella forma a un hombre tan apuesto, alegre y vivaz. Qué diferente era de don Rodrigo. ¿Cómo saber qué clase de hombre era el más cabal y acertado? ¿El oficial, con una mente clara que domeñaba sus propios instintos y sentidos, o el corsario que, siendo capaz de olvidarse de la prudencia y la rectitud, se dejaba envolver por la música y los fuegos que encendía la noche?

Llegó el mes de febrero del año del Señor de 1701, y entró el primer rey borbón en España, mientras los auspicios de guerra, sin confirmarse, arreciaban por todas partes. Pero, aunque los despachos de los reyes no decidían cómo desplegar sus batallas, llegaron también días de primavera soleados, tibios y felices. Del puerto de Vigo partió el barco de don Gonzalo de la Serna llevando a bordo al hermano Tobías, a don Rodrigo Rivera —seguido de Sebastián, el grumete— y a Miranda, que se había hecho acompañar por Ledicia y otro criado, ya que además de su equipaje debían portear sus útiles de dibujo. Gonzalo había estimado que muy probablemente pasasen allí tres o cuatro jornadas; él ya había acudido a la isla un día de enero con buena mar, y había comprobado cuántas y diferentes reparaciones precisaría el eremitorio, por lo que habían fletado materiales y provisiones, sin descartar que el hermano Tobías fuese a quedarse de forma definitiva en el archipiélago, porque ¿para qué iba a esperar al verano?

Miranda disfrutaba de la travesía como si fuera la primera vez que subía a una fragata. Aquella de don Gonzalo era, en efecto, basta y ruda en sus formas, pero se encontraba en muy buen estado de mantenimiento y surcaba las aguas como si fuera una pluma deslizándose sobre un cojín de seda. Con la brisa que henchía las velas, no tardarían más de dos horas en llegar al islote sur de las islas de Bayona; el aire fresco y primaveral parecía limpiarlo todo, como si el pasado hubiera sido solo un sueño sorprendente. A Miranda le daba la sensación de haber vivido en Redondela hacía ya muchísimo tiempo, aunque no llevase siquiera un año en Vigo. A su padre apenas lo veía, y era como si el mundo, de pronto, hubiese transformado sin previo aviso la forma de escribir la historia. La joven, según navegaban, observó cómo se alejaban de la villa de Vigo y le pareció, por primera vez, que aquel era su hogar. El baluarte de A Laxe introducía una de sus puntas en el océano, como si toda la muralla fuese, en realidad, el casco gigante de un barco que estaba a punto de zarpar.

—Señora, bien sabéis que no soy de habladurías —le dijo Ledicia, en tono de confidencia y aprovechando que ambas estaban solas en popa—, pero no os imagináis qué cosas he sabido de don Rodrigo. ¿Sabéis por qué tiene marcado el rostro?

—Algo me habíais contado de un desagradable desencuentro con su padre.

—Con su padrastro, señora, y por la hija que aportó al matrimonio, Beatriz. Al parecer era bellísima, ¡eso dicen! Y parece que don Rodrigo la pretendió, que tal cosa había de ser pecado, al ser ya medio hermanos, y volaron cuchillos y él se marchó a la mar. Y ahora, con la madre viuda, y la hermana igual, ha vuelto.

—¿Cómo que la hermana igual?

—Sí, mi señora, que quedó viuda hará más de un año y con sus hijos vive en el pazo de San Roque, junto con la suegra y otros hermanos. Me han contado sus criadas que todavía tiene un cabello rubio como el sol y una mirada azul como cielo claro del amanecer, y que no solo es estimada por su belleza, sino por su trato amable y delicado.

Miranda guardó silencio, aunque pudo sentir cómo un molesto y afilado desasosiego, que no supo descifrar, rasgaba su interior. La criada pensó que el chisme no era de su agrado y arremetió con otro:

—He sabido también de andanzas de don Gonzalo.

—No es menester que sepa yo nada de las enaguas donde pierde sus afectos el señor De la Serna, querida Ledicia —replicó Miranda, que de pronto se sentía algo apática y revuelta.

—No, por Dios —negó la criada, que mostró exagerado espanto ante la idea de volver a hablar de las conquistas románticas del antiguo monje—. Si mi asombro con este corsario no viene por las damas, sino por su fe, señora. Resulta que fue el propio don Gonzalo el que pidió entrar en el monasterio, el de Santo Domingo de Silos, que me ha dicho la criada de los Mendoza que está en Burgos, a muchas leguas de aquí. Y resulta que tal petición, renegando de honores y títulos, se le ocurrió con solo doce años, ¡con doce, mi señora!

—La vocación a Dios puede llegar a edad temprana, Ledicia.

—¡Pero en don Gonzalo va y viene como los vientos del norte! Resulta que se aburrió pronto de la oración, porque se escapó para volver a su palacio, que es hijo de hidalgos de renombre, pero su padre le ordenó regresar al convento, porque ya había sido consagrado sacerdote, y dicen que obedeció; pero no hubo tapia ni moza que se le resistiera, y andaba de balcón en balcón de las damas, y a saber si habrá dejado o no algún hijo por las tierras de Burgos —añadió, tapándose la boca en señal de vergüenza y espanto.

Miranda suspiró.

—De la lujuria nada puedo decir, pero la apostasía no es delito.

—Pues a don Gonzalo llegaron a llamarlo el Renegado, señora... Qué vergüenza. Y en los últimos tiempos ha sido conocido como fray de la Serna, aunque ya no sirva a Dios.

—No sufras por una fe que te es ajena, Ledicia. Don Gonzalo sirve a nuestros intereses, y a mí me basta.

En aquel instante se acercó Rodrigo a Miranda tan solo para interesarse sobre si la travesía estaba siendo de su gusto o por si sufría algún mareo a bordo del Cormorán, que era el nombre de la fragata de Gonzalo. Miranda caminó un poco con él sobre la cubierta, alejándose así de su criada, que ponía su oído en todas las cosas.

—Pierda cuidado, Rodrigo —le respondió, algo seca, incapaz de controlar un súbito enfado con el hidalgo. La muchacha no sabía por qué se sentía así, pero la idea de que el oficial hubiese podido regresar para cortejar a su hermanastra viuda, una vez muerto su padre, le molestaba profundamente—. También yo viajé al Nuevo Mundo, y bien sabéis que, al lado de tamaña travesía, esta no es más que un dulce y breve paseo.

—No era mi intención ofenderla con burdo paternalismo —se disculpó él, apurado—, solo me preocupaba por vuestra comodidad, Miranda.

Ella asintió, y al instante se avergonzó por la injustificada rabia que le latía dentro. Procuró hablar de algo alegre:

—A quien se ve dichoso es a su grumete —añadió, señalando a Sebastián, que en proa manejaba las velas según las indicaciones de Gonzalo con igual resolución que un experimentado marino.

Rodrigo sonrió y siguió la mirada de Miranda hacia el muchacho.

—Lo recogí de las calles de Veracruz… La anterior Flota de Indias lo había llevado como paje de un hidalgo que murió en travesía, y no sé qué enredos hubo, que al final acabó la criatura callejeando miserias.

—Ah, pero… ¿y sus padres? ¿Carece de familia?

Rodrigo se encogió de hombros, cruzó los brazos y se apoyó sobre la barandilla de cubierta sin apartar la mirada del grumete.

—Sebastián es uno de tantos huérfanos, pero no creáis que carece de seso ni de formación; lo educaron en el colegio de San Telmo de Sevilla… Allí preparan a los que han sido abandonados para que se hagan a la mar.

—Al menos, la caridad abre sus propios caminos.

—No, Miranda —negó él con semblante descreído—, es más bien la carencia de pilotos de navío lo que salva a estos muchachos de las calles… Resulta más gravoso contratar a los extranjeros que a los huérfanos. Sebastián —añadió, imprimiendo cierto afecto en sus palabras— lleva ya conmigo cuatro años, lo acogí siendo muy niño, y es de noble corazón.

—Como vos, según parece.

Rodrigo volvió la mirada hacia Miranda, sorprendido.

—¿Como yo? No, señora. Nada noble hay en mí. Resisto los envites de las olas, nada más.

—Pero cuidáis de un huérfano de las calles como a un hijo y desandáis la travesía del Nuevo Mundo para ver a vuestra madre enferma… No sois fatuo ni vanidoso, y vuestro natural ímpetu al ver mi cortejo nupcial en peligro fue el de rescatarlo, por lo que, por mucho que huyáis de halagos y reconocimientos, nada puede ocultar lo que sois. Salvo que hayáis regresado al Viejo Mundo por intereses que se me escapan, Rodrigo —apuntilló, agitada, pero con semblante de cristalina inocencia.

Rodrigo bajó la mirada durante unos instantes y cuando la alzó parecía algo más oscura. Habló sin mirar a Miranda, con su atención clavada en el horizonte perfilado por las islas de Bayona.

—No hay más intereses que los que relatáis, Miranda. Sin embargo, y aunque halagáis mis oídos, debo sacaros de vuestro error. Regresé a Vigo más para redimir mis faltas con mi madre que para el reencuentro fraterno. Mis desencuentros con mi padrastro —explicó, señalando con la mano la profunda cicatriz de su rostro— fueron más resultado de ímpetus y aires de juventud que de verdaderos tormentos, y solo ocasioné tristezas.

A Miranda le hubiese gustado que Rodrigo le detallase lo sucedido con su hermanastra, aunque sus explicaciones la apaciguaron; de ser cierto lo que Ledicia le había contado, si él mismo se lo relatase podría estar faltando al honor de la dama. Su enfado con el hidalgo se fue diluyendo.

—Diríase que solo os juzgáis a vos mismo con el espíritu grosero de los necios y no con el de la verdad. Yo misma pude ver cómo ayudabais a todos los enfermos del Berbés con el brote de viruela, Rodrigo. No tendréis tan oscura el alma como pensáis.

Rodrigo pareció sumergirse, de nuevo, en un pozo oscuro dentro de su interior.

—No es el demonio el que guía mis pasos, Miranda, pero hubo un tiempo, allá en el Nuevo Mundo, en el que me hice corsario y casi pirata. Este cargo de oficial solo he podido recuperarlo gracias a Barbanzón, con el que en una ocasión compartí aventuras y cuyo cuello salvé de unos bandidos. Mis méritos no son tantos, y tan pronto como termine mis encargos posiblemente regrese al Nuevo Mundo.

—Por Dios, Rodrigo, ¿pretende hacerse de nuevo corsario?

—No, Miranda —negó él, con una sonrisa—. Allí aún era lícito serlo cuando partí, aunque en realidad no pueden manejarse como corsarios los marineros ni los soldados de la Armada Real, por lo que es menester que sea otro mi camino… Posiblemente, el del ejército o el del comercio, donde podré conducirme más libre y a mi antojo. Pero, Miranda, ¿qué sucede? No ensombrezcáis el gesto. Os he importunado con mis bellaquerías y debiera haber guardado silencio.

—Rodrigo, me apena saber de vuestra posible partida, no de vuestras aventuras de juventud. Podéis confiar en mi discreción y amistad, pues no olvido que os debo la vida.

El oficial observó a Miranda con renovada sorpresa, porque esperaba en ella el asombro y el recato, no la liberalidad ni los pensamientos desprendidos. ¿Qué extraña criatura sería aquella mujer a la que, a diferencia de otras damas, nada parecía espantarla? Ni siquiera esos horribles insectos la repelían, y acertaba a ver en todo un atisbo de belleza.

Siguieron conversando de asuntos más triviales mientras se aproximaban a la isla de San Martín, que era la que se encontraba más al sur de las tres islas de Bayona. No era muy grande, pero su playa, que miraba hacia la ría de Vigo, debía de medir al menos quinientas varas. Cuando Miranda contempló las aguas cristalinas y transparentes y el bello arenal en forma de un cuarto de luna, no pudo evitar mostrar su asombro y emoción. La vegetación tras la playa era exuberante y llena de distintas tonalidades verdes y ocres, y su imaginación la llevó a intuir tesoros y misterios en la espesura, que se incrementaba según la mirada se adentraba en el interior de la isla, que crecía siguiendo la forma de una montaña. ¿Qué habría al otro lado?

Los marineros del Cormorán comenzaron a cantar una saloma al recoger las velas y filar la cadena del ancla, y sin pretenderlo invadieron el ambiente de la nave de un solemne y, a la vez, alegre aire marinero. Miranda los vio trabajar y se sintió admirada de la agilidad y resolución de sus movimientos. El oficio de marino no era especialmente valorado, y por su madre inglesa sabía que allá, en Inglaterra, a los marineros los llamaban *Jacks* de forma despectiva: ganaban poco, sus trabajos eran duros y, al igual que las mariposas, no vivían mucho. Sin embargo, esa mañana de primavera, al fondear en las islas de Bayona, la joven viuda miró a aquellos hombres y envidió su libertad.

Al posar un primer pie en tierra, Miranda sintió cómo la arena crujía y se hundía suavemente, como si la isla entera intentase absorberla y reclamarla para sí misma. Según comenzó a caminar por el arenal, que ascendía de forma progresiva hacia un suelo más firme, la joven tuvo la sensación de adentrarse en un paraíso poderoso y legendario, donde era la naturaleza la que domeñaba a los hombres. La vegetación no era tan exótica ni densa como la que había conocido en Costa Rica, pero su majestuosidad y vigor invitaban a lo salvaje y a la aventura de penetrar aquellas entrañas verdes para desvelar sus misterios.

—¡Señora! —la llamó Ledicia, escandalizada—. ¡No podéis entrar sola en ese bosque!

Miranda se volvió, sorprendida. Sin darse cuenta se encaminaba hacia el corazón de la espesura. Podían intuirse figuras, siluetas de insectos y de pequeña fauna escondiéndose de los invasores, que en esta ocasión eran ellos mismos. ¿Cómo no caer en la tentación de explorar, de perderse en aquella interesantísima fuente de conocimiento? Sin embargo, fue prudente y esperó. Cuando los marineros bajaron sus baúles, que apenas traían más que material de dibujo y algo de ropa de abrigo para las noches, Miranda comprobó cómo Gonzalo ordenaba instalar una especie de tiendas de gruesa tela de algodón, similar a la que se usaba para fabricar algunas velas. El corsario distribuyó los tenderetes en tierra firme y al borde del arenal, a salvo del vaivén de las mareas y a pie de entrada del espeso bosque atlántico de la isla. En aquellas tiendas pasarían la noche Miranda y su servicio, así como el hermano Tobías —mientras no estuviese listo su eremitorio—, Rodrigo, Gonzalo y algunos de sus hombres.

—¿No hay cuevas en esta isla, don Gonzalo?

—Muchas, Miranda, y podrían ser un cómodo refugio para nuestro descanso, pero solo disponen de acceso abrupto y peligroso por el mar y no son cálidas, creedme —le confirmó a la joven, dejando claro que ya había visitado en alguna ocasión varias de aquellas cavidades. De pronto, el corsario pareció darse cuenta de algo—. Si preferís pasar la noche en mi Cormorán, no tenéis más que decirlo, Miranda.

—Oh, no… Vuestras tiendas serán el mejor de los aposentos. El clima es suave y hace hasta calor. Seré feliz escuchando hablar a los animales por las noches.

Ledicia se había persignado.

—Por Dios bendito, ¿qué animales?

—Grillos, pájaros e insectos —replicó Miranda, risueña—. Y si la providencia es generosa —añadió, con un gesto serio muy exagerado—, tal vez alguna de las peligrosísimas mariposas de cristal.

—¿Qué...? ¿Qué mariposas decís, mi señora? —preguntó la criada, tras tragar saliva y llena de temor.

Miranda se acercó a la sirvienta y le habló con un gesto de honda gravedad:

—Una avecilla preciosa que conocí en Costa Rica; parece desvalida y frágil, con sus alas transparentes como el agua... Pero, según he estudiado, es una de las mariposas más tóxicas de todo el ancho mundo.

La criada había abierto mucho los ojos, a tiempo para reconocer la inmediata expresión de chanza de Miranda. Rodrigo la había mirado con curiosidad, sorprendido ante aquel buen humor de la joven, que por lo general era mucho más seria. ¿Qué tendría el mundo salvaje, que tanto la hechizaba? El oficial nunca había visto a Miranda tan feliz. Le reprochó con una sonrisa cómplice la broma que le había gastado a la criada, a la que procuró tranquilizar:

—Descuide, Ledicia, que no habrá esas mariposas en esta isla.

—Y las que haya solo atacarán a los vagos y maleantes, ¡perded cuidado! —había completado con una carcajada Gonzalo, al tiempo que daba orden a sus hombres de moverse con más brío en el trabajo.

Miranda se acercó a Ledicia y entre bromas le explicó que, en efecto, no le constaba que aquella mariposa de cristal habitase en Europa y que, aunque lo hiciese, sería muy raro que un humano fuera a tener problemas por su causa. La joven, todavía bromeando, ofreció un afectuoso abrazo a Ledicia, algo inaudito en una señora con una criada. Después, insistió en colaborar en todo lo posible para montar el campamento, y se negó a la posibilidad de esperar a que los hombres exploraran el estado del eremitorio para que ella pudiese después acceder a él con los caminos ya bien abiertos y sin maleza. Si era apta para el viaje, también lo era para la breve excursión, y estaba segura de que no precisaría «que ningún hombre la rescatase» de los infortunios del camino. ¿Acaso no iba el hermano Tobías a vivir allí mismo, solo y sin más protección que la de sí mismo y la que el Señor le concediese?

Gonzalo había accedido, ya que a fin de cuentas él mismo había abierto el camino solo unas semanas atrás, cuando había explorado de forma previa la isla para la instalación del monje en su eremitorio. Por su parte, el hermano Tobías guardaba silencio y observaba el paisaje con analítico interés, como si estuviese estudiando las hechuras y posibilidades de su nueva morada.

Cuando terminaron de montar los sencillos campamentos, se formó una pequeña expedición que se dirigió hacia el extremo sur del arenal. Desde allí, anduvieron un breve trecho hacia la maleza, que crecía de forma progresiva, pero que dejaba entrever cómo en aquel punto un estrecho y suave valle permitía atravesar la isla sin necesidad de subir la gran montaña, que la ocupaba casi por completo. Avanzaron despacio, pues, aunque en efecto el corsario había despejado en su día parte del camino, fue preciso utilizar machetes para hacer transitable el sendero. Apenas llevaban caminando unos minutos cuando Gonzalo se detuvo.

—Mirad, hermano Tobías —señaló, sudoroso y dirigiendo su machete hacia la derecha—. ¿Escucháis? Ahí tenéis un manantial de agua fresca.

—No parece que lo utilicen mucho los marinos —observó el monje, viendo la espesura que rodeaba la fuente natural.

—Es más fácil hacer aguada en la otra isla —confirmó Gonzalo, haciendo referencia a la del Faro, la que estaba en el medio del archipiélago de las islas de Bayona.

—Mejor, entonces.

Miranda se quedó mirando al monje, fascinada por la necesidad de aquel hombre de alejarse del mundo. ¿No sufriría ningún temor en medio de aquella solitaria selva? En sus cavilaciones, y perdida como estaba también en escuchar y ver todo lo que la naturaleza le ofrecía, tropezó y cayó en una pequeña zanja oculta tras la maleza, donde una gran serpiente se revolvió ante su presencia. Gonzalo, veloz, corrió a socorrerla y mató al animal.

—Por Dios bendito, ¿estáis bien, Miranda?

—Lo estoy, lo estoy… —aseguró ella, avergonzada—. Disculpad mi torpeza y seguid caminando.

—Deberíais haber esperado en el campamento, estos caminos no son para vos.

—Debería haber visto dónde se posaban mis pies, es todo. Perded cuidado, que no volverá a suceder.

Ella, todavía azorada, permitió que la ayudase a levantarse. ¡Se sentía tan ridícula y torpe con aquel largo vestido! Sin embargo, su primera e inmediata preocupación posterior no fue por sí misma, sino por la serpiente, porque creía conocer la especie y lamentaba profundamente que el reptil, sin ser venenoso, hubiese muerto por culpa de su impericia. Mientras se recomponía, se dio cuenta de que Rodrigo no se había acercado en ningún momento para ayudarla, sin que tampoco le hubiese preguntado si se había hecho daño. No obstante, y ya que iba más adelantado, el oficial la esperó hasta que llegó a su altura. Miranda se mostró altiva.

—Si queréis darme socorro, llegáis tarde. O no llegáis, ya que ni os habéis movido —le espetó.

Él sonrió, y lo hizo de la forma traviesa en que lo hacen los niños.

—Pensaba que vos, precisamente vos, no precisarías de rescate alguno en la selva.

—¡Y no lo preciso! Sin embargo, agradezco la cortesía de don Gonzalo, al que como buen hidalgo tal vez debierais imitar.

—Sin duda, Miranda. Aquí tenéis un presente acorde a vuestro carácter explorador y a vuestros gustos, si me lo permitís —le dijo, al tiempo que le ofrecía uno de sus machetes—. Creo que caminaréis mejor si vos misma podéis eliminar los pequeños obstáculos que os encontréis.

Ella, sorprendida, tomó el machete entre sus manos. No sabía si estar molesta por no ser cuidada y venerada como debiera serlo una dama, o si sentirse agradecida por ser tratada como una mujer que podía abrirse camino en la selva por sí misma. Miranda y Rodrigo se mantuvieron la mirada durante unos segundos, y la joven deseó que aquel oficial no estuviese escuchando, al igual que ella misma, los fuertes golpes que daba su corazón. Hizo como si el gesto no hubiese tenido importancia, y, en apenas cien metros de camino relativamente cómodo y llano, llegaron a su objetivo.

El eremitorio donde el hermano Tobías pensaba pasar los siguientes años orando y ofreciendo su alma al Señor resultó conformarse por apenas cuatro muros destechados y una diminuta zona vallada para un huerto, ahora invisible por causa de la densa vegetación que lo inundaba. Gonzalo, al ver que las reparaciones mínimas del eremitorio iban a llevar más tiempo del que había considerado, ofreció a Miranda acompañarla al día siguiente de regreso a Vigo, pues con viento favorable en un par de horas, o tres, a lo sumo, podría dejarla en puerto. Sin embargo, ella decidió quedarse, ya que sabía que tendría pocas oportunidades como aquella para sus dibujos e investigaciones.

Al llegar la noche, los marineros encendieron una gran hoguera en la playa y a su alrededor cantaron canciones de piratas, batallas y mujeres soñadas y recordadas en distintos puertos. El hechizo de calma y refugio que ofrecía aquella isla los envolvió a todos, incluso al impasible hermano Tobías, que sonrió frente al fuego de la noche como si mereciese la pena estar vivo.

Durante aquellos días, Miranda recorrió como pudo los caminos de la isla que su vestido y la espesura le permitían, deteniéndose, según sus intereses, en las zonas más sombrías o en las que estaban llenas de luz. Entusiasmada, apreció la existencia de plantas que no había visto en las inmediaciones de la villa de Vigo ni en Redondela y, a pesar de que todavía no podían disfrutar del calor del verano, encontró varios nidos de polillas, que eran las que volaban por las noches; también identificó algunos capullos de mariposas, que según había observado se trataba de las que lo hacían de día. Había llevado azúcar y algunos dulces para alimentar aquellos seres que encontrase, y en frascos de cristal fue guardando algunos huevos y larvas. Aquellas jornadas de primavera eran templadas y hasta sorprendentemente cálidas, por lo que suponían un verdadero regalo para sus investigaciones.

Atrevida, acompañó incluso a Rodrigo en una de sus prospecciones con finalidad militar, en las que el oficial marcaba puntos donde dejar preparadas nutridas fogatas que el monje pudiese encender para avisarlos de la llegada de enemigos. También atravesó por completo la isla, desde el mismo sendero que llevaba al eremitorio, para poder ver así el molino que estaba al otro lado y que se encontraba perfectamente operativo. A Miranda le sorprendió muchísimo comprobar cómo era la isla en la cara que miraba hacia el océano Atlántico y no hacia la ría de Vigo, a la que solo mostraba su hermosa playa y su semblante más amable; en aquel otro rostro del archipiélago, sin embargo, la fuerza del mar y la del viento parecían arañar la tierra rocosa, que se mostraba escarpada, áspera y mucho más desnuda de vegetación. Las gaviotas los sobrevolaban todo el tiempo, y sus chillidos eran tan frecuentes que Miranda ya apenas los escuchaba, como si formasen parte del ambiente y la acompañasen de la misma forma que el sonido del océano al golpear la costa. Cerca del molino recogió muchos caracoles de mar, que los marineros de la zona llamaban *caramuxos* y que desde aquel instante —frente al desagrado de Gonzalo— formaron parte de algunas de sus meriendas en la isla.

Miranda se sintió libre, viva y, a ratos, feliz. La única incomodidad que había encontrado en la isla era la de poder recurrir con adecuada intimidad a su aseo personal, pero tanto ella como Ledicia habían reservado una zona concreta, vedada para los demás, a efectos de hacer sus necesidades y lavarse, para lo cual Gonzalo les había facilitado un gran barril con agua bajo la sombra discreta de unos árboles próximos. Ni siquiera el notable contraste entre el calor del día y el frescor de la noche desanimaba a la joven, que se había dado cuenta de que eso era lo que deseaba hacer: investigar, explorar y aprender de todo aquello que le ofreciese la naturaleza. No olvidaba sus obligaciones familiares, pero comenzaba a apreciar la idea de que Fermín de Mañufe la hubiese apartado de la gestión de las bodegas.

La tercera noche, en que el corsario había relajado las formas y repartido algo de ron entre sus hombres, el hermano Tobías se acercó a Miranda, que observaba todo con cierta distancia sentada al lado de Ledicia, en duermevela a la espera de que su señora se fuese a dormir a su tienda al borde del arenal.

—¿Habéis encontrado los seres que buscabais? —le preguntó el monje, refiriéndose a los bocetos con dibujos de insectos que Miranda ojeaba en su regazo.

—Es pronto para saberlo, hermano Tobías. En verano habrá más mariposas y polillas, aunque ahora he descubierto plantas que no conocía y estoy dibujándolas —le explicó, mostrándole alguno de sus bocetos a la luz del fuego de una palmatoria.

—Entonces ¿regresaréis a esta isla en verano?

—Eso espero. Pero solo si no os estorba la visita de esta señora admiradora de polillas —añadió, a forma de chanza.

—Aunque me deba a la oración, y no a las visitas, en esta isla todo siervo de Nuestro Señor será siempre bien recibido.

Ella asintió y, antes de volver a hablar, alzó la mirada hacia el cielo, que parecía un enorme recipiente oscuro lleno de miles de brillantes estrellas.

—Sé que desaprobáis mi afición, pero este trabajo lo hago solo para la gloria de Dios, con la esperanza de que su grandeza brille con más fuerza sobre estos animalitos menores. En realidad, todos somos un poco como polillas y mariposas, los humanos nos parecemos en muchos de sus usos y costumbres.

El monje, cuyo semblante rara vez escapaba de la más robusta seriedad, sonrió por fin con indulgencia.

—Si pretendíais que acercásemos posturas, al comparar hombres con insectos ya habéis perdido por completo mi favor, señora.

—Oh, pues ¿sabéis cuál seríais vos? —preguntó ella, divertida.

El monje alzó las cejas, en espera de que se lo dijese. Miranda sonrió y revisó entre sus bocetos hasta que dio con el que buscaba.

—¿Veis, hermano? —le preguntó, mostrándole una lámina en la que una especie de gusano estaba sobre una gran hoja verde, al lado de unas moras rosas—. Este es el gusano de seda, y la planta que lo hospeda es la morera con frutos... Es el más útil y noble de todos, pues la seda es un producto que, aunque provenga de este ser insignificante, proporciona un hilo extraordinario; y vos, que os recluiréis ahora en esta isla, al orar al Señor por todos nosotros y al haber proporcionado a tantas boticas vuestros conocimientos, fabricáis un tejido igual de precioso.

—¿Y yo, señora? —interrumpió Ledicia, que aun adormilada se alzó del ovillo que se había hecho para saber cuál de los insectos de la señora podría ser ella misma.

Miranda se rio.

—Por Dios os digo que vuestro oído no descansa ni durmiendo, querida Ledicia. Vos —dudó—, vos... Seríais la oruga que hospedan las grosellas grandes, rojas y amargas —le dijo, haciendo que le sujetase la palmatoria para buscar el boceto con aquella imagen de las grosellas y la oruga.

—¡Ay, señora! ¡Qué fea es! ¿Por qué me asignáis un bicho tan horrible?

Miranda se volvió a reír.

—Quizá nuestro concepto de belleza es distinto. Es cierto que si le quitásemos las alas las polillas serían animalillos feos y flacos, pero Dios manipula lo que aparenta insignificante y lo transforma en algo bello... ¿No veis la gracia de las alas tras la mutación? Os he otorgado una oruga muy bella porque se transforma en una avecilla igual de linda, como vos.

La criada sonrió, satisfecha al conocer el motivo de la elección, por muy horrible que le pareciese la criatura del boceto.

—Ay, señora, ¡debería dar a cada uno su propio insecto!

—¿Qué decís? ¿A cada uno?

—Sí, a los marineros y a don Gonzalo y don Rodrigo.

—No, no... Con esto el hermano Tobías habrá encontrado ya blasfemias y sinrazones suficientes —se lamentó, mirando al monje—. Vayamos a la tienda a dormir.

—Ay, mi señora, ¡pero es que este juego es tan divertido!

—No sé si será del gusto de todos que los compare con insectos —razonó Miranda con una sonrisa—. Además, hoy he dibujado tanto y observado tantas maravillas que apenas he podido descansar. Vamos a dormir.

Y así, a pesar de los ruegos de la muchacha por continuar con el «juego de las mariposas», terminó la noche de Miranda, que se fue a acostar bajo la atenta mirada de todos y cada uno de los hombres de aquella isla.

6

Nadie sabe lo que hay en ese mar, ni puede averiguarse por las dificultades que oponen a la navegación las profundas tinieblas, la altura de las olas, la frecuencia de las tempestades, los innumerables monstruos que lo pueblan y la violencia de sus vientos.

ABU ABD ALLAH MUHAMMAD AL-IDRISI
describiendo el océano Atlántico,
Libro de Roger

Pietro debía reconocer que se había equivocado con Metodio Pino. Aquel tipo de aspecto anodino e insulso, con sus ridículas gafas de metal esféricas, que era contable pero que jugaba a ser arqueólogo con su equipo de buceo, no era exactamente como el subinspector pensaba. Tras quitarse su gruesa cazadora en el despacho del viejo edificio Mülder del señor Carbonell, Metodio no había podido disimular, bajo su jersey, un torso musculado y bien trabajado: sin duda, era fuerte y aparentaba estar en buena forma para el esfuerzo físico que requería el buceo. Hablaba con mesura y prudencia, y salvo por su manifiesta timidez y sus reiteradas referencias al oceanógrafo y explorador Jacques Cousteau, parecía un hombre que desbordaba cordura y sentido común.

—En realidad, fue Lucía la que me enseñó a bucear con cabeza, ¿saben? —recordó con nostalgia y con evidente cariño hacia la historiadora naval—. Porque al principio yo me sumergía sin más, ¿no? A ver qué encontraba. Pero ella me enseñó a buscar. Primero, en los archivos... Claro que ese trabajo lo hacía ella —explicó, con una sonrisa y al mismo tiempo que desviaba la mirada hacia los mapas de la habitación, como si en ellos se guardarse un recuerdo—. Después, revisábamos las cartas náuticas antiguas y hacíamos el rastreo toponímico... Ahí siempre aparecen cosas.

—¿Cosas?

Metodio miró al subinspector algo molesto, como si le hubiese estropeado el ritmo del relato.

—Claro… Si un lugar se llama bahía de la nave perdida, pues ya puedes suponer que ahí se hundió algo, ¿no? Por ejemplo, en el Bajo de San José, en Panamá, es donde naufragó un galeón con ese nombre en 1631, ¿entiende?

Pietro se limitó a asentir y esperó a que Metodio continuase:

—El caso es que después hay que rebuscar en publicaciones anteriores sobre esos naufragios que se investigan, sin olvidar la información arqueológica propiamente dicha, ¿no? Los museos, las colecciones particulares… Ya saben. Yo siempre había empezado por lo básico cuando se rastrea un barco hundido, que es encontrar lo que llamamos la pila…

—Es el lastre que se estibaba en el fondo de la nave —intervino Carbonell, que ya suponía que Pietro e incluso Nagore no tendrían ni idea de aquella referencia, por la que los cazadores de naufragios, a falta de magnetómetro y de sónar de exploración lateral, o incluso contando con ellos, siempre buscaban líneas rectas en el fondo.

Pietro carraspeó de la forma más educada que supo.

—Todo esto es realmente interesante, de verdad, pero tenemos poco tiempo y necesitamos información concreta. Usted —se dirigió al buceador— dijo que podía indicarnos por dónde podría estar el galeón fantasma, y esa información nos ayudaría a saber si en efecto alguien más anda en su búsqueda o si todo lo que está sucediendo estos días es fruto de… En fin, de la más desafortunada de las coincidencias.

—Una coincidencia llamada Eloy Miraflores, naturalmente —observó Carbonell, con una sonrisa algo maliciosa—, o como el millonario ese del velero blanco, el que mencionaron ayer.

—Exacto —confirmó Nagore, que permanecía imperturbable, aunque a Pietro le dio la sensación de que en su mirada brillaba un destello de impaciencia.

—De acuerdo —asintió Metodio, que al hablar seguía esquivando la posibilidad de mirar directamente a los ojos a sus interlocutores—, iremos al grano. Como decía Cousteau, las leyendas que hablan de tesoros hundidos son en un noventa y nueve por ciento patrañas y engaños, pero lo cierto es que los lugares de los naufragios tienden a repetirse, y al sur de las islas Cíes —señaló, acercándose al mapa— hay muchos bajos donde chocar, y comprobé con Lucía que las cartas náuticas inglesas del siglo xviii los tenían mal delimitados. Creo que lo más probable —enfatizó, marcando un punto del mapa— es que el galeón sufriese la colisión aquí, en Os Castros de Agoeiro, donde hay muchos posibles puntos de impacto. También pudo chocar en Cruz de Almena... —meditó, como hablando consigo mismo—. De hecho, por esa área hay pecios confirmados de una flota musulmana del siglo ix y de varias naves de los siglos xix y comienzos del xx. Es una zona impresionante para bucear, llena de agujas muy afiladas, ¿saben? Cuando te sumerges en ese punto, es como nadar sobre los pináculos de una catedral gigantesca.

—Debe de ser realmente increíble —reconoció Pietro, muy atento.

—Sí, bucear en el Atlántico es como hundirse en lo salvaje, en una explosión de vida —asintió el hombre, que dibujó una sonrisa. Al instante pareció darse cuenta de que no estaba allí para hablar de las maravillas del fondo de los océanos y retomó el tema principal—. Hará cosa de un par de años, fui hasta la zona para echar un vistazo. John Potter, que fue un cazatesoros americano que estuvo investigando la zona en los años cincuenta del siglo xx, decía en su libro que en una de esas agujas había encontrado varias balas de cañón.

—Pero no podemos probar que fuesen de nuestro galeón —matizó Carbonell, enarcando las cejas.

—Cierto —reconoció Metodio, inalterable—. De hecho, tanto esas balas como un cañón que aseguró haber encontrado volaron, y nadie se los reclamó, aunque esa es otra historia —zanjó, como si diese por perdidos aquellos hallazgos—. De todos modos, Potter no tenía medios para bucear mucho más allá de los cincuenta metros de profundidad, y ni siquiera yo, que hago inmersiones con el sistema trímix, puedo mantenerme mucho más de cinco minutos a ochenta metros de profundidad. De hecho, a partir de sesenta ya tienes como sensación de que te aprieta demasiado el traje, de que la carne se sale hacia fuera, ¿saben? Es muy peligroso, solo para gente que controla perfectamente los nervios... Y les aseguro que esa zona está llena de corrientes, sin que se vea nada en absoluto.

—¿Entonces? —cuestionó Nagore, con gesto escéptico—. ¿Sabe o no sabe dónde está el galeón?

—Tengo la intuición de dónde podría estar —respondió él ajustándose las gafas, que habían resbalado por su nariz dejando al descubierto unos brillantes ojos marrones—. De hecho, y tal y como me enseñó Lucía, al preguntar a algunos marineros de la zona fue como di con una pista inequívoca de que allí abajo debía de haber algo, que lo del galeón no era una leyenda... Y todo fue gracias a un pulpo.

—Ahora también colaboran cefalópodos —se le escapó a Pietro, incapaz ya de contenerse.

El extraño buceador tomó aire muy tranquilo, como si estuviese acostumbrado a que nadie considerase en serio sus relatos, y continuó hablando:

—Los pulpos suelen reunir objetos de poco tamaño para sellar las entradas de sus cuevas —explicó—, y a veces en sus ventosas, cuando los cazan, los pescadores descubren objetos interesantes. Uno de los marineros a los que pregunté me contó que su abuelo había pescado por aquella zona, ya hacia alta mar, un pulpo que llevaba en sus ventosas una polea, que por su descripción era como la de los barcos muy antiguos, de los de los siglos xvii o xviii. Me dijo que prácticamente se le había desintegrado en las manos, que al contacto con el aire la madera se había transformado en una masa extraña, como en barro blando.

—¿Y cree que ese testimonio es fiable? —dudó Nagore, que había fruncido el ceño—. Podría tratarse de la polea de cualquier nave antigua.

—Sí, eso es cierto, pero Lucía me explicó que el tipo de roldana que me habían descrito, una especie de cuadernal de madera con roldana y gancho de hierro típico para izar cargas, era propia de los galeones.

Se abrió un silencio de unos segundos, en los que, por la expresión de la inspectora, parecía que ya había perdido definitivamente la paciencia.

—¿Y eso es todo? —preguntó, con evidente decepción.

—Casi todo. Para investigar algo así hay que pensar como lo haría Cousteau, que decía que las misiones imposibles son las únicas que tienen éxito. Así que, después de todo esto, prospectamos la zona con la Armada.

—¿Cómo que con la Armada? —se sorprendió Nagore, que arrugó el ceño.

Metodio se encogió de hombros, como si hubiese sido el destino el que hubiese puesto en su camino los elementos necesarios para construir aquella historia.

—Por aquel entonces sabíamos que la Armada tenía unas misiones en Marín y Portugal, de modo que, ayudados por Lucía, les pedimos colaboración, por si un día podían pasar por allí y echar un vistazo.

—Pero todo eso, por supuesto —aclaró Carbonell, solícito y demostrando que estaba al tanto de todos los detalles de la aventura—, con la aprobación de la Dirección General de Patrimonio Cultural de la Xunta de Galicia.

—Pero vamos a ver —comenzó Nagore, escéptica—, desde la Brigada de Patrimonio de la Policía Nacional estamos en permanente contacto con la Armada, colaboramos activamente y no he sido informada de nada que...

—Espere —la frenó Carbonell, apaciguador—. Tal vez no tuviesen nada sobre lo que informarles. Al menos, a nivel oficial.

—Eso es —corroboró Metodio, que de una de las carpetas que había traído en su mochila empezó a sacar unas grandes fotos en blanco y negro. Después, las puso de forma ordenada sobre la mesa del despacho de Carbonell.

—Con la Armada estudiamos las corrientes y la deriva que habría llevado el barco, porque por lógica habrían arriado velas para evitar que por el boquete, tras el impacto, entrase más agua con la velocidad del buque; aunque personalmente creo que el galeón debió de hundirse en menos de dos horas, porque, según la sentencia del consejo de guerra, la tripulación del Monmouth fue reprendida por no recuperar las provisiones de la Royal Navy que se habían trasbordado, por lo que cabe deducir que el naufragio fue rápido, ¿no? Aunque ya sabrán que sobre el hundimiento hay muchas teorías y muy diversas. En todo caso —continuó, concentrado—, tras estudiar todos los pormenores y la fuerza del viento y del temporal que narran los diarios, la Armada decidió buscar en esta zona —señaló, marcando las imágenes—, donde el fondo es fino y blando, lleno de arena y lodo. Justo después de las agujas, que es donde se buscaba el galeón desde el principio.

—Pero ¿qué son todas estas fotos? —se interesó Pietro, aproximándose.

Nagore también se posicionó a su lado.

—Son las imágenes que obtuvo la Armada con su magnetómetro y con su sónar de barrido lateral. Se trata de indicios no concluyentes, de modo que es normal que no hayan informado de ningún hallazgo, porque formalmente no lo hay. Observen... Aquí tenían los dispositivos a unos noventa metros de profundidad, donde todo era una inmensa llanura de lodo. En esa zona se depositan los sedimentos de la ría, lo que viene de las bateas, los ríos... Se detectaron hasta tres puntos de especial interés —señaló, marcando unas imágenes que a Pietro solo le parecieron borrones en el fondo del mar, como cuando había visto la primera ecografía de uno de sus sobrinos, donde no pudo apreciar nada más que una insustancial mancha oscura sobre blanco.

—Supongo que uno de esos tres puntos es el nuestro —sospechó Nagore, que deseaba los datos concretos cuanto antes.

—En efecto. Aunque debe considerar que el barco de la Armada no disponía de posicionamiento dinámico, por lo que no podía mantener su posición sin anclaje, y determinar los puntos exactos no es tan fácil... Además, el magnetómetro no era del todo efectivo, porque justo esa zona tiene un campo magnético bastante fuerte... ¿Ven este punto, donde hay una red? —marcó, vehemente—. Aquí las lecturas del campo magnético daban cuatro nanoteslas, que, para que lo entiendan, serían asimilables a unas cincuenta toneladas de hierro, cantidad que sería compatible con el volumen que llevaría nuestro galeón, entre anclas, cañones, balas y demás.

—Entonces —objetó Pietro, sin disimular su desilusión—, solo tienen indicios.

—Sí. Pero he comprobado que esa sombra, que está completamente cubierta de fango y de redes de pesca, se encuentra próxima a donde el fiscal dijo ayer que habían detectado al cazatesoros; además, justo ahí, en 1991, la Armada interceptó un pesquero vigués que llevaba a cinco suizos dentro, uno de ellos profesor de Arqueología e Historia de la Universidad de Lausana. Casualmente, después esos mismos suizos tramitaron permiso de buceo y prospección allí mismo, que les fue denegado.

—¿Denegado?

—Ah, es que la Xunta había prohibido los planes de investigación arqueológica submarina.

—¿De verdad? —preguntó Pietro, que aquella mañana iba de asombro en asombro.

—Y tanto —intervino Carbonell—. Estuvo prohibido durante diez años, y hasta 1994 las competencias de arqueología submarina no pasaron a la comunidad autónoma de Galicia. De todos modos, piensen —añadió, dirigiéndose a Nagore y Pietro— que son ya unos cuantos indicios, y no solo leyendas, los que apuntan a que el galeón está ahí. Y consideren, además, que hablamos del único barco de la Flota de Indias que no fue esquilmado durante siglos como los de Rande, sencillamente porque hasta ahora no había medios para bucear tan profundo.

—Pues no lo entiendo —negó Pietro, inclinándose más sobre las difusas imágenes que había llevado Metodio—. ¿Me están diciendo que se ha podido descender hasta el Titanic, que está a casi cuatro mil metros de profundidad, y que aquí no se puede rescatar un galeón que solo está a noventa?

Carbonell sonrió con ironía y de pronto a Pietro le pareció más anciano y cansado que nunca.

—¿Desde cuándo en este país se invierte en patrimonio y cultura, señor Rivas? En España es el azar el que patrocina casi todos los hallazgos históricos, que suelen suceder por causa de excavaciones y obras para infraestructuras. Ningún político arriesgará presupuesto ni prestigio invirtiendo en algo que posiblemente no sea más que madera podrida e inservible, poco más, aunque —y aquí miró a Metodio— ya hemos estudiado las posibilidades del pecio y ese fango bajo el que se oculta es posible que lo haya conservado en muy buenas condiciones. En todo caso —añadió, dirigiéndose ahora a Pietro—, los políticos y las instituciones también saben que la normativa de la Unesco anima a preservar *in situ* los yacimientos arqueológicos submarinos, de modo que no puede esperar grandes investigaciones históricas ni científicas.

—Sin embargo —opinó Nagore—, que haya aparecido la Biblia Malévola acredita que alguien ha hurgado ahí abajo. Además —se volvió a Pietro—, por experiencia sabemos que el mercado negro de coleccionistas privados y de fanáticos del mundo de la arqueología submarina mueve muchísimo dinero. De hecho, el negocio ilícito de estas piezas arqueológicas es uno de los más rentables del mundo, y gracias a las nuevas redes de comunicación se elimina ya en muchas ocasiones al intermediario. Y no olvide que en este caso hay pruebas de un cuarto de contrabando oculto, donde podría haber bienes muy valiosos y no inventariados en ninguna parte.

—Entiendo todo perfectamente —aclaró Pietro, por si su inexperiencia en el mundo arqueológico generaba alguna duda—, pero no creo que se encuentren tantos galeones perdidos por ahí ni que haya tantos cazatesoros con la potencia económica suficiente como para invertir en una búsqueda que, por lo que me cuentan, debe de ser muy cara.

Nagore lo miró como quien observa a alguien a quien hay que explicarle hasta las cosas más sencillas e insignificantes para que las entienda.

—Creo que debería actualizar sus conocimientos sobre el mercado delictivo, Rivas. El tráfico ilícito de bienes culturales, según la Interpol, es uno de los primeros delitos a escala mundial. De hecho, es una de las principales actividades delictivas del mundo.

Pietro iba a abrir la boca para replicar, pero en aquel instante lo llamó por teléfono el inspector Meneiro. Se disculpó y se alejó unos metros para contestar. Descolgó en el salón del señor Carbonell, en el que el olor a humedad y a libros viejos se diluía ante lo señorial de la estancia y las impresionantes vistas desde el elegante ventanal. Pietro pudo distinguir, fondeado a lo lejos en mitad de la ría, al impresionante velero blanco White Heron. Mantuvo su mirada fija en la imponente nave mientras hablaba con Meneiro, y también durante unos segundos tras finalizar la conversación. Cuando regresó al despacho de Carbonell, anunció muy serio que aquella reunión había terminado. Alguien había asesinado a un hombre en el casco histórico de Vigo, y era una muerte que los implicaba de forma directa.

—Pero ¿por qué? ¿Quién es? —preguntó la inspectora, con expresión grave.

—No lo sé. Pero, fuera quien fuese, tenía el ordenador de Lucía Pascal.

El tiempo se transformó, como si su medida fuese diferente y los minutos durasen la mitad. Todo era urgente y los acontecimientos se apelotonaban. Ahora ya no cabía la posibilidad del debate ni la duda: un balazo en la cabeza no dejaba lugar a especulaciones sobre la etiología de la muerte, a todas luces criminal. ¿Quién habría muerto, un amigo de Lucía? ¿Su posible agresor? ¿El hombre que la había zarandeado poco antes morir? ¿O tal vez alguien ajeno a aquel galeón fantasma, pero que se encontraba en el lugar equivocado cuando no debía? Pietro no tenía ni idea de dónde estaba la plaza del Peñasco en Vigo, y, mientras buscaba en el GPS de su teléfono móvil, Carbonell apuraba explicaciones.

—No les queda muy lejos, subinspector. De hecho, no sé si llegarán antes andando. Si van en coche, déjenlo en el aparcamiento subterráneo de la plaza del Berbés, está justo al lado. Tienen un callejón bastante directo para subir desde ahí, pero si no se quieren hacer un lío suban por la calle Poboadores y, después, a la izquierda.

—¿Por aquí? —le preguntó Pietro con gesto apurado y mostrándole el mapa que le ofrecía su GPS.

El anciano apretó la mirada y la concentró en la pantalla.

—Sí, exacto. Vayan a esa esquina de la plaza y suban la cuesta. Puedo ir con ustedes, tal vez podría ayudarles para...

—Lo lamento, pero no es posible —negó Pietro muy firme—. Estamos hablando del escenario de un crimen, no de un museo donde pueda usted asesorarnos. Lo siento.

Carbonell no dijo nada, aunque guardó silencio un par de significativos segundos para después retomar sus explicaciones.

—No tiene pérdida... Al subir por Poboadores, verán a su derecha una fuente, la Barroca. Es de las más antiguas de Vigo, si no la que más; terminan de subir esa cuesta y giran a la izquierda, ¡a la izquierda! —insistió—, continúen por la misma calle y verán una pequeña bajada que creo que ya pone algo de plaza del Peñasco... En dos pasos la alcanzan; es una de las zonas urbanas más antiguas de Vigo, no está habilitada para vehículos. Si no recuerdo mal, de hecho, esa plaza era uno de los últimos espacios protegidos por la muralla de la ciudad, que se acababa justo ahí.

—¿Vigo estaba amurallado? —se sorprendió Nagore, que no pudo evitar la pregunta mientras se ponía también su abrigo sin perder un segundo.

—Oh, por supuesto —asintió Carbonell, con la nostalgia de quien asume lo que irremediablemente se ha perdido—. Pero tras dos siglos de servicio a finales del XIX Isabel II autorizó su completa demolición, ¿qué le parece?

La inspectora se limitó a ofrecer una expresión de solidaria decepción, pero ya no podía permitirse más detalles ni explicaciones históricas de aquel arqueólogo submarino que no había buceado nunca. Ella y Pietro Rivas salieron como una exhalación por la puerta del piso del todavía imponente edificio Mülder y, al hacerlo, se cruzaron con Linda Rosales, que llegaba con dos carpetas, al parecer llenas de información. Pero los policías ya no tenían más tiempo para detenerse en exposiciones ni semblanzas de la idiosincrasia local. Las muertes comenzaban a sucederse a una velocidad vertiginosa y tanto sus superiores como la prensa, que en ocasiones casi podía ponerlos en peores aprietos, comenzarían a pedir explicaciones. Se marcharon a paso apurado mientras la investigadora del CSIC, boquiabierta, los dejaba pasar y Carbonell se asomaba a su propio descansillo para gritarles una petición:

—¡No dejen de informarnos!

Pietro, según bajaba, se asomó al hueco vertical entre las escaleras y el destartalado ascensor para hacerle una señal afirmativa con el pulgar en alto, aunque al anciano no debió de parecerle muy convincente. Volvió a entrar en su piso y comprobó que Metodio Pino estaba ya recogiendo sus cosas.

—Tengo que volver a la gestoría —se excusó mientras Linda dejaba sus carpetas sobre una mesa y solicitaba explicaciones de lo que estaba sucediendo.

Carbonell suspiró con semblante preocupado.

—Sucede, querida Linda, que esta gente ya ha obtenido información por nuestra parte, datos que nos ha llevado años reunir y constatar. Han averiguado en qué espacio podría esconder estraperlo el galeón, y nosotros les hemos detallado dónde podría estar hundido… Según las fuentes históricas y los rastreos de la Armada, naturalmente —explicó, señalando con la mano al contable—. Sin embargo, no nos han dado ninguna información relevante a cambio.

—¿Y por qué se iban corriendo?

—Han asesinado a un hombre, y parece que tenía el ordenador de Lucía.

—Dios mío.

—Sí, nuestra querida Lucía —añadió, pensativo—. Todavía no tenemos claro por qué ni cómo ha muerto.

Linda Rosales asintió con expresión cansada. El frío de la mañana dibujaba sus delicadas facciones orientales con un tono muy pálido, pero lo cierto era que había recibido bastantes revelaciones de golpe. Se dejó caer en uno de los sillones chéster llenos de tachuelas del despacho de Carbonell. Suspiró y procedió a contar sus propias novedades:

—He hablado con Fina, la prima de Lucía… Llegará en unas horas desde Ginebra, y en principio mañana por la mañana hará un pequeño funeral en una capilla que está cerca de A Calzoa. Aún tiene que confirmar la hora, pero me ha pedido ayuda para organizarlo todo.

—Allí estaremos —confirmó Carbonell, circunspecto—. Pero, entretanto…, creo que podríamos hacer algo.

—¿Nosotros? —preguntó muy sorprendido Metodio, que estaba terminando de ponerse la cazadora, ya casi listo para marcharse—. El asunto se está volviendo muy serio y la policía está haciendo todo lo que puede, ya lo has visto.

—Hacer todo lo que uno puede a veces no es suficiente. Creo que podríamos encontrar algo en casa de Lucía, pero con lo que acaba de suceder con su ordenador, ya no creo que sigan calificando su muerte como natural, y es muy posible que la policía vuelva a ir por allí.

—De todos modos, deben de tener la entrada de la casa precintada —observó Metodio, al que no parecía hacerle mucha gracia la idea de visitar la casa de su amiga muerta.

—Sí, lo imagino. Pero sabemos quiénes pueden estar detrás de todo esto, lo dijeron los policías ayer. Eloy Miraflores y el millonario del velero blanco —dijo, acercándose a la ventana y fijando su atención en la nave, que se mecía con calma a lo lejos—. James Grosvenor. He leído sobre él en el *Faro de Vigo*. Y sobre el otro también. Aunque ese es una pieza de cuidado.

Linda frunció el ceño.

—¿Qué sugieres?

El anciano se volvió muy despacio y miró al contable y a la investigadora con gravedad.

—Sugiero que terminemos lo que empezó Lucía y que, antes de que muera nadie más, encontremos nosotros ese maldito tesoro.

En el sótano de la Ciudad de la Justicia, Raquel Sanger estaba realmente atareada. Antonio Costas había sufrido algún tipo de sofocación externa, no necesariamente con ánimo homicida, aunque hubiese resultado mortal. ¿Sería aquel caso como el de los borrachos que, tras la embriaguez, se apoyaban en superficies que les impedían respirar? La presión sobre la boca de Antonio Costas había sido considerable, pero nada hacía entrever que algo hubiese taponado la nariz. La forense y su marido habían examinado el interior del cuerpo del maquetista, y resultaba evidente la obstrucción arterial pronunciada en un punto concreto, el interior de la arteria carótida. Aquella era la arteria principal del cuello que llevaba la sangre al cerebro, pero, con la buena forma física que parecía tener aquel hombre y la medicación que tomaba, a ambos les había parecido extraña aquella muerte repentina por parada cardiorrespiratoria. No era que Raquel no estuviese acostumbrada a que los cadáveres le mostrasen información nueva o que no estuviese registrada en ningún libro o experiencia previa, pero algo chispeaba en su cabeza, sin acertar a saber qué era.

—¿Qué te ocurre? —le preguntó su marido, ya en el despacho.

—No sé, algo se nos escapa.

—Aún tenemos que saber el resultado de los análisis. Paciencia y nada más, querida —añadió, acercándose y dándole un beso en la mejilla.

Ella sonrió, pero su gesto seguía siendo de profundo fastidio.

—Ni siquiera podemos establecer una fecha concreta del deceso.

—¿Y qué quieres? Con este frío es difícil, el tipo estaba en un cuarto a menos de catorce grados, y a efectos entomológicos ni siquiera tenemos insectos que estudiar. Y, aun así, hemos estimado de dos a tres días, creo que con bastantes buenos criterios médicos.

Raquel hizo un mohín con los labios.

—Hemos afinado algo, al menos. Cuando antes salí a hablar con el hermano del difunto, al menos confirmé el inicio de la ventana de la muerte, porque el hombre charló con el hermano sobre las diez de la mañana de hace tres días, así que mira… —se contentó, haciendo referencia con aquella ventana mortal a cómo en el gremio solían denominar el último instante en que se podía confirmar que el individuo había estado vivo. Sin embargo, Raquel Sanger siguió mascullando, a veces para sí misma y a veces de forma más clara, como si pensase en alto—. Lo que le encontramos en el estómago yo creo que sería de la comida, pero a saber... Imagino que la policía, cuando revise las llamadas de su teléfono, podrá afinar más. Pero esos quieren lo de siempre...

—Que sí —concordó él, con paciencia—, aunque es normal que necesiten saber cuándo murió para rastrear las cámaras en la franja de horas de tal y cual, comprobar coartadas y todo eso; pero tú misma lo has dicho: es lo de siempre. Y tú quieres correr mucho y averiguarlo todo enseguida.

Raquel resopló, molesta consigo misma por no haber obtenido revelaciones extraordinarias sobre la mesa de autopsias. Se dejó abrazar por su marido, cabizbaja, y de pronto abrió mucho los ojos. Se separó de Álex y lo agarró por los brazos, emocionada.

—¿Y si fueran de origen africano? ¡O caribeño!

—¿Qué? ¿Quiénes?

—¡La familia Costas!

Álex se acercó a su mujer y le puso la mano en la frente con el ánimo de medir su temperatura.

—Querida, ¿estás bien?

Ella dio un respingo.

—¡Es posible que todavía esté aquí! —exclamó, mientras salía corriendo del despacho.

—¿Quién? —le preguntó su marido, aunque se quedó hablando solo ante una puerta abierta.

Por el moderno pasillo escuchó lo que le gritaba su mujer.

—¡El hermano! ¡Además, le tengo que preguntar por la barba!

—¿La barba?

Álex frunció el entrecejo y, extrañado, salió al pasillo. Caminó despacio siguiendo la estela de perfume —carísimo— que había dejado su mujer en el aire, y poco a poco su rostro se fue recomponiendo hasta terminar en una sonrisa. Apretó el paso, porque había comprendido cómo se le había ocurrido a su mujer establecer el minuto exacto en que había muerto el maquetista del galeón fantasma.

La niebla comenzaba a inundar la ría. Llegaba desde el norte y, húmeda, parecía el velo de una novia envolviendo la ciudad. Pietro y Nagore iban a buen paso, y las especulaciones sobre quién podría ser el fallecido de la plaza del Peñasco burbujeaban en sus cabezas. De pronto las reticencias y reservas que pudiera haber entre ellos se habían disipado. Tenían un objetivo común, y la adrenalina que había supuesto que hubiese un tercer cadáver que investigar en menos de dos días los convertía en verdaderos compañeros.

—¿Vamos andando o en coche? —preguntó Nagore, sin disminuir el ritmo de su paso.

Pietro escudriñó el cielo, como si el clima pudiese ofrecerle la respuesta adecuada.

—Contando el tiempo para aparcar, creo que tardaremos lo mismo de una forma u otra, aunque quizá nos venga bien tener el coche a mano —razonó—, uno nunca sabe ya lo que puede pasar.

Ella asintió.

—¿Dónde lo tiene?

—Aquí mismo —afirmó, sin detener tampoco su paso y dirigiéndose ya al Real Club Náutico.

—¿Aquí? —dudó ella, frenando casi en seco al ver que entraban en una zona privada y reservada al Club, que estaba prácticamente delante del hotel Universal, donde ella se alojaba.

Pietro la miró y, por fin, tras toda una mañana de tensión y rodeados de historias de barcos hundidos, cuartos secretos y edificios que olían a decadencia, le ofreció una sonrisa.

—Los socios pueden aparcar aquí. Y yo tengo un barco.

—Ah. Nunca le habría imaginado a usted con espíritu marinero —acertó a decir. A pesar de su grueso abrigo y del reiniciado ritmo de la marcha, Nagore se sentía menguar con el frío.

—¿No? Le aseguro que sería incapaz de vivir lejos del mar. Aunque no tengo el PER, la verdad.

—¿No tiene el título de patrón y se compra un barco?

—En realidad quería una nave espacial, pero es difícil lograr los permisos.

Ella enarcó las cejas. Comenzaba a acostumbrarse al peculiar sentido del humor del subinspector, aunque todavía no sabía si le parecía ocurrente o la exasperaba por completo.

—Lo del barco… ¿Es en serio?

—Vivo en él, aunque no es mío —le explicó Pietro con una sonrisa. Le divertía la idea de intentar desconcertar a Nagore, aunque tenía claro que aquella mujer era difícilmente impresionable—. Mire, ya estamos, ese es mi coche —señaló, dando al botón de un mando a distancia que sacó de su bolsillo.

Las luces de un todoterreno blanco, con algunos años encima y bastantes rasguños en su carrocería, parpadearon como si le alegrase tener invitados. Nagore observó los numerosos arañazos del coche y accedió al interior frotándose las manos para entrar en calor.

—Parece que es usted muy buen conductor.

—Ya ve. Es que a veces intento concentrarme tanto en actualizar mis conocimientos sobre el mercado delictivo que me despisto en carretera —apostilló, devolviéndole con ironía la pulla que ella le había soltado en el piso del arqueólogo.

Mantuvieron el contacto visual un instante, como en un duelo; después, Pietro encendió el coche y puso la calefacción a su máxima potencia. Al arrancar, se accionó la radio y comenzó a sonar Bruce Springsteen, con su melancólico «Down to the River», que describía de forma poética cómo alguien dejaba que la corriente guiase sus huesos, aunque el caudal fuese seco, para encontrar el camino a casa.

—Vaya, fan de Springsteen.

Pietro, de pronto algo cohibido, restó importancia:

—Habrá sonado de casualidad, de la lista general de reproducción.

—Ahí pone «favoritos» —replicó ella.

—Pues no sé.

—Ya… ¿Y cómo es que vive usted en un barco, si puede saberse? Por curiosidad.

Él se encogió de hombros, al tiempo que comenzaba ya a conducir hacia el Berbés.

—Solo llevo unos meses en la ciudad. No creo que vaya a quedarme en Vigo de forma definitiva, así que busqué un alquiler temporal y sin complicaciones… Pero un amigo de Madrid, que solo viene en verano, me ofreció su barco para un par de semanas mientras encontraba alguna cosa.

—Y pasó el tiempo, ¿no? —sonrió ella—. ¿Qué ha hecho?, ¿quedarse de okupa?

Él negó con el gesto.

—Al final me he quedado hasta el verano. Nos han dado permiso en el Club; le cuido el barco a mi amigo y le pago la cuota de atraque, así que todos contentos. Después ya veremos mi próximo destino y, si no, buscaré otra cosa.

Nagore miró a Pietro con indisimulado interés, como si la particularidad de su alojamiento le hubiese revelado grandes cosas sobre el subinspector.

—¿No se muere de frío en un barco, con este clima? —le preguntó, mirándolo fijamente.

—En Vigo no suele hacer tanto frío, y, créame, es un barco a todo lujo, no me falta de nada y dispongo de calefacción.

La conversación llegó a su fin muy rápido, pues en menos de cinco minutos ya habían estacionado el todoterreno en el aparcamiento subterráneo. Caminaron a lo largo de la plaza del Berbés, llena de viejas casas marineras y de soportales que antaño, cuando la arena y las olas los alcanzaban, servían para guardar barcas y aparejos de pesca. Siguieron las indicaciones de Carbonell, que habían resultado ser muy exactas y útiles. La fuente de la Barroca, para ser tan antigua, a Pietro no le pareció especialmente extraordinaria, aunque era cierto que la empinada cuesta donde se encontraba guardaba un hálito vetusto y envolvente, como si allí todavía hubiese retales de tiempos pasados. Avanzaron por la estrecha calle Poboadores, por la que Pietro no había ido nunca y en la que modestas casas de piedra llamaban la atención por las imponentes ménsulas pétreas que sujetaban sus balcones, recordando que en otro mundo, en otra época, aquellos edificios habían sido sencillos pero nobles. Por fin, llegaron a la plaza del Peñasco.

Ambos policías tuvieron la sensación de encontrarse ante una plaza más diminuta de lo que habían imaginado. Estaba inclinada hacia el mar, y antiguas losas de piedra hacían un camino en el que se habían horadado líneas horizontales para que los caminantes, ante aquella inclinación, no resbalasen. A Pietro le recordaron a las hendiduras de las pasarelas que conducían a los pantalanes en los que se atracaban los barcos, donde también se marcaban salientes para poder agarrar los pies cuando bajaba la marea y la plataforma se volvía demasiado empinada.

En medio de la placita había una curiosa fuente verde con dos piletas, coronada por una moderna tulipa blanca en forma de esfera. Desde allí, y en un hueco entre edificios, la niebla todavía permitía ver de manera entrecortada la avenida de Beiramar, a cuyo borde habían aparcado, y las lonjas de pescado, aunque en otra época los habitantes de aquella atalaya, sin duda, debían de haber contemplado solo mar y arena. La zona del deceso había sido acordonada y varios agentes de la Seguridad Ciudadana la controlaban, aunque todavía no eran muchos los vecinos que habían ido a curiosear. La casa donde al parecer había sucedido todo estaba a la derecha, justo al lado del camino enlosado. Disponía de dos alturas y la factura de la construcción era mucho más modesta que la de la casa del maquetista de Bouzas. Las puertas de las viviendas eran de poca altura, como hechas para personas muy bajitas, y las casas eran estrechas y diminutas, prácticamente refugios. Alguien había pintado de color gris y sin grandes miramientos sobre alguna antigua columna e incluso sobre las ménsulas de piedra de un pequeño balcón: resultaba evidente que desde siempre aquellas habían sido viviendas muy humildes.

—No sé tú, Rivas, pero como sigamos así a mí me va a dar algo y voy a pedir un plus por hiperactividad criminal —les espetó una voz femenina nada más aproximarse.

Nagore y Pietro vieron a su derecha a Lara Domínguez, la subinspectora de Científica. En esta ocasión no llevaba sus cascos de música, sino un traje de tyvek blanco, que como si fuera un buzo cubría toda su ropa. Estaba entregando una caja con material precintado a un compañero. Pietro la saludó y ella les mostró, dentro de una bolsa transparente y también precintada, un pequeño paquete marrón, del color típico de los que se usan para embalaje.

—¿Y eso? —le preguntó Pietro.

—Cocaína. La tenía en el bolsillo de la cazadora.

—Pero esa cantidad...

—Sí, un pastizal. Y guardaba también algunas pastillitas de colores el amigo. Parece que el juez no lo ve como para derivarlo a drogas, pero de momento lo retiramos y, ya sabéis, lo que después decidan.

Lara, resuelta, como si hiciese aquello cada mañana, los acompañó directamente y sin ofrecer más explicaciones por el pasillo de tránsito al interior de la diminuta vivienda, donde vieron al fondo al juez de guardia hablando por teléfono mientras una forense que no conocían hacía su trabajo junto al cadáver. El espacio de la casita era modesto y tanto el salón como la viejísima cocina y un gran sofá —que aparentaba hacer las funciones de dormitorio— convivían en una misma habitación. El fallecido parecía un hombre joven y estaba tirado en el suelo en posición decúbito prono, boca abajo. Llevaba unos pantalones vaqueros y una americana de pana que daba la sensación de ser nueva. Unos botines modernos y versátiles, que tanto podrían valer para ciudad como para un paseo por el campo, completaban el atuendo. Una herida oscura y gruesa ocupaba parte de su cráneo en la parte posterior y un gran charco de sangre rodeaba su cabeza. Pietro, que no se había puesto traje de tyvek, se acercó solo dos pasos hacia el cuerpo, pero justo cuando iba a hacer alguna pregunta a la forense de guardia, esta comenzó a atender los requerimientos de uno de sus ayudantes, de modo que la saludó con un cabeceo y observó desde la distancia el cadáver. Tenía los ojos abiertos, y a Pietro le dio la sensación de que aquella última expresión era la de alguien sin esperanza. Dado que el juez seguía al teléfono, el subinspector retrocedió de nuevo hasta la puerta de la casa y no dejó escapar a Lara, que hablaba con Nagore y ya retomaba los útiles para su trabajo de inspección ocular. Fue directo a por lo que consideraba la clave del asunto.

—¿Quién es el muerto?

—Un tal Rodolfo Pacheco, lo teníamos fichado. Veintinueve años, robos y algún delito menor vinculado con drogas, poca cosa. Llevaba un tiempo limpio, al parecer. Y aunque lo encontrásemos aquí —señaló Lara, con un movimiento de cabeza que apuntaba a la vivienda—, ya veis que iba bien vestido, hasta elegante.

—Pero no es un suicidio, ¿no? La herida en la cabeza... Meneiro me dijo que había sido un disparo.

—Ah, sí —asintió ella con firmeza—, una ejecución en toda regla, le han disparado por detrás y a bocajarro.

—Si ha sido un ajuste de cuentas, es raro que le dejasen la cocaína, ¿no?

—Tal vez no sabían que la tenía y se fueron cagando leches en cuanto se lo cargaron. Un vecino dijo que escuchó hace poco más de una hora como un golpe seco, un petardo, pero que al asomarse a la ventana no vio nada, solo la puerta de la casa abierta. Salió a ver, se asomó y se encontró el pastel.

—Pero ¿conocía al chico?

—Sí, sí. La casa era de los abuelos, pero la tenían medio abandonada, solo venía el chico por aquí de vez en cuando... A lo mejor era donde guardaba lo que robaban o un lugar para colocarse, no lo sé.

—¿Y no dijo nada más? Con quién andaba, para quién trabajaba...

—Le tomaron declaración los patrulleros, pero el señor anda por aquí, e imagino que el padre del chaval —añadió, señalando de nuevo al cadáver— llegará ahora, que ya lo han avisado. Yo le he tomado la necrorreseña y tengo varias muestras de la sangre —explicó, dirigiendo su atención al gran charco rojo oscuro sobre el suelo— para ver si toda es de él, pero ya sabes... Hasta que nos confirmen en el laboratorio de A Coruña, nada.

—Pero —intervino Nagore— ¿y el ordenador?

—El ordenador... —repitió Lara—. Esa es otra historia. Después detallaremos todo en el informe, pero la verdad es que ha sido un poco de casualidad, gracias a las piedras azules.

—Ya empezamos —masculló Pietro, que comenzaba a estar harto de cuartos ocultos, biblias malditas y pulpos que descubrían galeones; ahora ya solo le faltaban unas piedras azules reveladoras. Tomó aire y procuró, sin conseguirlo, mostrarse imperturbable—. ¿Qué piedras?

—Oh, las que había en la casita de A Calzoa. ¿No os fijasteis en que había minerales en una de las estanterías del despacho? No parecían de gran valor... Pero una especie de vasija pequeña, transparente, tenía dos piedrecitas azules en el fondo. Recuerdo que me llamó la atención lo desproporcionado del recipiente para aquellos dos minerales diminutos, pero no le di importancia, hasta que me encontré aquí el puñado que faltaba.

—¿El que faltaba? Pero ¿cómo pudiste conectar que...?

—No lo sé —reconoció ella—, pero de verdad que son piedras tan azules y brillantes que es que llaman la atención, y yo nunca había visto nada igual. El tipo las guardaba en el bolsillo del chaquetón, que lo encontramos colgado detrás de la puerta.

—En el bolsillo del chaquetón —repitió Pietro muy despacio.

—Como si se hubiese llevado los minerales de pasada, ¿no? —preguntó Nagore, más como idea lanzada al aire que como afirmación a la que dar una firme credibilidad.

—No lo sé —reconoció Lara—. A lo mejor estuvo en A Calzoa, vio las piedras y le hicieron gracia, sin más. Es raro que cogiese eso y no otras cosas que sí que tenían valor. De todos modos, me resultó extraño cruzarme en dos días con lo mismo, y ya me puse a revisar lo que tenía este tipo en la casa con otros ojos. En un armario guardaba tres ordenadores, unas cuantas consolas de videojuegos, seis teléfonos móviles y algo de dinero en efectivo. El material electrónico ya supusimos que debía de ser robado y le echamos un vistazo por si había algún tipo de identificación.

La subinspectora de Científica hizo una pausa de efecto y Pietro enarcó las cejas, en señal de que se dejase de adornos y fuese directa al asunto.

—Total —dijo ella—, que cogimos el ordenador que estaba arriba de todo y que tenía una pegatina con la rosa de los vientos, la de los marineros. Lo abrimos y estaba encendido, casi sin batería; no vi que pidiese clave y creo que se podía entrar, aunque tampoco íbamos a hacerlo, ¿eh? —matizó, como si fuese impensable que ella se saltase los protocolos—, pero adivinad cuál era el fondo de pantalla…

Pietro volvió a enarcar las cejas, en indicación de que no necesitaba más golpes de efecto, sino información. Lara sonrió.

—La foto. ¿Sabéis la que tenía Lucía en su despacho con su marido, con un pez enorme?

—Hum. Sí, pero era un pulpo.

—Pues esa. Así que blanco y en botella, tenía que ser su ordenador.

—Ordenador que entra en la cadena de custodia —escucharon decir a sus espaldas, con una voz gruesa y masculina— y del que tendrán que solicitar el mandamiento judicial para poder acceder a su contenido si es que la propietaria, como tengo entendido, está muerta —concluyó aquella voz autoritaria, que pertenecía al juez de guardia que habían visto al llegar. El juez mostraba un semblante serio y cansado, como si el estar allí le supusiera un inmerecido trabajo adicional—. Se lo digo —añadió el magistrado, con una sonrisa irónica— por ese ánimo que le he visto a abrir cosas sin permiso.

—Señoría, disculpe, pero yo no… —comenzó Lara, aunque el hombre la interrumpió al instante:

—Descuide, en breve dejará de ser de mi competencia. Acabo de hablar con el compañero que lleva el asunto de Lucía Pascal, y ya hemos acordado la inhibición de los autos a su favor, de modo que cualquier actuación deberán solicitársela al juez Rivera, que posiblemente se encargue también de los autos del caso de Bouzas.

Pietro iba a intervenir para hacer alguna pregunta, pero el juez, muy oportunamente, se dio la vuelta y procedió a apurar con la comisión judicial las últimas gestiones para el levantamiento del cadáver.

En aquel momento, para sorpresa de todos, apareció Nico Somoza por la puerta de la vieja casita de la plaza del Peñasco. Echó un vistazo rápido y detuvo su atención desde la entrada en el cuerpo de Rodolfo Pacheco. Después, y sin decir nada, le pidió con un simple gesto a Pietro que saliese. El subinspector hizo a su vez una señal a Nagore y ambos salieron a la placita frente a la casa, donde la niebla ya había escalado desde el mar y otorgaba al ambiente un aire húmedo y extraño. A Pietro lo recorrió un escalofrío, y no supo si era por la gélida temperatura o por ese irremediable silencio y vacío que deja la muerte.

—Nos avisó Meneiro y vinimos para aquí —explicó Nico.

A solo unos metros, Kira Muñoz hablaba con dos patrulleros, pero al verlos se dirigió hacia el pequeño grupo, en el que Pietro ya comenzaba a hacer preguntas al oficial.

—Venís directos de Bouzas, ¿no? ¿Qué tal os fue?

—Nada concluyente, pero algo hemos rascado... La dueña de un bar nos ha dado un par de descripciones de posibles asaltantes del taller, aunque nos ha hecho comer una tortilla entera, eso sí, y después hemos ido preguntando a los vecinos de la zona, hasta que nos ha llamado Meneiro.

—Pero esas descripciones que dices...

—Espera —lo interrumpió Nico—, ahora te cuento, porque al venir para aquí nos acabamos de cruzar con el padre del tipo que ha muerto y lo han tenido que atender con un ataque de nervios los de la ambulancia, que no pueden bajar hasta esta plaza y están con todo el tinglado en la parte de arriba de la calle Poboadores. Ya os imagináis, ¿no? El hombre estaba histérico y lo consolaba un hermano, pero imagino que después podremos hacerle preguntas con calma.

—Cuéntale lo interesante —lo apremió Kira, que miraba de reojo la casita donde estaba el cuerpo de Rodolfo Pacheco, ya que ella todavía no había visto nunca un cadáver en acto de servicio.

—El caso es que hablamos casi nada con el hombre —siguió Nico, que le hizo una mueca a su compañera—, pero sí soltó que su hijo ahora llevaba una buena vida, que él y su primo tenían un trabajo estable y que, en fin, que qué desgracia… Y entonces el hermano nos dijo que el primo, un tal Julián, no saben dónde está, porque llevan una hora llamándolo y nada.

—¿Crees que también podría estar muerto? —preguntó Pietro, frunciendo el ceño.

—No lo sé, patrón —respondió Nico, encogiéndose de hombros—. Pero el hombre con el que hablamos nos explicó que eran inseparables y que es rarísimo que no les coja el teléfono, están seguros de que le ha pasado algo. Además, nos contó para quién trabajaban esos dos en los últimos tiempos… Empleados en un almacén del palacio de la Oliva, propiedad de varias empresas tras la que está nuestro amigo Miraflores.

Pietro resopló y, casi sin percatarse, se apartó del pequeño corro que habían formado. Caminó unos metros sobre la plaza y, con la niebla rodeándolo, parecía que flotaba en una nube. Se masajeó las sienes, tomó aire y volvió sobre sus pasos. Después, con determinación, impartió órdenes:

—Kira, regresa a comisaría y rastrea al muerto y al primo en ORION —comenzó, aludiendo al programa de búsqueda de la Policía Nacional—, y pide ya por escrito los oficios para el tema de ordenadores y teléfonos, ¿vale?

—Sí, claro.

—Con lo que tengas de ORION nos avisas, y los demás vamos a hablar con la familia y a ver si nos acompañan al domicilio de ese primo y de este desgraciado, a ver qué encontramos. Después, directos a Miraflores.

No hubo tiempo para más. Ni para las preguntas pendientes a la forense ni para apenas despedirse de la subinspectora de Científica, que seguía trabajando. Pietro estaba seguro de que en el ordenador de Lucía Pascal debía de haber información importante, pero el juez ya les había dejado claro que de momento tendrían que esperar para seguir con aquella pista. Resultaba obvio que lo que estaba sucediendo implicaba la existencia de muchas piezas sueltas que formaban parte de un mismo enigma, pero todavía eran incapaces de resolverlo. Salieron casi a la carrera, todavía sin entender qué estaba pasando ni si aquel tal Julián habría sido el atacante de Rodolfo u otra posible víctima, pero quizá, si esta vez volaban, podrían salvar su vida.

Miranda

El joven grumete, Sebastián, era un muchacho realmente agradable, que contaba a todo el que quería sus aventuras a bordo de la flota que lo había llevado al Nuevo Mundo siendo solo un paje de escoba de ocho años; una vez, una ola casi lo había ahogado mientras hacía sus necesidades en el beque de proa, que era lo que se solía utilizar de retrete, y él contaba todos los pesares que había vivido con tanta gracia que era imposible para quien lo escuchaba no echarse a reír. Cuando alguien se lo pedía, y como él había sido encargado —al igual que otros muchos grumetes— de medir el tiempo a bordo volteando las ampolletas de arena, recitaba la salmodia del giro de aquel reloj, que era obligatoria:

> *Bendita sea la luz*
> *y la santa Vera Cruz*
> *y el Señor de la Verdad*
> *y la Santa Trinidad.*
> *Bendita sea el alba*
> *y el Señor que nos la manda.*
> *Bendito sea el día*
> *y el Señor que nos lo envía.*

Aunque ahora ya no tenía que medir el tiempo, Sebastián recitaba aquellos versos por las mañanas, y los viejos marineros agradecían la salmodia como si alguien les recordase todavía el sabor del viento en alta mar. El grumete era, realmente, un mu-

chacho tan servicial y amable con todos que Rodrigo no ocultaba su orgullo, pues estaba bajo su protección, educación y cuidado. La última noche en la isla de San Martín, el mozo se
acercó tímidamente a Miranda. El juego de las mariposas había
flotado por la isla, y el que más y el que menos se había interesado por aquellos bocetos de la viuda, en los que intentaban ver
paralelismos entre los insectos y los humanos. Sebastián miró
con recato a la joven. Su cabello revuelto y salvaje, su suavísimo
acento andaluz y el brillo del niño que había sido, todavía escondido en sus gestos, enternecieron a Miranda.

—Señora, ¿puedo ver sus dibujos?

Ella lo invitó a que se sentase a su lado, frente al fuego, y le
fue mostrando algunos trabajos anteriores y otros, sin color, que
había bosquejado en la isla. Él, maravillado, no daba crédito a
esa habilidad de Miranda, pues juraría estar viendo plantas y
mariposas con la luz del día, y acreditó sobre aquellos bocetos
algún poder divino.

—Me halagáis, Sebastián, pero nada hay de divino en muchas
horas de esfuerzo. Aprendí a dibujar siendo muy niña y trabajo
en esta disciplina a diario desde entonces; la destreza se viste más
por repetición que por dones, al igual que vos sabéis distinguir
más las buenas o malas mareas por experiencia y no por el vacuo
arte de la adivinación.

El adolescente, fascinado y con la sensación de estar hablando
con alguien muy importante, le pidió a Miranda que le dijese cuál
sería el insecto de un grumete. Ella se rio y le mostró, acercándose a la hoguera, la oruga que se alimentaba de la flor del man-
zano. La lámina era bellísima, y los colores blancos de las flores, en contraste con el verde de las hojas, parecían refulgir en la
oscuridad. Al lado de la planta, una oruga blanca diminuta estaba a punto de transformarse en polilla. El muchacho pareció algo
decepcionado.

—No entiendo, señora… ¿Qué tengo yo que ver con ese gusano?

—No es gusano, sino oruga, y os la muestro porque es fuerte
y se adapta a todo… Pero, principalmente, la he escogido porque

es resistente a la humedad y el agua, como los buenos marinos —le explicó, con afabilidad.

Sebastián sonrió, muy satisfecho, y se quedó mirando la lámina un buen rato, como si intentase memorizarla. Después Miranda le fue explicando boceto a boceto. Desconocía la mayoría de los nombres científicos de polillas y mariposas y les otorgaba como de costumbre el de la planta que alimentaba a cada cual, pero el grumete se sintió igualmente interesado por los usos y las costumbres de aquellos seres; algunos medrosos, otros voraces y otros tímidos y simples. A solo unos metros los observaba Gonzalo, que escuchaba todo con atención. Al día siguiente, tal vez utilizase alguno de aquellos insectos para dar forma a algo que planeaba desde hacía mucho tiempo.

El monje los despidió desde el arenal, muy erguido y digno, aunque a Miranda le pareció haberlo visto más frágil que nunca. Notaba que la miraba con intensidad y le daba la sensación de que todavía se dirigía a ella con cierto enfado, como si resultasen insuficientes todas sus explicaciones racionales y sus alabanzas a Dios en las investigaciones y todavía fuese, a sus ojos, una demente fuera de lugar. Lo habían dejado en el eremitorio muy bien pertrechado, con muchos libros para sus estudios, plantas para cultivar y hasta un espacio para que trabajase en la alquimia de su propia botica particular, ya que tenía intención, al parecer, de seguir investigando remedios para utilizarlos a su regreso. Lo habían provisto, además, de tocino, queso, varias gallinas y bizcocho como el que llevaban los barcos en largas travesías. Gonzalo había tenido también la previsión de camuflar en cierto modo el acceso al eremitorio mediante piedras y plantas, por si indeseables piratas o bandidos arribaban a la isla; de aquella forma el refugio místico era, a la vez, un discreto escondite.

—¿Y cuándo pensáis volver a tierra firme, hermano? —le había preguntado Gonzalo.

—Dios proveerá. Cuando el tiempo de entrega y oración absolutos hayan terminado, el Señor me dará una señal. *Deo gratias*.

Gonzalo, respetuoso, había asentido y, a pesar de los roces iniciales con el monje, se había despedido de la forma más cordial.

Miranda contempló la isla, según se alejaban, con nostalgia y admiración. ¿Cómo era posible que un paraíso semejante estuviese deshabitado? Rodrigo ya le había explicado la inseguridad del archipiélago y que la falta de protección había hecho que religiosos y civiles abandonasen aquella magia única para refugiarse en la costa de tierra firme, pero según se distanciaban ella ya solo pensaba en volver.

La brisa era muy suave y la travesía de regreso prometía ser algo más larga que la de la ida, de modo que Miranda se acomodó en popa con sus bocetos, que repasaba cada poco, mientras Ledicia y su otro criado, en proa, disfrutaban de las vistas que ofrecía la ría.

Don Gonzalo se aproximó a ella y se sentó a su lado. Sus ojos azules parecían guardar los secretos del océano, y el contraste de su mirada y su cabello claro con la ropa oscura que vestía lo hacían, si cabe, más atractivo. Le pidió ojear los bocetos. Tras un rato en silencio, se detuvo ante una lámina donde una rosa de tonos claros, completamente abierta, tenía una pequeña oruga amarilla en proceso de ascenso por su tallo verde, salpicado de hojas.

—Vos también formáis parte del juego de las mariposas, Miranda.

—¿Yo?

—Sí. Aquí estáis. Sois la pequeña rosa de cien pétalos. El otro día explicasteis al grumete que resultaba difícil de capturar y que su polilla era hermosísima y distinta a todas.

Miranda sonrió, algo sonrojada.

—Sois muy galante, Gonzalo.

Él estaba serio y concentrado y la miró ahora a los ojos de forma intensa.

—Miranda, decidme. ¿Qué pensáis hacer en el futuro? Supongo que vuestro padre os estará procurando ya un buen marido, pero…

—¡Oh, no! —lo interrumpió ella, como si la simple idea le produjese espanto—. Estoy de luto, no preciso marido alguno.

—Por supuesto. Pero, llegado el cabo de año del difunto, o tal vez un poco más, debierais pensar en el matrimonio como forma natural de estar en sociedad y de ser madre, que es una posibilidad entitativa al ánimo de cualquier mujer —le dijo de forma mecánica, como si hubiese ensayado el discurso. Después tomó aire y volvió a hablar—: Como sabéis, mis circunstancias no son las corrientes ni se corresponden con las de los hidalgos de renombre, pero mi vida es acomodada y resido en vivienda noble de dos plantas frente al palacio de la Oliva. Podría daros todo lo que...

—¡Pero Gonzalo! ¿Qué decís? —se asombró ella, comprendiendo que le estaba proponiendo matrimonio. Un hormigueo nervioso comenzó a ascender por el pecho de la joven mientras Gonzalo, firme y más experimentado en lides semejantes, continuó con su petición:

—Bien sé que vos tampoco sois corriente, y vuestra singularidad es la que más me convence de que, juntos, haríamos un matrimonio bien avenido y aprobado por Dios.

Miranda, que no salía de su asombro, negó con el gesto.

—Ay, Gonzalo. Confío en no haber hecho o dicho nada que os haya inducido a error. Es para mí un halago recibir tal propuesta de vos, que podríais escoger entre cualquier dama casadera de la villa, pero es menester que sepáis que no tengo intención de volver a casarme nunca, jamás.

Gonzalo recibió el golpe de forma estoica, pero la decepción y la sorpresa se asomaron a sus ojos.

—Cómo, Miranda... ¿Pensáis tomar los hábitos?

—No, Gonzalo. Pienso dedicar mi vida al estudio y la investigación. Sería una tarea mucho más compleja con un marido que atender, y os confieso no guardar grato recuerdo de mi matrimonio.

—Pero por Dios... ¡Si solo tuvisteis dos días de casada!

—Creedme si os digo que fueron suficientes.

Él, que no salía de su asombro, procuró convencerla.

—No sé qué tristes experiencias tendríais con Enrique, amigo que fue querido y respetado por mí, pero yo os prometo todas las delicadezas y cuidados, Miranda. Y no pondría óbice alguno a vuestras investigaciones.

Ella lo miró con afecto y lo tomó de la mano, sin importarle que nadie los viese ni considerase impropia la confianza.

—Gonzalo, de todos los pretendientes posibles, vos sois sin duda el más apuesto e interesante, pero me temo que no podréis ir nunca en contra de vuestra naturaleza.

—¿Mi naturaleza?

Ella le apretó la mano y le dedicó una mirada llena de cariño.

—Vos sois como la oruga que habita en la flor púrpura de jacea. No puede evitar abandonarla e ir de flor en flor para tomar su alimento, y, a poco que encuentra otra que le place más se abalanza sobre ella sin prestar atención a la anterior. Y vos, Gonzalo, seríais incapaz de resistir las nuevas flores del camino. Si yo pensara en casarme, que no pienso, jamás permitiría vuestro paseo por otros jardines, ¿comprendéis?

Y Gonzalo, a su pesar, lo comprendió. Él, que tenía casi diez años más que Miranda, se sintió ante ella rendido, enamorado y perdido como un niño.

Durante aquel año de 1701, Miranda regresó a la isla de San Martín para sus estudios hasta en cinco ocasiones, y en todas ellas lo hizo a bordo del Cormorán, aunque ya fueron viajes con retorno a la jornada siguiente o con estancias de, a lo sumo, tres jornadas. Facilitar suministros al hermano Tobías era el principal objetivo de aquellas breves expediciones, que Gonzalo aprovechaba para hacer su cabotaje habitual y atender la seguridad de las naves de mercaderes que lo contrataban, si bien Miranda sospechaba que también se dedicaba, en gran medida, al estraperlo. El monje parecía haberse adaptado muy bien a la isla, pero todavía quedaba por ver cómo llevaría ser su único habitante cuando llegase el frío invierno. En aquellas visitas, el hermano Tobías observaba a Miranda mientras ella estudiaba aves, mariposas y hasta culebras, que bosquejaba con trazos rápidos y experimentados. Ella creía que había al menos veinte especies de mariposas diferentes en la isla, y él procuró mostrarle alguna que había atrapado para ella, pese a que sabía que a Miranda no le interesaban los insectos muertos, sino los vivos. Sin embargo, ella apreciaba aquel esfuerzo de la misma forma que si alguien le hubiese guardado un tesoro.

La joven visitó también la que los marineros llamaban la Norte de las islas de Bayona, que en realidad eran dos islas —Monteagudo y Faro— unidas por una asombrosa lengua de arena blanca y fina, y no dejó de admirar la belleza indómita de las criaturas y de la vegetación salvaje que la rodeaba. Las ruinas y el cementerio del antiguo monasterio benedictino se alzaban en Monteagudo con melancólica decadencia, y al observar lo que quedaba de su fachada desde la playa, Miranda tenía la sensación de contemplar la silueta gris de un fantasma lleno de misterio.

En todos aquellos viajes Rodrigo formó parte de las expediciones, y, aunque respetaba la independencia y resolución de Miranda, que solía rechazar recibir cualquier tipo de ayuda por su condición femenina, estaba atento a todo lo que pudiese precisar. No solía socorrerla con la amable e ingeniosa galantería de Gonzalo, sino con cierta provocación. En una ocasión, y en un ardiente mediodía estival en las islas, ordenó a un par de marineros que le pusiesen un toldo justo donde ella estaba trabajando en sus dibujos, ya que era evidente que la joven sudaba de forma copiosa.

—Disculpad que haya tomado esta iniciativa sin consultaros, pero no deseaba que sufriesen tanto calor esas orugas y mariposas que dibujáis. De tanto ver vuestros dibujos, les he tomado afecto a estos bichos.

—También a mí me alcanza la sombra de ese toldo, Rodrigo —había objetado ella, con media sonrisa—. Diríase, de hecho, que lo hubieseis puesto para mí.

—Doña Miranda —había replicado él, con semblante de honesta inocencia—, jamás se me habría ocurrido paternalismo semejante.

—¿Os burláis?

—¿De vos? Nunca.

Y en aquella última frase, Rodrigo la había mirado a los ojos con completa sinceridad. Ella, agradecida, le había sonreído mientras le mostraba la evolución de su dibujo.

—¿Veis el trazo y las formas de las sombras? No sé si habré logrado darle el volumen ni la profundidad adecuados a la escena.

—Cuando le deis color será diferente, aunque habéis de reconocer que nunca estáis conforme, Miranda. ¡Vive Dios que esa oruga pareciera estar viva sobre el papel!

Ella había suspirado.

—Mis dibujos deben codiciar la excelencia, Rodrigo. ¿Cómo si no voy a llevarlos al señor Mascato para imprimir mi libro? Sé que todos consideran mi trabajo una extravagancia, pero los naturistas y estudiosos de renombre hacen un trabajo similar, aunque sea sobre insectos muertos.

—Sus comienzos tampoco debieron de ser fáciles.

—Pero eran hombres, y su condición provoca que se les juzgue de forma más liviana. He podido leer en inglés el trabajo de John Jonston, un especialista con publicaciones muy importantes en Escocia, y os aseguro que tan solo repetía lo mismo que otros investigadores, salvo que, en vez de utilizar xilografías para los insectos, imprimía calcografías. No hizo descubrimientos relevantes, ¿comprendéis? Solo ordenó la información de que disponía.

—¿Y eso os molesta?

—No, pero mis estudios se encaminan hacia nuevos descubrimientos, y cuando paseo por las calles de Vigo no se esconde a mi entendimiento que las otras damas me consideran una demente. Ojalá pudiese disponer del respeto con el que de forma natural parecen nacer los hombres —lamentó, para perder después la mirada en el arenal, que tenía tan solo a unos metros de distancia—. Mirad —le reclamó, señalando a los marineros que caminaban al borde de la playa—, ¿no veis que es imposible no envidiar esa libertad?

—Sus vidas también están llenas de miserias, Miranda —le había recordado él, reflexivo—. Y vos, en la medida de vuestras posibilidades, hacéis un gran trabajo de investigación.

Ella había guardado silencio, quizá cavilando sobre la verdadera dimensión que podrían tener «sus posibilidades». De vez en cuando, ella y Rodrigo conversaban sobre aquel asunto y sobre investigadores a los que Miranda había leído, y Gonzalo en ocasiones se unía a sus charlas. Desde que el corsario se le había declarado, el trato entre ambos seguía siendo el mismo, aunque Miranda sentía en él cierta tristeza enmascarada, quizá porque Gonzalo nunca había encontrado en sus andanzas femeninas ningún rechazo. ¿Sería ella objeto de su interés, en realidad, porque resultaba inalcanzable? No podía saberlo, pero confiaba en recuperar algún día la naturalidad y confianza de aquella amistad.

Entre tanto, la suegra de Miranda terminó por claudicar a una enfermedad a la que los galenos no supieron poner nombre, pero que era muy parecida a la más honda melancolía, y acabó por reunirse con su hijo difunto. En el entierro, Miranda recibió de nuevo pésames solemnes. Su padre, el señor De Quiroga, le anunció una nueva y próxima paternidad y le recomendó, tal y como Gonzalo en realidad había pronosticado, tomar un nuevo marido entre otro de sus contactos comerciales. Miranda excusó sus muchas ocupaciones y su todavía luto formal como para pensar en maridos, además del hecho de ser responsable del cuidado que le requería la hija de Enrique, de la que cada vez estaba más convencida que sufría alguna discapacidad, pues perdía mucho la mirada en la nada y apenas hablaba ni jugaba con otras niñas.

Ajena a estas pequeñeces, la vida giraba sus ruedas de molino mientras los tambores de guerra sonaban a lo lejos. En junio de 1701, el Gobierno español firmó con el portugués el Tratado de Lisboa, conforme los lusos reconocían a Felipe V como rey y, en consecuencia, confirmaban su apoyo a España en caso de que estallase la temida Guerra de Sucesión. En Vigo se ordenó hacer una lista detallada de hidalgos, caballeros y militares: sus servicios, con toda probabilidad, serían prontamente requeridos, de modo que las averiguaciones de sangre tomaron relevancia. Aunque los marineros no tenían obligación de formar en milicias, sabían que más pronto que tarde también los reclamarían, y muchos fueron vistos rezando en la capilla de la Misericordia, que era un poco más pequeña que la de la colegiata y la predilecta de los mareantes.

En el mes de septiembre, en La Haya y tal y como había predicho el impresor Victoriano Mascato, se fortalecía la Gran Alianza entre ingleses, holandeses y países del Sacro Imperio Romano Germánico, con la que comenzaban a quedar definidos los bandos que, aunque solo pujasen por quién debería ser o no rey en España, en realidad iban a luchar por el control comercial, geográfico y político del mundo.

A punto de terminar el año, Rodrigo se encontró una noche con Gonzalo en la taberna intramuros, pero muy cercana al puerto del Berbés, que llamaban la de las Almas Perdidas. Era tarde y el ambiente estaba ya cargado de todas las horas y conversaciones del día. Olía a guiso de pescado, que allí cocinaban recién capturado y no como los hidalgos finos, que lo secaban antes para quitarle su rudo *fresquío*.

—Gonzalo, ¿bebéis solo?

—No, si vuestra compañía me hace el honor de compartir el asiento, Rodrigo. ¿Cómo vos por aquí y no organizando milicias?

Rodrigo se rio.

—Vive Dios que lo he intentado, pero formar a labradores que regresan de la fatiga y ruina de los campos resulta una tarea ímproba e ingrata. Cuando suceda la guerra, mal vamos a resolver.

—Raro será que los disparos lleguen a este puerto.

—La guerra todo lo alcanza, Gonzalo. Y Vigo flojea; apenas disponemos de un centenar de arcabuceros, la mitad de mosqueteros y doscientas picas. El fortín de San Sebastián carece de manantial propio ni canalizado… ¿Qué asedio pensáis que podríamos resistir?

Gonzalo le dio la razón, cabizbajo.

—Dicen que nuestras fortificaciones, junto con las de Vizcaya y Andalucía, son las peores de España. ¿Creéis que es cierto?

—Carezco de conocimiento para tales juicios, pero no parece descabellada una afirmación semejante. Tan mal anda la cosa que habéis de saber algo: el príncipe de Barbanzón admitirá de nuevo el corso, a pesar de las leyes, para defensa de nuestras costas. Si os place, intuyo que pronto podréis regresar a vuestro oficio… Pero ¿qué os sucede, que tenéis el semblante tan apagado?

Gonzalo se encogió de hombros.

—Hay penas tan hondas como las de las guerras. Me aflige una dama, que no me corresponde.

Rodrigo le palmeó con afecto la espalda, al tiempo que pedía al tabernero que les llevase algo de pescado y queso para cenar y una buena jarra de vino.

—No esperéis mi consuelo, amigo, pues será más menester que, en vez de relatarme una de vuestras derrotas, me expliquéis cómo acometer tantas conquistas como las vuestras.

—Ah, nada valen todos esos deslices… ¡Ahora sí que estaba enamorado!

—Desde que os conozco, siempre lo estáis —replicó Rodrigo, haciéndole un guiño lleno de camaradería—. No decaigáis, Gonzalo, que ambos sabemos cómo al final vuestros desvelos cobran recompensa.

—Esta vez no.

—¿Pues quién es la dama que tanto os acongoja?

—Una pequeña rosa de cien pétalos.

El otro alzó las cejas, extrañado e interesado a partes iguales, y escuchó con atención lo que había sucedido a bordo del Cormorán meses atrás, cuando Gonzalo había pedido matrimonio a Miranda. Corrió el vino, y apenas tocaron la cena.

—Es una mujer extraordinaria —terminó por resaltar Gonzalo, que solicitaba ya otra jarra de vino.

—Lo es —replicó Rodrigo, también algo ebrio—. Una dama de gran penetración y sagacidad, aunque doy fe de que nunca he conversado con ninguna mujer de intereses tan extraños.

—¡Bichos! ¡Solo eso le interesa!

—¿Y os confesó que no pensaba volver a tomar marido? ¿Seguro? ¿Nunca?

—Nunca. Ni con un hombre ni con Dios, que tampoco pensaba en tomar hábitos. Os lo juro por Jesucristo y por mi Cormorán, que se hunda hoy mismo si os miento.

La decepción se dibujó en el rostro de Rodrigo y, aunque los sentidos de Gonzalo ya estaban algo adormecidos por el vino, este se dio cuenta del desencanto. Pensativo, dio otro trago a su cuenco para después mirar a su contertulio como si hubiese acabado de tener una gran revelación.

—¡Por todos los demonios, oficial! ¿Acaso vos también…?

—¿Yo? No, no. —A Rodrigo la sangre le ardía en las mejillas.

—¡Vive Dios que sí, amigo! —exclamó Gonzalo, con una carcajada triste—. No creáis que no sé desde siempre cómo la miráis, aunque pensaba que teníais alguna dama en Bouzas, o bien en el Berbés, que siempre soléis parar por allí.

Rodrigo negó con la cabeza.

—A la villa que nombráis he acudido por orden de Barbanzón para reforzar defensas, y he transitado caminos hasta Coruxo y sus salinas para que las carretas de sal lleguen en condiciones a la casa de Alfolíes de Bouzas, que en los últimos tiempos los bandidos asaltaban las carreteras.

—¿Y en el Berbés?

—Su muro es el que requiere más reparaciones en la muralla, dirijo sus trabajos con las porteadoras de piedra; y todavía tenemos en vigilancia la parte alta, la plaza de Pescadores y la del Peñasco, por la muerte roja… Dios quiera que hayamos terminado con el brote —le dijo, aunque ya comenzaba a hablar enredando las palabras por efecto del caldo—. No penséis que hago vida de monje, Gonzalo, que todo varón precisa algún desquite, pero os confieso que esperaba el fin del luto de doña Miranda.

—Pues como veis, según la dama, todos los caballeros del mundo pueden esperar por ella hasta besar el santo sepulcro, ya que no piensa casarse —aseguró, lanzando un suspiro al aire—. Mirad que he estado con mujeres hermosas, más bonitas si cabe, pero yo no sé qué cosa extraña tiene Miranda de Quiroga que cualquiera diría que es una bruja que nos ha hechizado.

—Es nuestra dama de las mariposas.

—Un sueño imposible.

—¿Imposible? Ah, no me neguéis a mí la fortuna, que yo aún no le he pedido matrimonio.

—¿Por qué iba a negarme a mí y aceptaros a vos, impertinente? —se rio Gonzalo, dándole un codazo.

—¿Acaso no veis que, a todas luces, soy más apuesto? —replicó Rodrigo en tono de chanza, porque era difícil competir con el evidente atractivo de Gonzalo.

Ambos se rieron y volvieron a beber, aunque Rodrigo terminó por perderse en el desánimo.

—No suframos, compañero, que, con dama o sin ella, tal vez ninguno de nosotros salga vivo de esta guerra que nos viene.

Gonzalo asintió.

—Vive Dios que tenéis razón. Bebamos y tengamos fiesta esta noche, pues nada tenemos, y hagámoslo como si el mundo se fuese a terminar mañana.

—O mejor, amigo mío —replicó Rodrigo, alzando la copa—, como si no fuese a terminarse nunca.

Y así fue como ambos hombres compartieron aquella noche de taberna, con varios marineros que los invitaron a compartir mesa y que acabaron la velada cantando. Frente a todos ellos estaba Pedro Roca, del Gremio de Mareantes, y la sensación de que aquellos hombres conformaban una familia, una comunidad, reconfortó el ánimo de Rodrigo. Bailaron, rieron, blasfemaron y maldijeron los malos destinos. Alguna meretriz les ofreció sus servicios, que rechazaron, y ya en la madrugada, a punto de retirarse, el propio Pedro Roca, con sus hombres haciéndole el coro, entonó la última canción.

—¿Cuál será, Pedro?

—La del albatros negro, ¿cuál si no? —se rio el gigante.

Gonzalo le explicó a Rodrigo que casi siempre acababan con la misma canción. Prácticamente ninguno de aquellos marineros había visto nunca un albatros, y eran muy pocos los que había negros, ya que la mayoría de esos pájaros eran blancos con pespuntes oscuros en el borde sus alas; sin embargo, sí sabían que se trataba de un ave enorme y de leyenda, que encarnaba los espíritus de los marinos muertos en la mar y que verla siempre suponía un buen augurio. Rodrigo sí había visto un albatros en el cielo de Veracruz y recordaba haberse sentido impresionado por la majestuosidad y el tamaño del ave, que apenas necesitaba batir sus alas para volar y planear durante mucho tiempo.

Pedro disponía de una voz gruesa, bella y rotunda, y hasta el tabernero detuvo sus quehaceres para escucharlo. Cantaba casi declamando, como si en realidad solo le diese algo de calor a un poema.

> *Tesoros en la mar,*
> *amores en la tierra.*
> *Seremos albatros negros*
> *sin patria ni bandera.*
> *Perderemos los ducados,*
> *silbarán bellas sirenas.*
> *Nos llevarán a la mar,*
> *donde la muerte espera.*
> *Y cuando estemos muertos*
> *nos cantarán los vientos.*
> *¡Viajaremos en las velas!*
> *Seremos albatros negros*
> *sin patria ni bandera.*
> *Piratas en la horca*
> *y ron en la taberna.*
> *Los mares serán nuestros.*
> *¡Viajaremos en las velas!*

Al abrigo de la chimenea y abrazado por la escasa luz de la taberna, Pedro Roca cantó así sobre la muerte, la búsqueda de la fortuna y del amor, y Rodrigo tuvo la sensación de que cada verso pertenecía a Miranda, pues aquel poema, que parecía una saloma triste, tal vez hablase de la libertad que también ella buscaba.

7

Nunca llegué a ver tranquilo el mar en torno a la isla del tesoro.

ROBERT LOUIS STEVENSON,
La isla del tesoro

Hay quien dice que los faros son siempre como estrellas, puntos de luz que seguir para llegar a tierra firme y encontrar un lugar donde estar a salvo. Pero hay también quien los asocia a leyendas malditas: son solitarios, peligrosos y casi siempre están castigados por las olas. Pietro —que hablaba por teléfono— habría agradecido en aquellos momentos, sin embargo, un faro que lo guiase entre la niebla, por maldito que fuese. Las callejuelas de la zona alta del casco viejo de la ciudad eran un laberinto, y ni siquiera Nico, que había nacido en Vigo, conocía bien la zona.

—Creo que es por aquí —señaló, mirando el GPS de su teléfono móvil, para incluir a continuación una disculpa—: Yo es que por estas calles no venía nunca, en mi época se salía por la zona de abajo; esta era más… Así como de otro ambiente, ¿no? No sé si me explico.

—¿En su época? —preguntó Nagore alzando una ceja, ya que Nico Somoza tendría, como mucho, unos treinta años.

El oficial carraspeó.

—Ya no salgo tanto. El casco viejo —explicó— era para venir de vinos con los amigos, pero por esta zona de aquí arriba lo que había era sobre todo prostitutas y yonquis.

—Cualquiera lo diría —observó la inspectora, ya que a su alrededor, a pesar de la bruma, se distinguían claramente edificaciones muy antiguas restauradas de forma impecable y con las paredes de piedra tan limpias y rugosas como si acabasen de salir de la cantera.

—La verdad es que me suena que había un proyecto de rehabilitación del barrio, pero no sabía que estuviese ya tan avanzado —reconoció el oficial, aunque no se veía mucho movimiento en las callejuelas, como si aquellos nuevos envoltorios del Viejo Mundo estuviesen todavía esperando a que alguien los ocupase y les insuflase vida.

—Mierda —gruñó Pietro cuando colgó el teléfono, ajeno a la conversación entre el oficial y la inspectora—. En la oficina de Miraflores dicen que el tipo está de viaje, que le darán nuestro recado para que nos devuelva la llamada.

—¿Y no podemos hacer nada más? —preguntó Nagore.

—De momento no, no hay nada de lo que acusar a este hombre. Ha muerto un empleado suyo, eso es todo. Ningún indicio apunta hacia él o a su empresa como responsables o implicados. Volveremos a llamar más tarde y, en todo caso, podemos empezar por los compañeros de trabajo de la víctima.

—Tenemos bastante tarea por delante —resopló Nico, que, haciendo honor a su apodo de Irlandés, se habría encontrado mucho más a gusto tomándose una buena cerveza en un pub que haciendo preguntas al personal sin saber, además, qué era realmente lo que estaban buscando.

—Ahí —apuntó Pietro, al tiempo que señalaba una casa en una esquina entre la calle Herrería y la de San Sebastián—; creo que esa es la dirección, y esos deben de ser los familiares del chico; dijo el padre que nos estarían esperando —resolvió al ver un corrillo de personas algo agitado y en el que se intuían algunas lágrimas y lamentos.

Fue Nagore quien tomó la iniciativa con el pequeño grupo, y, tras enseñar su placa y su DNI, tal y como era preceptivo, se abrió un incómodo silencio.

Una mujer de mediana edad llamada Luisa, de cabello muy corto y labios finos, se presentó como amiga íntima de la familia; fue la que mostraba más serenidad, y los llevó al interior de la primera casa, que era la de Julián, el primo del fallecido que ahora mismo todavía estaba en la plaza del Peñasco, esperando para ser llevado a la morgue.

Se trataba, de nuevo, de una casita de dimensiones pequeñas, como si en siglos pasados las personas hubieran sido más diminutas o, al menos, hubiesen necesitado menos espacio. La vivienda disponía de tres plantas, aunque la de abajo tenía dos puertas tan bajitas que parecieran más el acceso a una bodega que a una casa. Sin embargo, todo era nuevo y reluciente, de diseño. El contraste entre la piedra y la madera de nueva factura hablaban de modernidad y del típico barrio deprimido que muy posiblemente ahora, renovado, comenzaría a ser usado por pequeños burgueses y hípsters con saneados recursos económicos.

—Allí tienen el dormitorio, y ahí la cocina... Sí, ahí —les explicaba la mujer, mostrándoles una cocina con mobiliario reluciente y electrodomésticos de última generación—. Si apenas se ha mudado el Julián. Debe de llevar aquí ¿cuánto? Un mes y pico, nada más. Yo misma he venido con la madre a limpiar cuando acabaron las obras. Pero la Rosa está ahora de los nervios, imagínense. Ha ido ahora a consolar al cuñado, porque que se muera un hijo es lo peor que le podría pasar a nadie en la vida, Dios mío.

—¿Y vive solo Julián?

—Sí. O más bien no. A veces. La novia trabaja en A Coruña, pero viene los fines de semana.

—¿La han llamado?

—Claro... Ha quedado muy preocupada la pobre, porque el Julián la avisa de cualquier cosa. Yo creo que estaban para casarse y todo. Que este hijo es capaz de haberse dejado el teléfono en cualquier parte y al final no le ha pasado nada, ¿verdad? Pero con lo que le ha sucedido al Rodolfo... Dios mío, qué desgracia.

Cuando llegaron al salón, con una decoración exquisita que dejaba intuir más a un decorador profesional que a un chico de origen modesto, Nagore cruzó un significativo gesto con los dos policías. Después, se dirigió a Luisa:

—Le va bien a Julián, ¿no? —le preguntó—. Nos han comentado que lleva algún tiempo trabajando para una empresa de aquí, del casco histórico.

—Ay, sí. Él y Rodolfo... Fue el pobre Rodolfo el que empezó, ¿eh? Luego se llevó al primo, que necesitaban gente. Trabajan allí, en los almacenes del palacio de la Oliva, aunque viajaban de vez en cuando. Cosas de seguridad, de logística, me parece —dudó la mujer, que de pronto se llevó las manos en forma de rezo a la barbilla, como si acabase de recordar lo que le había sucedido a Rodolfo—. Pobre criatura, Dios mío... ¡Ahora que ya habían salido de la calle!

Pietro, que mientras hablaba la mujer había apurado un rápido registro del inmueble, avisó a Nico y a Nagore para que lo acompañasen directamente al interior del dormitorio. La cama estaba revuelta, y sobre la colcha había algunos pantalones y un jersey. La puerta japonesa de un armario se encontraba abierta y faltaba bastante ropa, de la que solo quedaba, como testimonio, algún cinturón colgado de una percha y unas zapatillas deportivas en un estante inferior. Nagore entró en el baño y comprobó que tanto el cepillo como la pasta de dientes habían desaparecido, así como los utensilios de afeitado. Pietro se dirigió a Luisa, que miraba muy sorprendida el dormitorio.

—¿Está segura de que Julián ya se había mudado aquí de forma definitiva?

—Sí... Antes vivía con los padres, y ya le digo que vine con la Rosa, que somos amigas desde niñas, y aún hace una semana pasamos a traerle unos tápers para la nevera, y el Julián tenía todo aquí, todo. ¡No sé dónde está su ropa!

Pietro, con la mujer presente, echó un vistazo en cajones y armarios. No encontró documentación alguna, ni notas ni agenda. Tampoco el teléfono móvil.

—Parece que el pájaro ha volado —le dijo a Nico en voz baja. Después, se acercó de nuevo a Luisa—. ¿Sabe si Julián tenía familia fuera? Alguien además de su novia, quiero decir... ¿Algún amigo al que pudiese recurrir en caso de problemas?

—Ay, Dios mío, pues no sé... No, yo creo que no. Toda la familia está aquí, vaya. Lo único la novia —razonó la mujer, agobiada. De repente pareció darse cuenta de algo—. Pero si se ha marchado eso es que el Julián está bien, ¿no? Estos chiquillos,

¡yo qué sé qué habrán hecho, en qué lío se habrían metido! Si son buenos chavales, lo que pasa es que de jóvenes se hacen tonterías, ¿saben? Pero ahora tenían trabajos honrados, miren qué casa más bonita —evidenció, mostrando el piso con ambas manos—, ¡pagada sin ayuda de nadie, eh! Si hasta le compró un coche nuevo al padre... Yo los vi crecer a los dos, que no se separaban nunca. ¡Pobre Rodolfo!

Pietro no quiso rebatir a aquella buena mujer los tiernos recuerdos de la infancia de Julián y Rodolfo, pero intuía que no habían sido tan santos y que su último trabajo tampoco debía de haber sido muy honrado. También le pareció innecesario aclarar a Luisa que no podían eliminar la posibilidad de que hubiese sido el propio Julián quien hubiese asesinado a Rodolfo, a saber los motivos, pero no quiso perder ni un minuto.

—Disculpe, ¿podría enseñarnos la casa de Rodolfo?

—¿Qué? Oh, sí, por supuesto... Tenemos las llaves porque a él le llevábamos algún táper, ¿no? Son primos y son hombres... A Rodolfo solo le quedaba el padre, pero por eso la Rosa, la madre de Julián..., pues estaba pendiente también, cómo no —explicó, en ese afán ancestral y extraño de algunas mujeres de justificar siempre a sus cachorros y de cuidarlos, aunque sean adultos—. A fin de cuentas, fue él quien le encontró el trabajo a Julián, y ya verán su casa, ¡qué vistas!

—¿Y él no tenía pareja, o alguien que soliese estar en la casa?

—Ay, no. Él tenía novio, ¿eh? Era muy moderno. Pero hacía ya muchos meses que no, que estaba solo. Era un poco picaflor el Rodolfo, mi pobre.

Salieron de la vivienda y siguieron a la mujer, que intercambió algunas palabras con los familiares que se encontraban en la entrada, acompañados de dos policías de la Seguridad Ciudadana, que habían acudido en apoyo y ante lo que se pudiera hallar en la casa del fallecido o en la de su primo. Como si se tratase de una comitiva, todo el grupo los acompañó a la vivienda de Rodolfo Pacheco. Estaba a solo unos metros, calle arriba y subiendo por el camino que revelaba en su nombre parte de su historia: Subida al Castillo.

Según ascendían por la empinada cuesta, la niebla comenzó a abrirse y pudieron entrever entre jirones blancos, a lo lejos, algo parecido a un baluarte defensivo. Vieron una casa moderna que hacía esquina con la calle das Hortas, o de las Huertas en castellano, que dejaba también muy claro qué utilidad había tenido aquella zona en el pasado.

—Es aquí —dijo Luisa al llegar a una construcción de tres alturas, mucho más lujosa que en la que acababan de estar.

Desde el exterior podía ya distinguirse una terraza enorme en el ático, y el edificio había sido restaurado respetando la fisonomía original: la estructura de piedra se conservaba, pero maridaba con nobles tablones de madera y modernas ventanas que eliminaban las persianas a cambio de unas contraventanas correderas, de inspiración veneciana y de corte futurista.

—Les iba bien a los chavales —murmuró Nico, acercándose a Pietro y Nagore.

Cuando entraron a la vivienda, se encontraron un diseño muy similar al de la casa de Julián, aunque con elementos decorativos quizá más caros y selectos. A diferencia de la otra vivienda, aquí no se toparon con un armario revuelto ni con la sensación de que alguien hubiese hecho las maletas a la velocidad del relámpago. Todo parecía estar en su sitio, como si hasta el sofá estuviese esperando el regreso de su propietario. Una foto del fallecido reposaba en un aparador, donde había más imágenes familiares.

—Ahí están los dos primos —señaló Luisa en una foto en la que se los veía felices, riendo, en una playa.

Nico se acercó y se quedó mirando la imagen un buen rato, pensativo. ¿Podrían ser aquellos dos chicos los que Pitusa, la dueña de O Buraquiño, les había descrito? A pesar de que él y Muñoz habían estado con ella largo rato, el perfil que había trazado sobre los muchachos que habían ido a preguntar por el taller de Antonio Costas había sido muy ambiguo. Ni altos ni bajos, ni rubios ni morenos; «chicos normales», había dicho. Jóvenes. Tendrían que llevarle a su taberna fotografías de ambos, pero… ¿por qué los dos jóvenes iban a querer hacer daño a aquel pobre maquetista? Luisa, con su lastimera perorata, interrumpió los pensamientos del oficial.

—Llevaba aquí medio año viviendo la criatura, poco más —musitó, cabizbaja—. A ver ahora el padre cómo levanta cabeza.

Pietro, Nagore y Nico, guantes en mano, se repartieron el trabajo. Revisaron hasta la última cómoda y armario, pero no encontraron nada relevante, ni siquiera el contrato que vinculase al fallecido con el palacio de la Oliva, aunque, dado que la mayoría de los papeles se firmaban ahora de forma virtual, tampoco les resultó extraño. Tendrían todavía que esperar a que el juez autorizase el acceso al teléfono móvil del chico, que en apariencia no tenía ordenador, aunque sí consolas de videojuegos, con un lugar honorífico en el salón.

—Patrón —dijo Nico, tras observar el semblante desanimado del subinspector—, a lo mejor los de Científica, cuando suban, encuentran algo que valga la pena.

Pietro negó con el gesto.

—Me parece que no, que aquí no hay nada. Tendremos que preguntar a amigos, vecinos, al padre cuando esté más sereno... Y a Miraflores, por supuesto. De todos modos, volvamos a la plaza del Peñasco, Lara todavía debe de estar allí y quizá tengan algo más.

Cuando ya iban a salir, Pietro se fijó en la expresión cansada de Nagore, que masajeaba su entrecejo con los dedos índice y pulgar.

—¿Está usted bien?

—¿Qué? Sí, supongo... La verdad es que estoy acostumbrada a reliquias y a papeles viejos, pero no a asesinatos —reconoció, en tono de sobria confidencia.

—No creo que nadie se acostumbre a esto, Nagore. Yo mismo llevo, en realidad, muy poco tiempo siendo policía y le aseguro que de momento los cadáveres no se han vuelto agradables.

—¿Ha visto muchos?

Él se encogió de hombros.

—La temporada que pasé en Madrid, unos cuantos. Vigo suele ser tranquilo, pero desde que ha aparecido usted esto se ha convertido en una novela de Agatha Christie —bromeó.

Ella sonrió, pero negó con el gesto.

—Ustedes ya tenían un muerto cuando yo llegué.

—Es verdad —aceptó Pietro, que le devolvió una sonrisa triste. Después se dirigió a la salida—. ¿Vamos?

Cuando salieron, la niebla se había dispersado de forma casi mágica y pudieron ver con claridad el castillo al que se refería el nombre de la calle: en realidad, se trataba de un baluarte defensivo con planta de estrella en seis puntas, de las que solo quedaban los muros del lado norte y un par de garitas. Tras los muros, una mole vertical de estilo ochentero se alzaba y rompía la línea del horizonte.

—¿Qué es eso?

—El ayuntamiento de Vigo, inspectora. Ni pregunte —respondió Nico, que sabía que a la mayoría de los vigueses les espantaba aquel horrible edificio, aun sin saber que para levantarlo se había destruido parte de la fortaleza del siglo XVII.

Se dieron la vuelta y comprobaron que desde aquella altura las vistas de la ciudad eran impresionantes. Todavía se observaba algo de niebla hacia la zona del puente de Rande, pero el resto de la ría estaba bastante despejada y quedaba claro que esa atalaya habría tenido, en su tiempo, un inestimable valor militar.

Tras hablar con la familia de los dos primos, facilitar contactos y atender todas sus dudas sobre la formalización de la denuncia por la desaparición de Julián, los policías bajaron directamente a la plaza del Peñasco, porque sin duda sería imprescindible que los de Científica, al terminar allí, también pasasen por las casas nuevas y relucientes del fallecido y de su primo desaparecido. Cuando llegaron a la plaza, Lara estaba de nuevo con sus cascos, en los que sonaba Guns N' Roses a gran volumen. Se había quitado el traje de tyvek, y el cadáver de Rodolfo Pacheco ya no estaba en la diminuta casita, sino de camino a la Ciudad de la Justicia. Algunos patrulleros todavía estaban por allí, esquivando a un par de periodistas y a sus fotógrafos.

—¿Sabéis qué eran las piedras azules? —les preguntó Lara, nada más verlos—. ¡Larimar!

—¿Larimar? —La expresión de Pietro evidenciaba que no estaba ya para muchas más adivinanzas ni revelaciones fantasiosas.

—Una variedad de pectolita que solo se encuentra en Barahona, al sur de República Dominicana... Lo he visto con los compañeros con una aplicación del móvil, ¿os lo podéis creer?

—Supongo.

—Pues la llaman la roca azul, y es la piedra nacional de República Dominicana, un símbolo de patrimonio e identidad de todo el país.

—Me cuadra con Lucía Pascal —observó Nagore—. Debió de visitar las islas varias veces, allí había un gran historial piratas y de naufragios.

A Pietro no le interesaba para nada la historia de aquel mineral, así que fue directo a lo importante:

—¿Habéis encontrado algo más?

—Nada. Precintaremos y a esperar informes del laboratorio, ya sabéis.

—Tenéis que subir a casa de este —señaló Pietro, dirigiendo su atención a la vivienda donde había aparecido Rodolfo— y a la del primo. La familia ya está pendiente y han cerrado todo con llave hasta que vayamos, aunque hemos dejado los precintos para...

—Espera, espera, espera... —lo cortó Lara, alzando una mano—. Puede hacerse después de comer, ¿no? Y cuidado, que a lo mejor no me encargo yo, sino el turno de tarde, que también puede ser... Porque vosotros a lo mejor funcionáis sin gasolina, pero los demás necesitamos algo caliente para no congelarnos el cerebro, ¿sabéis? —concluyó, señalándose la cabeza.

Desde luego, era imposible obviar las horas que llevaban de trabajo y el frío que todavía helaba la ciudad. Después, la subinspectora señaló una bolsa precintada.

—Por cierto, ¿los ordenadores y móviles os lo lleváis vosotros o los dejamos en comisaría?

—Nosotros, no te preocupes.

Terminaron todas las formalidades, precintos y llamadas informativas, en especial al inspector Meneiro, y Pietro sugirió seguir el consejo de la subinspectora de Científica e ir a comer algo caliente. Iba a proponer un sitio, cuando se le adelantó el oficial.

—Conozco una taberna aquí al lado donde se come muy bien, en la calle San Vicente —propuso Nico—; ponen unos mejillones que…

—No —lo cortó Pietro—. Yo… Estaba pensando que podemos comer en mi barco.

—¿En tu qué…? —se sorprendió Nico—. ¿Tienes un barco?

Nagore reaccionó, extrañada, y miró al oficial.

—¿No lo sabía?

—La verdad es que no, ¿usted sí?

—Me he enterado esta mañana… Vaya —ironizó—, parece que ustedes dos tienen un grado de confianza y complicidad muy profundo.

Pietro entornó los ojos.

—Nunca ha sido una información relevante.

—¿Usted de qué va?, ¿de tipo misterioso? Le aseguro que…

—Perdone, no voy de nada —replicó él, molesto—. Pero le aseguro que no me voy a quedar con las manos atadas mientras se nos va muriendo gente cada minuto. Mi barco está aquí al lado, es un sitio discreto. Podríamos ir a su hotel, ya puestos, pero sería un poco raro que entrásemos todos en su habitación, y tampoco resultaría muy prudente revisar pruebas en el restaurante del Universal.

—¿Qué pruebas?

—Las del ordenador de Lucía.

Ella lo miró con expresión severa.

—No puede hacer eso hasta que tengamos el mandamiento judicial.

—Patrón —intervino Nico, con semblante preocupado—, si nos hacen un peritaje pueden saber la fecha y la hora del último acceso al portátil, lo sabes, ¿no?

—Lo sé.

—¿Y cómo vamos a justificar el origen de la información si encontramos algo? Pueden invalidarnos todo el proceso, porque si las pruebas no han sido obtenidas de forma legítima es posible que...

—Conozco las normas, Nico, pero voy a hacerlo. Podéis venir o no, es vuestra decisión —espetó, cogiendo la bolsa precintada y dándose la vuelta. Comenzó a caminar y de pronto se detuvo. Sin mirarlos, hizo una última observación—: Asumiré toda la responsabilidad, podéis estar tranquilos.

Nagore y Nico no dijeron nada, de modo que Pietro se deslizó y desapareció de su vista por las callejuelas que descendían hacia la plaza del Berbés. La inspectora y el oficial se miraron y, después de medio segundo y sin cruzar una palabra, apuraron el paso tras el subinspector. Lo alcanzaron enseguida.

—Espero que al menos tenga algo decente para comer en ese dichoso barco —dijo Nagore, por fin.

Pietro sonrió y, sin dejar de caminar, la miró a los ojos.

—¿Le parece si nos tuteamos?

—A estas alturas, ya no veo impedimento. Y por cierto... Espero que esa chalana también tenga una buena reserva de café.

—Oh, sí. En la última redada a unos colombianos les cogimos un buen cargamento. Dicen que es el mejor café del mundo.

Ella ignoró el comentario, porque a aquellas alturas ya sabía que Pietro no hablaba en serio.

—Un barco —masculló Nico—. ¡Hay que joderse! ¿Y lo tienes en el Náutico? Increíble. ¡Pensaba que vivías en Casablanca! —exclamó, aludiendo a un barrio del centro.

Pietro miró a su compañero y le dio una amigable palmada en la espalda. La gente tenía la costumbre de contar quién era y cómo vivía todo el tiempo, pero él nunca había tenido la sensación de que aquella información fuese interesante. Le avergonzaba, de hecho, el momento en que tuviese que confesar que se había hecho policía por cumplir un sueño juvenil. ¿No resultaba caprichosa y egoísta aquella elección, cuando él, afortunado, podría haberlo tenido todo sin apenas mover un dedo? Muchos matarían por su situación privilegiada, por haber ocupado su lugar en la cuna. Y él había despreciado las bondades de su nacimiento para jugar con la vida, quizá porque sabía que si la apuesta salía mal, siempre tendría a quién recurrir. Sin embargo, su padre comenzaba a perder la paciencia sobre aquel experimento, que llamaba el Erasmus de Pietro, y lo reclamaba para trabajar en la empresa familiar. Allí estaría colmado de atenciones, facilidades y reconocimiento; ¿cómo iba Pietro a explicarle a un compañero de la policía, a alguien que necesitaba el trabajo para pagar sus facturas, que él estaba ahí solo por puro capricho? Sabía que si dejaba que las personas se le acercasen, tendría que acabar contando su historia, y le molestaba cómo le hablaba la gente cuando sabía que era rico. Un privilegio que duraría, al menos, hasta que su padre decidiese desheredarlo, que era una amenaza que sobrevolaba con frecuencia en las últimas llamadas desesperadas desde Santander. Sin embargo, Pietro había descubierto en aquellos meses que sí, que le encantaba su trabajo y que en aquellas callejuelas del casco viejo de Vigo se sentía mucho más vivo que en el sillón de cuero del despacho que le ofrecía su padre en la compañía. El subinspector se sacudió aquellos pensamientos de la mente y, con determinación, apretó el paso junto a Nagore y Nico para llegar cuanto antes a su barco y conocer los últimos secretos de Lucía Pascal.

A veces la rutina nos engulle y enreda nuestros pensamientos hacia el tiempo perdido, las malas elecciones y lo inútil de nuestras ocupaciones diarias. Hoy, sin embargo, en la comisaría de Policía de Vigo no había lugar para la monotonía ni para que nadie se sintiese innecesario: en el departamento de Homicidios volaba el papeleo, sonaban los teléfonos y todas las gestiones parecían urgentes. Solo la Pecera estaba vacía, con el inspector Meneiro reunido con el comisario por culpa de la oleada de atracos, que parecía incontenible, a pesar de que llevaban más de dos años investigando y tenían prácticamente cerrada la operación con la que pensaban darle fin a aquella banda, que se había hecho fuerte aunando métodos y personal de la Europa del Este y delincuentes locales, que conocían la zona, la normativa y los puntos débiles del sistema. De hecho, habían comenzado a sospechar del vínculo de aquellos atracos con otros robos más sutiles y sofisticados, y el asunto era cada vez más complejo y peligroso. Que allí se desempeñase un buen trabajo, lo sabían, podía salvar la vida a alguien. Y en aquel equipo concreto todos se dedicaban al oficio por vocación.

Todos salvo Kira Muñoz. Cuando había terminado los estudios básicos no había sentido interés por nada. Tal vez fuese una crisis existencial propia de quien acaba de estrenarse como adulto, o tal vez no estuviese preparada todavía para tomar decisiones sobre su futuro. Había sido su tío, el comisario, el que la había animado a entrar en el cuerpo. Al principio vagaba de un lado a otro sin tener muy claro qué pintaba en medio de aquel caos, pero con el tiempo había descubierto que le gustaba ser policía. Y cuando sucedían casos tan emocionantes y extraños como el de Lucía Pascal, la joven reafirmaba sus ganas de seguir avanzando y aprendiendo. Ahora acababa de comenzar a escribir en el cronograma del caso las últimas novedades de aquella mañana en Bouzas. Después, cualquiera podría acceder en el ordenador, de forma lineal y cronológica, a aquel diario de actuaciones que se había seguido para así poder rescatar parte del proceso o continuar con las investigaciones.

Lo que ya tenía claro era que el primero en morir había sido Antonio Costas en Bouzas. Dos o tres días más tarde, y según lo que pudiesen afinar los forenses, la que había caído era Lucía Pascal; y ahora, el chico que le había birlado el ordenador.

En aquel instante llamó Nico al teléfono de Kira.

—Oye, que estoy aquí con Rivas y la inspectora. ¿Has pedido los oficios para los móviles y las cuentas bancarias?

—Sí.

—¿Y has rastreado a Rodolfo Pacheco y al primo, al desaparecido?

—Oficialmente no está desaparecido, la familia aún no ha formalizado la denuncia.

—No me seas listilla, que ya iban ahora a comisaría.

Ella suspiró y sonrió con malicia. Le encantaba sacar de quicio al oficial.

—He accedido a ORION —confirmó, en referencia al sistema integral de consultas sobre los ciudadanos—, y los dos chicos tenían antecedentes y denuncias por robo, posesión de estupefacientes y altercados… Pero al buscar hospederías no he encontrado nada en los últimos tres meses.

Muñoz escuchó cómo Nico le explicaba a Pietro la información y, después de un revoltijo de comentarios que le resultaron ininteligibles, continuó la conversación:

—Dice Rivas que consultes en el SIRENE, a ver si el chaval se nos ha ido a Portugal —solicitó Nico, en alusión al programa de coordinación internacional de la que disponían, pues si el desaparecido se había registrado en cualquier hotel de Europa, por ley tendría que haber presentado su DNI o su pasaporte.

—Pero eso hasta mañana o pasado nada, no creo que contesten.

—Por eso. Cuanto antes mejor. Y Miraflores ¿lo has mirado?

—La verdad es que no. Un momento.

Se escuchó cómo Kira tecleaba, veloz, sobre el ordenador. Pasó poco más de medio minuto cuando tuvo la respuesta.

—Nada, limpio en hostelerías. El último hotel en el que estuvo fue en La Toja, hace dos meses.

—Mierda. ¿Adónde se habrá ido este de viaje?

—Puede estar en casa de un amigo.

—O no haberse ido de viaje en absoluto —objetó Nico—. Mañana lo volvemos a chequear, y sobre Miraflores pídele también información al SIRENE. Oye, y una cosa, que tendrás ahí a mano las fotos de los chavales… ¿Crees que podrían ser los que nos dijo la señora de O Buraquiño? La descripción fue muy genérica, pero…

—No sé, la verdad. Es que no tienen tampoco ningún rasgo distintivo, ¿no? Ni cicatrices, ni pelo teñido, ni pendientes… Nada.

—Tendremos que volver con sus fotos por allí a ver.

—Por mí perfecto, la tortilla estaba buenísima.

Kira escuchó algo parecido a «qué juventud» y después a Nico despidiéndose, ya que aseguraba estar muy ocupado; le pareció que de fondo se oía el familiar sonido náutico de las drizas y los cables de los barcos cuando golpetean los mástiles con suave y constante cadencia. Cuando colgó, vio cómo se aproximaba el inspector Meneiro a paso ligero.

—Sea lo que sea lo que tengáis que hacer, tiene que esperar —anunció en alto, dirigiéndose a ella y a Lorena Castro y Diego Souto, los otros compañeros que ahora también estaban en el departamento—. Tenemos atraco con retención de rehenes en Lavadores. Iré de negociador, pero necesito apoyo.

Kira, resignada y mientras sus compañeros recogían, abandonó el cronograma y apuró una petición urgente de todo lo que le había indicado Nico. Después, salió de la comisaría prácticamente corriendo. El cursor de la pantalla quedó en permanente latido, y cuando más tarde se actualizó aparecieron respuestas que nadie había visto.

El cadáver de Rodolfo Pacheco no tardaría en llegar a la morgue, pero lo cierto era que ni Raquel Sanger ni Álex Manso estaban pendientes en absoluto de aquella nueva autopsia judicial. A pesar de que el cuerpo de Antonio Costas ya había sido cosido y aseado, volvieron a ponerlo sobre la mesa. Su intención no era la de repetir el trabajo ni, desde luego, abrir el cuerpo de nuevo. Lo que estaban haciendo, con suma delicadeza y cuidado, era afeitarlo. Trabajaron en silencio las zonas del rostro de forma independiente: bigote, barba, mejilla izquierda y derecha. Los pelos cortados los depositaron en una cápsula de Petri y después unos auxiliares retiraron el cuerpo del maquetista. Sabían que serían precisas muchas más pruebas, pero la inicial era sencilla y solo necesitaban un microscopio. Raquel, mientras tomaba medidas, se mostraba realmente emocionada y pensaba en alto:

—Teniendo en cuenta que tras la muerte el pelo no crece, y si consideramos que la velocidad media más frecuente de crecimiento de los pelos de la barba es de trescientas cincuenta a trescientas cincuenta y cinco micras cada veinticuatro horas...

—Piensa en el margen de error, querida —recordó Álex—. ¿No recuerdas lo que leímos antes? En casos extraordinarios puede llegar a quinientas micras cada veinticuatro horas.

—Mira que eres resabido —replicó ella, alzando la vista del microscopio con una expresión de burla—. Que no se te haya ocurrido a ti no quiere decir que la idea sea tan mala como para que el margen de error pueda ser tan grande.

Él entornó los ojos y asintió, reconociendo con el gesto que, en efecto, podía ser que le molestase un poco no haber sido el promotor de aquella idea. Sin embargo, respondió con una sonrisa y tono amigable:

—Debemos tener en cuenta el margen de error y la posibilidad de que el tipo no se hubiese afeitado ese día.

—Ya escuchaste a su hermano: Antonio Costas era un hombre muy ordenado. Ejercicio y disciplina, y lo habitual era que a las nueve de la mañana ya hubiese salido a caminar, tras desayunar, afeitarse y darse una ducha, por ese orden.

—Recuerda que no vivían juntos.

—Lo hacían por temporadas. Conocía sus hábitos. Además, ¿por qué iba justo a cambiar sus rutinas el día que lo mataron?

—No tenía por qué, cierto, pero no podemos certificar de ninguna forma que no lo hubiese hecho.

—Nadie dice que vayamos a afirmar nada como una verdad indiscutible, sino como una probabilidad muy firme tras estudiar los indicios.

Álex suspiró.

—Dime, ¿qué medida tienes? —le preguntó a Raquel, asomándose a sus anotaciones al lado del microscopio.

—Déjame ver... Yo diría que unas ciento sesenta y dos micras.

—¿Ciento sesenta y dos? Perfecto, pues si hacemos una regla de tres... —razonó, garabateando unas cuentas sobre un papel—. La media eran trescientas cincuenta micras en veinticuatro horas, ¿no? Pues ciento sesenta y dos serían... once horas y diez minutos desde el momento del afeitado hasta el instante de la muerte.

—Es decir —calculó ella, mirando las anotaciones en el papel—, que, si se afeitaba a las ocho y media de la mañana, aproximadamente, la hora del deceso sería las siete cuarenta de la tarde, ¿no?

Álex revisó las cuentas.

—Sí, creo que podríamos estimar la hora de la muerte entre las siete treinta y las veintiuna horas. Lo digo por el margen de error del crecimiento del cabello y nuestro desconocimiento de la hora efectiva y exacta del afeitado —añadió, haciéndole una cariñosa mueca a su mujer.

—Perfecto —sonrió ella, satisfecha—. Voy a llamar al listillo del subinspector para que vea que nosotros también sabemos hacer nuestro trabajo.

—No sé por qué te has picado tanto con ese chico, seguro que ya ni se acuerda de lo de la señora de A Calzoa.

—Se acuerda, se acuerda, que el muy cabronazo parece que tiene una memoria de elefante.

—Cariño —dijo acercándose él, que la miró a los ojos—. Nadie cuestiona tu valía ni nadie puede creer que ni tú ni yo seamos infalibles... Es cierto que no viste que las decoloraciones de las muñecas de la mujer eran en realidad magulladuras, ¿y qué? Ni siquiera habías hecho la autopsia. Además —añadió, con una sonrisa pícara—, con lo que le vas a contar lo vas a dejar alucinado.

Raquel se rio y arrugó la nariz de una forma muy concreta. Álex sabía que aquel gesto significaba que su mujer se encontraba de excelente humor.

La forense llamó al subinspector con la opción manos libres para que su marido también pudiese escuchar la conversación. Tras un breve y formal saludo, le explicó a Pietro la novedad sobre la hora estimada de la muerte de Antonio Costas, y añadió algo revelador:

—No creemos que hubiese ánimo homicida, en realidad. El individuo fue inmovilizado y le taparon la boca con cinta adhesiva, de esas gruesas que usan los transportistas. Sí, sí, hemos enviado muestras del pegamento y la piel al laboratorio, pero tendremos que esperar.

—Entonces —preguntó Pietro, al otro lado del teléfono— ¿le dio un infarto de la impresión?

—No exactamente. Acabamos de confirmar con el hermano del fallecido que por vía materna tienen ascendencia caribeña; ya se lo puede imaginar, lo típico… Un bisabuelo que emigró a Latinoamérica, se casó con una costarricense y se afincaron allí, aunque el padre de ellos volvió a Galicia, y Antonio Costas ya nació en Lugo.

—Perdone, pero… no veo la conexión.

—Reconozco que nosotros también tardamos en verla. Pero me acordé del caso de un chico africano que nos trajeron una vez, hace años. Era muy joven y había muerto en una redada en la que lo habían detenido. No parecía muy normal que alguien de tan poca edad y sin patologías previas hubiese sufrido una parada cardiorrespiratoria por algo que solo le tendría que haber producido una situación de estrés, pero descubrimos que sufría drepanocitosis.

—Ah, ¡drepanocitosis! —exclamó Pietro—. ¿Eso no es lo de la mutación del gen de la hemoglobina?

«La madre que lo parió», pensó Sanger para sus adentros. Sin embargo, procuró mantener un tono neutro y no mostrar su sorpresa.

—Pues… sí. ¿Cómo lo sabe?

—Me suena haberlo leído en alguna parte.

—Ah. Quizá sepa entonces que se trata de un trastorno hereditario, típico de personas de origen africano o caribeño, que afecta a millones de personas en todo el mundo. Por lo general la mayoría ni se enteran, aunque suelen tener anemia y dolores en las articulaciones de vez en cuando, pero resulta que estropea la hemoglobina, que es la que lleva el oxígeno por todo el cuerpo, de modo que los afectados tienen un factor de riesgo muy importante si se les priva de oxígeno de alguna forma. Me refiero a submarinismo, escalada o, como ha sucedido con este hombre, si se les somete a algún tipo de contención forzosa. La inmovilización de estas personas puede suponer consecuencias irremediables.

Pietro guardó silencio unos segundos.

—Es asombroso que haya conectado la información, la felicito.

—No tiene por qué, es mi trabajo —respondió ella, con falsa modestia.

—Entonces —razonó Pietro, como si necesitase confirmar las conclusiones— es posible que a Antonio Costas, sencillamente, lo amordazasen e inmovilizasen con alguna finalidad, pero sin ánimo de matarlo.

—Esa es la sensación que tenemos, sí. Pero es algo que tendrá que averiguar usted con los indicios que le aporta la ciencia —replicó ella con un aire algo pedante, al que Pietro respondió con humildad:

—No sabe lo que le agradezco la llamada, porque el asunto se está complicando bastante y cualquier información nos resulta utilísima. Ya solo con la estimación aproximada de la hora de la muerte podremos chequear de forma más ajustada cámaras de seguridad, posibles testigos presenciales… Ya sabe. Gracias, de verdad.

—No hay de qué —respondió ella, sabiendo que al otro lado del teléfono Pietro no podía ver su sonrisa triunfal. Sin embargo, antes de colgar, él la detuvo:

—¡Espere! ¡Ya sé de qué me sonaba lo de la drepanocitosis! Ella suspiró.

—No me diga.

—Sí, los que la tienen son prácticamente inmunes a la malaria, y si la sufren tienen muchísimas posibilidades de sobrevivir, ¿verdad?

—Hum… Sí, creo que sí. ¿Dónde lo ha leído?

—En una de las revistas de *National Geographic* de mi tía, hace muchos años; de hecho, me parece que lo leí cuando era adolescente… ¡No tengo ni idea de dónde podría encontrar ahora un reportaje que hablase sobre ello! —exclamó, como si pensase en voz alta—. En fin, tengo que dejarla, muchísimas gracias de nuevo.

Pietro se despidió y, por su tono, Raquel supo que estaba apurado y atendiendo algún asunto urgente. Cuando colgó miró a su marido, que había escuchado toda la conversación.

—¡Que lo leyó siendo adolescente! ¿Lo has oído? Pero ¿este quién es?, ¿la reencarnación de Hipócrates?

Álex Manso se rio, pero compartió con su mujer la creciente curiosidad por aquel joven subinspector que, de forma extraordinaria, parecía recordarlo absolutamente todo.

Cuando Carbonell había decidido trazar un plan para saber qué había pasado realmente con su amiga Lucía y con el viejo y misterioso galeón, había sido plenamente consciente del riesgo que asumía, porque las personas que han vivido mucho saben que hay decisiones que lo cambian todo. Había leído con detenimiento las noticias en prensa sobre Eloy Miraflores y James Grosvenor, y también había buscado en internet aquel mediodía mientras, de forma obligada, solicitaba a Linda Rosales y a Metodio Pino que se quedasen en su añejo piso del edificio Mülder a comer. Desde allí habían esperado pacientemente la prometida llamada de Pietro Rivas, que todavía no se había producido. En todo caso, Linda había comprobado en las noticias virtuales que el fallecido en el casco viejo de la ciudad, Rodolfo Pacheco, ya había sido llevado a la Ciudad de la Justicia y que estaba a la espera de que le fuese practicada la autopsia. Los periódicos no decían mucho más, y desde luego no establecían el vínculo del fallecido con el palacio de la Oliva ni con Eloy Miraflores, y aquel aspecto, tan relevante, era completamente desconocido para Carbonell y sus amigos. Tampoco se nombraba al primo del muerto, por lo que el grupo se mantenía también ajeno a esta desaparición. Pero ellos sí sabían que el joven asesinado tenía el ordenador de Lucía y que en solo dos días ya habían muerto una historiadora naval brillante y un maquetista, ambos investigadores del buque Nuestra Señora de los Remedios y San Francisco Javier.

Las causas y finalidades de aquel desastre podían ser difíciles de definir y encontrar, pero Carbonell contaba con una carta a favor en la partida, ya que entre sus filas se encontraba Linda Rosales. El organismo que representaba la investigadora, el CSIC, era uno de los que podía tomar la decisión sobre los permisos que Deep Blue Treasures había solicitado sobre Rande. ¿Por qué no contactar con ellos por aquel motivo? Cualquier excusa podría ser factible. Una revisión del expediente, un estudio pormenorizado del inventario de pecios hundidos y del crecimiento del lecho de fango en los tres siglos que las naves llevaban hundidas en la ensenada de San Simón... Tras el contacto inicial, saltar al tema que les interesaba sería pan comido.

—No lo veo tan fácil, la verdad —había observado Linda, con semblante escéptico—. Si algo sale mal, me juego mi prestigio y mi reputación... Además, ¿qué se supone que le íbamos a preguntar a Miraflores, en caso de que nos lo facilitasen a él como interlocutor? ¿Algo así como, no sé, como si conocía a la señora Pascal, que acaba de morir en circunstancias extrañas?

—Por supuesto que no, querida —había replicado el viejo arqueólogo—. Sugeriremos haber encontrado un material muy valioso de nuestra querida Lucía, algo con lo que no podemos hacer gran cosa al carecer de infraestructura y medios para prospectar en condiciones bajo el mar.

—¡Pero eso no es cierto!

—Si me dejas hablar a mí, sí.

Continuaron discutiendo un rato, pero Linda terminó por ceder. Al fin y al cabo, solo era una llamada de teléfono. Cuando contactaron en el número del que disponía Linda en Deep Blue Treasures, una centralita los derivó a una eficiente secretaria, que aseguró que podía encargarse ella misma del asunto.

—Es un tema confidencial —había replicado Linda, casi sudando—. Lo ideal es tratarlo en persona con el responsable directo, el señor Miraflores. Él me conoce, ya hablamos en su día por una solicitud para una prospección en Rande.

La secretaria había guardado un incómodo silencio durante largo rato para luego hacerles esperar otro tanto mientras sonaba música clásica. Cuando regresó al otro lado del teléfono, las noticias no eran buenas. No, no iba a ser posible que hablasen con el encargado, porque se encontraba de viaje de trabajo. Le daría el recado a la mayor brevedad, y aquello era todo.

—Lo hemos intentado —había suspirado Linda al colgar, mirando a Carbonell y a Metodio—. Ahora, si me disculpáis, tengo que volver a Pontevedra.

—Yo ya he perdido el día —resopló Metodio, con una mueca de fastidio.

—No tan rápido —los había frenado el arqueólogo—. Nos queda el inglés.

—¿El millonario? —había preguntado la investigadora, cansada—. ¿Con qué excusa pretendes que lo llamemos? ¡Tal vez ni siquiera tenga nada que ver con esto! El hecho de que el barco de Eloy Miraflores lo contactase por radio puede haber sido por cualquier motivo náutico corriente, no tiene la mayor relevancia.

—No, en efecto, salvo por el hecho de que él y Miraflores se conocen.

—¿Qué? ¿Cómo lo sabes?

—Porque la prensa lo desvela —respondió, girando de forma algo torpe la pantalla de su ordenador hacia Linda y Metodio—. No tenéis más que poner sus nombres en Google y los veréis vinculados en los últimos años a exposiciones, encuentros y recepciones del mundo del arte y la cultura. No obtendréis ni una imagen de James Grosvenor, pero en la prensa se recoge que tanto él como Miraflores, además de otros millonarios y coleccionistas, estuvieron en el aniversario del MoMA en Nueva York y en la recepción exclusiva que hubo hace dos años en la Galería de la Reina, en el palacio de Buckingham de Londres. Mirad —insistió, marcando las noticias en la pantalla—, si este cacharro dice la verdad, también debieron de coincidir en la exposición especial que hubo hace casi tres años en el Museo Egipcio de El Cairo.

—Pero eso no quiere decir nada —objetó Metodio, frunciendo el ceño—. Es como si dos actores coincidiesen en la entrega de premios de los Óscar, no tendrían por qué conocerse.

—Oh, ¡por Dios Santo! Aquí no se trata de encuentros multitudinarios de ese tipo, todos saben quién dispone o no de capital de inversión y quién pertenece o no a la red de tráfico de arte, ¡no seas ingenuo, Metodio!

—Quizá debiéramos apuntar este posible vínculo a la policía —razonó Linda, pensativa y no muy convencida.

—Nos dirán que no pueden trabajar sobre especulaciones, que no tienen pruebas —afirmó Carbonell con sólida vehemencia—, y ¿sabes qué, Linda? Que tendrán razón. Son solo indicios. Por eso debemos hacer algo. Se lo debemos a Lucía.

—Lucía no tiene nada que ver en esto —reaccionó Metodio—, porque una cosa es honrar su memoria y otra idear fantasías y hacer acusaciones infundadas.

El anciano respiró profundamente antes de volver a hablar, y cuando lo hizo mostró en sus palabras una honda emoción:

—Es razonable tener miedo, pero se encuentra ante nosotros el hallazgo arqueológico de nuestras vidas. El señor Grosvenor es un reconocido filántropo amante del arte, podemos invitarlo al museo, donarle alguna de nuestras baratijas —añadió, señalando algunas de las reliquias arqueológicas de dudosa procedencia que guardaba en sus estanterías.

—No contéis conmigo —zanjó Metodio.

Se sentó, nervioso, en un sillón. Miró al suelo y negó con el gesto, convencido. Linda Rosales también parecía estar de su lado, pues por su semblante se deducía que aquel plan era demasiado extraño, con objetivos difusos y medios más que cuestionables.

Sin embargo, el viejo Carbonell no pensaba darse por vencido, porque ya tenía una idea para acceder a la guarida de la garza blanca.

Miranda

El primer día del año siempre se nombraba en la plaza de la Piedra de Vigo a quienes serían los representantes vecinales por elección popular. No era una elección ligera, ya que, aunque los regidores fuesen en la práctica los que terminasen por gobernar, quien hablase en nombre del pueblo en el Estado de Tierra y en el Gremio de Mareantes dispondría de un gran poder y prestigio. Después de la misa mayor en la colegiata, a golpe de campana tañida, se llevaron a cabo las elecciones de procurador general de Tierra y Mar, y aquel 1 de enero de 1702 se presentó Rodrigo Rivera a uno de los cargos con el ánimo de que así, tal vez, pudiese revestir su persona de más prestigio y reverencia a la hora de adiestrar y organizar milicias, pero como era de prever el puesto quedó para quien ya lo había ostentado el año anterior, pues él no era más que un hidalgo retornado al que los vecinos, a pesar de sus heroicidades, todavía estaban calibrando.

Tras la elección, los hombres se dispersaron y el oficial tuvo oportunidad de saludar a Miranda, que se había quedado en la plaza de la Iglesia conversando con otras mujeres.

—¿Cómo van sus investigaciones?

—En invierno poco avanzan... Aunque he visto buenos resultados con las condiciones de calor adecuadas en algunas cajas con orugas. Con la gracia de Dios, conseguiré progresar y afinar mis dibujos.

—Pareciera que tuvieseis el laboratorio de un buen alquimista.

Ella sonrió.

—Supongo que tal cosa es lo que tengo, aunque no es comparable a los estudios que se pueden hacer en las islas de Bayona. ¡No sabéis las ganas que tengo de que regrese el buen tiempo para poder volver!

—Será un placer acompañaros para saludar a vuestros apolíneos bichos.

—Y yo agradeceré vuestras impertinencias y amable conversación —se rio ella. Después tornó el gesto a una expresión algo más seria—. ¿Seguís adelante con vuestros planes de regresar al Nuevo Mundo?

Rodrigo tardó unos segundos en responder.

—Es posible, aunque será menester que termine primero los encargos de Barbanzón para fortalecer las defensas de Vigo.

Ella suspiró, al tiempo que ambos comenzaban a caminar, juntos y sin apenas darse cuenta, hacia la plaza Pública. A su lado, y a solo unos metros, Ledicia hablaba con otras criadas y la hijastra de Miranda jugueteaba con un muñeco de trapo.

—¿Sabéis, Rodrigo? Con frecuencia, y aún a pesar de mis obligaciones, también pienso en retornar a Costa Rica. El clima es más benigno y la mutación de las larvas es constante. ¿Os imagináis cuántos avances podría realizar?

Él estrechó la mirada y la observó con expresión de afecto.

—Vive Dios que en mi imaginación no hay nada que vos no podáis hacer.

—Tal vez nunca pueda emprender tal viaje.

—Pero ¿por qué decís tal cosa? ¿Y por qué ahora ese semblante triste, Miranda?

—Un asunto me turba, y no me atrevo a preguntar.

—Decidme, ¿qué os embaraza?

Ella retorció las manos enguantadas, algo nerviosa.

—La guerra, Rodrigo. ¿Habéis tenido nuevas? No os andéis con delicadezas, mi padre me ha escrito muy alarmado: algunos ingleses no están queriendo ya comerciar con el Nuevo Mundo a través de testaferros españoles. La crispación es mucha y los negocios del vino, y la exportación, también se resienten. ¿Habrá guerra, pues?

Rodrigo la miró muy serio, y hasta su cicatriz en el rostro daba la sensación de ser más profunda y oscura. Observó a la hijastra de Miranda, que correteaba ahora a su lado como una criatura inocente, con la mirada algo perdida.

—Señora, ya que me dais licencia, os hablaré con franqueza. —Y con un gesto la invitó a alejarse un tanto de la muchedumbre que todavía salía de misa—. La guerra, a mi entender, es inminente. Las principales potencias del mundo tomarán parte, y lo cierto es que en esta villa estamos mal pertrechados para ningún combate —confesó, para guardar silencio durante unos segundos y atreverse a mirar a Miranda de nuevo a los ojos, contenida la emoción—. Nada me afligiría más que no veros, pero si disponéis de familia en el interior, tal vez fuese conveniente que los visitaseis durante una temporada, porque las costas suelen ser los primeros atraques de los invasores. Tal vez Fermín de Mañufe pudiese acogeros en Ribadavia para...

—¡No, por Dios! —exclamó Miranda, sin disimular su horror. No le había comentado nada a nadie, pero lo cierto era que las visitas de Fermín habían sido cada vez más numerosas y las miradas sobre su cuerpo hacía meses que escapaban del cariño fraternal. Su cuñado Fermín se asemejaba terriblemente a su marido en una versión mucho más basta, y la mera idea de convivir con él le producía escalofríos. No solo le recordaba a las cucarachas por su forma de comer, sino por su manifiesta agresividad cuando los negocios no salían como esperaba: ella sabía que aquellos insectos, ante la escasez, podían llegar a ser caníbales, y no dudaba de que su cuñado, si ella cedía su espacio en el palacio de Arias Taboada, terminaría por hacerla desaparecer. Y, aunque soñaba con regresar a Costa Rica, entre sus obligaciones se encontraba criar a aquella hijastra, y no sabía si su cuñado le anularía rentas y derechos en caso de no hacerlo. Sin embargo, si la guerra era inminente, no parecía momento adecuado para planear ningún viaje. ¿Qué podía hacer? En Redondela su padre tenía ya una nueva familia, y ella no sentía aquel lugar como su casa. Miranda tomó una decisión y se dirigió al oficial con firmeza:

—Rodrigo, si hay guerra me quedaré en Vigo. Ahora este es mi hogar.

—Comprendo, pero… ¿y su padre? Si fuese a su lado, podría estar más acompañada en el pazo de Reboreda.

—También ese palacio está cerca de la costa, y acabáis de decir que es menester alejarse de ella.

—Pero aquí estáis sola.

—Cuidando vos de la villa, estaré tranquila.

Él sonrió.

—Os agradezco el cumplido, pero sin duda carezco de los dones protectores que me adjudicáis y apenas logro remendar en estas murallas las faltas que me encuentro. De ser una de vuestras orugas, sin duda sería la más torpe.

Miranda lo miró, y sus ojos brillaron como si en su interior bailasen sauces verdes agitados por la brisa.

—Vos, don Rodrigo, sois el único hombre en la tierra al que jamás compararía con un insecto.

El mes de mayo de 1702 se declaró formalmente la guerra de sucesión española, y a finales de julio salieron cincuenta y seis naves de la Flota de Indias desde el Nuevo Mundo para retornar al Viejo y atracar en los muelles de Cádiz, donde riquezas, mercancías y pasajeros eran esperados desde hacía mucho tiempo, ya que se cumplían tres años desde su partida.

Precisamente desde ese mes de julio se encontraba el príncipe de Barbanzón en la villa de Vigo —pues viajaba por toda la comarca con frecuencia— y su ambicioso objetivo era el de disponer todas las acciones necesarias para que se fortificase por completo la costa desde Bayona hasta Redondela, aunque la misión nunca llegaría a completarse. Aquel verano Miranda solo fue en dos ocasiones a las islas de Bayona para sus estudios, ya que los preparativos para las defensas de la villa y del comercio atarearon de forma notable a Rodrigo y a Gonzalo, y a fin de cuentas el hermano Tobías permanecía en su místico aislamiento en buenas condiciones. Aquellas pocas noches en las islas de Bayona le dieron de nuevo a Miranda una magia única, que en toda su vida solo llegó a habitarla en aquel pequeño archipiélago. La sensación de calma y comunión con la naturaleza, la quieta y apacible oscuridad, iluminada solo por incontables estrellas. Aquella canción del albatros negro que cantaban los marineros por las noches; era triste, porque hablaba de la muerte, pero envolvente, porque recordaba a los que ya no estaban como si nunca se acabase la vida. Mientras Miranda estaba en la pequeña isla de San Martín con sus investigaciones y dibujos era como si se parase el tiempo y la guerra solo fuese una lamentable necesidad que se terminaría resolviendo en los despachos de los distintos reyes de Europa.

Sin embargo, la guerra era ya muy real. En su camino de vuelta, la Flota de Indias había hecho descanso y aguada en las islas Azores, y allí habían tenido conocimiento del alcance del conflicto y de que la Armada angloholandesa los esperaba en Cádiz para hacerse con su inmenso botín. Tras muchas deliberaciones, discusiones y meditadas estrategias, se decidió que aquella insólita Flota terminase de regresar, pero que lo hiciese a la ría de Vigo, donde no había enemigo alguno a la vista.

El 21 de septiembre de 1702 treinta nueve velas de las cincuenta y seis que habían salido del Nuevo Mundo atravesaron la frontera natural de las islas de Bayona y se adentraron, en una impresionante procesión náutica, en la ría de Vigo. Miranda, junto a Ledicia, fue testigo de ello desde el espectacular mirador que era la plaza de la Piedra, consciente de que aquella magnífica estampa era única y de que jamás, probablemente, vería nada igual. Gracias a Rodrigo, sabía del riesgo que corrían con aquellos navíos llenos de riquezas en su costa, pero no podía dejar de sentirse afortunada por poder ver los impresionantes galeones surcando de forma majestuosa y decidida las frías aguas del océano Atlántico. Algunos vigueses, paralizados, contemplaban cómo galeones españoles y naves de guerra francesas traían el sabor de un mundo distinto y lejano a su costa; otros vecinos, alterados, corrían de un lado a otro y gritaban, y llamaban aquí y allá, nerviosos, por causa de todo lo que podría suceder con aquellas naves refugiadas en Galicia. La Flota, solemne, avanzó a vela desplegada y ciñéndose al viento, sin detenerse en el puerto. Miranda se fijó en la vida que, de forma ordenada, transitaba por algunas cubiertas de los navíos: pasajeros, marineros, capellanes, soldados, oficiales... ¿Qué aventuras guardarían en sus corazones? ¿Qué increíbles lugares habrían visto allá, en el Nuevo Mundo?

Los orondos galeones resultaban impresionantes, y las gaviotas los sobrevolaban chillando como nunca, a pesar de que no llevasen pesca alguna a bordo. A veces Miranda buscaba en el cielo alguno de aquellos albatros que había visto en los exvotos, pero nunca había llegado a distinguir un ave tan grande en la costa. Las gaviotas, carroñeras y ruidosas, le parecían demasiado simples para poder albergar las almas marineras, de modo que escudriñó el cielo por si algún otro animal acompañaba a los marinos, y solo vio algunas garzas que sobrevolaban un galeón. Su atención, y la de Ledicia, se centró en aquel navío, que era el que navegaba más próximo a aquel lado de la costa.

—Señora, ¿habéis visto cuántos cañones?

—Sí, Ledicia. Para defenderse de los piratas y los enemigos.

—¡Y qué colores! ¿No es una virgen la que cubre su popa?

—Una virgen con su niño y un santo dando prédica a su lado, creo distinguir —añadió Miranda, aguzando la vista.

—Parecieran salidos de otro mundo, ¿verdad, señora? Y mirad que hay terribles criaturas y monstruos en los mares, ¡eso dicen! Pero por mi difunta madre os digo que, al ver tanta grandiosidad, hasta yo viajaría en estas naves.

Miranda se había limitado a asentir, desconociendo, desde luego, que aquel galeón era el Nuestra Señora de los Remedios y San Francisco Javier. Los navíos, como si fuesen guiados por una única mano divina, continuaron su navegación de forma ordenada; dejaron atrás Vigo, sin detenerse, y aparejaron al doblar la punta del monte de la Guía. Llegaron pronto a la ensenada de Redondela, donde Miranda imaginó que su padre estaría, a su vez, contemplando el imponente espectáculo. Cuando los galeones estuvieron en la ensenada, y como si se tratase de polluelos protegidos por una madre, las naves francesas fondearon en línea de combate cerrando por completo el estrecho de Rande, en una operación que parecía haber sido pensada sobre una carta náutica con todo detalle.

A pesar de que lo más seguro habría sido descargar por completo las naves de inmediato, el Consulado de Cádiz se negó a ceder sus privilegios, alegando que en Vigo no se encontraba ministro válido alguno para reconocer y tomar cuenta de todas las mercancías, pues les correspondía a ellos adquirir los derechos e impuestos para el Tesoro. El Consejo de Indias evitaba pronunciarse, mientras que el Gobierno exigía la premura del desembarco, por lo que solo el oro y la plata de la Corona recibieron permiso para ser desembarcados. El príncipe de Barbanzón, que era consciente de las malas defensas de la bahía, envió despachos a todas las comarcas del reino de Galicia para que «estén prontos con sus armas y caballos, y a quienes les falte caudal y disposición para armarse, que también estén».

Gonzalo y Rodrigo, que habían visto la formidable llegada de la Flota desde el puerto de Vigo, no daban crédito a lo que sucedía con toda aquella carga, que para Galicia era una condena.

—Perded cuidado —había intentado tranquilizar Rodrigo al corsario—, el propio Barbanzón me ha confirmado que, junto con el consejero y con Justicia y Regimiento de Vigo, han ordenado fortificar la garganta del pueblo todo lo posible y han requerido el embargo de más de mil carretas para llevar los ducados y el oro y la plata de la Corona a Segovia.

—¡Mil carretas! Vive Dios que nunca hubo tantas en Vigo. ¿De dónde piensan sacar bueyes, caballos y carros para semejante convoy?

—Se han requerido también en Santiago y en Tuy —explicó Rodrigo, alzando una mano en señal de calma, aunque en realidad el oficial no estuviese calmado en absoluto—. Por cada carro irán al menos cuatro cajones de plata y oro.

—¿Y la seguridad de los caminos?

—Regimientos menores y milicias.

—Que Dios tenga misericordia, porque no la tendrán ni los ingleses ni los asaltantes de caminos —se lamentó Gonzalo, llevándose una mano a la cabeza—. Además, si llega la Armada de las tropas aliadas, ¿qué hombres defenderán nuestros barcos? La Armada francesa es escasa, y del Nuevo Mundo han venido muchos enfermos de fiebre amarilla, bien lo sabéis. No lo toméis como ofensa, pero no quisiera encomendar mi alma a esas milicias vuestras.

Rodrigo resopló. El otoño acababa de comenzar y no sabía si el clima se tornaría hostil para ellos mismos o para el enemigo, si es que finalmente llegaba. Debían confiar en que el desembarco del grueso de la mercancía fuese suficiente como para que los angloholandeses evitasen recalar en su costa. Sin embargo, el asunto siempre podía ir a peor.

—No lo sabéis todo —le confesó a su amigo—. Dado que ya ha comenzado a descargarse la riqueza de la Corona, la escolta no será tanta.

—¿Cómo decís? —frunció el ceño Gonzalo, con la alarma dibujada en el semblante.

—Digo que al menos cinco naves de guerra de los franceses partirán esta semana. En los galeones lo más que quedará serán maderas, tabacos y géneros de conducción difícil, pues solo algunas cajas de oro y plata habrá a bordo, por lo que la obligación de custodia de Francia termina cuando ya nada hay que custodiar. O más bien cuando, como imagináis, el rey Luis XIV tenga cubierto a su nieto, nuestro monarca.

—¡Que los franceses se queden hasta el final, interceded por ello! Si son nuestros aliados, no lo son solo de la Corona, sino del pueblo.

—Lo que no se desembarca es porque los comerciantes no dan permiso, no lo olvidéis. No se arriesgan a los peligros de los caminos, y ese riesgo debe ser asumido por tales mercaderes, y no por el rey de Francia.

El corsario agudizó la preocupación de su semblante.

—Comprendo lo que decís, pero conozco a los ingleses, Rodrigo. A poca plata que haya, vendrán. Y veremos entonces quién custodia nuestras almas.

Tan solo diez días más tarde, la flota angloholandesa, que no había logrado sus objetivos en Cádiz, donde había sido rechazada y humillada por un número muy inferior de combatientes que sí contaban con buenos recursos militares y defensivos, partió hacia el norte y la sospecha de que ajustase el rumbo para recalar en Vigo era cada vez más sólida. Intentarían lograr, al menos, algún desquite con aquellas inmensas cantidades de oro y plata que se guardaban en las entrañas de las bestias de carga españolas. En Vigo sabían de esta partida y se preparaban ya para lo peor.

En la taberna de las Almas Perdidas, Rodrigo —acompañado por su siempre inseparable Sebastián— y Gonzalo, junto con representantes de los principales gremios de la ciudad, tomaban un buen vaso de vino y daban cuenta de la gravedad de la situación.

—La villa se encuentra ya en Estado de Defensa —les explicaba Rodrigo, que por motivos evidentes era quien más al tanto se encontraba de la circunstancia militar—, y estamos montando piezas de artillería gruesa en los baluartes, en especial en A Laxe.

—¿Y Teis? —preguntó Gonzalo, que escuchaba y marcaba puntos en un mapa de la costa.

—Artillado, también. Al igual que Santa Tecla. Barbanzón ha mandado reunir todas las milicias de la comarca y a las escasas fuerzas que diesen guarnición en Tuy, pero no puedo ni debo engañarles, señores… La situación es grave y los ingleses nos superarán en número y elementos de artillería.

—Hijos de mil putas… —masculló uno, secundado por otros, que lanzaban al aire exabruptos todo el tiempo, acuciados por la gravedad de las circunstancias. Uno de los regidores de Vigo, que se encontraba presente, con expresión grave detalló también su aportación.

—Don Rodrigo, hemos procurado cuidar la seguridad y el abastecimiento y hemos ordenado a los vecinos que dispongan de abundante agua en las puertas para el caso de incendio, además del acopio de víveres en sus casas.

—Yo mismo he repartido los pasquines —añadió Mascato, el impresor, que escuchaba con semblante serio.

—Nada de eso servirá —se lamentó Pedro Roca—, pues si asaltan la villa pasarán a cuchillo al que se les cruce, arrasarán con todo y se llevarán cualquier cosa de valor que encuentren.

—Hemos dado orden a los comerciantes para que guarden sus mercancías en sitio seguro —rebatió el regidor, como si aquella medida fuese a compensar la muerte de cualquiera de sus vecinos.

—No nos lamentemos antes de lo preciso, señores —intervino Gonzalo—, pues, aunque todos tenemos vida que perder en esta empresa, todavía podemos aportar para que nada se pierda. Barbanzón ha pedido tropas regulares a Coruña, y mis hombres y yo mismo nos apostaremos en las playas y riberas armados y dispuestos.

Rodrigo miró a Gonzalo con renovada camaradería, porque, aunque el corsario no fuera hombre de Armada, tomaba decisiones valientes y prácticas con la resolución de los altos cargos. Procuró reforzar el ánimo combativo con más información defensiva:

—En caso de batalla, las puertas de la villa serán cerradas, y todo el que no pueda combatir debe retirarse a las aldeas del interior con sus bienes y ajuares. Pero es menester que, aun alzando armas y defendiendo nuestra plaza, sepamos que Barbanzón ya ha promulgado bando para los nobles, que acudirán en nuestro socorro y harán todo lo conveniente para la defensa del reino.

—No habrá nobles suficientes para defender plaza tan valiosa, Rodrigo —replicó Pedro Roca, que continuaba con su ánimo lleno de desesperanza.

Rodrigo tomó aire. Él también estaba profundamente preocupado, pero parte de su trabajo era el de mantener a aquellos hombres firmes para no sucumbir frente al enemigo.

—Me consta que las ocho compañías de caballo de Barbanzón están ya formadas y que varios nobles de Galicia vendrán en su caso a Vigo y Redondela... Y en las milicias disponemos de miles de...

—¡Las milicias! —lo cortó Pedro, ya hundido en los peores y más catastróficos augurios—. ¿Confiaríais vuestra vida a esos campesinos, Rodrigo? Por la Virgen del Carmen, pedidle a Barbanzón que se vacíen ya esos malditos navíos... Podremos servir con celo al rey de nuestra patria, pero ese oro será el que nos mate a todos, oficial.

—Bien sabéis que las carretas con los tesoros de la Corona discurren ya hacia Castilla.

—No todo ha sido desembarcado.

—Dadles tiempo, tened fe.

Pedro se levantó.

—No penséis que soy un cobarde, don Rodrigo. Pero por Dios os digo que lucharé por defender a esta villa y a su gente, y no el oro de las Indias. Desde Cádiz habéis debido de recibir cumplidos informes... Decid, ¿cuántas velas llegarán?

Rodrigo miró a Gonzalo, con el que ya había compartido aquella incómoda y preocupante información.

—Tal vez no lleguen nunca, y esas naves regresen desde Cádiz a Inglaterra.

—¡No me toméis por necio! —bramó Pedro, que con su fuerte vozarrón y su imponente altura parecía una masa de nervios retorcidos—. Sabéis que ocurrirá. ¿Cuántas navíos de guerra tienen esos bastardos?

Rodrigo tomó aire y, resignado, facilitó la información:

—Más de ciento cincuenta velas. Es posible que ronden incluso las doscientas.

Y en aquella taberna del puerto, aquel día, la gran mayoría de los hombres encomendó su alma al Altísimo, porque acababan de comprender que muchos iban a morir.

Pasaron los días, y hasta las semanas, llenos de incertidumbre y sin saber si los angloholandeses se desviarían o no en su ruta de retorno a Inglaterra, porque los vientos les eran contrarios y subían sus naves de forma muy lenta siguiendo la línea cercana a la costa. Ya había transcurrido un mes desde la llegada de los galeones a Rande, y los tesoros oficiales de la Corona habían partido en su totalidad hacia Castilla para ser depositados en el alcázar de Segovia. Una mañana, Rodrigo, alterado, fue a ver a Miranda. Era muy temprano y desde luego no eran horas de visita, pero lo que tenía que decir le urgía enormemente. El oficial estaba en el zaguán del palacio de Arias Taboada y esperaba con paciencia a que ella bajase de sus aposentos para recibirlo. Sin embargo, la joven apareció por la puerta lateral del piso inferior, que daba al huerto y las cocinas.

—Perdonad, Rodrigo —se disculpó ella mientras terminaba de limpiarse las manos con unos paños húmedos—, pero no os esperaba y estaba atendiendo a mis orugas. Hacía ya días que no os veía... Oh, ¡por Dios! ¡Qué semblante tan pálido tenéis! Ledicia —ordenó—, traed algo de comer y beber al oficial.

—No preciso nada, Miranda.

—Por supuesto que sí. Por favor, sentaos. ¡Oh, Sebastián! —llamó cuando vio que el chico se quedaba a la entrada sin atreverse a pasar—. Venid, pues también vos comeréis algo, ¿verdad?

El muchacho miró a Rodrigo, como pidiéndole permiso, y el oficial asintió, casi al mismo tiempo en que llegaba Ledicia con alguna vianda. Al instante, Rodrigo se disculpó por no haber tenido la cortesía de saludar a Miranda durante tantos días, ya que las tareas de defensa militar de la villa le estaban consumiendo todas sus horas; después, y con el ánimo de hablar con algo más de intimidad, le pidió que dejase al muchacho comer en su salón mientras él y ella iban a ver a sus orugas, que era algo que ya habían hecho en muchas ocasiones. Miranda, extrañada, accedió porque comprendió al instante que debía de ser relevante aquello que el oficial quisiera decirle.

—Me asustáis, Rodrigo. ¿Qué sucede? —le preguntó tan pronto como llegaron al huerto tras la vivienda, donde había plantado un limonero y donde, en efecto, ella tenía aquel laboratorio para orugas, al que no entraron.

—Sucede que, según mis informes, los angloholandeses hace ya bastantes días que pasaron Lisboa, y parece razonable considerar que llegarán a nuestra ría más pronto que tarde, Miranda. Os he advertido muchas veces, y me consta que don Gonzalo y hasta el padre Moisés también lo han hecho, pero tal vez esta sea la última oportunidad de poner vuestra alma a salvo. No quise mostrar estas circunstancias extremas ante vuestro servicio, pues debemos intentar mantener la calma, pero debéis iros lo antes posible de la villa.

—No —se negó ella, inalterable—, ya os dije que no iría a ninguna parte. ¿Acaso os vais vos?

Él frunció el ceño, y con su semblante pareció querer mostrar a la joven viuda lo ridículo de la pregunta.

—Soy un oficial de la Armada, aquí es donde debo estar.

—En tal caso, sabed que soy la señora de este pazo y que aquí permaneceré. Sabré defenderlo, que hay pistolas en el despacho y cuchillos en la cocina. El padre Moisés también se queda para cuidar la colegiata.

—No sabéis lo que decís. Por Dios os lo ruego, marchaos a un lugar donde estéis segura.

Ella lo miró con cierto desafío, molesta.

—Ya no soy una niña, don Rodrigo, y tampoco guardo tan poca sesera como para no cuidarme. Mi padre me ha escrito y él guardará también su casa, pues si todos huimos no hacemos más que allanar el camino al que viene.

—Pero ¿el señor de Miranda os concede el quedaros aquí?

Ella cruzó los brazos, sorprendida y con semblante ofendido.

—Nada tiene que concederme, que yo misma resuelvo mis asuntos. Mi única responsabilidad es la hija de Enrique, a la que la semana pasada envié en la diligencia a Ribadavia, con su tío.

Rodrigo se quedó perplejo.

—¿Y Fermín de Mañufe ha aceptado a su sobrina pero no a vos?

—No estaba en mi ánimo ir a enturbiar su casa, aunque he de reconocer que sí fui invitada con toda cortesía.

—¿Entonces?

—Entonces todo ha sido resuelto con un buen acuerdo.

Rodrigo no comprendía nada.

—Disculpad mi atrevimiento, pero si me dais licencia me gustaría preguntar qué clase de acuerdo habéis…

—He tenido tiempo para pensar y para tomar decisiones, Rodrigo. Renuncio a este pazo y a los beneficios de los negocios que me corresponden de mi difunto esposo a favor de su hermano, mientras mantenga una pequeña renta que me permita sobrevivir.

—Pero, señora, ¿qué decís? ¿Adónde iréis?

—A Costa Rica, según os he anticipado en otras ocasiones. Y a Surinam. A los lugares que ya conozco del Nuevo Mundo y a otros nuevos que buscaré para mis investigaciones... Todavía debo prepararlo todo, y con la ayuda de Dios espero poder irme el año próximo, cuando el buen clima del verano me permita una travesía amable.

—Pero ¿habéis perdido el juicio? ¿Acaso pensáis viajar sola?

—No tengo a nadie con quien viajar. Y mi padre dispone ya de una familia nueva que atender. ¿No lo veis? Todas las circunstancias se encaminan a favor.

—Sois imprudente, temeraria e ingenua. ¡No podéis hacer tal cosa! Y menos, todavía, quedaros vos sola en esta villa en tiempos de guerra... ¿Vais acaso a proteger vos también la integridad de vuestros criados?

—Solo se ha quedado Ledicia conmigo, a pesar de que le he ofrecido que se marchase unas semanas a Ribadavia.

—¿Y tampoco le place el irse?

Miranda suspiró, como si le exasperase explicar algo muy obvio.

—¿Cómo creéis que iba a marcharse teniendo a toda su familia en el Berbés? Solo le quedan sus hermanos y sus tíos en este mundo, señor, y ellos no tienen aldea a la que huir ni ajuar que proteger, salvo sus barcas y aparejos. En caso de batalla, podrán venir intramuros a refugiarse a esta casa, pues así he dado mi conformidad. Y, por si lo dudáis, os informo de que he seguido ya todas las indicaciones facilitadas en pasquines y bandos, perded cuidado.

Rodrigo se llevó una mano a la barbilla, con gesto preocupado y reflexivo, mientras mascullaba algo sobre la pérdida de cordura y sentido común.

—¿Por qué sufrís por mí, Rodrigo? —volvió a molestarse ella, que tenía la sensación de luchar de forma constante por defender sus decisiones—. No soy de vuestra familia.

—Podríais serlo —replicó él muy serio, acercándose, para volverlo a repetir—: Podríais serlo si quisierais.

Se quedaron mirando a los ojos durante unos segundos, y pareciera que fuesen fuego con fuego, librando una batalla. De pronto, ella se giró y caminó unos pasos por el huerto. Después se volvió y lo miró con renovado enfado.

—A lo mejor deberíais preocuparos más por vuestra familia, don Rodrigo. He sabido el motivo por el que vuestro padre os dejó ese recuerdo —dijo, señalando la cicatriz del rostro—. Según parece, tuvisteis galanteos con vuestra hermanastra, y un azar del destino —añadió, con evidente ironía— es el que os ha hecho regresar para ver a vuestra madre justo cuando, ¡qué casualidad!, vuestra enamorada ha quedado viuda —le espetó, con rabia, esperando su reacción—. ¿Os sorprende que lo sepa? Los criados son como palomas mensajeras, señor. ¿Por qué las atenciones y cuidados que tanto me queréis brindar no se los prestáis a esa viuda que tanto os interesa?

Rodrigo, asombradísimo, y también enfadado, no daba crédito.

—Haríais mejor en no hacer caso de habladurías, Miranda. Es cierto que, siendo adolescente, perdí la razón por una de las hijas del hombre que se iba a casar con mi madre, pero fue hace muchos años. Yo ya no tengo cabeza para esas pérdidas de juicio.

—Ah. ¿Pues para qué la tenéis entonces?

—Para vos.

Y Rodrigo, sin pensar, guiado por una corriente salvaje que salió de algún punto perdido en su interior, se acercó a Miranda y la tomó de la mano. Se quedaron tan próximos que con una levísima inclinación ya habría sonado un beso. La miró con franqueza, como si ya estuviese todo perdido y fuese necesario mostrar la verdad del alma para no dejar de respirar.

—Esta cabeza y este corazón son y serán siempre para vos.

Miranda, al escucharlo, notó cómo palpitaba muy rápido su pecho y sintió de pronto un calor extraño, como si el sol germinase dentro de sí misma. Hasta hacía no mucho, la sola idea de estar con un hombre le había repugnado. Pero, ah, cómo le había reconcomido durante aquellos meses el chisme sobre la herma-nastra de Rodrigo y cuánta angustia la había devorado cuando él había acudido, con irregular cadencia, a visitar a su madre al pazo de San Roque. ¿Qué tenía aquel hombre que no tuviese, acaso, el locuaz y apuesto Gonzalo? Temblando, estaba a punto de decir algo cuando, de pronto, apareció Sebastián en el huerto, con el semblante demudado.

—Don Rodrigo, rápido.

—¿Qué sucede? —le preguntó al grumete, sin soltar la mano de Miranda.

—Ha llegado un jinete buscándolo, señor. El monje de la isla ha encendido las fogatas, y los caballos más veloces han venido desde Bayona para darnos la nueva... Se acercan los ingleses —explicó muy nervioso, casi en un tartamudeo—. Y se cuentan, al menos, ciento ochenta velas.

8

Por regla general, la parte externa del hombre proporciona ciertas indicaciones de cómo es el alma que tiene en su interior.

ARTHUR CONAN DOYLE,
Piratas y mar azul

Cuando la niebla se desgajó, disolviéndose poco a poco en el aire, pareció llevarse parte del frío tras su estela blanca y etérea. Los tres policías, al adentrarse en la zona de atraque del Náutico, habían sentido cómo el sol, por fin, ofrecía su agradable calidez de invierno. En el pantalán por el que caminaban Pietro cruzó saludos con algunos marineros y se detuvo unos segundos con uno llamado Lolo, que al parecer vivía también en su barco, que era un gran velero antiguo de madera. El hombre, con barba blanca y generosa barriga, encarnaba la viva estampa de un viejo lobo de mar y daba la sensación de que, a aquellas horas, ya había bebido todos los licores que habían caído en sus manos.

—Siempre va un poco pasado —les había explicado Pietro, al dejarlo atrás—, pero es muy buena persona y sabe mucho de mar. A veces cenamos juntos en mi barco.

—Nos tranquiliza saber que tienes amigos a los que sí invitas a tu chalana —gruñó Nico, algo celoso y todavía molesto.

Pietro no dijo nada, apurado como estaba por llegar al barco y ver qué contenía el ordenador de Lucía. Cuando Nagore y Nico observaron la nave ante la que se detenía, se quedaron boquiabiertos. Si en algún momento habían supuesto que su compañero vivía en un barco de forma abandonada y bohemia, desde luego se habían equivocado. Cuando vieron desde el pantalán el yate de dos alturas —más el puente volante—, ninguno de ellos pudo evitar una exclamación de asombro, porque permitirse un alojamiento semejante se acercaba más a una exclusivísima excentricidad que a un despreocupado y último aullido en reclamo de libertad y juventud.

—Patrón, esto debe de ser más grande que mi piso.

—Está bien aprovechado —se limitó a responder Pietro, que restaba importancia a la embarcación, de diecisiete metros de eslora y casi cinco de manga. Su color blanco níveo contrastaba con los portillos y las ventanas de los camarotes y de la bañera principal, que eran oscuros y tintados en su exterior, aunque en el interior de la nave todo fuese deslumbrante claridad.

—Tu amigo tiene gustos de nuevo rico —observó Nagore, a la que nada de aquello parecía impresionar.

Subieron y atravesaron la bañera cubierta, decorada con madera de teca de color claro y vestida con mobiliario lujoso y a prueba de salitre. Pietro sacó un manojo de llaves de seguridad y abrió una gran puerta corredera doble, a través de la que entraron a una cocina elegantísima y a un salón muy amplio, que parecía terminar casi en la proa del barco.

Nico lanzó al aire un silbido de admiración.

—Vaya nivel —acertó a decir. Después paseó brevemente por el espacio y miró de un lado a otro con gesto de extrañeza—. Pero ¿dónde duermes?

Pietro hizo un gesto hacia unas escaleras simuladas tras un panel de madera que descendían a un piso inferior.

—Hay tres camarotes y dos baños. Podéis bajar a curiosear y, mientras, caliento algo para comer. ¿Os valen pizzas y un poco de queso? —les preguntó, al tiempo que accionaba el sistema de calefacción.

De forma casi instantánea, un agradable aire caliente comenzó a deslizarse por todas partes, y la idea de tener aquella reunión clandestina con el ordenador de Lucía Pascal en el barco ya no parecía tan mala.

Mientras se calentaba la comida, Pietro se puso unos guantes, sacó el ordenador de la bolsa precintada y constató que estaba apagado y sin batería. Después, aliviado, comprobó que el cargador de su propio portátil era apto para el de la historiadora naval. Lo dejó conectado y se puso con la comida, que tuvo preparada en apenas cinco minutos. Cuando Nagore y Nico regresaron a la cocina, se encontraron con un pintoresco mantel de motivos náuticos sobre la mesa, servilletas de papel dobladas en forma de triángulo bajo los cubiertos y unas bonitas copas de cristal dispuestas alrededor de una jarra de agua.

—Cualquiera diría que nos vas a poner esa porquería de pizzas y no un besugo al horno —se rio Nico—, esto no se lo preparo yo así ni a mi novia en San Valentín.

—Mucho te dura la novia entonces.

—Patrón, por ahí no, eh —se rio Nico—, que la trato como a una reina. ¡Si este año la llevé de vacaciones a Tenerife!

—Vaya dispendio —observó Nagore, sentándose a la mesa. Se había quitado el abrigo y se la veía, por fin, cómoda y sin frío. El tono de la piel de su rostro había ganado algo de color, y a Pietro le llamó la atención la naturalidad con la que se movía dentro del barco. Que la inspectora hubiese visto un muerto con un tiro en la cabeza aquella misma mañana parecía, de pronto, un mal trago ya superado—. ¿Os importa si voy comiendo el queso mientras se hacen las pizzas?

—Por supuesto —asintió Pietro, acercándole el plato, donde había puesto también algo de jamón, acompañado de un modesto pan para tostadas.

—Hablando de novias —retomó Nico, mirando con curiosidad al subinspector—, ¿hay alguna escondida por aquí, en algún camarote?

—Claro. La tengo guardada en un armario secreto, junto a mi colección de galeones fantasma —respondió. Después sonrió con paciencia—. De momento, no.

—Digo tanto novia como novio, ¿eh? Que a mí me da igual. Pero, claro, como resulta que somos tan misteriosos y no contamos a los compañeros que vivimos en un chalet flotante…

Pietro lo miró con sus ojos grises, del color sólido de las rocas.

—Yo nunca he estado en tu casa, Nico.

—¡Anda! Porque es una caja de cerillas y apenas entramos Elísabet y yo, pero sí que sabes dónde vivo.

—Nunca te lo he preguntado. Me lo has dicho, sin más.

—No quisiera interrumpir esta bonita discusión de pareja —cortó Nagore—, pero a lo mejor podríamos centrarnos en ese ordenador que está sobre la mesa y otro día os tomáis un café y os contáis vuestras vidas.

—No hay mucho que contar —respondió Pietro, que agarró un trozo de queso—, y tenemos que esperar unos minutos a que se cargue el ordenador, ya estaba sin batería.

—Hay, hay cosas que contar —lo contravino Nico—. Nunca hablas de tu familia, que se rumorea que es multimillonaria, por cierto —comenzó, escrutándolo con la mirada, quizá para medir si en algún momento se excedía o no—. Tampoco tienes pareja ni amigos conocidos, o al menos no me has hablado nunca de nadie, aunque ahora ya sé que te codeas con un magnate que es capitán de barco —añadió, señalando con ambas manos la lujosa estancia en la que se encontraban—. Y sabes cosas que la gente normal no sabe, como lo que le soltaste ayer a la forense sobre el ácido láctico, que Sanger se quedó alucinada. Creo que le caes mal, por cierto. ¿Eres uno de esos tíos raros de altas capacidades o algo así?

Se abrió un silencio incómodo, en el que Pietro bajó la mirada y terminó de masticar el trozo de queso. Ladeó la cabeza e hizo unos sutiles movimientos de negación, y Nico no supo si el subinspector se mostraba indiferente o terriblemente enfadado. Cuando Pietro levantó la mirada, sin embargo, estaba sonriendo. En la expresión de su rostro dibujaba la deportividad del que sabe perder la partida.

—Supongo que alguna vez tenía que contarlo —dijo, casi más para sí mismo que para Nico, en el que concentraba ahora su atención—. Sí, mi familia tiene dinero y se dedica a la siderurgia, pero rechacé mi puesto en la empresa para ser policía. Y sí, tenía una novia maravillosa en Santander, pero no sé qué pasó. —En realidad, era consciente de que su exnovia era prácticamente perfecta y de que, para ser sincero, le ponía de los nervios que le cayese tan bien a su padre. Pero no compartió esa reflexión, sino otra, que también era cierta—: A decir verdad, Sofía me tocó bastante las narices con lo de hacerme policía, porque no le hacía ni puta gracia. Así que lo dejamos y ya está. Desde entonces, alguna cosa ha habido, pero nada serio.

—Patrón, que yo tampoco quería incomodarte y que tuvieses que...

—¿No querías información? Aquí la tienes —lo interrumpió Pietro, resuelto—. ¿Qué nos falta? Ah, sí. Las altas capacidades. No, no las tengo, pero sí dispongo de algo que se llama memoria autobiográfica superior. Eso es todo, ¿contento?

Nagore, que no decía nada, contemplaba la escena con sincera curiosidad. Nico frunció el ceño y, tras unos segundos de estupor, se atrevió a preguntar:

—Perdona... ¿Memoria qué? ¿Eres...? —dudó—. ¿Eres un ser superinteligente o algo por el estilo?

—No —negó Pietro, que dibujaba de nuevo una sonrisa cansada, propia de quien ha tenido que explicar lo mismo en más de una ocasión—. Se llama hipertimesia. Hay quien lo denomina la memoria absoluta, y otros la evocación perfecta. Es un síndrome, un trastorno neurológico, si lo prefieres.

—Joder, pero... ¿es grave? ¿De eso te mueres o...? —preguntó Nico, que dejó la cuestión flotando en el aire.

—Sí, me quedan unos tres meses de vida —respondió Pietro, muy serio. Después se rio de buena gana, dejando claro que estaba de broma. Se levantó y fue a por las pizzas, pues acababa de sonar la alarma del horno. Contestó al Irlandés según sacaba la comida de las bandejas calientes—: De momento, mi cerebro está sano y no tengo intención de morirme. Mi escáner cerebral, de hecho, es similar al de cualquier otra persona, aunque por algún motivo que desconozco mis hábitos y patrones de pensamiento son diferentes, y parece que mi lóbulo temporal es un poco más grande de lo común.

—Nunca había escuchado nada de ese síndrome —reconoció Nagore, que miraba muy seria a Pietro, como si acabase de conocerlo y necesitase estudiarlo de nuevo con detalle.

—Apenas hay un centenar de casos diagnosticados en el mundo —explicó él con toda naturalidad—. Yo, de hecho, pensaba que todas las personas recordaban de la misma forma, hasta que a los doce años me di cuenta de que era diferente.

—¡Pero ese es un síndrome cojonudo! —exclamó Nico, que a pesar de que la pizza estaba ardiendo ya echaba mano a uno de los trozos—. En nuestro trabajo, desde luego, es una ventaja.

Pietro hizo una mueca.

—No tanto. Puedo llegar a tener el cerebro abarrotado de información, y las personas como yo podemos terminar desarrollando trastornos obsesivos compulsivos.

—Tampoco olvidarás las cosas malas, supongo —razonó Nagore, que continuaba observándolo con atención.

—Exacto —reconoció Pietro, sorprendido. Normalmente, cuando las personas sabían lo de la hipertimesia solo le veían ventajas, aunque Nagore se había situado al otro lado del espejo más rápido que los demás—. Las personas como yo podemos ser muy rencorosas, porque la verdad es que nunca se nos olvidan las ofensas. De hecho, mi neurólogo me enseñó a buscar y enfatizar de forma especial los recuerdos positivos, pues lo contrario sería agotador.

—Que sí, lo que quieras —objetó Nico—, pero para sacar las oposiciones a inspector, por ejemplo, lo harías como si nada, ¿no?

Pietro volvió a reír.

—No es tan fácil. La mía es una memoria más egocéntrica, más de lo que veo y me pasa a mí, y está vinculada a sonidos, olores y detalles visuales, pero puedo olvidarme de una lista de la compra.

—Pues vaya mierda de superpoder.

Todos se echaron a reír y, por primera vez desde que vivía en Vigo, Pietro sintió que no estaba completamente solo y a la deriva. Algo, no sabía el qué, se le había derrumbado dentro para permitir que entrase un poco de calor. Miró a Nagore, que brillaba con su sonrisa. También él sentía curiosidad.

—¿Y tú? —preguntó, dirigiéndose a ella—. ¿Cómo es que te han mandado aquí, sola, para este caso?

—Contaba con un enlace que me ha fallado. Se suponía que la central de Policía en Pontevedra debía tener un delegado de

Patrimonio asignado como apoyo, pero el compañero estaba de baja, y en Madrid llevábamos otra operación importante en curso y no había efectivos disponibles… Cuando supimos lo de Lucía, y con lo que había sucedido con la Biblia Malévola, decidimos que debía venir.

—Lo entiendo, pero ¿hay algún plazo? Me refiero a los días que tienes previsto pasar en Vigo.

—No lo sé —negó ella, con semblante estoico—, pero como sigan apareciendo muertos os voy a dar la lata una buena temporada, porque en Patrimonio nunca abandonamos una investigación.

—¿Nunca? —se sorprendió Nico.

—Nunca. El caso se queda siempre abierto hasta que aparece la pieza robada.

—Pues aquí tenemos un galeón entero —sonrió Pietro.

Charlaron un rato mientras comían. Al terminar, Pietro se limpió las manos y retiró los platos y el mantel de la mesa. Después se puso unos guantes y por fin fue a por el ordenador de Lucía. Mientras comprobaba si el cable de carga era lo suficientemente largo como para acercar el portátil, Nico centraba su atención en Nagore.

—Ya que nos estamos sincerando… Una pregunta: ¿siempre vas tan elegante a trabajar? —le preguntó, haciendo una señal visual hacia el particular atuendo de la inspectora.

Ella alzó una ceja.

—Y vosotros ¿siempre vais tan desaliñados?

Nico se miró a sí mismo, a sus sencillos vaqueros y el jersey azul marino, y ya iba a replicar algo cuando Pietro los avisó para que se acercasen. El portátil de Lucía Pascal estaba operativo.

En el fondo de pantalla aparecía la imagen que Lara les había dicho: Lucía y Marco posaban, sonrientes, desde un tiempo lejano que ya solo existía en una fotografía en blanco y negro. El subinspector accedió al sistema sin necesidad de contraseña. Por una parte, aquella falta de previsión y seguridad de Lucía le facilitaba el trabajo, pero era consciente de que, de aquella forma, quienquiera que fuese la persona que había robado el ordenador también había tenido acceso fácil y directo a su contenido.

—Vaya caos de escritorio —observó Nagore, al ver una multitud de carpetas diseminadas por la pantalla principal; solo tenían asignados números y ninguna referencia concreta, de modo que deberían entrar en todos los archivos—. Prueba en ese —señaló a Pietro, marcando una carpeta amarilla de una esquina.

Al abrirla, apareció a su vez otro sinfín de carpetas llenas de viejos documentos escaneados, aunque parecían pertenecer a un tema que nada tenía que ver con ellos, ya que recogía información de un galeón llamado Nuestra Señora de las Maravillas, un barco hundido en un arrecife de coral en las Bahamas en 1656 y que por supuesto iba cargado de tesoros.

—Nos vamos a pasar aquí toda la tarde —resopló Nico, al ver el volumen de documentos para revisar—. ¿Tienes café?

—Oh, sí que tiene —sonrió Nagore—, se lo traen de Colombia, ¿verdad, Pietro?

Él aludido sonrió, reconociendo la estocada, y señaló una moderna cafetera sobre la encimera y, al lado, un recipiente lleno de cápsulas. Miró a su compañero con gesto de amable súplica.

—¿Preparas para todos?

—Voy.

Estuvieron algo más de una hora rebuscando en carpetas sin hallar nada de relevancia, hasta que Pietro, frotándose los ojos, decidió cambiar de rumbo.

—Podemos seguir después rastreando los archivos más recientes, pero vamos a comprobar si hay acceso al correo electrónico.

—En el escritorio no aparece —observó Nagore—, aunque por los correos que imprimió al maquetista sabemos que su dirección era de Yahoo.

—Recemos para que este ordenador tenga la contraseña grabada y podamos mirar en su historial de internet, que para algo tengo wifi.

Tras acceder a Yahoo, cruzaron los dedos para que el sistema hubiese memorizado la contraseña.

—No creo que tengamos tanta suerte —opinó Nagore mientras esperaban a que un círculo que daba vueltas, y que les ordenaba aguardar, pensase si el acceso era o no correcto.

Como por arte de magia, la pantalla se clarificó y apareció un largo listado de correos electrónicos. Los últimos no habían sido leídos, aunque no parecían de trabajo, sino simple propaganda. Emocionados, comenzaron a revisar, uno a uno, los mensajes de la bandeja de entrada y los de salida. Uno de los últimos correos, todavía sin abrir, procedía del Archivo Diocesano de Tuy, que era una pequeña ciudad a apenas media hora de Vigo, justo en la frontera con Portugal.

—¿Lo abrimos? —preguntó Nico.

—¿Por qué no? —respondió Pietro, que directamente procedió a abrir el mensaje—. Después, con marcarlo como no leído, solucionado… Nadie sabrá que lo hemos abierto.

Nico resopló, preocupado. Era muy consciente del problema que podría suponerles lo que estaban haciendo. Sin embargo, el riesgo estaba a punto de merecer la pena.

Estimada Lucía:

Me ha sorprendido que no viniese usted a la cita que teníamos concertada el mes pasado, con lo puntual que siempre ha sido durante todos estos meses, y que tampoco haya regresado tras mis consecutivas invitaciones. Espero que se encuentre bien de salud y que sigamos conversando acerca de sus investigaciones sobre el galeón. Tal vez podamos revisar la documentación epistolar que comentábamos el otro día, aunque le adelanto que, por lo que he visto, se refiere más a tasas e impuestos que a lo que le interesa. Por favor, escríbame para confirmarme la próxima cita o si, en su caso, ya da por finalizada la investigación.

El correo lo firmaba un tal Anselmo Buenavista desde una dirección que rezaba Diócesis Tui-Vigo y en la que el nombre de la ciudad, al ser traducido al gallego, transformaba la «y» en «i» latina.

—¿Por qué investigaría en Tuy, si el galeón está en Vigo? —preguntó Nico, extrañado.

Nagore consultó algo en su teléfono, conectándose a internet, y en menos de un minuto tenía la respuesta.

—¡Claro! —exclamó, al tiempo que se mordía el labio inferior, como si se castigase a sí misma por no haber anticipado antes lo que había descubierto—. En Vigo no hay archivo diocesano, todo lo de la zona lo tienen ahí, en Tuy. ¡No sé cómo no se me había ocurrido! La Iglesia es la que mejor suele tener todo documentado y archivado, a pesar de la desamortización y la exclaustración, en las que se perdieron muchos documentos.

Nico mostró una mueca de agobio.

—Eso de la desamortización no sé bien ni lo que es, pero, vamos, el caso es que Lucía se estaba documentando en Tuy, ¿no? Tal vez esté ahí la clave.

—Eso parece.

Los interrumpió Pietro, que había seguido abriendo todos los mensajes procedentes de aquella dirección. En el primero de ellos, muchos meses atrás, el tal Anselmo Buenavista, que en la firma se identificaba como director del Archivo Histórico Diocesano, daba su conformidad a la primera visita de Lucía Pascal a sus registros, y lo hacía tras haber recibido este mensaje por parte de la historiadora naval:

Estimado don Anselmo:

Tal y como acordamos por teléfono, procedo a detallarle los motivos de mi interés en la visita al archivo de su diócesis. Mi investigación se centra en la búsqueda de un navío español hundido en la costa sur de las islas Cíes el día 6 de noviembre de 1702. Mi objetivo se encuentra en localizar cualquier documento epistolar o de registro eclesiástico que dé testimonio de cómo naufragó la nave, si es que su hundimiento pudiese haber sido avistado desde tierra. Tal vez esta petición le parezca algo caprichosa, pero sobre este episodio naval he leído tantas y tan diferentes versiones que ya solo guardo esperanza de localizar un documento perdido en la memoria de sus viejos archivos. Tanto usted como yo, a estas alturas, sabemos que la historia no es un compartimento cerrado y que a veces, con suerte, logramos atisbar luz al otro lado de alguna rendija polvorienta.

Me ha pedido usted que justifique mi petición de forma conveniente, y creo que podré hacerlo. Sobre el episodio de la batalla de Rande en Vigo se ha escrito y opinado mucho, pero solo al acudir a las fuentes originales podemos formarnos ideas limpias. A lo largo de los años, y en relación con la petición que le estoy cursando, he visitado los registros de los principales países implicados en esta batalla. En Inglaterra he revisado las órdenes de Almirantazgo y hasta las cuentas de la Royal Mint que constan en el Registro Público británico; en Francia, los Archivos de la Marina y los de Asuntos Extranjeros, la Biblioteca Nacional de París y hasta las cartas e informes de Château-Renault, que comandaba los navíos de escolta a los galeones españoles. En España, además del Archivo de Indias, he consultado otras muchas fuentes, como el libro del consistorio de Santiago en el Archivo Histórico Universitario de Santiago de Compostela, así como también los libros de acuerdos, cartas y órdenes de 1702 que constan en el Archivo Histórico Provincial de Pontevedra, pero toda mi búsqueda ha sido en vano.

Sin embargo, no hace mucho cayó en mis manos un escrito de un párroco de Pazos de Borbén que detallaba cómo habían saqueado sus bienes durante once días tras la pérdida de la batalla en el mar. Este escrito me condujo al del párroco de Alcabre, que en 1702 escribió lo siguiente sobre lo que había visto el 22 de octubre de aquel año, cuando los enemigos llegaron a la ría de Vigo (se lo transcribo):

> «En veinte y dos días del mes de octubre de mil setecientos y dos años estándose diciendo misa popular por ser día de domingo, comenzó a entrar en esta ría por la punta de Sobrido, con viento oeste fresco, la armada inglesa y holandesa que seguramente pasaban de 150 navíos... Nosotros fuimos meros oidores del fragoroso, estruendoso y desastroso combate».

En consecuencia, si hubo testimonio parroquial de la estancia y llegada de los enemigos, ¿cómo no iba a haberlo de su partida? El 6 de noviembre, me consta, se levantó un temporal en la costa, y tal vez no fuese tan fácil otear el horizonte marino, y más cuando con la batalla muchas almas habían huido hacia el interior, pero no quisiera dar por terminada mi investigación sin agotar este último cartucho, ya que tampoco he encontrado el detalle de lo que busco en los documentos del cronista por excelencia de las Indias, fray Martín Sarmiento.

Por tanto, mi intención sería la de acceder a todos los documentos de las parroquias de la costa viguesa y sus alrededores que pudiesen haber recogido los hechos sucedidos el 6 de noviembre de 1702 en relación con el galeón Nuestra Señora de los Remedios y San Francisco Javier. De este navío, por cierto, logré localizar a su capellán, Antonio Agustín da Costa, pero al ser vecino de Cádiz excede de su demarcación, y en el correspondiente Archivo Diocesano de Andalucía no han podido tampoco ayudarme. Confío en que usted, en su generosidad, sí pueda hacerlo.

Quedo a su disposición para cualquier duda, aclaración o sugerencia, y acudiré a su Archivo para iniciar la consulta de la documentación tan pronto como me dé autorización.

Muchas gracias.

Los tres policías se quedaron en silencio durante unos segundos, asimilando lo que acababan de leer. Fue Nagore la que, concentrada y volviendo sobre las primeras líneas, hizo las primeras observaciones.

—Este correo es de hace once meses. Si Lucía estuvo todo este tiempo acudiendo al Archivo, tal vez fuese ahí donde encontró la información que necesitaba. Lo que no entiendo es por qué dejó plantado a este cura hace un mes y no volvió por allí.

Pietro, pensativo, apoyó los codos sobre la mesa y acomodó la barbilla sobre las manos, que adoptaron la postura de rezo.

—Nagore, no podemos olvidar que Lucía sufría demencia. La forma en que escribió este correo hace casi un año es impecable, pero mira el desbarajuste que tiene en el ordenador, y fíjate —le señaló, marcando correos más recientes enviados por ella— cómo la redacción aquí es más errática.

La inspectora reflexionó durante unos segundos, en los que su imperturbable expresión habitual se mutó por una de urgente determinación.

—Al acceder a este ordenador he roto, por primera vez en mi carrera, el protocolo policial. Y os aseguro que no he asumido este riesgo para quedarme ahora sin hacer nada. Voy a llamar ahora mismo al archivero.

—¡Espera! —exclamó Nico, preocupado—. ¿Cómo vamos a justificar que lo hemos contactado? Supuestamente no hemos accedido al ordenador.

—Ya se nos ocurrirá algo —zanjó Pietro, decidido—. No nos consta que Lucía tuviese coche, y de alguna forma iría a Tuy, ya sea porque la llevaban o porque cogía el taxi o el autobús; tal vez encontremos a alguien que nos aclare esto o localicemos algún billete, algún tíquet, que justifique nuestra visita.

—¿Y si no lo encuentras?

—No seas cenizo.

De pronto los dos se quedaron callados, pues escucharon a Nagore al teléfono.

—¿Hola? Archivo Diocesano, ¿verdad? Sí, buenas tardes, querría hablar con don Anselmo.

«Ahora ya estamos jodidos», farfulló Nico. La inspectora estuvo conversando un rato durante el que les llegaron frases sueltas. Nagore no trasladó al sacerdote que Lucía había muerto, pero sí logró una cita al día siguiente, a las diez de la mañana, en el Archivo Histórico Diocesano de Tuy.

Cuando colgó, miró a sus compañeros con gesto de inocencia.

—Tenía que llamar. Al pobre hombre ya le diré mañana lo de Lucía. Y tranquilo —añadió, mirando a Nico—, puedo ir yo sola y, si pasa algo, diré que os he birlado el ordenador.

Pietro no dijo nada durante unos instantes, pero no tardó en tomar una decisión.

—Iremos juntos. Y tú —añadió, dirigiéndose a Nico— mañana irás con Kira hasta Bouzas con las fotos de Rodolfo y su primo Julián, a ver si son los que preguntaron por la casa del maquetista. Como ahora ya tenemos la fecha y la hora aproximada del fallecimiento, también podréis afinar más con las preguntas y chequear posibles cámaras en la zona.

Nico asintió, miró su teléfono móvil y después al exterior, donde ya anochecía.

—Me parece todo perfecto, pero... sugiero seguir mañana. Tengo ya varios mensajes de Eli y... tengo vida, ¿sabéis?

Pietro asintió. Comprendía perfectamente a su compañero, pero él pensaba quedarse y revisar todos los archivos de aquel ordenador hasta que lo llevase a comisaría, que era algo que tendría que hacer más pronto que tarde. Nagore señaló el ordenador de Lucía y después se dirigió a él con expresión firme:

—Si no te importa preparar más café, creo que tenemos todavía bastante trabajo por delante.

Y así fue como, tras despedir al Irlandés y engullidos por la noche, Pietro Rivas y Nagore Freire se sumergieron en el mundo náutico de Lucía Pascal.

James Grosvenor había salido a la terraza de su camarote en el White Heron y se había dejado acariciar por el agradable sol de invierno hasta que había comenzado a anochecer. Le había resultado inevitable recordar a Lucía Pascal, aquella encantadora e inteligente mujer que, como si se tratase de un juego del destino, había conocido en el Archivo Diocesano de Tuy muchos meses atrás. ¿Cómo era posible que ahora estuviese muerta? Lamentaba profundamente aquella pérdida, que era irreparable. ¡Era tan poco frecuente encontrar personas interesantes!

De vez en cuando, se permitía dejar de ser James Grosvenor y se convertía en alguien muy parecido a sí mismo muchos años atrás: Jim, el joven estudiante de Económicas que sabía apreciar la belleza del arte y de lo irrepetible. Jim, el que se había enamorado de Lily Shirley y se había visto arrastrado por ella a museos, exposiciones y charlas sobre arte e historia. Qué duro había sido verla marchar, justo cuando iban a comenzar a tener hijos, a ser una familia. Ahora, amparado en su anonimato, en algunas ocasiones jugaba a investigar sobre el terreno, porque manejar siempre los hilos desde su despacho suponía un ejercicio de poder bastante satisfactorio, pero no tan emocionante.

A pesar de que no resultaba imprescindible para la gran operación que llevaba entre manos, un año atrás le había agradado la idea de solicitar una visita al Archivo Diocesano de Tuy, que, le constaba, se encontraba dentro de su vieja catedral, de casi mil años de antigüedad. La simple idea había avivado un excitante cosquilleo en su interior la noche antes de su visita. ¿Y si él, y no otro, fuese quien encontrase algún documento inédito vinculado a la batalla de Rande y sus tesoros? Oh, Lily se habría vuelto loca con aquella posibilidad. Con frecuencia, se apreciaba más un hallazgo semejante que no un puñado de monedas que llevasen siglos bajo el mar. Por supuesto, muchos investigadores formales lo habían precedido y él no contaba con encontrar nada en absoluto, pero podía ser una experiencia estimulante pasear sus ojos ante los doscientos cincuenta metros lineales de estanterías de aquel lugar con antiquísimos archivos en papel.

Cuando llegó a Tuy, solicitó a sus escoltas que se alejasen. Quería disfrutar, en su camino hacia la catedral, de la soledad de las calles en la parte antigua de la ciudad. Cuando se adentró en los laberintos empedrados, en los pasadizos retorcidos y sinuosos del viejo Tuy, descubrió fachadas en las que convivían querubines con seres del averno y esqueletos, musgo que escalaba por viejos muros y puertas que daban la sensación de haber permanecido cerradas durante siglos. James supo entonces que aquella excursión ya había valido la pena, y mucho más cuando, ya dentro del archivo, había conocido a Lucía Pascal. «Qué curioso —le había dicho el responsable, don Anselmo—. Tenemos aquí a una historiadora naval que está interesada también en la batalla de Rande». Él, sorprendido, había seguido la mirada del párroco y la había detenido en aquella diminuta mujer de cabello blanco sentada al final de una mesa alargada, que se recogía el pelo en un sencillo moño del que se descolgaban mechones de forma natural. Ella, que se notó observada, había alzado sus ojos claros hacia James y él pudo apreciar, de inmediato, una notable inteligencia y serenidad. A veces percibía ese tipo de templanza en algunas personas mayores, que se dirigían hacia los demás con la franqueza humilde de quienes ya no tienen nada que perder, pero en Lucía advirtió, además, la curiosidad. Como si quien lo mirara desde aquella mesa fuese una niña y no una anciana.

Dado que había más investigadores en la sala —cada cual con sus más curiosos y extravagantes motivos—, James se presentó a Lucía en susurros y se sentó a su lado mientras cubría el documento que le había facilitado don Anselmo, en el que tenía que justificar el motivo de la visita y sus datos personales. Por un instante dudó sobre si indicar o no su nombre real, pero ¿qué importancia podría tener que él estuviese allí, curioseando viejos documentos? Extravagancias típicas de un multimillonario; ¿acaso no sabía todo el mundo que los ricos podían llegar a aburrirse terriblemente en sus tronos de cristal? A Lucía, sin embargo, le dijo que se llamaba Jim Gardner, que era el apellido de su madre.

Lucía se mostró cercana y afable, agradecida incluso por el hecho de que alguien más, como ella, estuviese interesado en la historia naval. El nombre y el apellido de su interlocutor ya evidenciaban su procedencia inglesa, y ella alabó su acento neutro y limpio, que casi le hacía pasar por un español de cuna. Observó sin reparo su apariencia, pulcra, su cabello rubio muy corto, la mirada firme y las manos cuidadas, que se completaban con unos modales prudentes y casi exquisitos.

—Y en concreto… ¿Puedo saber qué busca usted aquí, señor Gardner?

—Oh, algo improbable. O un imposible, si me permito ser realista. Durante cierto tiempo, vivió en Vigo un fraile corsario muy interesante, fray Gonzalo de la Serna, y buscaba información sobre él en estos archivos, porque según las crónicas era algo mujeriego y tal vez haya por aquí —señaló con las manos el ambiente sacro que los envolvía— alguna reconvención o amonestación a este hombre.

—Perdone —había dicho Lucía, alzando las cejas y abriendo mucho los ojos, divertida—, ¿ha dicho fraile corsario? ¿Aquí, en Vigo?

—Sí —respondió él, encantado al comprobar que ella desconocía la información. ¡Era tan satisfactorio despertar en alguien la chispa de la curiosidad!—. Sospecho que estaba en Vigo durante la batalla de Rande y es muy probable que participase activamente en ella. No sé si falleció o no en el combate, porque no he podido localizar más información fidedigna sobre su vida.

—¿No? Un hombre así debió de dejar huella en alguna parte.

—Supongo que sí, pero desde la batalla su paradero es un misterio. En este Archivo, además de los libros sacramentales con los registros de bautismos, defunciones y confirmados, también guardan libros de gobierno, de acción pastoral y administrativos, de modo que confío en poder encontrar algo en protocolos notariales o testamentos, al menos. Aunque los libros que me interesan me temo que se hayan perdido.

—Vaya. ¿Y eso?

—Una explosión a comienzos del siglo XIX, que provocó que derribasen la vieja colegiata de Vigo y que estropeó bastante documentación.

Lucía guardó silencio durante unos segundos, durante los que observó a James con fijeza.

—Reconozco que la condición de corsario y monje en una misma persona resulta interesante, pero… salvo que ese hombre matase a algún antepasado suyo, si no es indiscreción, ¿por qué tanto interés en ese fraile concreto?

—¡Ah! Es pura curiosidad —respondió James con un semblante de relajada inocencia—, yo ni siquiera soy historiador y en Inglaterra me dedico a inversiones agrarias, pero, ya que estaba pasando aquí una temporada de vacaciones, se me ocurrió echar un vistazo —aseguró, sin revelar que algunas informaciones de las que disponía señalaban a aquel estrafalario fraile como posible conocedor de un tesoro que él estaba buscando.

Lucía, inalterable, lo siguió mirando a los ojos durante un rato, como si estuviese midiendo la honestidad de sus palabras. ¿Sería posible que un extranjero como aquel, vestido de manera informal pero con ropa indudablemente cara, perdiese su tiempo buscando datos históricos de un monje corsario a quien la propia historia apenas recordaba? Lucía consideraba aquella posibilidad poco probable, pero también sabía, por experiencia, de las rarezas y caprichos de los ricos que se sentían aburridos en sus vidas cómodas pero abotargadas. Decidió seguirle la corriente al extranjero, ya que si decía la verdad era inofensivo y si mentía, si era un cazatesoros, solo tendría que esperar para descubrirlo. Al fin y al cabo, también ella estaba allí por un motivo un tanto idealista y poco práctico, porque, aunque lograse algún nuevo testimonio del hundimiento del galeón apresado por los ingleses, tampoco podría hacer gran cosa con ello, salvo satisfacer su curiosidad y estimar tal vez de forma más fidedigna dónde podrían estar de verdad sus restos, pues los estudios que había hecho la Armada tras su prospección de la zona no habían sido concluyentes. En consecuencia, no ocultó a James el galeón concreto que buscaba, que no era otro que el Nuestra Señora de los Remedios y San Francisco Javier.

—Fue apresado por sus parientes ingleses, señor Grosvenor —le explicó, con una sonrisa que evidenciaba la poca relevancia que tenían ahora los bandos y nacionalidades en aquel viejo Archivo Diocesano.

—Pero entonces, si ese barco era una presa de la Armada inglesa, no pertenece al patrimonio español, sino al inglés.

—Se equivoca —replicó ella muy tranquila, como si estuviese rebatiendo algo muy simple a un niño—, porque ningún tribunal llegó a declarar buena presa al galeón, de modo que cuando se hundió seguía siendo de bandera española.

—Oh, ¡mera burocracia! Además, por lo que dice, era un barco de mercancías, no una nave de Estado, de modo que las normas navales son distintas.

—Siento contradecirlo, pero se equivoca de nuevo. Es verdad que, en principio, solo la capitana y la almiranta de la Flota eran buques de Estado; pero no hace mucho la Asesoría Jurídica de la Armada determinó que todas las embarcaciones de las Flotas de Indias eran buques de Estado; de modo que son competencia de la Armada, y en este caso de la de nuestro país.

James mostró un semblante de fingido pesar, pues sonreía.

—Entonces, si encuentro ese galeón hundido, ¿no podría llevármelo de forma legítima a Inglaterra?

—En tal caso, yo misma haría que la Armada lo persiguiese con sus destructores y lo friese con sus misiles, señor Gardner —se rio ella.

Jim también sonrió, pero continuó con el juego:

—¿Y si no fuera el Gobierno inglés quien reclamase el pecio que busca, sino el de algún estado latinoamericano? Piense que todos esos tesoros que portaba eran resultado del colonialismo abusivo de España en aquellos territorios.

—Oh, ¡el eterno debate! —exclamó ella.

Uno de los usuarios de la sala de investigadores les llamó la atención y siguieron hablando en susurros, aunque el comedido volumen no menoscababa la vehemencia de la historiadora.

—No niego que es un tema complejo que admite puntos de vista muy dispares, y todos comprensibles, pero ya sabrá que muchos historiadores rebaten su teoría de las colonias, señor Gardner, porque aseguran que España jamás tuvo colonias en América, sino provincias.

—Puede cambiarles el nombre —negó él, convencido—, pero seguirá siendo colonialismo, señora Pascal.

Ella suspiró y, por su expresión cansada, dio la sensación de haber discutido y reflexionado sobre aquel asunto en otras muchas ocasiones.

—Este debate será siempre algo inacabado, y, si me permite el atrevimiento, creo que a sus compatriotas ingleses todavía les fastidia que España haya sido el país más grande del mundo, el que mayores descubrimientos geográficos ha hecho en el planeta —sonrió, algo provocadora, aunque enseguida retomó su expresión formal—. En realidad, y sin entrar en la controversia de si lo que España tenía en América eran provincias o colonias, lo cierto es que sí pueden probarse los gigantescos recursos para infraestructuras y comunicaciones que se aportaron desde la Península a Latinoamérica. Se construyeron fortificaciones, puertos y hasta veintiuna universidades, que le aseguro que eran más de las que por entonces había en la España peninsular.

—Entonces —replicó él, mordaz—, ¿no saquearon ustedes el continente? ¿No robaron su oro y sus piedras preciosas y no asesinaron a miles de indígenas?

—No somos un ente global que se regenera, señor Gardner. Es como pretender condenar a un muchacho por lo que hizo su tatarabuelo… Aunque es cierto, sí, España se apropió de materiales preciosos de América, pero también se arruinó dejándoles infraestructuras y bases para una nueva sociedad.

—Lucía, no se lo tome a mal, pero ese argumento parece bastante pedante. ¿Acaso era mejor el modelo social español que el americano?

Se notaba que Grosvenor estaba disfrutando con la rapidez y el contenido de la conversación. Ella lo observó con fastidio, como si estuviese intentando determinar si hablaba en serio o si solo pretendía provocarla, pero sonrió ante el reto de aquella batalla dialéctica.

—Es difícil afirmar certezas en este asunto —reconoció—, y tal vez en Latinoamérica hubiesen sido más felices sin los europeos, aunque a estas alturas es imposible saberlo. En cualquier caso, y ya que le veo entendido en el asunto, usted tendrá conocimiento de que gracias a la inversión de España el avance de las sociedades latinoamericanas dio pasos de gigante. Y, en efecto, hubo crímenes en la conquista, pero no puede usted analizarnos desde una visión del siglo XXI. Es como si ahora criminalizáramos a los romanos por conquistar la antigua España… Saquearon nuestro oro, nuestras aldeas y ciudades, violaron y asesinaron, pero para ellos la conquista, según sus parámetros, era legítima. A cambio, nos dejaron el latín, una base cultural sólida e infraestructuras que perduran hasta nuestros días. Yo también podría acusarles a ustedes, los ingleses, del gigantesco tráfico de esclavos del que han sido titulares durante siglos.

—Ah, ¿y los españoles no?

—Por supuesto que sí, pero en mucha menor medida que Inglaterra y, si me apura, a un nivel muy inferior al de los propios africanos de África.

—Entonces, según usted —comenzó, de nuevo irónico—, si apareciese ese galeón apresado que me ha contado… ¿Todo su contenido se consideraría español? Sería una teoría muy conveniente para ustedes, por supuesto.

A Lucía le brilló la mirada.

—Supongo que conoce el caso de la fragata Nuestra Señora de las Mercedes, que naufragó en 1804 al sur del cabo de Santa María, en Portugal. El litigio que el Gobierno español ganó a la empresa de cazatesoros que se había hecho con el inmenso botín de ese navío creó un precedente, porque se asentó el concepto de inseparabilidad de la carga y del buque, si es que era un buque de Estado.

—¿Y si parte de esa carga tenía dueño?

—¡Ah, amigo! Podrá buscar, podrá encontrar, pero no podrá llevarse nada. Según la Convención de 2001 de la Unesco, todo lo que se encuentre en excavaciones subacuáticas deberá quedarse donde está.

—Qué perdida tan lamentable para un tesoro semejante.

—Sí —reconoció ella—, pero casi nunca se encuentran tesoros como usted se imagina, sino que el hallazgo más relevante es la información que el barco aporta por sí mismo.

—Comprendo —asintió él—. Pero entonces, si usted encontrase un tesoro en ese galeón… ¿Resistiría la tentación de sacarlo, de admirar su belleza y los infinitos conocimientos que podría aportarle? Aunque solo fuera para contemplarlo un instante y después tuviese que devolverlo.

Lucía inclinó la cabeza y miró a James con renovada curiosidad. Había comprendido que él hablaba, por fin, completamente en serio.

—Todas esas personas y sociedades a las que pertenecieron esos tesoros, señor Gardner, ya no existen. Para mí el valor de los objetos solo se mide por su capacidad para conservarse a sí mismos como cápsulas del tiempo. Es como su monje corsario, ¿por qué lo busca? Lleva muerto varios siglos, pero yo sé por qué está usted aquí.

—¿Lo sabe?

James, sorprendido, esperó la respuesta. Lucía sonrió con serena nostalgia y la claridad que se colaba por el gran ventanal del Archivo se posó sobre ella como si se volviese incorpórea.

—Usted, señor Gardner, está aquí porque, tal y como yo misma llevo haciendo más de cincuenta años, busca algo que valga la pena, alguien que viviese de verdad y latiese a cada paso. Ah, Jim... Sí, yo creo que usted quiere lo que todos. Tal vez un poco de oro —sonrió con malicia—, pero, sobre todo, usted busca una buena historia.

James Grosvenor recordaba aquellas conversaciones con Lucía con verdadero afecto. Se habían vuelto a encontrar en muchas ocasiones, dado que él regresaba cada miércoles al Archivo, cuando la propia historiadora lo hacía, y solo por coincidir con ella. Lucía aprovechaba los viajes que desde Vigo hacía un vecino, que acudía justo ese día de la semana a la feria comercial que se celebraba a los pies de la antigua fortaleza de Valença —en Portugal—, al otro lado del río Miño, y la dejaba en Tuy para recogerla a su regreso. A veces, James y Lucía tomaban descansos, y él la invitaba a un café justo enfrente de la catedral, cuya portada contemplaban con sincera admiración. En ocasiones, daban un paseo por el vetusto claustro del edificio y, en los días más calurosos, bajaban a los antiguos jardines, que miraban hacia el sosegado río Miño y Portugal.

Por supuesto, James no le había contado a Lucía cómo él sí había localizado perfectamente el pecio de Nuestra Señora de los Remedios y San Francisco Javier. Desde luego, había tenido que ejercer un dominio de sí mismo extraordinario para mostrarse inalterable cuando ella había nombrado el galeón por primera vez. ¿Cómo era posible aquella insólita coincidencia? Él llevaba mucho tiempo dirigiendo una operación magnífica, un rescate único en la historia, y en alguna ocasión había sentido la tentación de comentar sus hallazgos con la historiadora naval, pero había sabido mantener la discreción y la calma. En los últimos meses había visto cómo Lucía, sin embargo, perdía un poco la chispa con la que la había conocido. Sus conversaciones ya no eran tan vívidas, rápidas y directas, porque ella de pronto se olvidaba del tema del que estaban hablando o, incluso, del lugar donde se encontraban; sus comentarios y su conducta se volvieron erráticos y confusos en crecientes ocasiones, pero tras cada encuentro James siempre obtenía información interesante para su trabajo. Cuando el White Heron llegó a la ría de Vigo, él abandonó el apartamento de lujo que —con otro nombre— había alquilado en el centro urbano y se refugió en su propio barco para poder trabajar en el proyecto que lo unía a aquella ciudad.

Ahora, la gran operación estaba a punto de terminar y Lucía, para su consternación, estaba muerta.

Toc, toc.

Alguien llamó a la puerta del camarote de James. Uno de sus ayudantes le traía un teléfono gris, encriptado hasta la última clavija. Al otro lado de la línea lo telefoneaba Eloy Miraflores.

—Sé que ha sido usted —le espetó Miraflores, sin ningún otro tipo de saludo—. Le advierto que si toca a mi familia…

—¿Me advierte usted? ¿A mí? —lo cortó Grosvenor—. Sabe perfectamente cómo hemos llegado a esta situación. Primero, la biblia; después, el vil asesinato de una anciana y el de un pobre hombre. No sé qué indicaciones le había dado a sus empleados, pero todo lo que les suceda ahora es de su completa responsabilidad.

—¡Ellos no mataron a nadie!

—Creo que ya habíamos tenido esta conversación. Y creo, también, que los hechos son claros. La biblia subastada apunta a su empresa, aunque por fortuna hemos podido desmigar tanto las compañías involucradas que no podrán tener nada definitivo contra usted. Sin embargo, las muertes de Lucía y de ese maquetista apuntan a sus hombres, y le puedo asegurar que la policía debe de estar a solo un paso de probarlo. Cuando lo hagan, buscarán a quien daba las órdenes, que es usted. ¿Cree que esos pollitos no cantarían? Piénselo. Sin embargo, si silenciamos a esas dos miserables ovejas descarriadas, nadie podrá llegar al rebaño. ¿Me explico? Debería darme las gracias.

—¿Las gracias? ¡Rodolfo era un chiquillo!

—Era un asesino. Tanto él como su compañero fueron vistos en Bouzas, preguntando por Antonio Costas, y la policía está al tanto, se lo aseguro —afirmó, pues uno de sus empleados era el que había captado la conversación de Nico y Kira Muñoz en O Buraquiño y lo había telefoneado de inmediato—. ¿Cree que la policía no tardará en identificarlos a él y al inútil de su compañero como merodeadores, también, de la casa de Lucía Pascal? Cámaras, vecinos, paseantes. Es posible que sus chicos no quisiesen matar a nadie, pero a su paso lo único que han dejado han sido muertos.

Al otro lado del teléfono se escuchaba a Eloy respirar acelerado, con evidente ansiedad.

—¿Qué...? ¿Qué ha hecho con Julián? ¿Dónde está?

—Me gustaría saber dónde está, no lo dude. Tan pronto como podamos *hablar* con él, cerraremos el último cabo suelto. Y pare de gimotear. Las reglas fueron claras desde el principio. Le dije que haría todo, absolutamente todo lo necesario, para permanecer en el anonimato y al margen. Los errores han sido suyos, y deberá asumirlos. ¿Cree que no sé que la policía le ha llamado a su despacho?

—¿Me ha pinchado el puto teléfono?

—Al proteger mis negocios, le protejo a usted. Quiero que mañana deje el Hispaniola y regrese a la ciudad.

—¿Cómo? ¡Pero estamos a punto de terminar!

—El resto del equipo podrá cerrar el proceso. Si no se presenta en su despacho, con uno de sus empleados fallecido y otro en paradero desconocido, ¿no cree que podría parecer extraño? Puede justificar un par de jornadas en su barco de prospección, pero no un viaje cuando no dispone de justificantes de transporte ni de hoteles.

Eloy sudaba. Una taquicardia intermitente le ascendía desde el pecho hasta la boca, dándole la sensación de estar a punto de vomitar.

—¿Y qué pretende que le diga a la policía?

—La verdad. Que estaba en su barco trabajando. Que ha sido una pena lo de sus chicos y que cuando los contrató ya sabía de sus antecedentes, pero que cree firmemente en la reinserción social, porque usted es un vivo ejemplo de ella. Que cuánto lamenta que el muchacho hubiese vuelto a caer en el consumo de drogas y que ya sabe, por experiencia propia, lo crueles que pueden resultar los ajustes de cuentas entre bandas.

—Pero ¿qué drogas? ¿De qué coño me está hablando?

—De los estupefacientes que encontraron junto a su cadáver. ¿Necesita que le explique más?

Cuando colgó, James Grosvenor salió de su camarote y, con paso firme, se dirigió a la segunda planta del White Heron. Cada vez que entraba en aquel espacio oculto de la nave, lo embargaba la emoción de saber que hacía algo grande para la humanidad. Estaba a punto de recrearse en ese sentimiento de euforia, de hazaña incontestable, cuando el ayudante que antes le había llevado el teléfono apareció, agitado, a su espalda.

—Señor Grosvenor, tenemos un problema. Ya es prácticamente de noche, pero un barco pequeño se ha aproximado y solicita abarloarse y acceder a la nave.

—¿Cómo que acceder? Quiénes son, ¿de Salvamento Marítimo? —preguntó, sereno pero con semblante preocupado—. ¿La policía?

—No, señor. Es un anciano que... Bueno, son tres personas en total. Dicen que son amigos de Eloy Miraflores. Han insistido bastante en hablar con usted. Si no se quieren ir, ¿llamamos a la Guardia Civil?

James frunció el ceño. No, desde luego no le convenían ni los escándalos ni que las fuerzas del orden acudiesen a su yate. Su expresión se volvió glacial.

—Cerrad los accesos a esta planta —ordenó. Después, con un gesto lleno de dureza, se dirigió a la salida—. Vamos a recibir a nuestros invitados.

MIRANDA

Rodrigo se despidió de Miranda con una mirada intensa que le confesaba todo. La mano, que aún permanecía entre las suyas, se la llevó a los labios; excusó hacer ninguna recomendación ni advertencia, porque ya había comprendido tiempo atrás que ella no era ni dócil ni cobarde. Si la familia de Ledicia acudía al pazo, lo cierto era que Miranda sí estaría protegida por un buen grupo de fuertes marineros: no eran soldados, pero no estaría sola.

Subió a caballo, a todo galope, hasta el fuerte de San Sebastián; desde allí con un catalejo podría tener una buena visión de lo que estaba por venir. Nada más llegar, comenzó a impartir órdenes a sus hombres, algunas para cumplir a varias leguas de allí, y la tensión de la inminente batalla latía de manera evidente en las miradas y en la forma de moverse de todos aquellos soldados y milicianos. En caso de que fuesen sitiados por las tropas aliadas, podrían resistir bastante tiempo en aquel fuerte, al que el propio Barbanzón había hecho llevar quince pipas de agua, doce quintales de bizcocho, algo de grano, arroz, sal, vinagre, aceite, vino, casi veinte haces de leña y hasta cuarenta cabezas de ganado. Sin embargo, ¿cómo podría él proteger a Miranda si por su honor y su cargo a quien debía escudar era a la villa de Vigo? Le angustiaba que ella sufriese el más mínimo daño, pero era consciente de que ya no podía hacer nada por cambiar el destino.

Rodrigo enfocó el catalejo lo más lejos posible para comprobar si desde aquella posición ya veía al invasor. Cuando las velas angloholandesas se hicieron ver entrando por la bocana sur de las islas de Bayona, la estampa le recordó a los exvotos de la colegiata, pues era tal el número de naves y la diferencia de sus hechuras que cualquiera creería estar presenciando una procesión de otro mundo. Era el 22 de octubre de 1702, muy temprano, y Rodrigo todavía no sabía que todo lo que iba a suceder cambiaría el rumbo de la Guerra de Sucesión. Aquellas ciento ochenta velas portaban a más de catorce mil hombres y accedían a la ría de Vigo con viento favorable.

—¡Rodrigo! —exclamó una voz masculina a su espalda; era Gonzalo, que venía a todo correr—. ¿Qué veis? ¡Decid!

Rodrigo le ofreció el catalejo.

—Parece que entran ya en formación tres divisiones. Al menos cincuenta buques de guerra, en vanguardia.

—Dios nos guarde.

—Que nos guarden estos y será suficiente —señaló Rodrigo, mostrándole su arcabuz primero y, más abajo, los cañones de los baluartes.

Gonzalo estaba abrumado por la cantidad de navíos que accedían a la ría, pero, tras observar las maniobras de las divisiones navales, enseguida advirtió la estrategia.

—¡Mirad! ¡Desvían el rumbo!

En efecto, los angloholandeses esquivaban Vigo y los cañonazos que ya salían desde sus baluartes, puesto que navegaban lo más lejos posible de la ciudad olívica y pegados a la otra costa, la de Cangas del Morrazo.

—Esos bastardos van directos a los galeones, ¡nos hemos equivocado de plaza a defender! —se lamentó, furioso.

—No lo deis por sentado, Gonzalo —negó Rodrigo—, que también vendrían a esta villa si la supiesen desatendida, ¿o acaso creéis que no tienen ojos y oídos puestos por nuestras calles?

El oficial tomó una rápida decisión. Se comunicó con otros superiores y, después de tener constancia de que quedaba atendida la plaza de Vigo, fue a por su montura para dar asistencia a Redondela, adonde resultaba evidente que se dirigían los enemigos sin perder un segundo. Gonzalo lo siguió.

—Rodrigo, comprendo vuestra premura, pero no olvidéis que la cadena de mar protege los galeones.

Rodrigo le mostró una mueca escéptica. En efecto, se habían procedido a desarbolar varios buques franceses y algunos galeones para utilizar sus mástiles y jarcias de tal forma que, unidos con gruesos cabos, formasen una cadena gigante sobre el agua. De aquella manera, se unían los puestos de Corbeyro y Rande —donde siglos más tarde se construiría el famoso puente del mismo nombre— y se protegían los galeones que quedaban al otro lado, en la ensenada de San Simón. Sin embargo, al ver una flota enemiga tan nutrida e imponente, resultaba difícil creer que aquella cadena fuese a resistir muchos envites. El propio Gonzalo, sin decir nada más, ante el semblante del oficial comprendió al instante tal circunstancia y decidió tomar también su propia montura, y a sus hombres, para acompañarlo.

—¡Señor! ¡Don Rodrigo! —lo llamó Sebastián—. ¡Yo también quiero ir! —exclamó el muchacho, con el afán juvenil de querer demostrarlo todo y no temerle a nada.

—No, hijo. Sois demasiado joven para esta batalla. Y es posible que los enemigos ataquen después esta plaza, por lo que os necesito aquí para dar apoyo a las tropas y milicias, ¿estamos?

—Pero ¡señor!

—No vamos a discutir esto, Sebastián —se negó él, subiendo ya a su montura y revolviéndole el cabello en un gesto afable y familiar—, y, si queréis hacerme un gran favor, será menester cuidar de doña Miranda si el destino se nos tuerce, así que recordad a los soldados que en el palacio de Arias Taboada hay vidas que defender. Id allí a tomar descanso en la noche, ella os acogerá. No deseo que estéis solo, ¿me oís?

—Os oigo.

El muchacho asintió con profundo fastidio, aunque sabía que Rodrigo le mandaba quedarse para protegerlo, de modo que no se atrevió a desobedecer.

Cuando Gonzalo y Rodrigo —junto con más hombres— llegaron a Redondela, los enemigos ya habían doblado la punta de la Guía sin gastar un solo tiro, despreciando el fuego que se les hacía desde la costa. Caía ya la noche cuando más de una docena de lanchas angloholandesas se adentraron en el estrecho de Rande para romper la gigantesca cadena sobre el agua, sin lograrlo, pues el fuego que recibían desde Rande y Corbeyro les había obligado a retroceder.

Transcurrió la noche como una pesadilla, en la que nadie dormía y en la que todo era objeto de premura y especulación. El propio Modesto de Quiroga se encontraba entre las cabezas pensantes de la estrategia defensiva; hidalgos y nobles se habían unido a la causa, aunque las milicias parecían desconcertadas y perdidas entre toda aquella estrategia orquestada por militares. Al día siguiente, aterrorizados, verían arder el mar.

Amaneció el 23 de octubre con Miranda conversando, en su palacio, con el padre Moisés. El párroco se mostraba muy preocupado por su ahijado, que no había querido regresar de la isla de San Martín cuando había sido posible, y al que ahora resultaba harto complicado ir a rescatar.

—No sufráis, padre —lo tranquilizaba ella—. Os aseguro que he visitado el eremitorio en varias ocasiones y resulta indetectable. Don Gonzalo tuvo mucho cuidado de disimular la entrada de forma oportuna, y es tan diminuto que se confunde con la naturaleza.

—¿Y si lo buscan los ingleses? ¿Y si ven el huerto? ¡Sabrán que un monje lo cultiva!

—El huerto estaba tras el eremitorio, padre. No os imagináis la selva tan densa que os podría describir, no creo que puedan dar con el hermano Tobías, y, aun si lo hiciesen, es un hombre de Dios y no creo que se atreviesen a mancillar su…

—¡Muchacha, qué ingenua sois! —la interrumpió él, abrumado por las preocupaciones—. Os disculpa vuestra juventud y, aunque os honra la consideración que todavía tenéis hacia la bondad de los hombres, por Dios os digo que si hallasen al hermano Tobías lo único que podríamos hacer sería rezar por su alma —se lamentó, llevándose las manos a la cabeza. Después, negó con el gesto y ahogó un sollozo.

317

—Padre, no desesperéis. El Señor protegerá a vuestro ahijado, que tanto bien ha hecho con la medicina a su paso.

—¿Sabéis por qué es mi ahijado? —le preguntó el cura, que hizo caso omiso al optimismo de Miranda—. A él también lo dejaron abandonado en el olivo de la colegiata… Lo enviaron a Santiago y, después, a San Esteban de Ribas de Sil. Él bien conoce su origen, y esa es la causa para que busque el orden y la rectitud en todas las cosas… Sabe que su propia carne es hija del desorden y la lujuria, que solo conduce a desgracias.

Miranda asintió y comprendió por primera vez el constante gesto huraño de aquel monje que todavía era tan joven. Sin embargo, no tenía tiempo que perder y, aunque agradecía enormemente que el padre Moisés hubiese ido a preocuparse por ella, debía actuar.

—Padre, si lo precisáis, haced uso de mi casa para cualquier incidente que requiera la guerra —le dijo, entregándole una llave del pazo—, pero yo he de partir.

—¿Partir? ¿Qué decís, Miranda? —le preguntó, escandalizado—. ¿No veis que están cerradas las puertas de la muralla?

—Nos las abrirán para salir.

—Por Dios bendito —se santiguó—, ¿salir adónde?

—A ayudar a las milicias, padre. Dicen que se han escuchado tiros toda la noche, pero que la gran batalla será hoy. Hay trescientos hombres defendiendo San Sebastián y quinientos el castillo del Castro, y, según hemos podido saber, más de un millar hacen de reserva… Esta plaza está guardada, pero no la de Redondela.

—¡Hija mía, habéis perdido el juicio! ¿Qué pretendéis hacer vos en Redondela?

—Ayudar a mi padre, que se juega la vida. No soy soldado, pero los hermanos de Ledicia nos dijeron anoche que más de quinientas mujeres de toda la comarca se reúnen para ayudar a sus maridos de las milicias. Habrá marineros que también vengan a la pelea —le explicó, al tiempo que abandonaba ya toda ceremonia y se colocaba un abrigo ligero, en el que el asombrado párroco pudo ver cómo guardaba dos pistolas.

—No vayáis, Miranda. Ni tenéis costumbre de armas ni destreza en su manejo. Os ofrecéis a una muerte segura, ¿no lo veis?

Ella se detuvo durante unos segundos.

—Tenéis razón, padre —le concedió, al tiempo que posaba su mano sobre el brazo del religioso—, pero me resulta insoportable la idea de quedarme aquí y no hacer nada. Que Dios y la Virgen nos protejan… Rece por nosotros.

—¡Señora! —exclamó una voz juvenil a sus espaldas.

Sebastián, al parecer, había obedecido a su protector y había ido a dormir aquella noche al palacio de Arias Taboada, más por seguir las indicaciones de proteger a Miranda que por no quedarse solo, que era algo a lo que estaba acostumbrado.

—¿Sí, Sebastián?

—¿Me dais licencia para acompañaros?

—Oh, no… Sois muy joven —negó ella, que por un instante ya había pensado que iba a recibir reproches también de aquel muchacho—. Os agradezco igualmente que…

—Ledicia también es joven —la interrumpió el chico, que señaló a la criada.

La muchacha reaccionó:

—Tengo un año más que vos, por lo que sé, y no acudimos a batalla a repartir espadazos, sino a apoyar a las milicias de retaguardia en lo que se pueda.

—También yo podría.

Miranda se acercó al chico.

—Sebastián, es muy posible que, tras alcanzar el objetivo que persiguen los invasores con la Flota, vengan a la conquista de Vigo. Esta plaza también os precisa, y os recuerdo que don Rodrigo os ordenó permanecer en la villa.

—Para protegeros a vos.

Ella tomó aire, enternecida, pues solo era un muchacho que comenzaba a convertirse en hombre. Le gustó que Rodrigo se interesase de aquella forma por su seguridad, pero sabía cuál era el afán del oficial al querer que el chico se quedase dentro de aquellas murallas.

—Obedeced a don Rodrigo, así lo ayudaréis más en su empresa. Confiad, Sebastián, y que Dios os guarde.

Y, con aquella despedida, Miranda hizo un gesto a Ledicia, que la esperaba en el zaguán, y salió al frío de la mañana, consciente de que caminaba hacia la muerte.

La bruma del amanecer había formado vaporosas nubes alargadas sobre la superficie del agua, dando a las siluetas de los galeones y a sus escoltas franceses la apariencia de un sueño que flotaba en el aire. En aquel mismo instante, completamente ajeno a lo que Miranda pensaba hacer, Rodrigo hablaba cerca de la playa de Cesantes, en Redondela, con otros militares y con Modesto de Quiroga, que había quedado más tranquilo al creer que su hija permanecería protegida y a salvo tras las murallas de Vigo. Los buques angloholandeses, al otro lado de la barrera hecha entre Rande y Corbeyro sobre el agua, llevaban ya algún tiempo sin iniciar ninguna acción, y esto desconcertaba a Rodrigo, que estaba seguro de que comenzarían el ataque en aquel amanecer.

—Deben de estar reponiendo fuerzas —meditó—, pues no en vano regresan de un largo viaje y de una batalla perdida.

—He sabido que los dirige el almirante Rooke, algo debilitado por un ataque de gota y por las andanzas en Cádiz, pero el maldito inglés no ha dudado en poner en vanguardia ese navío de tres puentes, ¿han visto sus cañones? ¡Al menos debe de tener ochenta! —observó Modesto, con gesto grave. Su elegante casaca y su peluca blanca de rizos parecían fuera de lugar para un terreno tan sucio como el de una batalla—. ¿Y los brulotes? Sin duda nos los arrojarán inflamados en fuego y a punto de explotar.

Gonzalo resopló.

—Disponen de muchos navíos de tres puentes, bien artillados. Irán a por los fortines de Corbeyro y Rande, y, una vez que rompan la cadena, señores, estamos perdidos.

—¿Perdidos? No, don Gonzalo —negó Modesto—, ¡replicaremos con fuego desde las naves francesas en el mar!

—¿Qué fuego? Apenas podremos replicar, señor. Los barcos franceses, según he sabido, están artillados solo por una sola banda, pues el resto de la artillería ha habido que cederla a los fortines de tierra.

—Por Jesucristo, ¿tal mal abastecidos estábamos?

Rodrigo intervino.

—Se hizo lo que se pudo con lo que había, señor. Se han dejado pocos hombres sobre los galeones para defender a fuego, pero nuestra esperanza está solo en las naves de guerra francesas y en los puestos de tierra.

—Es menester resistir en tales puestos, pues —replicó Modesto, secundado por otros hidalgos—. Estemos prontos y con buenos bríos para esta lucha.

Nada más decir aquello, se escucharon disparos y cañonazos y todos se dispusieron para asistir Rande, pues en Corbeyro, al otro lado de la ría, ya había milicias custodiando el fortín.

Sobre las once de la mañana resultó imposible evitar que cuatro mil hombres ingleses desembarcasen en la playa de Ríos, en Teis, y que se dirigiesen rápidamente hacia el puesto de tierra de Rande, arrasando todo a su paso. Encontraron nutrida resistencia, y mucha procedía de los disparos y las pedradas ofrecidos por aquellas mujeres que habían ido a pelear y que eran más de setecientas. Recargaban armas a milicianos, preparaban y lanzaban bombas incendiarias y luchaban con rabia, no por defender el oro de los galeones, sino por proteger aquel trozo de vida y de tierra al que pertenecían.

Miranda se sintió dentro de un encendido avispero del que le resultaba imposible salir. Cuando había llegado cabalgando sobre una buena montura llevando a Ledicia, muchos milicianos la habían mirado con suspicacia. ¿Qué hacía allí una dama como aquella, uniéndose a la batalla? Sin embargo, al verla descender del caballo con gesto decidido y mostrando sus pistolas, un mosquete y cuchillos, la tomaron como otra mujer de las suyas, dispuesta a revolverse contra el invasor. Ella y Ledicia, junto con algunos marineros, milicias, más mujeres y jóvenes muchachos, descendieron a pie hacia la frondosidad vegetal que circundaba la playa de Cabanas; el arenal se situaba justo a medio camino desde donde habían desembarcado los ingleses hasta el fortín de Rande, por lo que al invasor le resultaría necesario atravesar aquel punto para alcanzar su objetivo.

—Mi señora, pero… ¿sabéis disparar?

—Conozco cómo funcionan las armas, aunque apenas las he utilizado nunca —reconoció Miranda a su criada.

En realidad, su padre le había enseñado a usar el mosquete para la caza en los bosques de Reboreda cuando era niña, pero su amor por los animales había terminado con las clases. Sin embargo, sí sabía manejar las pistolas, ya que en Costa Rica siempre salía con una en el cinto, por si en alguna de sus excursiones buscando mariposas se topaba con alguna bestia salvaje. Junto con otras mujeres, le mostró a Ledicia, de forma somera y rápida, cómo utilizar arcabuces, mosquetes y pistolas; y así, pertrechadas con aquellas armas y con cuchillos, se unieron a las milicias.

El imparable redoble de los tambores del enemigo cumplía bien su misión de infundirles miedo, porque pareciera que acudían a atacarlos potentes hordas venidas de una dimensión superior. Miranda apenas podía ver aquello que venían en realidad a defender, que eran los galeones y su carga. Entre el humo de las bombas incendiarias y la pólvora de los disparos, desde aquel punto de la costa tan solo intuía entre desgarros de bruma sucia los mástiles de los navíos franceses que los defendían; sin embargo, los perfiles de las naves angloholandesas, rotundas y bien artilladas, se dibujaban de forma tan nítida y próxima que le sorprendió la velocidad con la que habían avanzado.

Miranda estaba acostumbrada a trabajar con sus manos en la tierra y las plantas, pero el frío y la dureza de lo que tuvo que hacer aquella mañana le entumecieron los dedos muy pronto y apenas los sentía. Ella, Ledicia y otras mujeres recargaban sin cesar las armas de los milicianos. Había uno en concreto, muy joven, que le recordó al simpático Sebastián, pues aún en mitad de los disparos, entre improperios e insultos a los invasores, acertaba a ingeniar alguna chanza. Cuando el desdichado miliciano cayó sobre ella con un tiro en la cabeza, la joven asimiló lo cerca que estaba la muerte. Y, al ver el rostro del muchacho justo antes de moverlo para liberarse, sintió un inesperado alivio: qué descanso para su espíritu que el joven Sebastián, aun a regañadientes, se hubiese quedado en Vigo. Los adolescentes, como aquel que acababa de morir, disponían del arrogante arrojo que otorgaba la juventud, y todo el que se creía inmortal se volvía imprudente. Hasta aquella fría mañana nunca había muerto ningún ser entre las manos de Miranda, salvo algún insecto al que no hubiese sabido prestar los cuidados precisos, pero a aquellas alturas tenía ya su abrigo y su vestido llenos de sangre.

Lograron contener durante cierto tiempo a los invasores a base de disparos, contundentes pedradas y pequeños muros de fuego, pero el número de angloholandeses era tan elevado que resultaba imposible frenarlos.

—¡Coged! —le había gritado Miranda a Ledicia entregándole el mosquete de un miliciano muerto, aunque apenas se escuchaba nada con el ruido de los tambores y las armas.

—¡No me queda carga, señora!

Miranda había tomado aire, preocupada. Tanto ella como Ledicia estaban ya agotadas, cubiertas de barro y sangre, pero debían continuar.

—¿Tenéis los cuchillos?

—Los tengo.

—Pues vamos a asistir a los milicianos de aquella parte. —Y señaló una zona algo boscosa cerca de la orilla, ahora llena de humo.

De pronto, uno de los soldados ingleses llegó a solo unos metros de su posición y atacó con su espada a otra de las mujeres, que preparaba una bomba incendiaria. Miranda se abalanzó sobre el soldado y se vio a sí misma acuchillándolo con rabia, como si la mujer que acababa de ser atacada fuese una extensión de sí misma. Cuando el soldado cayó muerto, se miró las manos, sorprendida y asustada de sí misma, pero en unos segundos retomó el aplomo. Se aproximaban más enemigos y no había tiempo para lamentos. Ledicia la miró, nerviosísima, y le señaló entre la niebla de pólvora otro punto de defensa, muchos metros más arriba en la colina.

—Mi señora, este terreno está perdido. ¿No lo veis? Los milicianos huyen, vayamos y continuemos desde un puesto más seguro.

—Que Dios nos asista, tenéis razón —se lamentó, desesperada, porque intuía ya que estaban perdidas—. Aquí solo nos encontrará la muerte. ¡Subamos!

Con una pistola en la mano y un mosquete a las espaldas, Miranda se giró para ascender por la colina cuando otro inglés se interpuso en su camino. Era mucho más corpulento y fuerte que ella, por lo que el forcejeo tenía un final seguro. Se revolvió, desesperada, y el soldado le golpeó el rostro con la culata de su mosquete. Aunque no perdió el conocimiento, la joven cayó de inmediato al suelo mientras el soldado animaba a sus compañeros —que todavía estaban a cierta distancia— a que avanzasen. Miranda notó cómo el hombre se sentaba a horcajadas sobre ella y pensó con terror, sin motivo aparente alguno y de forma irracional, en la posibilidad de que la ultrajase. Pero el soldado no tenía tiempo que perder y sacaba ya un cuchillo de su cinto, dispuesto a rematarla. La joven se sentía incapaz de moverse bajo su peso y sintió un miedo profundo y real, porque comprendió que no tenía escapatoria. Cruzó su mirada con la del combatiente, que por un instante pareció vacilar. ¿Quién era él para apagar aquellos enormes ojos verdes? Sin embargo, las normas de la guerra eran otras. Alzó el puñal para clavarlo con fuerza, pero se desplomó en el último instante.

Ledicia, tras él, temblaba. Acababa de incrustarle al inglés un enorme cuchillo de cocina en la espalda, y lo había hecho con tanta fuerza que casi lo había atravesado de lado a lado. Miranda, como pudo, se levantó tras apartar lo que quedaba del cuerpo del inglés sobre su propio torso, y con el miedo que sentía ni siquiera notó toda la sangre que se deslizaba por su rostro desde varias heridas y, especialmente, desde una de sus cejas. Miró a su criada e hizo un rápido y leve asentimiento, en reconocimiento por salvarle la vida. Resultaba ya imposible ver a más de unos metros de distancia por causa del humo, pero logró orientarse. Señaló hacia la parte más alta de la colina en la que se encontraban, que era donde en efecto todavía se veían milicianos manteniendo la formación.

—¿Estáis herida? —le preguntó a la criada, al verla pálida y temblorosa.

—No.

—Entonces vamos.

Y ambas, ensordecidas por el ruido de la batalla y aún con el miedo agarrotándoles las piernas, subieron la colina junto con otras mujeres, esposas y madres de milicianos. Se vieron obligadas a replegarse de forma constante y a disparar prácticamente a ciegas, sin saber qué almas se llevaban o no sus balas. Llegó un momento en que todo esfuerzo para resistirse fue en vano. En la distancia vieron cómo caía el fortín de Rande, del que los enemigos hicieron unos trescientos cincuenta prisioneros, y ya no hubo más remedio que huir hacia el interior de Redondela para rearmarse. Miranda se preguntaba qué sería de Rodrigo, de Gonzalo y de su propio padre; ¿cómo podrían sobrevivir a aquella devastación? Se sintió torpe e inútil, por su incapacidad para evitar aquella masacre. Sabía que no estaba en su mano el poder hacerlo, pero ¡tenía tanto que perder! Por primera vez vivía una guerra, y era consciente de que muchas de las personas que conocía y amaba iban en aquella batalla hacia una muerte segura; le resultaba despreciable la idea de que todos aquellos valientes perdiesen sus vidas por culpa de las mercancías de los galeones. Y después pensó, mientras veía el humo y las llamas a los lejos, que ninguna causa, salvo el amor y el honor, era tan alta como para dejarse morir.

El invasor también arribó al otro lado de la ría y para acceder a Corbeyro desembarcó a sus hombres en la playa de Domayo. El fortín improvisado de Corbeyro disponía de toscas trincheras, y, aunque hay quien dice que los hombres que lo defendieron lo hicieron de forma más tenaz y valerosa que los de Rande, lo cierto es que el puesto fue encontrado vacío por los invasores.

Tras lograr el dominio de los dos puestos principales de defensa en tierra, el Torquay, que era aquel buque de tres puentes que tanto había impresionado a Modesto de Quiroga, después de tres intentos consiguió al mediodía romper la cadena que protegía la ensenada de San Simón, y comenzó una de las batallas navales más sangrientas vividas nunca en las costas de Galicia.

Rodrigo no había llegado a tiempo para defender el fortín de Rande, ya que los disparos y cañonazos pronto se habían dirigido hacia la estacada que formaba aquella cadena sobre el agua, de modo que tanto él como Gonzalo habían ayudado a cañonear al enemigo desde los navíos franceses. Gran parte de las milicias, en la costa, huían despavoridas, mientras la pericia de los ingleses en las maniobras los sorprendía por su destreza.

Gonzalo, sudando y envuelto en humo, se agachó al lado de Rodrigo.

—Mirad, mirad cómo pilotan sus naves, los muy hijos de puta. Mientras los holandeses lanzan una andanada, llegan los otros bastardos al abordaje… ¡Ahí! ¡Ahí vienen!

Y, en efecto, los garfios de abordaje avanzaban ya por el aire. Rodrigo sentía la misma rabia e impotencia que Gonzalo, pero no dejaba de admirar la valentía de los ingleses y la estrategia naval que estaban utilizando. Porque ¿qué eran ellos también sino soldados? Comenzó un cañoneo mutuo imparable, les lanzaron ollas de betún incendiario, camisas embreadas y todos los artificios de ruina y muerte de los que pudieran echar mano, pero la superioridad de las tropas aliadas era evidente. Tal y como Rodrigo había visto hacer a los piratas en el Nuevo Mundo, los ingleses disparaban sus cañones hacia los mástiles de los galeones, porque querían desarbolar e inutilizar las naves, pero no estropear su cargamento. Sin embargo, cuando disparaban a los buques de guerra franceses, lo hacían a cierta distancia para que las balas de cañón llegasen más lentas, ya que de aquella forma eran más mortíferas: no penetraban en la madera con tanta limpieza y, al generar más astillas, estas funcionaban como navajas de madera que se clavaban en los cuer-

326

pos de los marineros y soldados. Por su parte, y con apenas artillería, los españoles y franceses disparaban sus cañones sin tanta sutileza y arrojaban granadas de hierro rellenas de metralla, potes fétidos y bombas incendiarias, sin perjuicio de disparar sin descanso sus mosquetes, pistolas y arcabuces.

El frío de aquel día de octubre era denso y húmedo, y ya ni siquiera los rayos del sol alcanzaban a quienes caían al agua, porque un grueso humo lleno de pólvora nublaba el cielo como una premonición. Hubo un momento en que, ya abordados por los angloholandeses, los españoles se defendieron con hachas y cuchillos; un teniente, herido de muerte, enganchó su barco a punto de explotar a un navío inglés, dispuesto a deshacer su cuerpo en mil pedazos si tan solo lograba frenar una nave del invasor. Las explosiones eran tantas y tan seguidas que no solo el humo cegaba a los combatientes, sino que el ruido ensordecía el espacio, generando la sensación de estar en una dimensión diferente, en un mundo extraño próximo al infierno. Rodrigo logró evitar que un holandés atravesase con su espada a Gonzalo, y este cubrió al oficial en numerosas ocasiones. Apenas podían ver el estado de la batalla a través del humo y, agotados, perdieron la noción del tiempo.

Cuando llegó a los oídos de Rodrigo la orden del teniente general francés —el marqués de Château-Renault— para dar barreno a los navíos de la propia flota, supo que estaba todo perdido.

—Mejor en el fondo del mar que en manos de esos bastardos, Rodrigo —lo había consolado Gonzalo.

—Pero ¿no habéis escuchado, amigo? ¡El capitán Velasco también ha dado órdenes! No solo es menester hundir las naves, sino quemarlas. Hay orden de fuego.

—¿De fuego?

—Los galeones, ¡debemos quemarlos!

Y así lo hicieron. Cientos de hombres obedecían órdenes mientras defendían su vida a espadazos y, ensordecidos por la batalla, apenas podían ver a varios metros por causa del humo y del fuego. Sabían que iban a morir, y lo hacían matando. Un pequeño brulote incendiado y cargado de rapé —aquel tabaco tan de moda en Europa, propio de la alta burguesía y aristocracia— fue enviado a los ingleses y su humo tóxico mató a más de cien hombres. Al principio les produjo aquella familiar sensación de embriaguez del vino, que justificaba que el rapé fuese conocido como trago seco, pero la nube tóxica los envenenó y los dejó exánimes en menos de veinte minutos.

El combate duró día y medio, y solo cuando llegó la noche del 24 de octubre cesaron los cañonazos, que no los disparos. Gonzalo y Rodrigo, que se habían arrojado al agua tras prender fuego al último de los galeones de los que pudieron alcanzar, llegaron a la orilla y, atónitos, se palparon los cuerpos sin dar crédito a seguir vivos. Gonzalo sí tenía una cuchillada en un costado y el roce profundo de un disparo en un hombro, pero sus ojos azules brillaban con la insolencia de siempre, como si aquellas heridas fuesen algo menor de lo que ocuparse solo cuando tuviese tiempo.

Según caminaban en busca de refugio entre toda aquella horrible masa de humo, quejidos de dolor, llantos y gritos desesperados, Rodrigo se cruzó con uno de los muchos cadáveres que el mar devolvía. No debería haberle llamado la atención, porque la muerte reinaba allá donde mirase, pero el tamaño y las hechuras del hombre eran más de muchacho que de soldado. Y aquel cabello, y la casaca… Impresionado, corrió hasta el cuerpo, que reposaba boca abajo. Supo, sin tocarlo, que era Sebastián. Le había desobedecido. De alguna forma, se había hecho con una montura para ir a pelear en aquella batalla perdida. Rodrigo volteó el cadáver y el rostro sin vida del niño le impactó como si le hubiesen clavado una daga en el estómago. Una tristeza muy profunda, que nunca había conocido, le hizo morder la rabia y el dolor de forma física, porque quería a aquel muchacho como a un hijo. Cayó de rodillas y abrazó el cuerpo de Sebastián. Riñó al chico, llorando, por aquella valentía que había llevado sus pasos a la guerra. Gonzalo, a su lado, comprendió que no había nada que pudiese decir, pero sí obligó a su amigo a coger el cuerpo del muchacho y salir corriendo de aquella orilla donde, al caer la noche, el fuego de los galeones iluminó la costa con siniestro resplandor.

9

Estamos en la bahía de Vigo, y solo de usted depende que pueda conocer sus secretos [...]. De las cajas y de los barriles se escapaban lingotes de oro y plata, cascadas de piastras y de joyas. El fondo estaba sembrado de esos tesoros. Cargados de ese preciso botín, los hombres regresaban al Nautilus...

JULIO GABRIEL VERNE,
Veinte mil leguas de viaje submarino

De todos los asaltos marítimos de la historia naval, el de Miguel Carbonell y sus compañeros al imponente White Heron debió de ser, sin duda, uno de los más torpes. Cuando les permitieron abarloar el Bitácora, que no era otro que el rústico barco de pesca de Metodio —de solo doce metros de eslora, adaptado para sus expediciones de buceo—, al enorme navío de James Grosvenor, solo el viejo arqueólogo parecía tranquilo y resuelto, mientras que Linda Rosales y Metodio Pino, nerviosos y hasta azorados, parecían deseosos de huir de allí, como si su presencia en la nave se tratase de una anecdótica equivocación en la que no entendían cómo habían caído y que, por supuesto, estaban dispuestos a olvidar. A pesar de que Metodio insistió en que no era necesario que también él subiese al gigantesco velero, su tripulación lo conminó amablemente a que abandonase su barco y se uniese a sus amigos, y lo hicieron a través de un sorprendente y enorme portón lateral del velero; desde el exterior parecía un elegante tanque inexpugnable, sin ventanas ni portillos, pero al aproximarse habían comprobado que existían múltiples huecos y puertecillas simulados en el casco.

Les pidieron sus identificaciones y, tras un largo rato, los llevaron a un gran salón en la popa del barco que parecía preparado para reuniones de trabajo; en su camino se asombraron ante el lujo y detalle de la embarcación, construida y decorada con materiales nobles y elegantes pero sobrios. Les daba la sensación de haber accedido a un enorme edificio de estilo modernista y no a un barco. El arqueólogo, que sabía del gusto de los coleccionistas por mostrar sus tesoros, intentaba atisbar a su paso cualquier espacio donde pudiese ver algún elemento patrimonial subacuático expuesto, pero no había nada. Solo cuadros con motivos náuticos y esculturas modernas.

Cuando James Grosvenor apareció en el salón, lo hizo con su mascarilla protectora, tal y como era su costumbre con los desconocidos. Iba vestido con una americana de lana gris a medida y con unos pantalones vaqueros, en un contraste desenfadado y práctico que no le restaba elegancia. Lo acompañaba su ayudante, que se quedó de pie en una esquina, hierático y silencioso.

—Disculpen que los reciba así —se disculpó, señalando su mascarilla—, pero estoy todavía superando una afección pulmonar. Siéntense, por favor, pónganse cómodos —les pidió tras acercarse y estrecharles la mano a cada uno de ellos, para después proceder él mismo a tomar asiento en un solitario sillón, justo enfrente del acogedor sofá gris que les acababa de señalar—. Y díganme, por favor, ¿a qué debo el honor de su visita?

—En primer lugar —comenzó Carbonell—, le pido que nos excuse por este asalto; tendríamos que haber esperado a mañana, nos ha caído la noche encima y usted, seguro, debía de estar a punto de cenar.

—Por mí no se preocupe, en estas semanas me he adaptado al peculiar horario gastronómico que tienen ustedes, los españoles.

Grosvenor parecía sonreír de forma amigable tras la máscara, aunque su tono era neutro y frío. No dijo nada más y, tal y como hacen los felinos cuando observan a sus presas, esperó a que sus inesperados invitados mostrasen sus intenciones.

Carbonell tomó aire y, a pesar de que ya sabía que sus acreditaciones habían sido mostradas al anfitrión, procedió a presentarse a sí mismo, a Linda y a Metodio, resaltando en todos ellos su historial vinculado al estudio de la historia, del arte y del patrimonio. Después, con delicadeza y gesticulando hasta la exageración, abordó el inverosímil motivo que se había inventado para poder llegar hasta el White Heron.

—Ya le comentamos a su personal que nuestra compañera del CSIC ha estado en contacto con Eloy Miraflores, imagino que lo conoce.

—No. ¿Por qué tendría que hacerlo? —replicó Grosvenor, cada vez más frío. Su indefinible acento extranjero generaba todavía más distancia entre él y sus invitados.

—Tiene razón —reconoció el arqueólogo, con ligereza—, tal vez el nombre le resulte desconocido, pero una empresa suya se dedica a la recuperación de pecios de distinta índole, tanto de forma industrial como arqueológica. Es socio de Deep Blue Treasures… Está ahora trabajando al sur de las islas Cíes, ¿le suena?

—¿Tendría que sonarme?

—Solo en la medida en la que le pudiese interesar la investigación de naufragios de carácter patrimonial. Verá, voy a confesarle la verdad —continuó Carbonell, adoptando un tono de confidencia e inclinándose un poco hacia su interlocutor—. Esa empresa solicitó a la Xunta un permiso para prospectar en Rande los restos de la batalla naval de 1702, pero de momento el asunto está parado y los responsables del Museo de Meirande, en colaboración con Linda —matizó mirando a la investigadora, que estaba petrificada—, son algunas de las voces que deciden si dan o no luz verde al proyecto. Dado que hemos sabido de su estancia en nuestra acogedora ría, nos gustaría mucho invitarle a conocer el museo y enseñarle sus hallazgos.

Grosvenor dejó pasar unos segundos.

—Me sorprende usted. En primer lugar, sigo sin tener nada que ver con ese proyecto que menciona y, en segundo, mi barco lleva fondeado en la ría más de dos meses… ¿De verdad vienen ustedes hasta aquí, prácticamente de noche, para invitarme a su museo?

La cuestión la había planteado sin ironía, tan solo en forma de constatación, pero, al escuchar su tono de voz, hasta el estoico Carbonell sintió un escalofrío.

—Oh, no solo para eso, como se podrá imaginar —replicó el arqueólogo, firme en su papel—. Verá… No creemos que Deep Blue Treasures pueda tener, posiblemente, la infraestructura, la tecnología y los conocimientos necesarios para un trabajo como el que requeriría el yacimiento de Rande, pero sí intuimos que usted, dada su experiencia reconocida y sus colecciones del mundo patrimonial submarino, conocería algún inversor interesado. Quizá usted mismo —se atrevió a sugerir—, ya que consideramos que al menos el cincuenta por ciento de los pecios, gracias al lodo que los cubre, se encontraría en una situación de conservación inmejorable. Mire. —Se levantó y sacó un objeto de una mochila que llevaba Metodio—. ¿Lo ve? —le preguntó, mostrándole una viejísima y oscura polea de madera—. Esta pieza, de roble de la mejor calidad, fue rescatada no hace mucho del fondo de la ensenada de San Simón. Los galeones, señor Grosvenor, siguen esperando ahí abajo.

El inglés, inalterable, apenas miró la polea durante unos segundos.

—Ese yacimiento de Rande se ha expoliado hasta lo indecible durante más de tres siglos, señor Carbonell —replicó, ahora ya sin disimular su ánimo glacial—. De hecho, ahí abajo debe de haber muchos más restos de viejas bateas que de galeones. Y permítame, además, que dude mucho de que esa polea pertenezca a un galeón español.

Carbonell contuvo los nervios. La polea era de su propia e irregular colección personal, y, aunque sí creía que podía pertenecer a los siglos XVII o XVIII, la había encontrado en una zona de la ría llamada A Borneira; él mismo la había restaurado y logrado conservar a duras penas, ya que se deterioraba muy fácilmente. Ni siquiera sabía a qué tipo de barco habría pertenecido y no podía contar con los laboratorios oficiales, porque en su día no había declarado el hallazgo.

—¡Le aseguro que esta polea corresponde al yacimiento de Rande! —porfió, dispuesto a no recular.

—En tal caso, y si usted es de verdad arqueólogo, esa pieza debería estar en un museo y no en su mochila. Además, los galeones españoles solían construirse en madera de cedro rojo, por lo que, si lo que tienen ahí es roble, posiblemente pertenezca a un buque de guerra francés. Insisto —remarcó Grosvenor, con dureza—, acláreme el motivo real de su visita y deje de tratarme como a un estúpido, es una descortesía por su parte.

Carbonell tragó saliva. Miró a sus compañeros, que escurrieron su atención hacia el impecable suelo enmoquetado del salón. El arqueólogo se rascó su calva cabeza y estrechó la mirada, logrando con el gesto que sus espesas cejas pareciesen una sola. Habló con determinación y se preparó para esgrimir un amasijo de verdades y mentiras, porque era la única fórmula que se le ocurría para mantener su ya maltrecha credibilidad.

—Acaba de morir en circunstancias poco claras una buena amiga, historiadora naval. Se llamaba Lucía Pascal —explicó, y Grosvenor no reaccionó ante el nombre de forma alguna. Al arqueólogo, la mirada y la actitud del inglés le parecieron indescifrables, pero siguió en su papel y continuó—: Creemos que Lucía encontró algo vinculado al yacimiento de la batalla de Rande, pero no sabemos qué es. Estamos buscando ayuda para prospectar y entender por qué ha muerto. Hemos sido torpes, lo reconozco, y para acceder a usted hemos utilizado el nombre de Eloy Miraflores por si le conociese y le valiese de referencia a la hora de realizar investigaciones subacuáticas —prosiguió, con expresión desesperada—. Comprendo que el yacimiento de Rande le parezca ya expoliado y no le interese, pero con sus contactos y su experiencia tal vez pueda orientarnos hacia alguna empresa de investigación que sí tenga recursos… Aunque solo sea para comprender qué le pasó a nuestra amiga.

James Grosvenor apenas parpadeó. Miró a Carbonell, a Metodio y a Linda con severidad, y, tras unos segundos que a ella particularmente le parecieron eternos, se levantó y se dirigió a Carbonell:

—Creo que deberían venir conmigo.

Y, sin decir nada más, se dio la vuelta y desapareció por la única puerta abierta que tenía el salón. El grupo dudó durante unos instantes, en los que el ayudante de Grosvenor no se movió de su sitio y, a cambio, los invitó con un gesto a que siguiesen al dueño del barco. Uno a uno, y en fila, entraron por sí mismos al pasillo que conducía a las entrañas del White Heron y desaparecieron por el marco de aquella puerta como si los engullese la noche.

Los arqueólogos submarinos saben que hay una zona concreta, que ellos llaman hinterland, que casi siempre guarda mucha información sobre el mundo que la habitaba. Ese espacio concreto, el hinterland, ocupa toda la zona de influencia de un puerto, de una gran ciudad; es como si fuera un manto mágico y todo aquello sobre lo que se posara hubiese adquirido una forma y uso determinados. Con el paso de los siglos se vuelve invisible y sus perfiles se difuminan, pero su esencia permanece. La inspectora Nagore Freire, que, aunque apenas eran las nueve y media de la mañana, ya estaba a punto de llegar en coche a Tuy, pensaba en la imponente fuerza que debía de haber tenido la ciudad de Vigo, cuyos archivos eclesiásticos se guardaban a más de treinta kilómetros de sus ya inexistentes murallas, en aquella vieja villa de Tuy que bordeaba el río Miño y que hasta comienzos del siglo xix había sido una de las siete capitales del antiguo reino de Galicia. Desde luego, la ciudad olívica disponía de un hinterland muy amplio, y no solo bajo las aguas.

En el destartalado todoterreno blanco de Pietro sonaba de nuevo Bruce Springsteen —ahora con su *Human Touch*—, que cantaba sin piedad sobre los que se sentían rotos y heridos, porque ¿acaso podía haber alguien a quien la vida no le hubiese golpeado alguna vez? Nagore miró a Pietro de reojo.

—¿En alguna ocasión escuchas algo diferente a Bruce Springsteen?

—Por supuesto. ¿El tipo que canta ahora es él? —preguntó el subinspector, con suave y fingida sorpresa—. No me había dado cuenta.

—Ya.

—Puedes poner la radio, si quieres —ofreció, con una medio sonrisa que mostraba, en realidad, una desaprobación absoluta ante aquella posibilidad.

Nagore se reacomodó en su asiento de copiloto. El sol brillaba con fuerza en el exterior y, aunque todavía no llegaban al nivel de una fresca temperatura de finales de invierno, sí que habían logrado huir de aquel frío polar tan extraño que los había envuelto días atrás. Cuando habían dejado Vigo, una densa niebla se había alojado en la ría, pero solo sobre la lámina de agua, permitiendo que la ciudad fuese acariciada por el sol. Hoy, la inspectora vestía una camisa blanca con chaleco y corbata negros, a juego con una falda de vuelo hasta las rodillas, donde sus botas negras acordonadas remarcaban la monotonía de color. Para completar el atuendo llevaba ladeada sobre la cabeza una boina francesa negra, bajo la que su cabello rubio estaba tan tirante como siempre. Cuando Pietro la había recogido en el hotel Universal con su coche, había exclamado un «*Oh là là! Bonjour*», ante el que ella había enarcado las cejas.

La noche anterior habían terminado tarde de revisar el ordenador de Lucía y en su historial de búsquedas en internet encontraron a un tal Jim Gardner, que, por lo que ellos pudieron ver en un primer vistazo en el buscador de Google era un periodista americano. ¿Por qué lo buscaría? No supieron dar con la respuesta. Lucía también había rastreado los síntomas de su enfermedad y posibles remedios, y había muchas visitas a la web del Archivo de Indias en Sevilla y a la de la Interpol, a la que Nagore había aludido cuando les había explicado a Pietro y Nico quién había denunciado el origen de la Biblia Malévola. Otras búsquedas eran solo de los servicios meteorológicos, pero las últimas incluían polillas, mariposas y libros antiguos que hacían referencia a insectos, así como a la colegiata de Vigo y a sus antiguos palacios, aunque pocos perduraban desde la batalla de Rande, y la mayoría de los que ahora podían contemplarse habían sido construidos a comienzos del siglo XIX. Les pareció extraño, pero también comprobaron que la última indagación en internet había sido en relación con las posibles paranoias y visiones que podría ocasionar la demencia que la propia Lucía sufría.

—Pobre mujer, debía de estar pasándolo fatal —había comentado Nagore.

La inspectora también había aprovechado el tiempo para rastrear aquellos nombres que le había dado Carbonell: Pedro Roca, Gonzalo de la Serna, Rodrigo, Miranda… No logró gran cosa, a pesar de que solicitó ayuda a sus compañeros en Madrid. Ella sabía que aquel tipo de indagación requería tiempo y que rastrear a personas de aquella época no era tan fácil ni tan simple como buscar en Google. Había un Pedro Roca valenciano y miembro del Regimiento de Dragones de Almansa, pero había nacido cuarenta años después de la batalla de Rande, con lo que no era el marino que buscaban, que no aparecía por ninguna parte. Gonzalo de la Serna, sin embargo, parecía más fácil de localizar: su biografía juvenil, dadas sus incontables aventuras en el monasterio de Santo Domingo de Silos y sus deslices con las damas, resultaba incluso sorprendente, aunque a partir de la batalla de Rande, en efecto, no era capaz de encontrar qué había sido de aquel fraile corsario. El tal Rodrigo tenía muchas posibilidades: a comienzos del siglo XVIII había habido en Vigo un regidor con aquel nombre, pero también se llamaba de tal forma uno de los sombrereros más populares de la villa, así como un hidalgo del pazo de San Roque y varios comerciantes de distintas cofradías. ¿Cómo saber a cuál se refería Lucía en sus pesquisas? Y después estaba Miranda. ¡Una dama de aquel entonces con un nombre semejante! No, debía de tratarse del apellido de un varón. Había un pazo de Miranda en Bayona… ¿Sería aquel pazo lo que en realidad deberían buscar? En aquellos momentos no tenía tiempo para investigarlo.

Siguieron buceando en el ordenador de Lucía y, en relación con el galeón fantasma, solo encontraron las gestiones que la anciana había hecho con distintos registros notariales para localizar el cuarto de estraperlo del navío y muchos documentos del Archivo de Indias sobre su tripulación. Curiosamente, en los documentos de la Casa de Contratación, de forma posterior a la pérdida del navío y en el mismo listado que detallaba la tripulación, leyeron algo que confirmaba su naufragio:

Este navío se perdió de vuelta con los demás de la flota en el Puerto de Vigo en Galicia en la invasión que hicieron las Armadas enemigas de Inglaterra y Olanda.

Por lo demás, solo pudieron confirmar datos que a ellos, en la práctica, les resultaban completamente indiferentes, aunque sí les había llamado poderosamente la atención el contraste entre los solo veintiocho marineros de la nave y sus treinta y nueve grumetes, a los que se añadían al menos seis pajes, que no debían de ser más que niños de apenas diez años. Ni siquiera se los describía como a personas, sino como a animales que portaban o no defectos. «Diego Barexo, hijo de Antonio. 17 años. Herida oreja izquierda». «Cristóbal García. Sevilla. 14 años. Señales de verrugas en el pecho». «Juan de Medina, hijo de Jerónimo. 11 años. Herida en la frente». Pietro se había preguntado qué clase de mundo habría sido aquel en que criaturas tan jóvenes eran enviadas al Nuevo Mundo sin más, porque era su única opción. En ese listado no aparecía el joven Sebastián, que había llegado a Veracruz en un convoy de la Flota de Indias anterior al que se había perdido en Rande, pero también había sido uno de aquellos muchachos que después habían sido engullidos por el tiempo y la memoria. ¿Cuántos de aquellos marineros habrían regresado vivos a España y cuántos habrían perecido en la batalla de Rande? Había también calafates, mayordomos, despenseros, guardianes, un barbero, un cirujano… La mayoría eran andaluces, pero también distinguían en el listado gallegos, portugueses, napolitanos y algún vasco. Historias que, posiblemente, dormirían ya para siempre en el olvido.

Pietro y Nagore, fascinados con aquella lista de almas con historias perdidas, habían guardado toda aquella información del ordenador de Lucía en un lápiz de memoria, para después borrar su paso por el portátil y dejarlo bien precintado en comisaría a primera hora de la mañana, antes de salir hacia Tuy.

—Sabéis que casi pillamos al pájaro, ¿no? —les había preguntado Kira, antes de que se fuesen.

—¿A quién? —había inquirido Pietro, extrañado y pensando ya en el atraco con negociación del que había tenido que hacerse cargo Meneiro, y que había terminado bien, pero sin que hubiesen podido atrapar a toda la banda.

—Al primo del muerto en el casco viejo, a Julián. ¿No te lo dijo Nico?

339

El oficial lo miró bostezando.

—Patrón, me avisó Kira ayer, cuando ya estaba en casa, y, total, el tipo ya se había ido. Lo localizamos con las hospederías de ORION en A Coruña, que fijo que el chaval se fue a ver la novia...

—Ella jura que no lo vio y que tampoco habló con él —matizó Kira.

—Y una mierda —negó Nico, convencido—. Total, que cuando avisamos a los patrulleros de la zona para que fuesen al hotel a investigar, ya se había ido.

Pietro se había limitado a asentir. De momento, sin orden judicial, no podían rastrear de otra forma a aquel *desaparecido* más que por la vía convencional, ya que todavía no tenían ni posicionamiento de teléfono ni órdenes para supervisar movimientos de tarjetas ni de cuentas bancarias. El subinspector había mirado a su compañero muy concentrado, como si estuviese tachando cosas de una lista imaginaria. Tenía pendiente hablar con Miguel Carbonell, al que había llamado la noche anterior, tal y como le había prometido, para informarle de forma prudente y discreta de lo que había sucedido con el ordenador de Lucía, pero no le había cogido el teléfono. Más tarde volvería a intentarlo, pues ahora tenía otros muchos asuntos que atender. Por fin, se dirigió a Nico:

—Ahora, después de ir con Kira a Bouzas, te llevas las fotos de los primos también a Coruxo y contactáis con los vecinos, con el chico del perro que encontró a Pascal... Y en la casa revisad la documentación del despacho, ¿de acuerdo? —le indicó, enfatizando la revisión documental.

A Nico no hacía falta explicarle que el subinspector necesitaba cualquier dato, el que fuese, que vinculase a Lucía Pascal con el Archivo Histórico Diocesano de Tuy. Justo en aquel momento había salido Meneiro de la Pecera, con gesto de atareado agobio, y por fortuna estaba tan ocupado con la banda de atracadores que nunca terminaba de desmantelar que no se interesó demasiado por entender por qué Pietro y la inspectora de Patrimonio se iban aquella mañana a un viejo archivo de la Iglesia en otro municipio. De hecho, Meneiro había solicitado a los GOES —Grupo Operativo Especial de Seguridad— que bajasen aquella misma mañana desde su base en A Coruña hasta Vigo, pues estaba seguro de que por fin, en colaboración con ellos, podrían planear el golpe final a la banda, que no descartaba que volviese a actuar de inmediato, por lo que estaban en situación de prealerta.

Ahora, y tras aquel breve paso por la comisaría en Vigo, Pietro y Nagore ya habían aparcado y recorrían las calles empedradas de Tuy, que a aquellas horas todavía eran frías y estaban llenas de sombras. Dudaban de si el GPS de sus teléfonos les estaría dando la información correcta.

—¿Seguro que el Archivo está en esta dirección? —preguntó Pietro, extrañado y al tiempo que señalaba la pantalla—. Ahí solo parece que esté la catedral.

—Será un anexo.

De pronto, la callejuela por la que caminaban se terminó y ambos policías se encontraron ante una plaza gris, donde la piedra parecía abarcarlo todo. A su izquierda, un insólito y gigantesco híbrido entre fortaleza y catedral los sobrecogió durante unos segundos. Se acercaron y comprobaron cómo unas gruesas torres almenadas y defensivas protegían una impresionante portada apuntada con casi una decena de arquivoltas llenas de esculturas del Antiguo y Nuevo Testamento, reyes y hasta reinas. Un pórtico con forma de templete cubría aquella deslumbrante entrada, y Nagore mostró su sincera admiración:

—Es realmente impresionante.

Pietro asintió, asombrado también con aquella primera impresión de un edificio tan imponente, para después volver a centrarse en su GPS.

—Pues tenemos que ir por aquí.

—¿En serio?

—En serio. Según esto —señaló la pantalla de su teléfono—, para llegar al archivo hay que entrar en el templo.

Al acceder a la catedral los recibió una penumbra gris, como si la piedra acabara de despertarse y ahora, en vez de acogerlos, pretendiese impregnarlos de una humedad vieja y retorcida por los siglos. A la derecha vieron un mostrador de recepción de visitantes. Se presentaron y pidieron acudir al Archivo Diocesano.

—¿Habían avisado de su llegada?

—Sí.

—Pues todo recto y a la izquierda.

Pietro miró al hombre con incredulidad.

—Pero ¿cómo que recto…? ¿Recto hasta el altar, quiere decir?

—Sí que avanza rápido esta relación —observó Nagore, con una mueca que simulaba sorpresa.

El hombre de recepción, sin embargo, no siguió la broma. Se giró y llamó a un tal Pedro, y en el ademán evidenció lo torpes que le parecían ambos policías.

—A ver, Pedro. Acompaña a la señora y al señor a la entrada del Archivo —solicitó, para después volverse hacia ellos con una encantadora y exagerada sonrisa—. No queremos que se nos pierdan.

Pedro, que era grande y ancho como dos hombres juntos, los guio al interior de las sombras del templo. El aire era denso, como si hubiera sido respirado muchas veces, y el ambiente llamaba al recogimiento y al silencio, aunque en la nave central había dos gigantescos órganos barrocos que, al sonar, debían de rasgar el aire como mil cuchillos. Avanzaron por la nave de la derecha hasta el impresionante altar y su coro para girar después a la izquierda y encontrarse con una gran puerta oscura. Pedro sonrió.

—¿Lo ven? Derecho y a la izquierda —les dijo, con evidente sorna—. Entren, atraviesen la sacristía y suban las escaleras. Ahí está el Archivo, en el antiguo vestuario del cabildo.

Nagore y Pietro se miraron, sorprendidos, y tras abrir la puerta avanzaron sobre las enormes láminas de piedra que cubrían el suelo. Subieron unas escaleras y, por fin, llegaron al Archivo Diocesano. Un hombre de avanzada edad y de tamaño diminuto, vestido completamente de negro y con alzacuellos, los recibió con curiosidad.

—Los policías, supongo. Bienvenidos.

Se presentó como Anselmo Buenavista y los hizo pasar a una sala bastante amplia, aunque modesta, con varias mesas de madera alargadas, donde dos *investigadores* ya habían llegado para consultar archivos, que se mostraban al fondo en muchas estanterías y también en un piso superior. Nagore le trasladó al cura el fallecimiento de Lucía con todo el tacto del que fue capaz, si bien don Anselmo, tras su llamada de la tarde anterior, ya se había preparado para cualquier desgracia que hubiera podido suceder. Entristecido, y sin pretenderlo, les mostró con su semblante el cariño que le había tomado a Lucía Pascal en los escasos meses que había visitado el Archivo. ¿Qué tendría aquella mujer —pensó Pietro— que parecía llenar de una extraña luz y de afecto a todos a los que se acercaba?

Tras reponerse durante unos minutos, don Anselmo les explicó a los dos policías todo lo que ellos ya sabían: cómo había contactado Lucía con el Archivo, lo que buscaba y los días que solía visitarlo, ya que un vecino de Coruxo se dedicaba a la venta ambulante y acudía a la feria de los miércoles al otro lado de la frontera, en Valença. Con aquel dato, Pietro vio el punto de unión de donde podrían tirar para justificar allí su presencia, de modo que envió un mensaje rápido a Nico a través del teléfono móvil para que tuviese en cuenta a qué vecino concreto tenía que buscar cuando visitase A Calzoa aquella mañana.

—Entonces —comenzó Nagore, cuando el cura terminó de hablar—, ¿Lucía dejó de venir, sin más? No sé, ¿hubo algún problema, algo que le llamase la atención en aquella última visita?

El hombre se encogió de hombros.

—No lo creo. Solía pasar aquí muchas horas y daba la impresión de disfrutar con lo que estaba haciendo. Además, había hecho un amigo.

—¿Un amigo?

—Sí, un hombre encantador que también estaba aquí investigando, como ella.

—¿Sobre galeones?

—No exactamente. Sobre historia y naufragios, en general, pero principalmente sobre un fraile corsario que vivió en Vigo, ¿qué les parece? Un tal fray Gonzalo de la Serna... Personalmente, tengo serias dudas de que ese monje medio pirata existiese de verdad.

Pietro y Nagore se miraron de forma significativa. Aquel corsario aparecía de nuevo.

—Ese hombre... ¿sigue viniendo por aquí?

—No, ya no. Ahora que lo dice, dejó de hacerlo al mismo tiempo que Lucía.

Nagore procuró disimular su excitación. Tenía la intuición clara de que se estaban acercando a la clave del asunto.

—Y... ¿no tendrá por ahí los datos de ese hombre?

—Por supuesto. Registramos a todos los visitantes. Aunque no sé si puedo facilitarles la información, por la Ley de Protección de Datos.

—Seremos discretos, no lo dude —zanjó Pietro—, y estamos ante un caso excepcional que está siendo investigado, como puede ver, por las fuerzas del orden —remarcó, incisivo.

Don Anselmo dudó durante unos instantes, pero decidió compartir la información y pidió a una ayudante, que trabajaba en una mesa desde una esquina, que fuese a buscar los registros de visitas. Entre tanto, Pietro observaba el espacio y, pensativo, parecía no dejar de darle vueltas a algo en su cabeza.

—Perdone, don Anselmo, pero... ¿sabe si al final Lucía encontró la información que buscaba?

—Lo dudo, ciertamente. Buscaba, como suele decirse, una aguja en un pajar.

Pietro mostró cierta decepción en su semblante.

—De todos modos, ¿para consultar los archivos podía hacerlo libremente o tenía que solicitarle a usted el material?

—Lo habitual es que yo mismo, o mi ayudante, entreguemos al investigador lo que necesita, aunque con Lucía a veces hacía alguna excepción, claro... Era una historiadora muy prestigiosa que respetaba mucho nuestros archivos.

—Claro… Pero ¿no recordará usted, por casualidad, los últimos libros con los que hubiese estado trabajando? Por curiosidad.

—¿Los últimos?

Don Anselmo frunció el ceño, concentrado, y sin decir nada subió las escaleras del archivo, mientras ellos lo veían desde el piso inferior. Al mismo tiempo, los dos investigadores que estaban en la sala —con disimulo— observaban aquel inusual movimiento en su zona de trabajo. Pasaron unos minutos hasta que el cura bajó; llevaba entre sus manos varios libros antiguos que no disponían de tapas normales, sino que eran viejas hojas marrones cosidas entre sí.

—Esto es que lo revisó Lucía en su última visita —les dijo, depositando el material sobre una de las mesas—. Cartas de monjes, diarios de cuentas y gastos… Esa clase de cosas. Si protegen sus manos, pueden consultarlos —añadió, ofreciéndoles una caja llena de guantes y abriendo uno de los volúmenes por la mitad—. ¡Dios mío! —exclamó.

Nagore y Pietro se aproximaron.

—Diga… ¿Qué ocurre?

—Este bloque… No, no estaba así… Pero ¿qué…? Alguien ha arrancado algunas hojas, ¿lo ven? —preguntó, atónito y enfadado.

—Pero ¿de qué es ese libro?

—Es, es… Acabábamos de recibirlo de una biblioteca particular… —contestó, nervioso—. Pazos que se vacían y nos mandan todo lo que encuentran en sus bibliotecas. Eran un conjunto de reflexiones de la fe, de cartas… Uno de los bloques, el más estropeado, parece que correspondía a los enseres personales de un religioso de Oseira, que fueron enviados a la única familia que tenía, que era un párroco de Vigo. Pero este ya estaba muy enfermo cuando lo recibió, de modo que quedó todo traspapelado en alguna parte. ¡Pero les aseguro que no estaba roto cuando lo archivé! Lo teníamos pendiente de estudio y de tratamiento, porque la humedad había hecho que se pegasen muchas de sus páginas. ¡Lucía era tan cuidadosa! Solo iba a mirar el primer bloque, el del principio, que estaba en un estado bastante razonable. Lo demás se encontraba como pegado y era prácticamente inservible. Yo en ningún momento pensé...

—Tranquilo, no es culpa suya. Pero ¿está seguro de que fue esto con lo que ella trabajó?

—¡Sí, sí! ¡Yo mismo se lo di! Dios mío, ¿se lo llevaría ella?

Pietro se agachó y observó con detenimiento las hojas arrancadas. En efecto, aquella parte de los documentos parecía una masa de papel fundido e inservible, pero alguien había descubierto, quizá, que aquella pasta exterior endurecida había protegido las hojas del interior. Abrió con delicadeza los restos de aquella masa, que parecía haber funcionado como capullo protector, y analizó los nudos del cordel que unía las hojas; calculó que, al menos, faltaban quince páginas. Intentó leer lo que estaba escrito en el folio anterior.

—¿Qué pone? ¿«Miranda»?

—Sí —confirmó Nagore—. Miranda.

De nuevo, la inspectora cruzó una significativa mirada con Pietro. Todavía no sabía si aquel nombre pertenecía de verdad a una mujer o si era un apellido, pero desde luego Miranda había sido tan relevante como para ocupar toda una página del manuscrito, como si fuera un título.

Pietro pidió permiso a don Anselmo para mover las hojas, y, de pronto, el cuerpo prensado de una mariposa negra, sorprendentemente hermosa, cayó sobre la mesa y se deshizo en mil pedazos, convirtiéndose en un polvo que pareciera querer volar. Todos se quedaron asombrados y sin palabras, y a Nagore le vino a la memoria la búsqueda que Lucía había hecho en internet sobre polillas y mariposas. Si no recordaba mal, Carbonell también le había dicho que Lucía le había planteado alguna consulta sobre insectos. ¿Qué tenía aquello que ver con el galeón fantasma? La investigación de la historiadora naval, sin duda, estaba conectada con aquel oscuro y bello insecto que acababa de desintegrarse ante sus ojos. Nagore cruzó de nuevo la mirada con la de Pietro, que por su expresión parecía estar pensando lo mismo. Justo en aquel instante, la ayudante de don Anselmo se acercó con el archivo de visitas, que entregó al cura con una hoja marcada. La atención de Pietro y Nagore, al instante, se dirigió a aquella insignificante hoja. Su sorpresa fue enorme cuando descubrieron que James Grosvenor, el misterioso multimillonario dueño del White Heron, había sido el silencioso compañero de Lucía Pascal en aquel Archivo que, durante un breve periodo de tiempo, había guardado el secreto de Miranda.

Cuando Nico y Kira llegaron a Bouzas, el sol parecía haber otorgado al viejo barrio pesquero una calidez que el oficial nunca antes había visto. Tal vez porque siempre pasaba por aquella zona en coche, sin detenerse en los detalles. ¿Qué había que ver allí, aparte de casas viejas? Sin embargo, fluía algo en el ambiente que provocaba que aquel lugar flotase en una dimensión distinta, como si el presente y el pasado hubiesen rubricado un extraño acuerdo y permaneciesen en equilibrio. Los policías dejaron atrás la casa del maquetista y comprobaron que a aquellas horas la taberna de O Buraquiño todavía estaba cerrada; tras preguntar a los vecinos supieron que su dueña, la Pitusa, estaba en la iglesia de San Miguel, en la que colaboraba, como otros feligreses, para los arreglos florales.

Nico nunca había entrado en el pequeño templo del siglo XVI, a solo unos metros de la taberna; bordeaba la playa de forma tan inmediata y directa que solo gracias a una donación a comienzos del XIX se había logrado que un pequeño muro lo rodease y protegiese del mar. Cuando Pitusa los vio, se santiguó y caminó hacia ellos con semblante preocupado.

—Y, entonces, ¿qué pasó? —les preguntó nada más acercarse.

Nico la tranquilizó y le explicó para qué habían ido a buscarla. La invitó a salir, por si prefería hablar aquello en un lugar distinto, ya que aquel, a pesar de la claridad y de los techos blancos del interior de la iglesia, invitaba al recogimiento. La mujer, convencida, les dijo que «en la casa de Dios mejor que en ninguna parte», y allí mismo, bajo la imagen de san Telmo, que sostenía un barco con las hechuras similares a las de un galeón en su mano

347

izquierda, le mostraron las fotos de Rodolfo y Julián, los dos primos que trabajaban para Eloy Miraflores. La mujer frunció el ceño y apretó la mirada; acercó las fotografías, después las alejó y unos segundos después volvió a aproximarlas.

—Sí, eran estos.

—¿Seguro?

—Seguro nunca hay nada.

Nico respiró profundo. Como buen gallego, estaba habituado a aquella eterna ambigüedad en la forma de hablar de sus paisanos, al decir sin confirmar y a la prudencia estoica y serena, pero a los jueces había que llevarles pruebas y testigos firmes.

—Pero ¿cree que podría identificarlos si, por ejemplo, fuese requerida por el juzgado?

La mujer no dijo nada y pareció meditarlo. El oficial decidió echarle una mano.

—No la comprometería a nada. Solo queremos esclarecer qué le pasó a Antonio Costas, ya sabe que era muy buen vecino —remarcó, recurriendo de forma descarada al argumento sensible.

—Y estos dos ¿son peligrosos?

Nico no podía mentir.

—Uno de ellos ha muerto. Lo mataron ayer. El otro ha desaparecido.

Pitusa suspiró, plenamente consciente de lo fácil que le resultaría, para evitar visitas al juzgado o posibles represalias, decir que no tenía claro quiénes podían ser los dos jóvenes de las fotografías. Alzó la mirada y la detuvo en la escultura de san Telmo, que a su vez dedicaba toda su atención a algo indefinido en el techo del templo.

—Eran ellos —afirmó, resuelta, mirando ahora a Nico a los ojos.

Su determinación tenía la solidez de las rocas, y el oficial admiró esa fortaleza de las mujeres de la costa, a las que se les notaba cómo la vida les había pasado por dentro y cómo, sin embargo, se atrevían a seguir caminando y a pisar firme, se hundiese o no el camino.

Cuando se despidieron de Pitusa, Nico cogió el teléfono para hablar con Pietro y comprobó que tenía un mensaje suyo; en concreto, era el que hablaba sobre quién llevaba a Lucía Pascal cada miércoles a Tuy. Ahora solo tenían que buscar a aquel vecino vendedor ambulante en A Calzoa para explicar por qué Pietro y Nagore habían visitado el Archivo Diocesano, cuando hasta el momento aquella posibilidad solo sería factible si hubiesen accedido sin permiso al ordenador de la historiadora naval. Nico contestó a su *patrón*, también con un simple mensaje, confirmándole que Pitusa había reconocido a Rodolfo y Julián Pacheco. Las piezas de aquel puzle comenzaban a encajar, aunque todavía no tuviesen claro cómo ni en qué forma.

Raquel Sanger había terminado la autopsia de Rodolfo Pacheco bastante rápido. No había resultado especialmente agradable trabajar con un cadáver con un tiro en la cabeza, pero ya había aceptado que aquella semana iba a ser una de las más extrañas y variopintas de su carrera. Le encantaba su trabajo, pero tenía que reconocer que, aunque todavía le quedaba mucha jornada por delante, ya estaba agotada. Abandonó la sala de autopsias y, tras cambiarse, se dirigió directamente al despacho de su marido. Dio un par de toques simbólicos en la puerta, que abrió de inmediato, y se encontró a Álex Manso ante la pantalla de su ordenador, enfrascado en la lectura de algún informe.

—Querida —la saludó, levantando la mirada—, ¿qué tal?

—Agotada —respondió Raquel, con un resoplido que flotó en el aire mientras ella se dejaba caer en la camilla que Álex tenía para pacientes—. ¿Y tú?

—Esperando a que me llamen para una declaración en sala.

—¿Lo del suicidio?

Él asintió. En Vigo, por lo general, apenas había crímenes, pero en ocasiones contaban con un suicidio a la semana y en todo Galicia uno al día. Una muerte silenciosa que a su alrededor dejaba muchas preguntas, vacío y culpa. Pero Álex no quería hablar de trabajo.

—La verdad es que yo también estoy hecho polvo. ¿Qué te parece si hoy salimos temprano y vamos a cenar al sitio que…?

—¿Tú crees que un drogadicto —lo cortó ella— dejaría de consumir así, sin más, sin recurrir a tratamiento ni terapia? Y me refiero a un adicto que tuviese estupefacientes a mano, ojo.

Álex sonrió, al tiempo que negaba con el gesto.

—Lo de la cena nada, ¿no?

—¿Qué cena? —preguntó ella, sinceramente contrariada.

Él se levantó y se acercó a su mujer. Se inclinó y la besó en los labios.

—Querida, tienes claro que en esta vida no todo es trabajar, ¿verdad?

Raquel, como si no hubiese escuchado la pregunta de su marido, se incorporó, le devolvió el beso y acompañó el gesto con una expresión apurada.

—Es que, ¿sabes?, me ha parecido raro lo del chico con el tiro en la cabeza. Me dijeron que podía estar drogado, que lo encontraron con estupefacientes, pero sus análisis mostraban benzoilecgonina.

—Entiendo —asintió él, que sabía que aquel era el metabolismo inactivo de la cocaína—. Pero ¿qué importa que no se hubiese drogado ese día, o los anteriores?

—No lo sé. Me ha parecido raro.

—Sería un camello, sin más.

—¿Uno de esos listos que no consumen? Eso es en las películas, cariño.

—Pero tú has hecho tu parte, ¿no? Ahora le toca a tu amigo Pietro, que seguro que también lo sabe todo sobre tiros en la cabeza y cocainómanos. Por cierto, ¿tenéis la bala?

—Sí. Precintada y de camino al laboratorio.

—Entonces no le des más vueltas.

—Hay otra cosa.

—No pienso afeitar a ese chaval, ya te lo digo.

—Tranquilo —se rio Raquel, con gesto cansado—. Tenía una flor.

Álex suspiró y se cruzó de brazos.

—No me digas que la llevaba dentro de la boca o alguna tontería tipo clave de película para localizar a un psicópata asesino

—se burló, con una mueca de hastío—. Con la semana que llevamos, lo que nos faltaba era el típico criminal tróspido.

—¿Tróspido?

—Es una palabra que me he inventado para los raritos —explicó, quitándole importancia con un movimiento de la mano—. A ver, ¿dónde estaba la flor, atada a una muela o algo así?

—Era muy pequeña y la tenía en la suela de las botas… Que eran de las caras, por cierto.

—Una flor en la bota —repitió despacio, como si necesitase ganar algo de tiempo para buscar dónde podía estar el elemento clave que hacía aquel hallazgo tan interesante. Miró a su mujer con cierta desesperación—. Me vas a volver loco, querida. ¿Qué pasa con la flor? El hombre habría caminado por un jardín, sin más.

—Te recuerdo que lo encontraron en el casco viejo, en la plaza del Peñasco, y ahí no hay muchos jardines, precisamente.

—Si la flor aguantó hasta ahí, bien pudo quedarse adherida bastante antes de que el sujeto falleciese, no sé si lo has pensado.

—Claro, pero estamos en invierno, y era una flor muy particular. Me suena de alguna forma, pero es rara, no termino de saber cuál es. Le he hecho fotos y se las he pasado a Luisa, la del Jardín Botánico de Madrid, a ver si me la identifica.

Álex suspiró.

—En todo caso, ¿qué importancia puede tener? A nadie le interesa si el chico estuvo antes en un jardín, ¿no?

—Pero tendré que identificar todos los datos del examen externo del cuerpo, ¡digo yo!

—Obvio, pero tampoco te vuelvas loca con eso… De todos modos, ¿no hay aplicaciones de móvil que pueden identificar objetos con solo una fotografía? Podías intentar por ahí.

—Ah, me has dado una idea.

Álex tomó a su mujer de la barbilla y volvió a besarla.

—Por eso estás loca por mí, porque doy ideas buenísimas —le dijo, con una expresión que pretendía ser seductora, pero que a ella la hizo reír. Después Álex se giró y fue a coger una carpeta que reposaba sobre la mesa—. Me voy a sala, deben de estar a punto de llamarme para la declaración.

Raquel se despidió de su marido y se quedó allí sentada, pensativa. Sí, después instalaría en su teléfono una de esas aplicaciones; tal vez de aquella forma pudiese acelerar el trabajo, aunque en el fondo solo se fiaba de la información que le diese su contacto en el Jardín Botánico. De todos modos, la autopsia que acababa de realizar la había dejado inquieta. Se había informado con Lara, la subteniente de Científica. La muerte de aquel chico parecía un ajuste de cuentas entre bandas, pero, si era así, ¿por qué iban a dejarle la droga encima, si los otros podían venderla en el mercado? Y si el chico tenía trabajo y vivía bien, ¿por qué iba a arriesgarse a traficar? ¿Por qué seguía, de hecho, en ese mundillo, si no era consumidor? La forense suspiró. Tal vez aquel chico vivía tan bien, precisamente, por permanecer activo en el tráfico de estupefacientes y su trabajo era una tapadera. ¿Cómo saberlo? Cuando Raquel Sanger intuía que no había llegado a la verdad, una extraña inquietud anidaba en su interior y crecía en constante hormigueo. Si le comentaba sus dudas a aquel resabidillo insoportable de Pietro Rivas, tal vez pudiese entender qué había llevado realmente a Rodolfo Pacheco a su sala de autopsias. Con cierto fastidio, sacó su teléfono de la bata y, ahogando un suspiro lastimero, buscó el número del subinspector.

Nico y Kira se dirigieron hacia Coruxo en silencio, intentando montar el rompecabezas y admirando la vida que parecía haber vuelto a la costa al retirarse el frío glacial y dar paso al familiar sol de invierno. Los paseantes, jubilados y deportistas, retomaban con timidez las calles y los paseos que bordeaban el mar, y lo cierto era que resultaba agradable respirar sin que el aire frío agrietase los pulmones. La ría todavía estaba parcialmente oculta por un compacto banco de niebla muy bajo y con forma de nube alargada, pero al menos la ciudad comenzaba a respirar. Poco antes de llegar a Coruxo, Kira —que al igual que Nagore iba aquel día vestida completamente de negro, aunque sin ningún toque vintage— miró al oficial con curiosidad.

—No me has contado qué tal ayer con la friki.

—¿Con quién? Ah, la inspectora... No creas, al final es maja. Rarita y tal, pero maja. No está muy acostumbrada al *tema homicidios*, pero de lo suyo, de reliquias y patrimonio, controla.

—Es divorciada.

—¿Qué? ¿Y tú cómo rayos sabes eso?

—Una que tiene sus contactos en la capital. Creo que a la pobre le pusieron unos cuernos tremendos, y que desde entonces se volvió más estirada, ¿sabes? No acepta citas, va a su rollo. Y que no hay pretendiente que pueda pillarla, resumiendo. Y resulta que ha debido de viajar por todo el mundo, porque el padre fue diplomático en Japón, en Estados Unidos y en Italia. Los italianos son bastante *fashion*... ¿Crees que sacará de ahí ese gusto tan retro por la moda? —se preguntó a sí misma, sin esperar respuesta alguna de su compañero—. Ah, y, bueno, en realidad ahora lleva solo tres años en Madrid.

—Joder, ni que fueras el *¡Hola!* —replicó Nico.

No les dio mucho más tiempo a hablar, porque habían llegado a su destino. Al igual que le había sucedido en Bouzas, Nico tuvo la sensación, al aparcar en A Calzoa, de estar en un lugar diferente a aquel en el que estuvo solo un par de días atrás. Conocía el ambiente veraniego de aquellas pequeñas playas, que normalmente solo visitaban los vigueses mientras los foráneos colonizaban el arenal de Samil, pero nunca se había detenido a observar la solitaria belleza de A Calzoa en invierno. La marea estaba muy baja y dejaba al descubierto rocas submarinas llenas de algas y cangrejos, y daba la sensación de que bajo las aguas se ocultase un mundo ajeno y desconocido. La niebla, que solo acariciaba la superficie del agua, se disipaba lentamente.

—¿Es esa la casa? —preguntó Kira, que no conocía la vivienda de Lucía Pascal, aunque los precintos policiales evidenciaban claramente cuál era su cabaña—. Joder con la señora, ¡a pie de playa! Ya me gustaría a mí una casita así, ya.

—Es pequeña pero está bien, sí. Aunque si fuera mía yo creo que solo vendría en verano. Por cierto, ¿sabías que Rivas vive en un barco?

—¿Sí? —se sorprendió la joven—. ¡No fastidies! Pero ¿no era rico?

—¿Y tú qué sabes?

—Se comenta por ahí. Como él es tan suyo, tan reservado —suspiró la policía, según rompían los precintos y entraban en la vivienda con las llaves que Nico había cogido en comisaría. La joven se quedó impresionada nada más entrar—. ¡Qué pasada! Esto es como un museo, ¿no? Pero en plan acogedor, claro. ¿Qué será eso? —preguntó, acercándose al yelmo que al propio Nico le había llamado la atención cuando había estado allí por primera vez.

—No toques.

—¡Pero si ya han pasado los de Científica!

—No importa. Hay que tocar lo menos posible. Toma —le dijo, ofreciéndole guantes—. Nunca se sabe si van a tener que volver a revisar algo.

La joven se puso los guantes y, con decepción, comprobó que el yelmo que tanto le había llamado la atención era una réplica.

—Mira lo que pone dentro. Ni oro ni plata, es una copia del que encontraron en un barco funerario del siglo VII en Reino Unido, ¿qué te parece?

—No venimos a eso. Tenemos que buscar, sobre todo, en el despacho.

—¿Y qué, exactamente?

—Información, Kira. Sobre las últimas investigaciones de Pascal, últimos movimientos… Si encuentras tíquets o notas de taxi, de autobús o similar, nos interesan. Y después vamos a por los vecinos, que tengo aquí los teléfonos y antes ya confirmé los que estarían en casa.

Ambos policías estuvieron más de una hora registrando papeles, tanto en el despacho como en todo lo que encontraron en el piso superior, que no era gran cosa. Salvo unos planos figurados de un galeón del año 1700 en un cajón, no hallaron nada revelador ni que supusiese un giro en la investigación. Mientras estaban en la casa, que todavía permanecía fría, Nico tuvo la sensación de estar acompañado, como si la propia Lucía los estuviese acogiendo en su hogar. ¿Los llevaría por buen camino estar allí e investigar sus cosas? De momento, parecía tiempo perdido.

De pronto apareció en el umbral una mujer de mediana edad y aspecto robusto y fuerte. Escondía su mirada tras unas gruesas gafas de pasta e iba vestida de forma masculina, con un grueso jersey de lana y vaqueros. El cabello lo llevaba muy corto, y solo la voz suave y el generoso contorno de su pecho revelaban que era una mujer y no un hombre, porque hasta sus ademanes eran masculinos.

—Perdonen, ¿se puede? —preguntó, mirando hacia el interior de la casa con curiosidad—. Son los de la policía, ¿no? Soy Merche, que me llamaron antes para saber si iba a estar en casa.

—La llamé yo —reaccionó Nico, rápido—. Espere... Sí, mejor espere ahí, ya salgo.

Nico y Kira atendieron a la vecina en el zaguán de la casita, porque el oficial no quería allí dentro curiosos ni nadie que pudiese modificar en forma alguna el escenario donde la historiadora había sido encontrada. Charlaron un rato de manera amigable, en un ensayado coloquio que Nico practicaba para hablar con las personas en circunstancias como aquella, pues era consciente de la suspicacia y el nerviosismo que en ocasiones despertaba la presencia de la policía.

—Qué pena lo de Lucía —se lamentó la vecina, con un repentino semblante de tristeza—. Era encantadora. Hablaba poco, eh. No se metía en nada la pobre. Desde que murió Marco se la veía menos, claro. Yo creo que le gustaba estar sola.

—Seguía trabajando en sus investigaciones, según parece.

—¿Sí? Solo nos dábamos los buenos días, la verdad. Cada uno en su casa y Dios en la de todos, ¿sabe? Así funcionan mejor las cosas. ¡Ni un problema en más de cuarenta años como vecinas!

—Claro... —concedió Nico—. Pero en los últimos meses Lucía iba bastante a Tuy, nos han dicho. ¿Sabe si hay alguien de por aquí que acuda hasta allí con frecuencia?

Kira miró a su compañero y disimuló su sorpresa. ¿Qué era aquello de Tuy? Nico no le había comentado nada. La policía siguió en silencio y se reconfirmó a sí misma cómo detestaba hablar con la gente y hacerles preguntas: le daba la sensación de que siempre respondían a la defensiva. ¿Por qué no podría estar aquella mañana en su cómoda mesa de despacho, calentita y enviando escritos al juzgado? La tal Merche, sin embargo, pareció mostrarse encantada con la pregunta de Nico, para la que sí tenía respuesta.

—Eso tiene que ser Richard, que es el de la casa de allí —señaló, dirigiendo su mano hacia una de las viviendas que estaban en el camino—. Él y el hijo venden calzado en las ferias. Muy bueno, la verdad, que yo le he comprado alguna vez.

Nico sonrió, aliviado, porque ya tenía lo que quería y podría justificar llamar a la puerta de aquel hombre por el simple hecho de que su vivienda estuviese tan próxima a la de Lucía. Con suerte, la irregularidad del ordenador permanecería en un cajón discreto e invisible, como si nunca hubiera sucedido. El oficial se relajó un poco y le preguntó por fin a la mujer lo único que ya le interesaba.

—Y últimamente… ¿ha visto a gente desconocida merodeando por aquí?

—¿Además de ustedes?

—Sí. Además de nosotros.

—No sabría decirle… A esta playa vienen muchos de la ciudad a sacar al perro, una ya nunca sabe quién es quién, no puedo fijarme en todo el mundo.

—Me refiero a si ha visto a alguien que le haya llamado la atención en especial, o que se acercase a esta casa.

—Ya, ya… Pues no, qué quiere que le diga.

Nico, sin decir nada, sacó su teléfono móvil y le mostró las imágenes de las que disponía de Rodolfo y Julián, sin especificar quiénes eran. La mujer, después de unos segundos y tras recolocarse las gafas varias veces, negó con el gesto.

—Qué va, yo a estos no los he visto en la vida. No me suenan, al menos. Que podría ser, ¿no? Si le doy a la cabeza, a lo mejor sí. Pero ahora, así de pronto, pues no.

Nico respiró profundamente. Para cumplir de nuevo con el ritual de la ancestral ambigüedad gallega, a aquella mujer solo le habría faltado responder con una pregunta. Terminaron en unos minutos de hablar con ella y, tras cerrar con llave y precintar de nuevo la encantadora casita de Lucía, se dirigieron a la casa del tal Richard. Por suerte, estaba en su domicilio y los recibió de forma muy amable. Era un hombre grande, de cabello abundante y completamente blanco. Los invitó a entrar en su salón, y a la derecha se veía una habitación atestada de cajas de zapatos. Les confirmó que había llevado a Lucía muchos miércoles a Tuy, pero ante la imagen de Julián y Rodolfo no vio nada más que dos desconocidos que no le sonaban en absoluto.

—¿Y Lucía le comentó algo de aquellas visitas?

—¿Algo? ¿Algo como qué?

—Alguna cosa que a usted le pareciese rara o le llamase la atención.

El hombre se encogió de hombros.

—Ella era historiadora, ya saben, ¿no? ¿Qué iba a comentar conmigo, que solo sé vender zapatos y pescar?

—También pesca.

—Sí, claro. Poca cosa, no crea. Por aquí, lubina salvaje y pulpo, es lo que mejor se me da. Lo vendo en la lonja de Canido.

Nico asintió dando conformidad a aquella actividad, pero retomó el foco de interés:

—Aunque usted y Lucía no hablasen mucho, tenían buena relación, ¿no? Al fin y al cabo, la llevaba y la recogía en Tuy.

—Eso sí. Muy buena persona, ella y el marido. Qué pena nos dio cuando se murió. Lucía siempre echaba una mano a los vecinos cuando podía, así que... Qué menos que llevarla, ¿no? Si estaba cansada y no le apetecía caminar o tenía que cargar peso, también la acercaba al súper o al Moby Dick.

—¿Adónde?

—Al Moby Dick —reiteró—, la librería de aquí, del pueblo. Le hacían fotocopias, le imprimían correos y cosas así.

—La librería del pueblo —se limitó a repetir Nico, que al instante comprendió dónde había impreso Lucía los correos electrónicos que le había facilitado a Antonio Costas, el maquetista.

Por su parte, Richard continuaba hablando:

—Lo cierto es que las últimas semanas Lucía ya casi no iba a ninguna parte, y se le notaba mucho la enfermedad… Qué pena.

—¿Se le notaba? Cuénteme.

El hombre torció el gesto, como si aquel tema fuese demasiado triste.

—Se ponía nerviosa, se olvidaba de las cosas… Una vez tuve que ir a buscarla a casa porque se había quedado ahí, en su zaguán, sin saber salir. Que solo era meter la llave, ¿no? Pues no se acordaba de cómo hacerlo. Y luego iba y te contaba una batalla naval de hace siglos con pelos y señales, ¿no? Y yo ya le dije que necesitaba ayuda en la casa, o dejarse cuidar en una residencia, ¿sabe?… Pero me contó que ya le habían dado medicinas para la pérdida de memoria, aunque yo sabía que eso ya no valía para nada. Nunca hacía caso, Lucía. La pobre debía de pensar que se iba a morir, porque en las últimas semanas hasta fue a misa. Ella, que no creía en nada.

—¿A misa?

—Sí, señor. Y no aquí, sino al centro. Se cogía el autobús y se iba a la colegiata. Le gustaba pasear por el casco viejo de Vigo, supongo. Me ofrecí a llevarla alguna vez, pero tampoco. Era testaruda.

Nico había escuchado muy atento a Richard y se había limitado a asentir, conocedor de aquella realidad que dejaba a tantos ancianos enfrentarse a la decadencia de sus cuerpos, y sus mentes, en soledad.

Cuando se despidieron del marinero vendedor de zapatos y volvieron al camino de casitas de la playa, Kira se dirigió a su compañero.

—¿Cómo lo sabías?

—El qué.

—Lo de Tuy.

—¿Lo de Tuy? —preguntó, solo para ganar tiempo—. Me sonaba de haberlo escuchado el otro día, cuando vinimos Rivas y yo.

—No me habías dicho nada. Y en el cronograma de actuaciones no consta.

—Se me pasaría... ¿Adónde creías que iban él y la inspectora esta mañana? —replicó él, mirando hacia otra parte, porque era incapaz de mentir mirando a los ojos.

Sin embargo, Nico sabía que era mejor callar y no desvelar a su joven compañera lo que habían hecho, porque entonces también ella podría verse envuelta en problemas. Ya esperaba nuevas suspicacias y preguntas de Muñoz cuando, a cambio, la escuchó gritar.

—¡Ey! ¡Señora! ¿Oiga! Pero ¿esa quién es?

Nico siguió la mirada de Kira, que se dirigía directamente hacia la casita marinera de Lucía. Una mujer de cabello blanco que, llave en mano, rompía los nuevos precintos policiales y pretendía abrir la puerta de la vivienda. Ambos echaron a correr hacia ella, y a Nico le sobrecogió mirarla según se acercaban, pues por un instante le pareció que era la propia Lucía la que pretendía entrar en la casa. Cuando llegaron a su altura, y tras pasar el zaguán, la mujer los esperaba con gesto de sorpresa.

—¿Me llamaban a mí?

—¿No ve que esta casa está precintada? ¿Quién es usted?

—¿Yo? No, ¿quiénes son ustedes?

Nico resopló. Observó a la mujer, que iba vestida de forma bastante deportiva, aunque no podía ocultar el paso de los años dibujado en su rostro, pues —salvo los pómulos, que lucían lisos y tersos— se mostraba poblado de incontables arrugas.

—Policía —replicó él, sacando su cartera y mostrando la placa y el DNI.

—Ah. ¿Y van así, sin uniforme ni nada?

—Sí, señora. Sin uniforme. ¿No sabe que no puede romper un precinto policial?

—Perdón, pero tenía que entrar. No podemos enterrarla así. Tengo que buscarle uno de sus vestidos.

—¿Enterrarla? ¿Es usted familiar de Lucía Pascal?

—Soy su prima Fina. He venido desde Ginebra para hacerme cargo de... En fin, para hacerme cargo. Tenía un par de recados de un compañero suyo, creo que se llama Pietro, pero la verdad es que no he estado con ánimos —se justificó, con semblante apagado—. Después lo llamaré. Disculpen lo del precinto, de alguna forma tenía que entrar... Al final haremos la misa y el entierro por la tarde.

De pronto, la mujer miró a Nico como si él pudiese resolverle un asunto concreto.

—¿Tendrá usted algún contacto con los amigos de Lucía?

—¿Los amigos? ¿Se refiere a Miguel Carbonell, el arqueólogo?

—¡Ese! Había también gente del Instituto de Estudios Vigueses, una investigadora que se llama Linda y un buceador que me presentó la última vez que vine; tengo su número, pero no me cogen.

—¿No le coge quién? ¿El buceador?

—Ninguno. Habíamos quedado para esta mañana y no han aparecido y no contestan al teléfono. Iba a pedirle a Linda que viniese ella a por el vestido, porque yo no tenía muchos ánimos, pero ya ve, al final una saca fuerzas de donde no hay nada.

Nico frunció el ceño. Aquello sí que no se lo esperaba. ¿Habría sucedido algo que...? No, no podía ser. En ningún momento habían considerado la posibilidad de que los amigos de Lucía pudiesen estar en peligro.

—¿Está segura? ¿Ninguno le coge el teléfono? Si vuelve a intentar, a lo mejor...

—No —negó la mujer, convencida y desanimada, como si estuviese demasiado triste para discutirlo—. He llamado a todos y desde primera hora. No lo cogen.

Nico sacó su propio teléfono móvil y se dispuso a llamar a Pietro. ¿Dónde rayos se habrían metido los Goonies?

MIRANDA

Dijo el príncipe de Barbanzón que Dios había querido hacer de Vigo el teatro de aquella tragedia, pero lo cierto fue que el invasor, en esa ocasión, no llegó a tocar ni una piedra de la villa. Quizá porque sabían que estaba bien custodiada y porque la victoria sobre la Flota de Indias, aunque apenas guardase ya riquezas, les valdría a los ingleses una hazaña heroica ante su propia Corona, que haría toda la publicidad posible de la gesta.

Nadie acertaba a afirmar cuántos muertos se había tragado la batalla. Decían que ochocientos de la Armada imperial, con al menos medio millar de heridos, y dos mil de los españoles y franceses. Rodrigo lo desconocía y no tenía tiempo para considerar qué recogerían los libros de historia sobre aquellos días: solo los que habían visto el cementerio de buques humeantes, con sus mástiles atravesando el agua como cuchillos, podrían comprender la magnitud de lo que habían vivido. En el agua, un ligero tono marrón teñía la espuma y las corrientes juntaban varios grupos de cadáveres en un mismo punto. Los ingleses se zambullían para rescatar lo que fuera posible de los barcos naufragados y se encontraban rostros blancos como el mármol. Bajo el agua, los cuerpos parecían más pequeños, como si todos aquellos hombres se hubiesen convertido con la muerte en niños que dormían. Los buceadores apartaban a los muertos y buscaban cajas, cañones de bronce, objetos de valor; al hacerlo descubrían la inconsistencia de los cuerpos, que se movían de vez en cuando y cuya visión daba escalofríos.

Lo cierto era que los soldados angloholandeses se limitaban a seguir órdenes y que descendían a aquel cementerio buscando las riquezas que les reclamaban sus superiores. Según se sumergían, los colores se iban diluyendo: primero el rojo y después el naranja y el amarillo, que eran absorbidos por la oscuridad del mar; a mayor profundidad, bucear era como adentrarse en un páramo en medio de la niebla. Fuera del agua, el olor era dulzón y nauseabundo.

Cuando a Miranda no le quedó más remedio que replegarse a Redondela, había buscado una nueva montura para llegar a las tierras de su padre, pero los caminos estaban bloqueados y los enemigos parecían desparramarse sobre el mapa a velocidad firme. La joven, junto con otros marineros y Ledicia, se vio obligada a regresar a Vigo sin saber si Gonzalo y Rodrigo habrían sobrevivido o no a la gran batalla, aunque sí tuvo nuevas de su padre: había fallecido en la playa de Cesantes, peleando contra los invasores. Su cuerpo se había perdido en las aguas al subir la marea, y tal vez alguno de los galeones lo arrastrase entre sus drizas al fondo de la ensenada; aunque lo habían visto morir, los hidalgos que lo habían acompañado en aquella hora fatal no habían podido después dar con su cadáver.

Al conocer la noticia, Miranda, agotada, ni siquiera fue capaz de llorar. Sin embargo, embargada por una honda tristeza, notó cómo algo se le quebraba en la garganta. Con la desaparición de su padre, se deshacía el último lazo invisible que la ataba a aquella tierra. Había visto tantas muertes injustas a su alrededor, tantas mutilaciones y heridas terribles, que era consciente de que su dolor era solo una gota de agua en un océano de desgracia. La vida era frágil, y ella hasta ahora, tal vez, hubiese estado perdiendo el tiempo. Mientras regresaba a la seguridad de las murallas de Vigo no miró hacia atrás, porque no quiso ver cómo ardía ni cómo saqueaban la villa donde se había criado y donde había sido tan feliz de niña. Su cerebro y su corazón, al igual que las orugas convertidas en mariposas, habían sufrido una mutación irreversible, y ahora era ella la que, con amarga determinación, iba a ser la única responsable de sus decisiones.

Al día siguiente de aquel desolador derramamiento de sangre, comenzó la guerra de guerrillas: los invasores accedieron fácilmente a Redondela, que carecía de murallas y apenas tenía trescientas casas. Desvalijaron lo que pudieron, aunque su objetivo era alcanzar los convoyes de mercancías de los galeones; no obstante, eran interceptados por caballerías de nobles e hidalgos y por lo poco que quedaba de las milicias, de modo que terminaron desistiendo.

Rodrigo, lleno de furia y de rabia, había olvidado su habitual mesura y precaución y daba conformidad para cualquier plan de asalto y defensa contra los enemigos, colaborando en todos los que sus fuerzas se lo permitían. Gonzalo, por su parte, había sido enviado a Vigo en carreta, porque aquella herida en el costado había finalmente requerido una operación que, según el cirujano, había sido «muy delicada».

Transcurrida una semana desde la gran batalla, la mayor parte de los aliados regresaron a sus naves y Rodrigo volvió por fin a Vigo, llevando en su propio caballo el cadáver de Sebastián, que hasta la fecha había guardado en una capilla; el frío de octubre había permitido que el cuerpo del niño, envuelto en telas, todavía no se hubiese corrompido. El objetivo del oficial era entregarlo al padre Moisés para que así pudiese incluirlo en sus oraciones y lo enterrase en el camposanto de la colegiata.

Cuando el hidalgo llegó a la villa, todavía con sus puertas cerradas, lo hizo acogido por sus compañeros de Armada y dejó a Sebastián, sin más ceremonia que la de la tristeza, en uno de los varios sepulcros que ya estaban abiertos en previsión de lo que se avecinaría. Le llamó la atención una inscripción a la entrada del camposanto, en la que antes nunca había reparado: AQUÍ ACABAN EL PLACER Y VANOS GUSTOS Y EMPIEZA LA CARRERA DE LOS JUSTOS. Qué impotencia. ¿Acaso Sebastián había tenido tiempo de ver ni de saborear los placeres del mundo? Los cementerios deberían ser solo para quienes ya hubiesen gastado la vida. El propio Rodrigo puso tierra con una pala sobre el muchacho ante el padre Moisés, que con semblante apenado, y cansado, rezaba sus oraciones.

—Id a descansar, hijo mío. Ya nada más podéis hacer.

—Siempre hay algo por hacer, padre.

—Vuestro ánimo es implacable, pero el alma también necesita cura y descanso.

Rodrigo había negado con el gesto, enfadado.

—¿Descanso, padre? El enemigo sigue a las puertas.

—Pero han comenzado las negociaciones, ¡han subido a sus naves!

—No todos, padre. Algunos herejes todavía saquean nuestras tierras. Y vive Dios que al que encuentre acechando a esta villa lo mataré con mis propias manos.

—No, hijo… —intentó calmarlo, palmeándole el hombro—. Si quieres una vida verdadera, obra el bien, busca la paz y corre tras ella.

«Mejor que corran ellos», pensó Rodrigo, pero no dijo nada. Dio las gracias al padre por la brevísima ceremonia y, todavía con el corazón encogido, se dirigió al hospital Sancti Spiritus.

El hospital se encontraba intramuros en la puerta del Salgueiral; curiosamente, aquel lugar, muchos siglos después, e incluso sin vestigio alguno de las murallas, seguiría llamándose puerta, aunque en vez de la del Salgueiral sería la del Sol.

El oficial llegó a una sala muy amplia en la que distintos camastros estaban separados por sábanas colgantes. Preguntó a uno de los franciscanos que ayudaban a los galenos y, tras buscar durante un par de minutos, encontró su objetivo.

—Me han dicho que un monje corsario ha venido a enredar enaguas a este burdel, ¿es cierto? —le preguntó a Gonzalo nada más verlo.

Se encontraba postrado en un camastro del hospital y su aspecto era relativamente bueno, aunque había perdido peso y unas profundas ojeras oscuras deslucían su habitual buena presencia.

—¡Rodrigo! ¡Qué alegría! —exclamó, con el rostro iluminado por una sonrisa—. Vive Dios que debéis de tener un alma inmortal, si es que habéis salido de aquel infierno. ¡Venid, venid!

—lo animó, y palmeó su propio camastro para que el recién llegado se sentase.

Rodrigo tomó aire y aceptó la invitación, pues estaba agotado.

—¿Cómo estáis? —le preguntó al convaleciente.

—Dolorido, pero hoy mismo me dejarán marchar y, según el cirujano, podré navegar en mi Cormorán en una semana —aseguró, animado e incorporándose para quedar sentado, aunque el esfuerzo le supuso una mueca de dolor.

—Me dais una gran alegría —le aseguró Rodrigo; su expresión era sincera, pero le resultaba imposible sonreír—. ¿Os tratan bien aquí?

Gonzalo se encogió levemente de hombros y acercó la cabeza un poco hacia Rodrigo, en gesto de confidencia.

—Por Jesucristo que cocinan como el diablo, y los ruidos en la noche me sugieren que al menos dos franciscanos incurren en el pecado nefando, pero que sea Dios el que los juzgue. ¿Y vos? —le preguntó, agravando el semblante.

Rodrigo comprendió que su amigo corsario le preguntaba, en realidad, por Sebastián.

—Acabo de enterrarlo en la colegiata.

—Que Dios lo guarde —replicó Gonzalo, haciendo la señal de la cruz—. También yo perdí a dos de mis hombres en la batalla, y ni siquiera los cuerpos hemos podido recuperar —lamentó, con expresión triste. Después, frunció los labios e inspiró de forma profunda, como si así se diese ánimos. Procuró mostrar su mejor cara y, sin desmerecer el pasado inmediato, pasó a preocuparse por el futuro—. ¿Y ahora? Contadme… ¿Es cierto eso que cuentan, que se retiran los invasores?

Rodrigo se lo confirmó con un simple asentimiento, aunque enseguida mostró sus reservas.

—Eso dicen. Se llevan de presa varios navíos de guerra franceses y al menos dos o tres galeones, uno de ellos de los más grandes y cargados, el de Nuestra Señora de los Remedios y San Francisco Javier. Cuánto lamento no haber dado barreno a todas las naves… ¡Ojalá hubiesen ardido todas!

—Vive Dios que sus presas tampoco irán en buen estado… Varios galeones fueron desarbolados para hacer el dique de contención; conozco el navío que decís, y de ahí ya fueron descargados para su majestad el oro y la plata, o eso me han contado.

—Guardaba todavía mercancías, y ya solo un navío de carga artillado de la Flota de Indias es un tesoro, bien lo sabéis. Pero temo que los invasores abandonen con sus presas las tierras de Redondela y que, de regreso, nos invadan por mar.

Gonzalo frunció el ceño.

—No temáis, esta plaza no es la de Rande y no hay tesoros que robar. Su flota es inmensa, pero vienen ya de otra guerra, no lo olvidéis. Están cansados y heridos… Gracias a vuestra gallarda resistencia, esos hijos de mil putas están en sus barcos listos para marchar. Que Dios me castigue por haberme quedado en este camastro sin poder pelear a vuestro lado.

—Me salvasteis la vida en más de una ocasión, Gonzalo. Y luchasteis como una fiera; es menester que os repongáis y que recemos a Dios por vuestra pronta recuperación. Este hospital y el de la Magdalena están llenos —le explicó, en alusión al otro sanatorio que había en la villa, en la plaza Pública—, y los franciscanos y el resto de los conventos no dan abasto para atender a los heridos.

—¿Los conventos? —se extrañó Gonzalo, y al hacerlo frunció el ceño y giró algo el gesto, por lo que Rodrigo pudo comprobar que parte de su cabello rubio había ardido en la batalla—. Han sido despoblados muchos de ellos y han enviado a religiosos y monjas a Fornelos y Cotobade. Y a Dios gracias que se tomó tal decisión, que el enemigo no ha respetado a la Iglesia.

—Sí, he sabido lo del convento de San Simón —asintió Rodrigo, muy serio—. ¿Os referís a esa brutalidad?

—¿Pues cómo?, ¿qué ha pasado?

Rodrigo, desganado, soltó aire despacio. Era como si a aquellas alturas ya todo le diese lo mismo. Sin embargo, le explicó a su amigo lo que había sucedido en la pequeña isla de San Simón, que se encontraba justo al lado de donde habían sido fondeados los galeones.

—Uno de los monjes, que insistió en quedarse en la isla, fue pasado a cuchillo... Pero, aunque incendiaron y destruyeron altares, no confesó dónde estaban los tesoros de los franciscanos.

Gonzalo volvió a fruncir el ceño.

—Tal vez sí confesase, no lo sabéis. Se llevará la fantasía de ese honor a la tumba.

—Os equivocáis, porque sobrevivió para contarlo. Uno de esos herejes frenó al que lo acuchillaba y le perdonaron la vida.

Gonzalo suspiró, reflexivo.

—El Señor mira incesantemente a todos los hombres para ver si queda algún sensato que busque a Dios —enunció, y en sus palabras Gonzalo dejaba traslucir que, de vez en cuando, recordaba los preceptos benedictinos bajo cuyas normas había llegado a vivir. Después retomó el brío en la mirada y comenzó a alabar las pequeñas victorias de algunos nobles e hidalgos—. ¿Sabéis? El mal fue menor gracias al conde de Ribadavia y sus vasallos, que han frenado a esos bastardos como si llevasen el diablo en las espadas. Pero en la iglesia de Teis entraron y sustrajeron campanas; quemaron imágenes y saquearon cuanto pudieron, al igual que en el convento de Redondela. El destrozo llegó a la iglesia de Reboreda, que...

—¿A la de Reboreda? —lo cortó Rodrigo, que al punto pareció recobrar la energía—. ¿Cómo?, ¿también atacaron el pazo del padre de Miranda?

Gonzalo lo miró con extrañeza.

—Amigo, ¿no os habéis enterado? El señor De Quiroga ha muerto en las reyertas de estos días, defendiendo su hacienda. Gracias a Dios, su mujer y sus hijos ya no estaban en el pazo, que los había mandado a Fornelos.

—¡No! Pero... ¡qué desgracia! ¿Lo sabe Miranda?

—Lo sabe. Viene a verme a diario, Rodrigo. A mí y al resto de los enfermos, pues ayuda en las curas. ¿Acaso no la habéis visto desde que partimos hacia la batalla?

Rodrigo negó con el gesto, cabizbajo y con semblante desgastado.

—He saltado de batalla en batalla, Gonzalo. Acabo de llegar a la villa… Pero he sabido que Miranda está bien de salud, que he pedido nuevas de Vigo allá donde me encontrase.

Gonzalo lo miró con gesto grave y comprendió que Rodrigo, a aquellas alturas, todavía no sabía qué había hecho Miranda durante la batalla gruesa en Rande. Le explicó lo sucedido, cómo ella y otros cientos de mujeres habían logrado frenar al enemigo ayudando a las milicias. Aquel hecho apenas sería recogido en ningún libro de historia, a pesar de que murieron más de cuarenta de aquellas bravas luchadoras. Rodrigo, atónito, escuchaba sin dar crédito a lo que ella había sido capaz de hacer, y entendió por primera vez cómo era que Sebastián se había atrevido a desobedecer sus órdenes de custodiar a Miranda. El pobre muchacho había respetado a Rodrigo hasta su último aliento, y el oficial se mordió las lágrimas al pensar en toda aquella vida y juventud consumidas por una guerra.

—Es menester que vayáis a ver a Miranda, Rodrigo. Está muy pesarosa por la muerte de Sebastián, y ella… no ha salido indemne, amigo.

De pronto, escucharon un ruido a sus espaldas, pues un cuenco lleno de ungüentos y medicinas acababa de caer al suelo. Cuando Rodrigo se dio la vuelta apenas pudo reconocerla, pero sus enormes ojos verdes eran inconfundibles. Lo miraba como si fuera una aparición, y por su expresión él supo que también a ella se le había roto algo por dentro. Se puso en pie, derrotado y débil, y solo fue capaz de murmurar su nombre:

—Miranda.

Algo se había perdido en la chispa de sus ojos. Daba la sensación de que, aun teniendo apenas veinte años, la joven viuda hubiese permitido que se dibujasen en su interior la desesperanza y la oscuridad. ¿Qué desatinos y vilezas habría visto en la batalla? Con toda probabilidad, ni siquiera habría podido acudir al sepelio de su padre. Su semblante transmitía cansancio y, sin haber sido nunca llamativamente hermosa, se revestía todavía de una serena belleza. Tenía algunos rasguños en las manos y en el rostro, en especial en la ceja izquierda, donde una herida profunda parecía comenzar a curarse. Se acercó a Rodrigo y lo tomó de las manos.

—He rezado por Sebastián —le dijo, mirándolo a los ojos y notablemente emocionada—. Os juro por lo más sagrado que cuando me fui de la villa él quedaba a buen recaudo en mi palacio. Debí pensar con la cabeza y reconocer en él el ímpetu de la juventud. Os ruego que me perdonéis, Rodrigo.

Él, agotado, apenas pudo contener la turbación.

—Cientos de hombres han muerto por ese oro y por esta patria, y en mi dolor está el no haber protegido a mi muchacho, que solo era un niño; pero no os aflijáis, Miranda. Las guerras no saben de justicia, de honor ni de memoria.

De pronto, Rodrigo pareció recordar algo de suma gravedad.

—Yo he perdido lo más parecido a un hijo, pero vos habéis vivido lo propio con un padre. Os doy mi pésame, que Dios lo guarde.

Ella asintió sin decir nada. Ambos sufrían la pérdida y el dolor, pero también tenían en mente la declaración que él le había hecho antes de partir y ante la que ella no había podido contestar nada. Quizá en circunstancias como aquellas un lance romántico fuese frívolo e innecesario, pero lo cierto era que ambos notaban tan fuerte el pálpito del corazón que pareciera que lo que les bombeaba la sangre era un gigantesco tambor. Miranda tragó saliva y observó a Rodrigo con el detalle y el ojo de un médico.

—Decid, ¿no estáis herido?

—No, Miranda. Magullado, quizá.

—¿Y habéis almorzado? Se os ve desnutrido.

Él sonrió.

—Nunca dispondré de la buena planta de don Gonzalo —se atrevió a decir, para aligerar el ambiente—, que sospecho que ni aun tumbado en ese camastro dejará de suscitar suspiros.

Gonzalo se rio con desgana, pues cualquier esfuerzo le ocasionaba dolor.

—Hacéis bien en tomar a chacota la vida, amigo. Tras llorar, nada más nos queda que el ánimo de reír.

Miranda no soltó las manos de Rodrigo.

—¿Iréis al pazo de San Roque a reponeros? Sin duda vuestra madre os atenderá como es debido —añadió, como si ahora ya no le importase que la bella Beatriz, hermanastra de Rodrigo, viviese en aquel pazo—. Debéis descansar.

Él negó con el gesto, y de su expresión dedujo Miranda que la sola idea lo repelía.

—Perded cuidado, Miranda. Os lo agradezco, pero descansaré en la alcoba que tengo alquilada en la plaza Pública... He de permanecer intramuros y al servicio de la Armada, presto para cualquier toque de campana a rebato.

Ella respiró hondo.

—En tal caso, descansaréis en mi pazo —replicó, con un tono severo—. Allí siguen los hermanos de Ledicia, y, si dispongo de alcoba para ellos, también tengo espacio para vos. Tendréis cuidados, descanso y guiso caliente para reponeros.

—No es necesario que...

—Rodrigo —replicó ella, tajante y con el tono más firme todavía—, estamos en guerra y confío en que no discutiréis con una viuda que, por desgracia, vuelve a estar de luto. Ahora debo atender a los heridos —añadió, y con un movimiento de cabeza dirigió su atención hacia Gonzalo—, pero mandaré recado para que os dispongan todo lo preciso para un aposento de inmediato.

Y, con aquello, Miranda no admitió más conversación ni debate y comenzó a preparar paños limpios, agua y ungüentos para limpiar las heridas. Lo hacía con rigor y firmeza, como si fuese parte de una rutina normal en su vida, aunque en sus movimientos pudiese adivinarse algo enfermizo y casi obsesivo. Rodrigo y Gonzalo se la quedaron mirando, asombrados. En todo aquel caos que los rodeaba, a Rodrigo le dio la sensación de que Miranda tan solo necesitaba tener algo bajo su control y cuidado, como si hubiese soportado demasiado desbarajuste y dolor a su alrededor. ¿Cómo iban a sospechar que la muerte, como una intrusa, los visitaría de nuevo aquella misma noche?

Fermín de Mañufe ya había considerado en muchas ocasiones cómo deshacerse de la viuda de su hermano; su sobrina no resultaría ningún problema, porque su inteligencia era diminuta y simple, y ya había comenzado las gestiones para ingresarla en un convento. En todo caso, Fermín se había llevado una grata sorpresa cuando la propia Miranda había decidido quitarse de en medio para ir a buscar sus orugas y horripilantes bichos al Nuevo Mundo. Sin embargo, había sabido que, con la llegada de los invasores, aquella descerebrada había acogido a varios de los marineros que vivían fuera de la muralla en el pazo familiar. ¡Su pazo! Era cierto que por herencia ahora era de ella y su sobrina, pero ya se lo había cedido de palabra, y los pordioseros que eran aquellos hombres de la mar no iban más que a destrozar su patrimonio. Cuántas desgracias juntas… Primero la muerte de su hermano, después la de su madre y ahora esto. ¡Maldita guerra, que lo entorpecía todo! Había montado en la primera diligencia disponible y había llegado a Porriño, muy cerca de Vigo, hasta que le habían confirmado que los invasores ya habían embarcado para volver a su país.

—Pero ¡Fermín! —había exclamado ella al verlo llegar de noche—. ¿Cómo vos por aquí y no en Ribadavia? ¡Los invasores están a las puertas!

—Lo sé —había afirmado él, restando importancia a la amenazadora presencia del enemigo—, pero no podía dejar de venir para daros consuelo por el fallecimiento de vuestro padre. ¡Cuánto lo lamento! —mintió, pues añadir a sus exportaciones las del señor De Quiroga no le reportaba unos márgenes tan cuantiosos como los de sus propios negocios de exportación e importación, ya que no solo mercadeaba con vino; de hecho, obtenía incluso mayores beneficios de su compra y venta de sal con los portugueses, en Aveiro, y de paños ordinarios como el lino, la estopa o la lana y, sobre todo, de los hilos de alta calidad.

—Os agradezco mucho el pésame —le había reconocido Miranda—, pero habéis sido temerario. Vuestra esposa y sobrina os esperan en Ribadavia, y Dios quiera que los aliados no ataquen la villa de Vigo… Estaríais en peligro.

—No, Miranda —negó él, con gesto serio—. Es nuestro patrimonio el que está en peligro. ¿Podemos hablar en algún lugar privado?

Ella se mostró sorprendida ante la petición y sugirió primero el jardín, pero el frío helado de finales de octubre facilitó a Fermín rechazar el ofrecimiento. No había lugar libre en el pazo, pues Rodrigo dormía en un aposento privado, mientras Ledicia compartía su cuarto con dos primas y muchos marineros se habían repartido por las habitaciones e incluso el salón. Dado que el asunto parecía tan serio, Miranda no tuvo más remedio que invitarlo a sus propios aposentos y, tras acceder a su cuarto, dejó la puerta ostensiblemente abierta en señal de decoro. Sin embargo, Fermín la entornó nada más pasar.

—Miranda, debéis saber que soy un hombre generoso; pago mis impuestos de forma puntual, cada año realizo cuantiosas donaciones a los pobres y mi nombre y negocios son tan respetados que hasta su majestad el rey don Felipe V ha tenido a bien el confiarme sus preocupaciones y solicitarme soporte para esta guerra, a la que aportaré los reales que se deba, pero todo tiene un límite.

—¿Un límite? —dudó Miranda, que no entendía nada.

—Este pazo, hermana —explicó él, remarcando la última palabra—. ¿Acaso no veis que habéis llenado un palacio con mendigos? A poco que os confiéis, hurtarán lo que puedan. Comprendo vuestra ingenuidad, propia del sexo femenino, pero no puedo admitir estos desatinos. Si acaso llegasen los invasores, el castillo de San Sebastián está a tiro de arcabuz. ¡Qué digo!, a tiro de pistola, o menos. Allí les darán alimento y cobijo, de modo que os ruego que despejéis el patrimonio familiar y hagáis que estos infelices regresen a sus pocilgas.

Miranda, asombrada, guardó silencio durante unos segundos. Vaciló unos instantes, pero ella, al igual que aquellas mariposas a las que cuidaba, también se había transformado.

—Hermano —comenzó, masticando también la palabra—, comprendo vuestra turbación, pero no debéis preocuparos. Las pérdidas vividas y las brutalidades que he podido ver con estos ojos no me han revestido de flaqueza, sino de entendimiento. En época de guerra deben tomarse decisiones solidarias, que revertirán tan pronto como la flota enemiga se aleje en el horizonte.

Fermín estaba atónito. ¿Acaso Miranda rechazaba sus directrices? Procuró, sin embargo, mantener la compostura.

—Os encontráis desvalida, lo entiendo, y os sentís tan afligida que el dolor ha nublado vuestra razón para…

—Nada nubla mi razón —lo atajó ella—. Este pazo, de momento, es mío. Bien sabéis el generoso acuerdo que hemos alcanzado, y os ruego que no me obliguéis a romperlo. Me iré y os lo cederé por completo en solo unos meses, pero entre tanto será mejor que vos gestionéis vuestros negocios desde Ribadavia y que vuestro capataz y el de mi difunto esposo se responsabilicen de los de Vigo.

—¿Cómo osáis…?

—Y os añado —volvió a cortarlo ella, mirándolo de frente, colorada y con enfado contenido— que se reforzarán los negocios y acuerdos con las empresas de mi difunto padre, que habrán de seguir dando alimento y cuidado a su familia. Ya he enviado carta a su viuda, renunciando a la parte que me corresponda de la herencia en favor de mis hermanos, y he ordenado continuidad de favores y acuerdos entre las bodegas Mañufe y las De Quiroga —añadió, deteniéndose solo para tomar aire y continuar—: El escribano se ha encargado de redactar los acuerdos.

Fermín estalló. Se acercó en dos pasos a Miranda y la agarró por las muñecas. La cólera brillaba en sus ojos. Le dio una bofetada tremenda y volvió a agarrarla, zarandeándola.

—¿Qué habéis hecho, insensata? ¡Os dije que no os acercaseis a los negocios! —exclamó, aunque procuró hacerlo en voz baja, ya que no olvidaba que el palacio estaba lleno de gente—. Desde que habéis llegado no habéis traído más que desgracias. ¡Hasta mi santo hermano ha muerto por vuestra culpa, ramera!

La expresión de miedo y sorpresa de Miranda, a la que hacía daño deliberado en las muñecas, regocijó y compensó en cierta medida a Fermín. Comprendió al instante que la joven iba a gritar y volvió a propinarle una bofetada, que resultó ser tan fuerte que la tiró al suelo. Se agachó a su lado y, en su deseo por dominarla, comenzó a pasear sus grandes manos por el cuerpo de Miranda, que recordó de inmediato lo que había vivido cuando el soldado inglés se había sentado a horcajadas sobre ella.

—Sí, eso es lo que sois, una ramera… Siempre mostrando ese gran escote, ¿verdad? —le escupió, mientras hablaba en voz baja y le tapaba la boca con una mano. Al tiempo, su mano libre intentaba ya de forma desesperada subirle la falda—. Vais a ser muy buena conmigo, Miranda, y vais a revocar cualquier estúpido documento que hayáis firmado, y vais a…

Cloc. Fue un golpe seco, poco elegante. La sangre comenzó a gotear de forma inmediata. De manera lenta pero incontenible. Brotaba de la cabeza de Fermín, que de pronto yacía sobre la alfombra de los aposentos de Miranda sin conocimiento, caído como un muñeco de trapo. Ella todavía estaba en el suelo, aterrorizada, y blandía en la mano derecha una de las planchas de cobre que en la imprenta utilizaban para imprimir sus grabados. El impresor le había prestado una para que ella misma pasase a carboncillo un papel sobre la base y viese el efecto. Con aquello había golpeado a su cuñado, que se había desvanecido con la imagen de una larva y una flor dibujadas en su cabeza.

—¡Está muerto! —exclamó una voz femenina a sus espaldas.

Miranda alzó despacio el rostro y pudo ver en el umbral de la puerta a la joven Ledicia. La criada corrió a ayudar a su señora, que en sus brazos lloró, tal y como siempre había hecho, en contenido y desgarrado silencio.

10

Todo estaba claro como la luz.
El tesoro había sido descubierto y saqueado.

ROBERT LOUIS STEVENSON,
La isla del tesoro

A pesar de las sombras, de las mentiras de la memoria y de nuestras constantes autojustificaciones, a veces llegan momentos de sólida claridad, de comprender quiénes somos. James Grosvenor no solía tener dudas y la noche anterior, cuando había conducido a sus inesperados invitados a su despacho privado, había decidido muy rápido qué iba a hacer y en qué forma, porque estaba convencido de que solo él, desafiando la mediocridad que lo rodeaba, podría rescatar un pedazo de historia, y de vida, del abismo silencioso del océano. Ni siquiera Lucía, con sus conocimientos y su astucia, se había dejado seducir por la realidad de los investigadores de raza, que debían actuar por el bien común real y no según las normas, leyes y directrices que impusiesen los gobiernos a su conveniencia. ¿Quién creía que los políticos fuesen a actuar por algo más grande e importante que ellos mismos? Hasta su esposa Lily, cuando la enfermedad la había carcomido ya casi por completo, había tenido siempre muy claro hacia dónde debían dirigirse y de quién se podía o no esperar algo para respetar la historia y la memoria de lo que fuimos.

En una ocasión, mientras James y Lucía Pascal estaban sentados en el atrio ajardinado de la vetusta catedral de Tuy, él la había tanteado. Ah, ¡le habría resultado tan interesante incorporarla a su propio equipo! El ambiente evocador que le ofrecía aquel claustro, que era el más antiguo de Galicia, tal vez tuviese algo de culpa en el impulso que lo había animado a probar suerte.

—Lucía... Imagino que sin duda conoce usted la historia del Vasa.

Ella había arrugado un poco el entrecejo, como si con el gesto lograse hacer mejor memoria, mientras el sol de primavera realzaba los colores verdes y grises a su alrededor.

—¿El barco de guerra sueco que recuperaron del fondo del mar Báltico?

—Exacto —sonrió él, satisfecho—. Hicieron falta mil robles para construirlo y se fue a pique el mismo día de su botadura, en 1628.

Ella sonrió y cerró los ojos, como si se adentrase en un viaje. Le había gustado detectar en el ánimo del inglés, por primera vez, el brillo y la curiosidad propios de los niños.

—El hundimiento... fue por el diseño de la carena y la distribución del peso, ¿no?

—Sí, se pasaron con la decoración. Demasiados leones, querubines y héroes bíblicos por todas partes.

—Ah, ¡la belleza estética! —exclamó ella, con gesto soñador—. ¿No lo dijo ya Espronceda? «En las presas yo divido lo cogido por igual, solo quiero por riqueza la belleza sin rival» —declamó en tono de broma, pero sincero, aquella estrofa del poema de *La canción del pirata*.

Sin embargo, Grosvenor —que Lucía seguía creyendo que se apellidaba Gardner—, a pesar de que era un gran lector y de que disponía de una vastísima biblioteca, no pareció en aquellos instantes muy interesado en la poesía y continuó con su relato del Vasa:

—Imagínese lo emocionante que debió de ser cuando en 1959, tras localizar el pecio a treinta y dos metros de profundidad en unas aguas completamente turbias e imposibles, lograron hacer seis túneles bajo la nave y la izaron con cables de acero.

—Qué raro que no se derrumbase la estructura, ¿no? —le preguntó ella, curiosa y dirigiéndole una mirada inquisitiva—. El agua, después de trescientos años, tendría que haber hecho su trabajo.

—No si la nave había permanecido adrizada —sonrió James, que no disimulaba la satisfacción que le suponía ofrecerle a la historiadora datos que le resultasen desconocidos—. Habían conseguido enderezarla unos días después del naufragio, pero tras rescatar algún cañón no pudieron hacer mucho más. ¿Sabe cómo lograron que el buque volviese a navegar por sí mismo?

—Sorpréndame con los milagros de la ingeniería.

—Tras izar la nave, la llevaron a aguas menos turbias y profundas, la limpiaron y le rellenaron las juntas y los agujeros de los clavos que ya no estaban, impermeabilizaron el casco y colocaron nuevas escotillas—explicó, emocionado—. En apenas año y medio pudieron reflotarlo. ¿No le parece asombroso?

—Sin duda —reconoció ella—. Una hazaña increíble. ¿Me lo cuenta como curiosidad o quiere ir a alguna parte con el barco de los suecos, señor Gardner? —le preguntó, con expresión pícara.

—Lo que quiero es que comprenda que todas las leyes y normas sobre patrimonio son ridículas, porque el museo marítimo del Vasa es en la actualidad el más visitado del mundo, y el mero hecho de conocerlo puede inspirar a miles de personas… ¿Sabe que hubo marineros que no se movieron de su puesto durante el hundimiento? ¡Es algo antinatura! Por entonces todavía eran importantes el honor, las reglas y jerarquías, la disciplina. ¿No lo ve? ¡Hoy nos ahoga la burocracia! Solo interesa el rédito inmediato, no hay inversión en excavaciones ni yacimientos, y lo que se encuentra es solo de casualidad, cuando se excava para hacer túneles o aparcamientos.

—Creo que un arqueólogo colega mío, Miguel Carbonell, estaría muy de acuerdo con este punto —reconoció ella—, pero se olvida de un detalle importante… El coste. Y no me refiero al económico, sino también al tiempo. Cuando le retiraron al Vasa las miles de piezas que portaba y los veinticinco cadáveres que tenía dentro, estuvieron diecisiete años impregnándolo, todos los días, de polietilenglicol, porque era el único poliéter capaz de devolver la integridad a la madera.

James estaba con la boca abierta.

—¡Conoce el Vasa de sobra y me ha dejado hablar, como a un tonto!

Ella sonrió con indulgencia.

—Le vi a usted tan emocionado que no me atreví a interrumpir su exposición, pero lo cierto es que ya fui a ver esa maravilla con Marco hace más de treinta años. Desde los setenta utilizan la liofilización para las piezas de madera más delicadas, pero no paran de trabajar para que el buque no se desintegre. ¿Ha visto alguna vez algún trozo de madera de esa antigüedad recién salido del agua? Por lo general, se deshace al poco de tocarlo y huele de forma nauseabunda, como a huevos podridos —le explicó, perdiendo algo la mirada, como si hablase de un recuerdo propio—. Tienen que darse circunstancias muy concretas de conservación para que valga la pena rescatar algo del fondo del mar, porque ya ve que mantenerlo es muy difícil.

James no se dio por vencido.

—¿Y todo lo que podemos averiguar del pasado? Gracias al Vasa sabemos cómo y con qué material cosían las velas, qué comían, a qué jugaban y hasta cómo eran las puertas correderas que separaban tabiques. Pero con las nuevas directivas europeas e internacionales solo se promueve lo estático, lo que no interesa porque no implica retorno. ¿Se imagina si hoy lográsemos reflotar un galeón?

Ella se puso seria y lo observó con interés.

—¿Un galeón? ¿Como el que yo misma investigo, por ejemplo? —preguntó, con cierta suspicacia. Después, su expresión se volvió algo más seria—. Señor Gardner, los arqueólogos sabemos que nuestra intención al recuperar objetos es la de estudiar su valor documental y no la de que retomen su función original. La excavación es un medio destructivo de investigación, y esta es la realidad. Lo demás es un enfoque romántico de algo que es estrictamente científico. Las recomendaciones internacionales insisten en la excavación como último recurso, y solo en caso de amenaza de expolio o de destrucción inminente.

Él negó con la cabeza, en claro desacuerdo.

—El paso del tiempo supone la destrucción de los restos, antes o después.

Lucía asintió. Si alguien los hubiese estado observando desde los tejados que rodeaban el claustro, habría visto un baile de vehementes aspavientos por una y otra parte, en una discusión tranquila, pero de planteamientos firmes y directos. Sin embargo, ahora ella debía darle a su interlocutor algo de razón.

—En eso estoy completamente de acuerdo, el tiempo lo carcome todo —admitió, y se señaló a sí misma como ejemplo—. Aunque a veces los ladrones y cazadores de tesoros logran cosas que los que sí estamos sujetos a la ley no habríamos imaginado en un millón de años... ¿Sabe? Hace poco descubrí en la web de la Interpol un libro capturado en una redada de una subasta ilegal; había estado sumergido durante más de trescientos años y todavía se podían pasar sus páginas, ¿qué le parece? Yo misma acabo de avisar a la policía del navío en el que había estado esa reliquia, que precisamente es sobre el que estoy trabajando, Nuestra Señora de los Remedios y San Francisco Javier. No niego la posibilidad de que ese libro no fuese hallado en el galeón, sino en algún otro punto inconcreto del océano, pero todo apunta a que la actividad de los cazadores de tesoros comienza a ser muy sofisticada.

James tardó un par de segundos en reaccionar, aunque recuperó rápido su habitual sonrisa, que mostró como una máscara el resto de aquella mañana. Así fue como comenzó a agrietarse todo, aunque gracias a aquel comentario de Lucía pudo bloquear cierta información que podría haber terminado por relacionar la subasta con Deep Blue Treasures de forma más directa e incriminatoria de lo que finalmente lo hizo. Estaba furioso. Todo había sido culpa de aquel pusilánime de Miraflores, que se había apropiado de algo que no le correspondía y lo había puesto en circulación antes de tiempo. Nunca tenía que haber confiado en él para el proyecto.

Lo cierto era que, tras aquella conversación que había comenzado de forma ligera y casual, algo se había quebrado entre la historiadora y el multimillonario. Ella había percibido el efecto de sus palabras en Grosvenor, porque, aunque la expresión del inglés había permanecido estática, invaluable, su mirada había dejado traslucir una evidente preocupación. Desde entonces, ambos, sin decirlo, se vigilaban. El día que ella —tras una última consulta en el Archivo— se había ido, apurada y antes de tiempo, había sido la última ocasión en la que Grosvenor la había visto. El inglés había tenido que acudir una vez más al Archivo Diocesano para, en un momento de despiste de la ayudante de don Anselmo, poder comprobar dónde había estado investigando Lucía. Cuando vio las páginas arrancadas, comprendió que ella había descubierto algo inmenso. Ordenó vigilarla y seguirla, pues aquella inocente anciana no solo había destapado a la Interpol la procedencia de la Biblia Malévola, sino que había encontrado información sustanciosa que no quería compartir, y él tenía claras sospechas de quién podía ser aquella Miranda que anunciaba la página suelta que había quedado en el bloque de documentos.

Oh, sí, qué gran pérdida suponía la muerte de Lucía. James sabía que si no era la muerte sería la enfermedad de su cabeza la que se la llevaría, pero ¡cuánto le habría gustado conocerla en su juventud! Explorar los océanos con ella habría sido una delicia. Ahora tenía a los amigos de la historiadora naval allí mismo, en su despacho del White Heron, de modo que, por respeto a la memoria de su vieja amiga, el inglés se dispuso a contar a los Goonies su versión de la verdad.

Nadie preguntaría por ellos hasta la mañana siguiente, en la que Nico Somoza fruncirá el ceño al constatar que la prima de Lucía Pascal, llegada desde Suiza, había sido incapaz de hablar con ninguno de los Goonies, que no contestaban sus incesantes llamadas telefónicas. Pero todas las historias se construyen de alguna forma y, al igual que los barcos dejan una estela sobre el mar a su paso, Miguel, Metodio y Linda también marcaron su destino cuando siguieron a James Grosvenor por los elegantes pasillos del White Heron aquella noche.

Cuando accedieron al despacho, comprobaron que era bastante amplio, aunque sin llegar a la exageración. La oscuridad ya se había instalado por completo en el exterior y desde los ventanales solo podían verse, a lo lejos, las luces de la ciudad. Nada más entrar, se percibía de forma clara que allí no habían dispuesto una mesa y un ordenador de forma decorativa, sino que el espacio era una zona de trabajo activo. Sobre la mesa principal se veía un vaso de cristal donde parecía que solo quedaban restos de un poco de leche. James nunca lo comentaba, pero sus más allegados sabían que, tras la muerte de Lily, había sufrido algunos problemas con el alcohol. Le había llevado algún tiempo asumirlo y solucionarlo, y entre algunos de los hábitos que había adquirido tras la desintoxicación se encontraba el de beber leche fría con bastante frecuencia. Los invitados parecieron no darse cuenta del detalle, y Carbonell, por fin, estaba encantado por haber descubierto en aquellas paredes estanterías que hablaban de los intereses del dueño de la nave.

—¡Ah, qué maravilla! —exclamó el arqueólogo, incapaz de controlarse y aproximándose a una vitrina en la que se exponían unos dados extraños, que en vez de tener el convencional diseño cuadrado remataban sus esquinas con formas picudas—. ¡Con lo difícil que es encontrar vestigios de piratas! ¿Son réplicas? —preguntó a James, que tomaba asiento frente a la mesa de su despacho.

—No, son los dados originales —respondió el anfitrión, amable—. Hechos con huesos… Ya sabrá que dar con barcos de piratas es casi imposible, pero estos dados los encontraron dentro de un pecio de la isla de la Tortuga, en Haití. Al parecer, en su época estuvo atestada de bucaneros.

—¿Y por qué tienen esa forma? —se atrevió a preguntar Metodio, que hasta el momento no había dicho ni una palabra.

Fue el propio Carbonell el que le respondió, y lo hizo sin apartar ni un segundo la vista de la estantería.

—Donde jugaban era en los barcos, así que tallaban los dados con esos ángulos picudos para que no se deslizasen sobre la mesa.

El arqueólogo siguió paseando su mirada por la exposición, donde pudo apreciar cerámicas antiquísimas, una espada que calculó propia de los siglos XV o XVI y una balanza de cobre, sobre la que esforzó especialmente la mirada. Grosvenor observó con cierto placer aquella fascinación, que sin duda haría mucho más fácil lo que iba a hacer a continuación. Se dirigió al arqueólogo.

—Lo que está intentando leer es una fecha: mil setecientos cincuenta y seis. Las balanzas de los barcos son con frecuencia lo único que nos puede dar su identificación o, al menos, el año de naufragio.

—Por la fecha de inspección de la balanza, ¿verdad? —asintió Carbonell, embelesado por aquellos pequeños tesoros de coleccionista que tenía Grosvenor. Al instante, el arqueólogo pensó: «Si tiene esto en el simple despacho de su barco, ¿qué maravillas no guardará en el de su casa?». Después, detuvo su atención en lo que al principio le pareció una gran moneda, pero que enseguida comprendió que era una medalla: en ella, un hombre sentado al borde del mar pescaba con una caña y en el borde circular rezaba una frase en latín: SEMPER TIBI PENDEAT HAMUS. Miró a Grosvenor, sorprendido—. Pero esta medalla... ¡no será la de William Phips!

—Es una réplica —sonrió el inglés, acercándose—. ¿Lo conoce?

—¡Naturalmente! Uno de los primeros buscadores de tesoros de la historia, ¡y además exitoso!

—Exacto. Le otorgaron esta medalla en Londres en 1687, tras atracar sus dos barcos en el Támesis con una cantidad de oro y plata valorada en más de trescientas mil libras esterlinas —explicó, dirigiéndose más hacia Linda y Metodio, porque era evidente que Carbonell ya sabía la historia—. Phips había recuperado todo aquel material de un galeón español hundido al norte de la isla de La Española, utilizando solo hombres desnudos para bucear.

—Oh, sí... Ya recuerdo —confirmó Carbonell, entusiasmado—. La cita de la medalla es fantástica... «Que tu anzuelo se encuentre siempre atento», ¿verdad?

El inglés asintió, complacido. Aquella medalla se la había hecho Lily para él como una broma, un guiño cariñoso: en su reverso, aunque Carbonell no lo hubiese visto, tenía el nombre de James Grosvenor. Pero James no había llevado hasta allí al grupo para mostrarle aquellas baratijas de su colección personal, y pidió a Carbonell y a los demás que tomasen asiento y mirasen la pantalla.

—¿Qué...? ¿Qué pantalla? —preguntó Linda, que todavía intentaba asimilar cómo había llegado desde el añejo pero agradable despacho de Carbonell en la casa Mülder hasta el inquietante y ultramoderno de Grosvenor en el White Heron.

—Esta pantalla —les señaló el inglés, que con un único botón disminuyó la intensidad de la luz, quedando en penumbra, al tiempo que emergía una enorme pantalla plana desde lo que a simple vista solo parecía una repisa de madera—. Permítanme que sea sincero con ustedes. Lo que les voy a mostrar es estrictamente confidencial y les ruego la mayor discreción en cuanto a lo que van a ver. No nos conocemos, y en consecuencia no tenemos por qué confiar los unos en los otros, pero por sus trabajos sí sé que aman y respetan la arqueología y la historia; también intuyo que, si se han decidido a venir hasta aquí por su amiga Lucía, debían de apreciarla mucho. Yo no tengo las respuestas sobre qué pudo encontrar ella o no, pero tal vez podamos descubrirlo entre todos. Lo que sí les aseguro es que en Rande no hay nada que valga la pena prospectar —aseguró, y con la afirmación apretó un botón de un mando a distancia. Clic.

En la pantalla se veía un fondo submarino turbio, aunque bien iluminado. Según avanzaba la cámara subacuática se distinguían, con meridiana claridad, la sobrequilla y las cuadernas de un barco de grandes dimensiones. Era como adentrarse en un mundo fantasmagórico e irreal y, ante aquellas imágenes, de pronto, todos comenzaron a hundirse en un pozo del tiempo. Linda se puso en pie antes de que transcurriese el primer minuto de visionado.

—¡No tenía permiso para prospectar ese yacimiento!

—Tranquilícese —le ordenó él, inalterable—. Solo hemos retirado algo de ese fango oscuro y pegajoso para ver qué había debajo, y le aseguro que no hemos tocado nada. Ahora mismo, si manda a unos buceadores hasta esa localización en Rande, que puedo facilitarle, verá cómo el cieno ha vuelto a cubrirlo todo, como si no hubiera sucedido nada.

—¡Pero no tenía permiso de prospección! —insistió—. Remover esos fondos habrá provocado trastornos irreparables a flora y fauna, ¡al ecosistema completo! —exclamó. De pronto, pareció darse cuenta de algo importante y, enfadada, miró con suma extrañeza a su anfitrión—. ¿Cómo ha podido hacerlo sin que nadie se diese cuenta? Habrá necesitado una draga muy potente en superficie para destapar los restos.

—Hoy en día no hace falta. Al menos no con la tecnología con la que trabaja mi equipo. Dispongo de draga submarina, de sónar de barrido lateral de última generación, ecosondas, cámaras de vídeo robotizadas y magnetómetros de protones tan extraordinarios que, oficialmente, ni siquiera han sido inventados. Usted, precisamente, que ha estudiado el yacimiento de Rande, sabrá que los propios lugareños esquilmaron todo lo que pudieron, ¿no es cierto?

—Sí, pero no disponían de medios de buceo, ni de tecnología.

—Y, sin embargo —objetó él, vehemente—, se conservan registros de 1705 de que desde Cesantes se subastaba toda la madera de roble y cedro que los vecinos habían podido encontrar bajo el agua. Y ese tipo de subasta se repitió durante años. ¿O acaso no sabe que el muelle de Vigo se hizo con madera de los galeones?

Carbonell intervino y asintió, dándole la razón a Grosvenor, pero solicitó calma. Se puso en pie e intentó apaciguar a Linda como pudo. Era cierto lo que había dicho el inglés sobre aquel muelle, que había existido hasta 1922 y que en efecto había sido construido con restos de aquellos naufragios.

—Querida, al final lo han dejado todo como estaba, no es tan grave. Y las imágenes que hemos visto son extraordinarias —añadió, dirigiéndose ahora al inglés—. Debería hacerlas públicas, su estudio científico sería impagable.

—No puedo publicar una prospección ilegal, señor Carbonell. Usted lo sabe. Son las leyes las que nos limitan, pero no puede ocultarse lo que somos, nuestro ánimo de exploración ni nuestra vocación al conocimiento. Olvídense del yacimiento de Rande, ya no hay tesoros ahí abajo.

—¡El tesoro es esa madera que usted ha vuelto a ocultar bajo el fango! —lamentó Linda, molesta.

—¿Y no es bajo el fango donde debería estar, según sus normas? Si tanto la quiere, rescátela. Acceda a dar los permisos correspondientes y no sea hipócrita —replicó, molesto—. ¿Sabe cuántas expediciones han bajado ya a ese yacimiento? ¡Decenas! Supuestamente nunca encontraban nada relevante, se quejaban de sus gastos y todo eran lamentaciones, pero siempre pedían permiso para volver. ¿Recuerda a Isaac Dickson?

—¿Dickson? ¿El de la campana de inmersión? —preguntó ella.

—Sí. Explíquenos a todos, si es tan amable, qué sucedió en 1825, cuando visitó con su equipo la ciudad de Vigo.

—¿Qué? Pues... —dudó ella—. Creo que no encontró gran cosa, un lingote de plata, poco más. Aunque recuerdo haber leído que hubo algo de polémica.

—Exacto —afirmó él, contundente—, porque los obreros gallegos que contrató dijeron que, en realidad, en las bodegas del barco había cientos de monedas y lingotes ennegrecidos; cuando comenzaron a hacer preguntas, los marineros aparecieron con dolor de cabeza en la playa al día siguiente, sin nada en los bolsillos. Dickson había desaparecido, pero en Escocia se construyó una casa tan lujosa que era conocida como la Dollar House. Así que no, no creo que quede gran cosa que prospectar ahí abajo, ni madera, ni tesoros, ni historia. Solo verán quillas que parecen esqueletos.

Linda se recompuso y retomó su discurso inicial.

—Sigue sin tener justificación para haber tocado el yacimiento sin permiso, señor Grosvenor.

—Y usted tampoco tiene excusa para haber asaltado mi barco, pero aquí estamos —replicó él, en tono severo—. Estoy confiando en ustedes, de modo que no me lo pongan más difícil.

Clic.

Una nueva imagen submarina se adueñó de la pantalla. Una cámara parecía flotar en la nada, en la profundidad más inhóspita del mundo sumergido. Grandes focos resquebrajaban la oscuridad, dejando al descubierto miles de partículas de polvo acuático. Según se sucedían las imágenes, Grosvenor hablaba.

—Cuando una nave pasa siglos bajo el mar, tiene pocas posibilidades de sobrevivir a la intemperie del fondo de los océanos. Si el naufragio es en el Caribe, lo más probable es que el coral termine por abrir y devorar por completo una nave de cincuenta metros de eslora en un par de siglos. Sin embargo, en Vigo, además de la baja temperatura del agua, tienen algo muy valioso para conservar los naufragios... El fango.

—Pero —intervino Carbonell, lleno de curiosidad y señalando la pantalla— ¿de dónde son estas imágenes?

—Ahora lo verán.

La cámara siguió avanzando y por fin pudieron distinguirse enormes pináculos que, como gigantescas estalagmitas, emergían desde las profundidades hasta casi alcanzar la superficie. El robot submarino parecía deslizarse con naturalidad a través de un mundo mágico, magnético y aterrador.

—¡Dios mío! —exclamó Metodio—. ¡Eso es al sur de las islas Cíes! ¿Ha logrado...? ¡En esa zona hemos estado buscando un galeón de la Flota de Indias! El de Nuestra Señora de los Remedios y San Francisco Javier... ¿Lo conoce? Es... ¡Es el galeón de Lucía!

El buceador se levantó y se acercó a la pantalla, extasiado y emocionado a partes iguales. Él, siempre tan retraído, no podía ahora parar de hablar, de explicar lo que veía, y hasta era capaz de mirar a Grosvenor directamente a los ojos.

—Lo que dejó antes atrás era el islote de Boeiro, ¿verdad? Y después los bajos que parecen tejados de catedrales... ¡Yo he buceado ahí mismo! ¿Cómo puede ir tan rápido la cámara? ¡La nitidez de la imagen es extraordinaria! Díganos —exigió, mirando a James—, ¿ha llegado hasta el galeón?

Grosvenor asintió con un levísimo movimiento de cabeza, encantado de ver en Metodio aquel júbilo inabarcable. No le faltaban más que un par de minutos para tenerlos en el bolsillo. La cámara robótica siguió descendiendo a las profundidades con homogénea estabilidad, hasta que llegó un momento en que los focos que la acompañaban apenas alcanzaban a iluminar un radio de unos metros. Sobrevolaron rocas, algas y, por fin, un lecho marino arenoso. A lo lejos se intuía una poderosa e inexplicable claridad. Bajo toneladas de agua y a casi cien metros de profundidad, dos pequeños submarinos y hasta tres gigantescos robots que parecían independientes trabajaban sobre algo que el ángulo y la distancia de la cámara todavía no permitían distinguir.

De pronto, la videocámara alcanzó algo más de altura y sobrevoló lo que a todas luces semejaba una excavación arqueológica submarina. Mientras, los tres invitados de Grosvenor, expectantes, notaban cómo les palpitaba el corazón. Por fin, ante sus ojos apareció el impresionante galeón fantasma. Por supuesto, su arboladura había desaparecido y solo el casco, oscuro y apagado, se conservaba de forma reconocible; quizá porque, al igual que el Vasa, había permanecido en el lecho marino bastante erguido gracias al apoyo que le había ofrecido una enorme roca en un lateral. Daba la sensación de que faltaba una parte de la proa, como si la nave se hubiese partido en algún punto a aquella altura, porque no se veían el mascarón ni el bauprés por ningún lado. La estampa resultaba sobrecogedora, única y emocionante.

Podía distinguirse la zona donde se había realizado la excavación, ya que arena y lodo habían sido retirados no solo de la nave, sino también a unos diez metros a la redonda, donde se habían instalado una especie de diques de acero para que las corrientes submarinas no volviesen a cubrir con sedimentos el pecio y que, además, la maquinaria pudiese trabajar de forma segura en el dragado. A Carbonell le brillaba la mirada, consciente de que nunca en su vida volvería a ver algo semejante. Linda, asombrada, huía de su propia emoción para encontrar respuestas.

—Pero... ¿cuándo ha hecho esto? Es imposible que nadie lo haya visto, que los radares no hayan detectado... La Guardia Civil y Salvamento Marítimo vigilan la ría y toda la zona, no puede ser que... No, ¡no puede ser! —reiteró, atónita.

Por supuesto, Grosvenor evitó comentar que tenía su base de trabajo en el Hispaniola, porque en ningún caso iba a reconocer su vínculo con Miraflores ni con Deep Blue Treasures. El hecho de que aquella empresa se entretuviese de forma oficial buscando cobre y zinc de un carguero del siglo XX era, por supuesto, una burda excusa para poder estar, lo más cerca posible, de toda la tecnología que estaban utilizando con el galeón fantasma. En todo caso, Grosvenor sabía que tenía que dar, al menos, alguna explicación plausible.

—Disponemos de inhibidores, señora Rosales. A efectos de sónares y radares, la zona de la excavación durante los trabajos es indetectable. De hecho, hemos trabajado en invierno, cuando las condiciones meteorológicas son más adversas, tan solo para evitar el habitual tráfico fluido que acumulan ustedes en esta zona, que les aseguro que dispone de cruce de buques a diario.

—¡Pero esto es un escándalo! —se enfureció ella—. ¿Con el permiso de quién se ha atrevido a estropear un yacimiento como el de un galeón del siglo XVIII? ¡Su valor es incalculable! ¿Qué protocolos ha seguido?

—¿Por qué? —preguntó él, con una sonrisa displicente—. ¿Iba a excavar usted, que no da permiso ni para prospectar unas quillas en la ensenada de San Simón? Sabe tan bien como yo que esos restos estaban destinados a pudrirse.

—Como diría Cousteau —intervino Metodio, que miraba ahora a Grosvenor con verdadera admiración—, es usted un verdadero científico, porque solo un científico busca hasta en un simple agujero para descubrir qué secretos esconde —declaró con solemnidad—. Le felicito. Además —añadió, dirigiéndose ahora a Linda—, lo que una persona no descubra lo hará otra.

—Ah, joder, ¡no me digas! —estalló ella, muy enfadada—. Y eso quién lo ha dicho, ¿Cousteau?

—Sí, él precisamente.

—¡Oh, Señor! —exclamó Linda, que buscó de inmediato otro apoyo—. Miguel, ¿no dices nada?

El arqueólogo, todavía sobrecogido, guardaba silencio. No podía sustraer su mirada de la pantalla. De cómo la cámara accedía a los laterales de la nave, a una tronera que había sobrevivido e incluso a un cañón que todavía estaba en su sitio, como si estuviese a punto para disparar. De pronto, para su decepción, Grosvenor apagó la pantalla y, a cambio, les ofreció una imagen estática y completa del galeón fantasma bajo las aguas, que resultaba realmente impactante.

Metodio volvió a mostrar su admiración, y hasta Linda, boquiabierta, se olvidó por un instante de sus quejas y reclamaciones.

—¿Cómo ha logrado una imagen tan nítida? —preguntó Carbonell—. ¡Parece hecha en tres dimensiones!

—En efecto —reconoció Grosvenor, que durante la emisión de las imágenes no las había mirado ni una sola vez, pues solo estaba interesado en la reacción de sus interlocutores—. Geometría y Light Detection and Ranging, que es un láser en tres dimensiones, por supuesto. La fotogrametría subacuática requiere un alto nivel de almacenamiento de datos, mucho tiempo y la toma de miles de fotos, cuya superposición es lo que están viendo. Además, y si me lo permite la señora Rosales —añadió, mirándola—, implica una técnica no invasiva con la que obtener réplicas y que puede suponer un recurso pedagógico y didáctico inestimable a todos los niveles de enseñanza e investigación. Lo mío, en realidad, se circunscribe bastante a la moderna arqueología virtual.

Ella negó con la cabeza.

—No veo nada virtual en una excavación de ese calibre. He de suponer, además, que no va a mostrar sus hallazgos a nadie porque lo que ha hecho es ilegal, ¿verdad? Dígame, ¿qué va a hacer con el galeón? Si se ha gastado tanto dinero, será por algo.

Grosvenor sonrió.

—No niego que hemos echado un vistazo a sus bodegas.

—Dios mío, ¡fue usted quien subastó la Biblia Malévola!

—No, señora Rosales. Le aseguro que no he sido yo quien ha hecho tal cosa. Y le aseguro también que no había grandes riquezas en las bodegas de la nave… Al hundirse, como han podido ver en las imágenes, se partió en dos. Gran parte de la mercancía que llevaba en su interior se vio diseminada por el fondo del océano. Si alguien ha encontrado algún material fuera del pecio, desde luego no soy responsable en absoluto de sus acciones.

Linda Rosales dudó.

—Cerca del yacimiento está la empresa que le dijimos, Deep Blue Treasures…

Grosvenor sonrió, resuelto, dando a entender que aceptaba como factible que la empresa de Eloy Miraflores fuese responsable de lo que había sucedido con la Biblia Malévola.

—Míreme —ordenó a la investigadora, sobre la que afiló su mirada para después levantar un poco las manos y señalar a su alrededor—. ¿Cree que necesito dinero? No hay lujo en este mundo que se venda y que yo no pueda comprar. ¿No lo ve? Yo busco lo que ustedes: conocimiento, resultados científicos y experimentales sobre los estudios de los hallazgos, nada más. ¿Piensa que movilizaría todo esto por unos lingotes escondidos en un cuarto? Solo interesan los objetos muy particulares, los que portan una historia, un contexto. Lo demás no vale nada.

Carbonell aguzó su atención. Había nombrado un escondite en un cuarto del galeón, tal vez fuese el que Lucía había descubierto y desvelado al maquetista. El arqueólogo suspiró, inquieto.

—Pero, entonces, ¿qué va a hacer con el pecio?

—Qué he hecho, querrá decir. Esas imágenes que les he mostrado son de hace meses —explicó, para asombro de todos—. Solo retiré algunas muestras de la nave, como si hubiera hecho una biopsia, ¿entienden? Después, volví a cubrirla de nuevo, tal y como la habíamos encontrado. Hasta recolocamos la vieja red que estaba encima del yacimiento, no queríamos perturbar la flora y fauna —añadió, mirando de forma significativa a Linda.

—¿Una red? —se sorprendió Metodio—. Entonces, ¡el pecio está en el punto de interés que localicé con la Armada!

—Puede ser —reconoció Grosvenor, con una sonrisa de suficiencia.

—No puedo creerlo —se lamentó Carbonell, echándose las manos a la cabeza—. ¿De verdad ha vuelto a enterrar esa maravilla? Dígame que no es cierto, que no ha sido capaz.

—Se lo aseguro. ¿Qué quería que hiciese con ello? La normativa me impide sacarlo y, de hecho, solo con dragar esa zona, que por cierto con las corrientes marinas en ese punto fue extremadamente complicado, he vulnerado una lista interminable de directrices, leyes patrimoniales y normas náuticas. No puedo desvelar lo que he hecho, aunque sí puedo estudiar la información que he obtenido y, de forma discreta, compartirla con el mundo.

—No lo entiendo y no puedo creer que haya vuelto a enterrar el yacimiento —insistió Carbonell—. ¡Es un hallazgo único!

—Cierto, pero no podía hacer nada con él, y esa es la realidad. Ni podría exponer la nave en ninguna parte ni desde luego subastarla en ningún mercado negro normal. No existiría dinero para pagar una reliquia de esta envergadura, ni infraestructura privada que pudiese sostener los restos de forma indefinida. Sin embargo, sí resulta interesantísimo estudiar los datos obtenidos del pecio, que facilitan una información arqueológica inestimable sobre un yacimiento que, en efecto, es único en el mundo.

—Lo que no entiendo —razonó Linda, temerosa y suspicaz— es por qué nos ha desvelado a nosotros su secreto.

Grosvenor la miró y, a través de su mascarilla, le dirigió una sonrisa helada.

—Porque, al fin y al cabo, he dejado todo como estaba, no he hecho nada malo. En realidad, me he atrevido a investigar algo que, en el fondo, es el objetivo profesional de todos ustedes, que se ven limitados por la burocracia. Y porque si su amiga Lucía, como dicen, había averiguado algo interesante sobre este pecio, también a mí me convendría esa información. Yo les ofrezco los nuevos conocimientos adquiridos con la excavación y ayudarles con su investigación sobre Lucía, pero solo si ustedes me informan, por supuesto, de cualquier novedad sobre lo que su amiga había encontrado. Podrán utilizar mis informes sobre el estado de la nave para sus estudios… Sin citar la fuente, por supuesto. Comprendo que la decisión pueda plantearles problemas éticos, pero piénsenlo: de todo lo que han visto aquí no tendrán ninguna prueba —añadió, en tono amable. Sin embargo, al decirlo había flotado en el aire la clara sensación de que había, en aquellas palabras vestidas de cordialidad, una clara amenaza.

Un silencio incómodo se abrió paso y Miguel, Metodio y Linda se miraron. ¿Qué debían hacer? La expresión de ella era la más huidiza, la que mostraba mayor intranquilidad. ¿Qué opción tenían si decían que no había trato? ¿Denunciarlo? Era cierto que carecían de pruebas, más allá de su propia palabra. Y en tal caso, si se negaban a un acuerdo, ¿podrían salir del White Heron? En aquel momento, solo una opción parecía posible. Aceptaron guardar silencio sobre aquello tan asombroso que James Grosvenor acababa de mostrarles en su despacho. El consentimiento de Metodio parecía vehemente y sincero, pero el de Linda y Miguel guardaba reservas.

Cuando salieron de la insólita reunión, la noche ya era un manto oscuro y denso y una niebla helada se adentraba en la ría. Metodio se asomó a una escotilla, pero no vio su pequeño barco, el Bitácora, por ninguna parte.

—He ordenado que lo fondeen un poco más allá, cerca de la costa —le explicó Grosvenor—. No pretendería que su barco quedase abarloado al mío —manifestó, casi en tono jocoso y con una lógica que no admitía réplica, porque no solo el contraste entre las naves sería grotesco, sino que cualquier mínima posibilidad de que el Bitácora rayase un casco de millones de euros era impensable—. No se preocupe, una de mis lanchas los llevará hasta su embarcación en cinco minutos, aunque no creo muy conveniente que naveguen ustedes a estas horas y en estas condiciones —razonó, señalando la niebla y la oscuridad de la noche.

—Oh, ¡yo no tengo problema! —exclamó Linda, que estaba deseando marcharse.

Grosvenor volvió a dirigirse a ella con amable suficiencia.

—Señora Rosales, descuide. Está a salvo a bordo del White Heron. Pueden cenar en el comedor de la tripulación, ordenaré que les dispongan unos camarotes, y mañana a primera hora podrán marcharse. Tendrán que disculparme para la cena, porque todavía tengo trabajo pendiente en mi despacho.

Carbonell no parecía descontento con la idea, y más con aquella niebla siniestra y la negrura de la noche envolviéndolos, aunque le mostró a Grosvenor su teléfono móvil.

—Pero ¿cómo avisaremos en casa? Es rarísimo, ¡no hay cobertura!

—Oh, sus teléfonos no funcionarán aquí, ya les dije que disponemos de inhibidores de frecuencia. Es una cuestión de seguridad. Mi ayudante los acompañará a un teléfono operativo para que avisen a sus familias de dónde están y con quién, ¿de acuerdo? Mañana, si me permiten que les invite a desayunar, les mostraré una colección náutica que creo que les resultará muy interesante y se podrán ir a sus casas.

Todos, aunque con recelos, se mostraron de acuerdo. Metodio, que vivía solo, desechó llamar a nadie, pero Carbonell avisó a su mujer, que ya estaba preocupada, y Linda a su pareja, que era una arqueóloga residente en Pontevedra. Mientras cenaban, a pesar de estar siendo tratados con toda clase de lujos y atendidos con un menú exquisito, ninguno de ellos olvidó que, aunque quisieran, aquella noche no podrían abandonar el White Heron. Además, Linda les planteó una cuestión clave: si las imágenes que habían visto del galeón fantasma eran de hacía meses, ¿por qué Grosvenor seguía fondeado en Vigo? Las suspicacias y especulaciones fueron muchas, pero solo cuando amaneció dentro de aquel enorme velero se dieron cuenta, envueltos en la niebla, de lo difícil que sería salir con vida de aquella nave llena de secretos.

Pietro y Nagore conducían hacia Vigo a toda velocidad.

—No hace falta que nos matemos esta misma mañana, ¿sabes? —recriminó ella al subinspector—, puedo esperar unos cuarenta o cincuenta años más para morir.

—Mejor entonces que no te hubieras hecho policía.

—Muy gracioso, pero lo digo en serio. Además, ¿qué prisa tienes?

—Ninguna. Total, ¿qué puede pasar? Algún arqueólogo más asesinado por ahí.

—No seas exagerado… ¿Qué nos dijo la mujer de Carbonell? Que su marido la había llamado por la noche, que iba a dormir en el velero de Grosvenor junto con los demás y que esta mañana regresaría.

—Pero la llamó desde un número desconocido, que sus teléfonos estaban inoperativos, no lo olvides.

—No lo hago, pero no están secuestrados, y fueron allí por voluntad propia.

Pietro aminoró un poco la marcha del todoterreno y frunció el ceño.

—Los teléfonos a estas horas continúan inoperativos. Eso quiere decir que están incomunicados, salvo que James Grosvenor les preste su teléfono mágico antiinhibidores de frecuencia, que por cierto habría que revisar la legalidad de su uso en el barco.

Nagore se mostró pensativa.

—Si no fuera por esta niebla, tal vez anoche hubiesen vuelto los tres, sin más.

—Qué normal todo, ¿no? Te recuerdo que hoy por la mañana era el funeral de Lucía; tuvo que suceder algo muy grave para que se quedase todo el grupo en el barco.

—Ya te dijo Nico que la prima había retrasado el responso para esta tarde.

—Pero ellos no lo sabían. ¿O acaso no nos dijo Nico que la prima había intentado localizarlos? Menos mal que teníamos el contacto de la casa de Carbonell, porque si su mujer no nos llega a decir que había llamado, yo ya me lo habría imaginado muerto.

—No seamos agoreros.

—No acostumbro a serlo, pero fíjate en todo lo que hemos descubierto hoy, y aún no son ni las doce de la mañana. Primero, que si Lucía robó material de un archivo de la Iglesia; después, que si era amiga de Grosvenor. Y, luego, va Nico y nos avisa de la desaparición de esa pandilla de tarados. ¡Es que sigo sin creerme que se fueran al White Heron!

—Tuvo que ser cosa de Carbonell —razonó ella—, recuerda cómo hablaba, quería llegar hasta el final. ¡Pero si hasta pretendió venir con nosotros a la plaza del Peñasco!

—Ya, pero que lograse convencer también a la del CSIC y al buceador me parece demasiado, ¿no?

Nagore asintió, y su mirada se perdió en el paisaje, porque desde la carretera ya se veía la ciudad de Vigo. La urbe parecía despejada, pero la niebla, persistente sobre el agua, les impedía ver la península del Morrazo, al otro lado de la ría.

—Es persuasivo Carbonell. Y ya escuchaste a su mujer… Él y los demás planearon algo en el salón y después se marcharon de forma muy atropellada, porque iban a coger el barco de Metodio «para un trabajo».

—Le echaron valor, hay que reconocerlo.

Ella suspiró.

—No sabían que el muerto de Peñasco era empleado de Miraflores ni que Grosvenor había estado en contacto con Lucía… Si lo llegan a saber —añadió, con una sonrisa tibia—, a lo mejor se lo hubieran pensado un poco mejor.

—Puede ser.

Nagore asintió y después observó a Pietro con interés. Era un hombre de actitud firme, masculino y atractivo, pero le costaba sonreír. Incluso cuando hablaba en broma lo hacía con semblante serio, aunque la mayoría de sus comentarios guardasen un matiz ingenioso y amable. Tal vez la extraordinaria memoria del subinspector atiborrase su mente de tantos datos que, en consecuencia, terminase por resultarle muy difícil mostrarse a los demás, ensanchar su círculo: ¿cuántos diálogos, recuerdos y nuevas caras podría soportar? Para Nagore, el propio Pietro era un misterio.

—Cuando antes te ha llamado la forense —recordó ella— para insinuar que el asesinato de Rodolfo Pacheco no tenía nada que ver con las drogas, no ha hecho más que confirmar la gravedad de este asunto. Sois afortunados de contar con una profesional como Raquel Sanger.

Pietro, mientras conducía, se encogió algo de hombros.

—Ya escuchaste a Nico, debo de caerle fatal. A lo mejor cree que no puedo resolver esto y por eso me da ideas.

—Qué raro. Un hombre tan sociable y encantador cayéndole antipático al personal —se burló ella, que alteró su habitual actitud flemática para ofrecerle, de forma natural, un guiño cómplice—. De todos modos, Sanger tiene razón en algo: es raro que dejasen los estupefacientes con el cadáver.

—Tal vez huyeron a toda velocidad.

—Tal vez no.

Pietro la miró medio segundo.

—De momento, todo son especulaciones. Lo que me gustaría saber es qué diablos pudo llevarse Lucía del Archivo Diocesano. Piensa que, si es verdad que la Biblia Malévola estaba en el galeón, entonces es que ya ha sido saqueado. Hasta ahí estamos de acuerdo, ¿no?

—Sí.

—Entonces es que buscan algo más. ¿Podría ser un mapa del tesoro o algo por el estilo?

—Ah, no… No lo creo. Los mapas eran muy poco habituales. Ni siquiera los piratas los hacían, porque se lo gastaban todo. Como mucho, dejaban una lista de instrucciones, y lo único que sí suele encontrarse son manifiestos de botín o inventarios, nada más.

—Pues si no es un mapa, es una información muy importante. Llevamos tres muertos y un desaparecido en una semana, así que tiene que tratarse de algo de peso.

—No olvides que las muertes de Lucía Pascal y Antonio Costas podrían ser homicidios involuntarios. Aunque la forense dijo que estaban esperando a los resultados de todos los análisis y pruebas, ¿no?

—Lo de Rodolfo Pacheco no tiene nada de involuntario.

—Ya lo sé —reconoció ella, seria—. Pero el hecho de que la vecina de Bouzas los haya reconocido a él y a Julián sabes que no prueba nada para implicar a Eloy Miraflores, ¿verdad?

—Es un indicio.

—Necesitamos pruebas.

—A eso vamos, ¿no? —zanjó Pietro, que ya estaba aparcando en su plaza del Náutico de Vigo.

Cuando Nico lo había llamado un rato antes, ellos ya estaban saliendo de la catedral de Tuy, así que le había pedido al Irlandés que, ya que había terminado en A Calzoa, se fuese al palacio de la Oliva para ver si localizaba a Eloy Miraflores o, al menos, si podía averiguar adónde se había ido.

Después, Pietro había llamado al inspector Meneiro para ponerlo al día, aunque este, como siempre, estaba tan atareado con los otros asuntos del departamento y con los planes a desarrollar con los GOES que, en principio, no había puesto trabas al nuevo plan del subinspector: ahora que estaba probado que Lucía y James Grosvenor se conocían, tenían la excusa perfecta para visitar el White Heron. Para llegar hasta el enorme velero habían barajado la idea de acudir al SEMAR —los compañeros de la Guardia Civil— para realizar una acción coordinada y que los llevasen en una de sus lanchas, pero al final Meneiro había considerado, quizá con buen juicio, que una embarcación oficial podría resultar demasiado alarmista, máxime si los Goonies —a los que ya todos llamaban así— estaban a bordo de forma voluntaria.

—Tal vez un contacto inicial por radio con la nave sería suficiente, Pietro —había sugerido el inspector, prudente—. Puedes comenzar por ahí y, cuando hayas confirmado que Carbonell y los demás están en perfectas condiciones, ya conciertas una cita o invitas a Grosvenor a dar un paseo hasta comisaría. Además, los de la Autoridad Portuaria han de tener su velero controlado… Los llamo ahora, les doy tu contacto y les digo que vas para allí, ¿de acuerdo?

—Perfecto —había respondido Pietro, que en realidad no estaba tan satisfecho con aquellas medidas tan conservadoras, pero no le quedaba más remedio que seguir las indicaciones de Meneiro.

Él y Nagore, con urgente determinación, bajaron del viejo todoterreno; ambos, sin decirlo, guardaban la esperanza de que la prudente línea de actuación del inspector fuese prescindible, porque, ante la idea de visitar y conocer las entrañas del White Heron… ¿Quién podría evitar sentir curiosidad?

La Autoridad Portuaria estaba al lado del Náutico, en la plaza de la Estrella, y Pietro y Nagore se dirigieron hacia allí por el paseo, por lo que tenían que pasar precisamente por delante del edificio Mülder. Sin embargo, cuando apenas habían dado un par de docenas de pasos, sonó el teléfono de Pietro. Cuando miró en la pantalla, el número era largo, como las llamadas que se realizan desde centralita. Era la propia Autoridad Portuaria de Vigo la que lo contactaba. Se identificaron de forma precisa y fueron directos al asunto:

—No sabemos lo que pasa, es muy raro, pero no logramos establecer contacto con el White Heron.

—¿No les contestan por radio, quiere decir? Porque si contactan por teléfono pierden el tiempo, tienen un sistema de inhibidores que...

—Señor Rivas —lo cortó una voz seria y masculina al otro lado—, una nave como el White Heron, una vez que entra en la ría, tiene obligación de mantener escucha permanente en los canales VHF 16/10, además de disponer del AIS encendido en todo momento.

—Perdone, ¿el qué?

—El sistema de identificación automática, que indica posición, rumbo y velocidad de la embarcación. Ahora mismo nos consta que está fondeado donde siempre, pero no logramos establecer contacto. Ya le digo que es raro, pero volveremos a intentarlo en unos minutos.

—De acuerdo, ¿me avisará con lo que tenga?

—Por supuesto.

El tono eficaz y formal al otro lado del teléfono tranquilizó a Pietro, que se quedó por un instante mirando a Nagore muy fijamente, pero sin verla. Tardó dos segundos y medio en tomar la decisión.

—Vamos, nos llevará Lolo.

—¿Que nos llevará adónde?, ¿al velero? ¿Lolo no era tu vecino, el que también vivía en un barco? —preguntó, aunque ya sabía la respuesta—. ¡Pero si olía a whisky a diez metros de distancia! ¿No dijiste que siempre estaba un poco *pasado*...?

—Me alegra saber que no solo yo tengo buena memoria.

La inspectora se concentró en la gravedad del asunto:

—Meneiro dijo que esperásemos a establecer contacto por radio.

—Ya has visto que no se puede.

Nagore puso las manos sobre sus caderas con los codos flexionados hacia fuera, en gesto de impaciencia, y estuvo así durante varios segundos.

—Tienes razón —decidió, de pronto—. Vamos. Yo misma llamaré a Meneiro.

La policía marcó el número del inspector, pero no le cogió el teléfono. Mientras ya caminaba hacia el pantalán con Pietro, dibujó un gesto de inocencia en su rostro.

—Nosotros lo hemos intentado y hemos tenido que decidir sobre la marcha, por urgencia sobrevenida. Ya nos devolverá la llamada, ¿verdad?

Pietro no dijo nada, pero compartió con ella una sonrisa, como si fueran niños que se adentraban en una travesura muy seria. De forma paulatina, Nagore había ido tomando confianza y, a pesar de que a Pietro la inspectora todavía le parecía una mujer indescifrable, le agradaba la idea de haber comenzado a comunicarse con ella con cierta complicidad. Llegaron hasta el velero de Lolo, que en esta ocasión, por fortuna, estaba bien despierto y prácticamente sobrio. Pietro le explicó la situación y el viejo marinero se mostró encantado de tener una excusa para poder acercarse al mastodonte blanco que llevaba semanas fondeado en la ría. Sin embargo, cuando Nagore echó un rápido vistazo al bonito velero de madera de Lolo, tuvo la intuición de que aquel no iba a ser un sistema de transporte especialmente rápido ni eficaz.

—Pietro, no sé si este tipo de embarcación podrá llevarnos en un tiempo razonable hasta…

—Señora —la interrumpió una voz gruesa y jovial—, no se preocupe, que no vamos a ir en la vieja Mary —le aseguró Lolo, con una sonrisa—. Vamos a ir en el Pegaso.

Nagore desvió la mirada a la parte de atrás del velero, que tenía una lancha fueraborda de muy poco calado.

—Pero… eso es para desembarcar nada más, ¿no?

—Tranquila —le aseguró Pietro, tomándola del brazo y animándola a subir a la embarcación—. Lolo sabe lo que se hace. Utiliza esa lancha para ir a pescar de vez en cuando, es segura. Yo mismo lo he acompañado alguna vez.

—Pero con esta niebla…

—Esto escampa ahora, señora.

Pietro miró a su amigo y sonrió.

—No se lo tomes a mal, Lolo. Es de Madrid —le dijo, como si aquella sencilla referencia a una ciudad de interior pudiese justificar la inexperiencia y preocupación de alguien a la hora de adentrarse en el océano.

El capitán soltó una sonora carcajada.

—Descuide, señora, que nunca he tenido ningún percance en la mar; no va a ser hoy la primera vez, y menos con una dama tan bella y elegante a bordo —añadió, haciéndole un guiño a Pietro.

El motor arrancó de forma suave y la pequeña lancha, despacio, se alejó de la zona de atraque. Tal y como había anunciado el marinero, la niebla comenzaba a deshacerse lentamente. No se iba a ninguna parte, sino que parecía perder su densidad y, sencillamente, se desintegraba poco a poco en el aire. Cuando salieron del muelle, la lancha ganó algo de velocidad, y Lolo vigilaba su ruta con los sencillos dispositivos que tenía en la embarcación, entre los que se incluía un pequeño radar. Las sirenas de los buques sonaban todavía entre la niebla, y Nagore tuvo la sensación de estar en un mundo fantasmagórico y flotante, sobre las nubes. Avanzaron a una velocidad comedida, aunque la visibilidad mejoraba con rapidez, como si el sol del mediodía se hubiese propuesto fundir cada último gajo de niebla helada que permaneciese sobre las aguas.

De pronto, y a una distancia sorprendentemente cercana, vieron la enorme bestia que era el velero de Grosvenor. Primero atisbaron sus tres mástiles de fibra de carbono, que alcanzaban cien metros de alto, para después descubrir poco a poco sus casi ciento cincuenta metros de eslora. Su imagen, en mitad de la ría y emergiendo de la niebla, no parecía la de un velero, sino la de una enorme isla. Las luces preceptivas que brillaban en sus mástiles y en distintas partes del barco conferían al buque, además, cierto aire de nave espacial.

—¿Lo ve, señora? —dijo Lolo, satisfecho—. Este viejo marinero ya no vale gran cosa, pero sí sabe navegar.

Se aproximó lentamente a la nave, y Pietro y Nagore escudriñaron su casco, pues era completamente liso y no se distinguía ningún asidero al que agarrarse, ni ninguna ventana ni entrada.

—No sé dónde tendrán el timbre en esta casa —dijo Nagore, que ya no daba crédito a todo lo que estaba viviendo.

—Entran por el lateral, señora —le dijo Lolo, acercándose—, lo he visto abierto varias veces cuando he navegado por aquí estas semanas. De hecho, creo que se abre un acceso por babor y otro por estribor. Esperen, vamos a dar la vuelta, a ver si por el otro lado.

La pequeña lancha de Lolo avanzó a lo largo del velero, giró en popa y, al avanzar por babor, descubrieron que, en efecto, un pequeño lateral de la nave estaba abierto.

—Es como la puerta de un garaje —observó Pietro, sorprendido, pues nunca había visto nada igual. En el interior, dos lanchas algo más grandes que la de Lolo, y desde luego mucho más modernas y sofisticadas, reposaban de alguna forma sobre un soporte mecánico, sin tocar el agua—. Vamos.

—¿Que subamos? ¿Así, sin más?

—Puedo dar un par de voces, si te quedas más tranquila... Aunque te recuerdo que ni siquiera atienden a la Autoridad Portuaria y aquí no se ve a nadie —afirmó Pietro.

Acto seguido exclamó un par de sonoros «hola», que no surtieron efecto alguno. Era como si aquel enorme velero, que el subinspector calculaba que debía de tener una tripulación de al menos quince personas, se hubiese quedado hueco, sin vida alguna en su interior. Sin embargo, aquellas dos pequeñas lanchas eran de desembarco y, si estaban allí, la lógica invitaba a la idea de que todavía hubiese alguien a bordo.

La inspectora resopló y, poniéndose en pie, de un salto accedió al White Heron. Pietro la siguió y le pidió a Lolo que se quedase por allí para recogerlos porque, aunque quisiera llamarlo por teléfono, seguramente desde aquel barco no podría hacerlo. El buen hombre, marinero de palabra, prometió esperarlos, pero de pronto se escuchó un ruido fuerte y en tan solo unos segundos la nave comenzó a moverse. La expresión de sorpresa de Pietro y Nagore era completa, porque de forma progresiva el barco cogió una velocidad muy grande y, aunque el pobre Lolo intentó seguirlos, le resultó imposible. De pronto, sonó el teléfono de Nagore. Era Meneiro. Apenas podía entenderse nada, y las interferencias hacían impracticable la conversación. Ella le dijo que estaban en el White Heron, pero no supo si la había escuchado o no.

Nagore, que se tambaleaba a causa de la velocidad, se agarró a Pietro y ambos se dirigieron hacia el interior de aquella especie de garaje, temerosos de salir despedidos a semejante velocidad.

—¿Qué te ha dicho? —le preguntó Pietro, casi gritando para hacerse oír.

—Juraría que algo de que estaba produciéndose un tiroteo en el palacio de la Oliva.

—Joder, ¿qué?

—Es lo que he entendido… Mierda —gruñó, también casi en un grito, pues el ruido del agua al ser cortada por el velero y el del viento comenzaba a envolverlos. Nagore buscó una salida a su alrededor, pero no vio ninguna puerta de acceso a la nave—. ¿Y ahora qué hacemos?

En ese momento sonó el teléfono de Pietro. Apurado, vio que era la Autoridad Portuaria otra vez y descolgó. De nuevo, la conversación apenas resultaba inteligible. Pietro intentó decirles que avisasen a comisaría, que la nave había arrancado y que se dirigía muy rápido a alguna parte, que parecía fuera de la ría, pero en el otro lado de la línea no podían escucharlo.

—¿Oiga? ¿Sí?… Imposible contacto por radio… La nave ha comenzado a moverse. ¿Me oye? —le preguntaban al otro lado, donde al parecer solo escuchaban interferencias—. No sé si puede oírme, pero… ¡la nave se mueve!

—No me diga —murmuró Pietro, que ya había comprendido que no podían escucharlo.

—¿Oiga? … No, no… Perdida localización. Si me escucha, le informo de que ahora tienen el AIS desconectado.

—¿Qué?

Clic. Se perdió de forma definitiva la comunicación. Cuando Pietro alzó la mirada, comprobó que Nagore había estado intentando llamar desde su teléfono móvil, ya inoperativo. Él miró la pantalla del suyo y comprobó que ya no tenía red telefónica ni internet. La fuerza del aire se colaba como un vendaval en aquel garaje en movimiento, y Nagore había perdido su elegante boina negra mientras su cabello rubio, por fin, se liberaba al viento. Ambos policías se quedaron sin palabras cuando, a lo lejos, tuvieron la sensación de escuchar golpes concatenados, secos y sordos. Los dos sabían, por experiencia, que aquel familiar sonido era el que solían hacer los disparos.

Al instante, y sin previo aviso, aquella extraña puerta lateral del White Heron se cerró y, mientras el frío y el asombro escalaban por su piel, se sumergieron en la más completa oscuridad.

MIRANDA

Miranda no se sentía culpable porque no sentía nada. Parecía habitar en un limbo blanco, donde todo era muerte y mezquindad. Desde el día de la batalla de Rande tenía la sensación de que el mundo era un lugar diferente porque, sencillamente, lo miraba de forma distinta. Quizá ella no fuese «la pequeña rosa de cien pétalos» que le había adjudicado Gonzalo en el juego de las mariposas, sino otro de esos seres que, a pesar de su belleza, la mayoría de la población consideraba malignos: sí, tal vez ella se asemejara más bien a uno de aquellos ejemplares que había visto en su estancia en Costa Rica: la mariposa de cristal. ¿Y si ella, sus pensamientos y extravagancias fuesen también tóxicos y portasen la desgracia? ¿Y si ella, en su metamorfosis, se hubiese convertido en una mariposa de cristal? Su madre y su padre estaban muertos, y su marido no había resistido ni dos días a su lado. Ella misma había dado muerte a varios soldados en la batalla de Rande, y sin duda aquellas personas también tendrían familia, amigos y seres queridos. Y, ahora, aquel horrible hombre, su cuñado, yacía exánime a sus pies. Ledicia le pidió que no mirase su cuerpo, que volvería enseguida. La dejó sola y voló corriendo a buscar a dos de sus hermanos y al oficial que tenía aquella gran cicatriz en el rostro.

Rodrigo, que descansaba en el piso inferior, había dormido vestido por si lo llamaban para el combate. Se lanzó escaleras arriba junto con dos de los hermanos de Ledicia y no perdió ni un segundo en examinar el cuerpo de Fermín de Mañufe porque corrió directamente hacia Miranda. Todavía tenía las marcas de las bofetadas en el rostro, y el oficial se maldijo por haberse dejado dominar por el agotamiento y dormir cuando sucedía aquella atrocidad, que Ledicia les había ido explicando a todos de forma atropellada mientras corrían a la alcoba, pues ella había llegado a escuchar lo que sucedía justo antes de abrir la puerta.

—¿Os ha…? —comenzó a preguntar Rodrigo a Miranda, sin atreverse—. ¿Os ha mancillado?

Miranda negó con el gesto, aunque por el relato de Ledicia parecía evidente que Fermín lo había intentado.

—Creo que está muerto —dijo uno de los hermanos de Ledicia tras inspeccionar el cuerpo, que desde luego no daba señales de vida.

Ante aquella declaración, Miranda cerró los ojos con evidente disgusto, porque tal vez había mantenido la esperanza de que el golpe que había propinado a su cuñado no hubiese sido mortal. Ledicia se apresuró a tranquilizarla.

—Yo misma contaré lo que ha sucedido —aseguró la criada, con vehemencia—; señora, solo os defendíais de esa bestia, lo escuché, lo vi y lo juraré por Dios, Nuestro Señor. Y os prometo por lo más sagrado que me escucharán los alguaciles de Justicia y Regimiento de la villa, ¡no lo dudéis!

Su hermano mayor negó con el gesto.

—Creerán que ha sido por la hacienda… ¿No decís que ella acaba de arreglar asuntos con el escribano?

—O dirán que la ha mancillado del todo —añadió otro, que fruncía el ceño y mostraba gravedad en su semblante—, y ya no habrá quien la tome en matrimonio. Se mire por donde se mire, es una desgracia.

—¡Pero Dios sabe que digo la verdad! —protestó Ledicia, contrariada.

—Sois su criada, ¿qué ibais a decir? —la contradijo de nuevo su hermano mayor, que tenía la mirada viva, como si de tanto mirar al océano se le hubiese quedado dentro el reflejo del mar—. ¿No veis que este hidalgo es hombre de confianza de la Corona? El asunto es grave.

El marinero hablaba con desconfianza, como si ya hubiera tenido encuentros con las autoridades en su pasado y no hubiesen salido las cosas según los criterios de justicia que él pudiese entender como correctos. Rodrigo impuso silencio. Hasta aquel instante, muy serio, se había mostrado reflexivo y prudente. Aunque no hubiese dicho nada, su semblante mostraba que su cabeza no había dejado de trabajar. Tomó a Miranda entre sus brazos, que se dejó abrazar, y la llevó a su cama, donde ordenó a Ledicia que la cuidase y que no se separase de ella ni un instante. Acercó el rostro al oído de la joven.

—Descansad, Miranda. Lo que ha sucedido esta noche debéis olvidarlo. Yo me encargaré de este despojo —añadió, con una fugaz mirada hacia el cuerpo que yacía en la alcoba.

Hizo una señal a los dos marineros, que retiraron el cadáver de Fermín del aposento y limpiaron la sangre. Después, Rodrigo y los dos hombres se diluyeron en la noche.

Fermín de Mañufe era un hombre grande y pesado. Sacarlo de forma discreta de la villa, con la Armada y las milicias ocupando gran parte de las casas de Vigo, iba a ser una tarea difícil. Sin embargo, Rodrigo disponía de ideas prácticas y rápidas, y a aquellas alturas no le espantaban ni el riesgo ni la muerte. Por un instante había considerado llevar el cuerpo al camposanto de la colegiata, ya que al haber tumbas abiertas se facilitaba en gran medida el trabajo, pero sabía que el trasiego de cadáveres aquellos días podría implicar desde exhumaciones y traslados hasta cambios imprevistos en las sepulturas, de modo que prefirió no profanar suelo santo.

—¿Qué propone, oficial? —le preguntó el hermano mayor de Ledicia, inquieto.

Era consciente del riesgo que asumían, pero también se sentía agradecido a doña Miranda por el trato que siempre le había dispensado a su hermana y por cómo los había recibido en su casa en tiempos de guerra.

Rodrigo le respondió con una sonrisa extraña, llena de cansancio:

—Propongo que, para ser invisibles, nos vea todo el mundo. Tomad esta capa y ponédsela al muerto —ordenó. Después, les explicó el plan.

El hidalgo, con fingida ebriedad, abriría la marcha. Y los dos marineros portarían el cuerpo casi obligándolo a caminar, como si estuviese tan borracho como para no poder hacerlo. Bajarían por la calle de la Faja dando tumbos hasta la puerta del Berbés y allí pedirían a los guardias salir para llevar a aquel marinero a dormir el exceso de ron a su casa. Después, utilizarían la barca de alguno de ellos para adentrarse un poco en la ría, atar un peso al cadáver y hundirlo para siempre.

Era un plan arriesgado. Descabellado, incluso. Pero eran días en los que la vida y la muerte ya no parecían valer gran cosa y el ánimo y la razón se volvían salvajes. Por las calles se toparon con algunos guardias, que saludaron a Rodrigo con indisimulado respeto, a pesar de la apariencia de su estado. ¿Acaso las guerras no eran motivo para beber los buenos vinos y agotar las reservas de ron? Atravesaron la plaza Pública y la de la Iglesia, donde dormitaba algún mendigo envuelto en harapos y viejas mantas; descendieron después por la larga cuesta de la calle de la Faja sin grandes problemas y se encontraron por su camino, de hecho, muestras de ebriedad entre varios grupos de hombres de las milicias, aterrorizados por si la flota invasora, en su camino de salida, decidiese atacar la villa de Vigo. Ya estaban a punto de llegar a la puerta del Berbés cuando escucharon un vozarrón a sus espaldas.

—¡Don Rodrigo Rivera! Pues ¿cómo?, ¿no estabais descansando?

Rodrigo se giró y vio a Gonzalo, que salía de la taberna de las Almas Perdidas. Se aproximó, veloz, para que bajase la voz.

—Gonzalo, por Dios os lo pido, sed discreto. ¿Qué hacéis aquí, con vuestras heridas? Deberíais guardar cama en el hospital.

—Poca memoria tenéis para los amigos —lo recriminó con afecto Gonzalo, al que un par de vasos de ron le entorpecían el discurso—, ¿no os dije que hoy mismo me soltaban de ese matadero?

—Aun así, deberíais estar descansando.

—Al igual que vos —le replicó rápido, dejando claro que no porque hubiese bebido su mente fuese a trabajar de forma más lenta. Después, señaló con la mano a Fermín, que con la capa, la cabeza gacha y el sombrero resultaba imposible de reconocer—. Y ese trapo que lleváis ahí, ¿quién es?

—Nadie.

—¿Nadie? No conozco a ningún caballero con tal nombre.

—Gonzalo, por vuestro bien os ruego que...

De pronto, el muerto abrió los ojos y comenzó a farfullar palabras inconexas, para después insultar a sus porteadores, que, como buenos marineros llenos de supersticiones, invocaron a la Virgen del Carmen y se santiguaron entre rezos y arrepentimientos.

—Pero... ¡si estaba muerto! —murmuró Rodrigo, asombrado. Después, se dio cuenta de que él en ningún momento había examinado el cadáver, sino que habían sido los marineros los que habían dictaminado la defunción. Preocupado por Miranda, había dejado algo tan obvio en manos de unos hombres de mar que acababa de conocer.

—¿Cómo que estaba muerto? —se sorprendió Gonzalo, que con la novedad pareció terminar de despejarse.

Por su parte, Fermín de Mañufe recuperaba el sentido y se llevaba las manos a la cabeza. Comenzó a gritar diciendo que habían intentado matarlo, y a lo lejos vieron cómo se aproximaban los guardias de la muralla. Rodrigo, apurado, se acercó a Fermín, que sin dejar de gritar parecía seguir desorientado y palpaba el aire, como si hubiera perdido la visión.

—Callaos, desgraciado, ¡callaos! Sois vos el que habéis intentado ultrajar a una viuda, ¡y sois vos el que la ha atacado!

—¿Una viuda?

Gonzalo lo preguntó casi como una afirmación, pues ya sospechaba de quién se trataba. Le pidió explicaciones a Rodrigo, que se las dio lo más rápido que pudo y supo, y a las que Gonzalo reaccionó horrorizado. Había hecho negocios durante años con Fermín de Mañufe y, sobre todo, con su hermano Enrique, y la relación siempre había sido cordial. Sin embargo, tras saber lo que le había hecho a Miranda, el corsario tenía ganas de matar al comerciante con sus propias manos.

Por su parte, el que había regresado de entre los muertos se retiraba el sombrero, en mitad de la noche, como si así pudiese por fin obtener claridad. Una mancha de sangre seca le resbalaba por el lado izquierdo de la cara, y parecía evidente que seguía sin poder ver. Rodrigo insistía en que se tranquilizase y dejase de gritar, a lo que Fermín había reaccionado de forma mucho más colérica y acalorada, impotente por no saber dónde se encontraba ni en qué circunstancias.

Para sorpresa de todos, de pronto Fermín sacó una pequeña pistola que llevaba oculta en su chaqueta y, apartándose, apuntó a la nada, según donde escuchaba voces.

—¿Quiénes sois, bandidos? ¿Cómo he llegado hasta aquí, malditos bastardos? Juro por Jesucristo que os mataré a todos. ¡A todos!

Y con aquella afirmación disparó su arma, aunque el tiro erró su objetivo invisible y terminó en un tejado. Se escuchó de seguido otro disparo, pero no de Fermín, sino de los guardias, que habían reconocido a Rodrigo por sus ropas: era un oficial de la Armada muy querido y respetado en la villa; no solo la historia de Sebastián había corrido como la pólvora, sino que nadie olvidaba los favores y cuidados que había proporcionado el oficial ante el brote de viruela en el Berbés y, desde luego, luchando contra los invasores en Rande. El guardia que había disparado se acercó corriendo.

—¡Don Rodrigo! ¿Estáis bien? ¡Casi os mata ese borracho!

Rodrigo y Gonzalo, atónitos, se miraron primero entre sí y después dirigieron su atención hacia Fermín de Mañufe, que ahora yacía en el suelo polvoriento de la calle de la Faja con los ojos completamente abiertos, como si la muerte hubiera sido una verdadera sorpresa. Había fallecido dejando su cuerpo boca arriba y, por triste coincidencia, en la misma postura en la que morían siempre las cucarachas.

Rodrigo llegó al palacio de Arias Taboada casi al amanecer. Las declaraciones ante las autoridades habían sido interminables, ya que Fermín de Mañufe era un hidalgo importante y sus negocios, a pesar de que ahora faltase su hermano, seguían siendo uno de los puntos fuertes de la villa. Para asombro del oficial, Gonzalo de la Serna había resultado ser un narrador extraordinario, lleno de imaginación e inventiva: había explicado los hechos con tal serenidad y convencimiento que hasta el mismo Satanás habría creído cualquiera de sus mentiras. El antiguo fraile y corsario había asegurado haber quedado con Rodrigo y el propio Fermín en la taberna, aunque al parecer tanto el oficial como el comerciante habían llevado «el ron servido de casa», pues las penas y desgracias de la guerra habían sido muchas. En algún momento de la noche, al caminar por las calles de la villa, el señor De Mañufe, con sus pasos blandos por culpa del vino, había caído y se había golpeado la cabeza. Tras aquel instante, todo habían sido desencuentros y malas palabras, hasta llegar al punto de que Mañufe creyese que sus camaradas eran los invasores angloholandeses y que pretendían darle muerte, al igual que se la habían dado a tantos buenos servidores de su majestad. Cuando ya creían que podían contenerlo, el pobre hombre había sacado su arma y disparado a ciegas… Sin duda, la intervención del guardia de la muralla fue providencial, porque de lo contrario los males habrían sido mayores. Un desgraciado accidente provocado por el delirio y el horror de la guerra, sin duda.

Cuando Gonzalo concluyó su relato, los hermanos de Ledicia, que sudaban a pesar del frío de finales de octubre, se habían limitado a asentir y darle la razón en todo, mientras Rodrigo hacía lo propio. El oficial se sentía aliviado, ya que no tendría que justificar la desaparición de Fermín ni que sus objetos personales estuviesen en el pazo, ni tampoco tendría que afrontar la desagradable tarea de deshacerse de su cadáver.

—Podéis dejar descansar vuestra conciencia, pues vos no lo matasteis —le dijo a Miranda nada más verla, que lo esperaba bien despierta en el salón del palacio.

—Mentís. Lo hacéis por darme consuelo, pero medís mal mi fragilidad. Lo vi muerto, Rodrigo.

—Lo visteis sin sentido, que es distinto.

Y, así, Rodrigo le explicó a Miranda todo lo sucedido y la gran ayuda que había supuesto Gonzalo para solventar la situación. La joven le dio las gracias con vehemente franqueza y pareció recuperar algo de color; después, pidió a Ledicia que trajese algo caliente.

—Por fin —suspiró la criada—. ¡Tenéis que sacar el frío del cuerpo, señora! ¡Es el frío de la muerte!

En efecto, cualquiera que hubiese tocado sus manos habría comprobado que, aun estando al lado de la chimenea, la joven se encontraba completamente helada. Rodrigo la acompañó templándose con un caldo de verduras muy caliente, y cuando terminaron, para su sorpresa, no se sintió cansado, sino extraordinariamente lúcido.

—Miranda.

—¿Sí, Gonzalo?

—Teníamos una conversación pendiente.

Ella respiró despacio. Lo miró con tristeza.

—No todas las conversaciones tienen un final.

Rodrigo estrechó la mirada, sin acertar al principio a comprender. Y ella, turbada por la falta de sueño y por las emociones afiladas de la noche, creyó ser una mariposa de cristal. ¿No era mejor que ella y el oficial siguiesen distintos caminos? Él comprendió el rechazo y ambos se miraron durante unos segundos, en los que Miranda apenas pudo mantener el rostro alzado mientras su cuerpo temblaba, invadido de nuevo por el frío.

De pronto, en el exterior, escucharon música. Flautas, tambores. Una alegría escandalosa, a pesar de que en el aire todavía se respiraba el olor dulzón de la muerte. ¿Qué singular regocijo podía ser el que sacudiese la mañana?

Se pusieron las capas y salieron con premura a la calle. Desde el umbral de la puerta del pazo de Miranda podía verse a la flota invasora en la ría, haciendo de su paseo una marcha de la victoria hacia el océano Atlántico. Rodrigo y Miranda, seguidos de Ledicia y de varios de sus hermanos, bajaron corriendo y sin decoro alguno a la plaza Pública, pasaron la de la Iglesia y llegaron a la plaza de la Piedra, desde la que la estampa era de completa humillación. Era 31 de octubre y los invasores se iban, cierto, pero con sus naves engalanadas de flámulas y gallardetes, cantando y con flautas y pífanos mientras celebraban su victoria. Los galeones y barcos franceses de guerra apresados iban a remolque, que era la única forma de que navegasen al haber sido desarbolados. Su estado era más o menos aceptable, a pesar de los daños tras la batalla, de sus múltiples averías y de los desgarros en el velamen que aún conservaban. Miranda pudo reconocer, a lo lejos y también desarbolado en parte, aquel imponente galeón que había visto llegar a la ría un mes atrás y que junto a un santo mostraba una impresionante escultura de una virgen de vivos colores en su popa. En total, los invasores se llevaban tres galeones y cuatro barcos franceses de guerra, si es que lograban que tras las heridas de la contienda pudiesen permanecer a flote.

Los músicos tocaban también las chirimías, y Rodrigo sabía que su agudo sonido se abría paso incluso a través del estrépito de los cañones, por lo que resultaba natural que las hubiesen podido escuchar desde el palacio de Miranda.

—Pero... ¡don Rodrigo, disponen de músicos! —exclamó Ledicia, que nunca había visto ni escuchado cosa igual.

—También nuestra Armada —le respondió él, sin apartar la mirada de las naves, que apenas tenían viento para partir de la ría—. Es menester animar a los soldados en la guerra... Tiene tanta valía uno de esos músicos como un buen soldado, y os aseguro que su sueldo es similar. Pero ¿cómo se atreven a esta fiesta? —se lamentó, atónito y enfadado—. ¡Malditos herejes! —farfulló, rabioso ante aquella humillación.

Su semblante se tornó oscuro y, de pronto, se sintió ridículo. ¿Qué hacía allí? Había perdido su descanso, su ilusión y su ánimo por una mujer que no correspondía a sus afectos. La habría ayudado en todo caso, pero su corazón enamorado le había impedido aquella noche y aquel amanecer seguir siendo lo que era:

un oficial de la Armada que debía luchar con todas sus fuerzas contra el enemigo y, en la medida de lo posible, vengar a su joven Sebastián y a tantos amigos y compañeros perdidos en la batalla. Cerró los ojos y cuando los abrió su rostro dibujaba determinación y amargura.

—Si me disculpan, es menester que acuda a atender mis obligaciones.

Y con aquella frase seca y un suave movimiento de cabeza fue con lo que se despidió. No miró atrás, no le dirigió ningún gesto a Miranda. Ella sintió una honda tristeza cuando lo vio partir y comprendió el daño que le había ocasionado. También la joven, dolida, sintió cómo en sus entrañas un fuego nuevo forjaba el afilado dolor de la pérdida.

El príncipe de Barbanzón había dejado Vigo bien protegido y, por si acaso, la caballería se encontraba ya dispuesta en la villa de Bouzas. Para allá había partido Rodrigo y, junto con sus compañeros, asombrado, había comprobado cómo la flota enemiga no podía partir por falta de viento. En consecuencia, pasaron varios días custodiando sin descanso la costa mientras se negociaba el intercambio de prisioneros aliados que se guardaban en los calabozos de Bayona.

El 5 de noviembre, el galeón apresado de Nuestra Señora de los Remedios y San Francisco Javier permanecía fondeado en Cabo Estay, un poco más allá de Coruxo y cerca del final de la ría de Vigo. Eran muchos los navíos angloholandeses que aquella noche la pasarían en aquel punto desde el que ya se divisaba Bayona. Al día siguiente se preveían buenos vientos para partir hacia Inglaterra, y por fin regresarían soldados y marineros a sus casas. El príncipe de Barbanzón preparaba un contraataque, pero, a pesar de que algunos de los buques aliados ya habían partido, la artillería de la flota enemiga seguía superando con creces a la española.

—Dicen que el almirante Rooke ya se ha ido —le contó Rodrigo a Gonzalo, que había ido a apoyar con sus hombres a las milicias que se apostaban en Cabo Estay. Se refería, por supuesto, al almirante inglés que había dirigido la flota invasora en la batalla.

—Sí, a ese cabrón gordo y asqueroso al final solo lo ha vencido su ataque de gota.

Rodrigo se encogió de hombros.

—Preferiría matarlo yo que no su pierna, pero ha manejado su flota con destreza, de modo que cuanto más lejos mejor. Tal vez así tengamos alguna oportunidad.

Gonzalo lo miró con extrañeza.

—¿Oportunidad? Rodrigo, nada nos queda sino ver cómo se marchan y rezar a Dios y a todos los santos para que no quieran bajar a tierra. Además, Rooke ha dejado al almirante Shovell al mando… Creo que lo vi a lo lejos en Rande, aunque al final todas esas pelucas blancas son iguales y ya no acierta la cabeza a dar nombres ni cargos. Que Dios me perdone, pero… ¡mejor nos habría venido que nos defendiesen esos almirantes que no Château-Renault!

—Sois injusto, Gonzalo. Los franceses pelearon con valentía. Eran menores nuestras fuerzas, y es todo.

—Entonces ¿qué decís de buscar oportunidades?

—Digo —y Rodrigo se acercó, bajando el tono— que si están prestos para levar anclas podrían hacerlo dejando aquí lo que no es suyo.

Gonzalo se llevó la mano al costado, que aún tenía dolorido, y abrió mucho los ojos.

—¿Las presas?

Rodrigo asintió y dirigió la mirada hacia el imponente y enorme galeón de Nuestra Señora de los Remedios y San Francisco Javier. Era, en efecto, uno de los más grandes de la Flota de Indias, y sus colores y hechuras resultaban impresionantes incluso a lo lejos. Sin embargo, solo conservaba el bauprés y el palo de trinquete, ya que el mayor y el palo de mesana no estaban; tal y como ya había apuntado Gonzalo cuando él y Rodrigo habían hablado del asunto en el hospital, aquellas notables ausencias tenían sin duda su causa en la madera que había sido necesaria para construir la cadena flotante en Rande, que tan poco tiempo había podido resistir.

—Pensadlo, Gonzalo —insistió Rodrigo—. Si dimos barreno a las naves en la batalla, también podríamos hacerlo ahora. Que esos desgraciados regresen a sus puertos con las manos vacías. En este fondeadero tienen solo tres presas accesibles desde la costa, pero esa es la más valiosa y la más grande.

—¿Habéis perdido el juicio? Barbanzón no autorizaría un ataque semejante, ¡podría suponer una nueva invasión! ¡Cientos de muertos! Además, carecemos de medios y de forma de asalto. Vos mismo habéis visto dónde han fondeado, y ni los cañones de Vigo ni los de Bayona llegarían siquiera a rozar ninguno de sus mástiles donde se encuentran. Serán unos hijos de mil putas, pero no son tontos.

Rodrigo se mostró imperturbable. Llevaba días sin afeitarse y la incipiente barba había comenzado a cubrir de nuevo su cicatriz, aunque su semblante era más fiero y firme que nunca.

—Gonzalo, no pido un ejército. Me basto yo solo con una barca, y en la mar suceden accidentes que llevan las naves a pique. No tienen que considerar que sea un ataque.

El otro negó de forma enérgica.

—De muy buen aire os ayudaría en cualquier empresa, lo sabéis, pero esto que decís es una majadería. ¿Acaso buscáis la muerte? ¿No tenéis nada por lo que vivir? —le preguntó, preocupado. Después, pareció recordar algo que sí podría importar al oficial—. ¡Aún espero vuestro lance con doña Miranda! —exclamó, procurando animarlo y quitarle aquella idea suicida de la cabeza.

Sin embargo, Rodrigo movió lentamente el torso hasta posicionar sus ojos frente a los de Gonzalo, que no necesitó más explicaciones. Quedaba claro que el lance ya había sido hecho y que la respuesta había sido negativa. Con todo, Gonzalo insistió en sus argumentos.

—Rodrigo, la guerra oscurece los sentidos, pero cuando pasen los días veréis todo de otra forma. ¿Habéis ido a rezar? Os dará consuelo. Y debéis prestar confesión y descansar los huesos en un camastro… ¿Cuánto lleváis sin dormir?

—No, Gonzalo. No creáis que pretendo a la muerte, pero tampoco deseo vivir como un cobarde. Deseo tomar yo solo el riesgo, pero necesitaré vuestra ayuda.

—¡Mi ayuda! ¡Pierde el juicio y requiere mi colaboración! —exclamó, como si Rodrigo no estuviese delante. Después, respiró de forma profunda y resignada y se dirigió de nuevo al oficial—: Que Dios nos proteja. ¿Qué necesitáis?

—Que deis una gran fiesta, amigo —le respondió Rodrigo, sereno y firme—. Solo os pido que esta noche hagáis, a la orilla de la mar, una buena fiesta.

11

¡La bahía de Vigo! Riberas feraces cubiertas de viñas, de bosques y de pastos de márgenes afuera; pero en el océano costas abruptas, llanuras desoladas, inaccesibles picachos: ¡un verdadero mundo! Y lejos, allá lejos, a unos treinta kilómetros, envuelta en la bruma, emergiendo de las aguas como una tierra de ensueño o de pesadilla, la imprecisa silueta de las islas Cíes.

GASTON LEROUX,
La batalla invisible

Ignoramos qué sucede al morir. Nos hemos inventado religiones, leyendas y fantasmas, pero intuimos que no quedará nada de nosotros cuando nos mastiquen los siglos. Sin embargo, existen personas que albergan una luz poderosa y honda que traspasa el velo de la muerte. A veces las recordamos por sus logros y gestas, por lo que significaron en un momento de la historia, pero en otras ocasiones son seres anónimos que, no sabemos muy bien cómo, permanecen. Como si su existencia hubiese consistido en tejer una red infinita sobre la que los demás pudieran seguir trabajando. Nico, que para subir hasta el palacio de la Oliva había dejado su coche en el aparcamiento subterráneo del Berbés, había sentido que, en su ascenso por la calle Real del casco antiguo había caminado envuelto en una extraña magia de otro tiempo, como si aquella ciudad que muchos decían que tras perder sus murallas y muchos de sus antiguos edificios se había quedado sin historia, de pronto, pudiese resurgir por lo que contaban sus piedras.

Había dejado a la derecha la plaza de la Almeida y su sólida torre de Ceta y Arines, para pasar después por la plaza de la Colegiata con su famoso olivo, y el agradable sol de invierno no hacía presagiar nada malo. Se detuvo un instante en aquella plaza de la Iglesia y dirigió la mirada hacia la de la Piedra, que a pesar de los centros comerciales, edificios modernos y rellenos de la ría todavía funcionaba como una atalaya con buenas vistas. Supuso que, siglos atrás, desde aquel lugar los habitantes de la villa habrían contemplado el impresionante despliegue de los galeones de la Flota de Indias y, después, de los invasores en la Guerra de Sucesión. A pesar de ser vigués, hasta ahora nunca había pensado en aquello, y admiró aquel momento de la historia como si acabase de descubrirlo.

El oficial retomó el paso y, desde la plaza de la Iglesia por la calle Oliva se dirigió hacia el palacio del mismo nombre. En realidad, aquella sería una visita rutinaria, porque estaba seguro de que no iba a encontrar a Eloy Miraflores por ninguna parte, pero al menos así podría terminar pronto e ir a comer a casa con Elísabet.

Al llegar al palacio cualquiera habría admirado su espléndida reforma, aunque aquel no fuese el edificio original, sino solo la ampliación del genuino, que era una construcción más modesta justo enfrente y que estaba ocupada por un edificio de la Xunta dedicado al estudio de las Islas Atlánticas; allí mismo, coincidencias del destino, era donde había vivido Gonzalo de la Serna. Mucho tiempo atrás, ambas edificaciones habían estado unidas mediante un pasaje elevado; el túnel que formaba aquel pasaje ya no existía, aunque la leyenda decía que todavía quedaban restos de una cripta templaria en un espacio subterráneo. Por supuesto, ningún promotor inmobiliario en su sano juicio revelaría tal cosa a Patrimonio para no hacer peligrar su proyecto urbanístico, y Eloy Miraflores había seguido los dictados de ese tipo de lógica cuando había hallado, en las obras de reforma, una extraordinaria cámara abovedada bajo tierra.

—¿Seguro que el señor Miraflores no está?

—Seguro —le había respondido a Nico una agradable joven, vestida por completo de color negro y en traje de chaqueta.

La recepción del palacio estaba decorada en tonos oscuros, a juego con molduras de madera, sobrias y elegantes. Por supuesto, había un pequeño olivo cerca de aquel espacio, justo al otro lado de la puerta acristalada y transparente que daba acceso a los apartamentos de lujo.

—Pero, al menos, sabrán adónde se ha ido de viaje.

—No, señor. Era un viaje de trabajo, es todo lo que sé.

—Pues no contesta en el teléfono móvil.

—No puedo ayudarle en relación con eso, a mí tampoco me ha cogido la llamada esta mañana. No es la primera vez que desconecta el teléfono un par de días, de todos modos.

—¿Y su familia? Porque hemos enviado una patrulla a su domicilio en Nigrán y parece que no hay nadie.

—Tampoco en ese tema puedo ayudarle, señor. A lo mejor se ha ido toda la familia de viaje, no lo sé.

Nico y Kira se habían mirado de reojo, escamados. Que una primera llamada no fuese atendida era factible. Pero que desapareciese toda la familia de Eloy Miraflores y que este, con un empleado muerto y otro desaparecido, no diese señales de vida ya comenzaba a resultar preocupante. El asunto apuntaba a que iban a tener que solicitarle al juez oficios a bancos, compañías de viajes y empresas de telefonía para su localización.

—De acuerdo; en tal caso, queremos hablar con todo el personal.

—¿Cómo? ¿Con todos?

—Exacto. Y, si no le importa, necesitamos una lista de todos los empleados y sus puestos en la empresa.

—Pero yo no sé si puedo facilitar esa información.

Nico, que tenía un gesto ensayado para cada posible situación, había mostrado ahora su semblante desgastado, de policía curtido por la vida.

—Podemos hacer esto fácil, en una relación cordial y colaborativa, o bien podemos encauzarlo por vía judicial. Nuestra presencia aquí obedece solo a nuestra intención de aclarar las causas del fallecimiento del empleado de la compañía Rodolfo Pacheco. Como usted considere.

La joven dudó. Hizo un par de llamadas, que no obtuvieron respuesta, y después apareció a su lado otra mujer, que dijo venir «del Departamento de Contabilidad». Tras una breve y tensa deliberación entre ambas, tomando aire, la recepcionista había impreso un listado de todos los empleados de Deep Blue Treasures, así como de los vinculados a la empresa de alquiler y almacén que tenía Miraflores en el edificio. Aunque eran al menos una docena —Rodolfo y Julián incluidos—, solo tres estaban ahora en el edificio, de modo que accedieron a su interior y, uno a uno, Nico y Muñoz los interrogaron. Al oficial le dio la sensación de que las respuestas estaban ensayadas, pues todas eran bastante homogéneas y en la línea del «No lo sé» y «No lo recuerdo», ya que de pronto parecía que tanto Julián como Rodolfo operaban en un área de logística del almacén que nadie tenía clara. Uno de los empleados había reconocido que los primos estaban casi siempre con Miraflores y que con frecuencia lo acompañaban al Hispaniola —a bordo del cual, al parecer, estaban ahora la mayoría de los empleados—, aunque también gestionaban asuntos del *jefe* en Nigrán.

Justo antes de marcharse, Kira —que hasta el momento, y en su línea, había hablado lo mínimo— detuvo a Nico con un gesto.

—¿Esa pared se ha movido?

—¿Qué?

—La pared. ¿Ves la moldura de madera, ahí, al otro lado del cristal? —señaló, al lado de recepción y justo detrás del olivo decorativo—. Yo creo que se ha movido.

La joven de recepción no pareció muy sorprendida.

—Tenemos puertas simuladas con las molduras, esa es del cuarto del cuadro eléctrico.

—Ya. Pues se ha movido.

—No creo.

—Ya le digo yo que sí —insistió Kira, que, como consecuencia de su incapacidad para relacionarse de forma fluida con las personas y tal vez gracias a la virtud de estar en silencio la mayor parte del tiempo, había ganado a cambio una capacidad de observación considerable. Siempre decía que, en realidad, su lectura de novelas románticas la había aficionado a fijarse en los detalles: era algo que la prevenía y preparaba para los potenciales giros en las tramas, que imaginaba todo el tiempo.

Se acercó a la puerta de cristal, suponiendo que se abriría por su mera proximidad, pero no se movió ni un centímetro.

—¿Puede abrirla, por favor?

La joven presionó un botón instalado en un lateral de su mesa y la puerta se descorrió al instante. Kira se acercó con decisión hacia la moldura y, a pesar de que la empleada de recepción comenzaba ya a enunciar un nervioso «No sé si puede acceder ahí», la joven policía llevó la mano directamente a la moldura y tiró de ella. Se abrió una puerta inesperadamente grande tras la que, en efecto, había un cuadro eléctrico, pero también el sorprendido rostro de un hombre. Kira ahogó un grito y por un instante se quedó petrificada mirando aquella cara, que estaba segura de haber visto antes. El hombre corrió hacia el interior del cuartucho, que parecía ser un simple armario lleno de cables y herramientas, pero que escondía en realidad otra puerta tras el cuadro eléctrico. Nico llegó corriendo y nada más ver aquella entrada oculta no pudo evitar lanzar al aire un exabrupto de sorpresa.

—¿Otro cuarto secreto? —se preguntó, acordándose del Astillero del maquetista—. Ni que Vigo fuese Narnia, joder —masculló, en clara alusión a la novela de fantasía en la que, tras un armario, había un mundo oculto. El oficial miró a la joven de recepción con gesto apurado—. ¿Adónde lleva esto?

—¡No lo sé! —exclamó la recepcionista, asustada, asomándose—. No sabía que eso estaba ahí.

—Nico… —murmuró Kira, todavía con gesto de extrañeza.

—Qué, ¿vamos?

—Sí, pero… yo creo que ese hombre era Julián Pacheco.

—¿Julián?

Nico frunció el ceño. Supuestamente estaban allí para ayudarlo, porque ya había muerto su primo y en realidad habían comenzado a buscarlo con la idea de protegerlo. Pero también era posible que fuese él mismo el causante de la muerte de Rodolfo. No había que olvidar que ambos habían sido reconocidos en Bouzas y que eran potenciales responsables de las muertes de Antonio Costas y, tal vez, de Lucía Pascal. En un gesto de prudencia, tomó su arma del pequeño bolso cruzado que siempre llevaba consigo y le hizo una señal a Kira para que hiciese lo mismo y cogiese su pistola. Abrieron con cuidado la puerta tras el cuadro eléctrico y descubrieron una diminuta sala en la que unas escaleras descendían hacia un sótano. Sin duda, aunque los policías no lo sabían, Eloy Miraflores había aprovechado algunos de aquellos viejos túneles subterráneos del palacio para almacenar material de estraperlo y, tal vez, para utilizarlos como zona de seguridad.

Bajaron por las escaleras con cautela, sin escuchar nada, y llegó un momento en que no les quedó más remedio que adentrarse en la oscuridad. Kira encendió la linterna de su teléfono móvil y la mantuvo en alto con una mano, mientras en la otra portaba también su pistola. Nico avanzaba en primera posición, cauteloso, con su HK de nueve milímetros preparada.

—¡Julián! —exclamó—. Somos agentes de la UDEV, de la Policía Judicial. ¡Estamos aquí para protegerlo y ayudarlo!

No hubo respuesta, solo un rápido sonido de pasos apresurados. A pesar de que Nico iba a seguir intentando establecer conversación, de pronto él y Kira comenzaron a recibir disparos desde la profundidad de aquel sótano oscuro, que olía a humedad. Nico respondió disparando a ciegas hacia donde su instinto le indicaba que procedía el ruidoso tiroteo, y tanto él como Kira se agacharon e intentaron esquivar el inesperado ataque. Sucedió tan rápido que no hubo tiempo para pensar, para ejecutar un plan ordenado de actuación. El instinto de supervivencia era lo único que pautaba cada paso, y cuando Nico le pidió a Kira que retrocediesen, ella no contestó. Dejó caer su teléfono móvil al suelo, que quedó con su modesto rayo de luz apuntando al techo, y se desplomó al mismo tiempo que se escuchaba al fondo de aquel pasillo cómo un peso blando impactaba también sobre el pavimiento. Nico gritó el nombre de Kira como loco, la observó dos segundos y, con la penumbra y su ropa oscura, no acertó a ver dónde estaba herida, aunque permanecía en el suelo sin conocimiento. El oficial cogió el teléfono de ella, buscando iluminar la escena y entender qué había sucedido. Necesitaba pedir refuerzos y una ambulancia, pero no podía abandonar su atención del fondo del pasillo. ¿Habría caído Julián? Tenía que comprobarlo, porque si él mismo también sucumbía, nadie podría ayudar a su compañera.

Avanzó rápido y con el teléfono en forma de linterna en su mano izquierda, mientras con la derecha apuntaba a la nada, dispuesto a apretar el gatillo. A solo diez o doce metros, bajo una bóveda de cañón muy antigua, encontró a Julián Pacheco, que con un tiro en el pecho daba la sensación de que estuviese agonizando. A su lado, el cadáver de otro hombre, grande y fuerte, yacía inerte, pero no como consecuencia de aquel tiroteo, porque estaba atado y estirado sobre el suelo y rodeado de plásticos y cinta adhesiva, como si su cuerpo fuese un mueble y estuviese siendo embalado.

Corriendo, y más pálido que nunca haciendo honor a su apodo de Irlandés, Nico voló hasta su compañera, llamó a comisaría justo cuando Pietro y Nagore estaban a punto de subir al White Heron y, obviando todos los consabidos consejos de no mover a los heridos, tomó a Kira en brazos y la sacó de la oscuridad.

Tras varias semanas fondeado en las milenarias aguas de Vigo, el White Heron surcaba ahora la alargada y estrecha lámina de océano de la ría con elegante sobriedad. Los paseantes de la costa y los tripulantes de las embarcaciones que dejaba a su paso observaban la maniobra con asombro, no solo por lo singular de la estampa, sino por su velocidad. Las naves de calado y dimensiones del White Heron debían circular en aquella zona con mucha más prudencia y moderación, y no era necesario haberse criado en la costa para comprender que algo raro estaba sucediendo en aquel enorme y futurista velero blanco.

Richard, el pescador que vendía zapatos, se encontraba con su modesto barco de pesca a la altura de la isla de Toralla, a punto de regresar al muelle para ir a comer. Tras haber charlado con Nico y Kira aquella misma mañana y comprobar que la niebla comenzaba a deshacerse, había decidido salir a hacer unas pruebas con su renqueante motor, porque las horas de pesca siempre eran muy temprano o en el ocaso, y prefería aprovecharlas para llenar sus calderos de pulpos. Para su sorpresa, Richard comprobó cómo el White Heron se dirigía hacia la boca sur de las islas Cíes y que en su camino irrefrenable iba a cruzarse con una pequeña regata de vela ligera que acababa de salir del puerto de

Canido. Contactó por radio con el canal de la Autoridad Portuaria y, por las exclamaciones y los requerimientos de posición al otro lado de la línea, constató que ya estaban al tanto de aquel descalabro. Sin duda, desde el puerto ya habrían avisado a la Comandancia de Marina, a la Guardia Civil y a Salvamento Marítimo, pero todo buen marinero sabe de los tiempos en la mar: un solo minuto en las frías aguas del Atlántico puede convertirse, para la resistencia de la mente y del cuerpo humano, en una hora. Dirigió su pequeño barco hacia donde lo hacía el White Heron, pues intuía algún tipo de colisión inminente. ¿Qué estaría pasando en las entrañas de aquella bestia náutica, fuera de control?

Entre tanto, Pietro y Nagore se recuperaban de la sorpresa inicial de verse arrastrados por la fuerza de aquel barco descomunal y, aunque estuviesen dentro de una oscura penumbra, agradecieron que el portón de aquella especie de garaje se hubiese cerrado, pues de lo contrario, con toda probabilidad, habrían salido despedidos.

De pronto, ambos policías parecieron tomar conciencia de que, para huir de la fuerza del aire que antes casi los había arrastrado hacia el exterior, se habían posicionado, abrazados, en la esquina más alejada de la puerta. Pietro, recompuesto, fue el primero en reaccionar.

—Que sepas que con mi supermemoria no voy a olvidar que me ha abrazado una inspectora de Patrimonio.

Ella sonrió.

—Pero ¿lo tuyo no era una memoria selectiva, que solo recordaba lo que le interesaba?

—Por eso mismo —replicó él, que a través de las sombras la miró un segundo a los ojos y, después, comenzó a palpar las paredes que los rodeaban.

Nagore, a pesar de la gravedad de la situación, observó de nuevo a Pietro con curiosidad. No sabía si el subinspector había hablado en serio o si solo había bromeado para destensar el ánimo, que en algunos policías era una práctica relativamente común cuando se encontraban en situaciones de máximo estrés.

—Tiene que haber una puerta que lleve al interior del barco —razonó ella—. Si no, ¿cómo iban a subir y bajar de las lanchas?

—Es culpa de esta porquería de diseños modernistas —se quejó Pietro—. Ya has visto cómo es el barco por fuera, con las puertas y ventanas disimuladas en el casco. Aquí dentro debe de ser igual. Si nos iluminamos con las linternas de los teléfonos y palpamos bien las paredes, tenemos que dar con algo.

Nagore asintió, y cada uno fue palpando la pared y observando si había algún cartel o señal indicativa, aunque solo pudieron ver una especie de cuadro con nudos marineros y dos salvavidas en una de las paredes, que parecían más decorativos que funcionales. Por fin, Nagore distinguió, en la penumbra, una línea roja en el suelo en forma de flecha o de felpudo, que tal vez fuese ambas cosas. Comenzó a presionar distintos puntos de la pared, hasta que sonó un clic y, por fin, se abrió una puerta.

Hay quien dice que todo lo vivido enriquece el alma, pero los años, y el tiempo, pueden también desgastar lo que somos. Cuando ya nada nuevo nos sorprende, cuando cada paso y gesto nos parece repetido, cerebro y corazón se adormecen en una rutina insípida y hueca. Sin embargo, qué extraordinaria energía nos inunda cuando, por fin, regresa la curiosidad, el afán por saber. Raquel Sanger no era muy hábil con las nuevas tecnologías, pero, mientras esperaba en su despacho a que Álex terminase en el juzgado para ir a comer juntos, había estado investigando las aplicaciones que identificaban objetos con una simple imagen. Cuando ya había instalado tres posibles opciones, llenas de anuncios y de sugerencias de suscripción a un sinfín de juegos online, la forense dio por fin con una aplicación que le pareció más o menos fiable. Con avidez, incluyó dos imágenes de la pequeña florecilla que había encontrado en la suela del zapato de Rodolfo Pacheco. El sistema tardó solo diez segundos en darle una respuesta. *Armeria pungens*, que al parecer tenía un sinfín de variedades: andina, atlántica, macrópoda, gussonei, denticulata… La planta crecía en matas a ras de suelo y se desarrollaba en pequeños racimos de flores diminutas, blancas y rosadas.

—Estás aquí —escuchó Raquel decir a una voz masculina desde la puerta, que acababa de ser abierta.

Era Álex.

—Yo ya estoy, ¿vamos a comer? Me muero de hambre.

—Espera, pasa. ¡Me he bajado la aplicación que dijiste!

—¿Y bien?

—Por lo que dice aquí, es una flor propia de la costa.

—¿Y eso te extraña, viviendo en Vigo? —se burló él, que se asomó a la pantalla del móvil donde ella consultaba los datos.

—No, idiota —replicó ella, en tono cariñoso—. Pero aquí dice que la *Armeria pungens* florece entre los meses de julio y septiembre, y estamos en febrero.

Él mostró un semblante reflexivo.

—A lo mejor pisó la flor en un invernadero. O también puede haber cambiado la época de floración de la planta, porque te recuerdo que ahora hemos pasado un frío del carajo, pero hace tres semanas estábamos en camiseta. El tiempo está loco, ya lo sabes.

—Sí, puede ser —reconoció ella, pensativa—. ¿Sabes con qué nombre se conoce a esta especie?

—Ni idea. ¿Flor asesina?

—Hierba de enamorar. Dicen que si se la pones en el bolsillo a la persona amada sin que se entere, se enamora de ti.

—Pero ¿qué aplicación te has bajado, Love Lens? —se rio él, inventándose el nombre del sistema de reconocimiento.

Ella se rio también.

—Es una aplicación muy técnica, pero añade las tradiciones vinculadas a la planta, ¿ves? —insistió, mostrándole los detalles de la información que había obtenido—. Antiguamente se llegó a usar para combatir la epilepsia y sus flores se consideraban comestibles. También la utilizaban para mejorar la fecundidad de las mujeres, y en Galicia la llamaban la flor de la *empreñadeira*.

—A ver si va a ser afrodisíaca.

—Tú estás muy gracioso hoy, ¿no?

—Perdona —se rio él de nuevo—, estoy hecho polvo. ¿Lo vemos luego, que me muero de hambre?

—Sí, pero mira lo que dice aquí... Es una planta que resiste el suelo ardiente en verano y el gélido en invierno, es capaz de aguantar sin agua durante meses, sobrevive al viento constante y a los altos niveles de salinidad... ¿Ves? Mira, lo pone aquí. Así que es una flor típica de las dunas en la costa, pero no es tan común.

Álex se puso las gafas y cogió el teléfono móvil de Raquel. Leyó toda la información y después tecleó en el ordenador de la forense el nombre de la planta vinculándolo a Galicia. Cuando aparecieron en la pantalla los resultados de la búsqueda, ambos se quedaron sorprendidos y por parte de Álex se terminaron las bromas. También en él había anidado la curiosidad.

—Creo que vas a tener que llamar a Luisa para contrastar esta información —le dijo a su mujer sin apartar la mirada de la pantalla.

Raquel había sido más rápida y ya estaba marcando el teléfono de su contacto en el Jardín Botánico de Madrid. ¿No resultaba increíble que aquella *hierba de enamorar* existiese en un único lugar de Galicia?

Mientras la forense esperaba a que Luisa le cogiese el teléfono, tanto ella como Álex intentaban entender por qué Rodolfo Pacheco, antes de morir, había pisado la arena y las flores de las legendarias islas Cíes.

Pietro y Nagore accedieron por fin al White Heron a través de aquella extraña escotilla, que no era estanca como la de los barcos *normales*, por lo que el oficial manifestó sentirse dentro de un capítulo de *Star Trek*. Ambos policías descubrieron que al otro lado disponían de luz y que en apariencia todo estaba tranquilo. Aquellos pasillos, que en principio debían de estar pensados más para la tripulación que para los invitados a bordo, eran puro lujo y sofisticación. Moquetas oscuras y paredes y techos blancos que hacían contraste con paneles de pared que simulaban listones de madera. Decidieron avanzar hacia la derecha y con sus HK en mano, pues lo que acababa de suceder justificaba sobradamente que esgrimiesen sus pistolas y se moviesen por el interior de aquella nave con la máxima cautela. Caminaron apenas un minuto, algo desorientados, hasta que encontraron unas escaleras que subían a una planta superior. Cuando ya habían puesto un pie en el primer escalón, escucharon un jaleo de voces agitadas. Una de ellas era inconfundible.

—El señor Carbonell —murmuró Nagore, mirando a Pietro.

Él asintió y se llevó el dedo índice a los labios para indicar a la policía que guardase silencio y que todavía no desvelase su presencia ni su posición. Ambos se situaron a un lado de la escalera y vieron cómo descendían por ella Carbonell, Metodio y Linda Rosales. Iban solos, y daba la sensación de que estuviesen perdidos, como si buscasen algo.

—Señor Carbonell —lo llamó Nagore, ahora en voz alta.

El arqueólogo se volvió, sorprendido.

—¡Gracias a Dios! ¿Cómo han entrado? —preguntó, entre las exclamaciones de asombro y alegría de sus compañeros, que ya se acercaban a los policías.

—Esa no es la cuestión —respondió Pietro, con gesto apurado—, sino saber qué está sucediendo aquí. ¿Están bien?

—De momento sí.

—¿Y por qué se ha puesto en marcha el barco?

—Oh, una situación terrible y peligrosa —se lamentó el arqueólogo—, que no pinta nada bien. De hecho, estábamos buscando cómo huir de aquí. ¿Dónde están los demás?

—¿Los demás?

—Los otros policías, sus compañeros. ¿Están fuera?

—No, lo siento. Estamos solos.

—Dios mío. ¿Han venido solos? ¡Tenemos que huir!

—¿Huir? Se supone que estaban ustedes invitados a bordo por Grosvenor, ¿no?

—¿Cómo lo saben?

—Hemos hablado con su mujer.

—Mi querida Rosa —masculló, como si hablase para sí mismo. Al instante, reaccionó con energía—. Vayamos a buscar una salida mientras les contamos lo que ha sucedido, no tenemos un minuto que perder.

—No sabemos qué salida buscan, pero...

—La zona de embarque, en el lateral —dijo Metodio—. Ahí tienen lanchas y disponen de embarque a babor y a estribor.

—¡Nosotros venimos de ahí! —intervino Nagore—, pero han cerrado el portón, y no creo que puedan salir las barcas a la velocidad a la que se ha puesto el velero. Además, están sobre unos soportes, no sé cómo podremos bajarlas al agua.

Metodio, que para el caso parecía haber perdido su eterna timidez, miró a la policía a los ojos.

—La nave está fuera de control, es la única vía que tenemos para salir de aquí con vida, porque me temo que la intención de Miraflores es hundir el White Heron.

—Vamos a aclarar las cosas —se plantó Pietro, que no entendía nada—. Lo primero, ¿cómo que Miraflores quiere hundir el barco? Se supone que ni siquiera está en la ciudad.

Linda Rosales se acercó, se puso frente a Pietro y posó las manos sobre sus brazos.

—Señor Rivas, se lo explicaremos todo, pero llévenos a la zona de embarque, rápido.

Pietro resopló.

—Ya les hemos dicho que han cerrado el portón, y les aseguro que a la vista no había ningún mando ni medio para accionarlo. Hemos palpado prácticamente toda la pared.

Metodio se llevó las manos a los labios, y por su expresión pareciera que hubiese tenido una revelación.

—Es posible que solo se desbloquee desde el puesto de mando. De todos modos, debe de haber algo en ese garaje que accione el portón, pero si la nave está en marcha se cerrará automáticamente desde el control central o desde el auxiliar de popa; me he fijado en el sistema esta mañana, cuando Grosvenor nos presentó al capitán del barco.

—¿Y qué sugiere, ir al control?

—Podríamos intentarlo.

De pronto, la nave pareció reducir su velocidad. Todos se quedaron unos segundos en silencio, evaluando si de verdad el barco aminoraba su marcha. En efecto, sin explicación aparente, la sala de máquinas del motovelero había disminuido sus revoluciones. Pietro alzó las manos en petición de tranquilidad.

—Ya lo ven, parece que el asunto comienza a calmarse. Tal vez no vayamos a hundirnos después de todo. De cualquier modo —añadió, pues ya veía que Linda iba a quejarse—, está claro que para actuar con seguridad tenemos que intentar salir de aquí, pero antes necesitamos aclarar algunos puntos, porque, si vamos a buscar ese puesto de control, ¿qué nos encontraremos? Antes hemos escuchado tiros.

Linda, muy alterada, volvió a tomar a Pietro de los brazos, agitándolos.

—Da igual que este horrible velero vaya más despacio. Necesitamos salir de aquí como sea, ¡le digo que van a hundir este barco!

Carbonell, que desde luego en situaciones extremas parecía un hombre inalterable, se acercó y posó a su vez una mano sobre el hombro de Linda.

—Déjame que les explique muy brevemente, querida —comenzó, para después dirigirse a Nagore y Pietro, que seguían empuñando sus pistolas—. Vinimos ayer al White Heron... Esta mañana, tras el desayuno, el señor Grosvenor nos enseñó los resultados de algunos estudios interesantísimos que realizó sobre su excavación del galeón fantasma, hace casi un año, y...

—¿Cómo? ¡Un año! —se sorprendió Nagore—. ¿Lo ha encontrado y encima les ha reconocido el expolio del yacimiento?

—Sí, pero después ha dejado todo como estaba.

—¿Que ha hecho qué?

Nagore no salía de su asombro. Pietro le hizo una señal para que permitiese que Carbonell terminase su breve versión de los hechos. El arqueólogo continuó con su relato:

—Bien, pues hoy, cuando terminamos... No nos apuramos demasiado, porque todavía pesaba la niebla sobre la ría, pero, cuando ya iba un marinero a llevarnos al barco de Metodio, llegó Eloy Miraflores acompañado de dos hombres y se enfadó muchísimo al vernos aquí; de pronto el señor Grosvenor nos dijo que teníamos que esperar en una sala, a la que nos condujo uno de sus ayudantes. Estuvimos allí un buen rato, y después se escucharon lo que nos parecieron disparos y el barco se puso en marcha, de modo que el tipo salió corriendo y nos dejó solos…

—No les has dicho lo de las armas —le apuntó Metodio, como si no pudiera decirlo por sí mismo.

—Ah, sí, iban todos armados. Cuando nos escurrimos y fuimos por los pasillos medio escondidos, vimos a gente que no era de la tripulación, así que dedujimos que pertenecían a la banda de Miraflores; serían nueve o diez, por lo menos. Los de Grosvenor tal vez fuesen más, pero al comprobar que sacaban pistolas de todas partes nos escabullimos y nos fuimos.

—Pero diles también lo que escuchamos —volvió a insistir Metodio—. Lo del barco.

—Oh, eso fue terrible. Creo que debió de ser Miraflores quien lo dijo, gritaba como histérico.

—Sí —completó Linda—, decía que había arrancado la nave y que iba a hundirla con todos dentro. Salimos y vinimos a buscar las lanchas para escapar de aquí, hasta que los encontramos. Así que, por favor, ayúdennos a buscar ese puñetero control, porque si no les juro que me cojo un chaleco salvavidas y me tiro por la borda.

—Yo aquí ni siquiera sé dónde está la borda, querida —objetó Carbonell, señalando el barco con la mano, para después dirigirse a Pietro y Nagore—: Solo hay escotillas automáticas por todas partes y, por lo que hemos visto esta mañana, varias plataformas que son terrazas, una con piscina; pero las paredes de babor y estribor son altas y lisas, no sé cómo íbamos a escalarlas. Al menos, yo no creo que pudiese.

Nagore y Pietro seguían sin entender bien el contexto de toda aquella historia. Se confirmaba que Miraflores y Grosvenor se conocían y que el galeón fantasma había sido saqueado, pero ¿qué tenía todo aquello que ver con Lucía y con lo que ella había robado en el Archivo solo un par de meses atrás? ¿Y por qué Miraflores quería hundir un velero valorado en millones de euros? De pronto, comenzaron a oír nuevos disparos, lejanos, en la zona de proa de la nave, y los policías dejaron de hacerse preguntas.

—¿Alguna idea de cómo llegar a ese control? —preguntó Pietro a Metodio.

El buceador subió las escaleras a toda prisa y les hizo una indicación para que lo siguiesen.

—Imagino que tiene que ser por aquí, vayamos al auxiliar, hacia popa.

La extraña comitiva se puso en marcha, muy atentos a lo que la cartelería de la nave pudiese indicar, aunque Nagore se desvió unos metros. Había visto una puerta oscura con dos escalones ascendentes.

—Por ahí no, señora Freire —le advirtió Metodio—. El barco creo que tiene cinco plantas, y el control estaba en la tercera, un piso más arriba.

La inspectora asintió, pero algo, no supo el qué, la llevó a girar la manilla a presión de aquella puerta, que sí era estanca. La abrió con prisa, convencida de que al otro lado, solo habría motores y cuadros eléctricos. Sin embargo, y a pesar de que en su ademán ya estaba el volverse para seguir corriendo, se quedó atónita y paralizada ante la estampa que se alzaba ante sus ojos.

—Dios mío de mi vida.

De forma inesperada, el White Heron frenó por completo su carrera y, pese a su extraordinaria estabilidad, todos notaron claramente cómo la nave se había detenido. Se miraron extrañados y se acercaron hasta donde se encontraba Nagore, que no se había movido del umbral de aquella misteriosa puerta. Cuando vieron qué había al otro lado, decidieron que había llegado el momento de dejar de correr.

El White Heron disponía de dos piscinas. Había una clásica, en la cubierta, y su considerable tamaño podía hacer suponer, desde el cielo, que era la única de la nave, de ciento cincuenta metros de eslora. Sin embargo, aquel navío había sido hecho a medida y siguiendo unas indicaciones muy concretas. Su objetivo primordial no era navegar, sino funcionar como un enorme contenedor. Bajo la apariencia del lujo, en su interior se escondía el laboratorio naval más extraordinario construido nunca. Pietro, Nagore y los Goonies accedieron al espacio cubierto que albergaba la otra piscina de la nave, de agua salada y tan larga como una olímpica pero mucho más estrecha. En su interior se alzaba un impresionante galeón, que originalmente había tenido cuarenta y dos metros de eslora y diez de manga. Por supuesto, era el Nuestra Señora de los Remedios y San Francisco Javier. Se encontraba semisumergido y lo sostenían decenas de cables de acero con varias grúas. Resultaba evidente que se encontraba en pleno proceso de restauración, y a un lado de la piscina había varias vitrinas, pizarras de trabajo, tableros y mesas con multitud de líquidos, fotografías, cerámicas y materiales que resultaban inclasificables en un primer vistazo, pero que a todas luces parecían elementos del interior de la nave. Había al menos media docena de sillas altas tras las mesas, y daba la sensación de que quienesquiera que hubiesen estado trabajando allí habían dejado su puesto a toda velocidad, pues se veían mezclas químicas a medio hacer y tazas de café que todavía parecían templadas. En una esquina, y dentro de una gran caja con múltiples protectores de plástico y gomaespuma, descansaba medio desembalado lo que aparentaba ser la talla del mascarón con forma de león rampante.

En la pared del laboratorio, en alto y con grandes letras negras, rezaba: EX AQUA OMNIA, y fue el propio Carbonell quien, sin que nadie se lo solicitase, tradujo para sí mismo y en voz alta el significado: «Todas las cosas vienen del agua». En una esquina, una puerta metálica que recordaba a la de una cámara frigorífica permanecía cerrada. Sobre la superficie de la propia puerta, una pantalla llena de dígitos parecía custodiar lo que hubiese en su interior. Metodio se acercó e intentó mover una palanca para abrirla, pero resultó obvio que solo a través de aquel modernísimo panel podía accionarse su apertura.

Pietro y Nagore, tan asombrados como sus acompañantes, no daban crédito a lo que veían, y ambos policías supusieron que los restauradores del galeón habían, en efecto, abandonado sus puestos cuando el White Heron había accionado sus motores de forma tan sorprendente. Desde luego, el pecio que tenían ante sus ojos todavía no ofrecía una presentación tan aceptable, literaria y evocadora como la nave del Vasa sobre la que James y Lucía habían conversado, pero iba camino de ello.

—Nos ha mentido... ¡Grosvenor nos ha mentido! —murmuró Carbonell, absolutamente encandilado con el galeón, al que se acercó de forma reverencial, como si fuera una aparición—. Dios mío, qué maravilla. Esto es increíble —dijo en voz alta, emocionadísimo y dirigiéndose a los demás—, ¡un hallazgo único en el mundo! Mírenlo bien, ¡mírenlo! Este será uno de los recuerdos más maravillosos de sus vidas.

—Como decía Cousteau —sentenció Metodio, con la mirada brillante por la emoción—, estar ante un naufragio es como contemplar una catedral.

El buceador se quedó embobado observando el casco del galeón, que carecía de arboladura y de una pequeña parte de la zona delantera de proa, donde el mascarón, que solía ser una de las tallas más impresionantes, también había desaparecido. Sin duda, debía de ser aquel que habían intuido a medio desembalar en la caja que habían visto en una esquina.

Linda Rosales, todavía con la boca abierta, pero con una vocación más práctica, se puso a hacer fotos casi con desesperación, y de pronto parecía haberse olvidado de su imperiosa y urgente necesidad de abandonar aquel barco para salvar su vida. Se acercó a la parte más alejada de la piscina, donde debería de haber estado la proa de la nave, y allí vio dos grandes plataformas, en las que parecían atracadas unas cápsulas alargadas y grises, de diseño moderno y futurista.

—Cielo santo, ¿serán submarinos?

—Yo juraría que sí —confirmó Metodio, que se acercó a uno, saltó sobre su metálica superficie y ojeó desde la escotilla abierta qué podía haber en su interior—. Por dentro parece un tanque del ejército —comentó, volviendo a saltar fuera de la piscina.

Desde el borde comprobó que había un espacio reservado para el galeón y otro independiente para aquellas cápsulas alargadas, que con tan solo sumergirse y gracias a un avanzado sistema de esclusas debían de poder dirigirse directamente al fondo del mar, pues era la única fórmula que a Metodio se le ocurría para que accediesen a la nave.

—Son los submarinos que salían en el vídeo, estoy segura —afirmó Linda, entusiasmada por aquel descubrimiento. La investigadora bordeó toda la piscina y se acercó a la popa de la nave, que era lo que más sobresalía del agua—. Así que Grosvenor había dejado todo en el fondo del mar y tal y como estaba... —murmuró con una sonrisa y sin apartar la mirada del barco—. Qué cabrón —musitó—, ¡y para conservarlo lo tiene dentro del agua!... Esta popa es única, ¡impresionante!

La atención del grupo se centró en la parte trasera del galeón, que en efecto parecía sacado de un sueño infantil de corsarios y bucaneros. Con toda probabilidad, las tallas de madera que mostraba habían sido encontradas en alguna parte del fondo marino y recolocadas por el equipo de Grosvenor en su ubicación original, porque Carbonell no recordaba haberlas visto en el vídeo del pecio que el inglés les había mostrado en su despacho. Un balcón de popa con dos galerías, que sin duda imitaban el estilo naval francés, daba empaque y majestuosidad al conjunto, en el que numerosas volutas y guirnaldas adornaban los marcos de la galería, ahora sin ventanas. Destacaba en la popa, a estribor y, tal y como Antonio Costas había imaginado en su maqueta, la imagen de san Francisco Javier, aquel misionero español de la Compañía de Jesús cuyo cuerpo, tras su fallecimiento en China en el siglo XVI, había quedado incorrupto y que en la actualidad era el patrón de Navarra. Todavía portaba un crucifijo en alto entre sus manos, y a sus pies varios indígenas —alguno sin una extremidad, perdida en el naufragio— lo escuchaban, subyugados a su discurso. A babor, una talla de igual tamaño parecía mirar al infinito: la Virgen madre, de pie, tenía a un niño Jesús en sus brazos, y cabía imaginar que aquella sería Nuestra Señora de los Remedios. El conjunto de popa estaba coronado por un enorme león rampante, aunque parte de su rostro se había perdido bajo el peso de los siglos en el océano. Solo una zona quedaba sin decorar, y era el espejo de popa, donde Carbonell imaginó que en su día debía de haber pinturas religiosas.

Pietro, aunque no necesitaba realizar fotografías para recordar nada, sacó su teléfono móvil y comenzó igualmente a tomar imágenes, porque de alguna forma tendría que documentar aquello que estaba sucediendo. Y no solo fotografió el navío, sino toda la sala y el laboratorio. Le llevó apenas unos segundos, en los que comprobó que Nagore, al igual que los demás, se había quedado impresionada con la bestia de carga que era en realidad aquel galeón. La inspectora, con su particular atuendo, parecía una viajera del tiempo que acabase de tropezar con el botín de su particular mapa del tesoro. Sin embargo, Nagore, a pesar de su formación en Historia del Arte y de su evidente y genuino interés en el patrimonio y en aquel hallazgo en particular, no parecía haberse dejado arrastrar por la magnética magia de aquellos restos de la Flota de Indias, sino que también había cogido su teléfono móvil para constatar, primero, si tenía cobertura, y después para sacar también alguna imagen como prueba. Se acercó a Pietro.

—Seguimos sin red, es imposible comunicarse con el exterior.

—Ya lo he visto. Deberíamos irnos de inmediato.

—¿Irnos? —intervino Carbonell, escandalizado—. ¿Cómo vamos a irnos con esto aquí? —cuestionó, señalando el galeón.

—Señor Carbonell —replicó Pietro, muy serio—, lo primero es su seguridad y la de sus compañeros, y le recuerdo que, aunque la nave se haya detenido, varias plantas más arriba hay hombres de Miraflores y de Grosvenor saludándose a tiros. Se resuelva el asunto a favor de uno o de otro, no tardarán en venir a buscarlos y, si me apura, uno de los lugares que más les interesará proteger será este en el que nos encontramos. Debemos marcharnos ya.

—Ni hablar —se negó el arqueólogo—. Grosvenor nos ha demostrado que es un caballero, y yo no lo denunciaré por esto que ha hecho; el hallazgo es colosal y estaré de su parte.

—Grosvenor les ha mentido —lo cortó Nagore, con dureza—. No entiendo por qué les ha revelado que había prospectado el galeón, no tenía por qué hacerlo. Desconozco con qué excusa se plantarían ustedes ayer aquí, pero ya solo el hecho de que los recibiese es más que sospechoso.

—Ah, ¡pero es que le dijimos la verdad!

—¿Qué verdad?

—Que necesitábamos saber qué le había sucedido a Lucía Pascal, que investigaba este barco —explicó, señalando al galeón—, y él confió en nosotros a cambio de que le informásemos si averiguábamos qué había sido lo que ella había encontrado.

—Tal vez no encontrase nada —especuló Linda—, no podemos olvidar su demencia.

Nagore resopló y cruzó un gesto de preocupación con Pietro. Ninguno de los dos terminaba de entender bien cómo era que los Goonies habían acabado subiendo al White Heron y, en el colmo del disparate, habían terminado durmiendo en él; pero tenían claro que, fuera lo que fuese lo que Lucía había robado del Archivo Diocesano, había desencadenado una lamentable sucesión de muertes.

—Señor Carbonell —dijo Nagore, con tono firme—, Lucía y James Grosvenor se conocían y se vieron prácticamente cada semana durante más o menos un año. Ella se llevó algo del Archivo Diocesano de Tuy, que es lo que creemos que interesa a Grosvenor, y los ha utilizado a ustedes para ver si logra dar con ello. ¿No lo ve? Mientras no les revelase que había sustraído el galeón sería como un arqueólogo más, uno que se salta un poco las normas, pero que respeta las leyes y deja todo donde estaba.

—Una cosa está clara —añadió Pietro—; les mintió porque era la única forma de darles algo de información a cambio de lo que ustedes pudiesen averiguar, pero... Ahora que saben su vínculo con Miraflores y lo que él tiene aquí dentro, ¿cree que los puede dejar marchar así, sin más?

—¿Qué es lo que...? —dudó Carbonell, que miró a Linda y a Metodio, como solicitando su opinión—. ¿Qué sugiere, que ahora no nos dejará salir de aquí con vida?

Linda Rosales, de pronto, pareció retomar su anterior instinto de supervivencia:

—Sería maravilloso poder estudiar esto —reconoció, señalando al galeón—, pero no sabemos qué ha pasado ahí arriba y tienen razón, tenemos que salir de este barco cuanto antes.

—Pero podríamos escondernos y esperar, porque las fuerzas del orden ya deben de estar a punto de abordar la nave —objetó Carbonell, desesperado por quedarse—, ¿no, inspectora?

Nagore asintió, aunque su expresión era seria y desde luego nada alentadora.

—Imagino que la Autoridad Portuaria ha avisado a todos los recursos policiales y marítimos posibles, pero no podemos quedarnos aquí, Miguel. Lo siento mucho, pero de hecho creo que deberíamos buscar ese control de mando cuanto antes y aprovechar que ahora el barco está detenido para salir de aquí sin perder ni un segundo.

—¿Y si...? —dudó Carbonell, que de pronto dirigió su atención hacia la parte más alejada de la piscina—. ¿Y si nos fuésemos en uno de esos submarinos?

Pietro enarcó las cejas.

—¿Alguno de ustedes sabe pilotarlos? —preguntó, mirando a Metodio.

El buceador se encogió de hombros.

—Yo solo sé llevar lanchas, imagino que esos submarinos requerirán conocimientos específicos... Por no hablar del sistema de esclusas que deben de operar para que entren y salgan del White Heron. No, no me atrevo —resolvió, con una mueca de apuro y preocupación—. Hasta prefiero nadar que subirme a uno de esos cacharros, si les digo la verdad.

Pietro asintió y dirigió sus pasos hacia la puerta por la que habían entrado.

—Iremos la inspectora y yo delante —ordenó, y con el tono firme e impaciente de su voz zanjó la posibilidad de que hubiese más argumentaciones ni charlas. Debían salir de allí antes de que los pistoleros de cualquier bando fuesen a buscarlos.

A regañadientes, Carbonell se situó en el último puesto de la fila, dispuesto ya a marcharse, pero sin dejar de mirar el espléndido galeón. De pronto, todos notaron cómo los motores del White Heron volvían a arrancar y la nave se ponía de nuevo en marcha. Los semblantes del grupo mostraban sincera preocupación, y Pietro apretó con fuerza su pistola; le hizo una señal a Nagore para que se preparase, al salir, para disparar o protegerse, según fuera necesario, aunque ella ya parecía estar alerta y concentrada, con la atención puesta en lo que pudiese haber al otro lado de la puerta. Cuando Pietro la abrió, un hombre completamente ensangrentado y agonizante se asomó a ella, y comprendieron que, tal vez, ya fuese tarde para huir.

Eloy Miraflores era un superviviente. Había construido su imperio de la nada, había pagado en la cárcel por sus errores y ahora, maldita fuese su estampa, se había vuelto blando. No se arrepentía de tener familia, pero sí de no haberla sabido blindar de la forma adecuada. El hecho de tener que protegerlos lo volvía débil, vulnerable. Y él, oh, él había sido un estúpido. Se había dejado impresionar por James Grosvenor, por sus aires pedantes y sus trajes caros, por su intimidante manera de hablar. Pero no, no era más que un pijo multimillonario obsesionado con las obras de arte. Al fin y al cabo, ¿qué tenían que hacer los ricos si no encapricharse con algún asunto? No podía tolerar más aquella sensación de constante humillación ni la ridícula sumisión ante el inglés.

Ahora había tenido que enviar a su mujer y a sus hijos a un lugar seguro en Portugal y, en el colmo a su paciencia, había sabido que hasta dos sicarios búlgaros habían recibido el encargo de eliminar a Julián, que no era más que un crío. Aquella misma mañana, harto de sentir aquel hormigueo de pura ansiedad en la boca del estómago, y muy consciente de que él y su familia podrían ser los siguientes, había tomado una decisión.

¿Pensaba vivir el resto de su vida mirando a sus espaldas, temeroso? No, señor. ¿Iba a permitir que les sucediese algo a sus hijos por culpa de aquel demente? Tampoco. Con aquella determinación, Eloy Miraflores había ideado un plan: la misma tarde en la que los Goonies asaltaban el White Heron con infantil ingenuidad, él había reunido a la mayoría de sus hombres y a un par de los que él llamaba *agentes especiales* en el Deep Blue Treasures. Al día siguiente, por la mañana, terminarían con aquel trabajo de una vez.

Al fin y al cabo, ¿cuáles habían sido las instrucciones de James Grosvenor? Que abandonase la fase final del proyecto, porque él debía regresar a su puesto en el palacio de la Oliva. Bien, eso haría, pero siguiendo los tiempos y el orden de acontecimientos que él considerase. Aquel *final de proyecto* no consistía en otra cosa que en la recuperación del mascarón de aquel dichoso galeón y de otros cientos de piezas de proa que se habían visto diseminadas a lo largo de casi cinco kilómetros por el fondo marino. Estaban a punto de dar por finalizada aquella interminable operación; normalmente entregaban aquellos pequeños materiales desperdigados mediante los increíbles y modernísimos submarinos sufragados por Grosvenor, que accedían al White Heron mediante escotillas interiores. De hecho, el único motivo para que el velero del inglés permaneciese todavía en la ría era la entrega de aquel mascarón, que ya había sido localizado; la operación más delicada, que había sido la de llevar el grueso del casco de la nave, ya se había realizado tiempo atrás y solo cuando, tras las reparaciones bajo las profundidades del océano, habían asegurado lo suficiente el casco para que este no se desintegrase al trasladarlo.

—Su presencia aquí es inaceptable —le había dicho Grosvenor al verlo junto a dos de sus hombres a bordo del White Heron—. Acaba de hacer peligrar toda la operación y me ha puesto en un grave compromiso —añadió, señalando la puerta por la que se habían ido los Goonies.

—Lo que es inaceptable es su forma de trabajar, señor Grosvenor. Ha eliminado ya a uno de mis hombres y ha puesto sicarios a la caza de otro de ellos. ¿Pensaba que iba a quedarme quieto, sin más?

—Lo que pensaba era que usted sería más inteligente. Las normas eran claras desde el principio: no podía haber ningún enlace que me vinculase a este proyecto.

—Joder, qué finura —ironizó Miraflores, que por primera vez se dirigía a Grosvenor con una sonrisa salvaje, como si por fin hubiese salido de su papel jerárquicamente inferior—. Lo llama proyecto, pero es un robo a gran escala, nada más.

—¿Por qué lo habéis dejado pasar? —preguntó Grosvenor a uno de sus hombres, como si le aburriese el discurso de Miraflores, que al instante volvió a intervenir.

—No me han dejado, no se preocupe —explicó, con ironía—. Me he colado con el último cargamento, en uno de los submarinos. Sus restauradores se quedaron algo sorprendidos al vernos, pero se creyeron a la primera que había venido por orden suya cuando les entregué su maldito mascarón, que está hecho una mierda, por cierto. Lo que sería interesante saber es por qué usted ha permitido entrar aquí a la del CSIC y a sus amigos.

—Se presentaron aquí, sin más. Para saber qué información tenían debía dejarlos subir. ¿O acaso pretendía que los matase a todos? —cuestionó con dureza—. Era mejor tenerlos controlados que haciendo preguntas por ahí. En cierto modo iban a trabajar para nosotros, aunque ahora me ha obligado a cambiar de planes.

—Por supuesto que va a cambiar de planes. Me entregará ahora mismo todo lo que tenga de valor de ese galeón, incluido lo que descubrió la vieja, si es que lo ha encontrado. Dígame ahora mismo la clave de la cámara del laboratorio, sé que tiene todo ahí.

James sonrió con displicencia.

—¿Y por qué iba a hacer eso?

—Porque va a morir hoy, y depende de su decisión hacerlo de forma rápida o con dolor —replicó el otro, que estaba sudando pero que mantenía el semblante serio y decidido. Grosvenor se rio, y su desprecio enfadó todavía más a Miraflores—. No me ha dejado más remedio, ¡voy a arrancar los motores y hundir este puto barco con todos dentro! —exclamó, histérico, al tiempo que sacaba un pequeño revólver que llevaba escondido en la chaqueta.

—Según parece —observó Grosvenor, imperturbable—, se cree usted que estamos en un wéstern. No creo que vaya a hundir este barco, porque si lo hiciese perdería el galeón.

—¿Y para qué coño lo quiero? Es solo madera vieja y medio podrida, necesitaría una fortuna para restaurarlo y mantenerlo, y aun así no podría moverlo en el mercado negro. ¿Cree que alguien lo querría en su salón?

Grosvenor se mantuvo tranquilo.

—Si retira sus amenazas —comenzó, hablando muy despacio—, hoy mismo terminaremos esta operación y no volveremos a vernos. Hable claro y dígame qué es lo que quiere.

—¿Lo que quiero? ¡Se lo he dicho! —exclamó Eloy, nervioso, pues la seguridad y el aplomo de Grosvenor lo empequeñecían—. Yo también soy un cabo suelto, sé que con el tiempo vendrá a por mí y a por mi familia, y le aseguro que no pienso vivir con miedo.

James Grosvenor lo observó con fingida extrañeza.

—Nunca dije que usted en concreto fuese un cabo suelto, a pesar de que, por causa de esa biblia que subastó antes de tiempo y sin mi consentimiento, podría serlo. Sin embargo, su atropellada presencia en el White Heron sí tendrá consecuencias para Linda Rosales y sus acompañantes. Y es algo que lamento, pues eran mi última oportunidad de averiguar qué había encontrado Lucía Pascal. En todo caso, resulta obvio que no es usted un socio del que fiarse —añadió, con una frialdad tan afilada que resultaba estremecedora—; carece de la templanza que, de forma errónea, le acredité al comienzo de nuestra relación. Sus absurdas amenazas, en un barco repleto de personal a mi servicio, solo lo ponen a usted en el ojo de mira, no a mí.

Eloy Miraflores sonrió con malicia, y desde su cuero cabelludo engominado siguieron resbalando gotas de sudor.

—¿Se cree que he venido solo?

Grosvenor comprendió que Miraflores no debía de referirse únicamente a los dos hombres que lo acompañaban. Hizo una levísima señal a uno de sus ayudantes y sonó un primer disparo, seguido de otros muchos. Había sido justo en aquel instante cuando el White Heron, sin desplegar las velas, había arrancado sus motores y había comenzado a navegar hacia la salida sur de la ría de Vigo. El personal de Eloy Miraflores, que también había subido a la nave escondido en los submarinos que supuestamente debían llevar carga del galeón, había empezado a ejecutar las instrucciones de su jefe. La lucha entre los hombres de Miraflores y los de Grosvenor fue salpicando distintas partes del barco, hasta que la nave frenó su marcha de manera abrupta y la búsqueda de la venganza alcanzó, de forma irremediable, el increíble laboratorio donde se escondía el galeón.

Miranda

Gonzalo de la Serna procuró convencer a don Rodrigo Rivera, por todos los medios a su alcance, de que no acometiese la empresa que tenía en su mente. Sin embargo, el oficial se mostraba firme y decidido, y no había tiempo. El plan que había pergeñado tendría que ejecutarse aquella misma noche.

—Estáis loco.

—No lo niego, es posible. Sin embargo, se puede enloquecer sin incurrir en ningún pecado. Vos fuisteis monje, otorgadme ese crédito.

—¡Moriréis!

—No si puedo evitarlo.

Gonzalo había comenzado a dar vueltas, con expresión de enorme fastidio.

—Sabéis que, de no ser por esta herida, iría con vos.

—Sabéis que no lo permitiría.

Y así, sin que los altos mandos tuviesen conocimiento, ambos hombres tejieron los detalles del plan.

Entre tanto, Miranda se desesperaba en su palacio, arrepentida de sus últimas palabras con Rodrigo. ¿Y si no volvía a verlo? ¿Y si su estudio de la metamorfosis de las polillas y mariposas fuese, tal y como decían los expertos, una absurda pérdida de tiempo? ¿Quién se creía ella, sino una simple dama que incumplía su obligación de casarse y formar una familia? Sin embargo, su corazón saltó de alegría cuando un soldado de la Armada acudió a buscarla. Al principio pensó que sería para entregarle algún recado de Rodrigo, pero pronto supo que los altos mandos la requerían para una finalidad muy pragmática.

—¿Es cierto que habláis inglés?

—Sí, señor —le contestó a un teniente.

—¿De forma fluida?

—Mi madre era inglesa, me lo enseñó desde niña.

El hombre había asentido y, tras unas breves indicaciones, ella había consentido en hacer de intérprete en algunas de las negociaciones con los invasores, pues a los principales traductores los tenían en Bayona para el trasiego de prisioneros, pero era preciso disponer de servicios como los que ella podía prestar en más puertos. Así, y sospechando de un posible asalto en Bouzas, no solo permaneció allí la caballería, sino que Miranda —acompañada de Ledicia— accedió a la vieja villa marinera y la alojaron en una vivienda justo al lado de la Casa de Alfolíes, donde el trasiego de la sal, a pesar de la guerra, no había disminuido. Miranda no podía sospechar que a menos de dos leguas de distancia Rodrigo se disponía a realizar un asalto naval clandestino y suicida.

Cuando la oscuridad de la noche envolvía ya aquella jornada de noviembre, la joven, con un sentimiento de angustia e inquietud que no le permitía descansar, le recomendó a Ledicia que reposase en el improvisado alojamiento mientras ella se acercaba a la iglesia de San Miguel. Estaba a solo unos pasos de distancia, y sabía que en aquel templo se habían escondido algunos de los tesoros de los galeones de Rande, aunque tal hecho a ella no le interesaba en absoluto; acudía a la iglesia para rezar, para buscar un poco de paz y de silencio.

El pequeño edificio religioso estaba al borde del mar, donde suaves olas rompían en el arenal. Justo antes de entrar, Miranda escuchó una voz que se ocultaba entre las sombras.

—No esperaba veros aquí, doña Miranda.

—Pero ¿quién…? —se sobresaltó ella, que no había reconocido la voz, masculina y suave.

—¿Recordáis cuando os dije que era mejor que dibujaseis planos militares antes que vuestras orugas y plantas? —le preguntó el hombre, que parecía algo ebrio—. Tal vez fuese una tarea inútil, y lo cierto es que, olvidados de la gracia de Dios, aquí estamos —declaró la voz con amargura, al tiempo que salía de la sombra que le otorgaba un ángulo de la propia iglesia.

—¡Por el amor de Dios, señor Mascato! ¡Me habéis sobresaltado!

—Disculpad, señora —le pidió él, que de pronto pareció darse cuenta de la incorrección de sus formas—. Estaba sentado en ese banco —señaló, aunque en la oscuridad no se percibía más que una silueta de piedra—, os he visto y he pensado en alto, sin considerar el asalto.

—Pero ¿estáis bien? Parecéis...

—Algo borracho, sí. Podéis decirlo, señora. Pero el vino no ha adormecido mis penas, y sus vapores ya me van abandonando, perded cuidado. ¿Puedo preguntaros qué hacéis aquí, alejada de la seguridad de las murallas de Vigo?

Miranda le explicó para qué había sido requerida por la Armada, y resultó que también el propio señor Mascato, al conocer idiomas extranjeros, había sido llamado por si sus servicios de traducción fuesen necesarios.

—Según parece, en Bouzas no seremos tan útiles como pensaban. Mañana, al alba, nos llevarán a Bayona, donde continúan las negociaciones por los prisioneros... Aunque si al término de esta jornada, como creo que ya habrán hecho, resuelven sus desencuentros, retornaremos a Vigo.

—¿Pensáis, entonces, que ya ha terminado todo? —preguntó ella, esperanzada.

El impresor le contestó con cierta pesadumbre.

—Pienso, señora, que no ha hecho más que comenzar —replicó él, perdiendo la mirada en la nada.

A Miranda le dio la sensación de que la ebriedad del señor Mascato iba y venía, como si tuviese destellos de lucidez muy clara, pues hablaba con coherencia, aunque alargaba mucho las eses al dirigirse a ella.

—Pero, por lo que compete a esta comarca, donde ya nada más tienen que robar ni vencer, los invasores han terminado. Si al amanecer el viento es favorable, con suerte esos herejes partirán a sus tierras y nos dejarán rezar a nuestros muertos.

Miranda asintió. Sabía que el impresor había perdido un hermano en la batalla e imaginó que también él conocía el deceso de su padre en Redondela, pero no quiso hablar de los muertos. Se acercó al señor Mascato.

—Me disponía a rezar en el templo. Creo que vos deberíais descansar, y lo que hayáis bebido se evaporará con el sueño. Pero si gustáis de acompañarme en la iglesia, seréis bienvenido.

El impresor negó con tristeza.

—Dios no nos ha salvaguardado en este lance, y ya no sé si nos escucha, señora —se lamentó, para después adoptar un tono de confidencia—. El único consuelo que nos queda es el de la justicia que impartan algunos valientes.

Miranda lo miró con extrañeza. Ante todo aquel dolor y ante el sentimiento de humillación, de pérdida, ¿habría perdido el juicio el señor Mascato?

—¿Qué valientes? No comprendo.

—He escuchado que todavía quedan algunos rebeldes, que no admiten las negociaciones con estos hijos del diablo.

Miranda dio un paso atrás y, al ver que más vecinos iban a acudir a la iglesia, conminó al impresor para que regresasen a la discreción de la sombra que otorgaba el templo frente al arenal.

—¿Rebeldes? ¿Qué decís, Victoriano?

Al impresor le brillaban los ojos, en una mezcla de rabia, impotencia y desolación.

—El hidalgo, el de la gran cicatriz en el rostro…

—¿Don Rodrigo?

—El mismo. He escuchado que esta noche pretende hundir alguna presa de los invasores… Han fondeado en Cabo Estay, no muy lejos de aquí.

—¿Estáis seguro? ¡No puede ser! ¿Rodrigo?

—Don Rodrigo Rivera, tal es su nombre. Uno de los hombres de Gonzalo de la Serna es mi ahijado y, tras dar confesión al padre Moisés, me ha traído esta misma tarde a Bouzas. Le pregunté por su urgencia para relatar sus pecados y me confió algo de un plan para dejar que los ingleses volviesen a su pocilga con la cabeza un poco más baja. Y uno nunca sabe cuándo lo va a encontrar la muerte, señora.

De pronto, el impresor pareció darse cuenta de su imprudencia.

—Es menester que no digáis palabra alguna, Miranda. Toda la villa conoce vuestra amistad con don Gonzalo y don Rodrigo, y nada malo desearéis que tuerza sus destinos.

—Pero... ¡un ataque a los invasores podría hacerlos desembarcar de nuevo!

—Ciertamente. Los esperaremos con los brazos abiertos —replicó el impresor, de nuevo con un extraño brillo en los ojos.

Miranda dio unos pasos atrás y tuvo la sensación de que, en efecto, el señor Mascato estaba desorientado, como si hubiese perdido parte de su juicio y habitual sentido común. Con urgencia, la joven se despidió del impresor, que con la mirada perdida volvió a sentarse en la sombra para masticar sus pensamientos, mientras ella corría a buscar a Ledicia. Necesitaban una montura.

La fiesta fue ruidosa. Luminarias, gaitas y cánticos que rompieron la quietud de la noche. Gonzalo la organizó en una zona muy próxima a donde estaban fondeados los buques invasores y sus presas, pero que resultaba de difícil aproximación por mar. Cabo Estay era, por suerte, un punto de la costa lleno de bajos y muy difícil de navegar, salvo que se hiciese en una barca pequeña o en una falúa. Si los aliados acudían, no podrían hacerlo en gran número y su acceso sería complicado, por lo que los españoles tendrían tiempo para huir. Los hombres de Gonzalo se habían mostrado extrañadísimos por la organización de tal festejo, pero aceptaron las órdenes del corsario sin replicar y muy conscientes de que se trataba, en realidad, de una estrategia militar.

Los ingleses, sorprendidos, observaron durante un buen rato todo aquel alborozo y ánimo festivo. Hasta aquel momento, las milicias gallegas los habían provocado, disparando y gritando obscenidades desde tierra firme, pero nunca los habían visto retarlos celebrando una fiesta ante sus propias narices. En Rande, frente a un grupo de aquellos alborotadores, un teniente inglés había ordenado que se enviase un bote hacia ellos con apariencia de estar vacío; al acercarse, al menos una docena de tiradores con sus mosquetes se habían levantado para disparar y hacer huir a los españoles. Ahora que ya estaban a punto de regresar a casa, ¿debían arriar una de sus falúas e ir a ver qué estaba pasando? Podría ser una trampa. Los hombres de Gonzalo, y él mismo, fingían ebriedad y bailaban sobre las rocas y los arenales, al tiempo que blasfemaban e insultaban a los ingleses.

Cuando Miranda hizo su aparición a caballo, vestida de negro y con una gran capa, pareciera que hubiese llegado a la fiesta una gran dama venida de un reino oscuro. Gonzalo salió a su encuentro.

—¡Miranda! Por Dios bendito, ¿qué hacéis aquí?

—He sabido de vuestros planes.

Gonzalo repasó con enfado contenido a sus hombres. Alguno, sin duda, se había ido de la lengua. Al menos, ninguno sabía cuál era el verdadero plan, y solo les había ordenado que fingiesen una fiesta, en la que de momento no estaban a tiro del enemigo. El corsario le pidió a Miranda que bajase del caballo. Ambos conversaron a la luz de una enorme fogata, ante la que la joven, con su extraordinaria mirada verde, parecía salida de otro mundo.

—¡Sea lo que sea lo que hayáis organizado, abortadlo! Por Dios os lo pido, Gonzalo. ¿No veis que los invasores podrían destrozaros sin siquiera bajar de sus navíos y solo con la artillería de sus buques?

—Ya es tarde, Miranda. Y os aseguro que nadie podría haber frenado el ánimo de Rodrigo para esta gesta. Si sale como ha planeado, los enemigos ni siquiera sabrán que han sufrido un ataque.

—No comprendo, Gonzalo —replicó ella, agitada—. ¿Cómo no van a saberse atacados? ¡Darán réplica! ¿Y Rodrigo? Decidme, ¿dónde está? Preciso hablar con él.

—Os lo dije, Miranda —replicó Gonzalo, tomándola de los brazos y rogándole calma—. Ya es tarde.

Y Gonzalo desvió su atención hacia la mar, dándole a entender a Miranda que Rodrigo ya había partido hacia su objetivo. La joven, en silencio y sin apartar la mirada del oscuro horizonte marino, se sintió perdida.

—Decid, Gonzalo. ¿Podrá regresar de este asalto?

El corsario guardó silencio, y en su callada respuesta desveló a Miranda que nadie en su sano juicio consideraría abordar en solitario una flota enemiga con la idea de regresar para contarlo. Miranda lo comprendió y, sin poder contener ya su profunda angustia y tristeza, cayó de rodillas en el arenal.

Los aliados no se dejaron engañar por los ruidos de la fiesta y no salieron de sus buques. Sin embargo, sí mantuvieron toda la vigilancia de sus hombres en aquella algarabía de la costa, y al hacerlo concedieron a Rodrigo el favor que había pretendido desde el principio. A pesar de que el número de navíos era elevado, ningún soldado aliado se fijó en la diminuta barca que, a oscuras, llevaba a dos hombres hasta el gran galeón español. Remaba Pedro Roca, que se había empeñado en acompañar a Rodrigo.

—No seáis necio, oficial —se había atrevido a decirle—. Será más fácil conmigo que si vais solo, yo conozco bien esta costa. Reservad fuerzas para la tarea que os aguarda.

—Si nos descubren, nos matarán. No me hagáis cargar con vuestra muerte en la conciencia.

Pedro había fruncido el ceño, como si le molestase dar explicaciones, y su voz había sonado más gruesa que nunca.

—Bien sabéis que huyo de guerras que no me pertenecen, Rodrigo. Y tal vez hice mal en quedarme en Vigo durante la batalla, que esos herejes mataron a dos de mis primos en la lucha y a un hijo de mi hermana en el fortín de Rande. Yo mismo lo había criado, que su padre murió de fiebres siendo él muy pequeño. ¿Os creéis con más deudas que reclamar que los demás?

Rodrigo no dijo nada y aceptó la ayuda del marinero, que a pesar de su dureza también mostraba en su voz el dolor de la pérdida. Para su sorpresa, resultó muy fácil llegar hasta el galeón, donde apenas había tripulación y solo guardias en cubierta, ya que las bodegas y los accesos a la mayoría de las partes del barco habían sido sellados para evitar *hurtos indeseados*. Rodrigo se despidió con un simple apretón de manos de Pedro, con el que no cruzó ni una palabra más, y trepó por la popa de la nave ayudándose de los salientes de las esculturas y de los bordes de las balconadas y los ventanales. En su plan inicial, Rodrigo se había visualizado llegando a la cubierta y descendiendo a los camarotes tras romper los sellos y neutralizar a algún guardia, pero sintió que le sonreía la fortuna al ver una de las ventanas de popa ligerísimamente abierta. Terminó de abrir la rendija como pudo y, de pronto, se coló y cayó dentro de una sala completamente roja de aquel navío que muchos siglos después sería conocido por la policía de Vigo como el galeón fantasma.

El ruido que había hecho al caer ¿habría alertado a algún soldado? Rodrigo contuvo la respiración y se quedó quieto durante un minuto. Acostumbró sus ojos todavía más a la oscuridad y comprendió que estaba en el cuarto del cirujano de la nave. Solían pintarlo por completo de rojo para evitar que la cantidad de sangre que se derramaba en algunas de las operaciones alarmase de forma exagerada a los pacientes. Se levantó y dio un paso, dos. Alguien abrió la puerta y comprendió que sí, que habían escuchado el estrépito de su cuerpo al caer.

La lucha fue breve, porque no le permitió al inglés dar la voz de alarma. Le rasgó la garganta con su cuchillo y lo agarró a tiempo para que su cuerpo tampoco hiciese ruido al derrumbarse sobre el suelo. Se sorprendió de su propia frialdad y se preguntó si la guerra no lo habría convertido en un deplorable monstruo. Aquel hombre que acababa de matar ¿acaso no tendría también familia, amigos? ¿Acaso no hacía más que obedecer órdenes? Pero estaban en guerra y él no tenía tiempo para considerar sus pecados.

Salió con mucho cuidado del cuarto del cirujano y cerró la puerta. Procuró simular que estaba sellada y se preguntó cuánto tardarían los compañeros del guardia que acababa de matar en notar su falta; acto seguido, con mucho sigilo comenzó a buscar el camino hacia la sentina del galeón. Era la cavidad inferior de la nave, sobre la quilla, y allí solía haber con frecuencia un charco de agua maloliente que procedía de los propios desechos de la nave y de lo que se colaba a través del casco desde el mar. Los carpinteros navales sabían que si aquel espacio olía bien era mala señal: significaba que entraba agua limpia desde el exterior y que se ventilaba aquel punto de la nave por algún hueco abierto, de modo que era muy factible naufragar.

Rodrigo descendió de pañol en pañol y reventó algunos sellos en las puertas con el hacha que había llevado preparada y escondida entre sus ropas. Cuando por fin llegó a la sentina, el desagradable olor lo echó para atrás, pero alzó el hacha para acometer la tarea que había ido a hacer, que no era otra que la de realizar un boquete en el casco, si es que la madera estaba lo bastante podrida en aquella parte y era capaz de hacerlo. Sin embargo, cuando comenzó el trabajo, se dio cuenta de que hacía demasiado ruido y de que, a pesar de haber navegado tanto y de haber sobrevivido a una batalla, aquel galeón estaba en increíble buen estado.

—¿Y este era vuestro plan? —escuchó a sus espaldas, por lo que se volvió rápidamente con el hacha, dispuesto a atacar.

Sin embargo, era Pedro el que, obligado a agacharse en aquel espacio, le hablaba y lo miraba con cierta decepción.

—Por Dios, Pedro, ¡que por solo un instante no os he lanzado el hacha!

—Poco vais a poder quebrar con ella, oficial. Y hacéis demasiado ruido.

Rodrigo asintió ante aquella evidencia.

—He venido preparado para cualquier contingencia, Pedro. Prenderé fuego a la nave si es preciso. ¿Cómo es que habéis venido? ¡Sois un insensato!

El gigante sonrió.

—No pretenderíais quedaros con toda la diversión. Venid, que podemos reventar a estos cabrones de otra forma... Don Gonzalo nos contó que su plan pasaba por el pañol de pólvora.

—Era otra de mis opciones.

—Pues vamos, oficial.

Y Rodrigo, todavía sorprendido por la presencia del marinero, lo siguió con sincera admiración, porque ambos sabían que al subir a aquel barco habían comenzado a navegar hacia la muerte.

Rodrigo caminaba como si lo hiciera fuera de su cuerpo, como si su alma ya se estuviese despegando de la carne, preparada para morir. Lo que iban a hacer no era propio ni de piratas, porque los de verdad que había conocido en el Nuevo Mundo evitaban los conflictos y el derramamiento de sangre, que no eran buenos para el negocio. ¿Acaso no daba más beneficio robar de forma discreta los bienes ajenos? Pero ellos no iban a robar nada, sino a destruirlo todo.

Avanzaban de camino a la cubierta de artillería, pero escucharon los pasos y las palabras de dos guardias, que intentaban dar con el paradero del desaparecido. Si los veían y daban la voz de alarma antes de tiempo, la misión no podría completarse y ellos morirían en vano. Buscaron cobijo de forma desesperada, y en la zona de popa accedieron al camarote que, por espacio y ornato, sin duda debía de ser el del capitán. Los pasos y las voces se acercaban y, aunque no entendían bien qué decían en inglés, sí que notaban en el tono cierta inquietud. De forma atropellada, buscaron en el camarote dónde esconderse, pero resultaba imposible que no los encontrasen en caso de registro.

—Estamos perdidos —sentenció Pedro—. Preparaos para atacarlos tan pronto como abran la puerta —le advirtió, situándose tras ella—, si Dios quiere les cortaremos el pescuezo antes de que puedan gritar.

—No creo que Dios esté para estos asuntos.

No hubo tiempo para más. Los guardias abrieron la puerta y uno tardó menos de cinco segundos en caer bajo el cuchillo de Pedro. El otro, a punto de disparar y dar la voz de alarma, fue derribado por Rodrigo, y comenzó una lucha extraña y silenciosa a base de puñetazos, hacha y cuchillo, que terminó muy rápido y con el inglés muerto a los pies del oficial. Cuando Rodrigo se levantó, preocupado por el ruido que podían haber hecho al golpear sus cuerpos contra las paredes en la lucha, se dio cuenta de que Pedro miraba con gesto de sorpresa al fondo del camarote.

—¿Qué ocurre?

—Mirad.

Y Rodrigo, apurado, se dirigió hacia donde el marinero dirigía su atención y que era una de las paredes donde se había golpeado con el guardia. Para su sorpresa, se había abierto una puerta oculta, que guardaba numerosas mercancías. Ambos hombres accedieron a aquel espacio, que era sorprendentemente amplio, y comprobaron que estaba repleto de pieles curtidas, algodón, tabaco en hojas enrolladas y molido, azafrán, vainilla, cacao, jengibre... Pero los tesoros más importantes eran, desde luego, las piedras preciosas y los metales. Plata nativa en lingotes y en piezas de a ocho, oro en doblones, perlas, esmeraldas y amatistas. También algunas joyas trabajadas y un espectacular dije de oro y esmeraldas, que a Rodrigo le recordó los ojos de Miranda. En una zona más apartada de aquel cuarto había espacio para unos documentos; un grueso envoltorio de cuero guardaba lo que parecía una biblia en inglés, y otras cartas y papeles se hallaban muy bien sellados, protegidos contra la humedad y bajo nuevos candados. Rodrigo los rompió con su hacha y vio que iban dirigidos a la Corona. ¿Por qué un correo para su majestad iría oculto junto al estraperlo y no había sido descargado en el mes que la Flota de Indias había estado en Galicia? Rodrigo frunció el ceño y no se detuvo a comprobar su contenido, pero decidió guardarlo en el interior de su chaqueta, por si saliera de allí con vida. Pedro debió de pensar lo mismo, pero en relación con las joyas, y se adjudicó varias monedas y el hermoso dije de oro y esmeraldas. Era ligero y debía de valer una pequeña fortuna. Representaba la cruz de la Orden de Santiago y en el centro del símbolo guardaba la esmeralda más grande de todas, mientras las pequeñas sumaban unas doce —seguramente en representación de los doce apóstoles— y se distribuían a lo largo de una delicada cadena de oro.

Rodrigo tomó aire, concentrado, y no olvidó por qué estaba allí.

—Pedro, ayudadme a guardar los cuerpos en este cuarto. Cuando pase el tiempo y los busquen, es mejor que los crean desaparecidos que asesinados.

El marinero asintió, escondieron los cuerpos y hallaron el mecanismo oculto del cuarto de estraperlo para cerrar la puerta. Después, con gran sigilo, salieron del camarote y avanzaron por fin hacia la cubierta techada donde se encontraban los cañones. Al principio a Rodrigo se le había ocurrido desatar un incendio, pero dudaba de su efectividad, porque tan pronto como los ingleses percibiesen el humo correrían a apagarlo; por aquel motivo, el oficial había considerado una opción más radical.

—¿Qué pretendéis? —le preguntó Pedro en un susurro—. ¿Acaso vais a cañonear la nave desde dentro?

Rodrigo sonrió, sorprendido por la ocurrencia.

—No pensaba tener compañía en esta empresa, y ya imaginaréis que el uso de un doce libras por un solo hombre es más bien difícil —replicó, y señaló con la cabeza uno de los cañones, que identificó, como era habitual, por el tamaño y el peso de la bala que empleaba, que en efecto y en aquel caso era de doce libras—. Mi idea era tomar la pólvora y alguna de estas balas y provocar una explosión, pero veo que esta zona está bastante limpia de municiones —añadió, dando un repaso visual en la oscuridad—. Habré de ir a la santabárbara.

Y, con aquella declaración, comenzó a buscar el cuarto del barco donde se guardaban la pólvora y los elementos de artillería, y al que por lo general solía enviarse a los grumetes para que fuesen a por recarga para los cañones. En su búsqueda, el exterior parecía permanecer en calma, aunque la claridad que asomaba por alguna trampilla anunciaba ya el amanecer. De pronto, se dieron cuenta de que el galeón empezaba a moverse, pues era remolcado con ocho gruesos cabos por el barco que lo había apresado, el HMS —His/Her Majesty's Ship— Monmouth.

Pedro subió a otra cubierta techada y comprobó que la bruma lo envolvía todo; el viento soplaba de forma cambiante, y por su experiencia intuía que se acercaba a mucha velocidad una buena tormenta. No escuchó nada fuera de lo normal en el tono de los soldados que operaban en la cubierta superior y creyó que quienes ahora se encontraban haciendo guardia habrían supuesto, en una afortunadísima suposición a su favor, que sus compañeros desaparecidos se habían ido a dormir. Tras una batalla como la que habían vivido, ¿quién iba a suponer un asalto invisible en mitad de una tormenta?

Sin embargo, sabía que no tardarían en descubrirlos y cada vez se alejaban más de la costa, con lo que poder regresar a nado, como había sido su idea inicial, comenzaba a resultar imposible. Ni siquiera los botes de apoyo de don Gonzalo con los que contaban podrían asistirlos, salvo que perdurase la bruma para ocultarlos. Con todo, y como si la mala fortuna hubiese escuchado sus pensamientos y deseare ofrecerle mayores obstáculos, la niebla de la mañana empezaba a levantarse y a mostrar la costa de forma clara y nítida. Por su parte, el mar se exhibía cada vez más agitado, como si una indomable furia comenzase a revolver sus entrañas.

Pedro bajó a buscar a Rodrigo, al que encontró formando un camino de pólvora bien grueso desde el centro de la nave, muy cerca de la sentina: su objetivo era hacer un boquete lo bastante grande como para que el barco se hundiese.

—Se levanta la mar, Rodrigo —le advirtió Pedro—. Si termináis con premura, tal vez si nos echamos al mar con algún madero todavía podamos llegar a la costa. Los ingleses han cambiado el rumbo y, en vez de salir por la bocana norte, lo hacen por la sur. Creerán que esquivan la tormenta —reflexionó, con el ceño fruncido—, pero será peor, que esta boca está llena de garras de piedra bajo el agua.

De pronto, escucharon gritos sobre cubierta. Comprendieron que habían descubierto la falta injustificada de los guardias, porque oyeron muchos pasos bajando a los camarotes, donde en breve se darían cuenta de la rotura de varios de los sellos y donde encontrarían, seguro, el cadáver del guardia que estaba en el cuarto del cirujano. Rodrigo no perdió un segundo. Prendió fuego con su pedernal, que había llevado bien protegido, incluso con algo de yesca, y comprobó cómo la llama seguía su camino hacia la pólvora que había preparado. El barco navegaba a buen ritmo, y podían sentirlo desde sus tripas, porque el viento se había vuelto huracanado y arrastraba a su remolcador, el Monmouth.

Antes de que llegasen los soldados ingleses, Rodrigo tuvo tiempo para darle a Pedro un mosquete y dos pistolas; las había tomado prestadas de la santabárbara y ya las había cargado. Él también se había provisto de pistolas y arcabuces, y estaba preparado. Procuraron alejarse de la zona de la mecha, y no solo para protegerse: si los británicos la veían, sin duda su objetivo sería apagarla de inmediato y no enfrentarse a un gigante y a alguien como él. Ya había tenido la precaución de quitarse el uniforme militar e ir vestido como un civil, porque así, cuando diesen cuenta de su cadáver, evitaría al príncipe de Barbanzón el tener que dar explicaciones en nombre de la Armada. Las negociaciones y los acuerdos no debían peligrar por aquella acción aislada.

—Que Dios nos proteja —resopló Pedro, que tomó aire con resolución.

Rodrigo asintió y se posicionó en primera línea de fuego, pues sabía que un marinero como Pedro no estaba ducho en el uso de las armas. Tan pronto como llegaron los ingleses, se desencadenó un atronador baile de disparos, en el que Pedro y Rodrigo intentaban subir hacia la cubierta y avanzar hacia la salida. De repente, el oficial tuvo una idea y gritó entre el ruido de las armas y del viento, que ya se colaba por todas partes.

—¡Pedro! ¡El camarote del capitán! ¡La ventana!

El marinero asintió, aprobando el cambio de estrategia. En cubierta los esperarían muchos soldados más, que al descubrir intrusos no tardarían en abarloar las naves para añadir refuerzos… Pero ¿podrían hacerlo, con aquella tormenta? Los disparos rebotaban en las paredes, y Rodrigo estaba seguro de que se le habían clavado varias astillas, no sabía dónde, aunque le dolía horrorosamente el brazo izquierdo. Por su parte, Pedro imponía con su tamaño y su presencia, si bien su enorme arquitectura corporal también lo ofrecía como un blanco más fácil. A Rodrigo le parecía que le habían dado varias veces, pero el marinero seguía como si nada, dirigido por la inercia de la lucha y manejando las pistolas y los cuchillos con sorprendente habilidad.

Llegaron casi volando al camarote del capitán, con el galeón ya tambaleándose sobre las olas, y la explosión retumbó en el corazón de la nave. Tembló todo el buque, como si hubiese sufrido un doloroso calambre. La carga que Rodrigo había puesto tal vez no pudiese provocar un boquete irremediable, pero en aquellas circunstancias podría resultar suficiente para que se hundiese el galeón. Tras la explosión, Pedro y Rodrigo se miraron medio segundo, satisfechos. Los soldados que los perseguían frenaron su carrera, creyendo que los huidos eran un señuelo y que podía haber más hombres en la nave. Algunos volvieron sobre sus pasos, pero al menos cuatro continuaron su persecución. Rodrigo cogió dos pequeños barriles de madera, concibiéndolos como flotadores, y los arrojó por la ventana del camarote.

—Lanzaos, Pedro. Os sigo.

—Que la Virgen del Carmen nos proteja.

Y el marinero se lanzó al agua embravecida sin más consideraciones, dudas ni pensamientos. Solo saltó e intentó sobrevivir. Rodrigo tampoco miró atrás; parecía imposible que Pedro hubiese salido por aquella ventana, pero si el gigante lo había logrado, también él podría. Sin embargo, antes de arrojarse al mar intentó verificar en qué punto se encontraba, porque sabía que, una vez dentro de las olas y en mitad de la tormenta, orientarse podría resultar más complicado. Se sobresaltó al comprobar cómo se habían alejado ya de la costa, y le pareció imposible poder regresar a nado con aquel oleaje. No obstante, estaban muy cerca de las islas de Bayona y, sobre todo, de los bajos de Carrumeiro; si lograban encaramarse a ellos sin desgarrarse las manos y la piel con las embestidas del mar, tal vez sobreviviesen hasta que, ya sin los ingleses en el horizonte, alguien pudiese ir a rescatarlos. Rodrigo saltó justo cuando uno de los soldados ya entraba en el camarote, y nada más notar el helado océano en sus carnes comenzó a buscar, de forma desesperada, uno de los barriles que había lanzado al agua. Confirmó que Pedro estaba a solo unos metros de distancia, y le dio la sensación de que él sí había logrado agarrarse a su barril. De hecho, el marinero se había enganchado a aquel improvisado flotador con su cinturón: podría morir de frío, pero no se hundiría.

Sin embargo, la lucha contra el océano, que los volvía insignificantes y débiles, no era la única que debían afrontar. Enseguida escucharon, y sintieron, los disparos de los mosquetes ingleses sobre sus cabezas. Tal vez los alcanzasen, tal vez no. A Rodrigo le resultaba difícil saber si estaba o no herido, porque sentía el cuerpo tan helado que en aquellos momentos no podría haber jurado si un disparo le perforaba o no las entrañas.

De forma rápida, e impulsados por el viento irrefrenable, los aliados comenzaron a alejarse dejando de lado, muy cerca, los peligrosos bajos donde podría haber encallado cualquiera de sus naves. Rodrigo vio cómo el Monmouth cortaba los cabos que lo unían al Nuestra Señora de los Remedios y San Francisco Javier, que empezaba a hundirse mientras los guardias y soldados que estaban a bordo, desesperados, arriaban dos botes para dirigirse, lo más rápido posible, hacia la nave inglesa. Sin duda, a ellos ya los daban por perdidos y ahogados. Ahora, el galeón navegaba sin rumbo hacia mar abierto y se hundía de forma progresiva.

—¡Pedro! ¡Pedro! —gritó Rodrigo con todas sus fuerzas al marinero.

Intentaba hacerse oír en mitad de la tormenta, que de momento solo era un vendaval sin lluvia, que amenazaba con llegar. Comprendió que el otro no lo escuchaba, pero le alivió comprobar que sí lo había visto. Como pudo, le hizo una señal para que se dirigiesen a los bajos de Carrumeiro. Rodrigo no encontró su barril, pero empleó todas sus fuerzas, de forma desesperada, por alcanzar aquel trozo de roca. Al aproximarse, fue el mar el que lo empujó hacia el islote, que con sus punzantes rocas y crustáceos le provocó desgarros y heridas por todo el cuerpo. Pedro llegó un poco después, con los ojos medio cerrados y como a punto de desfallecer. Tras él, y como una burla, apareció el otro barril. Rodrigo, horrorizado, entendió que el valiente marinero estaba herido de muerte, porque los ingleses sí le habían dado mientras huía. Tenía varias heridas en el pecho y resultaba extraordinario que, con la imparable pérdida de sangre y el oleaje, aquel gigante hubiese resistido. Rodrigo tiró de él como pudo a una zona más segura del islote, aunque el mar era ya tan bravo que resultaba imposible acomodarse en ningún punto.

—¡Pedro! —exclamó, mordiéndose los labios y las lágrimas—. Habéis luchado como un valiente. No teníais que haber seguido a este demente, tan solo para hundir una nave. ¡Era mi venganza, no la vuestra!

Pedro sonrió, y en su rostro el gesto pareció una mueca triste.

—Los hidalgos siempre pretendéis toda la diversión —le dijo, y se interrumpió a sí mismo con una súbita tos, en la que expectoró sangre. Después, tomó fuerzas de algún lugar perdido dentro de sí mismo y agarró por la solapa a Rodrigo—. Que me den diez misas, Rodrigo. Y que mi barca sea de mi hijo el mayor, y los aparejos de pesca de bajura —volvió a detenerse con un nuevo ataque de tos—, esos para el pequeño —añadió elevando la voz, pues era la única forma de hablar bajo el bramido de la tormenta.

—¿Qué decís? No busquéis misas tan pronto, amigo. Ahora vendrá Gonzalo a por nosotros.

El marinero mantuvo una dolorosa sonrisa y cerró los ojos tras negar con el gesto.

—Ninguna barca llegará hasta aquí con esta tormenta, bien lo sabéis. Y si llega, yo ya estaré muerto —sentenció, para detenerse y tomar aire.

Después, dejó de prestar atención a Rodrigo y volvió su cuerpo hacia el cielo, que observó con los ojos muy abiertos mientras el viento golpeaba y hacía girar las nubes. Apenas había espacio en el islote y sus piernas flotaban en el mar, pero el marinero parecía estar tranquilo, como si descansase en un lugar conocido, en un refugio.

—No moriré, porque cuando esté muerto —murmuró, perdida ya la vista en la nada— me cantarán los vientos. Viajaré en las velas.

Murmuró algunas frases más, que Rodrigo no supo ni pudo entender, y expiró poco después. El oficial, que había reconocido la canción del albatros negro que había musitado el marinero, sintió el peso de su alma en la conciencia. Quizá fuese cierto y el espíritu libre de los marinos viajase siempre en las velas de los navíos del mundo. Rodrigo, con un nudo en la garganta y ya ajeno a su propia suerte, vio a lo lejos, mucho más allá de los islotes de Agoeiro, cómo se hundía por fin el galeón. Generó un gigantesco remolino antes de perderse en el océano, sin que Rodrigo pudiese imaginar que, en su caída, la nave fuese a partirse en dos por donde él había colocado la carga explosiva. El mar se tragó el buque, todavía lleno de riquezas, como si el agua fuese un cristal del tiempo que pudiese conservar pequeños tesoros para poder contar después su historia.

Rodrigo vio cómo el oleaje aumentaba su intensidad y le arrebataba el cadáver de Pedro. Observó la fuerza y el incremento de las olas, que no tardarían en arrancarlo también a él de aquel diminuto islote, y mantuvo la mirada firme en una marea gigantesca que se dirigía de forma directa hacia donde se encontraba.

Cerró los ojos y se preparó para morir.

12

¿Cómo poder transcribir ahora las impresiones indelebles que dejó en mí este paseo bajo las aguas? Las palabras son impotentes para expresar tales maravillas.

JULIO GABRIEL VERNE,
Veinte mil leguas de viaje submarino

Los últimos y desdibujados rastros de niebla se habían dispersado ya por completo, como si la bruma no se hubiese atrevido a esconder el espectáculo. La ría de Vigo era un baile de barcos institucionales a toda velocidad. Dos grandes lanchas de la Guardia Civil habían salido de sus puestos en el puerto de Marín y estaban muy cerca del White Heron, que no atendía sus múltiples llamadas por radio ni los requerimientos que se hacían mediante las señales fónicas propias de los reglamentos marítimos ni las que se llegaron a realizar hasta por megáfono. Otras dos naves de Salvamento Marítimo, de color rojo anaranjado, intentaban aproximarse a la popa del gigantesco motovelero, aunque la operación se hacía cada vez más compleja y peligrosa, porque el White Heron se dirigía de forma directa a los peligrosos bajos de Carrumeiro, al sur de las islas Cíes. Richard, el pescador que vendía zapatos, había respirado con alivio cuando antes había visto cómo la embarcación reducía velocidad e incluso se detenía durante unos minutos, el tiempo justo para que la pequeña regata de veleros pudiese evitar lo que parecía una irremediable embestida. Desde luego, ni el marinero ni la policía judicial que pretendía alcanzar la nave podían imaginar que aquella pequeña tregua se debiese a la lucha interna que mantenían el equipo de Grosvenor y el de Eloy Miraflores por dominar el White Heron.

Un helicóptero de la Policía Nacional sobrevolaba el lugar y el inspector Meneiro, que estaba dentro, insistía a los tres GOES que iban a bordo —dos hombres y una mujer del Grupo Operativo Especial de Seguridad— en que Pietro Rivas y Nagore Freire se encontraban en el gigantesco velero. Los GOES habían visto cómo la prealerta por la que habían sido convocados a Vigo, por causa de unos ladrones irreductibles, se había transformado de pronto en una intervención improvisada y completamente distinta. A Meneiro le llevaban quitando el sueño aquellos ladrones desde hacía muchos meses, pero en esos instantes le importaba muy poco la operación que había maquinado para capturarlos. Tenía a Kira Muñoz de camino al hospital, a Nico Somoza, Castro y Souto en el palacio de la Oliva con nuevos y sorprendentes registros, y no pensaba permitir que Pietro ni Nagore sufriesen algún daño.

—¿Está seguro de que su gente está a bordo de la nave? —le preguntó uno de los GOES a Meneiro.

—Segurísimo, me lo dijo la propia inspectora desde el barco, aunque después se cortó la comunicación. Y un marinero, conocido como Lolo, ha confirmado a la Autoridad Portuaria que los había dejado a bordo —aseguró. Después, señaló una polea del helicóptero de la que pendían unos gruesos cabos con arneses—. ¿Es posible abordar el velero?

No hubo tiempo para responder. Desde el cielo pudieron ver cómo el White Heron, que había desplegado sus velas y navegaba con los motores a pleno rendimiento, destrozaba gran parte del casco por la banda de estribor. Los afilados bajos de Carrumeiro, causantes de varios naufragios y en los que se habían hallado proyectiles de hierro de otras guerras, rasgaban el lateral de la nave como si la acuchillasen de forma longitudinal. El estruendo fue enorme, y a pesar de que el propio ruido del helicóptero parecía ahogar cualquier otro sonido, lo cierto era que ni Meneiro, ni el piloto, ni el copiloto y ni siquiera los GOES habían podido evitar una sensación de desgarro y de intensa destrucción. El velero continuaba, de forma inexplicable, avanzando hacia la bocana sur, y fue el piloto de la aeronave el que la sentenció.

—Van directos a los bajos de Agoeiro… De ahí ya no salen.

El inspector Meneiro, impotente y desesperado, observó desde el aire aquellos diminutos islotes rodeados de bajos y afiladas rocas semisumergidas, y se preparó para lo peor.

Cuando Pietro vio al hombre ensangrentado en la puerta del laboratorio del White Heron, su primer instinto había sido el de defensa, pero al instante había comprobado que aquel individuo, vestido con una bata blanca cubierta ahora de sangre, debía de ser solo uno de los restauradores del galeón. No iba armado y solo traspasó el umbral para desplomarse dentro de aquella enorme sala de trabajo. Parecía obvio que había llegado hasta allí huyendo de los hombres de Miraflores, por lo que Pietro podía hacerse una idea de quién estaba ganando la partida. Asomó la cabeza fuera, hacia el pasillo, y no vio a nadie, pero sí escuchó algunos disparos.

—¿Quiere dejar de gritar? —le pidió a Linda Rosales, porque desde que el hombre se había desplomado dentro del laboratorio la investigadora sufría un ataque de ansiedad. Después, Pietro intentó concentrarse y, aunque parecía estudiar la puerta y no apartaba la mirada de su estructura, habló dirigiéndose a Nagore:

—Tal vez podamos cerrar el acceso.

—No, imposible —negó ella—, ya me fijé antes. Solo se cierra desde el exterior, aquí no hay ni cerrojos ni esas ruedas para cerrar las puertas estancas. Ni siquiera podemos atrancarla, abre hacia el pasillo.

—¡Tiene que haber más entradas a este laboratorio! —exclamó Carbonell.

Al instante, y con sorprendente agilidad, se lanzó a lo largo de la sala para buscar más puertas. No tardó en encontrar una al fondo, tras las mesas de trabajo de los restauradores, pero estaba cerrada desde el exterior. Metodio se acercó corriendo, por si la cuestión fuese más de fuerza que de pericia, pero no: resultaba imposible salir por aquel acceso, ya que era una puerta estanca de acero que, en efecto, estaba cerrada desde el exterior. De pronto, tuvieron la impresión de que los motores de la nave rugiesen con más gravedad, como si alguien los hubiese puesto a su máxima potencia. La sensación de que estaban navegando a toda velocidad era, por primera vez, completamente indiscutible.

—No queda otra —sentenció Nagore, con urgencia—. Vamos tú y yo delante y salimos de aquí pitando —le dijo a Pietro—. No sé si llegaremos a ese control de mandos, pero si hay que saltar por la borda buscamos la manera y lo hacemos. Este barco será todo lo moderno que quieran, pero debe de tener ventanas, ¡aunque sea en los camarotes!

Linda Rosales, que seguía nerviosísima y a punto del llanto, negó con el gesto.

—No, inspectora. Nosotros hemos dormido aquí hoy y había ventanas, pero no se abrían —explicó, rompiendo ya a llorar y con el cadáver del restaurador prácticamente a sus pies.

—Es verdad —confirmó Metodio, que puso una mano sobre el hombro de Linda, dándole ánimos—. El barco tiene un sistema de ventilación interno. Solo se abrían unos ojos de buey que eran muy pequeños... Ni un niño podría salir por ahí.

Pietro, por un instante, estuvo tentado de ir él solo hacia aquel famoso puesto de control, pero en su cabeza se cruzó la posibilidad de que sí hubiese alguna fórmula para escapar desde allí o desde otra zona del barco, de modo que tal vez la mejor opción fuese la de no separarse.

—Este es el plan —resolvió, impaciente—. Vamos a salir la inspectora y yo, y ustedes nos van a seguir lo más rápido que puedan, sin hacer ruido, ¿de acuerdo? Iremos hacia la tercera planta para encontrar el cuadro de mandos. Metodio, venga a mi lado.

Tarde. No hubo oportunidad de ejecutar el plan. Cuando volvieron a abrir la puerta, desde el pasillo los recibió una ráfaga de disparos.

—Mierda.

Nagore pensó rápido.

—Pietro, no saben que tú y yo estamos aquí.

Él la miró durante tres segundos, hasta que comprendió. Después, se dirigió a los Goonies:

—Vamos a intentar cogerlos desprevenidos... Aléjense de la puerta, vayan al fondo de la sala y ocúltense donde puedan.

—¿Cómo? —preguntó Linda, aterrorizada—. ¿Van a abandonarnos?

—¡No, por Dios! —exclamó la inspectora, impaciente y buscando ya dónde esconderse.

Encontró una gran estantería metálica opaca, llena de cerámicas, y se ocultó tras ella. Pietro buscó otro escondite desde el que poder tener más ángulo de cobertura, mientras terminaba de apurar una explicación.

—Ellos son más que nosotros y solo saben que están ustedes en el barco, ¿entienden? Vamos a intentar cogerlos desprevenidos. Aléjense de la puerta —reiteró.

Tanto Pietro como Nagore sabían que, si el número de hombres de Miraflores era tan numeroso como les había dicho Carbonell y por ende iban bien armados, no tendrían gran cosa que hacer, pero tampoco podían permitir ser acribillados sin más. El subinspector se situó tras una de las mesas de trabajo de los restauradores, más cerca de Carbonell y sus compañeros. De aquella forma, Nagore podría sorprender a quienes llegasen por la espalda, y él lo haría por un lateral. Quizá no fuese un buen plan, pero, si los descubrían y querían hacerles daño, la sorpresa sería su única ventaja.

Cuando se abrió la puerta, les extrañó que en el umbral fuese el propio James Grosvenor quien, en perfecto estado de salud y sin su ya famosa mascarilla, entrase en aquel gigantesco laboratorio. Por un instante, Pietro comprobó de reojo cómo Carbonell había estado a punto de salir de su escondite, quizá para jurarle lealtad eterna al inglés si le permitía estudiar con él los restos del galeón, pero el anciano arqueólogo se contuvo y guardó mudo silencio cuando vio que era Eloy Miraflores quien avanzaba tras el multimillonario, encañonándolo. Tras él, fueron llegando varios hombres, y Pietro contó un total de siete. Algunos venían heridos, pero muy posiblemente su propia adrenalina y el estado de alerta en el que se manejaban los habían mantenido operativos. Vestían chalecos antibalas, por lo que era de presuponer que las zonas vitales más relevantes las habían salvaguardado.

—Preparad los submarinos —les ordenó Eloy, que se quedó junto a Grosvenor con solo un hombre de apoyo. Se dirigió de inmediato al inglés, que con sólida dignidad desafiaba todavía la mirada de su captor—. Tenemos diez minutos exactos, Grosvenor —le dijo Miraflores, empujándolo hacia aquella puerta que parecía la de una cámara frigorífica—. Abra la cámara, y tal vez le deje con vida.

—No.

—¿No?

—Va a matarme igualmente.

—Puede que cambie de opinión. Tengo documentado todo lo que usted ha hecho con ese puto barco —le espetó, señalando al galeón— y podría quedarme callado por una compensación anual adecuada.

—¿Ya no tiene miedo a mis sicarios? —le preguntó Grosvenor, con una mueca llena de desprecio.

—Si yo caigo, cae usted. Es sencillo. Y ya ha visto lo que soy capaz de hacer, de modo que esta es su última oportunidad. Nos quedan nueve minutos y medio.

—¡Están aquí! —se escuchó de pronto al fondo de la piscina.

Los hombres de Miraflores habían encontrado, guiados por los hipidos de Linda Rosales, a todo el equipo de los Goonies. Metodio intentó defenderse y zafarse de ser atrapado, pero un fuerte puñetazo lo dejó semiinconsciente sobre el suelo. Fue entonces cuando James Grosvenor, con una tranquilidad aparente que exasperó todavía más a Miraflores, confirmó su propia sentencia de muerte.

—Las familias de estas personas sabían que estaban en mi barco. Mi reputación, y la suya, ya no puede salvarse. Todo el mundo sabrá lo que hemos hecho.

—Lo que ha hecho usted, no yo. Nadie sabe que estoy en el White Heron, no lo olvide. Oficialmente, sigo rescatando cobre y zinc desde mi Hispaniola. Pero usted, si no fuera estúpido, podría salvarse. Dígame la clave de la cámara, cogeremos los lingotes y podrá venir con nosotros. Tiene medios para vivir con una nueva identidad.

Grosvenor lo miró con frialdad, y si no fuera porque era Eloy Miraflores quien sostenía el arma, cualquiera habría supuesto que las circunstancias eran otras y que las decisiones las tomaba, en realidad, aquel multimillonario de aparente alma gélida e imperturbable.

—¿Y qué haría con ellos? —preguntó, señalando a los Goonies.

Miraflores no respondió. Se limitó a hacer un gesto a uno de sus hombres, que sacó una pistola para proceder a la ejecución. En aquel instante, ni Pietro ni Nagore ofrecieron lo que en principio debían de anunciar, que era su presencia como agentes de la Policía Judicial y la posibilidad de que Miraflores y sus hombres depusieran las armas. Ambos comprendieron, sin mirarse ni poder hablar, que en aquel extraño y gigantesco laboratorio solo sobreviviría el más rápido y el más fuerte. Las HK semiautomáticas que portaba cada uno disponían de solo trece tiros, de modo que tendrían que aprovecharlos.

A pesar de ello, Nagore gritó: «¡Quietos, policía!», y a cambio recibió de inmediato una lluvia horizontal de disparos; sin embargo, ella ya estaba preparada y en posición, por lo que todavía gozaba de ventaja: disparó y acertó en el brazo del hombre que acompañaba a Miraflores, y acto seguido hirió al empresario en una pierna, aunque para ello perdió tres tiros más, de los que solo uno le alcanzó el muslo. Cuando los sicarios que estaban a la altura de los submarinos se disponían a acribillar el mueble tras el que se protegía la inspectora, fue Pietro el que salió de su escondite y comenzó a disparar, empezando por el matón que iba a ejecutar a Carbonell y sus compañeros. Recibió a cambio otra ráfaga de disparos y, en su carrera por buscar otro refugio, cayó de bruces, herido, en el agua de la piscina. Un gigantesco estruendo paralizó de pronto la acción, como si el tiempo flotase en la nada y se hubiera detenido. Los que todavía no habían caído heridos, o muertos, también se encontraron de pronto en el suelo, porque había sido en aquel instante cuando el White Heron había empezado a desgarrar casi todo su casco de estribor en los bajos de Carrumeiro.

—¿Qué ha hecho, imbécil? —estalló por fin Grosvenor, que se abalanzó sobre Miraflores.

Este, que a pesar de estar herido en la pierna todavía empuñaba su propia arma, disparó dos veces contra el inglés, que se derrumbó sobre él. Ambos disparos lo alcanzaron en el estómago, prácticamente a bocajarro. El multimillonario, atónito, se llevó la mano al abdomen, que se llenaba de sangre. Miraflores se deshizo del peso del cuerpo del inglés como pudo y miró su reloj. Maldijo algo ininteligible, se levantó y, cojeando y al paso más rápido del que fue capaz, se dirigió hacia los submarinos. El hombre que lo acompañaba, herido en el brazo y con semblante de dolor y extrañeza, intentó detenerlo.

—Pero ¿nos vamos? ¿Y la cámara?

—No hay tiempo. ¡Vamos!

El secuaz vio a Nagore en el suelo. El impacto de la nave la había derribado y también había extraviado el arma. Parecía haber perdido el conocimiento.

—¿Y ella?

—No sé quién coño es, pero ya da igual —respondió Miraflores, sin dejar de caminar y con gesto de dolor—. Si es cierto que es policía, pronto vendrán más. De cualquier modo y con suerte, en un rato todos estarán muertos —masculló para sí mismo—. ¡Vamos! —volvió a apremiar, sin detenerse y apuntando todavía a Carbonell y Linda Rosales, aún en el suelo junto a Metodio y uno de sus hombres, que yacía muerto tras el ataque de Pietro.

La investigadora del CSIC se incorporó y se acercó solo unos centímetros a Miraflores. Nerviosa, respiraba muy rápido, como si acabase de terminar una carrera demasiado larga.

—¡Si nos perdona la vida, no diremos ni una palabra! Le facilitaré informes positivos para sus prospecciones, ¡todo lo que me pida!

—Un poco tarde, señora. Además, sus amigos no me valen para nada —añadió, casi en un murmullo y sin dejar de dirigirse hacia el submarino.

Linda dio un paso más hacia él, tragó saliva.

—Pues… Lléveme solo a mí.

Eloy detuvo el paso y giró levemente la cabeza para mirarla. Sonrió con cierto desprecio, como si nada de la naturaleza humana pudiese ya sorprenderlo. Sudando, se dejó ayudar por uno de sus hombres para continuar a pesar de su pierna herida, porque no pensaba perder ni un segundo en charlas ni negociaciones. Metodio y Carbonell, atónitos, guardaban silencio ante aquella propuesta que había hecho Linda, que para salvar su vida no dudaba en abandonarlos a su suerte. Para sorpresa de todos, la mujer se lanzó hacia el submarino, desesperada por entrar en el batiscafo, pero uno de los secuaces de Miraflores la frenó con un disparo certero. La bala atravesó la frente de Linda justo por la mitad, y, en aquel momento, la que siempre había sido la más prudente y cabal de los Goonies ya no sufrió más. Fue un golpe inmediato y rápido, como si la muerte fuera solo algo prosaico, fugaz e irrelevante, y no un proceso. De pronto, de forma terrible y sorprendente, Linda había dejado de existir. Carbonell y Metodio, sobrecogidos, fueron incapaces de ahogar sus exclamaciones desesperadas y lamentos, aunque continuaron en el suelo sin moverse.

En aquel instante, Nagore reaccionó y salió de su estado de semiinconsciencia; se había golpeado en la cabeza y un agudo dolor martilleaba su sien izquierda. Sin embargo, la inspectora sacó fuerzas de algún lugar y se incorporó lo más rápido que pudo. Después, veloz, se situó de nuevo tras la vitrina y recuperó su pistola, que había caído muy cerca.

—¡Deténganse! —les ordenó, apuntándolos—. ¡Soy inspectora de Patrimonio! Sabemos quiénes son y esta nave está rodeada de policías, no tienen escapatoria —gritó, a pesar de que no tenía ni idea de qué estaba sucediendo en el exterior de la embarcación. En cualquier caso, ¿no era mejor utilizar un farol que resignarse a morir?—. ¡Miraflores, si colabora logrará una pena menor!

Eloy, debilitado por la pérdida de sangre de su herida, aún tuvo energía para mostrar una sonrisa mordaz a la inspectora, que por un segundo tuvo la sensación de estar ante una hiena. En aquel momento, se encontraban ya a unos veinte o veinticinco metros de distancia, y el empresario no estaba para pantomimas.

—Si no hay testigos, no habrá ninguna condena. Es usted como esta —rezongó, sin siquiera mirar el cadáver de Linda—, otra hija de puta mentirosa. Dé gracias de que no tengo tiempo para devolverle este favor —añadió, señalando su pierna.

—¡Pero aún puede cambiar las cosas! —insistió Nagore, muy consciente de que, salvo la compasión, no había ningún otro argumento práctico al que recurrir.

—No —negó él sin detenerse—. Este puto barco, gracias a su piloto automático, va camino del naufragio seguro. Y, para el caso de que algo falle, hemos instalado explosivos a lo largo de toda la nave. Los diez minutos que teníamos para sacar de la cámara los lingotes que ese desgraciado había rescatado del galeón, por su culpa, acaban de esfumarse —le dijo, subiendo ya al submarino mientras uno de sus hombres también la apuntaba a ella—, y ahora, señora mía, comienza la cuenta atrás para que una buena carga de dinamita haga que todo salte por los aires.

—¿Qué? ¡Detenga las explosiones, morirán inocentes y se perderá todo! —exclamó Nagore a la desesperada, señalando el galeón.

—Imposible. No crea, me habría gustado accionar los detonadores a mi gusto con una simple llamada de móvil, pero ese cabrón de ahí —apuntó a Grosvenor, que todavía consciente se retorcía de dolor en el suelo— tiene inhibidas todas las frecuencias, así que hemos tenido que apurar los tiempos y programar las detonaciones. Lo siento por ustedes —añadió, con un semblante que parecía sincero—, no tenían que haber estado aquí.

¿Detonaciones? Nagore se estremeció al pensar que Eloy había hablado en plural.

—Tenga humanidad, ¡lleve consigo al menos a esos dos inocentes, no dirán nada! —insistió, mirando a Metodio y Miguel.

Eloy negó con la cabeza.

—Sabe que no es cierto. Al final, todos hablan.

Y aquello fue lo último que dijo, porque resultaba innecesario explicar que sin pruebas no habría delito y que si alguien vivo supiera la verdad, sería para siempre una amenaza; en consecuencia, no había nada que discutir. Eloy, sin mayor ceremonia, se metió en uno de los submarinos. Ya estaban casi todos los hombres dentro de los dos sumergibles; solo dos quedaban fuera, apuntando a Nagore en la distancia, y ella era muy consciente de que el único motivo por el que no le habían disparado era porque estaba protegida por el parapeto metálico que suponía aquella bendita estantería.

¿Y Pietro? Por primera vez, la inspectora se dio cuenta de que no sabía dónde estaba. Buscando cobijo donde pudo, se lanzó a la carrera sin dejar de disparar para intentar frenar la salida de aquellos dos submarinos. Sabía que no tenía sentido dispararles, que podrían terminar con ella o con los demás en cualquier momento, pero aun así lo hizo. Era un último intento, desesperado, de frenar aquella huida, aunque fue inútil. Los dos hombres que quedaban fuera de los sumergibles la barrieron a tiros y, con un salto, se introdujeron también en aquellos impresionantes y modernísimos batiscafos. Impotente, y ya sin balas, Nagore comprobó, horrorizada, cómo se sumergían y desaparecían de su vista. Angustiada, comenzó a buscar a Pietro, hasta que se dio cuenta de que el subinspector estaba en el agua de la piscina, junto al galeón, rodeado de sangre. Sin pensar, sin tomar aliento siquiera, soltó la pistola, se quitó el abrigo y se lanzó dentro de cabeza.

Sumergirse en aquella piscina fue como hacerlo en un cristal mágico que viajase siglos atrás en el tiempo. Bajo el agua, el casco del galeón pareciera querer navegar de nuevo, aun tan oscuro, maltrecho y ajado y como estaba. Nagore tomó impulso como pudo y se acercó a Pietro lo más rápido que fue capaz. Por fortuna, había quedado flotando boca arriba. Estaba herido en un hombro y perdía mucha sangre, pero el hecho de que estuviese semiinconsciente, como recuperándose de un desmayo, le permitió llevarlo con relativa facilidad hacia el borde de la piscina, donde Metodio ya había entrado en el agua para ayudarla. El propio Carbonell, que todavía miraba el cuerpo de Linda sobrecogido, esperaba también en el borde de la piscina para echarle una mano.

Nagore comprobó que Pietro estaba despierto, que era capaz de centrar la mirada, pero no se detuvo a examinarlo. Ayudada por Metodio y Miguel, lo sacó del agua y acto seguido les dio instrucciones precisas a ambos hombres.

—Taponen la herida, rápido, e intenten reanimarlo.

—¿Cómo? Pero ¿adónde va? —le preguntó Carbonell, más arrugado y desgastado que nunca.

—A buscar una salida.

La inspectora corrió, empapada, hasta donde se encontraba James Grosvenor, que todavía se sujetaba el abdomen como si así pudiera evitar que la vida se le escurriese entre los dedos. Estaba consciente y la miraba como si ella fuera otra persona.

—Se parece usted a Lily —se limitó a decirle.

Nagore se agachó y con tono firme intentó que le prestase atención y no perdiese el conocimiento, pues cada vez estaba más pálido.

—Por favor, dígame cómo salir de aquí, ¿hay algún otro submarino, algo?

Grosvenor negó con el gesto.

—Solo tenemos las lanchas para desembarco.

—¡Los portones están cerrados!

El inglés respiró de forma muy profunda y lenta, como si le costase hacerlo. Miró a su alrededor y terminó por señalar al restaurador que yacía muerto al lado de la entrada del laboratorio.

—Mire en su bata. Debe de llevar un dispositivo electrónico, una tablet pequeña. La mía —murmuró— me la quitaron.

Nagore voló hasta donde se encontraba el cadáver, y no tuvo reparo alguno en palparlo por completo hasta que dio con el dispositivo y regresó corriendo hasta Grosvenor. Por el camino respiró aliviada al atisbar de reojo cómo allá, al fondo de la piscina, Pietro se ponía en pie, tosiendo, e intentaba recuperarse. Cuando la inspectora llegó junto al inglés, lo ayudó a sentarse, aunque sus expresiones de dolor y su palidez eran cada vez más agudas. La inspectora cogió una bata que reposaba sobre una de las sillas y se la acercó a James al estómago para taponar la salida de sangre, aunque no sabía si aquella medida valdría o no para algo. Este, con el dispositivo entre sus manos, pareció recobrar algo de aplomo y determinación. Tecleó unas claves para acceder a su propio usuario de algún tipo de sistema interno que flotaba en la red privada del White Heron.

—¿Qué…? ¿Qué está haciendo?

—Parar el barco. Los portones no se abrirán si tiene los motores encendidos.

De pronto, los motores dejaron de rugir y, en efecto, la nave vio disminuido su ritmo de navegación, aunque no daba la sensación de que se hubiese detenido. Grosvenor frunció el ceño y una gota de sudor frío comenzó a resbalar por su sien.

—*Damn bastard* —gruñó, refiriéndose, sin duda, a Miraflores—. Ha hecho algo en el sistema que impide recoger las velas, no dejaremos de navegar.

—De acuerdo, pero ¿los portones están abiertos?

James no contestó y siguió tecleando de forma torpe la pantalla, que había manchado con su propia sangre. En una imagen adyacente al recuadro principal podía verse un plano aéreo del velero. Nagore insistió.

—¡Escúcheme! Necesito saber si ha abierto los portones y si tengo que hacer algo concreto para poder sacar esas lanchas, ¿me escucha? Por Dios, ¡esto va a explotar de un momento a otro!

El inglés volvió a tomar aire muy despacio y la miró a los ojos.

—Solo estaba comprobando los daños por el impacto de antes. Hay varios camarotes de estribor inundados, pero seguiremos a flote… —afirmó con cierto orgullo, como si fuera una gran e insólita virtud el hecho de tener siempre todo previsto. En realidad, había solicitado de forma expresa al ingeniero de la nave que hiciese muchos compartimentos estancos, para así evitar el naufragio en caso de colisión—. Acabo de modificar el rumbo, estábamos a punto de impactar contra un islote… —le explicó, aunque un súbito ataque de tos le impidió continuar durante unos segundos. Comprobó que expectoraba sangre y cerró los ojos por un momento, asimilando la gravedad de su situación. Después, volvió a dirigirse a Nagore—: Ahora mismo solo tienen operativo el embarcadero de babor.

En aquel instante, Pietro y lo que quedaba de los Goonies llegaron a la altura de Grosvenor. El subinspector caminaba con relativa solvencia, y Metodio había utilizado el abrigo de la inspectora para taponar y envolver su herida en el hombro. Pietro miró a Nagore a los ojos y asintió levemente, en señal de agradecimiento por lo que había hecho al sacarlo del agua. El policía estaba sorprendido. Por lo general, se tardaba bastante más tiempo en conocer a alguien, pero cuando sucedían situaciones tan definitivas era difícil ocultar quién era cada cual; a Pietro le había agradado saber que la ambigua e imperturbable Nagore fuese de esa clase de personas que por los demás era capaz de lanzarse a una piscina.

El subinspector desvió enseguida la mirada de Nagore y se agachó junto a Grosvenor.

—Entonces, ¿ahora podemos salir con las lanchas?

El inglés hizo un leve asentimiento.

—Sí, pero para que la plataforma sobre la que están descienda, tendrán que introducir unas claves en el panel; es un cuadro que verán entrando a la derecha. Si se bloquea, hay una segunda clave de seguridad… Yo no puedo activarlo desde aquí. Parece un cuadro náutico, pero es un ordenador —aclaró, aunque tuvo que detenerse al hablar, porque le faltaba ya el aire—. Las llaves de las lanchas deberían estar… No sé. O puestas o en el marco de ese cuadro, que es un pequeño armario. Escuchen.

Fue entonces cuando James les facilitó una espesa clave con dígitos y letras. A Pietro le pareció que incluía datos de la batalla de Rande: su fecha, el apellido de un capitán inglés… Para recordarla, tal vez le resultase de utilidad todo lo que Carbonell les había explicado durante aquel par de días. Metodio tuvo la idea de apuntarla, pero no vio cerca ningún bolígrafo ni papel con el que hacerlo, y se le ocurrió grabarla en su teléfono móvil. Sin embargo, no tuvo tiempo de sacarlo de su bolsillo, porque una fortísima explosión sonó en proa, muy cerca de donde ellos estaban, y la nave crujió y empezó a romperse por todas partes.

—Ya ha comenzado —se limitó a decir Grosvenor.

Pietro miró a Metodio y señaló al inglés.

—¿Podrá con él? Yo, con este hombro, no creo que pueda sostenerlo.

—Oh, no —negó Grosvenor—. Aunque el White Heron no explotase en mil pedazos, mi tiempo se acabó —sentenció, abandonando ya la tablet y llevándose la mano al estómago. En el tono de su voz, y en su mirada, no había ni rastro de pena ni de derrota.

Nagore resopló.

—Escuche, solo hay que descender una planta, tenemos que salir ya. Entre todos creo que podremos llevarlo, ¡vamos!

James sonrió a Nagore y, por primera vez en mucho tiempo, su expresión amable fue sincera. Cómo le recordaba aquella inspectora a su Lily. El alma y la actitud gélidas de James de pronto parecían haberse derretido; y su intimidante mirada, de forma inexplicable, había desgastado su filo. El multimillonario los observaba como si intentase recordar y entender quiénes eran, y Nagore pensó que probablemente aquel hombre se adentraba ya en un camino lleno de delirios.

—Váyanse —dijo él de pronto—. Busquen ayuda y quizá puedan rescatarme si el casco sobrevive —mintió—. Yo no puedo moverme, ¿no lo ven? ¡Corran!

Se miraron entre ellos, pues no había un minuto que perder. Nagore se acercó a James.

—Volveré a por usted.

Él la agarró del brazo.

—Antes dijo que era inspectora de Patrimonio… Prométame que hará algo por esto —pidió, señalando al galeón con un levísimo movimiento de barbilla.

—¿Por el barco?

—Por la historia.

Sonó entonces otra fortísima explosión, que hizo que el buque se tambalease y escorase un poco a estribor. A pesar de que la petición que Grosvenor había hecho a Nagore podía parecer bastante ambigua, dramática y grandilocuente, ella lo miró y le apretó el brazo en señal de aceptación; después, y sin decir nada más, ella, Pietro, Metodio y el viejo arqueólogo salieron corriendo de aquel increíble laboratorio.

Cuando James Grosvenor se quedó solo, pareció darse cuenta de algo. Con dificultad, volvió a tomar la tablet entre sus manos y forzó la vista, que ya notaba que se le nublaba. Presionó unos cuantos botones y dibujó media sonrisa, como si hubiese hecho una travesura. «*Fuck you*», murmuró. Después, abandonó el dispositivo, que se deslizó hasta el suelo, y dirigió su mirada hacia la popa del galeón. Qué hermosa era, cuánta belleza habitaba en sus tallas, qué potente devoción por santos, vírgenes y dioses atesoraban aquellos trozos de madera.

Él nunca había creído en nada ni en nadie, porque sabía que todo camino, cuando era largo, albergaba grandes posibilidades de terminar naufragando en la más vulgar decepción. Solo Lily había cambiado las cosas, y solo en ella el mundo había alcanzado la hondura y el significado debidos.

¡Ah, su recuerdo, qué delicado, tierno y doloroso era! Y qué grandísimo hijo de puta debía de ser el dios que, para su impotencia, la había obligado a irse tan pronto. ¿Por qué ella? ¿Por qué a él? Todavía tenían toda la vida por delante.

James había intentado lograr recuperar la historia como un regalo para ella, para su memoria. Recuperar las vidas de quienes sí habían hecho contar las horas y que valiese la pena respirar. Gonzalo de la Serna, Rodrigo Rivera, Miranda de Quiroga... Había sabido de ellos en sus investigaciones, y desde luego el trabajo de ella como dibujante le había fascinado. ¿Llegaría la policía a vincularlos a aquel caso, tal y como él había hecho? No lo sabía, pero sí sentía que le habría gustado conocerlos en persona. Y cómo le habría gustado, también, haberlos honrado rescatando el tesoro perdido del galeón. Había fracasado en aquella última misión, la más ambiciosa de todas, pero en otras muchas había logrado hallazgos que, de hacerse públicos, podrían cambiar el concepto de partes de la historia.

Ah, ¡qué lástima que le hubiesen quedado tantos misterios por descubrir! Su próxima misión iba a ser la de continuar con la prospección que le había quedado pendiente a su admirado William Phips, aquel explorador cazatesoros por el que Lily le había hecho la medalla. Antes de morir, sin haber llegado a cumplir los cincuenta, Phips había localizado en la isla de Santo Domingo el galeón de Francisco de Bobadilla bajo una muralla de corales y ni lo había mapeado ni tampoco le había dado tiempo a recuperar su tesoro. Tampoco él podría ya hacerlo. ¿Y ella, y Miranda? Ah, Miranda, aquella increíble mujer que había vivido en Vigo y navegado por sus aguas hasta las islas Cíes para buscar mariposas… ¡Qué exploradora tan interesante! La riqueza de sus recuerdos y el tesoro que había acompañado sus pasos posiblemente ya nunca serían descubiertos.

Una nueva explosión ensordeció a James, que de pronto, a pesar de que esperaba ver fuego, notó cómo el barco se inclinaba un poco más, ahora hacia babor. Empezó a entrar agua por la esclusa por donde se habían ido los submarinos, que Miraflores había dejado abierta. Aquello solo podía significar que el White Heron había comenzado a hundirse. James, que intuía que debía de estar a punto de perder el conocimiento, se preparó para morir. Unos minutos antes había sentido un frío intenso por todo el cuerpo, pero ahora se daba cuenta de que ya apenas notaba nada. En un murmullo, y sin apartar la mirada de la popa del galeón fantasma, recitó los versos que le había enseñado su abuelo cuando era niño y que habían sido escritos en el siglo XVI por el poeta Edmund Spencer:

Sleep after toyle,
port after stormie seas.
Ease after war,
death after life,
does greatly please.

Y con el último verso, cuando ya el agua le había cubierto las piernas, James volvió a sonreír con una mueca triste. El juego no había salido bien, pero la muerte lo alcanzaba, maldita sea, después de haber paseado bajo las aguas y de haber contemplado maravillas. Tal vez, quién sabe, hubiese sido uno de los hombres más afortunados del mundo.

Desde el cielo, el espectáculo era grotesco. El inspector Meneiro y los GOES no daban crédito. Por un momento habían respirado aliviados cuando habían visto cómo el White Heron minoraba su marcha y desviaba su ruta de los peligrosos bajos de Agoeiro, con los que no había chocado de puro milagro. Los había dejado a babor, a solo unos metros, y su veloz silueta, con las velas desplegadas y entre aquellas agujas submarinas de piedra y las imponentes islas Cíes, parecía más que nunca la de una garza blanca volando a ras de la superficie. Se dirigía a mar abierto, hacia aguas profundas y mucho más oscuras, y abandonaba el refugio de la ría para dejarse impulsar por el viento que henchía sus velas. Su perfil, níveo y elegante, cortaba la línea del horizonte como si fuera una extraña nave espacial con rasgos corsarios.

—¿Pueden abordar el barco? —había insistido Meneiro a los GOES, muy preocupado.

—Con este viento y las velas desplegadas es muy complicado que podamos descender —le habían dicho, aunque acto seguido se habían puesto a planear con el piloto cómo podrían hacerlo.

Al fin y al cabo, los tres mástiles de fibra de carbono alcanzaban una altura de casi cien metros, y aproximarse podía implicar un riesgo fatal. Por su parte, las barcazas de la Guardia Civil sí se habían acercado mucho y tal vez, ahora que el White Heron había disminuido algo su marcha al apagar los motores, estuviesen considerando también el abordaje. Sin embargo, seguía siendo una operación de alto riesgo, ya que por el impulso del velamen la nave podría estar navegando a unos treinta nudos.

La primera explosión —aquella que había tenido lugar cuando todavía estaban todos en el laboratorio, intentando convencer a James Grosvenor de que se fuese con ellos— sucedió justo cuando la barcaza más grande de la Guardia Civil se aproximó más al velero. La detonación, en proa, pudo verse claramente desde el aire, y una bola anaranjada y negra convirtió el White Heron en una especie de dragón blanco que escupía fuego sobre el océano.

—Pero ¿qué cojones está pasando ahí abajo? —bramó Meneiro, incrédulo. Su habitual ánimo tranquilo y templado se había esfumado por completo—. ¿Esto qué coño es?, ¿Vietnam? ¿Han visto algo, personas en cubierta? —preguntó, forzando la vista mientras el piloto esquivaba la onda expansiva de la explosión y rodeaba la nave desde una distancia más prudencial.

Las comunicaciones por radio y por teléfono comenzaron a dispararse: necesitaban coordinar una operación conjunta inmediata, entender qué estaba sucediendo e identificar al enemigo, si es que lo había, porque nadie podía entender qué locura era la que arrastraba el barco del famoso multimillonario James Grosvenor. Habían incluso intentado contactar con él por teléfono y hasta con su familia en Inglaterra; tal vez alguien supiese explicar qué estaba sucediendo allí. Pero James no tenía a nadie. Sus padres y su mujer habían muerto hacía tiempo. Sus amigos eran escasos, y no tenía hermanos. De hecho, su vida era tan hermética y discreta que ni siquiera los marchantes de arte con los que más había trabajado podrían siquiera aseverar con certeza cuál era su domicilio real, dado el número de propiedades de las que disponía. Sus ayudantes y personal de confianza, en principio, estaban con él en el White Heron.

No hubo mucho más tiempo para idear estrategias ni planes de rescate. Una nueva explosión, ahora en el centro de la nave, resultó ser definitiva. Pareció más interna que la anterior, ya que no se pudo apreciar desde el aire la bola de fuego de la otra ocasión, pero sí se sintió el potente estruendo de una detonación fortísima. El casco del velero comenzó a agrietarse despacio, como si alguien estuviese partiendo un leño seco. Contra todo pronóstico, el barco continuaba navegando, y con su velocidad provocaba que el agua se colase más rápidamente en sus entrañas desgarradas. De vez en cuando se escoraba hacia un lado u otro, hasta que Meneiro se dio cuenta de que, a pesar de que la nave seguía surcando las aguas hacia mar abierto, en realidad ya se estaba hundiendo.

Por fin, el navío pareció comenzar a perder algo de impulso, a detenerse, y resultó estremecedor el desgarro que produjo el casco al partirse en dos. Ambas partes de la nave escoraron a babor hasta que las velas y los mástiles de fibra tocaron el agua y, poco a poco, fueron permitiendo que el océano las cubriese. Con lo que había resistido hasta ahora el White Heron, podría resultar presumible que tardase en zozobrar, pero una nueva explosión en popa terminó de rematar cualquier posibilidad de la nave, que a asombrosa celeridad empezó a hundirse justo por aquel punto. Al mismo tiempo, el fuego parecía arrasar con los enseres del barco y pequeñas explosiones se sucedían todo el tiempo, quizá por los materiales químicos y los depósitos de combustible que albergaba el velero.

—¡Acérquense! Por favor, ¡acérquense! —suplicó Meneiro, muy nervioso.

El piloto apretó los labios.

—Hacemos lo que podemos, señor, pero no podemos arriesgarnos a más explosiones, la aproximación todavía no es segura, y es muy posible que esa nube negra que ve ahí tenga componentes tóxicos —añadió, señalando una gruesa nube vertical, oscura, que ascendía hacia el cielo y a la que de forma progresiva se unían más columnas de humo.

—Pero tiene que ir hacia allá, ¿lo ve? —insistió Meneiro, mirando por unos prismáticos y aguzando después la vista sin ellos—. ¡Miren, miren! ¿Qué coño es eso que se mueve bajo la vela?

En efecto, algo palpitaba bajo una de las enormes velas del White Heron, como si se tratase de un polluelo bajo el ala de un cisne blanco. Una pequeña lancha surgió de la oscuridad, rugiendo con desesperación y echando humo desde su motor fueraborda, y en su interior pudieron distinguir a varias personas. Desde aquella distancia resultaba difícil cuantificar de forma exacta cuántos eran, y el piloto, desoyéndose a sí mismo y a su propio reclamo de prudencia, se acercó todo lo que pudo para comprobar quiénes habían sobrevivido. Los GOES se mantuvieron alerta y sin dejar de apuntar a la lancha, pues nadie sabía si quien estaba en aquella inesperada embarcación era o no enemigo. Meneiro tenía toda su atención puesta en la barca, pero algo, no sabría decir el qué, lo obligó a desviar la mirada un poco más allá, tal vez a media milla de distancia. Atónito, abrió mucho los ojos y después miró por los prismáticos.

—¿Y ahora se puede saber qué cojones es eso?

Llegar a la sala de embarque había sido sorprendentemente fácil. Al fin y al cabo, Pietro y Nagore ya conocían el camino, porque era por donde habían entrado al White Heron. Solo Miguel Carbonell, extenuado, daba por fin señales de agotamiento extremo y de una resistencia física relativa, acorde con su edad. La pérdida de Linda, sin duda, había desmoronado su ánimo y, en gran medida, el de los demás.

Cuando entraron en la sala, que ahora tenía luz y los portalones abiertos, el barco seguía en movimiento gracias al impulso del viento en sus velas, pero, con el ruido propio de la navegación y de las explosiones consecutivas que sentían y escuchaban, no pudieron percibir al helicóptero ni ver las lanchas de la Policía Judicial, que se encontraban a estribor y a las que ya se habían sumado unidades del Servicio de Guardacostas de Galicia, cuyo helicóptero también estaba a punto de llegar. ¿Sería posible que estuviesen solos en aquello, que nadie hubiese acudido a socorrerlos? Por un instante, hasta Pietro se había sentido tentado de lanzarse al agua, sin más, pero a aquella velocidad era bastante arriesgado; además, allí solo había dos salvavidas y no sabían si habría alguien o no allá fuera para rescatarlos. No perdieron un segundo y Pietro y Nagore se acercaron al cuadro que les había dicho Grosvenor; en efecto, al tocarlo, comprobaron que era una gran pantalla de ordenador. Justo cuando iban a buscar cómo escribir la contraseña para descender las plataformas donde se encontraban las lanchas, un corte eléctrico apagó las luces y, en consecuencia, también el recién descubierto dispositivo. Incluso la puerta de entrada a la nave, con aquella especie de cortocircuito, se cerró de golpe: si fuera necesario, ya no podrían regresar al interior.

—No me jodas, no puede ser —clamó Pietro resoplando, al tiempo que apoyaba la cabeza sobre la pantalla.

—¿Cómo podemos tener tan mala suerte? —lamentó Nagore.

Posiblemente, y dadas las averías y consecutivas inundaciones que estaba sufriendo el barco, no quedaría mucho tiempo de suministro eléctrico. Pero volvió la luz.

—¡Ahora! —exclamó ella, pletórica—. ¿Recuerdas la clave? —le preguntó a Pietro, mientras lograba dar con las llaves de las embarcaciones en el armario que estaba simulado en el marco de aquel extraño ordenador, que ahora solicitaba una nueva composición de dígitos, que debía de ser aquella segunda clave de seguridad a la que había aludido Grosvenor.

Pietro cerró los ojos e intentó concentrarse. Cuando los abrió, la pantalla estaba operativa y lista para que teclease aquella combinación que el inglés había pronunciado en alto una única vez. Todos contuvieron la respiración mientras el policía, pálido y sudoroso a pesar del aire helado y húmedo que entraba por el portón, introducía la clave de las plataformas que podían bajar las lanchas al agua. El propio Metodio trataba de hacer memoria de los dígitos que Grosvenor había dicho, y se sorprendió al comprobar cómo Pietro tecleaba, sin dudar, una larga sucesión de letras y números. Clic.

Las plataformas descendieron haciendo un ruido sordo y extraño, como si algo en su engranaje no funcionase como siempre, pero llegaron al agua. En aquel instante, tras otra fortísima explosión, un estruendo terrible y la inclinación que iba adoptando la nave los hicieron entender que se había partido en dos. Lo único positivo de aquello, si es que había algo, era que por fin se había detenido. Entre ellos no podían escucharse, ya no sabían si por el ruido o porque sus oídos hubiesen sufrido, a aquellas alturas, algún tipo de trauma acústico. Sin perder un segundo, todos subieron a bordo de una de las lanchas de desembarco y fue Metodio quien, tras ayudar a subir a Carbonell, se encargó de intentar arrancarla.

La nave comenzó a escorar de forma inexorable hacia babor, de tal manera que, según se inclinaba hacia el agua, se cerraba el espacio del portalón. Al mismo tiempo, comprobaron cómo el aire se llenaba de humo y les costaba respirar con normalidad. Mientras no arrancaba la lancha, tanto Pietro como Nagore intentaban salir de aquella cueva con la ayuda de dos largos bicheros, con los que empujaban la embarcación. Por fin, rugió el motor fueraborda y, cuando ya casi iban a ser engullidos por la boca de entrada de la zona de embarque, salieron agachados y con verdadera desesperación por huir de aquella oscura pesadilla. Sin embargo, pronto notaron sobre sus cabezas cómo el cielo azul era devorado por la enorme sombra que proyectaban las velas del White Heron, que estaban a punto de tumbarse sobre el agua.

—No puede ser —negó Pietro, atónito—. ¡Metodio, a toda máquina! ¡Lo más rápido que pueda!

El policía y Nagore, ahora con los bicheros en alto como lanzas, intentaban entre tanto que aquellas gigantescas moles que eran las velas del White Heron, del tamaño de un campo de fútbol, no los hundiesen. Por fin, con el motor aullando, salieron a la luz y el cielo azul los deslumbró y llenó de alivio casi a partes iguales. Un helicóptero se aproximó hacia ellos y, al comprobar que era de la Policía Nacional, respiraron con alivio. Según se alejaban con la lancha, sin embargo, comprendieron la dimensión de la tragedia de la que acababan de huir. Desde el laboratorio, desde luego, no habían imaginado que la destrucción del barco fuese tan enorme ni su zozobra tan rápida. Les sorprendió ver la creciente bola de fuego de la que habían escapado, ya que en su camino de huida no se habían topado con ningún incendio propiamente dicho, sino solo con humo cada vez más denso, fortísimos ruidos, estallidos y cortes eléctricos. Contemplar las llamas sobre el casco tumbado y partido del White Heron resultaba estremecedor e irreal, pues ni siquiera las frías aguas del océano Atlántico parecían menguar la fuerza del fuego.

El primer barco que llegó a su lado fue el de la Guardia Civil, aunque les resultó casi imposible prestar atención a lo que sus rescatadores les gritaban. Pietro, Nagore, Metodio y el viejo Miguel Carbonell eran incapaces de sustraer la mirada de la enorme mole blanca que, al hundirse, daba la sensación de gritar con rabia. El rugido del fuego y el quejido insoportable que producía el metal roto y desgajado parecían un último aullido, un reclamo. Era como si aquella gigantesca masa inerte en realidad hubiese latido con vida propia desde el principio. En su interior, como en un útero, la nave había cuidado y empezado a recomponer aquel viejo navío que siglos atrás había mordido la historia y que, ahora, naufragaba de nuevo.

Las barcazas de Salvamento Marítimo, como si fueran coches de bomberos, lanzaban gigantescos y altos chorros de agua sobre el casco de la nave, que continuaba hundiéndose y ardiendo sin control. Si en algún momento Pietro y Nagore habían guardado la esperanza de ver asomar al Nuestra Señora de los Remedios y San Francisco Javier de aquel estropicio, se habían equivocado. Sin duda, el galeón fantasma debía de haberse ya desintegrado en alguna de las múltiples explosiones que no dejaban de sucederse en el interior de lo que quedaba del barco.

La parte trasera del navío se giró entonces por completo, posicionando su mástil boca abajo, y se hundió a una velocidad asombrosa. El cableado que todavía unía el velamen de popa con el de proa forzó con su propio peso a que lo que restaba del White Heron se deslizase, con dramática elegancia, al fondo del océano.

Nagore cerró los ojos y se permitió, por fin, relajar sus sentidos. Apoyó el cuerpo contra un borde de la bañera de la pequeña lancha en la que habían huido y tardó varios segundos en darse cuenta de que estaba llorando. Miró entonces a los compañeros de la Guardia Civil, que ya los abordaban para abarloarse, y en un gesto mecánico sacó su placa para mostrarla. Pietro, a pesar de lo debilitado y dolorido que se sentía, se acercó también a los compañeros para dar las explicaciones que resultasen precisas, mientras Metodio y Miguel, extenuados, terminaban de contemplar las burbujas que en la superficie del agua había dejado el rastro del White Heron, como si hasta el último momento hubiese intentado respirar.

—Dios mío, Linda —se lamentó Carbonell, llevándose las manos a la cabeza. Sollozaba, impotente y desesperado, por el final que había tenido la investigadora.

Metodio puso su mano sobre los hombros del arqueólogo y con el gesto intentó consolarlo. Sin embargo, Carbonell se machacaba a sí mismo:

—Estábamos aquí por mi culpa. Soy un viejo estúpido, ¡si no me hubiese empeñado en venir, ella estaría todavía viva!

—Lo que ha sucedido no es culpa tuya, Miguel —lo exculpó el buceador—. Linda era adulta y yo también. No habríamos venido sin ti, pero lo hicimos por voluntad propia… También queríamos saber qué había pasado con Lucía. Era imposible imaginar que fuese a suceder esto.

—¡No! ¡No era imposible! —exclamó Carbonell, furioso consigo mismo—. ¡Sabíamos que Grosvenor y Miraflores se conocían, os lo dije en mi casa!

—Lo intuíamos, Miguel. Pero que se conociesen no quiere decir que se quisieran matar entre sí. Y si Linda se hubiera quedado callada, todavía estaría viva. Te recuerdo que quiso irse y dejarnos atrás.

Carbonell seguía llorando, aunque razonó lo que Metodio le había dicho.

—Ella no era así. Tuvo que ser la desesperación la que habló por su boca, ¡estoy seguro de que al final intentaría ayudarnos!

—¿Sí? ¿Estás seguro? —preguntó el buceador, que por una vez miraba muy firme a los ojos de su interlocutor, sin desviar el gesto.

Pietro y Nagore, que se habían aproximado para indicarles que debían subir ya a bordo de la patrullera de la Guardia Civil, no se atrevieron a interrumpir aquella escena, ya que Carbonell parecía a punto de romperse. Metodio, con semblante triste, se volvió hacia ellos.

—Seguramente les parece muy tonto cada vez que hablo de Cousteau, pero una vez dijo algo sobre esto, ¿saben? Porque cuando los hombres van a la busca de un tesoro, siempre encuentran algo; a veces un tesoro, y a veces nada. Pero él creía que siempre descubrirían verdades sobre sí mismos. Y yo sé que es injusto, pero tal vez vimos una cara de Linda que tampoco ella conocía, ¿entienden? —se preguntó, para bajar por fin la mirada, como si le hubiese resultado agotadora aquella sobreexposición sobre sí mismo y sus pensamientos. Le dio un abrazo muy sentido a Carbonell y después se dirigió hacia la nave abarloada de la Guardia Civil, dispuesto a salir de aquel mal sueño.

A lo lejos, a aproximadamente media milla, el helicóptero de la Policía Nacional y la otra patrullera de la Guardia Civil se acercaban a dos significativos bultos que habían emergido de las aguas. Todavía no sabían que, en un último gesto antes de morir, James Grosvenor les había entregado a Eloy Miraflores. Cuando el millonario había vuelto a tomar entre sus manos la tablet del restaurador, había sido para dar orden irreversible a los batiscafos para emerger. Miraflores y sus hombres, desesperados, habían intentado contraprogramar aquella directriz, pero les había resultado imposible. Se habían arriesgado incluso a reiniciar varias veces los sistemas, pero solo habían logrado retrasar el proceso de ascenso. Ahora, únicamente tenían que decidir si salían o no de aquellos submarinos de forma amistosa. A Eloy se le había ocurrido que se deshiciesen de todas las armas para que, si los atrapaban, solamente tuviesen que afrontar un sinfín de multas administrativas y requerimientos por utilizar, en sus prospecciones, submarinos no registrados ni identificados en ninguna parte.

Sin embargo, Miraflores no había contado con la supervivencia de Pietro, Nagore ni aquellos Goonies a los que no había dado la más mínima importancia ni consideración. Desde luego, se había equivocado cuando había creído que el propio White Heron sería la bestia encargada de devorarlos. Cuando vieron aquella diminuta lancha de desembarco que había sobrevivido al desastre, les pareció imposible que hubiese podido salir de la masa de explosiones y descontrol, pero lo había hecho.

Eloy, que tenía a la patrullera de la Guardia Civil muy cerca, tuvo que pensar muy rápido. En el asalto al White Heron había perdido a cuatro de sus hombres, pero a cambio había eliminado a toda la tripulación, a cinco químicos y restauradores de arte y al propio James Grosvenor. Si lo atrapaban, pasaría el resto de su vida en la cárcel, pero ahora no veía escapatoria. Comenzó a sudar de nuevo, con la histeria escalando desde las tripas hasta el cerebro. El Hispaniola estaba todavía a media milla de distancia, y que llegase a tiempo sería imposible. Solo podría contar con que lo rescatase su zódiac con motor fueraborda, pero para ello tendría que encargarse de la patrullera de la Guardia Civil y de aquel helicóptero que los sobrevolaba. ¿Cómo podría hacerlo? Además, si lo consiguiese, ¿cómo podría vivir libre, con su mujer y sus hijos? Tendría que huir, camuflarse en el extranjero. Tal vez Latinoamérica… Para eso disponía de dinero en cuentas a nombre de empresas fantasma en algunos países centroamericanos, para tener un colchón de rescate en situaciones como aquella.

—Coged las metralletas y las granadas —ordenó a sus hombres.

—¿Qué? —cuestionó uno de ellos—. ¿Estás loco? ¡Estamos rodeados!

—¿Queréis pudriros en la cárcel? —preguntó casi en un grito, escupiendo cada palabra—. ¿Eso queréis, joderos la vida?

Bajo el ruido de las aspas del helicóptero y con el motor de la patrullera policial rugiendo hacia ellos, contactó por teléfono con el Hispaniola y dio orden de que la lancha fuese a buscarlos, aunque sus hombres se miraban entre ellos con recelo. Acto seguido, tomó una de las metralletas y comenzó a disparar a la patrullera de la Guardia Civil, que detuvo su ritmo y se posicionó de tal forma que todo el equipo policial a bordo estuviese a cubierto, utilizando la propia estructura de la nave como parapeto desde el que ellos también pudieran defenderse.

—¿Qué cojones hacéis? —bramó Eloy, fuera de sí y al comprobar que, salvo uno de sus secuaces, los hombres de ambos batiscafos no disparaban—. ¡La lancha vendrá ahora, solo hay que ganar tiempo!

El plan desesperado de Eloy seguía sin convencerlos, porque aquella diminuta lancha que todos conocían, aunque pudiese llegar a su posición, a duras penas podría llevar a todos a buena velocidad y, aunque los pudiese portear hasta el Hispaniola, ¿qué harían allí? Para entonces ya habría también más patrulleras. Ni siquiera dirigiéndose directamente a tierra escaparían del dispositivo policial que sin duda estaba siendo organizado. Sin embargo, Eloy estaba fuera de sí, aterrado por un futuro incierto que le mordía a cada segundo, por el miedo al fracaso ante su mujer y sus hijos, que sabrían que era un perdedor y un asesino. Exasperado, siguió disparando la metralleta hacia la patrullera y hacia el helicóptero, que se había dirigido a ellos mediante un megáfono para que depusieran las armas, aunque cualquier propuesta en aquel sentido había sido recibida con más tiros y con el ademán claro por parte de Eloy de lanzarles una de sus granadas.

Fue un certero disparo que acertó en el cuello de Eloy el que paró esa desesperada huida hacia ninguna parte. Uno de los GOES, desde el helicóptero, acabó con aquella histérica y destructiva reacción del empresario. Antes de morir, Eloy Miraflores pensó en sus hijos. ¿Cómo lo recordarían? ¿Qué les contarían de su padre? Posiblemente, que había sido un asesino, un traficante y un gánster. ¡Pero él era un héroe! Todo aquello había sucedido, en realidad, por su afán de protegerlos. Por no haber ejecutado a aquellos malditos infelices que habían escapado del White Heron y por haberse vuelto blando, cuando la vida solo pertenecía a quienes sabían desprenderse del corazón.

Entre tanto, Pietro, Nagore y los Goonies ya viajaban a bordo de la patrullera de la Guardia Civil, rumbo al puerto de Vigo. La lancha de desembarco en la que habían huido sería remolcada hasta la ciudad por Salvamento Marítimo mientras ellos eran atendidos con bebidas calientes y mantas y recibían unos primeros auxilios a bordo del barco que los había recogido. Pietro era quien sufría una herida de mayor consideración, por lo que las medidas con él habían sido más estrictas, y ahora iba recostado en la barcaza de la Guardia Civil, al tiempo que observaba la ría desde su posición. A su lado descansaba también Nagore, a la que a pesar de sus quejas habían ordenado reposar y estar quieta, ya que el golpe en su cabeza mostraba un hematoma considerable. A solo un par de metros de los policías, un miembro del personal de rescate los vigilaba mientras urgía por radio que, al llegar, los recibiesen varias ambulancias. De pronto todo era ruido: Metodio y Miguel hablando con los guardias civiles, la radio y los teléfonos sonando; era como si, de forma deliberada, los que habían sobrevivido al peligro deseasen escuchar el sonido de su propia voz solo para constatar que estaban vivos. Sin embargo, Pietro y Nagore se permitieron un par de minutos de silencio. Contemplaron, como a cámara lenta, su entrada por mar a la ciudad. A estribor pudieron ver, a lo lejos, la pequeña playa de A Calzoa, donde la diminuta casa de Lucía permanecía con sus ventanas mirando hacia las olas.

—Que sepas que me debes un abrigo —le dijo por fin Nagore a Pietro, dándole un codazo suave y amistoso—. Ese que te ha taponado el agujero de bala y te ha salvado la vida, por cierto.

—¿Ese? Era muy feo.

Ella sonrió, aunque su gesto fuese serio.

—Pensé que no lo contábamos.

Él asintió para después, conteniendo un gesto de dolor al mover el brazo, reflexionar sobre toda aquella situación.

—Todavía tenemos mucho que aclarar.

—Sí. Todo esto sigue pareciendo una locura, no sé cómo encajar lo que ha sucedido... Son demasiadas cosas.

En efecto, el vínculo de Miraflores y Grosvenor parecía más o menos claro, pero seguían teniendo muchos vacíos y lagunas en aquella historia. ¿Qué había encontrado Lucía en el Archivo de Tuy y cómo enlazaba con todo aquello? ¿Por qué ella y los demás habían muerto? Era difícil saberlo. Y ahora, después de dar muchas explicaciones, tendrían que reponerse e intentar desvelar todos aquellos misterios.

Continuaron aproximándose a velocidad constante a la ciudad, dispuestos ya a ordenar sus pensamientos e ideas para exponérselos a los compañeros de la Policía Judicial. ¡Era tan extraordinario lo que habían vivido en aquellas dos últimas horas de sus vidas! Guardaron de nuevo silencio por un momento y comprobaron que ya estaban bastante cerca de la costa urbana. Ninguno de los dos había visto nunca Vigo desde el mar. El sol se reflejaba en las ventanas de las casas y otorgaba brillo a los árboles que coronaban el monte del Castro, por lo que daba la sensación de que la ciudad, acogedora, los recibiese preparada para envolverlos en un abrazo. Pietro miró la postal en la que se adentraba y pensó que era uno de los paisajes más bellos que jamás había visto.

MIRANDA

La tormenta duró toda la jornada, como si el cielo de Galicia hubiese decidido despedir a los invasores con una rabia desatada y feroz. Los enemigos partieron hacia el norte y dejaron atrás, despedazada, la Flota de Indias que más riquezas había fletado en toda la historia.

No encontraron los cuerpos de Pedro y Rodrigo, pero no era difícil imaginar cuál había sido su destino. Miranda, empapada y aterida, esperó en la playa de Cabo Estay toda aquella mañana de tormenta, y con el catalejo de uno de los hombres de Gonzalo oteó sin descanso el horizonte; cuando se alzó la bruma alcanzó a ver, con dificultad, el hundimiento del galeón, y todos celebraron con tristeza que al menos Rodrigo hubiese cumplido su objetivo.

Fue el propio Gonzalo quien tuvo que suplicar a Miranda que abandonase la orilla: de haber sobrevivido a los angloholandeses, sus amigos habrían sucumbido bajo aquel terrible tiempo. A petición de la joven, y cuando amainó un poco el viento, se adentraron con su barco para buscar los cadáveres. El temporal los obligó a regresar sin encontrar ningún resto, salvo algunos de los materiales propios de los naufragios, ya que el galeón, según se había ido hundiendo, había escupido algunos de sus enseres de cubierta. El hecho de que muchos de sus espacios estuviesen sellados, sin duda, preservaría el resto de los muebles y objetos en su tumba bajo el mar.

—No puede ser, Gonzalo —había negado Miranda, enérgica. A ratos parecía aceptar lo que había sucedido y al instante lo negaba con total rotundidad—. Tienen que estar vivos. ¿Cómo iban a adentrarse en un plan semejante si no guardaban una forma de escape?

El corsario, apenado y compungido, no sabía ya qué responder.

Pasaron dos días. Gonzalo, a primera hora, visitó a Miranda en el palacio de Arias Taboada acompañado por el padre Moisés, que pretendía ofrecer consuelo. Miranda continuaba imaginando posibles vías de escape para Pedro y Rodrigo, incapaz de considerar que el oficial hubiese acudido a una misión suicida. El corsario buscó justificar a su amigo.

—Rodrigo tenía nublado el juicio, mi señora. No hay hombre más peligroso que el que cree que no tiene nada por lo que vivir.

Ella, incrédula y angustiada, se sintió en gran medida responsable ante aquella ausencia de motivación. Se retorció las manos para después llevárselas al rostro en forma de rezo.

—¿Y si lograron alcanzar las islas de Bayona? ¿O encaramarse a algún islote? ¡Gonzalo, debemos volver! —exclamó, acercándose a él muy decidida.

Gonzalo, ojeroso y cansado, cruzó una mirada con el párroco, que tomó la palabra.

—Hija mía, don Gonzalo ya ha hecho todo lo que ha podido. Con riesgo de su vida, y la de sus hombres, os ha llevado incluso hasta los islotes de Agoeiro, y bien sabéis que la mar os ha hecho regresar. Lo único que podemos hacer por nuestros valientes es rezar. Venid conmigo a la colegiata y hallaremos el consuelo que…

—No, padre —negó ella, muy seria y mientras una lágrima rodaba ya por su mejilla—. Ya no hay consuelo posible.

—No digáis eso, hija. La muerte os ha golpeado estas semanas, pero si Dios quiere lo peor de la guerra ya ha pasado.

Miranda, consciente de su deber de rezar por los difuntos y de atender los ruegos del padre Moisés, se escuchó sin embargo a sí misma dirigirse con decidida determinación a Gonzalo.

—Sé que estaréis agotado y que mi petición excede lo debido, pero os ruego que me llevéis allí de nuevo, Gonzalo. La mar, con el tiempo, devuelve los cuerpos —añadió, mirándolo a los ojos—. Os ruego la merced de que me permitáis acompañaros para buscarlos y, si Dios así lo quiere, darles cristiana sepultura.

Gonzalo volvió a mirar de reojo al padre Moisés en busca de auxilio, porque se sentía incapaz de negarle nada a Miranda y sabía lo desagradable que sería la tarea de recuperar aquellos cuerpos, si es que el mar se decidía a devolverlos. Sin embargo, y para su sorpresa, el cura pareció estar conforme.

—Don Gonzalo, los aliados ya no se otean en el horizonte, y es hora de que surquemos las aguas en la búsqueda del hermano Tobías, pues quién sabe si ha sobrevivido o no a la incursión de los herejes. Ahora que ha amainado la tormenta, tal vez sí sería momento de acercarse a la isla de San Martín y, de paso, rastrear la bocana sur de las islas de Bayona.

—Gracias, padre —suspiró ella, agradecida.

—Irá sin vos, Miranda. No es viaje para una mujer, y menos en vuestro estado de ánimo. Debéis descansar y reponeros de estas arduas y dolorosas impresiones. Confiad en mí —añadió el cura, tomándola de las manos—, el tiempo sanará las heridas, pero ahora no debéis añadir más dolorosas visiones a vuestra memoria.

Ella, contrariada, había asentido. Sin embargo, al despedirse, había susurrado a Gonzalo su intención de presentarse en el muelle al día siguiente, junto a su Cormorán, a primera hora del alba. El corsario la había mirado con el brillo azul de su mirada algo apagado, porque había comprendido que, aun estando muerto, Rodrigo era un rival imbatible. Y lamentaba profundamente que hubiese fallecido sin saber que Miranda, en realidad, le había correspondido siempre. ¿Cómo era posible que él mismo, experto en las artes del amor, no se hubiese percatado antes?

Así pues, y con el corazón encogido, al amanecer de la mañana siguiente una misteriosa dama envuelta en una discreta capa bajó sola al muelle. Allí, don Gonzalo y sus hombres la esperaban para recoger, mar adentro, los cuerpos de Pedro y Rodrigo.

Amaneció con el cielo despejado. El aire era frío y húmedo, como si el aliento de los muertos de la batalla todavía se estuviese paseando por la ría. El Cormorán avanzó en digno silencio hasta la isla de San Martín, mientras Miranda escudriñaba el horizonte. Parecía haber envejecido de pronto, y unas profundas ojeras resaltaban el contorno de sus ojos verdes. Cuando llegaron a la isla, las aguas lucían claras y limpias, tal y como suelen mostrarse tras las tormentas. A lo lejos, en el arenal, podían verse algunos restos de mobiliario náutico; tal vez se tratase de pertenencias del galeón hundido.

—Iremos primero a ver al hermano Tobías —se limitó a decir Gonzalo.

—Por supuesto.

Miranda había asentido, ya que desde luego no había perdido el juicio y sabía que urgía más atender a los vivos que a los muertos. Decidió esperar a bordo, pues tal vez su presencia, en vez de ofrecer sustento, entorpeciese más el encuentro con el hermano Tobías, del que creía no haber logrado cosechar hacia sí misma ningún afecto. Deseaba terminar cuanto antes con aquella gestión para rastrear la boca sur de las islas de Bayona. Temía el momento de hallar los cadáveres de Pedro y Rodrigo, pero también sentía que sería un alivio encontrarlos y darles santa sepultura.

Al acercarse más a la orilla a bordo de una falúa, a Gonzalo le extrañó mucho ver la pequeña barca que le habían dejado al monje. Era diminuta, y acostumbraba a mantenerla oculta en una brevísima gruta que había entre rocas; resultaba muy útil para que el monje pudiese recoger las nasas que hubiese dejado para atrapar pulpos o cangrejos por la noche o para que, en caso necesario, quisiera ponerse a pescar. Sin embargo, al pisar el arenal vio la barquita completamente inutilizada, rota y salpicada de sangre. Aunque seguramente a aquellas alturas ya nada implicase la necesidad de correr, apuró el paso hasta el eremitorio.

Poco antes de llegar, a unos treinta metros, intuyó la silueta del monje, reclinado sobre un madero. La postura era extraña, y sospechó que estaba muerto. No obstante, echó a correr cuando vio que se movía, y la cara de sorpresa y de alivio del monje al verlo fue digna de recordar. Gonzalo comprobó que el hombre se había inclinado para recoger alguna cosa del suelo, y se dio cuenta de que el hermano Tobías estaba herido. No era gran cosa, pero la pierna derecha la tenía en gran medida inutilizada.

—¡Hermano! ¿Qué os ha pasado? ¿Han sido los herejes?

—¿Los herejes, decís? —le preguntó tras recuperarse de la impresión de verlo—. Ni siquiera han pisado esta isla.

Gonzalo mostró sincera sorpresa.

—¿No?

—Fueron a hacer aguada a la isla del Faro —le explicó el monje, agarrándose a él para ponerse derecho—, prueba de que sus mapas conocen bien el terreno, pues las mejores aguas son las de la fuente de Carracido.

Gonzalo procuró ayudar a caminar al hombre, que sin decir más se dirigía directamente hacia su refugio.

—¿Y entonces? ¿Cómo os habéis herido, hermano?

Tobías respiró profundamente, como si cada paso le supusiese un gran esfuerzo, y se limitó a decir:

—Venid.

Llegaron al refugio, donde nada más abrir la tosca puerta de madera Gonzalo notó el agradable calor del interior, en contraste con el frío húmedo de la selva y del mes de noviembre. En el camastro había un bulto indefinible, al que se dirigió por una señal del monje. Al contemplar al hombre que yacía allí, entre fiebres y delirios, sintió cómo su pecho aullaba de pura alegría. No daba apenas crédito a lo que veían sus ojos, y giró la cabeza hacia el monje, tan solo para confirmar que lo que contemplaba era cierto. Tobías asintió, mientras Gonzalo musitaba un nombre. Rodrigo.

A los gritos de alegría y felicidad sucedieron carreras y preocupaciones. Cuando algo más tarde Miranda llegó corriendo al eremitorio, abrazó al hermano Tobías con inusitada fuerza, ante lo que el monje se turbó enormemente, y enseguida comenzó a preguntar qué había sucedido y qué males aquejaban a Rodrigo.

Se arrodilló al lado de su camastro y lo examinó en la medida de lo posible tal y como le habían enseñado a hacerlo en el hospital Sancti Spiritus. Tobías le explicó que no había recuperado el conocimiento desde que lo había encontrado y que había empezado a curarle las múltiples heridas con todos los ungüentos de los que disponía, aunque temía más por la pulmonía que sin duda había contraído que por los males externos del cuerpo, por lo que solo restaba esperar para comprobar la fortaleza de su espíritu. Tras las explicaciones, el monje se interesó por el padre Moisés y por las incursiones de los aliados, ya que desconocía hasta dónde habían llegado y qué daños habían ocasionado. Gonzalo le explicó de forma brevísima la invasión, porque deseaban saber qué había ocurrido con Rodrigo y Pedro.

Así pues, el religioso —que se lamentaba sin cesar por llevar tres días sin cumplir con sus siete rezos diarios— les contó por fin su propia historia.

Dos semanas atrás, cuando avistó las naves enemigas, había agotado la madera para la hoguera de emergencia; después había recogido más leña, pero esta se encontraba húmeda y en su estado actual se sentía incapaz de subirla al montículo, motivo por el cual no había avisado del acontecimiento que suponía tener a Rodrigo en su retiro espiritual.

—Lo entendemos, Tobías —lo había interrumpido Gonzalo, ansioso—, pero ¿cómo llegó Rodrigo hasta aquí? ¿Y Pedro, lo habéis visto?

Ante la última pregunta, el monje hizo una señal positiva, pero con semblante de compungida entereza.

—Lo enterré como pude en la playa, pero no he podido hacer señal ni cruz alguna. Y es un verdadero milagro que don Rodrigo todavía sea capaz de respirar. ¿Me permitís proseguir? —inquirió, algo molesto.

—Por favor, hermano. Continuad.

—Escuchad. Cuando vi que los invasores se retiraban entre cánticos y regocijos, no tuve duda de quién había ganado la batalla, aunque he probado en mis propias carnes cómo la afilada aguja de la incertidumbre puede horadar el alma de un hombre. Desconocía, como ya habéis visto e imagináis, los verdaderos males que había causado la invasión. Al verlos marchar, la mañana del 6 de noviembre tomé el catalejo y subí a la atalaya más cercana a la bocana sur, ya que intuí que iban a partir por aquella ruta. La bruma apenas me permitía otear el horizonte, y al ser claro que una tormenta se aproximaba muy rápido, decidí regresar al refugio. Sin embargo, debió de ser Dios quien tiró de la niebla y alzó el telón de aquel teatro, pues juro que nunca vi cosa igual y me quedé quieto cual estatua sin poder apartar la mirada.

—Vive Dios que la estampa debía de ser tremenda. Os referís a todos los navíos enemigos partiendo hacia el norte, sin duda.

—Tal flota emergiendo de la bruma jamás podré borrarla de mi memoria —confirmó el monje, concentrado—. Observé con el catalejo que aquel grupo de navíos llevaba tres presas remolcadas, y por un instante me pareció ver que una de ellas escupía a un hombre por la popa. Creía haber visto mal, cuando otro salió de seguido por el mismo agujero, que debía de ser una ventana del galeón, medio desarbolado. No sabía si serían o no herejes, mas cuando vi cómo les disparaban desde cubierta, no tuve duda de que eran españoles.

—Pero ¿a qué altura estaban? —se interesó Gonzalo, que ya había presenciado la velocidad con la que habían partido las naves, sin creer que aquello hubiese podido suceder tan cerca de la posición del hermano Tobías.

—Por esos bajos que llaman de Carrumeiro, según recuerdo. Agudicé la vista y la providencia hizo que el catalejo acertase bien dónde posar la mirada, porque, aunque no podía ver a los náufragos en el agua, sí pude observarlos cuando llegaron al islote.

—¡El islote! —exclamó Miranda, que miró a Gonzalo en señal de que su idea, que no había sido más que una mal dibujada esperanza, se había convertido al final en la línea de vida a la que agarrarse.

El monje, que hizo una mueca en muestra de desaprobación por haber sido nuevamente interrumpido, tras una amonestación visual continuó con su relato:

—Me pareció que uno de los hombres se perdía entre las olas, pero el otro tomó un barril y se ató a él con su cinto... Después, comprendí que había imitado al primero, porque ambos habían hecho lo mismo. Las olas lo sacaron del islote, al que consiguió regresar por dos veces, de modo que, sin todavía explicarme muy bien cómo, mis pies se dirigieron hacia la playa, mis manos desataron el bote que vos me dejasteis para recoger las nasas —se dirigió a Gonzalo al decir esto— y todas mis energías se dispusieron para remar hacia allá.

—¡En mitad de la tormenta! —exclamó Miranda, que se puso en pie, le dio un beso en la mejilla al monje y volvió a abrazarlo, en una insólita demostración de afecto por parte de una dama. Tobías se ruborizó muchísimo, avergonzado—. Sois un héroe, hermano Tobías —afirmó ella, indiferente al decoro ni a nada que no sostuviese la vida—. Perdonad que os haya interrumpido, os lo ruego. Continuad —añadió, reconviniéndose a sí misma por no haber sabido contenerse.

—Yo, pues... —dudó él, todavía azorado—. Señora, no obré como hombre, sino como instrumento de Dios. Ningún mérito tiene el ayudar al prójimo, pues es una obligación, no una penitencia ni una hazaña por la que vanagloriarse. Por un instante creí, de hecho, que no podría llegar a alcanzar al náufrago, y mucho menos acercarme al islote, que destrozaría mi barca, pero cuál fue mi sorpresa al ver que el hombre que buscaba flotaba ya, perdido el conocimiento, muy cerca de mi embarcación. Lo subí como pude, entre olas que comenzaban a crecer, y remé con fuerza para huir de las corrientes que me llevasen a mar abierto. Sin duda Dios estaba de nuestra parte, porque el viento favoreció mi huida y regresé al arenal más rápido de lo que me había ido.

—¿Y entonces, vuestra pierna? —inquirió Gonzalo, que había supuesto que el monje se había herido durante el rescate.

—Ah, ¡desembarcar fue difícil, don Gonzalo! Las olas que me respetaron en alta mar me acuchillaron en la orilla y empujaron la balsa hacia las rocas. Por poco no perecemos don Rodrigo y yo mismo. Mis fuerzas ya eran escasas, pero logré arrastrarlo hasta aquí, curar sus heridas y las mías y tomar aliento.

—Pero, hermano —volvió a inquirir Gonzalo—, ¿y Pedro? Dijisteis que lo habíais enterrado en la playa.

Tobías asintió.

—El mar me lo entregó a la mañana siguiente. Mis fuerzas eran pocas y mi pierna me daba grandes molestias… Que Dios me perdone, pero el marinero era tan grande que apenas lo pude enterrar en la arena, ya os lo he dicho. Y aun fue así porque lo hallé con marea alta, que si fuera baja ya lo habría vuelto a tragar el mar. Lo encontraréis fácilmente, a mitad del arenal —concluyó, como si su relato lo hubiese agotado por completo.

Miranda y Gonzalo se miraron, todavía incrédulos ante la historia que les había contado el hermano Tobías. Aquel hombre tosco, huraño y seco, había demostrado tener unas agallas y un valor fuera de lo común. Miranda procuró ayudar al monje para limpiar su herida en la pierna y, después, volvió a arrodillarse frente a Rodrigo. Tenía fiebre y deliraba.

Pasaron dos días en la isla, esperando buen viento de regreso y preparando el Cormorán para trasladar a un enfermo en tal estado hasta la villa de Vigo. A Pedro lo enterraron en la isla con todos los honores, porque a pesar del frío el cuerpo había comenzado su natural proceso de descomposición y no era seguro para los demás subirlo a la nave. A Miranda, en aquel singular sepelio, le pareció ver mariposas negras danzando en el aire y rezó por Pedro con la pena y el respeto con los que también había rezado por su padre y por Sebastián.

El hermano Tobías, dado su estado, decidió abandonar por fin su retiro espiritual y, cuando el Cormorán partió de la isla de San Martín y miró hacia atrás, tuvo la sensación de decir adiós a un refugio. Sin embargo, tal vez uno de los mayores pecados de su vida hubiese sido cometido en aquella singular y extraordinaria isla.

Rodrigo fue llevado al pazo de Miranda, donde recibió todos los cuidados, día y noche. Fue preciso retirarle muchas astillas del cuerpo, que el hermano Tobías no había logrado alcanzar y que al oficial le provocaban severos dolores e infecciones. Tardó una semana en recuperar la conciencia, entre toses y fiebres, que fueron disminuyendo gracias a los incansables cuidados de Miranda y Ledicia.

Ahora, solo ellas y los criados estaban en el pazo, ya que los marineros que tanto habían preocupado a Fermín habían vuelto a sus casas. No solo no se habían llevado ningún enser del palacio, sino que traían con frecuencia pescado fresco para «la señora». Miranda, que había llegado a abandonar a sus larvas y orugas, había encontrado algún tiempo para volver a cuidarlas, aunque todas sus horas libres eran para Rodrigo.

Solo salía por las mañanas para retomar alguna de sus clases de dibujo a las jóvenes de la villa, que ya habían regresado a sus hogares; aquellos ingresos que le reportaba la actividad no eran muchos, pero junto con las rentas que recibía de los negocios de su difunto esposo le servían para ahorrar y seguir soñando con su idea de publicar, algún día, un libro sobre las orugas, las mariposas y su metamorfosis. En uno de sus paseos visitó al señor Mascato, el impresor, que parecía haberse serenado tras aquella charla en Bouzas, aunque su semblante era triste y sus sensaciones sobre el conflicto bélico no eran buenas, pues creía que duraría muchos años. Sin embargo, y contagiado de la viveza de Miranda, hasta él la animaba ahora a seguir investigando y dibujando aquellos horribles insectos, porque cualquier cosa era mejor que sumergir los pensamientos en la muerte y en todo lo que les pudiese deparar la guerra.

Una noche, por fin, y cuando ya todos descansaban, Rodrigo abrió los ojos. Miró a su alrededor y reconoció el cuarto, que era donde se había alojado aquella terrible noche que había muerto Fermín de Mañufe. A su lado, y en un gran diván, dormitaba Miranda, que para no faltar al decoro siempre dejaba abierta de par en par la puerta del aposento.

—Miranda —dijo él, en un susurro.

Ella abrió los ojos de inmediato y se sentó a su lado corriendo.

—¡Rodrigo! ¡Por fin! ¿Cómo estáis? ¿Tenéis frío? ¿Calor? —Nerviosa y emocionada, lo tomó de una mano.

—Me… Me duele el pecho y me arde el brazo izquierdo. ¿Qué ha pasado? —le preguntó en un susurro, y el esfuerzo de hablar pareció agotarlo—. ¿Cómo he llegado hasta aquí?

Miranda le explicó todo lo que había sucedido y comprobó cómo se emocionaba Rodrigo al nombrar ella a Pedro en el relato, pues los ojos del oficial brillaban con la pena.

—Qué inconsciente fui, Miranda. Aquel galeón era solo una presa más, y ahora el Gremio de Mareantes de esta villa ha perdido a un gran hombre.

—Fue su decisión acompañaros, Rodrigo. Gonzalo me lo ha contado todo. Debéis descargar vuestra conciencia, porque la guerra no sabe de justicia, vos mismo lo dijisteis una vez.

Rodrigo asintió muy levemente, con tristeza, y después, a través de la penumbra, la miró a los ojos.

—¿Y vos?

—¿Yo?

—Sí. ¿Qué pensáis hacer? Dijisteis que os iríais al Nuevo Mundo.

Ella lo miró muy seria y acarició la mano de Rodrigo, que todavía cuidaba entre las suyas. Se atrevió a besarle el dorso, aún herido y vendado, y después, de forma muy suave y lenta, lo besó en los labios. Alzó el rostro para hacerle una promesa.

—Dije muchas cosas, Rodrigo, pero certeza ya solo tengo una, y es que nunca más me separaré de vuestro lado.

Y, en efecto, la joven permaneció junto a su lecho, cuidándolo, hasta que el hidalgo, agotado y con una sensación de inesperada e insolente felicidad en su pecho, se quedó nuevamente dormido. Miranda todavía tenía cosas por las que preocuparse y decisiones que tomar, pero la ilusión de un nuevo comienzo permitió que aquella noche, en el diván, durmiese por primera vez en mucho tiempo sin que la angustiasen las pesadillas.

Transcurrieron dos semanas. Rodrigo repuso fuerzas, aunque su brazo izquierdo apenas disponía de movilidad. Su cuerpo estaba lleno de cicatrices, y la de su mandíbula parecía ahora hacer juego con el conjunto de las que habitaban ya en el resto de su figura. Miranda le había devuelto, por fin, la ilusión de vivir de forma plena y sin reprocharse los errores del pasado, que no alimentaban nada más que las zonas oscuras del corazón. El espíritu indomable de ella, su determinación por estudiar y plasmar en sus dibujos aquellos insectos que nadie apreciaba... Sentía como si el valor y el ingenio de Miranda fuesen contagiosos, porque también él, ahora, tenía afán por aprender y por descubrir el mundo de otra forma.

Rodrigo y Miranda hablaron mucho durante aquel tiempo, y decidieron que su matrimonio se celebraría tan pronto como él estuviese repuesto. Una noche, cuando el oficial ya pudo comenzar a caminar, le propuso a la joven retirarse a su alcoba alquilada en la plaza Pública, pues las gentes de la villa podrían comenzar a murmurar y a cuestionar la reputación de la joven si él continuaba alojado en el pazo antes de casarse.

—Tal batalla ya está perdida, Rodrigo. Hace tiempo que hablan.

—¿Y no os importa?

—No.

Miranda, si no hubiera vivido aquella guerra y no hubiese sentido la muerte encaramada a cada esquina de su vida, jamás habría hecho lo que hizo después. Se levantó del diván, fue hasta la puerta y la cerró con llave. No había vela alguna encendida, y caminaba a través de la penumbra. Regresó al lecho donde descansaba Rodrigo y, sin decir nada, comenzó a desnudarse. Lo hizo de forma natural, sin rubor ni vergüenza, mientras él, embelesado, la besaba y acariciaba su cuerpo.

Aquella noche, entre Rodrigo y Miranda creció una llama que había latido desde siempre, pero que ahora por fin se convertía en fuego. Con delicadeza al principio —atendiendo las heridas de Rodrigo— y con desesperación después, hombre y mujer se abandonaron al vaivén rítmico de sus cuerpos. Miranda, que hasta no hacía mucho era incapaz de soportar la idea de que la tocase un hombre, sentía ahora que en aquel abrazo era donde debía estar, y el calor y la humedad de su piel buscaban a Rodrigo con la entrega decidida de quienes se eligen de forma mutua. Él le susurraba palabras de amor al oído y ella besaba después todo su cuerpo, que tantas veces ya había visto desnudo en aquellas semanas de convalecencia. La joven reclamaba a Rodrigo que volviese a tomarla por completo, porque el deseo era tan fuerte que no parecía terminarse nunca, y él se sorprendía por cómo su cuerpo, ajeno a las heridas, respondía a aquel reclamo con una fuerza y pasión tales que era difícil acallar los suspiros que él y Miranda compartían.

A la mañana siguiente, aún arrobados y perdiéndose en miradas y caricias mutuas, los dos enamorados tomaron decisiones. Si algo habían aprendido de la guerra era que solo ellos podrían tejer el camino de sus destinos.

El príncipe de Barbanzón había averiguado la acción extraoficial de Rodrigo, que podría haber penado con cárcel y hasta con la horca por haber actuado por libre, sin acatar su orden ni dirección, pero el capitán general de Galicia, discreto en su cargo y justo con sus hombres, procedió de forma contraria. Con su elegantísimo atuendo y su larga y rizada peluca blanca, visitó a Rodrigo en el pazo de Miranda y habló más de una hora en privado con el oficial y la joven viuda. Viendo que el estado físico de Rodrigo malamente le podría permitir luchar en la Guerra de Sucesión —dado el estado de su brazo—, movió sus contactos para que la Corona lo nombrase corregidor o alcalde mayor de Nicoya, en Costa Rica. Así, se cumplirían los deseos de Rodrigo, que siempre había dicho que querría regresar al Nuevo Mundo, y los de Miranda, que ansiaba continuar explorando sus maravillas naturales.

Aunque no había solicitado favores a cambio, Rodrigo y Miranda le confirmaron a Barbanzón que parte de los beneficios de los negocios que ella había heredado —y que ya no cedería a ningún cuñado— se destinarían en favor de su majestad para luchar contra los aliados. Cuando se lo explicaron al día siguiente a Gonzalo, este no daba crédito.

—Vive Dios que no esperaba este giro de la historia. ¿Os vais juntos, pues?

—Nos vamos. Esperaremos los buenos vientos de comienzo del verano, pero nos casaremos la semana próxima en la colegiata —le había contestado Miranda, llena de afecto hacia el corsario—. Será un gran honor para nosotros que vos estéis en la primera fila, aunque será una ceremonia muy discreta y breve.

El apuesto y antiguo fraile asintió, conforme con las cartas que le habían tocado en aquella partida, aunque su corazón siguiese todavía arrobado por el brillo de la joven.

—No faltaré.

Rodrigo, que guardaba descanso sentado en un sillón, se dirigió a su amigo.

—Me vendría bien un hombre de confianza en Costa Rica, si gustáis de participar en la aventura.

Gonzalo alzó las cejas, sorprendido.

—Me halagáis, Rodrigo. Pero no, he de quedarme. La guerra ha dado licencia para volver a navegar en corso, y disfrutaré peleando esta costa contra los aliados y todos los piratas que vengan. Me encuentro, además, cerrando acuerdos con comerciantes de Venecia, Nápoles, Génova y la costa mediterránea para cubrir sus mercancías en nuestras costas, donde alguno piensa asentarse.

—Podríais delegar la tarea.

—Como hombre de honor, debo dar cumplido servicio a lo ya acordado. Aunque, como más pesada responsabilidad —añadió, en tono jovial—, tengo algunas damas embelesadas, y no quisiera hacerlas sufrir con mi partida —exageró y lo hizo tan solo para favorecer el trance, porque todos los presentes sabían que no hacía mucho que había propuesto matrimonio a Miranda.

—Si es vuestra decisión permanecer en Galicia —le dijo Rodrigo, que no ocultó cierta decepción al no poder contar con Gonzalo en el Nuevo Mundo—, sabed que seréis bien recibido allá donde nos encontremos, pues para mí y para Miranda sois un hermano.

—Os lo agradezco, Rodrigo.

—Y no solo eso —añadió ella—, sino que, mientras mantengáis vuestra decisión de permanecer en Vigo, sería para mí muy grato el que acometieseis la empresa de dirigir los negocios heredados. La viuda de don Fermín, con la que me he escrito estos días, acordaría cederos la gestión a vos y al capataz, que haría todo el trabajo, si bien serías vos quien diese orden y mando.

—Y por supuesto —añadió Rodrigo— se os compensaría con notables rentas, incluidas las que resulten del alquiler de este palacio.

—Me abrumáis con vuestra generosidad.

—No es más que la que vos habéis mostrado siempre, Gonzalo. Seréis libre de ir y venir y hacer vuestros viajes, pero precisamos a alguien de confianza en el Viejo Mundo para que cuide los negocios.

Los tres amigos, que se sentían familia, conversaron sobre los detalles de todos aquellos cambios y con sincero afecto intercambiaron chanzas, recuerdos y sueños. Cuando Miranda ya hablaba del coste del papel para sus futuras impresiones de mariposas, Rodrigo pareció recordar algo que había quedado dormido en su memoria.

—Gonzalo, ¿no os dijo nada el monje sobre mis pertenencias cuando me halló en medio del mar?

—¿Vuestras pertenencias?

—Sí, unos papeles que tomé del cuarto de estraperlo del galeón. Pedro también llevaba un dije de oro y esmeraldas. ¿No os habló de ello?

Gonzalo frunció el ceño y negó, convencido.

—Tal vez lo perdieseis con los golpes de las olas —se le ocurrió a Miranda.

—Tal vez —asintió Gonzalo.

Sin embargo, y sin saber por qué, en el ánimo del corsario comenzaron a crecer la curiosidad y el oscuro color de la sospecha.

13

Mañana, Vigo, que no es una ciudad dormida en brazos del pasado, volverá a su labor, a su actividad de colmena, a su esfuerzo vibrante para avanzar en el sentido de los países modernos [...]. Pero hoy ha abierto la ventana y ha mirado a lo infinito.

EMILIA PARDO BAZÁN, «Cirios».
Publicado en el *Faro de Vigo*

Dicen que solo el cinco por ciento del fondo marino ha podido ser cartografiado al detalle y que ni siquiera conocemos todavía todas las especies marinas; con una premisa semejante, deberíamos asumir la idea de que existen misterios que, sencillamente, no siempre se pueden resolver cómo y cuándo queremos. Sin embargo, hay asuntos que, por oscuros que parezcan, pueden recibir de forma inesperada una chispa de luz. El paseo que Nico Somoza se había visto obligado a dar por el palacio de la Oliva y lo que Julián Pacheco había confesado antes de que lo subiesen a la ambulancia habían ido encauzando un poco el camino hacia la verdad.

Ahora Nico se encontraba en la sala de espera de urgencias del hospital Álvaro Cunqueiro de Vigo, ansioso por saber el resultado de la operación de Kira, que había recibido un tiro en el estómago. ¡Cuánto lamentaba lo que le había sucedido! Era una chica demasiado joven, y él se sentía responsable: no tenían que haber seguido al dichoso Julián Pacheco. Debería haber pedido refuerzos, recurrir a la prudencia, pero ahora ya no podía hacer nada más que esperar y confiar en los cirujanos mientras la familia de Kira y el propio comisario, su tío, llegaban corriendo al hospital. Por su parte, Julián Pacheco también estaba siendo intervenido y, por fortuna para él, aun cuando al principio a Nico le había parecido que estaba prácticamente agonizando, su herida en el pecho no había revestido tanta gravedad, y a cambio había sufrido un notable ataque de pánico: el hormigueo de sus pies y manos lo había llegado a paralizar por completo, incapaz de moverse hasta que los sanitarios lo habían tranquilizado. Bastó con instarle a respirar más despacio y explicarle que su herida, aunque sangraba de forma profusa, era superficial: la bala, si bien había desgarrado bastante tejido, solo le había rozado. Tendrían que revisar, además, la conmoción que había sufrido y los efectos del impacto de su cuerpo al caer a plomo sobre el suelo de piedra de la galería subterránea donde lo habían encontrado, pero en principio ningún órgano vital parecía haber sufrido lesiones de consideración.

Cuando habían llegado las ambulancias al palacio de la Oliva, de hecho, se habían encontrado a un Julián Pacheco que no expiraba, sino que sollozaba de puro miedo.

—¡Perdón, perdón! —había exclamado, aterrado—. ¡No sabía que eran policías de verdad, pensé que venían a por mí!

Nico, indignado y enfadadísimo por lo que había sucedido con Kira, había seguido la camilla del joven.

—¡Te dijimos que éramos de la policía! ¿Por qué nos disparaste?

El muchacho hablaba con dificultad, y el personal de la ambulancia le había rogado a Nico que se alejase, que el joven no podía atender sus preguntas y debían llevárselo al hospital sin perder un segundo. Sin embargo, fue el propio Julián el que reclamó la presencia de Nico:

—Escuche, ¡escuche! Hay otro dentro...

—¿Otro? ¿Cómo que otro?

—Joder, ¡otro! —reiteró el chico, con expresión de pánico. Después, cerró los ojos y meneó la cabeza, como si así fuese capaz de recomponerse, aunque no dejaba de llorar—. El que estaba muerto ahí abajo... Ese era un búlgaro que habían mandado para liquidarme. Lo envió el cabrón del barco gigante, ¡es a ese al que tienen que arrestar! —exclamó, con fuerza inesperada y sin saber que, a aquellas alturas, James Grosvenor ya estaba muerto y de camino al fondo del océano.

—¿Qué barco gigante, el White Heron? —le había preguntado Nico, que por entonces todavía desconocía que la nave se había hundido.

—Sí... —afirmó Julián, con expresión desencajada—. Buah, es que... —comenzó a explicarse, muy nervioso—. ¡No saben lo que pasó! El búlgaro también me había dicho que era policía... Yo... vi a su compañera, y luego a usted, que van vestidos sin uniforme ni nada, y pensé... No sé lo que pensé —reconoció, tosiendo y mientras ya se lo llevaban en camilla. Hizo un último gesto en el que Nico vio claramente el miedo tras sus ojos. El chico señaló con la barbilla hacia los apartamentos del palacio de la Oliva—. El otro... Yo creo que todavía está ahí.

No hubo tiempo para más. Aquellas escasas frases cruzadas fueron lo único que tuvo Nico para comprender el malentendido por el que él y Kira habían sido barridos a tiros. Julián Pacheco había creído que también eran sicarios. De forma inmediata, el Irlandés, más pálido que nunca, ordenó acordonar la zona y bloquear el acceso a los viandantes en un par de manzanas. Si era cierto aquello que había dicho el chico, no quería que ningún tiro perdido les complicase todavía más la existencia. Solo un minuto más tarde, cuando llegaron Lorena Castro y Diego Souto, decidieron prepararse para entrar en el palacio, del que desalojaron también al personal que él mismo había entrevistado por la mañana.

Lo cierto era que, sin permiso del dueño del inmueble, que era Eloy Miraflores y que por entonces estaba a punto de ser disparado por los GOES en alta mar, ni Nico ni ninguno de sus compañeros podrían haber entrado, pero la mente del oficial trabajó rápido: delito flagrante, necesidad urgente. Sabía que entrar allí sin la debida justificación podría implicar la invalidación de las actuaciones por la posible y futura petición de los letrados de Miraflores, pero la inmediatez temporal y personal del asunto, con un presunto delincuente y asesino dentro del palacio, hizo que Nico tomase la decisión sin apenas pestañear. Había telefoneado a Meneiro, pero tal y como se encontraba en aquellos instantes el inspector, dentro de un helicóptero y comprobando cómo se hundía el White Heron, no había podido establecer contacto.

Se habían preparado para un asalto de película, con tiros por todas partes, pero el sicario que estaba en el interior del palacio de la Oliva, que al parecer había visto cómo se quedaba sin escapatoria con el edificio acordonado y rodeado de policías, salió desarmado y con las manos en alto. Ofreció una versión que encajaría muy bien con la idea del «yo solo pasaba por aquí», y negó, por supuesto, haber acudido hasta el palacio para liquidar a nadie, ya que según sus explicaciones solo había accedido al edificio para ver si alquilaba alguno de sus apartamentos.

—¿Y vino usted solo? —le había preguntado Nico, tras detenerlo.

—No, con un amigo —había replicado el búlgaro, con marcado acento extranjero.

—¿Y sabe dónde está?

—¿Nikolay? No, salió un momento a atender una llamada y no regresó.

Nico no había hecho ningún comentario, pero sospechaba que aquel búlgaro debía de saber perfectamente que el cuerpo del tal Nikolay estaba siendo empaquetado para deshacerse de él en alguna parte—. ¿Y hay alguna persona que pueda ratificar lo que nos está contando? Porque alguien tendría que enseñarles ese apartamento, supongo.

—Las gestiones las hizo Nikolay. Cuando yo llegué, ya estaba abierta la puerta.

—Pero había un acceso de seguridad, la chica de recepción debería haberles abierto.

—No sé, no recuerdo. Creo que estaba abierto cuando llegamos.

—Claro —asintió Nico, con evidente ironía, porque todavía recordaba cómo la joven de recepción había tenido que abrirles a él y a Muñoz para poder acceder al rellano donde estaba el supuesto cuadro eléctrico y también el acceso a los apartamentos de lujo—. ¿Y conoce usted a Eloy Miraflores?

—No.

—¿Y a James Grosvenor?

—¿Quién? —le había preguntado, con gesto de genuina extrañeza.

Y a cada respuesta de aquel hombre, en apariencia tan inocente, Nico y sus compañeros confirmaban la gravedad del asunto, porque la mirada del búlgaro era la de un hombre al que no le espantaban ya ninguna atrocidad ni guerra en su camino. Le preguntaron si eran suyas las armas que encontraron escondidas en el apartamento del que había salido, pero lo había negado con un gesto de sorpresa digno de un actor experimentado. Diego Souto, compañero de Homicidios, se aproximó a Nico y le habló en confidencia:

—Este cabrón es muy listo, sabe que no podemos probar nada y su amigo, que era el único que podía justificar su presencia aquí, está muerto. ¿Crees que Julián Pacheco podría identificarlo?

Nico se encogió de hombros.

—No creo. Sabía que había otro sicario, nada más.

Diego había resoplado y negado con el gesto.

—En la entrada del dichoso palacio no hay videocámaras... Salvo que lo podamos pillar con posibles testigos o con huellas en las armas, a este solo lo podremos detener lo justo.

—Ya lo sé.

Y así había sido como Souto y Castro se habían llevado a aquel búlgaro a comisaría y, mientras ellos arreglaban papeleos y gestiones, Nico había ido corriendo al hospital, incapaz de pensar en otra cosa que no fuese su compañera herida, de la que se sentía responsable, como si se tratase de una hermana pequeña a la que no había sabido guiar ni proteger. De camino al complejo hospitalario, había sabido de las novedades del White Heron y de lo espectacular de su hundimiento, y no daba crédito a todo lo que había sucedido en el transcurso de tan solo unas horas, donde la vida y la muerte habían chasqueado los dedos sin que ellos hubiesen tenido apenas tiempo para reaccionar. Ahora que había salido a tomar aire al acceso de urgencias, pudo ver cómo llegaban en varias ambulancias todos los implicados en aquella trágica aventura que había sucedido en el mar.

—¡Les digo que estoy bien! —exclamaba Nagore, a la que le obligaban a estar tumbada en una camilla.

—Ahora le harán el triaje y la verá un médico, cálmese —le había pedido el conductor de la ambulancia, en tono paternal y con un suspiro contenido.

—¡Estoy calmada!

—Eso parece, sí. ¿Puede estarse quieta? Tiene un golpe muy fuerte en la cabeza, van a tener que hacerle un tac. Además, todos ustedes han respirado humo y...

—¡Un tac! Qué exageración. Prefiero ver cómo está mi compañero, le han metido un tiro en el hombro, no sé si sabe que...

—¡Inspectora! —exclamó Nico, contentísimo por verla a salvo.

Corrió hasta ella y le sorprendió comprobar cómo lo que Nagore había vivido en las últimas horas había cambiado por completo su aspecto: su tirante y habitual coleta había desaparecido y una melena rubia y castaña, con los colores desvaídos del trigo, le resbalaba sobre los hombros con revuelta insolencia. Un chichón considerable y de color oscuro tenía mal aspecto en su sien izquierda, y toda ella estaba hecha un desastre; la ropa se veía sucia y mojada y en su cara se dibujaban manchas de distintas tonalidades. Parecía que llevase encima un amasijo de ropa y no uno de sus elaborados estilismos. Tras ella llegaron también Miguel Carbonell y Metodio Pino, que, aunque caminaban sin ayuda de asistencia, iban a ser reconocidos igualmente, ya que el médico que los había atendido en el puerto quería descartar que hubiesen sufrido, con las caídas e impactos recibidos, algún tipo de lesión interna. Además, y tras saber que Metodio también había quedado sin conocimiento tras un puñetazo, insistieron por protocolo en hacerle un tac. Por su parte, Carbonell subía y bajaba en su estado emocional, incapaz de deshacerse de la culpa y la carga de sentirse responsable de la muerte de Linda. Su llanto, silencioso y contenido, resultaba estremecedor.

Con Pietro ya no hubo posibilidad de hablar, y Nico siguió su camilla con la mirada, preocupado, mientras lo llevaban corriendo a quirófano: su herida del hombro no parecía irreparable ni especialmente grave, pero había perdido mucha sangre.

—Ahí va el patrón —musitó Nico, que apretó los labios con rabia. Sabía que ahora no podía hacer nada por sus compañeros, que solo los médicos podían ayudarlos, pero él pensaba continuar haciendo preguntas e investigando aquel enrevesado caso para comprender cómo media plantilla de Homicidios había terminado en el hospital.

Entre tanto, la niebla se había disipado por completo en la ría, y algunos viandantes se preguntaban dónde estaría aquel gigantesco velero que, de pronto, había desaparecido del paisaje. Al día siguiente, en la prensa de todo el país descubrirían cómo había sido engullido por el océano llevándose en su interior, según contaban algunos periodistas de prestigio, restos de un buque que había viajado en el tiempo.

Nico Somoza tuvo que esperar a la tarde del día siguiente para poder tomar declaración a Julián Pacheco. Cuando las fuerzas del orden habían empezado a buscarlo había sido para protegerlo, pero ahora las circunstancias eran muy distintas: había disparado a dos policías, hiriendo a uno de ellos, y lo habían encontrado junto al cadáver de aquel búlgaro que disponía de una interminable lista de antecedentes. Permanecía ingresado en el hospital, donde tras curarle y coserle la herida del pecho todavía le estaban haciendo pruebas por posibles lesiones internas y lo mantenían en observación. El juez había ordenado su custodia con un agente en la puerta y, aunque lo normal sería que declarase ya en el juzgado, el muchacho se había empeñado en hablar.

—Pero ¿ha renunciado a su abogado? —había preguntado Nagore, sorprendida y tras haber superado de forma aceptable todas las pruebas que le habían hecho durante la tarde anterior y parte de la noche en el hospital.

—No exactamente —había replicado Nico—. Desde luego, el abogado se opone a que su cliente declare, pero a nosotros nos viene bien que lo haga. Con Miraflores muerto, va a ser una de las pocas fuentes testificales que tengamos para aclarar todo esto.

Nagore suspiró.

—Si el abogado no está presente, ya sabes que luego podrá decir que si lo presionamos, que si lo engañamos…

—Estará, no te preocupes. He hablado con él por la mañana y ya se ha reunido con Julián. A lo mejor es una estrategia legal…

No tengo ni idea. ¿Estás segura de que quieres venir? —le preguntó, con gesto preocupado—. Apenas has dormido.

—Sí, quiero ir. Además, iba a acercarme al hospital de todas formas.

Tanto ella como Nico sabían que Pietro continuaba ingresado tras haber sido operado del hombro aquella noche. Lo habían subido a planta y era posible que le diesen el alta en tan solo un par de días, aunque el subinspector aseguraba que podía recuperarse perfectamente en su barco. Habían ido a verlo antes de tomar la declaración a Julián, y Pietro parecía más estresado por la presencia de su padre en la habitación que por el tiro que había recibido. Su padre era un hombre alto y elegante, con el cabello cano peinado hacia atrás con esmero; tras saber lo que había sucedido, había tomado el primer avión de la mañana para ir a ver a Pietro.

—Deberías venir a recuperarte a casa y olvidarte de esto, hijo. ¿No ves lo peligroso que es? Y total, ¿por qué, para qué? Contrabando de arte, ¿no? Pietro, no vale la pena.

—Papá, por favor.

Y Nagore y Nico se habían escurrido del cuarto, aunque ella había enviado a Pietro una mirada de complicidad que llamaba a la resistencia.

Cuando llegaron al cuarto custodiado de Julián, este ya los estaba esperando. Recibió al oficial y a la inspectora reclinado y casi sentado en su cama. Estaba su abogado presente: era joven y vestía un traje que le quedaba algo grande, y su semblante era el de quien cree que va a ser testigo de un gran error. Sin embargo, Julián se mostraba decidido a que le tomasen declaración lo antes posible. Lo necesitaba. Quería contarlo todo, volcar su conciencia para poder respirar, agobiado por la muerte de su primo y por la culpa, aunque el letrado había hecho un último intento.

—Tu estado de salud es delicado, tal vez podamos esperar unos días para…

—No, quiero hacerlo ya —había zanjado el joven, convencido.

Cuando se aproximaron Nagore y Nico, el chico tomó aire y observó con descaro el hematoma en la frente de la inspectora y su particular atuendo, que como de costumbre incluía un elaborado maridaje entre lo retro, lo vintage y lo moderno, aunque en esta ocasión ella ni siquiera se había maquillado y su cabello recogido no se mostraba tan tirante ni con la perfección habitual. Nico se sentó cerca de la cama y sacó un ordenador portátil para registrar todo lo que dijese Julián y poder después imprimirlo para que lo firmase. Por fortuna, en aquel moderno hospital sería relativamente fácil encontrar una impresora. El muchacho, que estaba algo pálido, se dirigió directamente a Nico Somoza:

—Me han dicho que su compañera se está recuperando, me alegro mucho —le espetó, con cierta ansiedad y en clara referencia a Kira.

Nico se limitó a asentir, sin más. En efecto, el tiro que había recibido Kira había sido limpio y no le había dado en la columna de puro milagro: era muy posible que saliese de aquello sin grandes secuelas, aunque tendría que pasar bastantes días en el hospital tras la operación a la que había sido sometida, sin que todavía hubiesen obtenido permiso para visitarla. Antes de que Nico pudiese decir nada, Julián volvió a hablar:

—Lo siento muchísimo, de verdad. Fue en defensa propia, los confundí con esos asesinos, ¡lo juro!

Nico resopló. Le resultaba difícil contener su rabia, y Nagore le hizo un gesto para que se moderase. Se presentó y adoptó una actitud conciliadora, más por lo que deseaba averiguar que porque hubiese generado empatía alguna hacia aquel chico.

—Empecemos por el principio, ¿le parece? Díganos, por favor, por qué fueron usted y su primo a ver a Antonio Costas a Bouzas.

—¿Qué?

La cara de sorpresa de Julián era un poema triste. Desde luego no se esperaba empezar por aquella pregunta, y quizá su ánimo para declarar se centraba más en lo que había sucedido en el palacio de la Oliva. Su abogado se dio cuenta, se aproximó y le susurró algo al oído, pero tras unos segundos Julián negó con el gesto.

—No… Lo contaré todo, esto tiene que acabar —murmuró, con gesto apesadumbrado. Después, se dirigió a Nagore—: Mi primo y yo trabajábamos para Eloy. Ayudábamos a veces en el Hispaniola cuando había que traer y llevar cosas, o nos encargábamos del almacén, de transportar cajas…

—¿Qué había en esas cajas? —lo interrumpió Nico.

—La verdad… No era mi trabajo saberlo. Eloy compraba y vendía arte de forma legal, o eso pensábamos; para lo que sacaba del mar tenía permisos, nos lo dijo, y siempre iba a subastas en sitios elegantes y todo eso. Yo solo llevaba cajas, ¿entienden?

—Para ser mensajero, su nivel de vida es muy elevado.

—Nico —lo cortó Nagore, muy centrada.

La ilegalidad de lo que Eloy Miraflores transportase, ya fuera arte robado o drogas, resultaba ahora un asunto secundario y, aunque fuese poco probable que Julián desconociese las irregularidades del entramado de Miraflores, no podían permitirse opiniones e ironías. Procuró ser concisa y objetiva al retomar la declaración.

—Julián, ¿hay algo en concreto que quiera declarar o prefiere que le vaya preguntando yo por la sucesión de los hechos?

—Vayamos al principio, sí. Pregúnteme lo que quiera.

Nagore miró de reojo al abogado, que entornaba los ojos como si ya estuviese todo perdido, y retomó las cuestiones.

—Díganos, entonces, por qué fueron usted y Rodolfo a ver al maquetista, don Antonio Costas, y a Lucía Pascal.

Nagore solicitó la información con sólida firmeza, a pesar de que de momento no tenían ninguna prueba de que Julián hubiese estado en A Calzoa, por lo que Nico se quedó en tensión ante el ordenador esperando la respuesta de Julián, que tragó saliva antes de hablar.

—Les juro que no íbamos a hacer nada malo. A esa señora nos mandaron seguirla hacía más de un mes, casi dos. Había robado algo de un archivo, no sé de dónde, y nos dijeron que la marcásemos para ver si podíamos averiguar dónde había escondido el material, pero la muy cabrona no salía casi de su casa y cuando lo hacía siempre había alguien rondando cerca.

—¿Quién les dijo que la siguiesen?

—Eloy, pero a él lo contrataba el inglés. El señor Miraflores siempre fue bueno con nosotros, siempre nos protegió a Rodolfo y a mí.

Nagore no realizó ningún comentario sobre aquella *protección* y continuó con su papel, imperturbable y muy concentrada.

—Durante esas semanas que siguieron a Lucía Pascal, ¿qué sucedió?

—Poca cosa, ya le digo. Tampoco podíamos estar todo el día detrás de la señora, que también teníamos trabajo que hacer. Solo iba a la librería del pueblo y al supermercado, poco más. Pasábamos todos los días por su casa por la mañana, eso sí, simulando que íbamos a caminar y a hacer ejercicio, y siempre parábamos por allí a estirar, a hacer como que charlábamos… Hasta hacíamos fotos al paisaje, imagínese. Pero un día nos la cruzamos de frente y justo al lado de su casa la escuchamos pedirle a un vecino que la llevase en coche a Bouzas, que tenía un tema importante que tratar sobre un barco con un artesano de allí, que al parecer hacía maquetas; pero el tipo no podía hacerlo y ella llamó a un taxi. Y, claro, la seguimos, que tampoco es delito conducir ni caminar por la calle, digo yo.

Nagore no dijo nada, aunque el delito de acoso cruzó por su mente y el abogado del chico negaba con el gesto, algo a lo que Julián hacía caso omiso, convencido de su inocencia. Nagore le dio unos segundos a Nico para que terminase de escribir todo aquello y después animó a Julián a continuar:

—Al llegar a Bouzas la perdimos cuando se bajó del coche, porque se metió rápido por las callejuelas y no supimos dónde había entrado, pero informamos del tema al jefe.

—A Eloy Miraflores, quiere decir.

—Sí. Al principio nos dijo que no hiciésemos nada, pero pasaron las semanas y todo empezó a ir muy rápido… No sé. Ya saben lo del galeón, ¿no? —preguntó, aunque la noticia del hundimiento del White Heron, con elementos patrimoniales históricos «de gran valor en su interior», estaba ya en todos los medios de comunicación, incluso internacionales—. La operación de extracción se aceleró al final, y Grosvenor buscaba una información muy concreta, algo sobre un tesoro especial que podía haber estado en el cuarto oculto de ese barco.

—Perdone, pero… ¿un tesoro especial? ¿A qué se refiere? No sé si podría darnos una descripción concreta…

—No, lo siento. Sé que suena a película barata, pero les juro que es verdad —aseguró, con gesto desesperado—. Solo lo llamaban «el tesoro», sin más. Y miren que el galeón ya lo habían encontrado y registrado, pero no es lo mismo saber qué podía tener dentro a no saberlo, porque no iba a estar todo en el fondo del mar bien colocadito para nosotros, ¿no? Quiero decir que de saber que estaba allí, podría haberse buscado, ¿me entienden?

—Creo que sí —dudó Nagore mientras Nico escribía sin parar—. Entiendo que cuando encontraron el galeón, como es lógico, estaría muy maltrecho, y que solo si sabían qué había llevado dentro podrían invertir o no tiempo y esfuerzos en buscar en el lecho marino los objetos desaparecidos en cuestión, que durante el naufragio podrían haberse visto diseminados y que, por las corrientes y la acumulación de sedimentos, a estas alturas podrían permanecer ocultos a cierta distancia del casco de la nave.

Julián se quedó con la boca abierta.

—Usted controla de naufragios, ¿no?

—No. Solo soy inspectora de Patrimonio.

—Pues… quiero que conste, ¿de acuerdo? —insistió, mirando a Nico—. Todo lo que ha dicho ella y que nosotros no hacíamos nada malo, solo sacábamos cosas abandonadas del fondo del mar, nada más. Pero desde que salió mal la subasta de la biblia aquella…

—La Biblia Malévola —atajó Nagore, aclarándole que estaba al tanto de todo y recordándole, con el comentario, que era mejor que no omitiese nada.

—Sí, esa. Se suponía que mi jefe no podía llevarse nada del galeón, ¿no? Solo lo que le autorizase el inglés para moverlo en el mercado cuando terminase todo. Pero en los negocios a veces, en fin… Falla la liquidez, ¿me explico? Y se encontró ese libro, que no estaba en el inventario inicial de lo que había que buscar…

Yo ahí no tengo nada que ver, ¿eh? Yo no me dedico a esto ni estoy implicado. Fue cosa de Miraflores; mi primo y yo solo llevábamos cosas de un sitio a otro, ¿de acuerdo? Solo sé que hubo una subasta y que luego dijeron que la Interpol estaba ya con el tema; desde que salió ese asunto, todo fueron prisas y tensión, ¿me entienden? Todo era para ya, porque Eloy decía que ahora estábamos en el punto de mira, que la *extracción* podía correr peligro, que era mucha pasta la que estaba en juego y que Grosvenor era un hijo de puta de cuidado, que era peligroso. Y Rodolfo, bueno... Era muy nervioso, también. Que él ya no se drogaba, ¿eh? Casi nunca, vamos. Pero Eloy nos estaba apretando las tuercas, y cualquier información sobre lo que la señora le hubiese contado al tipo de Bouzas sobre escondites en ese barco era fundamental. Se suponía que a ella no había que molestarla, porque el inglés no sé qué tenía con la vieja, la verdad, que ni que fuera su madre. Así que nos fuimos para Bouzas, claro, y preguntamos por maquetistas y artesanos... El nombre de Costas salió enseguida. Después, creo que fue en un bar donde ya nos dijeron la dirección. Estas cosas hay que investigarlas en la calle, porque el tipo ya se imagina, ¿no? Todo lo que hacía en el taller era de extranjis, no estaba anunciado en ninguna parte ni declaraba nada, aunque creo que algunos barcos los vendía.

Julián guardó silencio unos segundos, como si necesitase infundirse valor por la responsabilidad que iba a asumir al confesar lo que venía a continuación. Nagore esperó con paciencia y le dio un par de minutos, en los que Nico no dejaba de teclear. Ya iba a preguntarle algo cuando Julián comenzó de nuevo a hablar mientras su abogado se iba a una esquina de la habitación y, negando con la cabeza, miraba por la ventana a lontananza.

—Miren, es verdad que al viejo lo achuchamos un poco. El señor no quería contar nada y tampoco admitía conocer a la señora de la playa, era como un soldado. Se alteró y arrancó a gritar, y Rodolfo lo sentó en una silla, lo ató y le puso una cinta en la boca para que se callase mientras llamaba a Eloy, que no sé exactamente qué le dijo, pero le dejó claro que o salíamos de allí con algo o habría consecuencias para nosotros. Así que Rodolfo se puso muy nervioso y, al colgar, le dijo al señor que o soltaba la información o habría problemas.

—¿Y usted no hizo nada?

La pregunta de Nagore había sido neutra, sin ironía ni suspicacia, aunque resultaba muy llamativo que Julián se exonerase de cualquier actividad ilícita directa, dejando que la responsabilidad cayese sobre su primo o sobre Eloy Miraflores, cuando ambos estaban muertos. La inspectora miró de reojo a Nico, y él también comprendió que aquella estrategia, muy posiblemente recomendada por el abogado del chico, fuese la que iban a escuchar a lo largo de toda la declaración.

—Yo hacía lo que me mandaba Rodolfo. Es, era... mi primo mayor —añadió, con expresión de pesar—. Pero le juro que no queríamos hacerle daño a ese hombre, ¡se lo juro! No sé qué pasó, porque lo dejamos así un rato para que se tranquilizase —insistió, como si una persona normal pudiese estar tranquila cuando la maniataban— y le explicamos que no íbamos a hacerle nada, que solo queríamos que nos contase lo que le había dicho la vieja, mientras nosotros echábamos un vistazo en el piso y después en el taller. No encontramos nada, pero al subir lo vimos como amoratado, raro... Nos asustamos y le quitamos todo, incluso intentamos reanimarlo, pero creo que ya estaba muerto.

—Por Dios —se escuchó al fondo del cuarto, donde el abogado de Julián se acababa de echar una mano a la cabeza, desesperado ante lo que declaraba el chico.

Julián, sin embargo, continuó como si solo estuviese narrando una gamberrada que se les había ido de las manos:

—Le juro que no le taponamos la nariz, solo la boca —insistió, mirando a Nagore con vehemencia—, y que estuvo solo, yo qué sé... ¡Nada! Fueron unos minutos —añadió, al tiempo que le brillaban los ojos y comenzaba a llorar. Sus lágrimas no evitaron que continuase hablando—. Yo quise llamar al 112, ¿no? Porque aquel hombre necesitaba ayuda, pero Rodolfo me dijo que ya estaba muerto, que nos teníamos que ir de allí. Así que lo dejamos en el sofá y nos largamos a toda hostia, porque nos habíamos asustado, ¿entienden? De verdad que Rodolfo no había querido hacerle daño, se lo juro —insistió.

Nagore y Nico volvieron a cruzar miradas de forma rápida y sutil. Julián, el primo más joven. El inocente, el de buen corazón que se dejaba enredar por Rodolfo, el más violento y jerárquicamente superior, el más fuerte. ¿De verdad pretendía aquel chico que confiasen en aquella versión? Por un instante, Nagore dudó: tal vez Julián se sintiese culpable y, en efecto, para exonerarse estuviese cargando la mayor parte de las culpas a su primo, pero quizá todo aquello fuese una puesta en escena mucho más completa. Ni aquel abogado estaría tan disgustado por las declaraciones ni Julián sentiría tanta culpabilidad: quizá tuviese más calle y fuese más frío de lo que aparentaba; al intuir todas las pruebas que podrían tener contra él y Rodolfo, se habría adelantado para mostrarse a sí mismo como el ángel bueno y perdido de aquella historia, de modo que ya desde el principio encauzasen la investigación en otra dirección. Sin embargo, para ser tan razonable y bienintencionado, entre él y su primo habían dejado bastante destrozado el taller de Antonio Costas.

En todo caso, la versión del chico encajaba con la causa de la muerte que había facilitado en su informe Raquel Sanger, de modo que de momento podrían darla por buena. Nagore evitó enunciar las expresiones «homicidio imprudente», «omisión de socorro», «allanamiento de morada», «retención, amenazas y agresión». No quería que Julián frenase ahora. No todavía.

—¿Qué pasó con Lucía, entonces?

Julián guardó silencio unos segundos, se secó las lágrimas y se recompuso antes de continuar con aquella parte de la historia en la que, por su culpa, Lucía había sido vencida por el frío.

Julián mostró un semblante convincente y lleno de inocencia:

—Se lo prometo, a ella sí que no le hicimos nada, de verdad. Se nos acababa el tiempo, y lo de Bouzas había sido un accidente… Eloy estaba muy enfadado con nosotros y nos dijo que teníamos que encontrar algo ya, porque en algún momento se iba a saber lo que había pasado en Bouzas, y nos mandó registrar la casa de la vieja. Y yo, bueno… Vengo de la nada, ¿no? Y nunca había tenido un trabajo de verdad, uno como este, y si no obedecíamos las instrucciones, pues a ver… Uno no se quiere ver en la calle, ¿no? Estuvimos esperando una eternidad a que la señora se fuese a dormir y entramos con mucho cuidado, pero ella bajó a no sé qué a la cocina.

—Perdone —lo interrumpió Nagore, alzando la mano—. Disculpe que lo interrumpa, pero ¿cómo entraron?

Él dudó.

—La puerta estaba abierta.

Nagore notó que estaba mintiendo, pero lo invitó a continuar.

—¿Por dónde iba? Por la señora, ¿no? Estaba mal de la cabeza, decía cosas raras y llamaba a su marido, que nosotros sabíamos que estaba muerto, y cuando nos vio se puso histérica. Rodolfo la cogió de las manos y le pidió que se calmase, que ya nos íbamos… Yo hasta le dije que nos habíamos equivocado de casa, que éramos turistas y que ya nos marchábamos; pero ella comenzó a gritar, a decir que sabía quiénes éramos, que siempre paseábamos cerca de su casa. Rodolfo se puso muy nervioso, creo que dijo algo así como que había que joderse, que a ver si aquella señora iba a ser peor que el de las maquetas, y entonces ella abrió mucho los ojos y nos preguntó si le habíamos hecho algo al tal Antonio. Yo…

Julián se interrumpió, se mordió los labios y guardó silencio unos segundos. Nagore lo invitó a continuar:

—Siga, ¿qué sucedió?

—No lo recuerdo bien. Creo que Rodolfo, para que ella nos dijese de una vez dónde estaba lo que había robado, le soltó que tenía que colaborar, que el maquetista no lo había hecho y había acabado mal… Algo así.

—La amenazó entonces.

—Supongo. Piense que Rodolfo estaba muy agobiado con todo lo que le había pedido Eloy, que parecía que o encontrábamos algo para compensar lo que había pasado con la biblia aquella o se iba a liar una tremenda… Yo le dije a Rodolfo que la dejase, que nos fuésemos, pero ella entonces se puso muy nerviosa, empezó a decir que si habíamos matado a un pobre hombre, que si iba a salir a llamar a los vecinos y a la policía… No sé cómo lo hizo, se movió muy rápido y se nos escurrió en medio segundo, en el que abrió una ventana y después otra. Rodolfo la cogió de las manos y le pidió que por favor se estuviese quieta y se callase, que ya nos íbamos, y ella se desvaneció allí mismo, ante sus ojos. Pero era solo un desmayo, lo comprobamos. Se lo juro por mi vida, de verdad. Yo no quería que le pasase nada, así que le pedí de nuevo a Rodolfo que nos fuésemos, porque con suerte la señora, que ya le digo que se le iba la pinza, pensaría que había tenido una pesadilla y ya está. Así que la dejamos sobre el sofá y nos fuimos.

—Y estaba viva.

—Sí, se lo juro.

—Y, con el frío que hacía, dejaron la puerta y las ventanas abiertas.

—¿Qué? Yo… no lo recuerdo.

—¿Y se fueron así, sin más?

—Sí. Solo buscamos papeles antiguos sobre el galeón, que es lo que nos habían dicho que teníamos que encontrar, pero allí no había nada… Así que cogimos el ordenador, que es lo único que vimos, y nos largamos, porque a esa mujer ¿quién iba a creerla? Pero se lo juro, no le hicimos nada —insistió, como si lo que acababa de contar fuese una travesura inocente que había adquirido dimensiones exageradas e imprevisibles—. Cuando supimos que había muerto, buah, se lo juro… Nos quedamos alucinados. Yo hasta le dije a Rodolfo que podía haber ido alguien después de nosotros, porque no tiene explicación. Soy inocente, de verdad.

Nagore apretó los labios. De nuevo aquella versión del buen chico de los recados, que se metía en líos sin querer y que desde luego no era ningún asesino; si acaso, y si alguien tenía algún tipo de responsabilidad mayor, era siempre el terrible Rodolfo, que ya nunca podría defenderse y que siempre había actuado bajo las tiránicas órdenes de Eloy Miraflores, también fallecido. La inspectora y Nico siguieron escuchando un buen rato aquella versión de los hechos, que explicaba lo revuelta que habían encontrado la casita y las piedras azules que se había llevado Rodolfo, porque al verlas «le habían hecho gracia». Todo aquello explicaba el ataque de pánico que había sufrido Lucía: la habían llevado a entrar en un estado de completa desorientación mental, hasta el punto de derivar en aquel horrible síndrome de la madriguera. ¿Sería cierto que se había desmayado? Al despertarse, ya con la casa helada, habrían comenzado de forma irrefrenable su abismo mental y su comportamiento errático. Nico escribía sin parar e intentaba no perder la esencia de cuanto declaraba Julián, y no dejaba de sorprenderle aquel patrón común en muchos delincuentes: lo suyo nunca era para tanto ni ellos eran completamente responsables jamás de nada. La culpa siempre era de los demás, del sistema.

Nagore ya tenía claro, al menos, que todo lo que Raquel Sanger había detallado en sus informes iniciales se ajustaba de forma asombrosa a lo que había sucedido en realidad. De hecho, había hablado con ella un par de horas antes y le había parecido una forense como mínimo singular. La inspectora tomó aire, porque aún le faltaba aclarar los detalles de lo que había sucedido con Rodolfo Pacheco, y Julián parecía estar ya algo cansado.

—No sé si podría contarnos qué cree que le sucedió a su primo y por qué desapareció usted cuando él falleció…

—Oh, sí… Claro que puedo. En realidad, este es el verdadero motivo por el que he querido declarar, ¿entienden? —aseguró, de nuevo con los ojos brillantes—. Rodolfo y yo, en realidad, hemos sido víctimas. Porque ya han visto que con el señor de Bouzas fue un accidente y que con ella, pues no sé, ¡no sé qué pasó porque no le hicimos nada!

Nagore asintió sin ánimo de contradecirlo, porque solo le interesaba la declaración y sería un juez el que hiciese el trabajo de interpretar con las leyes todo aquello. Su función como inspectora de policía, le gustase o no, era otra.

—Cuénteme entonces, Julián.

Y así fue como, conteniendo ya las lágrimas, el chico les dijo que Grosvenor había decidido liquidarlos a ambos, no por justicia taliónica, sino porque creía que con muertes de por medio la policía terminaría llegando hasta él y hasta la costosísima operación que estaba realizando. Rodolfo había decidido ir a buscar a la casita de la plaza del Peñasco el ordenador de «la señora de la playa» porque creía que sería como su seguro de vida, pues Miraflores ya les había advertido que «el inglés estaba cabreadísimo» y que exigía cualquier material que hubiesen encontrado. A Nagore no se le escapó que Julián nunca llamaba a Lucía por su nombre, sino por otros apelativos, despersonalizándola, en un gesto que ya había visto en alguna ocasión con otros detenidos.

Según la versión de Julián, Rodolfo, testarudo, se había tomado el asunto con calma. Se había ido a la plaza del Peñasco a recoger el ordenador a aquella pequeña casita familiar donde solían guardar algunos botines en «los viejos tiempos» mientras él, en cambio, y sin perder un minuto, había recogido sus cosas y salido pitando de su casa en la zona alta del casco viejo. Todo lo que había sucedido después ya era historia escrita en los periódicos. Los sicarios habían acabado con uno de los primos, mientras el otro, al comprobar que Rodolfo no acudía al punto de encuentro que habían convenido, había cogido un tren para A Coruña, donde había buscado alojamiento cerca de su novia, que vivía con sus padres. Después, se había arrepentido y se había dado cuenta de que lo localizarían si estaba registrado, y Miraflores lo había escondido en el propio palacio de la Oliva, donde al final los sicarios lo habían encontrado, sin que tuviese la menor idea de cómo habían podido hacerlo.

Había sido uno de los hombres de Miraflores quien lo había protegido, pero casualmente, según siempre la declaración de Julián, era uno de los que habían fallecido en el asalto al White Heron. ¿Y quién había *embalado* el cadáver de aquel búlgaro, dispuesto para hacerlo desaparecer en alguna parte? Julián no lo sabía, pero pensaba que aquel mismo hombre de Miraflores, que después se había ido a ayudar al jefe en una «operación especial», cuyo contenido aseguraba desconocer. Y no, Julián no sabía que el cadáver del sicario estaba en aquel túnel bajo el palacio. Solo había entrado en el cuarto del cuadro eléctrico huyendo del segundo sicario, del que había sospechado nada más escuchar su acento cuando había llamado a la puerta del apartamento donde estaba escondido. Suponía que el búlgaro había accedido al edificio, seguramente, por la zona del almacén, y lo había hecho tan solo tres o cuatro horas más tarde que su compañero; un rato después llegarían Nico y Kira al palacio de la Oliva.

—Pero según su declaración..., ¿los atacantes no acudieron juntos?

—No —había asegurado el chico—. Y el que llegó por la mañana, temprano, en fin... Si hubiera estado solo, me habría matado.

—¿No tiene usted armas?

—Claro que no.

Julián había asegurado que su estado de angustia y estrés había sido tal durante aquel par de días escondido que al escuchar el acento del segundo sicario había sentido cómo casi le explotaba la cabeza y había salido por la terraza del apartamento, escondiéndose todo el tiempo hasta lograr dar con la salida: allí había visto a Nico y Kira en la entrada y se había ocultado en el cuarto del cuadro eléctrico.

Nagore y Nico escucharon a Julián durante unos minutos más, en los que el joven redundó en su inocencia y en su necesidad de ser protegido, por si algún otro sicario todavía tuviese pendiente acabar con él. Nico —que después apodaría a Julián el Santo— le dio a leer al muchacho todo lo que había escrito en el ordenador, pues, si prestaba conformidad, lo imprimiría y se lo daría a firmar. Julián leyó con calma, con su abogado a su lado, y matizó un par de comentarios, nada más. Nagore sabía que quedaban muchos más detalles que contrastar con el joven, pero ya tendrían tiempo para ello. Había algo, sin embargo, que se le escapaba. De pronto, pensó en Raquel Sanger y frenó a Nico antes de que saliese por la puerta para imprimir la declaración.

—Perdone, Julián —le reclamó al chico, que parecía ya extenuado, pero que mostraba cierto alivio en su semblante—. Antes de terminar, tal vez pudiese responderme a una pregunta.

El abogado puso mala cara, pero el chico se encogió de hombros, dando consentimiento, por lo que Nagore se acercó dos pasos y mostró su sincera curiosidad.

—¿Podría decirnos por qué, antes de morir y en pleno invierno, Rodolfo visitó las islas Cíes?

Nico y Nagore no daban crédito a lo que habían escuchado. Caminaban por los pasillos del hospital con la declaración firmada de Julián Pacheco en el maletín, aunque sabían que, si después cambiaba de opinión, su abogado podría argumentar algún tipo de desorientación mental para haber hecho aquellas declaraciones, si bien para ellos había sido utilísimo aclarar gran parte de lo que había sucedido. El oficial y la inspectora se acercaron a la habitación de Kira, pero solo pudieron hablar allí con sus padres, ya que la acababan de subir a planta y la joven estaba durmiendo. Su madre había dicho, aliviada y con cierto humor, que un rato antes de dormirse le había pedido que le llevase una de sus novelas románticas para tener en la mesilla, de modo que la gravedad de lo ocurrido ya parecía desdibujarse con la buena actitud de la joven.

Nico pidió disculpas a los padres de Kira por no haber sabido protegerla mejor, pero ellos, curtidos por el trabajo del comisario —hermano de la madre—, ya habían asumido que no era culpa de nadie, sino del oficio y de la buena o mala suerte que les tocase en cada caso. ¿Acaso podía ser siempre la prudencia un seguro de vida? Nico agradeció sus palabras y se despidió algo más tranquilo, aunque sin poder desembarazarse de aquella sensación de no haber estado a la altura. Él y Nagore se encaminaron al cuarto de Pietro y cuando entraron lo vieron sentado en la butaca inmediata a su cama. Un suero y algún otro medicamento indefinible le descendían por unas vías de plástico hasta la mano izquierda, mientras la atención del subinspector, cuyo rostro ofrecía unas marcadas ojeras, se centraba en la visita que tenía en su habitación. Por un instante Nagore había pensado que todavía estaría allí su padre, pero este había ido al hotel a cambiarse para volver más tarde, y quien acompañaba en aquellos instantes a Pietro era el inspector Meneiro.

—Mira quién entra por la puerta —les dijo el inspector, a modo de saludo—. Nagore, ¿cómo va de lo suyo? —preguntó, al tiempo que señalaba el hematoma de ella en la cabeza.

—Bien… No es nada. Y tú, Pietro, ¿cómo estás?

—Fatal, he hecho testamento y la sopa de pollo que me acaban de traer será mi última comida en la tierra. Imagínate.

Ella sonrió y torció un poco el gesto.

—Veo que estás mejor.

Él asintió y ofreció una sonrisa, aunque al inclinarse en la silla y mover un poco el hombro no pudo disimular un gesto de dolor.

—Descansa, patrón —intervino Nico—, que con todo lo que habéis pasado debes de tener el cuerpo hecho polvo.

—Sí —reconoció él, abandonando ya sus ganas de bromear—, la verdad es que pensábamos que no salíamos de allí dentro. Fue una locura, la verdad —reconoció, mirando a Nagore como si requiriese de ella una confirmación sobre lo extraordinario que había sido lo que habían vivido—. Por cierto, ¿qué tal van nuestros Goonies?

—Están controlados, patrón —contestó Nico, que parecía ser quien más había supervisado la burocracia médica desde que habían ingresado a sus compañeros la tarde anterior—. No te preocupes… Los tuvieron en observación toda la noche y parte de la mañana, les han dado el alta y vendrán mañana a comisaría a declarar, aunque Carbonell quedó muy tocado con lo de la investigadora del CSIC… Por lo que sé, lo ha visto un psiquiatra y creo que van a darle tratamiento.

—Pobre hombre —se limitó a comentar Nagore, que perdió la mirada en un punto indefinido del suelo, donde parecía estar reviviendo lo que había sucedido con Linda.

—Ya veo que nadie me pregunta a mí cómo estoy, que casi me da un puto infarto siguiendo al velero diabólico —intervino Meneiro, que prefería evitar hablar de la muerte ante Pietro, que estaba en un hospital y acababa de escapar de ella—, pero no estaría mal que nos dijeseis qué os ha cantado Julián Pacheco en su declaración —añadió, señalando el maletín donde Nico llevaba el ordenador portátil y, como era de suponer, la declaración firmada.

Nico se rio, aunque fue una risa suave y cansada, porque él también estaba tocado por todo lo que había sucedido.

—Meneiro, que sepas que sin tu coordinación y tu ayuda esto habría sido un desastre —comenzó a decir, muy serio—. Y el chaval… En fin, nos ha soltado la típica ensalada de verdades y mentiras, todo junto, y según su versión, si no fuera porque está detenido, podríamos proponerlo para el santoral.

—Al menos, y aunque tengamos que coger su declaración con pinzas —añadió Nagore—, nos ha clarificado bastante lo que ha sucedido.

Y así, entre el Irlandés y la inspectora, detallaron todo lo que Julián había declarado, de tal forma que en el caso había ya más luces que sombras, aunque seguían sin saber qué había robado Lucía del Archivo de Tuy ni qué estaba escondido en el famoso cuarto secreto del galeón.

—No podemos quedarnos sin saber cuál era el misterioso tesoro, ¿no? —cuestionó Pietro, que había escuchado con mucha atención todo lo que Julián había declarado.

—Ojalá lo averigüemos —coincidió Nagore—, porque la verdad es que nos morimos de curiosidad —reconoció, mirando a Nico—. Además, al final de la declaración le preguntamos a Julián por lo de la flor de las islas Cíes, y eso ya supone un giro de tuerca.

—¿Qué flor?

—Patrón, es que tú no te enteraste, pero tu amiga la forense encontró una flor en el zapato de Rodolfo, y era una planta que por esta zona solo crece en las Cíes.

—Estás de broma.

—Para nada.

—¿Y entonces?

—Resulta que Rodolfo y Julián —resolvió Nagore— habían recibido instrucciones de ir con una de las lanchas de Miraflores hasta la isla sur de las Cíes, porque era posible que el famoso tesoro estuviese allí.

—¿Cómo que allí? —interrumpió Meneiro—. Pero ¿no estaba en el galeón?

Ella negó con la cabeza.

—En su cuarto oculto, el galeón tenía oro, plata, piedras preciosas... Por lo que hemos visto, y vivido, entiendo que todo ese tesoro fue recogido y guardado en la cámara de seguridad que estaba en el laboratorio del White Heron... Pero había algo más, que no sabemos cómo salió de ahí y que al parecer pasó por la isla sur de las Cíes. Grosvenor tenía algún tipo de documentación de un tal fray Gonzalo de la Serna, que daba a entender que ese tesoro podría haber sido escondido en la isla.

—Es decir, ¡que lo más interesante del galeón estaba en tierra! Esto ni en *La isla del tesoro* —musitó Meneiro, que se sentó sobre la cama y cruzó los brazos, dispuesto a seguir escuchando.

—El caso —continuó Nagore— es que a Rodolfo y a Julián no les dieron detalles, pero sí los enviaron con detectores de metales y sistemas sónar a rastrear algunos puntos clave de la isla, como las ruinas de un eremitorio.

—¿Y qué pasó? —preguntó Pietro, que tenía la sensación de estar ante una película de aventuras—. ¿Encontraron algo?

Nagore negó con un suave movimiento de barbilla.

—Según Julián, no. Solo latas, metales viejos y una navaja. Aunque dice que solo fueron un día, porque después ya se complicó todo el asunto con la muerte de Lucía y la orden de Grosvenor para eliminarlos.

Meneiro frunció el ceño.

—A lo mejor sí que encontraron algo, se lo quedaron y, al no informar, después se los quisieron cargar. ¿Podría ser?

Todos guardaron silencio durante unos segundos, aunque tras un breve debate Nagore y Nico resolvieron que no, porque el chico parecía muy asustado y con poco arrojo como para hacer algo así ante un jefe que le infundía respeto y, posiblemente, bastante miedo.

El inspector Meneiro miró a los tres policías con detenimiento, parecía estar reflexionando.

—Esa cámara del White Heron... Todavía tendrá los tesoros dentro, claro.

Nagore se encogió de hombros.

—Es difícil saberlo. Hubo muchas explosiones y es probable que el contenido de la cámara se dispersase por el océano.

—Visto lo visto, como esa información salga de aquí ya veo a los cazadores de tesoros dando por saco... Inspectora, correrá de su cargo investigar a ese tal fray Gonzalo de la Serna, a ver qué encuentra, no vaya a ser que se nos llene Vigo de sicarios buscando ese tesoro. De todos modos, ruego máxima discreción a los tres, porque la prensa se ha vuelto loca con este asunto, como era de esperar, y estamos en todas las televisiones del mundo, no sé si me explico —añadió, mirándolos individualmente a todos a los ojos—. Además, la posible existencia de los restos de un galeón dentro del White Heron se ha colado también a los periódicos, no sé si por lo que el buceador y el arqueólogo pudiesen contar en su rescate o por qué, pero huelga decir que las fotos que sacaron con sus teléfonos móviles en ese laboratorio no deben salir de sus dispositivos más que por requerimiento judicial, ¿estamos?

Todos asintieron, con la sensación de que el inspector todavía no había terminado, aunque se había levantado y parecía disponer ya del ademán para marcharse.

—Tengo que irme, pero antes querría aclarar también un pequeño detalle, que a falta de elaborar el informe final no me queda claro —dijo, mirando en especial a Pietro y después a Nagore—. ¿Cómo es posible que un subinspector de la Policía Nacional y una inspectora de Patrimonio se fuesen hasta el Archivo Diocesano de Tuy a primera hora del día de ayer, cuando en el cronograma del expediente no consta en ninguna parte que Lucía Pascal lo consultase ni que ese archivo tuviese nada que ver con este asunto?

—Ah... Eso. Tiene fácil explicación —respondió Pietro, con resuelta elocuencia—. Cuando fuimos a A Calzoa, escuchamos a un vecino decir que las últimas semanas Lucía iba a Tuy para sus investigaciones y que la llevaba un vecino a la catedral... Al investigar un poco, vimos que el templo tenía el Archivo Diocesano en su interior. Con todo el jaleo se nos pasó ponerlo en el informe... Porque, claro, uno cree que lo ha puesto el otro, y el otro el uno, y en fin. Uno por otro, la casa sin barrer. Lo siento.

Nico estaba pálido, y Nagore no se había atrevido a decir una palabra, atónita ante la enredada y descarada mentira que había improvisado Pietro. La expresión del inspector dejó claro que no se creía en absoluto lo que acababa de escuchar, y su «De acuerdo, que no se vuelva a repetir» —dirigido solo a Pietro— tenía un mensaje muy claro, porque también él recordaba quiénes habían llevado el ordenador portátil de Lucía Pascal a la comisaría.

Se despidieron del inspector y cuando estuvieron a solas estallaron en una carcajada nerviosa, que no le restó a Nico la palidez que se le había instalado en el semblante. El agotamiento de todos era evidente, y se despidieron con la sensación de haber hecho su trabajo, pero de no haber sido capaces de resolver el enigma clave de aquel impresionante galeón fantasma. ¿Qué se les había escapado?

Había amanecido sobre la bahía de Vigo con el cielo azul y sin nubes que pudiesen cobijar ninguna desesperanza. El sol dibujaba pinceladas de plata sobre el océano, manso y tranquilo, y a Nagore le reconfortó sentir su calidez, por fin. El frío húmedo e hiriente se había ido. Qué ciudad tan extraordinaria, que era capaz de albergarlo todo; la historia, el carácter atlántico y el esbozo de los tiempos que vendrían, como si Vigo fuese una ciudad que siempre mirase hacia el futuro.

Cuando Nico y Nagore llegaron a la casita de Lucía en A Calzoa, también la inspectora sintió el viejo espíritu aventurero que flotaba en la vivienda. A pesar de que Lara y el equipo de Científica ya habían pasado por allí, tanto ella como Nico se pusieron guantes, al igual que el oficial había hecho cuando había visitado la cabaña con Kira.

—Se supone que solo buscamos lo que se llevó Lucía del Archivo de Tuy, ¿no? —había preguntado Nico, solo para asegurarse.

—Eso es —había confirmado Nagore, que estaba entusiasmada con la increíble colección de antigüedades y réplicas que se exponían en el salón—. Si te digo la verdad, me he venido directa a la estantería de libros, por si me tropiezo con una puerta secreta.

Nico se rio.

—En este caso ya no sería raro. De todos modos… A lo mejor hay algo en el ordenador de Lucía sobre ese tesoro, ¿no?

—No —negó ella, con expresión de fastidio—. Lo comprobé anoche, porque Pietro y yo pasamos los archivos del portátil a un lápiz de memoria.

—¿Que hicisteis qué? ¡Tenéis que borrarlo! —exclamó el Irlandés, preocupado—. Ya viste que Meneiro no es idiota, y hasta que recibamos la autorización del juez no podemos arriesgarnos a que…

—No te preocupes —atajó ella, convencida—. Está a buen recaudo; revisé de nuevo toda la documentación hasta la madrugada y te puedo asegurar que Lucía tenía inventariado un número de tesoros impresionante. No sé si el que buscamos será uno de ellos, pero nunca había visto una investigación igual, y eso que trabajo en Patrimonio.

Nico había asentido, porque él también estaba asombrado con la historiadora naval. Si se la hubiese encontrado algún día paseando por aquella playa, no le habría dado ninguna importancia: una anciana de mirada perdida en la lejanía que soñaba con barcos hundidos. ¿Cómo adivinar el jardín secreto que albergan algunas personas en su interior? No siempre tenemos tiempo ni templanza para detenernos a observar.

—Cómo se echa de menos al patrón —comentó Nico tras un rato de trabajo y mientras revisaba estanterías.

—El patrón… —repitió Nagore—. Un tipo singular, ¿no?

Nico sonrió.

—Es un poco suyo, no cuenta nada… Pero es un buen compañero.

—Doy fe —coincidió ella, que todavía asimilaba lo que había vivido a su lado desde que había decidido navegar con Lolo hasta el White Heron—. Oye, Nico... ¿Tú le pones motes a todo el mundo?

—Supongo. Me sale natural.

—¿Y yo? —preguntó con expresión divertida—. ¿Cómo me llamas a mí?

Él se rio y al principio negó con el gesto, como si confesarlo fuese una idea muy descabellada, pero ante la insistencia de ella, después señaló hacia el atuendo de Nagore aquella mañana: pantalones negros de lana con chaleco masculino a juego que se superponía a un ajustado jersey gris de cuello alto y una boina negra que había dejado a la entrada de la cabaña al entrar; recordaba el estilismo masculino de comienzos de siglo xx, pero en una versión elegante y femenina.

—Al principio te llamaba la friki, pero voy a terminar llamándote la inspectora Who, porque con la ropa que llevas parece que viajases en el tiempo.

Nagore se rio de buena gana y su carcajada, contagiosa, bailó por la casita como si fuera música. La alusión de Nico al Doctor Who —que en una antigua serie de televisión viajaba en el tiempo— le había parecido bastante adecuada, dadas las circunstancias de todo aquel caso.

Siguieron charlando mientras trabajaban y revisaban cada centímetro de la casita de A Calzoa: suelos, maderas sueltas, escondites en algún altillo... Solo encontraron unas fotografías antiguas en una caja, en las que Lucía, Marco y personas que no conocían sonreían a la cámara en algunos de los lugares más extraordinarios del mundo, casi siempre en ambientes náuticos. Desde luego, por mucho que Nico y Nagore se esforzasen, los de Científica —que ahora registraban minuciosamente el palacio de la Oliva— habían hecho muy bien su trabajo y allí parecía que no había ninguna habitación ni cuarto secreto que les pudiese desvelar nada.

Sin embargo, y al igual que ya les había sucedido a Kira y a Nico cuando habían estado allí dos días antes, fue alguien de carne y hueso quien los sacó de la oscuridad. La prima de Lucía venida desde Suiza, Fina, emergió en la puerta de la casita como si fuera una aparición. Su figura era tan delgada que pareciera que el sol la traspasaba desde el umbral. Al verla, Nico contuvo un exabrupto y farfulló algo de los sustos que le daba aquella mujer siempre que la veía. La suiza también pareció sorprenderse con su presencia y les explicó que solo había ido a recoger unas cosas de Lucía para cerrar la vivienda, porque ella debía regresar a Ginebra. Al final, había hecho una sencilla misa sin los amigos de Lucía en la capilla de la Virgen del Carmen del Vao, muy cerca de allí y frente al arenal del mismo nombre; ya se había enterado de lo sucedido, aunque al verlos parecía haber activado su necesidad de obtener más información.

—Llamé por la mañana al policía alto, el moreno, pero no me cogió el teléfono… Es uno de los policías heridos, ¿verdad?

—El subinspector Pietro Rivas está en el hospital —confirmó Nico—, pero su estado de salud no reviste gravedad. Pronto le darán el alta.

—Me alegro. He llamado por la mañana también a la comisaría y no me han querido dar más información. A lo mejor tenía que haber ido, pero… esto de Lucía me ha tumbado —reconoció la mujer, con expresión de infinita tristeza—. ¿Saben algo del caso, algo de lo que le pasó de verdad?

—Lo cierto es que… —Nagore había dudado.

De momento no podía darle detalles, aunque sí confirmarle que según sus investigaciones era muy posible que, tras un allanamiento, Lucía se hubiese puesto tan nerviosa como para descentrarse ya del todo, agudizar su enfermedad mental y sufrir el síndrome de la madriguera. Así se lo trasladó a Fina, que había asentido, pensativa, mientras recorría con la mirada aquel salón lleno de destellos de una vida pasada.

—Me informarán de sus conclusiones, ¿verdad?

—Por supuesto.

—Si hay algún culpable, yo misma presentaré una denuncia.

—Descuide —le había asegurado Nagore—, será informada de todo y además el fiscal también podrá…

—Perdone —la interrumpió con un gesto de la mano, sin apartar la mirada de todos los recuerdos del salón y como si lo que le empezaba a decir Nagore fuese solo ruido, aburrida burocracia—, no hace falta entrar en detalles... Mi abogado se encargará. Aunque lo único cierto —añadió, mirándola ahora ya a los ojos— es que nada hará que mi prima vuelva a la vida. Qué injusto... Nos escribíamos todos los meses, ¿sabe? Pero no con esos cacharros —señaló el teléfono móvil de Nico—, sino como antes, en papel.

La mujer suspiró con una mezcla de hastío y tristeza.

—No me sienta bien venir aquí —sentenció, y en su semblante Nagore pudo ver el mapa lejano de la nostalgia.

—Si quiere, podemos ayudarla con lo que necesite, nosotros ya nos íbamos.

—Solo venía a por unos papeles... Esta casa será para mí, y no sabré qué hacer con ella, pero de momento habrá que seguir pagando los consumos. En fin... ¿Saben que todavía tengo una última carta de Lucía por abrir? Estoy deseando llegar a casa para verla.

—Será emocionante hacerlo.

—Sí. Aunque en los últimos tiempos la pobre se liaba, hasta escribía distinto, torcido y sin márgenes. Quise que contratase ayuda en casa, o que se viniera a Ginebra, pero no hubo manera. Mantuvimos la costumbre de escribirnos, eso sí; nos mandábamos libros, cartas... Casi siempre todo a través de la librería de aquí, la del pueblo. Hace envíos internacionales, ¿sabe?

—Ah.

—Pobre Lucía. Lo último que envió debe de ser grande, lo retuvieron en la aduana y no lo han entregado en casa hasta ayer. ¿Se imaginan, leer las palabras nuevas de alguien muy querido pero que ya está muerto?

Nico y Nagore se miraron, y sus pensamientos no volaron hacia la triste y poética reflexión de Fina, sino hacia otro aspecto muy concreto. Un envío grande. Retenido en la aduana. ¿Podría ser? Nagore tragó saliva.

—Fina... ¿Lucía solía hablar con usted sobre sus investigaciones?

—¿Sobre barcos? ¡No, por Dios! Qué aburrimiento… Lo mío son las flores.

La decepción en el rostro de la inspectora resultó evidente.

—De todos modos, a lo mejor nos puede hacer un favor… La persona que ha recibido en su domicilio el paquete… No sé si podría pedirle que lo abriese.

—¿Qué? ¡Oh, no! Es algo personal, ¡y más en estas circunstancias!

Nico intervino, muy serio:

—Precisamente, señora. En estas circunstancias, le pedimos el favor. Solo por ver qué contiene el envío. Podría ser importante para el caso.

Fina dudó, pero, tras un rato de explicaciones y de ruegos, terminó por llamar a casa y pedirle a su ahijada que le abriese el grueso paquete que había recibido. Cuando comenzaron a llegar las fotos del contenido, Nico y Nagore se sentaron, asombrados, en el viejo sofá de la encantadora salita de la casa de la playa. Mientras leían lo que Lucía había escrito, pareciera que la historiadora estuviese allí mismo, contándoles la verdad y arrullándolos como si su voz fuese el sonido del mar.

MIRANDA

El hermano Tobías no dejaba de pensar en Miranda. Qué insolente mujer, qué atrevidas pretensiones con la ciencia y cuánta arrogancia. Sin embargo, él no podía sustraerse a ella ni tampoco a su propia naturaleza, porque siempre tenía presente el haber sido abandonado, recién nacido, a las puertas de la colegiata: provenía del pecado y en su propia esencia, en consecuencia, no podía buscarse la pureza de corazón. Aquel motivo, y no el de acercarse a Dios, era el que lo había llevado al eremitorio más alejado que había encontrado. Necesitaba retirar de su vista todas las tentaciones, pues sospechaba que, si las mantenía cerca, acabaría rendido ante sus indudables atractivos. El monje temía, sobre todo, la lujuria. Había logrado dominarla en gran medida, pero al calor del fuego en aquel pequeño refugio de la isla de San Martín había pensado muchas veces en aquella mujer, en Miranda. Era imposible retirarla de su pensamiento. Había conocido damas más hermosas y elegantes, sin duda, pero ninguna había secuestrado su atención. ¿Por qué sí lo hacía aquella joven? ¿Qué tendría? Soñaba con ella con secreta admiración, pero también la detestaba, porque le hacía caminar hacia el pecado. ¡Y aquellas ideas que tenía, creyendo ver la mano de Dios en insectos que no podían ser más que espejos del diablo!

Pero él no podía sucumbir a sus sucios instintos, tal y como había sucumbido Gonzalo de la Serna. ¿Acaso había falta que ofendiese más a Dios que la apostasía? Ahora que con aquella pierna inútil no le quedaba más remedio que reintegrarse a la vida monacal y colectiva, tenía claro que no caería más en el pecado: retomaría sus trabajos y estudios medicinales para dedicarse a crear ungüentos y pócimas que ayudasen a los enfermos. ¿No era acaso la alquimia el mejor camino para conversar con Dios? En ninguna otra ocupación había hallado mayor equilibrio entre fe y razón. Y no permitiría que lo tocase mujer alguna, pues ya solo el abrazo que Miranda le había ofrecido en la isla lo había estremecido y perturbado sobremanera. ¿Había hecho bien en salvar a Rodrigo? Por supuesto. ¿Y no significaba aquel acto desinteresado que su alma todavía podía tener salvación, que su esencia no era solo la del pecado? De Miranda había aprendido a mirar los asuntos, como a aquellos horribles insectos, desde otros puntos de vista. Y aquello era lo que a él le faltaba: desdoblarse sobre sí mismo, dejar de aislar su alma para evadir sus defectos, tal y como había hecho olvidándose del mundo en su eremitorio de las islas de Bayona. Lo que debía hacer, y ahora lo sabía con claridad meridiana, era centrarse en sus propias virtudes; disponía de innegables habilidades para las mezclas y los brebajes medicinales, y en ellos se esforzaría. ¿Acaso Miranda no se centraba también en sus investigaciones? Él haría las propias con la alquimia, con fines más altos y altruistas.

Con aquella idea paseaba con bastón alrededor de la colegiata, porque ya había comenzado a ejercitar su pierna; cojeaba de forma incluso exagerada, pero tan pronto como estuviese repuesto visitaría a sus hermanos cistercienses de la botica del monasterio de Oseira, en Ourense, donde pretendía seguir su formación en alquimia.

—Hermano, veo que camináis algo mejor.

El monje se dio la vuelta, algo sobresaltado, y vio a Gonzalo. Como siempre, iba vestido de negro y había recuperado su elegante presencia natural, con el cabello rubio bien peinado y recogido y su sombrero oscuro de medio lado. Quizá fuese la forma en que el corsario lo había mirado, pero el hermano Tobías supo, sin lugar a dudas, que de algún modo aquel dichoso apóstata, que parecía estar en todas partes, lo había descubierto.

El monje, que pocas veces sonreía, procuró ofrecer su semblante más amable.

—Buenos días, don Gonzalo. Llevaba días sin veros. ¿Estáis mejor de vuestra herida? El costado no es fácil de curar.

Gonzalo asintió, mantuvo una charla trivial durante unos minutos y después preguntó a Tobías por la documentación y las joyas a las que había aludido Rodrigo. El monje no pudo ocultar su nerviosismo.

—No sé de qué documentos y alhajas habláis, pero bien sabéis que el marinero apareció con algunas monedas de oro en los bolsillos.

—Ya han sido entregadas a su familia, descuidad. Y don Rodrigo se ha encargado de que sus hijos estén bien atendidos. Sin embargo, es curioso que los documentos se perdiesen, porque Rodrigo asegura haberlos guardado muy bien bajo el chaleco que llevaba.

—La mar estaba muy violenta, suerte tuvo de conservar la vida y bien lo sabéis.

Gonzalo respiró despacio. Llevaba muchos años hablando con toda clase de personas: hidalgos, nobles y piratas, y diferenciaba cuándo alguien no le decía la verdad.

—Hermano, habéis demostrado nobleza y valor, por lo que no debierais permitir que la mentira creciese en vuestros labios. Vive Dios que nadie os va a juzgar, pero podéis contarme en confianza la verdad de lo que sucedió con Pedro y don Rodrigo —afirmó, con expresión glacial—. Hablad.

El monje comenzó a respirar muy rápido, cada vez más nervioso, y las aletas de su nariz se agitaban con cada resoplido.

—Busquemos un lugar más discreto —le reclamó.

Se adentraron en la colegiata, donde en aquel momento no había nadie, ya que no era hora de misa y el padre Moisés se encontraba descansando tras pasar esos días unas fiebres. Sentados en un banco y en penumbra, bajo los exvotos que navegaban hacia el altar desde el techo del templo, el monje hizo su confesión:

—Enterré todo aquello, y no me preguntéis dónde, porque enredé mis pasos en la selva y no tomé cuenta de señal alguna para marcar el lugar.

Gonzalo estrechó la mirada.

—No pudo ser muy lejos, con la pierna como la teníais.

—Empeoró después, que a la mañana siguiente de sacar a don Rodrigo de las aguas todavía enterré a un gigante, no lo olvidéis.

—Decid, ¿por qué hicisteis tal cosa? Me sorprende que la avaricia os haya dominado.

—¿Avaricia? —se rio el monje, con una carcajada amarga—. Poco me conocéis. Al igual que fue mi amor al prójimo el que tomó la barca para ir a buscar al náufrago, fue la prudencia la que movió mis sentidos.

—Explicaos.

El tono de Gonzalo era todavía amable pero tajante. El hermano Tobías no se amilanó y habló con vehemencia:

—Pensad, Gonzalo. ¿Por qué ha sufrido la bahía de Vigo una invasión tan deshonrosa que ha plagado de muerte y sangre toda la costa? ¿Acaso no ha sido por el oro y por las riquezas de esos malditos galeones, que Dios me perdone? La joya que llevaba el marinero no era más que otra de esas alhajas absurdas que son hijas de la ambición y que solo cosechan codicia y desgracias. ¿Creéis que ese Pedro iba a ser más feliz vendiendo ese dije, que estaba lleno de sangre? Ni siquiera habría sabido moverse por casas grandes y de techos altos, que su vida y sus hechuras pertenecían a las de las vidas sencillas de la gente de mar.

—Esa joya podría haber ayudado a muchos huérfanos de esta guerra, hermano. Pecáis de soberbia y de la arrogancia propia de los que viven solo dentro de los muros de los conventos, ajenos a la vida miserable en las villas del reino.

—No es el oro robado el que debe dar alimento a los necesitados, don Gonzalo, sino su majestad y, en lo que la Corona no pueda abastecer, los pobres serán atendidos por la caridad de la Iglesia y la de los hidalgos.

Gonzalo resopló, incrédulo y molesto.

—Tenéis los ideales sencillos de los niños, según veo. Y sois indulgente con vuestro propio pecado de hurtar lo que pertenecía a un muerto.

—No era suyo, no lo olvidéis.

Gonzalo resopló. Había comprendido que la discusión podría ser infinita, porque el monje justificaría cada uno de sus actos retorciendo argumentos a su favor.

—Olvidemos la joya, pues —concedió—. ¿Qué hay del documento? Rodrigo dijo que iba dirigido a la Corona, y ese sí podría ser un asunto de Estado.

—Se encontraba mojado y prácticamente ilegible.

—No os creo.

—Su contenido era pernicioso.

—Dadme ese contenido para opinar a vuestro favor, ya que el príncipe de Barbanzón, de lo contrario, también podría estar interesado en vuestros actos.

El monje guardó silencio ante la amenaza, y Gonzalo optó por una actuación más clara y directa. Se agachó y tiró muy fuerte de su hábito, retorciéndolo a la altura del cuello. Se dirigió al hermano Tobías con furia contenida:

—Hablad.

El monje sudaba, angustiado.

—Era… Era una fórmula maligna que terminaría en malas manos y que ocasionaría más muerte y destrucción de la que jamás podríais imaginar.

—¿De qué habláis? —se sorprendió el corsario, que aflojó un poco la presión sobre la tela del hábito.

Tobías se persignó.

—De… Del fuego griego. ¿Sabéis lo que es?

—¿Lo que es? Más bien, diréis, lo que era.

—Tenéis razón —concedió el monje—, lo que era… Un arma incendiaria terrorífica creada hace más de mil años por los bizantinos. Fue el artilugio militar más devastador de la cristiandad durante siglos, lo conocéis, ¿verdad? —insistió, envalentonado, para continuar con su defensa—. Al lanzar chorros de fuego sobre los enemigos no solo lograba quemarlos, sino que cuando intentaban apagar las llamas con agua, la lumbre se incrementaba y se hacía letal de necesidad.

—No preciso explicaciones —atajó Gonzalo—, sé lo que es el fuego griego e incluso he visto viejos dibujos de las bombas que se usaban para disparar las llamas, pero esa fórmula que decís ya no existe, se perdió.

—Se perdió, sí, pero un alquimista cristiano, que se encontraba en el Nuevo Mundo, dio con la fórmula, no sé cómo, y se la remitió por correo oculto a nuestra majestad Felipe V. Buscaba, supongo, un justo precio a cambio y un alto cargo en la Iglesia.

—¿Por correo oculto? No puede ser. La carta se habría descargado al llegar el galeón a Galicia.

—En efecto, se habría descargado, de no ser porque el alquimista, que no era más que un monje cisterciense, murió de fiebres amarillas durante el trayecto. ¿O no sabéis que ese mal aquejaba a la Flota de Indias a su regreso? Estos días he podido comprobar su deceso y su entierro, incluso, en el camposanto de Cesantes. Él mismo custodiaba la carta, y supongo que requeriría al capitán que la guardase oculta por lo que pudiera suceder.

—Pero ¡no puede ser! Lo que decís es imposible. ¡Esa fórmula se perdió hace siglos! —reiteró Gonzalo, atónito—. Además, si murió el monje, el capitán todavía podría entregar la misiva, ¿por qué iba a dejarla en el cuarto de estraperlo?

—Porque murió en la batalla de Rande, señor.

Gonzalo se llevó una mano a la barbilla, reflexivo.

—Podría ser una fórmula errónea.

—Pude leer todas las anotaciones en latín, las pruebas que el hermano del Císter había realizado y la larga cantidad de ingredientes que utilizó. Resulta imposible que mi mente recuerde todos los detalles, pero, por mi experiencia con la alquimia, conjeturo que sí podría tratarse del fuego griego.

Gonzalo volvió a tomar al monje por el hábito, de la misma forma que si agarrase a alguien por las solapas de su chaqueta.

—¡Sois un demente! —exclamó, muy enfadado—. ¿Acaso no sabéis que estamos en guerra? ¿No se os ocurrió pensar que tal arma podría dar solución a nuestro favor a todo cuanto acontezca en los campos de batalla?

—Lo tomé en consideración, ¡lo tomé en consideración! Sin embargo, mi lealtad es con Dios y no con los reyes de ningún reino. Vos habéis sido hombre de fe, y alguna directriz benedictina se guardará en vuestra conciencia. ¿No veis que la fórmula del fuego griego solo traería más desgracia y destrucción a este mundo, pues su único objetivo es el de dar muerte? No me atrevería jamás a destruir años de estudio y conocimiento, pero sí debía ocultar tal conocimiento en tiempos bélicos y desgarrados como los que nos ha tocado vivir.

Gonzalo golpeó un banco del templo con su puño, tan solo por no golpear al monje y descargar así su furia.

—Volveremos a la isla y me diréis dónde enterrasteis tal tesoro.

—No lo recuerdo, ya os lo dije. Era de noche y me alejé sin seguir ningún camino para evitar tener después la tentación de regresar. Lo enterré profundo y a estas alturas la selva ya debe de haberse comido cualquier senda que hubiesen dejado mis pies.

Gonzalo, sin dar crédito, comprendió que, aunque el hermano Tobías supiese dónde estaba la fórmula de un arma militar tan increíble, jamás se lo diría. Ya nada podía hacer, salvo denunciarlo para que lo torturasen y confesara. ¿Merecería la pena? El monje ni siquiera había podido comprobar que aquella fórmula fuese real. El corsario caminó durante unos segundos por el templo, de un lado a otro, inmerso en cavilaciones. Después, miró al monje a los ojos, resopló y, sin despedirse, salió de la colegiata. Se detuvo ante el sol de otoño, permitiendo que su calidez le acariciase el rostro. El mundo, desde luego, era un lugar extraño. ¿Acaso tenía tiempo él para aquellos disparates y delirios? ¿Cómo iba a esconder un galeón de la Flota de Indias la fórmula militar más codiciada de los últimos siglos? No, no podía ser. Decidió ir a la taberna. Tomaría un trago de ron, o dos, olvidaría aquella conversación imposible y procuraría, además, ahogar cualquier tristeza en la que pretendiese naufragar su solitario corazón. Sí, eso haría. ¿O acaso Miranda no le había enseñado lo que era el amor? Sus instintos, era cierto, lo llevaban a ser aquella oruga que habitaba en la flor púrpura de jacea y que después, de forma invariable, saltaba de jardín en jardín. Sin embargo, había descubierto que sí era posible la amistad con una mujer, más allá del lance romántico, y que la inteligencia y la determinación eran otro tipo de belleza, indómita, que también lo atraía de forma irresistible.

¿Debería contarle a Rodrigo aquellas chaladuras que el monje le había confesado? Posiblemente nadie pudiese encontrar nunca aquella alhaja ni aquel delirante documento químico, por lo que relatarle al oficial la conversación que había tenido con el hermano Tobías probablemente solo le ocasionase desasosiego y malestar. No, no le contaría nada. Sus amigos Rodrigo y Miranda estaban a punto de casarse y nada debía oscurecer aquel día. Y él, a la mañana siguiente, si los vientos eran buenos, buscaría peligros en la costa como única excusa para vivir y salir a navegar.

Los cielos acogían el vuelo de al menos una docena de papagayos. Algunos, decían, habían llegado hasta Pontevedra. Se habían escapado de sus jaulas en la batalla de Rande y eran más coloridos y grandes que los loros; uno de ellos, a pesar del frío del invierno, acompañó con su alegre plumaje el camino de la novia hasta la colegiata de Vigo.

Habían procurado que fuese una celebración discreta, pero fueron muchos los vecinos que se acercaron a festejar la unión entre Miranda y Rodrigo. Representantes de los gremios mostraron sus respetos y todos los mareantes de la villa, sin excepción, hicieron acto de presencia con sus mejores galas. Cuando entraron en el templo, la joven se fijó en un nuevo exvoto que flotaba en el aire. Era completamente negro y disponía de las hechuras y formas de un galeón. Rodrigo se inclinó hacia ella y le habló al oído:

—Lo he encargado yo, Miranda. En recuerdo de todos los que murieron y en agradecimiento a Dios por aquellos que pudimos salvarnos.

—¿Qué…, qué pone en el costado? ¿Albatros?

—Albatros —confirmó él—. El ave que vuela llevando las almas de los marinos muertos en la mar.

Ella sonrió.

—La canción del albatros negro. Recuerdo cuando la cantaban en la isla.

Rodrigo asintió y deseó que el alma de Pedro, tal y como el marinero creía, pudiese viajar para siempre en las velas de los navíos del mundo. ¿Acaso los que habían perecido podrían algún día, alguna vez, dejar de existir? A su paso habían cambiado a rasguños el mundo.

Miranda miró con detenimiento a quienes habían asistido a su boda, oficiada por el padre Moisés. Cuántas personas queridas: Gonzalo, que sonreía con afecto; Ledicia, la criada, que la miraba con sincera ilusión y que había aceptado acompañarlos a ella y a Rodrigo a Costa Rica; «Señora, alguna aventura habré de vivir, digo yo», le había dicho. Incluso el señor Mascato, muy bien vestido y que les había regalado, bellísimamente enmarcada, una de las láminas de Miranda. El hermano Tobías, que jamás le sonreía; incluso su cuñada, viuda de Fermín, que se había repuesto a sorprendente velocidad del desgraciado y accidental fallecimiento de su marido. También la madre de Rodrigo y algunos hermanos, incluida la bella Beatriz, habían asistido a aquella celebración.

Miranda continuó el camino hacia el altar, observada como si fuera una bella mariposa que flota sobre un sueño. Vestía de forma oscura y discreta, pero portaba una felicidad tan resplandeciente que en ella se dibujaba la más inefable de las bellezas. Seguirían pasando los días y las horas del mundo, pero la joven supo que jamás olvidaría todo lo vivido en aquella extraordinaria villa de Vigo, cuyas siete puertas y sus alargados muros la habían protegido durante tanto tiempo.

Rodrigo, elegantísimo y con su brazo izquierdo ya para siempre dormido, no olvidaba que estaban en guerra, que vendrían tiempos oscuros, pero sintió que aquellos instantes eran únicos y que le pertenecerían para siempre, al igual que al fondo del mar le pertenecen algunos tesoros.

Por su parte, el hermano Tobías observaba la ceremonia sabiendo que sería una de las últimas de aquella índole que vería en su vida. Se recluiría en el monasterio, porque contemplar cómo vivían los demás le resultaba demasiado doloroso. Miranda, Miranda, Miranda. Era imposible saber qué la hacía especial. Sin embargo, ella, como si también tuviese el poder de mutación de las mariposas, los había transformado a todos.

14

No viaje usted por tierras, explore almas.
No hay vida humana sin misterio.

EMILIA PARDO BAZÁN,
La gota de sangre

Lucía había escrito con letra firme pero torcida. Había algo en la caligrafía, en lo estirado de las letras y en cómo se distribuía sobre el papel, que revelaba tras aquella mano a una persona enferma.

Queridísima Fina:

Espero que sigas bien de salud y que tu paseo el mes pasado hasta Annecy fuese bonito, aunque sigo pensando que, salvo que navegues por el lago, ahora solo vas a caminar por un decorado para turistas. Todo cambia muy rápido, ¿verdad? Cuando fuimos por primera vez, hace cuarenta años, era otro mundo.

Por aquí yo ya apenas salgo. El tiempo está revuelto y pasamos del calor al frío en apenas un par de días. Pero procuro mantenerme activa. Cada vez tengo más despistes, y me asusta perder la cabeza y no darme cuenta. No quiero que sea demasiado tarde para tomar medidas y terminar convirtiéndome en un saco de problemas para alguien. Así que te he hecho caso y voy a contratar a una persona para que venga todos los días a casa un par de horas. Solo para que compruebe que está todo en orden, por si me pongo de pronto a hablar con la cafetera. He dejado todo preparado, con permisos firmados para ti, para que si ya me vuelvo completamente chalada podáis meterme en una residencia. Espero tener el buen gusto de morirme antes. No quiero convertirme en una momia como la abuela Rosaura, ¿te acuerdas?

En este paquete verás que no te mando ningún libro, y es porque voy a enviarte otra cosa. Deberás guardarlo con cuidado y no tocarlo, porque se trata de un material delicado. No te asustes, pero te lo envío por una cuestión de seguridad. Ya sé que vas a pensar que es cosa de mi enfermedad, pero yo estoy segura de que en estas semanas varias personas me han estado siguiendo. Dos hombres jóvenes en concreto, cada mañana, se apostan cerca de mi casa. Fingen ir de paseo, pero no. Tampoco tienen perro, ni son deportistas, y se detienen aquí todo el tiempo. Creo que uno de ellos se ha fijado en el escondite que tengo para la llave de la puerta de atrás, ya sabes, bajo la maceta de las begonias, y por si acaso lo cambiaré estos días, ya pensaré un buen sitio. No sé por qué me siguen, aunque sospecho que tiene que ver con la investigación de un galeón hundido en la ría de Vigo. Ya sé que todo esto de los barcos te aburre muchísimo, pero Marco y yo nos dedicamos a ello, y él está de acuerdo en que te envíe estos papeles, que solo tienes que guardar. Aquí no tengo caja de seguridad y si lo entrego a alguna autoridad, me temo que no termine en las manos adecuadas y que solo genere una fiebre absurda de cazatesoros caseros e inexpertos, que estropearían todo el trabajo arqueológico. Imagino que ahora estarás poniendo el grito en el cielo, porque siempre has sido así de exagerada, pero te aseguro que nadie sabe que te he enviado esto, y para que no haya dudas te lo mando desde la librería, ni siquiera he ido a Correos. Verás que esas viejas hojas (sé que las vas a mirar) hablan de uno de tantos tesoros sobre los que siempre he trabajado y que en principio debería estar en un galeón que se hundió al sur de las islas Cíes en 1702. Antes de coger el teléfono y llamarme para reñirme, debes saber que solo se trata de un buque de carga de la Flota de Indias de hace tres siglos, que tampoco es algo tan extraordinario.

Sin embargo, me siento observada y perseguida, y es cierto que el tesoro que se detalla en el manuscrito que te envío tiene un valor incalculable, ya no tanto quizá por sus piedras preciosas, sino por la fórmula de conocimiento y la historia que lo acompañan. Cualquier cazador de tesoros pagaría mucho dinero por ese material que ahora tendrás en la cocina de tu casa (¿aún sigues abriendo ahí la correspondencia?), de modo que, salvo que lo consideres oportuno por cualquier circunstancia, es mejor que no le digas a nadie que has recibido este manuscrito. Por mi parte, plantearé a un colega mío de confianza, Carbonell (el que hablaba mucho en la exposición náutica a la que viniste, ¿te acuerdas?), que me ayude para estudiar la veracidad de todo lo que dice ese monje y que podamos solicitar permiso para prospectar en condiciones. Es posible que te pida en algún momento el manuscrito, pero por ahora está mejor en tus manos que en mi casa.

Nagore se detuvo un momento en la lectura. Leía la carta de Lucía en alto y a cada frase escuchaba suspiros de Fina, que sentía como si su prima estuviese presente. El hecho de que Lucía hubiese nombrado a su marido Marco como si estuviese vivo denotaba ya su declive mental, pero su discurso parecía, por lo demás, perfectamente hilvanado y ofrecía datos que, en apariencia, solo podría aportar alguien de cordura y memoria solventes. Nagore también comprendió en aquel momento cómo habían entrado los primos en la casita y que era falso que, tal y como había declarado Julián en el hospital, la puerta estuviese abierta. El chico debía de pensar que, sin forzar la cerradura y sin hurtar la llave, el allanamiento sería menor, aunque fuese un delito de igual forma.

Siguieron leyendo algunas recomendaciones de Lucía sobre la cautela y seguridad que Fina debía tener con el material, aunque después ya se perdió en recuerdos de veranos pasados y anécdotas inconexas sobre Marco y el difunto marido de Fina, del que también hablaba como si estuviese vivo. Terminaba por despedirse con una invitación formal a que su prima pasase el verano con ella en A Calzoa y enviaba un abrazo con un «Te quiero, prima» que logró que Fina, incapaz de resistir más tiempo, se echase a llorar.

Tras aquello, las fotografías que habían llegado desde Ginebra correspondían ya al «manuscrito de Miranda» que había sido sustraído en el Archivo Diocesano. Para estudiarlo, Nagore sí necesitó ampliar la imagen y comenzó a leer más despacio, porque la caligrafía era antigua, apretada y no tan nítida como le habría gustado.

Un monje llamado Tobías parecía haber querido contar, con todo detalle, alguna de las aventuras que le habían sucedido desde que había conocido a Miranda de Quiroga, una joven que había llegado a Vigo allá por el año 1700. Cada línea mostraba que estaba fascinado con aquella mujer. Nagore tuvo que beber agua varias veces y compartir la narración del relato con Nico, porque el texto era por partes farragoso y no muy legible. Mientras uno leía, el otro anotaba los datos que consideraba relevantes, y Fina permanecía con la boca abierta escuchando la increíble historia de Miranda, Rodrigo, Gonzalo y el monje eremita. Los pasajes de lo que había sucedido en la batalla de Rande eran muy vagos y escasos, ya que, tal y como explicaba el monje, él no había presenciado realmente el conflicto. Sin embargo, su narración del hundimiento del galeón apresado por los ingleses y de cómo había podido rescatar a Rodrigo del agua suponían un testimonio documental extraordinario.

La parte más interesante, sin embargo, era la que recogía los tesoros que el monje había tomado de los náufragos de aquel galeón y que luego había escondido:

Tuve que confesar a don Gonzalo de la Serna mi villanía. No lo hice por imposición, pues desprecio a los apóstatas, sino porque vi en sus ojos que necesitaba la verdad y que no me dejaría hasta obtenerla.

Sin embargo, ¿no hice bien? ¿No fueron mis actos acordes con la búsqueda de la armonía y de los designios divinos, contrarios a la violencia? La joya no provocaría más que nuevas avaricias y desdichas, y solo me dolió enterrarla porque la gran esmeralda que portaba estaba protegida por una cruz de Santiago. La vieira dorada que acompañaba el dije era hermosa, y el resto de las pequeñas esmeraldas que adornaban aquesta alhaja eran tan bellas que parecían reflejar los ojos de doña Miranda, pero tal motivo me convenció todavía más de la necesidad de ocultar tal tesoro, que era en definitiva robado a ingleses y olandeses, pues, según las normas de la guerra, su botín sería juzgado, entiendo, como buena presa.

La fórmula del fuego griego era, así mismo, germen potencial de más muertes y batallas. Desconozco los tratos del monje cisterciense con su majestad para ofrecerle tal fuente de conocimiento, pero he cavilado sobre el asunto y creo muy posible que la Corona solo ofreciese recepción al alquimista, que bien se sabe que en aquestos tiempos nada se cree hasta que puede ser visto. Enterré el dije y los documentos de camino al molino al otro lado de la isla, aunque desvié mis pasos justo en el sendero que, hacia el sur, se dirigía hacia la cueva que llaman de la Serpiente. Con grandes fatigas y con mi pierna ya insensible, caí justo ante dos grandes piedras, que me parecieron lápidas, y a sus pies guardé este tesoro, que con toda prebenzión y cuidado deberá permanecer allí mientras los siglos no lo corrompan, apartado de la mirada oscura de los hombres.

Con la misma certeza que sentimos a Dios cuando nos señala por nuestros actos, cuando abandoné la isla supe que no volvería nunca.

—A ver, espera un momento —interrumpió Nico—. ¿Qué coño es un dije?

—Un colgante, un collar.

—¿Y eso del fuego griego?

Nagore abría y cerraba los ojos repetidas veces, miraba la imagen del documento y después a Nico, como si todavía le costase asimilar lo que estaba leyendo.

—Es… Es una fórmula de más de mil años de antigüedad, que ni siquiera hoy los científicos son capaces de recuperar. Si se conservase en alguna parte, ¡sería un hallazgo único en el mundo!

Nico se mostró escéptico.

—Pero ¿qué es?, ¿un fuego explosivo, un arma química griega supersecreta? —se extrañó, porque le parecía inconcebible que los métodos científicos y técnicos de la actualidad no pudiesen reproducir algo concebido en una época en la que ni siquiera existían laboratorios.

Nagore le contestó con firmeza:

—No es ninguna broma, Nico. Se saben algunos de sus componentes, como la nafta, la resina de pino y el azufre, pero este fuego sobrevive al agua y se reactiva con ella… En las batallas navales era un arma letal por necesidad.

—Joder.

Nagore enarcó las cejas, conforme con el exabrupto. Al tiempo, se sentía molesta consigo misma, porque se había equivocado y en efecto Miranda era el nombre de una mujer y no un apellido de varón; por lo que el hermano Tobías relataba de Miranda de Quiroga, de su vida e investigaciones con los insectos, debía de haber sido extraordinaria para su época. ¿Cómo era posible que ella no hubiese podido localizarla y que tampoco supiese nada de su existencia? La inspectora, llena de curiosidad, continuó leyendo:

Referí a Don Gonzalo que no recordaba dónde había escondido tal extraordinaria fuente de conocimiento, pero su malicia y aguda inteligencia pronto brillaron en los ojos, y no sé si habrá ido o no a buscar estos tesoros.

Mis dones y mi intelecto no fueron suficientes para acallar las dudas de mi conciencia, y tan pronto como el corsario me dejó en la Colegiata, corrí a mi aposento en la casa parroquial. Allí guardaba mi segundo pecado, que había sido el de reproducir la fórmula del fuego griego. A pesar de mi pierna, que pasados tantos años todavía hoy cojea, apenas tardé dos minutos en hallar el documento, que tan bien guardado había tenido hasta entonces.

Soy un hombre de fe y entregado a la Iglesia, pero también soy hombre de ciencia incapaz de atropellar el conocimiento, y mis manos, sin mi permiso, se habían visto copiando el fuego griego original en mi tosco refugio de la isla y ante los delirios y fiebres de Don Rodrigo, que no recuperó el conocimiento ni un instante mientras estuvo bajo mi cuidado. Sin embargo, siendo tan peligrosa el arma que contenían aquellas simples hojas de papel, ¿cómo no ocultarlas? ¿Y dónde hacerlo, si yo mismo iba a marchar en breve de camino al monasterio, un suelo sagrado que yo jamás podría pervertir con mis faltas?

La solución llegó de mano de Don Rodrigo. Se presentó en la Colegiata varios días después, acompañado de un carpintero y dos de sus ayudantes. Llevaba un hermoso galeón negro como ofrenda, y como exvoto se inscribió en el libro de los prodigios del templo. El buque, como todos los navíos, tenía nombre. Sin embargo, faltando a su devoción con la Iglesia, el oficial no lo llamó por nombre de Santo ni de Virgen, como correspondería a un galeón, sino que tomó uno de esos sencillos y toscos recursos de los marineros y lo bautizó Albatros. Había tras este pájaro una leyenda pagana sobre el alma inmortal de los marineros que fallecen en la mar, y poco adecuado me pareció utilizar aquesta referencia para un exvoto, pero el padre Moisés, Dios lo bendiga, a todo prestaba conformidad.

El carpintero, llamado Gumersindo Costas y que venía de Bouzas, se mostraba muy experto en el oficio del talle de exvotos; refirió que el navío, por orden de Don Rodrigo, disponía en su interior de un hueco oculto y bien disimulado. En él, el nombre de Pedro Roca se hallaba tallado con elegante combinación, y una pequeña barca similar a la de este marinero se guardaba escondida en la panza de la nave. De aquesta manera, Don Rodrigo decía que el tal Pedro estaría siempre navegando bajo las velas del Albatros hacia el altar. Iban ya a darle un último barniz al exvoto y revisar dónde y cómo colgarlo con seguridad, para que estuviese listo el día que Don Rodrigo y Doña Miranda contrajesen matrimonio; decía el carpintero que el barniz era especialmente grueso, que sellaría para siempre, como pegamento, el acceso al secreto homenaje al marinero. No sé qué nubló o encendió mi mente en tal instante, pero fui a mi alcoba, tomé la fórmula y, justo antes del barniz y con notable disimulo, la guardé en el corazón del galeón.

Debiera haber destruido la clave del fuego griego, bien lo sé. Que Dios me perdone, porque mis manos fueron incapaces de hacerlo. Allí quedó el secreto, bien colgado y oculto, y allí sigue y permanecerá durante siglos hasta que el Señor quiera, pues ya lo dejo en sus manos y no en las de este humilde servidor de la fe. Lo vi por última vez en la boda de Doña Miranda y el oficial, pues después partí ya hacia Ourense. Qué hermosa estaba ella, qué finura de corazón y de entendimiento. Conservo todavía una de las mariposas que estudió en la isla de San Martín y que observó con lástima al ver que había muerto. La guardaré entre estas páginas que, con castidad y devoción por mi parte, siempre pertenecerán a Doña Miranda.

Poco más puedo referir, y confieso de esta forma mis pecados, pues preveo que la viruela, que ya ha afectado a varios hermanos, tal vez también a mí me lleve a la presencia del Señor. Me siento débil y cansado, aunque confío en reponerme para seguir investigando remedios y medicinas en esta congregación del Císter, a la que ya me he unido hace tantos años con reverencial devoción. Que sea Dios, y no los hombres, quien perdone mis faltas.

En el Reyno de Galicia, Oseira, en el mes de marzo del Año del Señor de mil setecientos y trece.

Deo Gratias.

Nico y Nagore no daban crédito. El círculo se cerraba, todo estaba resuelto. Todo menos saber dónde se encontraba aquel asombroso tesoro, que valía más por la fórmula del fuego griego, sin duda, que por sus esmeraldas y vieiras de oro, cuyo valor también era imposible de calcular. Nagore sentía una emoción inenarrable. ¿Qué le había dicho James Grosvenor antes de morir? No tenía que hacer memoria, porque recordaría aquella frase y la cara del inglés el resto de su vida. Le había dicho que hiciese algo por la historia. Ella lo había entendido en su sentido más amplio y poético, pero quizá se hubiese referido a la historia concreta de Miranda, que de no existir no habría inspirado al monje a escribir aquellas hojas sobre ella, su vida y, sobre todo, aquel tesoro escondido. Ahora resultaba imposible saberlo, pero Nagore tenía la intuición de que aquel mundo lleno de mariposas había sido, en parte, lo que había querido rescatar Grosvenor del fondo del mar. ¿Cómo habría sabido él lo del tesoro, si no había tenido acceso a aquel manuscrito? Quizá la respuesta estuviese en aquel fraile corsario que el inglés había ido a investigar en el Archivo de Tuy.

—De algún modo, Grosvenor tuvo que saber algo del tesoro en las Cíes, y por eso mandó a Julián y a Rodolfo Pacheco a las islas, para buscar con el detector de metales el colgante y dar así con la fórmula del fuego griego —conjeturó la inspectora, todavía asombrada. Supuso también, reflexiva, que al leer aquel manuscrito Lucía habría entendido de golpe que Grosvenor no era un simple investigador en el Archivo de Tuy, sino un buscador de tesoros a su altura.

—Yo creo que Grosvenor no debió de encontrar nada en las Cíes —supuso Nico, concentrado—. Si lo hubiese hecho, habría dejado de buscar este manuscrito.

—Pero Lucía, al hallar este documento, sí supo de otro lugar donde buscar, y era en la colegiata de Vigo.

Nico se dio una palmada en la frente.

—¡Claro! ¡Por eso había vuelto a ir a misa!

—¿Qué? ¿Cómo que iba a misa?

—Su vecino, Richard, nos contó a Kira y a mí que las últimas semanas a Lucía le había dado por ir a misa al centro, a la colegiata, en vez de ir en Coruxo. Lo asoció a su pérdida de cordura, pero resulta que ella iba buscando el Albatros Negro. Qué tía, con lo enferma que debía de estar, y allá que se fue —resopló, admirado por la decisión de la anciana historiadora. Después, siguió reflexionando en alto—. Hay que joderse, porque yo he entrado alguna vez en esa colegiata y te juro que nunca he visto ningún barco de juguete colgado de ninguna parte. Que no es que yo me fije demasiado, pero, vamos, que me habría dado cuenta.

—No olvides que la colegiata original fue derribada a comienzos del siglo XIX —reflexionó Nagore, pensativa—. La que hay ahora, imagino, no debió de seguir con la tradición de los exvotos. Se lo consultaremos a Carbonell.

Y, con aquella intención, Nico y Nagore, tras arropar a Fina —impactada por la carta—, llamaron a Meneiro, lo pusieron al día de las novedades y acordaron ir por comisaría para hacer un informe detallado. Pero antes, y todavía embargados por la sensación de haber viajado en el tiempo, el oficial y la inspectora decidieron hacer un par de visitas al hospital. Kira merecía saber en persona aquella historia, y Pietro también.

Cuando la joven Kira, tumbada en su cama hospitalaria, escuchó el contenido de la carta, no pudo evitar emocionarse.

—Vaya historia. De ahí sale una novela de amor —había dicho, con los ojos brillantes.

—O una de frailes corsarios —había replicado Nico—. Increíble, ¿no?

—Ahora tenemos que encontrar ese tesoro.

—¿Tenemos? —había negado él con el gesto—. No, señorita. Tú tienes que reponerte y descansar. Lo otro es cosa de arqueólogos y ratitas de biblioteca, no de policías.

—Pero ella… —señaló a Nagore, que estaba callada en una esquina—. Ella es inspectora de Patrimonio.

—Una ratita de biblioteca, según parece —replicó Nagore, haciendo una mueca a Nico.

Después, se despidió de Kira y le dijo al oficial que lo esperaría ya en el cuarto de Pietro, que iría ella adelantándole las novedades, porque si se detenían mucho no llegarían a su cita con el inspector Meneiro.

Cuando Nagore llegó a la habitación de Pietro, su padre estaba dentro. Discutían, y al verla llegar, tras detener su atención de forma fugaz en el estilismo de ella, el padre se disculpó para dejarlos solos con la excusa de ir a tomar un café.

—Perdona, he venido en mal momento.

—No, tranquila. Has evitado, más bien, que llegase un mal momento. Uno de esos en los que se dicen cosas irremediables.

Ella asintió.

—Estará preocupado por ti. Es normal que quiera que vuelvas a casa.

—Puedo cuidarme solo.

Pietro se dio cuenta de que había sido algo brusco y se disculpó.

—Perdona… Son muchas cosas y ya me duele la cabeza de tanto pensar. Y tú ¿cómo estás?

—¿Yo? Qué tal tú, a mí no me han disparado.

—Pero casi te rompes la crisma, que podría ser peor.

Ella negó con el gesto, sonrió y se acercó a la butaca donde Pietro estaba sentado; comprobó que ya le habían retirado el suero y que el policía tenía mejor cara. Nagore mantuvo la distancia, sin tocarlo, pero lo miró con afecto.

—En serio, ¿estás mejor?

—Supongo. Solo me encuentro dolorido y cansado, pero se me pasará.

—Tengo novedades para ti. He venido porque hemos descubierto algo increíble.

—Ah. Pensaba que venías solo por verme. No olvides que en Tuy casi te llevo al altar.

—Muy gracioso.

Y Nagore le contó todo lo que había sucedido aquella mañana y el contenido de lo que Lucía había robado en el Archivo Diocesano de esa pequeña ciudad que escondía una catedral entre las paredes de una fortaleza. Miranda y las mariposas, el verdadero motivo del hundimiento del galeón, la aventura de aquellas personas que no habían pasado a la historia, pero que habían hecho girar el mundo de otra forma.

—Vaya aventura. Es increíble —había reconocido él, asombrado—. ¿Sabes si es cierto? Quiero decir… ¿Sabes si todas esas personas existieron de verdad?

Ella se encogió de hombros.

—Tendré que investigarlo a fondo, ya te imaginas.

—Me gustaría ayudarte.

—No creo que puedas —replicó ella con un mohín, que señalaba hacia su hombro herido—. Además, esto es más de Patrimonio, no de policías de Homicidios.

—Aun así, me gustaría ayudarte —replicó él, serio.

Se quedaron mirando unos segundos, sin ningún tipo de incomodidad, como si aquel silencio formase parte de un nuevo y particular sistema de comunicación. De pronto, Pietro cambió el gesto y sonrió.

—Ya verás cuando se entere de esto Carbonell.

En efecto, el manuscrito de Miranda supuso una revolución. Carbonell y Metodio fueron consultados, y el arqueólogo se mostró enfadadísimo consigo mismo por no haber investigado más a fondo aquellos nombres que le había dado Lucía Pascal.

—¡Es increíble! ¡Increíble! —le había dicho a Nagore, completamente emocionado—. ¡Con razón no sabía del matrimonio de Rodrigo y Miranda! El libro de inscripción sacramental de los matrimonios debió de perderse con los desperfectos que sufrió el templo en 1813, ¿recuerda que le conté que habían tenido que demoler el templo por culpa de la explosión de los depósitos de pólvora del fortín de San Sebastián?

—Lo recuerdo.

—También debió de perderse el libro de los prodigios de la vieja colegiata, ¿comprende? Allí constaría el registro de los exvotos náuticos, pero en el nuevo templo dejaría de practicarse la tradición.

—¿Y no sabemos nada de lo que se hizo con los exvotos que no hubiesen sufrido daños o con las imágenes y reliquias? Normalmente se reutilizaban o guardaban en…

—Nada —la interrumpió el arqueólogo, ceñudo—, no sabemos nada. Aunque me propongo investigarlo, por supuesto. Tal vez alguna carta privada del párroco de entonces, algún inventario de los bienes que pudiesen rescatar… Pero será como buscar una aguja en un pajar.

—Es increíble —reflexionó Nagore, todavía sorprendida por lo que estaban viviendo—; todo este tiempo buscando las riquezas del galeón y resulta que el verdadero tesoro se guardaba en el Albatros Negro.

El arqueólogo asintió.

—Sí, Grosvenor nos lo dijo.

—¿Cómo? —se sorprendió ella.

—Nos explicó que no buscaba el oro ni la plata, porque él en su vida ya tenía todo lo que el dinero podía comprar, ¿entiende? El tesoro del Albatros Negro no era el oro, sino el conocimiento. Dentro de ese navío colgado del techo de la colegiata se guardaban años y años de historia, de estudios de alquimia y de experimentos extraordinarios. Intuyo que Grosvenor solo había buscado el fuego griego en las Cíes y que desconocía la copia de la fórmula que había hecho el monje, pero desde luego su trabajo de investigación fue espectacular.

—Nosotros también podemos investigar la isla de San Martín, aunque las referencias del monje, que no sé si tendría Grosvenor, eran muy vagas. Dudo que esos senderos a los que aludía ni siquiera existan en la actualidad… En más de tres siglos bajo tierra, me extrañaría que la fórmula se hubiese conservado.

—Cierto, es poco probable que haya perdurado, pero lo que nos ha sucedido con el galeón fantasma, si lo piensa, también lo habríamos considerado como algo imposible hace solo unas semanas. Las referencias que ofrece el monje, por otra parte, son muy pocas y la isla es muy grande… Y sí —añadió, enfatizando el tono y elevándolo—, un dije de oro y esmeraldas, en todo este tiempo, podría haber sido hallado y sustraído por cualquier pirata. Sin embargo, me propongo investigar el paradero de tal maravilla. ¿Cómo no íbamos a hacerlo? —razonó.

En efecto, Nagore comprendía que no podían dejar así aquel asombroso caso. Y el viejo arqueólogo, por supuesto, buscaría aquel tesoro con o sin ayuda. Carbonell estaba decidido, desde luego. ¿Qué más daba que aquellos dos inútiles de los primos Pacheco no hubiesen encontrado nada en las Cíes? Él lo planearía todo para iniciar una exploración en condiciones. Tendría que pedir muchos permisos, claro, pues la zona de prospección era la de un parque nacional, pero qué diablos. Ahora o nunca.

María Miranda de Quiroga, para sorpresa de Nagore, disponía de seis o siete líneas en Wikipedia y de algunos de sus bocetos expuestos en prestigiosos museos extranjeros. Dentro del campo de estudio científico de los insectos, era considerada una de las primeras entomólogas y exploradoras de la historia, aunque publicaba y era conocida con su nombre de casada, Miranda Rivera. Cuando todos los científicos de su época analizaban ejemplares ya muertos de larvas, polillas y mariposas, ella los observaba vivos y estudiaba sus preferencias alimentarias y hasta de apareamiento, con un método disciplinado y casi matemático. Sus ilustraciones eran tan bellas, vivas y coloridas que cuando Nagore las vio a través de la pantalla tuvo la sensación de estar contemplando algo único, que nunca había sido dibujado antes de aquella forma y que no había podido imitarse después.

Había un retrato algo desvaído de la entomóloga, que ofrecía un semblante sencillo y armonioso, sin más. Sin embargo, en el rostro destacaba una cicatriz en la ceja izquierda —que Nagore jamás sabría que había tenido su causa en la batalla de Rande— y algo más que el artista había logrado plasmar en el lienzo: la mirada de una mujer que parecía querer indagar, llena de curiosidad, la verdad de todas las cosas. Era lógico que Miranda no constase en ningún archivo de Vigo, porque había nacido en Redondela y los datos de su matrimonio en Vigo se habrían perdido en el derrumbe de la colegiata; además, tanto el palacio de Arias Taboada como el resto de los bienes de Enrique Mañufe nunca habían llegado a estar a nombre de Miranda, sino de las bodegas y de aquella hija criada después en un convento. Miranda había arreglado todo de aquella forma con el escribano, de modo que las rentas que le generasen los negocios fuesen de por vida y en la parte correspondiente y proporcional a la herencia a su favor, pero que a su fallecimiento perteneciesen ya a aquella niña de mirada perdida.

—Mira, aquí habla de su marido —le había dicho Pietro, señalando una pantalla de su ordenador. Habían transcurrido unos días desde su alta en el hospital, y aquella tarde estaban ella, Nico y él mismo en el barco del subinspector recabando información—. Rodrigo Rivera no solo fue corregidor en Costa Rica, sino que tuvo otros muchos cargos y llegó a ser nombrado marqués por los buenos servicios a la Corona... Su familia tenía el pazo de San Roque, que todavía existe, aunque ahora es del ayuntamiento. Con razón tampoco consta en Vigo gran información acerca de este hidalgo, porque vendió su parte de la herencia cuando era casi adolescente.

—Yo he buscado a ese Rodrigo en internet y nada —se quejó Nico—. ¿Cómo has sabido eso, si casi no sales del barco?

—Verás, hay un invento nuevo que se llama biblioteca, y tengo una aquí al lado, en el casco viejo —se burló—. ¿Sabíais que el pazo donde vivía Miranda aún existe?

—No fastidies.

—Es una pinacoteca y tiene el nombre del antiguo propietario, Arias Taboada, que fue gobernador de la villa o algo así.

—Aunque yo no dispongo de las revolucionarias técnicas de investigación de Pietro —intervino Nagore—, sí tengo mis propios métodos y he encontrado información sobre el matrimonio.

—¿El método se llama Carbonell?

Ella se rio.

—En parte, sí. Pero en Patrimonio tenemos fuentes documentales bastante fiables —añadió, guiñando un ojo a ambos—. Resulta que la pareja viajó por toda Mesoamérica, por Venezuela, Colombia, Perú y hasta Brasil, y tuvieron cuatro hijos, ¡cuatro! Ella publicó hasta tres libros y cada uno lo titulaba según alguna de las plantas que solían comer los insectos. El más famoso es uno que se llama *Metamorfosis de Surinam*, que tiene unos colores increíbles, aunque publicó también un conjunto de láminas, que tituló *El juego de las mariposas*, que os confieso que acabo de comprar para enmarcar. Los dibujos son impresionantes y cada ilustración se la dedica a una persona distinta; la primera a una tal Ledicia, otra al señor Mascato, otra a un muchacho llamado Sebastián, que imagino que es el que el monje decía que siempre acompañaba a Rodrigo... Reconozco que hasta ahora no sabía quién era Miranda y mucho menos que había pasado por Vigo, pero en el mundo de la entomología es toda una referencia y en algunas zonas de México, en Honduras y Costa Rica sus ilustraciones son tan famosas que hasta las tienen en camisetas.

—Desde luego, tuvo que ser una mujer increíble —reconoció Pietro, al tiempo que miraba alguna de las láminas de Miranda en el teléfono móvil de Nagore.

La inspectora asintió.

—Dicen que se pasaba horas en la selva, tumbada, vigilando larvas y tomando datos de orugas hasta que se transformaban en mariposas. La gente de su época debió de pensar que estaba loca, pero fue una gran investigadora.

Nico resopló.

—Todo eso está muy bien, pero no nos ayuda para nada a la hora de encontrar ni el exvoto del Albatros Negro ni lo que escondió el monje en la isla.

—Ya lo sé —reconoció Nagore—, pero sus vidas suscitan mi curiosidad. Seguiré investigando qué fue de ellos... Aunque he de decir que sí que he logrado nueva información sobre el tesoro del Albatros Negro.

—Cuenta, cuenta —reclamó Pietro, emocionado.

Nagore ofreció una pausa de tensión.

—No es que sea gran cosa, pero, en primer lugar, podemos descartar que este monje de Oseira pudiese escribir nada más sobre la fórmula del fuego griego, porque sus sospechas fueron ciertas y murió de viruela al poco tiempo de terminar de relatar sus recuerdos sobre Miranda.

—Qué pena. Me caía bien el monje —soltó Nico, para después mirar a Pietro y reclamarle la ubicación exacta de las aceitunas y patatas fritas en aquel barco.

Nagore continuó desvelando sus averiguaciones:

—El exvoto del Albatros Negro seguía en su sitio al menos diez años después de haber sido colgado, porque así lo declara un inventario de la colegiata firmado por el propio padre Moisés que cita el monje... Que por cierto parece que falleció muy poco después que él, aunque no ha aparecido el libro de los muertos de aquella época, que debió de perderse con los demás de prodigios y nacimientos, tal vez cuando la iglesia sufrió la explosión del polvorín de San Sebastián...

—Y, entonces, ¿cómo sabes que se murió el párroco?

—Os lo cuento ahora, que, total, este cura tampoco es relevante para lo que buscamos, aunque su muerte sí puede explicar por qué no pudo leer, ni él ni nadie, el «manuscrito de Miranda» que el hermano Tobías le había dejado entre sus libros y papeles, que después se traspapelaron.

—¿Y entonces?

—Pues entonces, querido Pietro —respondió ella, con tono alegre—, resulta que he encontrado al fraile aventurero, Gonzalo de la Serna, que resulta que se convirtió en armador corsario y exportaba vinos españoles desde la villa de Vigo a todo el mundo… ¡Adivinad con qué símbolo!

Nico frunció los labios y entornó los ojos, como si estuviese pensando de forma muy profunda.

—¿Un olivo?

Ella negó con semblante de exagerada decepción.

—¿Un galeón? —aventuró Pietro.

—Vaya dos. ¡Una mariposa! Eran los vinos de la bodega que había *heredado* Miranda, y que estaba asociada a la de su familia en el plazo de Reboreda, que todavía existe.

—¿Y cómo es que Carbonell no podía encontrar nada de la biografía de ese corsario? Parece que era importante en la ciudad.

—Los negocios no estaban a su nombre, solo cobraba rentas y era colaborador; tampoco paró mucho por la ciudad… En el año 1704 se casó con una mujer genovesa que tenía lazos familiares con Galicia y que se iba a asentar en Bayona; en una carta se la describe como de «deslumbrante belleza» —matizó, dejando claro que citaba el texto de forma literal.

—¿En serio?

—Y tanto. Parece que el corsario nunca descuidó los negocios, pero viajó con ella por toda la costa de Galicia, por Génova, Nápoles y Milán, para regresar siempre a Vigo por su trabajo, aunque instaló su domicilio formal en Bayona, porque al parecer los mayores negocios de su esposa salían de aquel puerto, y no del de Vigo, de modo que tiene todo el sentido que no pudiésemos localizar a De la Serna en ningún archivo de la ciudad.

—¿Has dicho «los negocios de su esposa»? —se extrañó Pietro.

—Sí, al parecer la dama era bastante singular para la época; disponía de un vasto patrimonio, era prestamista y fletaba barcos siguiendo la estela del negocio familiar… Aunque, por lo que he leído, ella y Gonzalo también viajaron a las Canarias por puro placer de la aventura y se dedicaron bastante a la *dolce vita*.

—Mira qué bien —apreció Pietro, con una mueca de reconocimiento—. Sin embargo, no veo adónde nos lleva para encontrar el tesoro, doña «en Patrimonio tenemos las mejores fuentes documentales del universo» —añadió, entrecomillando con las manos el final de la frase, algo que, por culpa de su herida, le supuso una punzada de dolor al levantar el brazo.

—Pues eso nos lleva a que Gonzalo de la Serna era muy amigo de Miranda y su marido… Tanto que el hombre fue padrino del primero de sus hijos y que se escribieron sin descanso hasta la muerte del corsario en Bayona, muchos años después; se conservan algunas cartas privadas en el Archivo Histórico Provincial de Pontevedra, y en varias de ellas alude a las aventuras vividas, sin describirlas; según parece, lo que existe son los borradores iniciales de alguna de esta correspondencia, llenos de tachones, porque el corsario lo repasaba y después lo ponía en limpio antes de enviarlo… Y menos mal, porque de Miranda y Rodrigo solo tenemos los libros de orugas y mariposas que ella logró publicar.

—Me estoy perdiendo —rezongó Nico—, ¿vamos al grano?

Nagore sonrió, porque ahora venía el golpe de efecto.

—Hay una carta de finales de 1713 en la que el corsario informa a sus amigos de que han fallecido primero el monje y después el párroco, al que al parecer Miranda tenía mucho aprecio. Y resulta que Gonzalo de la Serna les confiesa aquí algo que nunca les había contado, al parecer para no enturbiar su felicidad; y era que el hermano Tobías le había dicho, años atrás, que había enterrado un collar y una fórmula de «fuego de guerra de los griegos» en las Cíes. A él le había parecido una majadería y había terminado por no dar crédito a aquello; por otra parte, imagino que ni su familia, si leyó estos borradores, ni el Archivo Histórico tomaron en cuenta esa confesión, porque en efecto el monje parecía un tanto demente. Además, hablamos de una isla entera para buscar…

—Pero ¿quién tenía acceso a los borradores de esas cartas? —preguntó Pietro, interesado.

—Ahí está la gracia —replicó Nagore, con expresión triunfal—. Todo el mundo. La familia de Gonzalo guardó toda la documentación en el pazo familiar de Bayona, hasta que los papeles terminaron en el Archivo Provincial. Y en el Archivo nos han confirmado quiénes han consultado esa información en los últimos años. ¿Adivináis quiénes?

—Ya sabes que no.

Ella hizo un mohín.

—El primero fue un enólogo hace un par de años. Buscaba información sobre las bodegas y el tipo de uvas y procesos de creación del vino a lo largo de la historia, y se encontró con lo que él creyó una anécdota graciosa, y que una vez publicado su trabajo de investigación comentó en una entrevista, hará algo más de un año. Allí solo hablaba de la anécdota sin detallar siquiera en cuál de las tres islas de las Cíes podría estar oculto el tesoro. En Patrimonio imaginamos que Grosvenor se enteró de esta información y que, de alguna forma, buscó más datos.

—Llamaría al enólogo, ¿no?

—Supongo, pero el pobre hombre murió en un accidente de tráfico al poco de aquella publicación, de modo que Grosvenor debió de comenzar a buscar por su cuenta a Gonzalo de la Serna en toda clase de archivos, lo que explicaría que terminase en el de Tuy, aunque en su equipo tenía más investigadores.

—¿Y eso cómo lo sabes?

—Porque hace solo unas semanas un tal Peter Derry, que está en la lista de fallecidos del White Heron, accedió al Archivo Provincial de Pontevedra y consultó la información.

—¡Claro! —exclamó Pietro—. ¡Ese es el verdadero motivo por el que Grosvenor envió a los primos a las Cíes! Ya tenía más detalles y sabía de qué isla se trataba, por lo menos.

—Eso es —confirmó Nagore—. Aunque los pormenores de dónde fue enterrado solo constan en el manuscrito que robó

Lucía. El Archivo Provincial ha confirmado a Patrimonio que ella también había buscado datos de la época entre su documentación, pero pasó por alto la correspondencia privada de estas bodegas, algo que el inglés sí que revisó.

—Este caso es increíble —reflexionó Nico, casi en una exclamación.

Pietro continuó atando cabos:

—En Tuy, Grosvenor debía de estar buscando más documentación sobre el corsario, por si hubiese manifestado en alguna otra parte datos que pudiesen corroborar lo que había escondido el monje y dónde.

—Eso es —confirmó Nagore—, y al conocer a Lucía ya se quedó por allí. Nunca dejó de buscar.

Los tres policías meditaron sobre aquello y durante días procuraron seguir recomponiendo el rompecabezas.

Pietro dedicó mucho tiempo a estudiar y reflexionar sobre el caso del galeón fantasma. El tesoro que Grosvenor había buscado era muy simbólico, como un sueño. Que hubiese ordenado eliminar a Julián y a Rodolfo Pacheco había sido una medida radical de protección para sí mismo y para el galeón y su futuro, pero ¿podía juzgar al inglés solo por aquella decisión? El crimen no tenía justificación en ningún caso, pero lo cierto era que él mismo y Nagore no podrían olvidar que sin su ayuda jamás habrían salido con vida del White Heron. En realidad, ¿qué clase de individuo había sido James Grosvenor? ¿Un enfermo? ¿Una buena persona a la que una obsesión le había privado de sus más esenciales principios de ética y de moral? Su trabajo de recuperación patrimonial había sido extraordinario, pero nada podía justificar el asesinato, ni siquiera que uno llevase dentro la magia salvaje de un espíritu soñador. En colaboración con la Interpol, descubrieron que en la casa de James Grosvenor en Londres se guardaba bajo llave la copia del borrador de la carta de Gonzalo de la Serna en la que hablaba del tesoro escondido por el monje. Aquello dejaba claro por qué el multimillonario había empezado a buscar algo más que el galeón en su prospección arqueológica. Y explicaba, además, que Grosvenor supiese quiénes eran Miranda y Rodrigo, a los que también pudieron constatar que había investigado con toda profundidad; de hecho, en una subasta ilegal el inglés había llegado a adquirir por una cantidad elevadísima una de las láminas originales de Miranda, que hallaron lujosamente enmarcada y expuesta en su propio despacho.

Lo cierto era que, aunque el tesoro no hubiese aparecido, de momento no era más que una leyenda, un sueño contado en una carta extraordinaria, y el caso estaba cerrado. Había muchos juicios e indemnizaciones pendientes, muchos informes que cerrar, y Nagore debía regresar a Madrid.

Para Pietro fue extraño, y difícil, despedirse de ella. Percibía en Nagore una cercanía que invitaba a más, pero también una desconfianza que alzaba muros infranqueables. Por supuesto, Kira Muñoz, todavía de baja, en una de sus visitas lo puso al día de lo que Nagore había pasado con su ya exmarido, y Pietro pudo entender mejor esa reserva en ella, esa forma de presentarse a los demás, como si fuera un bloque de hielo. Todavía podía recordar el día que la había conocido en comisaría, tan fría y distante. ¿Por qué, cuando los demás nos hacen daño, les damos el poder de cambiarnos? Nagore desconfiaba de las personas, impedía que se acercasen, pero todavía no se había convertido en una cínica, en una descreída. La llevó al aeropuerto y la observó hasta que desapareció de su vista, y cuando ella se volvió y cruzaron las miradas, la sonrisa de ambos, formal y correcta, guardaba la sombra de quien no quiere despedirse.

Pietro se quedó en el aeropuerto de Peinador, pensativo, hasta que vio despegar su avión. ¿Qué tendría aquella inspectora tan rara, con su atuendo indescriptible, su inacabable interés por la historia y su forma de caminar? El subinspector sabía que se había encendido algo en su interior, pero antes de permitir que creciese sabía que debería hacer unos cambios importantes. Era momento de avanzar, de terminar de recuperarse y tomar decisiones.

15

Es preferible, cuando se cuenta una historia
auténtica, dejarla sin terminar a agregarle un
apéndice fantástico.

ARTHUR CONAN DOYLE,
Piratas y mar azul

MIRANDA

Cuando Rodrigo y Miranda se fueron hacia el Nuevo Mundo, Gonzalo de la Serna pudo, por fin, dejar de impostar alegría. Se sentía feliz por cómo había terminado todo, pero lo cierto era que en aquel navío que navegaba hacia Costa Rica se iba un trozo de sí mismo. Cada vez que recordaba cómo Rodrigo había partido en una simple falúa para enfrentarse a toda una flota angloholandesa, no daba crédito por haber participado en semejante majadería. Cómo lamentaba no poder compartir más charlas con el oficial. Y después estaba Miranda. ¿Quién, en su sano juicio, creería que una dama de su clase hubiese ido a pelear a las embarradas costas de Rande? Era un milagro que estuviese viva. Ah, ¡Miranda y sus insectos! Sonrió al recordar cómo, al principio, el hermano Tobías describía polillas, mariposas y orugas como seres «salidos del averno». Ahora, tras el desastre de la batalla de Rande, Felipe V había concedido franquicias y beneficios fiscales a Vigo, pero aquello era todo, y él debía continuar con sus quehaceres y modestas aventuras.

Sentado en la taberna de las Almas Perdidas, Gonzalo rumiaba sus pensamientos con la única compañía de una jarra de vino y algo de pescado que le habían ofrecido para la cena. Escuchó, de pronto, susurros y comentarios entre los marineros, que dirigían su atención hacia la puerta. Alzó la mirada y vio a una mujer de facciones angulosas y mirada firme escudriñando las mesas. Su presencia era muy elegante, con un vestido azul marino de corte francés, y su cuerpo se mostraba de talle fino; el cabello era claro y lo peinaba en un trabajado moño, alto y elaborado, y solo un insolente mechón resbalaba hasta su esbelto cuello, que se adornaba con un delicado collar de plata. Se cubría la cabeza con un diminuto sombrero de tono celeste, a juego con sus ojos. Sus rasgos eran armoniosos, y cualquiera habría admirado su belleza, aunque lo que más destacaba en ella era la determinación de sus movimientos, que dejaban intuir un fuerte carácter. Resultaba inaudito ver a una mujer en la taberna, pero que una dama de tal porte ni siquiera llevase acompañante suponía un hecho digno de mención. Cuando advirtió al corsario, la mujer detuvo su atención en la inconfundible ropa oscura de Gonzalo, su mirada clara y el cabello rubio recogido en una coleta; estrechó la mirada y se dirigió hacia él con paso firme.

—Vos debéis ser, sin duda, Gonzalo de la Serna.

—Y vos sois, sin duda, la más bella aparición que haya tenido nunca esta taberna —replicó él, levantándose y haciendo una reverencia, mientras los marinos cuchicheaban, se daban codazos y compartían incontenibles risotadas.

La mujer había hablado con un perfecto español, aunque su acento era extranjero, tal vez de Génova o Milán.

—Sois muy cortés, pero os excuso de zalamerías, don Gonzalo; hablemos de nuestros negocios.

—¿De nuestros negocios, decís?

—¿Acaso no es la hora convenida? —dudó ella por un instante, para reafirmarse a los pocos segundos y tomar asiento sin mayor ceremonia—. Vengo a reclamar su protección para mis mercancías, tal y como convinimos en nuestra correspondencia.

Él se mostró contrariado.

—Disculpad, señora; en efecto tenía un encuentro para cerrar aquí unos acuerdos, aunque en mi pensamiento estaba el encontrarme con don Giovanni Ricciardi, y no con tan encantadora dama. ¿Sois, tal vez, su hermosa hija?

Ella suspiró, en señal de hastío ante los cumplidos.

—Yo soy el señor Ricciardi.

—¿Os burláis?

—Mi nombre es Isabella Ricciardi, viuda del hidalgo que citáis, y preciso vuestra confirmación de que no solo haréis navegación de cabotaje, sino que cubriréis algunas de mis mercancías hasta las Canarias —le espetó, sin mayores presentaciones y solicitando al tabernero, que no salía de su asombro, que también le dispusiese algo de beber.

Gonzalo se quedó sin saber qué decir, y ella lo estudió con la mirada.

—Confío en no haberme equivocado con vos. Se dice que sois un hombre de gran entendimiento y penetración, que podéis acometer cualquier empresa. Decidme, ¿es cierto?

La impertinencia y determinación de la extranjera eran notorias, y Gonzalo precisó unos segundos para recomponerse.

—¿Sois vos, entonces, el célebre mercader Ricciardi, que pretende asentarse en Bayona y con quien me he estado escribiendo estos meses?

—¿Acaso os perturba que una mujer sepa acometer empresas y escribir cartas?

—Vive Dios que no he dicho tal cosa.

—Mi difunto esposo, que el Señor lo tenga en su gloria, por su enfermedad no podía ya atender los negocios, de modo que encomendé mis fuerzas a san Giovanni y he tomado su lugar… Y el de mi otro marido con sus empresas, como es lógico.

Gonzalo no daba crédito.

—Disculpad mi atrevimiento, pero… ¿cuántos esposos tenéis, señora?

—Ninguno, naturalmente, pues por causa de diversos infortunios los tres se encuentran ya con el Altísimo.

—¿Tres?

Ella tomó aire, y a Gonzalo le dio la sensación de que le implicaba una gravosa pereza el tener que dar explicaciones por tal acumulación de fallecimientos.

—Mi primer marido pereció en un naufragio, el segundo… En fin, ¿para qué recordarlo? Las desgracias de la vida ponen a prueba nuestras virtudes, y será menester, para no enturbiar nuestro ánimo, que hablemos más de negocios que de difuntos —opinó en tono neutro, por lo que no resultaba posible saber si lamentaba o no el haberse quedado viuda en tantas ocasiones—. ¿O acaso os supone inconveniente cerrar acuerdos de navegación con una dama?

—No, doña Isabella —replicó él, con una amplia sonrisa—. ¿Os supone a vos algún impedimento el cenar conmigo?

Ella contestó devolviéndole la sonrisa y Gonzalo pudo sentir cómo, de forma inesperada, se alejaba de su planta púrpura de jacea para explorar aquella nueva y desconcertante flor, que era un misterio.

Miranda llevaba ya muchos meses viviendo en Costa Rica y nunca se cansaba de la exuberancia de aquella tierra ni de su extraordinaria comunión con la naturaleza. Aunque los medios no eran muchos, había llegado a experimentar diversas técnicas y tejidos que hacían sus dibujos resistentes al agua y había logrado catalogar ya casi doscientas especies de insectos. Su matrimonio con Rodrigo no había sido obstáculo para sus investigaciones, al contrario, ya que él la animaba de manera incansable a seguir trabajando en su estudio de la metamorfosis de las orugas. Miranda lo acompañaba en casi todos sus viajes, puesto que le interesaba todo aquello que fuese posible explorar, aunque con frecuencia él solo tuviese que resolver asuntos de despacho.

—Señora, ¿cómo haréis para viajar cuando llegue la criatura? —le había preguntado Ledicia una tarde de verano, antes de anochecer.

Se encontraban en una especie de galería de una casita en la costa, con vistas al Pacífico. La criada había señalado la incipiente tripita de embarazada de Miranda, que estaba sentada frente a una mesa en la que perfilaba nuevos bocetos.

—No sufráis por mí —resolvió ella, con una sonrisa—. Continuaré con mis trabajos y empresas, gracias a vuestra ayuda y a la de alguna niñera. Y si nos tenemos que separar, seremos como las orugas de los cardos, que duermen siempre formando un círculo y que, cuando termina la razón que los mantiene alejados, se vuelven a unir con la misma rapidez y uniformidad con la que lo hacen las gotas de mercurio.

—Esto me recuerda al juego de las mariposas —suspiró la criada, con cierta nostalgia—. ¿Seremos, entonces, la familia de los cardos?

—Eso seremos, con la gracia de Dios.

—¿Habéis visto a las señoras de la capital? Muchas tienen esclavos.

—No los habrá en esta casa. Bien sabéis las injusticias a las que los someten.

—Y lo sabrá todo el mundo gracias a vos —intervino Rodrigo, que acababa de llegar; se inclinó, le dio un beso y después se sentó a su lado—. He visto, y leído, lo que contáis en los márgenes de vuestros últimos bocetos… Es terrible.

—Lo es —asintió Miranda—, aunque ni publicando mis trabajos creo que ningún estudioso me tome en consideración.

—Pero, mi señora, ¿qué cosa es tan terrible? —preguntó Ledicia, llena de curiosidad, ya que ella solo acertaba a ver los dibujos, porque no sabía leer.

Miranda suspiró.

—Le debo a la gracia del Señor haber visto medio mundo y, con mi trabajo, la transformación de las criaturas más extraordinarias, pero también he podido comprobar hasta dónde alcanza la miseria de los hombres… Al acercarme a las plantaciones en mi búsqueda de insectos, he podido hablar con esclavas… Y sé que utilizan una planta de flores amarillas y rojas, la *Flos pavonis*, para matar a sus propios hijos en el vientre y a sí mismas.

Ledicia se santiguó.

—¡Por Dios bendito!

Miranda, con semblante serio, continuó sus explicaciones.

—Prefieren la muerte al sufrimiento y al abuso de sus cuerpos, y esta es la realidad.

La criada volvió a santiguarse, se excusó para hacer alguna tarea y regresó al interior de la vivienda. Rodrigo le acercó una mano a Miranda y ella se levantó para sentarse en su regazo. El antiguo oficial, ahora alcalde mayor, la miró con cierta resignación.

—Sabéis que procuro mejorar las condiciones de esos esclavos, pero es complicado. Ya solo con defender este lugar de los piratas y de las revueltas con los zambos se consumen muchas de mis jornadas.

Ella asintió, concentrada.

—Tendrás más cargos, viajaremos por más países y, en esta vida, haremos lo que podamos.

Miranda miró a Rodrigo, que de pronto no parecía atenderla. Había desviado su atención hacia algún punto indefinido en el horizonte. Ella siguió el camino de su mirada y, cuando distinguió lo que él estaba viendo, notó una emoción muy profunda en el pecho. El ave era gigantesca, blanca y con bordes negros en el marco de sus plumas. Su vuelo era majestuoso y firme, y apenas movía las alas. Lo normal era que los albatros volasen un poco más hacia el sur, pero alguno de aquellos pájaros legendarios, de los que decían que solo tenían una pareja de por vida, alguna vez se dejaban ver por esa costa.

Rodrigo y Miranda, sin decir nada, se miraron medio segundo como para confirmar que era real lo que estaban viendo. La canción del albatros negro marcó el ritmo de su pulso, y ambos se levantaron. Cogidos de la mano, se acercaron al borde de la galería para poder ver mejor el cielo. Miranda pensó en su padre, en la ciudad de las siete puertas que la había acogido, en Gonzalo y en tantos amigos que habían dejado atrás; pensó en todas aquellas mujeres que habían peleado con ella en Rande y también en Pedro, el gigante sin el que Rodrigo habría muerto en esa terrible aventura para hundir el galeón apresado.

La joven no apartó los ojos del ave, que ya los sobrevolaba, ni un segundo. Se acordó de aquellos hermanos que había dejado en Reboreda y de todos los marineros que creían poder perdurar a través del vuelo del albatros. El hermano Tobías diría que tal idea era un absurdo pagano, pero ella sentía que era posible otro orden de las cosas.

Miranda y Rodrigo, emocionados, se miraron con complicidad y se obligaron a no dejarse arrastrar por la nostalgia. Contemplaron la silueta del albatros hasta que desapareció, y sintieron que su vuelo era un buen augurio.

PIETRO Y NAGORE

Habían sucedido muchas cosas en aquellas semanas. Para empezar, el subinspector había dejado de forma definitiva de dormir «en el yate de su amigo» en el Náutico de Vigo y ahora, en una voltereta del destino, vivía allí mismo, prácticamente encima del arenal.

—¿Está seguro? —le había preguntado Fina, la prima de Lucía—. Mire que es una casa vieja… Al estar tan pegada a la costa, apenas se puede tocar ni reformar nada.

—Estoy seguro —había confirmado él, sin disimular la ilusión que le hacía vivir en aquella sencilla cabaña marinera.

Fina la había heredado y, mientras arreglaba los papeles, no pensaba hacer gran cosa con ella; sin embargo, aunque al principio se mostró reticente, terminó por cambiar de opinión cuando recibió la petición de aquel policía tan joven que estaba interesado en alquilarla.

—Verá, pero… —había comenzado ella a objetar—. Yo estoy ya mayor y no voy a venir desde Suiza, ¿entiende? Además, visitar este lugar me da muchísima pena, todo me recuerda a Marco y a Lucía. Creo… Creo que venderé la casa, señor Rivas.

—¡Ah, perfecto!

Ella lo había mirado, extrañada.

—Pero ¿usted no quería alquilarla?

—Solo mientras arregla los papeles; después, si llegamos a un acuerdo, me gustaría comprarla.

—Oh.

Y así habían resuelto el asunto. De pronto, Pietro tenía claro qué quería hacer: era posible que la vida y su trabajo lo llevasen a algún otro lugar, pero le gustaría disponer de un puerto escondido, de un refugio propio, estable y asentado, en aquel pequeño arenal de la costa de las Rías Baixas. Lo cierto era que su arraigo a Cantabria también lo llamaba, aunque regresar a Santander habría significado muchos más encuentros con su padre; la relación era cordial, si bien solo durante las primeras horas, los primeros días. Después, se adivinaba e intuía el conflicto: llegaba un momento en que los temas ligeros y más frívolos se agotaban, y siempre se reconducía todo a la empresa familiar. Las indirectas y pullas, de forma inevitable, comenzaban a salpicar con más frecuencia todas las conversaciones. «Qué pena, si tuviera a mi lado alguien de confianza», o «La verdad es que en esta empresa da gusto trabajar, es increíble que *alguien* pueda rechazar un puesto en un lugar así». Pietro quería mucho a su padre y a sus hermanos, pero tampoco entendía que ellos solo aceptasen su oficio de policía de forma desvaída, como si su ocupación fuera un entretenimiento menor, una extravagancia que él podía permitirse mientras ellos trabajaban en «algo serio».

Ni siquiera cuando Pietro había sido herido en el White Heron habían acercado posiciones, al contrario: su padre había sido incapaz de comprender que se dedicase a una actividad tan peligrosa, pudiendo tener un trabajo «normal». Y cuando Pietro le comunicó que iba a utilizar parte de la herencia que le había dejado su madre para comprarse la casita en A Calzoa, el señor Rivas se mostró muy decepcionado.

—Es aquí donde tienes una familia. Y, si me apuras, en Roma, donde están tus primos y los hermanos de tu madre. Lo que estás haciendo es huir.

—Puede ser.

Y Pietro se había aguantado las lágrimas para que no saliesen. ¿Qué será lo que tiene la familia que cuando tuerce el gesto es como si hasta nuestra propia columna vertebral se partiese y quebrase con el golpe?

—Que utilices la herencia de tu madre…, de acuerdo, pero si no colaboras en la empresa, deberías vendernos tus acciones.

—Te las regalo.

—No he dicho eso.

—Yo sí.

Y Pietro se había reunido con el abogado de la familia para ceder todas sus acciones a su padre y sus hermanos. No tenía por qué hacerlo, pero, ah, ¡qué ligero y libre se había sentido al firmar aquellos documentos! Los reproches familiares, ante su gesto, habían disminuido, pero él sabía que a su padre tampoco le interesaba el dinero, sino el mantenerlo a su lado. Sin embargo, aquel no era el modo: a Pietro le parecía bonito, y necesario, amar a quienes tienes cerca, pero también sentía que era enfermizo que pretendiesen retenerlo en un universo que le resultaba ajeno. El policía amaba Santander, allí conservaba amigos y recuerdos imborrables; también quería a su familia, pero era consciente de que, por algún motivo que ni él mismo se acertaba a explicar, su forma de entender la vida era diferente. Vigo y Santander estaban, además, a solo una hora en avión y a cinco o seis en coche, y sabía que podía visitar su tierra con relativa frecuencia. ¿Tan mal estaba que él necesitase su propio espacio?

Desde que vivía en Coruxo, Pietro se había acostumbrado a amanecer con el chillido de las gaviotas, de las que había aprendido a distinguir y comprender algunos matices de su lenguaje. También había apreciado el increíble contraste entre la playa de invierno, solitaria y melancólica, y la de verano, que se llenaba de turistas, voces y risas infantiles. Llegar hasta la comisaría le suponía apenas quince minutos de trayecto, y había comenzado a convocar a sus compañeros, los viernes para que fuesen con él al bar Puerto de Canido donde estaba convencido de que servían el mejor pulpo *á feira* del mundo.

—Mira el patrón —había bromeado un día Nico, que había ido con su novia hasta Canido—, ahora se cree que uno de Santander nos puede decir dónde se come bien en Vigo.

—Estoy esperando tus recomendaciones.

—Anda, este. El próximo fin de semana no hagáis planes. Yo me encargo de que comáis en condiciones.

Y así, poco a poco, habían formado una comunidad, unos lazos que, como los de las familias bien avenidas, daban sentido a las horas. A veces echaban un vistazo a las pocas fotos que tenían del galeón, aunque su recuerdo parecía cada vez más un espejismo. Quien más imágenes había tomado había sido Linda, pero su teléfono móvil se había hundido con ella en alta mar, de modo que solo conservaban alguna fotografía desvaída de aquel laboratorio increíble del White Heron.

En la casita de Lucía habían quedado casi todos los libros de la historiadora, parte del mobiliario y algunas maquetas, aunque la mayoría habían sido donadas al Museo del Mar de Vigo y al de Meirande de Redondela, pero el espíritu marinero y de aventura de la vivienda había permanecido. Allí se reunían Pietro y los compañeros de vez en cuando, y él preparaba un café fuerte para todos en la cocina, que, junto con el baño, era lo único que tenía proyectado reformar. En aquella cabaña todo guardaba el aire evocador original, donde el techo de madera blanco, recién pintado, otorgaba claridad a las estancias, y donde al subinspector le daba la sensación de que nunca estaba solo. ¿Sería posible que Lucía, Marco y el océano le hiciesen compañía?

De vez en cuando, a Pietro lo visitaba Richard, el marinero que vendía zapatos y que, ahora que eran vecinos, en el porche de la casita le contaba las asombrosas aventuras que había vivido en el mar. Carbonell y Metodio, con sus mapas sobre las islas Cíes y los posibles lugares donde prospectar, también se habían convertido en asiduos visitantes, y el arqueólogo llevaba sus planos y le hablaba de sus múltiples cábalas e ideas: tanto él como Metodio habían terminado por fijarse un nuevo objetivo con aquel curiosísimo tesoro. De momento, el arqueólogo no había logrado dar con el último paradero conocido del exvoto del Albatros Negro, pero continuaba recorriendo archivos de forma incansable para lograrlo. Tal vez aquel diminuto barco hubiese ardido por culpa de la explosión del fortín de San Sebastián, o quizá se hubiese convertido en polvo bajo un montón de escombros, sin más. Pero ¿y si estuviese en el salón de algún coleccionista o en algún almacén de reliquias, ya olvidado por la Iglesia? Todo el mundo sabía que en Galicia existía una cantidad gigantesca de patrimonio religioso pendiente de catalogar. Desde luego, sería una aventura seguir indagando y permanecer con el anzuelo atento para buscar aquel maravilloso galeón llamado Albatros.

Miguel Carbonell comunicaba cada nueva averiguación a Pietro, que seguía sus pesquisas con enorme interés. Por otra parte, el subinspector, desde su nuevo refugio y con sorprendente facilidad, había acostumbrado la mirada a las puestas de sol de la ría, como si la belleza, qué ironía, fuese algo a lo que acostumbrarse. Cada vez que anochecía, parecía que las islas Cíes engullesen el sol en el horizonte. A veces se imaginaba a Miranda, Rodrigo y Gonzalo navegando hacia la isla de San Martín para visitar a aquel huraño monje y que ella pudiese estudiar algún insecto. Al indagar un poco, había sabido que en la actualidad subsistían hasta treinta y cinco especies diferentes de mariposas en aquel archipiélago, y le maravilló todo lo que Miranda había logrado descubrir e ilustrar sobre aquellos animalillos.

Pero no todas las investigaciones habían guardado aquel tono evocador. El caso que los periodistas habían terminado por bautizar como el «del galeón fantasma» había supuesto muchísimo trabajo, y no solo por las innumerables explicaciones y cronogramas que habían tenido que completar para los informes, sino por gestiones periféricas de aquel mismo asunto: de pronto, en el mercado negro habían comenzado a aparecer muchos objetos increíbles propios de un navío naufragado tres siglos atrás.

Los coletazos de la mano de Eloy Miraflores podían intuirse por todas partes, aunque el entramado de empresas que promovían las subastas clandestinas enredase hasta lo infinito el poder localizar a los responsables. El hecho de que el empresario ya estuviese muerto, al parecer no había frenado los negocios que había dejado activos antes de morir. Por supuesto, los hombres que habían sido detenidos en los batiscafos lo habían negado casi todo: pareciera que habían estado en el White Heron por un azar del destino, y de pronto todo eran casualidades. Lo que habían visto y declarado tanto Nico como Kira, Nagore y Pietro, al tratarse de la Policía Judicial, implicaba presunción de veracidad, pero sus abogados ya habían argumentado ante la prensa el posible «error de percepción» de los agentes y otro sinfín de argucias legales, aunque se antojaba muy difícil que pudiesen convencer a ningún juez de sus extravagantes teorías, pues hasta la muerte de James Grosvenor había sido ocasionada, según la defensa letrada, en un «acto de legítima defensa» por parte de Eloy Miraflores.

Por su parte, Julián, como era de esperar, había hecho nuevas y matizadas declaraciones, en las que de forma progresiva se exoneraba más y más, como si ya solo hubiese sido una presencia etérea ante todo lo que había sucedido. Sin embargo, la carta de Lucía confirmaba el seguimiento al que la habían sometido, algo que Julián ya había reconocido en su primera declaración, y, aunque no habían encontrado huellas suyas ni de Rodolfo en la casa de Antonio Costas ni en A Calzoa, sí que habían hallado imágenes: la exactitud de la hora de la muerte del maquetista, gracias a las averiguaciones de Raquel Sanger con su barba, habían delimitado mucho dónde y cuándo buscar, y tanto Julián como Rodolfo aparecían en las imágenes de la videocámara del aparcamiento público de Bouzas. No habían logrado situarlos en A Calzoa, porque ni siquiera aquel chico que paseaba al perro y que había descubierto el cadáver de Lucía había podido identificarlos: su horario de paseo era muy anterior al de la visita rutinaria de los primos. Con todo, el juez Rivera había autorizado la geolocalización de los teléfonos móviles y la petición del listado y contenido de sus llamadas y mensajes: todo lo que por WhatsApp se habían escrito los primos resultaba muy revelador y, desde luego, incriminatorio.

Por su parte, Lara Domínguez le había confirmado a Pietro, siempre con Guns N' Roses de fondo, que la bala en la cabeza de Rodolfo provenía de la pistola que había pertenecido al búlgaro cuyo cadáver habían encontrado en el sótano del palacio de la Oliva, y poco a poco todo el puzle había ido encajando. Pietro también se había reunido con Raquel Sanger y Álex Manso, porque su extraordinaria labor había sido, sin duda, fundamental para el avance de las investigaciones.

—Muchísimas gracias por todo —le había dicho a Raquel, agradecido—. Sin vuestro trabajo habría sido imposible.

La forense había restado importancia con una mano, aunque en su rostro evidenciaba que estaba encantada con el reconocimiento, mientras Álex sonreía a su espalda, divertido.

—Cumplo con mi obligación, es todo.

—Ya… Por cierto, dice mi compañero que le caigo mal. No, ¿verdad?

—¿Qué? No, qué va —había negado ella, muy colorada y con el subinspector mirándola fijamente a los ojos—. ¿Por qué dice eso? —había preguntado ella, con una risita nerviosa.

Pietro se había encogido de hombros con toda naturalidad.

—No sé, a veces puedo parecer un poco sabidillo.

—Ah, pues no. ¡Qué ocurrencias!

Y todos se habían reído, aunque a ella le había durado el tono granate en el rostro un buen rato. Cuando Pietro se había despedido, ella había farfullado un «Será cabronazo» ante el que Álex se había vuelto a reír. Parecía que, al final, había nacido entre el policía y la forense algo parecido a una bonita amistad.

Pietro y Nagore, tras reunirse con la Interpol en Madrid varias veces, no habían limitado sus encuentros al más estricto trabajo. Ambos habían dado algún paseo por la capital. Alguna vez habían cenado en Malasaña, en Chueca o La Latina, y así había sacado Pietro el tema del divorcio de Nagore; ella se había mostrado reticente a hablar del asunto, aunque lo que al principio había resumido como «diferencias irreconciliables» se tradujo en un rato de charla en una infidelidad de él, que al parecer no había sido aislada, y que a ella le había generado una desconfianza absoluta hacia cualquier tipo de relación sentimental.

Pietro también supo que Nagore había nacido en Madrid, pero que se había criado y viajado por todo el mundo gracias al trabajo diplomático de su padre. Su familia vivía al lado del Retiro, pero ella tenía un apartamento precisamente en Malasaña, con una amplísima biblioteca llena de libros de historia que desbordaban las baldas. Hasta allí la había acompañado en una ocasión para recoger una carpeta del caso, y había comprobado cómo el piso rezumaba la personalidad de su propietaria por todas partes, con una ambientación híbrida entre lo vintage y lo decimonónico, lo evocador y lo más moderno y funcional. Una encantadora *chaise longue* frente a la gran biblioteca de Nagore había despertado la imaginación de Pietro, que la visualizó allí tumbada estudiando todos aquellos libros de historia, aunque después sus pensamientos derivasen a actividades más románticas para aquel mullido y acogedor sofá.

El subinspector había conocido así el mundo de Nagore, que se dividía entre sus libros, el trabajo, algunos viajes y ratos robados en el Café Ajenjo o en el Lolina Vintage de su barrio, donde una camarera —a la que Nagore le había dicho desde el primer día que era bibliotecaria y no policía— le había confirmado que la joven acudía muchas tardes a por una gran taza de café mientras leía un libro. Pietro había mirado a Nagore con sorpresa, y desde aquel momento había bromeado con su supuesta profesión vinculada a la bibliotecología. No había sucedido nada entre ambos, siempre tan profesionales, aunque cuando se veían los sobrevolaba todo el tiempo una sorprendente sensación de pertenencia.

Pietro terminaba su paseo estival y ya casi nocturno por A Calzoa, cuando todos los veraneantes, tras recoger su incontable cantidad de bártulos, ya se habían marchado hasta el siguiente amanecer. A aquellas horas incluso se había retirado un nutrido grupo de mujeres, que él denominaba la tribu, y que cada día permanecían en el arenal hasta muy pasado el atardecer. Estaba algo nervioso, porque al día siguiente iba a recibir a Nagore en su casita de A Calzoa. Al llegar a la cabaña, conectó la radio mientras preparaba las bolsas para el día siguiente. Le agradó que sonase «The Pool», de Stephen Sanchez, que hablaba de cuando ya no dan miedo el amor ni las palabras románticas si tienen el sentido adecuado y de lo increíble que sería poder confiar en que alguien te rescatase cuando estuvieses en el fondo de una piscina, de uno de esos abismos con los que siempre terminamos por tropezar. Una piscina, quizá, como aquella en la que él había caído en el White Heron y de la que todavía recordaba, entre sueños, cómo Nagore lo había sacado.

A Pietro le había costado bastante encontrar un abrigo vintage como el que ella vestía aquel día y que había terminado destrozado tras pasar toda aquella peripecia y servir para taponar su herida en el hombro, pero lo había hecho: se lo había comprado y, tras envolverlo en una bonita caja, se lo había enviado a Madrid con una nota. Ella, al recibirlo, lo había telefoneado al instante.

—Muchas gracias, pero de verdad que no hacía falta... Solo era un abrigo.

—Y bastante feo además, pero qué menos que reponértelo.

—¿Nunca hablas en serio?

—Ahora que lo comentas, sí. Quería proponerte algo.

—¿Sobre el caso? —se limitó a replicar ella, que de pronto había recuperado su tono más profesional y formal, alerta.

—No. ¿Qué vas a hacer en agosto?

—¿En agosto? Vacaciones, ¿no?

—¿Y ya tenías algo en mente?

—Este año ha sido movido, la verdad es que no he tenido mucho tiempo ni ganas para preparar nada —dudó ella—. ¿Por...?

—Porque me gustaría que vinieses a Vigo —dijo él, por fin en serio y con toda sinceridad. Después, y al comprobar que Nagore guardaba silencio, retomó el tono ligero—: ¿Te apetece buscar un tesoro?

—¿Qué? —se rio ella—. Ya hemos hablado de esto, y no estarás pensando en...

—Justo en eso mismo. Te recuerdo que aún tenemos una excursión pendiente a la isla sur de las Cíes, y estos dos ya tienen todo estudiado y preparado.

—Cómo que estos dos… ¿Metodio y Miguel, quieres decir?

—Exacto. ¿Qué más necesitas? Un arqueólogo chalado y un contable con barco para llevarnos. Y Nico y la novia, que se apuntan, y Kira también.

Nagore volvió a reír.

—Vaya panda, ¿no? Pero ¿cuánto tiempo sería?

—¿Todo el mes?

—¿Estás loco? ¡No puedo irme un mes entero!

—No vamos a estar buscando tesoros todo el tiempo, mujer. Lo de las Cíes sería solo cuatro o cinco días, que al ser islas protegidas tampoco te creas que dan mucho permiso para más y apenas podemos tocar ni un helecho sin su consentimiento, pero el caso es ir. Después podrías alojarte conmigo en la casita de A Calzoa. La he puesto muy chula y… tiene cuarto de invitados —había añadido él, con un tono lleno de inocencia.

—Así que tienes habitación de invitados —había respondido Nagore, con una amplia sonrisa al otro lado del teléfono—. Ya veremos. Déjame pensarlo.

A pesar de que le había dado largas, el tono de Nagore le había dejado intuir a Pietro que la idea había sido bien recibida. Ambos sabían qué significaba que ella dijese que sí y que convivir juntos unas semanas en la casita de A Calzoa podía ser un comienzo. De aquella conversación, Nagore y Pietro avanzaron a más mensajes, llamadas y confidencias, que se repetían por teléfono prácticamente a diario. Ella, tras hacer equilibrios y malabares con su agenda de trabajo en Patrimonio, llegaría justo a la mañana siguiente, sin margen para descansar ni para retomar aquello que hubiese quedado en el aire entre los dos. El plan sería aterrizar y, directamente, comenzar la aventura. Pietro estaba emocionado con la idea, y aquella noche, pese a su relajante paseo por el arenal, apenas fue capaz de dormir.

Cuando Nagore aterrizó en Vigo, muy temprano, él ya la esperaba en el aeropuerto. Tras saludarse con dos tímidos besos, la había llevado en su ruinoso todoterreno blanco hasta la casita de la playa, y a ella le había sorprendido lo diferente y alegre que estaba la vivienda, a pesar de que hubiese retenido su esencia original. Pietro, mientras ella dejaba sus cosas y se cambiaba, había puesto música: por supuesto, era Bruce Springsteen quien sonaba de fondo y que con su «Secret Garden» le recordaba que, si él era capaz de decir las palabras adecuadas, tal vez ella lo mirase y le sonriese, porque toda mujer guarda en su interior un jardín secreto.

—Estás muy guapa —se atrevió a decirle, mirándola a los ojos.

—Lo dices por mi look, claro.

—Lo digo por ti.

Ella fingió que aquel comentario le resultaba trivial e indiferente y señaló hacia su ropa, que por supuesto incluía su inconfundible estilo vintage y, en esta ocasión, un cinturón con hebilla en forma de mariposa. Él no se dejó engañar y se acercó hacia ella. Mantuvieron las miradas, donde se reconocieron en silencio la razón de por qué, tras todo lo vivido, se habían buscado para reencontrarse. Sin darse apenas cuenta se aproximaron todavía más el uno al otro, como si sus cuerpos reclamasen su mutuo calor, pero el hechizo se rompió y desdibujó en el aire cuando Nico apareció por la puerta.

—¡Por fin, ya estás aquí! ¡Bienvenida! —exclamó, dándole un fuerte abrazo y revisando su atuendo, en el que ya esperaba cualquier extravagancia—. Vaya, tan friki como siempre… Maravillosa, inspectora Who. Pero sabes que vamos a una selva, ¿no?

—Tengo botas de trekking —replicó ella, riendo y señalando su calzado.

—Pues hala, deja las maletas… Ya tendrás la mochila preparada, ¿no?

—Sí.

—Entonces venga, ¡vamos!

Pietro había preguntado qué era aquello de la inspectora Who, pero Nico se había negado a responder, argumentado un misterioso «Cosas nuestras» ante el que Nagore le había guiñado un ojo. La cara de fastidio de Pietro fue objeto de burla durante un buen rato, tras el que pasó a ofrecer a Nagore y a Nico todas las expresiones posibles de indiferencia de las que fue capaz. Después, llevaron sus cosas al coche a toda prisa, porque ya contaban con que apenas tendrían unos minutos tras el aterrizaje de ella desde Madrid. Metodio los estaba esperando a todos con su Bitácora en el muelle de Canido: solo habían conseguido permiso para dormir en la isla unos días muy contados y tenían que aprovecharlos. Por aquel motivo, y con los compromisos ineludibles del trabajo de Nagore, había sido tan abrupta y veloz la llegada de la policía a aquella expedición.

Llevarían detectores de metales, miras topográficas, GPS y mapas detalladísimos de la zona para intentar localizar aquel tesoro que se le había escapado a James Grosvenor.

Eran conscientes de que apenas había ninguna posibilidad de que pudiesen encontrar nada, pero ¿por qué no iban a intentarlo?

La isla de San Martín o isla sur de las Cíes los recibió con indulgencia, porque todo aquel grupo bullicioso no era más que otro puñado de personas lleno de historias con las que la isla, en su generosidad, iba a compartir su magia. La playa con forma de media luna acogía el suave vaivén del agua en silencio y total calma, a pesar de que había, al menos, una docena de veleros particulares y pequeños barquitos fondeados cerca de la orilla. Los sobrevolaban las gaviotas, y Pietro recordó haber leído en alguna parte que aquellas islas tenían la mayor colonia de gaviotas patiamarillas del mundo. A la izquierda del arenal se alzaba todavía la vieja casa de piedra del guardés de una fábrica de conservas del siglo XIX, y la sensación de libertad y de haber llegado a un lugar incorrupto, todavía salvaje, insufló a todos el ánimo inmediato de descender del barco para explorar. La idea de que Miranda, Rodrigo, Gonzalo y tantos otros marineros hubiesen pisado aquel arenal para llevar al monje a la isla y para que ella investigase sus mariposas los hacía soñar que compartían un tiempo paralelo y distinto, como si en esa isla se hubiese detenido el reloj durante todos aquellos siglos.

Metodio fondeó su Bitácora y preparó la lancha de desembarco, que no tenía nada que ver con la del White Heron, ya que era solo una zódiac inflable, con la que tuvieron que hacer hasta tres viajes a tierra para poder bajar personas, útiles y tiendas de campaña. Al tratarse de un parque nacional protegido, les había costado mucho lograr los permisos para acampar, y solo los habían obtenido por la finalidad «científica y arqueológica» de la expedición y con la condición de que las tiendas fuesen de color verde camuflaje.

Cada cual, incluso Carbonell, se hizo con su propia y voluminosa mochila antes de avanzar hacia el interior de la isla, donde se detuvieron para organizarse en las ruinas de la antigua fábrica de conservas. Allí, el viejo dintel de piedra de una puerta que ya no existía daba acceso a lo que les pareció una sorprendente selva, que era por donde Carbonell insistió en que debían ir, y que de hecho era el único camino transitable para alcanzar el otro lado de la isla hasta llegar a su antiguo y ya inoperativo molino. En el margen derecho del camino, en algún punto a apenas cuatrocientos metros, deberían encontrar las ruinas del viejo eremitorio, del que solo contaban con hallar algunas piedras.

Mientras el arqueólogo discutía el mapa con Metodio, las ruinas eran curioseadas por Nico, Elísabet y Kira, por lo que Pietro aprovechó para hablar con Nagore a unos metros de distancia.

—Hay un puesto vacante para la Delegación de Patrimonio en Pontevedra, no sé si lo sabías.

—Algo me han dicho. ¿Te vas a presentar?

—¿Qué? No… —negó él, sorprendido—. Lo digo para ti, por si te apeteciera cambiar de aires. En la costa de Madrid a lo mejor es más difícil buscar galeones.

Ella se rio.

—Casi siempre hago trabajo de despacho, no tengo que moverme de mi ordenador —replicó. Su tono era desdeñoso, pero su semblante se mantenía risueño.

—Qué aburrido. ¿No te cansas de ese despacho?

—Un poco, pero es que cuando salgo de Madrid me ponen con polis de provincias, tengo que rescatarlos todo el tiempo y meter tiros a todo el mundo —se justificó, impostando agobio y consternación. De pronto, vio cómo Pietro se acercaba de forma fugaz y tocaba su chaqueta—. ¿Qué haces?

—¿Yo? Nada.

—¡Me has puesto algo en la chaqueta! ¿Qué...?

Nagore metió la mano en el bolsillo y vio una de aquellas diminutas y vaporosas flores de enamorar. Sonrió.

—¿Y esto?

—No sé, ya la tendrías ahí. ¿No ves que aquí este arbusto está por todas partes? De verdad, las de Madrid qué raras sois —le dijo con tono distraído.

—¡Pietro! Esta flor...

Él, por fin, dejó de jugar. Se aproximó despacio a Nagore y la miró a los ojos desde una distancia muy pequeña. La magia que habían compartido en la casita de A Calzoa solo un par de horas antes continuaba allí mismo. Pietro sonrió y tomó aire de forma profunda.

—Solo quería comprobar si la flor funcionaba.

Ambos sabían cuál era la misión de aquella inocente *Armeria pungens*, aunque por la velocidad de sus corazones en aquel momento pareciera que hubiese hecho su función meses atrás. Pietro mantenía el gesto risueño, entre divertido y expectante ante el juego del cortejo. Nagore le devolvió la sonrisa y ambos supieron que en aquella expedición aprovecharían el primer instante disponible para separarse del grupo y buscar intimidad. Tal vez aquella misma noche, cuando se distribuyesen en las tiendas, o con la excusa de un paseo nocturno bajo un cielo isleño que prometía, tan lejos de la ciudad, estar plagado de estrellas.

—A ver, muchachos —los interrumpió Carbonell, que había regresado sobre sus pasos—. ¿Vamos o no vamos? ¡Que no nos dan las horas!

Pietro y Nagore disimularon y asintieron, justificando el retraso con la búsqueda de la mochila de uno de ellos, y desde aquel instante compartieron gestos y miradas que, aunque pretendían refugiarse en la discreción, escribían ya una nueva historia.

Se adentraron en aquella espesa selva de helechos gigantes, pinos y eucaliptos para buscar el tesoro perdido tantos siglos atrás. Algunas mariposas los acompañaban de vez en cuando por el camino, y Pietro no pudo evitar pensar en Miranda, imaginándola en aquella espesura para dibujar y explorar aquellas maravillas.

El subinspector continuó caminando y respiró de forma profunda, como si contuviese un suspiro. Sabía que era muy poco probable que encontrasen nada en la isla de San Martín, que en el mapa daba la sensación de ser diminuta, pero que ahora, avanzando por sus estrechos senderos, parecía gigantesca. Se sintió feliz de igual modo por poder afrontar aquella aventura y hacerlo con Nagore, algunos de sus compañeros, el viejo arqueólogo y aquel contable que adoraba a Cousteau. Habían formado una pandilla extraña y heterogénea, pero que funcionaba. Si hubiera sonado Bruce Springsteen en aquel momento, al policía le habría parecido adecuado que lo hiciese con su «Hungry Heart», porque su melodía era alegre y, tal y como rezaba la canción, a nadie le gusta estar solo. ¿No es cierto que, en cierto modo, todo el mundo tiene un corazón hambriento?

El grupo recorrió un buen tramo en silencio, admirados ante la rotunda y poderosa naturaleza que los abrazaba, y Pietro pensó en todos aquellos que, con curiosidad y con el espíritu atrevido e indomable de los niños, no habían dejado nunca de buscar tesoros. Recordó de nuevo a Lucía, y a Marco, e incluso a aquel multimillonario inglés que había logrado rescatar un galeón del olvido profundo que habita en los océanos.

Y, aun convencido de que en aquel viaje no llegarían a encontrar el tesoro, se sintió fascinado ante el verde brillante de la vegetación que los rodeaba, las ruinas de piedra que dejaban al margen del camino y el sonido que hacían a su paso algunos animales desconocidos. Y también se sintió feliz, y afortunado, por haber escogido aquel camino y por haber adentrado su vida en un caos maravilloso y sin fin.

Nota de la autora

Algunos lectores, tras leer *El albatros negro*, se preguntarán qué hay de cierto en los datos históricos, las localizaciones y las aventuras narradas en estas páginas. Resulta imposible resumir una cantidad tan grande de información y curiosidades en un apéndice, pero tanto el pecio que se busca en esta novela como los textos históricos del Archivo de Indias son reales. Por supuesto, me he tomado alguna licencia y el pazo de la Oliva, por ejemplo, no está conformado en la actualidad por apartamentos, sino que es un establecimiento de hostelería, cuya visita y la de todo el casco viejo de Vigo recomiendo sin dudar.

Me gustaría destacar a tres personajes claves de esta novela, porque están inspirados en personas reales. Así, he descrito a Miranda con muchas de las características de Maria Sibylla Merian (Alemania, 1647-1717), considerada en la actualidad una de las primeras y más extraordinarias entomólogas de la historia. Por su parte, he dibujado a Gonzalo de la Serna con los trazos de Pedro Fernández de Bobadilla (Jaén, 1486-1522), que fue ordenado sacerdote con catorce años, aunque él ocupaba su tiempo libre, al parecer, en visitar doncellas. Se hizo corsario y llegó a ser nombrado almirante de la Flota del Norte. Finalmente, Rodrigo Rivera se inspira en el asturiano Pedro Menéndez de Avilés (1519-1574), que fue capitán general de la Flota de Indias. El episodio del asalto naval de piratas a un cortejo nupcial en la ría de Vigo sucedió en realidad, y él fue el líder del rescate.

Debo decir también que la palabra «tróspido» que utiliza el forense Álex Manso no existe, ya que se la inventó en su día el escritor Miguel López —conocido como Hematocrítico—, que lamentablemente falleció en noviembre de 2023. Sirva este guiño como homenaje a su memoria.

Agradecimientos

Quiero dar las gracias en primer lugar a Alberto Marcos, mi editor, que ha hecho un trabajo inmenso e impagable para mostrarme cómo lograr que el manuscrito original brillase de la forma más adecuada. Gracias también a Gonzalo Albert, director literario de Plaza & Janés: juntos nos atrevimos a embarcarnos en este nuevo proyecto con ilusión compartida, confianza mutua y determinación. Ha sido un viaje muy emocionante para mí, y agradezco a ambos vuestra calidez, buen oficio y profesionalidad; extiendo mi agradecimiento a Juan Díaz, director editorial de Plaza & Janés, y a todo el equipo de Penguin Random House, que tanto ha trabajado para que este proyecto sea, más que un libro, una aventura.

Debo dar las gracias también al Gabinete de Prensa y Relaciones Institucionales de la Comisaría Local de la Policía Nacional de Vigo, por permitirme el acceso a sus distintos departamentos. En la Brigada Local de la Policía Científica, debo destacar la amabilidad de los policías Juan Cabodevila y José Manuel Rubial, la oficial Teresa Sánchez y, sobre todo, Iván Prado, subinspector de la citada brigada, con el que no solo resolví dudas puntuales, sino que me ofreció una extraordinaria visión global de su trabajo, siempre con una sonrisa.

En la UDEV —Unidad de Delincuencia Especializada y Violenta— de la Brigada de la Policía Judicial de Vigo encontré también profesionales increíbles que me ayudaron a perfilar de forma adecuada los personajes y sus herramientas de trabajo. Muchísimas gracias a Beatriz V. P. y Manuel Alfonso R. T., y en especial gracias a Dani A. M., que fue mi principal fuente de información y gran inspiración para dar vida a Nico y a Pietro. Gracias así mismo a Fernando Molina, policía del GOA —Grupo Operativo de Apoyo— de Vigo, que me explicó cómo trabajaban las patrulleras locales, y a mi cuñada Nuria Molina, que me hizo de enlace para acceder de forma más *familiar* a la policía. ¡Gracias, querida!

Mi agradecimiento a José Luis Gómez, jefe de Patología Forense del IMELGA de Vigo, al que literalmente asalté una mañana para charlar un rato sobre su trabajo y cuya perspectiva de las cosas ha dado color a los Beckham.

Ha sido fundamental el trabajo y la colaboración de Ramón Patiño, arqueólogo e historiador, que me recibió primero en el Museo del Mar de Vigo y después en la sede del Instituto de Estudios Vigueses, compartiendo sus muchos y vastos conocimientos con gran generosidad. Gracias también a Xurxo Constela Doce, arqueólogo con gran implicación en el Museo de Meirande y cuya colaboración resultó ser tremendamente útil. Las publicaciones y los estudios submarinos realizados por el Grupo de Arqueología García Alén resultaron así mismo fundamentales para la información técnica y global de los pecios hundidos en la ría viguesa.

En relación con bibliotecas y archivos, mi agradecimiento por su ayuda a la hora de encontrar libros, estudios, ensayos y documentación a Conchi y Antía, de la Biblioteca Teatro Afundación de Vigo; a Uxía y Alicia, de la Biblioteca Pública de Vigo Juan Compañel; a don Avelino Bouzón Gallego, director del Archivo Capitular y del Archivo Histórico Diocesano de Tuy; a Antonio Sánchez de la Mora, jefe del Departamento de Referencias del Archivo de Indias; a Avelina Benítez Barea, del Archivo Histórico Provincial de Cádiz. Muchas gracias, también, al personal del Archivo Histórico Provincial de Cantabria, al del Archivo Histórico Diocesano de Cádiz, al del Archivo Municipal de Vigo, al del Archivo Histórico Provincial de Vizcaya y al del Ilustre Colegio Notarial del País Vasco.

Son muchas las personas que me han acompañado en esta aventura y resulta imposible citarlas a todas, pero agradezco muchísimo a Ledicia Costas y a Miguel López sus ánimos y su apoyo cuando sabían que estaba construyendo esta novela; a mi hermano David —patrón del verdadero Bitácora— y a mi hermano Jorge, que resolvieron algunas dudas sobre barcos que me surgían según desarrollaba la trama. Jorge, además, facilitó que pudiese contactar de forma rápida y directa con José Antonio Fernández Bouzas, director conservador del Parque Nacional Marítimo-Terrestre das Illas Atlánticas de Galicia, al que desde aquí agradezco de corazón toda la información histórica y arqueológica sobre las islas Cíes que puso a mi alcance.

Gracias a mi padre, que me explicó sensaciones y curiosidades del buceo a gran profundidad. Él y mi madre nos regalaron a mis hermanos y a mí muchos veranos bajo las estrellas de las islas Cíes, y la hondura de ese legado es inenarrable. Gracias a los dos por aquella magia.

Mi agradecimiento a Espido Freire por su amistad y buenos consejos, y a Katherine K., red de apoyo en esta gran isla en la que habita quien escribe; a Miguel Ángel Cajigal —el Barroquista—, que me dio buenas pistas para recrear de forma adecuada la trama histórica; a mi amiga Marta Muñoz, que, al saber de mi interés por los barcos hundidos y galeones, no dudó en enviarme toda la documentación que encontró en el Museo Vasa de Suecia; a mis amigas Sara y Alicia, por su vivo interés en todos mis avances con la novela, y, a esta última, gracias también por facilitarme el enlace con Patricia Bernárdez, técnico I+D+i A1 del IEO Centro Oceanográfico de Vigo, que dio respuesta también algunas de mis preguntas sobre las profundidades marinas de la ría.

Muchas gracias también a mi amiga Raquel Cardona, que fue mis ojos en San Martín cuando yo solo podía visitar la isla en los recuerdos de mi adolescencia.

Mi marido, Ladi, siempre ha sido fundamental en mi carrera como escritora. No importa lo atrevida y poco prudente que haya sido una idea, nunca ha dudado en darme la mano para saltar: él forma parte de todas mis historias. Mi hijo Alan ha sido, también, una burbuja de ideas y de aliento incondicional para que yo pudiese escribir, aun a pesar del tiempo que no podía dedicarle por causa de mis viajes de trabajo, eventos y tiempo ante el ordenador. Gracias a los dos por esperarme siempre con una sonrisa.

«Para viajar lejos no hay mejor nave que un libro».

EMILY DICKINSON

Gracias por tu lectura de este libro.

En **penguinlibros.club** encontrarás las mejores
recomendaciones de lectura.

Únete a nuestra comunidad y viaja con nosotros.

penguinlibros.club

Penguin
Random House
Grupo Editorial

f ⊙ X ♪ ▶ penguinlibros